Snow

徐小斌经典书系｜第三卷 长篇小说

德龄公主

徐小斌 著

作家出版社

总序　梦想成精——徐小斌的小说世界

陈晓明

徐小斌在当代中国文坛虽然说不上是妇孺皆知，但说她声名远扬是不为过的。这当然主要体现在徐小斌是一位个性显著的作家，喜欢她的人会盛赞不已。无疑，徐小斌是一位实力派作家，她获得的赞扬与她作品创造的意义相比是恰如其分的，甚至有不少评论家会说，徐小斌是一个被低估的作家，她的作品中显然有很多的内涵还有待深入挖掘。徐小斌内心十分沉静，始终以自己的方式写作。她对文学的那种执着的态度和方式，是当今中国作家所少有的。徐小斌追求一种纯粹的文学，一种用汉语的纯美品性来书写的文学。这种说法似乎显得很不必要，这能说明什么问题呢？她似乎并不为时代热点所动，也不追逐重大的历史命题，她的探索也不介入某些潮流。但徐小斌个性鲜明却又具有多面性：对于一部分人来说，徐小斌是一个玄奥的有神秘主义意味的作家；在另一些人看来，她是一个准女性主义者；一些人认为她的写作非常前卫，也有一些人会把她看成一个把传统风格发挥到极致的人。说到底，这主要源自她的写作本身的多面性。但不管怎么说，徐小斌对小说孜孜不倦则是肯定的。对于她来说，小说就是她的生存世界，她倾心于这个世界，把自己全部交付给这个世界。以这种态度来写作小说，也就不难理解徐小斌的小说充满着虚构的色彩，这个世界融瑰丽的想象、诗性、形而上的神秘意念于一体，在我们的面前无止境地伸展敞开。

一、让女人成为文学的精灵

徐小斌的小说写出一系列极其独特的女性形象，足以让她在当代中国文坛独树一帜。她笔下的女性与在历史和现实中还原的女性形象很不相同，她的女性形象，更主要是诗意想象与神秘体验的产物。1993年的《迷幻花园》标志着徐小斌写作的新阶段，她把女性的绝对的爱欲放置到她的写作中心，把语言的精致化，与生存世界不可知的可能性及其宿命论思想相结合，构造了一种纯粹隐含着复杂变异的小说叙事文体。《迷幻花园》属于实验性很强的作品，它没有明晰的故事情节，但是有着非常精致的感觉片段。写过《对一个精神病患者的调查》的徐小斌写下这种小说是一点也不奇怪的，那篇关于精神病人的小说，据说给诗人海子以很大震动。而《迷幻花园》又是一次对女性的某种接近疯狂状态的心理描写。在最低限度上，这篇小说可以看成是关于两个女人和一个男人的故事。显然，这个故事并不重要，重要的是它引向对女性绝对命运的探寻。少女之间惯有的纯真友情，在这里被处理成女人最初的“镜像置换”。芬与怡最初通过对方认识到自己的特征，并且在后来的岁月里，她们总是处在奇怪的分离和重叠的状态中，她们各自占有对方的位置，又不断迷失。徐小斌似乎试图表明女人永远找不到自己的位置，芬夺取怡的位置不过是完成了一次放逐。女人的形体与灵魂永远错位，因为中间总是插入一个绝对的男性，她们永远无法跨越这道门槛。徐小斌对女人存在境遇的书写，充满了绝望的诗情，那些悲剧式的女性闪烁着精灵一样的美感。

随后的《双鱼星座》看上去是在讲述“一个女人和三个男人的古老故事”，但这个古老的故事被徐小斌以非常个人化的当代性的经验加以改造。卜零，这个优雅而聪明绝顶的知识女性——与其说这是典型的知识女性形象，不如说是知识女性乐于认同的自我形象。这个优雅的女人在三个男人之间周旋，对家的厌恶，对权力和社会制度的拒绝，与对爱欲的纯粹追寻相混淆，使卜零如此密切地扣紧这个时期的物质生活。那些流行的俗世价值观念，又不断地在虚幻的空间、在自我的想象中呈现。古典时代温情脉脉的两性关系，那个生活的寄托——家，在这里却是生活的牢笼，一个极为虚假而没有实际内容的处所。在 20 世纪 90 年代，这个被普遍描述为商业 / 文化二元对立的时代，徐小斌率先展开了对变了质的两性关系的书写。这一切混杂着对这个时代的流行价值的抨击和那些生命神秘体验的寓言性叙述，使得徐小斌的这个既古老又当下的故事具有犀利的直接性和女性神话学的另类经验。

徐小斌一直在探索一种新的写作法则，促使那种玄妙的形而上的思想意念与明晰流畅的故事相交合——这在某种意义上也表征着 20 世纪 90 年代趋向于形成的多元性的叙事法则——显然，对女性爱欲的关注使她找到连接二者的自然通道。把女性的爱欲与某些循环论和文化原始神话相混合，构成她叙事的内在意蕴，它们使她的那些关于女性爱欲的故事具有不可知的神秘性。她刻画的那些女性像是一些镜子中的人，像在水上行走的精灵，她们以遗世孤立的姿态决绝地走向生活的绝境。然而，她们却又异常明晰地折射出当代生活的那些直接的现实和流行的价值观念，以女性的特殊的话语实践对当代生活作出尖刻的析解。她的叙述是一些独白，又是一种现实；是一种呈现，也是撕裂；是一种抚慰，更是一种抗议。

《敦煌遗梦》是徐小斌 20 世纪 90 年代有代表性的长篇小说，它显示了她对形而上事物的爱好，以及具有多元综合的描写生活的能力。这部长篇更是抓住“敦煌”这个神秘而神奇的空间来展开叙事。宗教的神秘、世俗的爱欲、权力和阴谋，三位一体构成这部小说的叙事主体。

整个宗教世界在叙事中起到了双重的作用，其一是与世俗的爱欲相对构成了一个“生命之轻”的叙事圈；其二是宗教的那种神秘性氛围与世俗的阴谋构成了一个“生命之重”的叙事圈。这两个叙事圈又经常交合在一起，它们显示了生存的复杂意味。

小说叙事的表层是一个典型的浪漫的爱情故事。男主人公张恕和女主人公肖星星邂逅于敦煌，他们之间很快就产生了感情。但这个感情关系很快被另外两个人的出现打破了，一个是无晔，另一个是玉儿，这里迅速出现了四角关系。令人惊异的是他们各自都找到了另一种爱欲，出现了错位式的爱情。这部小说的叙事，或者说肖星星和张恕这两个人物总是在精神、爱欲、阴谋三者之间循环，他们像某种怪圈组合在一起，在每一个极端总是预示着另一个起始，总是向另一个对立项转化，而具有一些奇妙的双重意味。这部小说无疑企图求解生命存在的极端含义——它是那些女性末世学或宿命论，灵魂转世学说以及玄奥的博弈论相混淆的超级方程式。然而，对于徐小斌来说，这些形而上的理念，这些神秘而玄奥的宿命哲学，绝对不是她要明确解决的理论问题，它们仅仅是一些悬而未决的背景。她的小说的叙事是快乐的，是灵巧而智慧的。她把中国古代的宗教与当今中国的生存现实相连接，把最神秘的宗教体验与女性的爱欲经验相混淆，把邂逅的浪漫与贩卖文物的国际阴谋相接轨……这些都显示了徐小斌的小说叙事的开放笔法和引人入胜的精彩结构。

徐小斌发表于2000年的《女觋》是一部神秘而怪诞的作品，在短篇小说的篇幅里，讲述了一位虚构的燕国公主的奇特人生，在战国征伐、荆轲刺秦的历史缝隙中，这个未得史书记载的女性寻觅着自己的人生价值。她曾追逐情欲，却爱而不得，她曾试图重整河山，却发现什么也改变不了。在命运的无声指引下，她终于走向了女觋的神巫洞，在最深的自我封闭中接近了最玄妙的真理。这个神秘主义的故事始终有一个爱情故事的形状，公主的爱情和她的开悟纠缠不可分割，不可捉摸的世界本质有了感人至深的世俗形象，二者严丝合缝，折射出徐小斌高明的叙事策略和深刻的形而上思考。

二、虚构绝对的女性历史

多年来，徐小斌一直在讲述女人的历史，20世纪80年代中期，她远离文坛中心，沉静而执着地写作。人们几乎突然才意识到这个人是一个不容忽视的存在。1999年1月的某个周日，在北京新落成的巨大的图书大厦里，《羽蛇》的首发式签名售书吸引了络绎不绝的读者，创下半天售出三百七十多本的纪录，把徐小斌的书写事业推向炫目的高峰。但在闪烁的镁光灯下，徐小斌却依然沉静如初。对于她来说，《羽蛇》不是结束，而仅仅是开始。

《羽蛇》是一部纯净深刻的作品，散发着古典主义的怀旧情调。但在其单纯的外表下，掩藏着相当丰富的关于女人历史的种种探究。

《羽蛇》构造了一部绝对的女人历史。说其绝对，是指这里的女人历史与男权历史相对立，这部历史顽强地抗拒世界历史的宏大叙事。《羽蛇》的叙事明显是一种历时性的结构，小说的情节发展与中国现代史同步，历经民国、新民主主义革命、社会主义革命、文化大革命、改革开放、跨国资本主义时代。小说历时几近一个世纪，概括中国现代启蒙与革命的变迁过程，一个家族无可挽回地走向破败的历史。以玄溟为首的女人群体，也是一部中国现代历史。历史的变迁，使这些女人历经沧桑，面目全非，她们由富贵而贫困，由娇艳而衰老，由天真而怪戾。历史严重改变了这些女人的外部，但没有改变女人的内在性。这些女人一如既往，执着地根据自己的内心愿望顽强生活下去，她们几乎是自觉走向命定的归途，但她们从不根据外部历史的变化而改变自己的品性和内心生活。玄溟是一个旧式中国妇女，这个据说曾被慈禧太后抱在怀里的聪明伶俐的女孩，后来看上去像是传统中国父权的卫道士。事实上，玄溟象征性地意指着中国传统父权的危机。小说中晚清时期的“老爷”，即玄溟的丈夫不过是“纸老虎”，几乎是缺席的。小说写到这个家族最高的男权人物“老爷”的时候很少，我们知道他不过是个洋务买办（铁路局长？），在外面养了小，很少回家，保持着中国传统男权的不少恶习。传统中国的男权历史不仅半殖民化，而且陈腐不堪。玄溟真正操持着这个家族，统治着这些女人，她们自成一体，构成一个后母系社会。徐小斌是有意还是无意？这个家族的男性或虚弱不堪，或英年早逝（如天成）。这个家族不再是男权驾驭女人的强权社会，而是男人落入女人圈套的生存游戏。陆尘这个风度翩翩的男人，没有逃脱玄溟为若木设计的婚姻规划。徐小斌笔下的男人通常都是一些庸碌之辈，或者是一些漂亮脆弱的剪纸式的人物。虽然男权构造的历史庞大而充满暴力，但作为个人的男性却无所作为。男人是一些集体性的群居式的盲从动物。徐小斌的女人却始终不渝地有着她们的发展史，乃至于个体发展史。每一个女人都有她的存在理由，她的选择与目标，她们永远怀着最初的生命动机，坚忍不拔地走向生命的终结。玄溟着笔虽然不多，但整部小说却始终渗透着她的气息。这个女人历经半个多世纪，历史已经发生翻天覆地的变化，但她却依然故我，还保持着她对这个家庭的精神支配，她甚至连口味都没有变化，她没有迁就外部社会，她有着自身不变的历史——一种看上去微不足道的然而却是最具韧性的自在的历史。

玄溟的精神在若木的身上以更加怪戾的方式加以繁衍。若木跨越几个时代同样没有改变个人的品性，革命把陆尘变成一个平庸的技术官僚，但却没有改变若木拿着金钥匙掏耳朵的姿势。受过良好的中国现代启蒙教育的若木，知书达理只是她的外表，用于俘获一个理想丈夫的手段，她的骨子里却渗透着中国传统妇道人家的本性。这正如浸淫现代性的中国，并未摆脱它的传统本性一样。若木在年轻时就习惯于颐指气使，对女佣进行精神虐待毫不手软。成为母亲之后，她并不像中国文学里通常的母亲形象那样温柔贤惠，而是一个尖刻怪戾、反复无常、冷漠自私的女人，总之，她凭着她的本性生活，与玄溟一样拒绝被历史同化。

小说的主人公羽和她的两个姐姐绫和箫，这是几个个性鲜明独特的女子，能把几个女人写得活灵活现，性格迥异，也可见徐小斌的笔力非同凡响。绫与箫是不同类型的女子，绫的故事充满了女人凭着内心冲动去选择生活的渴望，绫机敏善变，但她从不屈从于环境，我行我素是她的本性，她选择丈夫和情人完全凭一时的冲动。这个开放的女子实际非常自私，她渴望男人，但她却用了低俗的手段去控制男人，甚至加害自己的妹妹箫。看上去老实的箫，也有着自己对命运的不动声色的主动把握，徐小斌笔下的女人都很有质感，就在于她们每个人都有自己的本体存在，有着自己不被外部世界异化的内心生活。在任何时候，女人的个人生活史都是一部不可更改的独特史。徐小斌从不回避直接表现女人的内心欲望，女人对自身的身体意识，反复地读解自己的身体，这是徐小斌表现女人自我意识的一种方法。尽管这种视角多少夹杂了一些男性的欲望化想象，但徐小斌优雅的叙述总是能创造一种动人的氛围。

当然，小说的主人公羽是徐小斌刻意创造的一个绝对的女性。之所以称之为绝对的女性，在于羽是一个非同寻常的女性，她的存在方式，她的经验已经超出日常生活中的女性，而是由关于女人的绝对概念构造而成。或者说，她是一个本质性的女性。这并不是说徐小斌描写的这个女人只是从概念出发，这与我们过去批评的“左”派政治所设定的概念化人物根本不同，后者不过是政治意识形态规定的同语反复的产物，而前者则是作家个人能动地认识世界的思想结晶。羽被刻画为神经质，具有神秘主义本能倾向，向往形而上学，对不可知世界的迷恋，文身，与佛教徒和异见人士的爱恋，变相的反俄狄浦斯情结（即仇母情结）等等，所有这些没有一个行动表明羽属于现实世界。羽始终觉得自己与世界格格不入，周围充满了生活的陷阱，但她只是顽强地保护着个人的内心幻想，她与周围的世界无关，她只根据她的内在本质行动。羽像是徐小斌理解的关于女人的本质，或者一种本质的女性。关于羽的叙事，完全采用了诗化的和神秘化的表意策略。对羽的表现可以看出徐小斌叙述的特殊方式，羽的幻想特征使小说具有双重世界存在的可能性，羽一方面沉湎在自己的拉康式的“幻想界”里，另一方面却经历着真实的“现实界”。她所经历的那些事件和人物，如果做些简单的考据学工作的话，可以找到纪实性的原始素材依据。但这些并不重要，羽的故事可以进行拉康式的读解，令人惊异的是，羽是对拉康理论的女性主义式的改写，也就是说，杀父娶母的“俄狄浦斯情结”被改变成一个女人作为主体的故事。与之相关的“菲勒斯”崇拜，也被最大限度地改写了。羽似乎从来没有成年，处在历史的脱序状态，她同时也疏离于母系社会的历史。“脱离了翅膀的羽毛不是飞翔而是飘零，因为它的命运，掌握在风的手中。”羽在飘落，始终向着黑暗飘落。徐小斌对一种状态和感觉的把握是相当出色的。

小说中出现了几个男人的形象，他们无一例外属于女性历史的反面。圆广/烛龙也只有在羽的幻想界里才具有超凡的精神力量，一旦回到现实界，例如烛龙，后来也不得不显出凡人的疲惫。男人的历史是可疑和可悲的，也许是无意的，徐小斌写到的两位可以为女人接受的男性，烛龙和朋，一个是流亡的异见人士，另一个是携款外逃的经济犯。这就是男人的历史。支撑这个世界的强大的男性力量，正处在深刻的危机中，这两个男人不过象征性写出了这个时代的男性与世纪初的男性（老爷之流）所遭遇到的不同命运。

但不管如何，《羽蛇》讲述的女人的故事无疑是独特而丰富的。这部“后母系社会”式的女性史，展示了女人是如何按照自身的历史延续性，拒绝和疏离男性轰轰烈烈的现代史的生活历程。在现代性的宏伟历史进程中，自在独立的女性史在徐小斌的笔下并不是平静自在自为的，这部女性的历史也不是和谐融洽的，女人在现代史的背景上，开展了自己的历史活动，成为女性书写自己历史的起源。就是在这个从社会学的角度来看作为一个由血缘关系构成的女性家族里，女性之间的排斥和敌对，构成其历史的主导内容。这也许是徐小斌的惊人之处，当她把女人的历史与男人的历史对立起来时，她并没有去讲述一部女权主义者惯常要关注的姐妹情谊（与男权世界对抗），而是女人之间，特别是女性亲人之间的敌对。这些女性都进入宿命论式的对立和仇视。一个排除了男权的女人世界，充满了令人惊异的压制与颠覆、爱与背叛的斗争。在所有这些斗争中，母女之间的对立构成矛盾的轴心，母亲对女儿的控制与戮害，女儿对母亲的逃避与反抗，形成层出不穷的环节。

若木在年轻时为母亲玄溟所支配，上学时母亲居然坐在后座监督，母亲设下圈套为她找一个如意郎君，女儿的生活按照母亲的意志发展。幸福这一概念被母系社会的权力所曲解。当若木成为母亲后，她也没有放弃对女儿的精神压迫，羽时时感受到母亲的冷漠，从小她就顽强地相信“母亲不爱她”。在女儿发现母亲的“不爱”时，羽又在找寻另一个母亲，她与金乌的关系，就更具有恋母的意味。确实，小说中不止一处写到“寻母”的情节，血缘关系似乎发生危机，而精神之母则在她们的心灵里占据着支配地位。金乌同样是一个“失母”的人，徐小斌在这里编织的故事有着某种哥德尔数学悖论式的怪圈。这些遭遇母亲遗弃的女儿，却在坚持不懈地寻找精神之母。而金乌和羽的相遇，更像是来自母系社会的某种原初记忆。她们在撒满鲜花的浴池里采取的性行为，在小说的叙事中，无疑有奇特的象征意义。这个行为如果把它理解为是对母系社会的原始记忆的某种恢复，不过是一种施行成人礼的史前仪式的象征行为。也许在徐小斌看来，血缘并不足以构成母系社会的内在凝聚力，相反，她看到血缘关系的困境。徐小斌骨子里是一个反社会的唯美主义者，她把一切社会性的结构关系，都看成是违背人性、压制人类之爱。只有“美”才是维系人类相爱相亲的根本纽带。在某种意义上，徐小斌讲述了一部后母系社会的历史，她又以血缘关系为支点对其进行解构。她显然在设想重建一种女性历史的可能，这就是以“美”的理念为新的历史起源。

三、关于美与神秘以及神话写作

徐小斌从来不掩饰她对美的赞颂，以至于这在她的小说叙事中成为一种障碍，她的主要人物几乎都是超凡脱俗的，美在精神上战胜一切丑恶事物，美本身就是最高的神性。在小说中不难看到，所有美丽的事物都遭遇到政治或人性的迫害或亵渎，但在所有与美的对抗中，政治或人性之恶在精神上早已处于劣势。金乌或金乌的父母都无不如此。徐小斌笔下的美的事物也经常夭折或最终毁灭，特别是她的作品中经常出现一些年轻的男子，他们主要是女性幻想的纯粹男性形象。徐小斌的审美理念的核心是女性的怪异之美，来自于女性的神秘本质。因此，“美”在徐小斌的小说叙事中，就不仅仅具有感官的特征，它们具有复杂的思想内容。特别是这些美的事物所具有的神秘主义倾向，使徐小斌的小说叙事透示出准宗教的精神底蕴。

神秘主义是徐小斌始终不渝追逐的思想意蕴，这使她的小说叙事在一种透明的质感中，隐含着某种不可知的宿命论观念。早在《敦煌遗梦》里，徐小斌就试图把宗教思想作为小说叙事的背景意义，起到隐喻作用。在《羽蛇》中，可以看出徐小斌的这一做法更加圆熟老练，羽的那种对外部世界、对母系家族统治的厌弃，根源于她内心的宗教冲动，她对神秘性事物的向往。她的类似梦游的刺青行为，是她幻想的宗教经验。烛龙不用说，完全是一个根源于她的女性原初记忆的男子。羽的行为和感觉，因为宗教的背景，而并不让人觉得怪异，使羽可以超越现实的逻辑，执拗地在自我的世界里行走。刺青不过是一种视觉效果，是徐小斌借此沟通神秘世界的一种符号代码。刺青是一种反常的重写身体的行为，它以符号化的方式给身体命名，通过对肉体的改写而遮蔽肉体，并给予肉体以精神性的象征意义，它使活的肉体与远古图腾，与已死的历史相连接。文过身的身体不再是单纯的肉体，它已经给予一个象征的和超越的来世。隐秘的文身是对现世的一种逃遁，就像当今时代展露在外的文身是对社会的反抗一样。确实，徐小斌借助了象征符号，赋予她的人物以特殊的超验性存在。因此，徐小斌的小说总是有一种形而上的超越性意义，她在那些日常性的世俗化的生活的深处，置入不可知的神秘主义意味，这使她的小说具有引人入胜的可读性，又不失玄奥的生命体验意义。

徐小斌的小说写作富有才情，想象奇崛瑰丽，她热衷于制造空灵优雅的艺术氛围，在处理那些年代久远的故事时，可以看出她的叙事得心应手，对徐小斌来说，小说叙事并不是形而上观念的产物，也不是一些概念化的演绎，尽管她的小说隐含着难以言喻的不可知论或宿命论的意义，但她的大部分故事主体都来自她个人的直接经验和记忆。仔细阅读徐小斌的这部小说，也不难发现，那种强烈的虚构色彩，与某种可以在经验中印证的事实相混合，构成小说叙事的内在张力。小说的叙事呈两极发展，幻想中的超验世界和可理解的现实世界。这两条线索平行发展或交叉运行，使小说叙事虚虚实实，变幻不定。可以看出徐小斌驾驭小说叙事的出色才能。但同时也可以看出，徐小斌在迷恋那些玄奥的观念的同时，也难以拒绝那些蛊惑人心的直接经验，这使她在如何把握小说叙述视角方面具有双重性：她不断地用描写性很强的句式去表现她那些“真实的”直接经验。并且随着小说叙事切近当代生活，特别是靠近当前的生活，小说越来越采用纪实手法。小说到后半部分差不多抛弃了对幻想经验的表现，而转向更实的现实经验。到底是这些已经发生过的真实故事吸引徐小斌，使她有理由相信，现实（已经发生的经验）比幻想经验更有力，还是因为那些玄虚的描述已经令人疲倦？一些当代作家只要一写到当前生活，就感到困乏无力，他（她）们几乎处在双重困境：现实本身以两极形式呈现出无法捉摸的特征，要么现实就是一团毫无生气的日常流水账，它使文学虚构无从下手；要么现实本身就神奇精彩，它使文学虚构相形见绌。很显然，徐小斌一写到当代生活就遭遇到后一种情况，她的经验世界里存留了一些使文学虚构黯然失色的故事，她试图用实录的手法使之再现。小说的虚构功能已经难以与现实本身不断创造的奇闻逸事相媲美，对“事实”（或真实）的崇拜，已经成为当代由电视媒体制造的认知体系的首要真理，文学虚构不得不怀疑自己传统的审美观。如果说，传统现实主义对“事实”（或真实）的强调，不过是在意识形态先验论意义下的虚拟，那么，当代虚构文学已经不再严格依附于一种强制性的意识形态，它只是从现时代的认识论意义上，对“真实”和“纪实”表示认同（屈从）。但就《羽蛇》的叙事总体而言，徐小斌把握幻想界和现实界的关系还是相当成功的，一部叙事跨越近一个世纪的小说，并没有笼罩旧时代的氛围，相反，始终充满了当代气息，这得益于作者随时把握住的主观化的叙述视角，并自然地把故事引入当代现实。

总之，《羽蛇》是一部奇特而值得耐心读解的作品，作为一部少有的在历史变动中全力书写女性的小说，徐小斌揭示了一部意味无穷的女性系谱学，特别是她触及的存留在母系文化谱系中的深刻矛盾，既反映了人类最久远的经验，也提示了人类现在以及将来可能面对的问题。这部小说的丰富、深刻和优美，都表明了当代中国女性写作所达到的高度。没有任何理由认为女作家写的具有女性主义倾向的作品就是好作品，或值得一读的作品。就像中国任何概念都要迅速庸俗化和廉价一样，女性主义这只标签也快被弄得面目全非。指认徐小斌小说的女性主义特征，并不是因为作者的女性身份（正如女权主义者西泽斯所说的那样，女性作者完全有可能写作非常男人化的书），也不是因为作者讲述了一群女人的故事，更重要的在于作者以相当坚定的方式，揭示了一段含义丰富的女性自我认同的历史，女性自我异化的历史。性别身份的危机也许是徐小斌率先意识到的难题，这在当今中国文化中，其真伪一时尚难以断定，但徐小斌率先对此作了表述。徐小斌在这部小说的题记里写道："世界失去了它的灵魂，我失去了我的性。"事实上，世界并没有完全失去它的灵魂，因为文学一直在修复它；女人也没有完全失去她的性，因为文学使人们重新认识女人的性——这就是《羽蛇》的意义所在。

四、历史与文学相遇

在中国文坛，徐小斌虽然没有大红大紫，但她肯定是一个真正的实力派作家。没有人怀疑她对文学语言有着精致入微的理解，也没有人不为她所营造的神秘主义诗性所感动。她总是不温不火，不疾不徐走着自己的路。《羽蛇》是当代小说中难得的精品之作，数年过去了，徐小斌并未乘胜追击，只是不时出手一些唯美主义式的小说，若隐若现地印证着她所向往的那种飘逸境界。出人意料，2004年盛夏，徐小斌出版了一部长篇历史小说《德龄公主》（人民文学出版社），这显然令文坛大吃一惊。一直热衷于进入虚构的神秘诗性深处的徐小斌，何以会闯入务实的历史小说领地呢？历史领域曾经一度构成一部分先锋派作家的语言实验飞地，那是回避现实矛盾而又可以展示文本和个人独特感觉的有效空间。苏童、北村等人都有过类似的举措。但回归写实的道路来切入历史小说，这还是一种新奇之举，徐小斌这回可算是另辟蹊径。

这部小说讲述年轻漂亮而聪慧的德龄公主在欧洲长大成人回到中国，进入皇宫受到慈禧太后恩宠的故事。这个故事还交织着德龄公主与年轻的美国医生怀特的爱情，她的妹妹与光绪的感情纠葛。小说通过德龄公主的交往关系，展示了皇宫里种种人情世故，恩怨情仇。德龄公主目光所及，正是清王朝腐败无能走向衰败的历史时期，也是中国近代历史剧烈变动，内外交困的关键年代。小说把宫廷里的险象环生的权力斗争与风云变幻的政治风云结合在一起，揭示出从传统封建社会进入现代社会的历史艰难行程。总之，这是一个少女和一个帝国的故事，它呈现了一个庞大的古老帝国在风雨飘摇中度过的最后时光的情景。在全球化迅猛扩张的今天，看看百多年前古老的中华帝国初始遭遇西方文明挑战的场景，无疑更加令人触目惊心。

当然，“历史”在当今消费主义盛行的时代也变得神情暧昧，人们越是远离历史，越是失去历史，人们越是要以想象的方式重温历史。历史变成了人们消费的必需品，而历史也在消费中被放大或者消解。进入20世纪90年代，随着中国经济神话腾飞，媒体这个后工业化社会的典型产业的兴盛，“历史”成为小说、影视剧的热门素材。就近年而言，描写清史的小说或历史剧不在少数，徐小斌有什么过人之处还要做此选择？据说她花了整整四年工夫，阅读了从北图到首图的几百本资料，从收集资料到写作到修改，其中的甘苦不言自明。这显然比徐小斌做她擅长的虚构小说要困难得多。显然，徐小斌把握住德龄公主就等于把握住一个独特视角，而这一视角是过去的清史小说或影视剧所欠缺的。这一独特视角就是中西文化在近代转型时期的交汇与冲突。尽管过去的作品也写到这点，但都只是作为一个局部的视点附属于民族矛盾和政治斗争的主线，在徐小斌这里，德龄公主这一视角则是深入而全面地展示以慈禧为首的清廷对西方文明的极其复杂的心理和接受过程。

德龄的父亲是驻法公使，她自幼受到西式教育，她和妹妹容龄是舞蹈家邓肯免费收的二位学生，通晓西洋礼仪、教养、音乐和多国语言。慈禧对她的欣赏，与慈禧惯常给人的狭隘保守闭关锁国的形象大有出入。小说虽然也写到慈禧种种保守愚昧的思想与行为，但她对德龄的接受，对西方文明的有限吸收，似乎更深入细致地展现了清帝国对西方文明的回应。小说写到慈禧由抵触到接受卡尔给她画像的故事，这明显表明慈禧对西方文明做出的姿态，同时也表现了慈禧真实的心理变化过程。一个更具有积极态度面向西方文明的人物是光绪皇帝，小说写了光绪与容龄之间的朦胧的情爱关系，容龄教光绪弹钢琴、学英语，甚至还有西方宫廷舞，光绪显示出更加开放和富有热情的态度。德龄和容龄二人本身就是西方文明的象征，与其说她们是古旧的东方文明的女儿，不如说是西方现代文明的使者。她们带着西方的现代观念、现代生活方式、现代审美趣味走进这个古老的皇宫，她们带来了一股清新的更富有人性的自由气息。小说从这个角度非常细致透彻地表现了近代中国接受西方文明的艰难而富有戏剧性的过程，按照徐小斌所下的资料功夫，可以信得过她叙述这个中西文明在近代中国相遇时的情景和那些动人的细节。

小说始终贯穿的德龄与美国医生怀特的爱情故事，这本身就是中西文明交汇冲突的深刻写照。在那些日常生活的叙述中，这段爱情故事被写得充满浪漫气质。已经相当西化的德龄，一旦面对怀特的爱情，不同文化之间的差异性依然难以抹去。但徐小斌把这份爱情写得楚楚动人，那是更为纯粹的青春期的美好爱情，在这一意义上，人性超越了民族性。

多少年来在文学方面的磨炼，即使是在纯文学的水准上，徐小斌的叙述才能和语言功夫无疑是上乘的。做足了材料方面的功夫之后，徐小斌可以发挥她的想象力，这是一次历史的文学化，也是文学的历史化，它造就着一种新的文学品质。流行的（或者说主流的）历史小说主要以写事件为主，大起大落描写事件主脉，刻意构造戏剧性矛盾，罗织人物正反分明的冲突等等，使当今主流的大多数中国历史小说已经模式化。另一类则是戏说，无边无际的胡编乱造。在当今的文学格局中，历史小说一直是划归在通俗读物的范畴，在文学史的叙述中，也只是专列章节加以阐述，似乎与主导文学的现实没有实际关联。徐小斌的这部“历史小说”可以看出它鲜明的文学品质，这就是纯文学与历史小说的融合。从主流文学的意义上来看，徐小斌从历史那里借来材料，展开她对近代中国历史的探究，写出这个时代的帝王将相才子佳人的悲欢离合的命运。从历史小说的角度来看，徐小斌把纯文学的那种叙述方法融合进了历史题材，她强调叙述视点，强调叙述时间的变化和对比，强调人物性格和心理描写，强调语感和工整的句式，强调神秘体验和诗性氛围的营造……所有这些，都使这部小说达到相当高的艺术水准，也摸索出纯文学与历史小说结合的崭新道路，可以说开拓了历史小说表现的空间，把历史小说提升到主流文学的高度。

当然，在艺术上，这部小说让我们再次想起《红楼梦》的传统，想起作者沟通的那种古典记忆。这倒不是说慈禧使人想起贾母，光绪身后晃着宝玉的影子，德龄容龄也可见出宝钗黛玉的姿色，小说的笔法、叙述风格和人物性格命运的刻画，都秉承了《红楼梦》的格调，应该说作者是下了功夫吃透《红楼梦》，颇得《红楼梦》神韵。一部包含着历史悲欢的作品，对一段剧烈变动的历史的呈现，能讲述得如此精致细腻，如此楚楚动人，把一个少女引入一个古老的帝国，一部历史的裂变与一段情缘的诀别，诡异而凄美，惊心动魄却悠长如歌，这就是历史与文学相遇，文字与心灵相交，心灵与诗意相合。

在《德龄公主》出版的当年，《秋瑾的东瀛之旅》这部短篇小说也发表于《山花》（2004 年第 7 期）杂志上，对《德龄公主》的历史讲述进行了某种补充。虽然这仍是一个与德龄有关的故事，但故事的主人公换成了另一位在中国近代史上赫赫有名的女性——秋瑾。秋瑾不同于徐小斌笔下其他的女主角，她主动进入了“大历史”场域之中，并始终以一位革命者的形象出现。徐小斌擅写的情爱在这里为历史变局的激情让出了空间，秋瑾与德龄的交往在一个更大的历史层面上折射出“革命”和“改良”两大变革思想的碰撞，这不再是“女人的历史”，她们是成为了历史主体的女人。徐小斌已无须以神秘缱绻的诗情书写历史，历史本身便迸发出了浪漫的火星。

五、关于本真之美与重返童话

徐小斌的小说一直以追求唯美和神秘而引人注目，她多年前的小说《迷幻花园》《双鱼星座》等，给人以极深的印象，那是先锋小说渐渐落下帷幕的时期，徐小斌另辟蹊径，以语言的典雅唯美和对不可知的神秘探究，给纯文学注入了特有的女性气质。如果说这个时代确实有个人化写作，那么徐小斌应当是最为自然的个人化写作。

徐小斌出道甚早，20世纪80年代中期就写有《对一个精神病患者的调查》。徐小斌似乎在文坛边缘行走，保持着自己对文学的独特理解。要说世俗化或商业化，徐小斌可能最有条件，她所供职的单位，她所从事的影视剧编剧专业，不知有多少机会去赚取元宝。令人奇怪的是，徐小斌似乎与她的这份工作若即若离，她矢志不渝的是她心目中理解的文学。她对文学的那种追求，虽然不是狂热性的，但却是最为内在而最有韧性的。商业上的成功从来不能使她心里踏实，对她来说，只有文学，纯粹的文学上的自我肯定，这才是她要告慰的自我心灵。

很显然，2010年，徐小斌出版《炼狱之花》是她一贯的文学追求和人生态度的直接表现。这部小说破天荒地由人民文学出版社与长江文艺出版社联袂出版，与徐小斌过去的小说企盼形而上的神灵不同，这回徐小斌把一些海底精灵请到了俗世。过去徐小斌对于现实世界的表现，采取了神秘的超越方式，这回却是直接的揭示批判。其实近年来中国作家对现实的关切始终没有松懈，不用说那些底层写作延展的历史与阶级批判，现在有更多的作家，对现实进行精神性的思考，也就是说，他们时刻在追问：我们这个时代的人们的精神到底出了什么样的问题？范稳出版的《大地雅歌》在异域文化中探寻纯粹之爱来纠偏当代世俗功利；莫言的《蛙》通过戏剧糅合进小说的形式，反讽式地刻画当代价值的错位；有张炜的《你在高原》如此高亢的对当代现实的全方位质询；也有徐小斌这样的切入现实的某个区域，去揭开当代人的肉体与精神的困境。

《炼狱之花》讲的是影视娱乐业的故事，这方面的故事是否是徐小斌的亲历不好判断，但她有直接经验、有第一手资料这是毋庸置疑的。徐小斌当然不会满足于玩一些爆料的技法，她不过是把影视界或娱乐业作为故事表现的质料，她要探究的还是人性在这个时代的变质，人类的本真的善与美到底处于何种境况。

小说显然与《安徒生童话》的《海的女儿》有关，这个想变成人的美人鱼，如今在《炼狱之花》中是一朵海底的百合花，她也来到了人间，历经着人间一切是是非非。不幸的是，她涉足了影视业，这个看上去美妙神奇的世界，却是充满了比其他行业更为密集的尔虞我诈。一个来自海底的几乎是纯真纯美的女孩，就这样历经着人世间的卑劣与丑恶。徐小斌通过百合这个人物，几乎是把童话世界强行与当下的现实世界重叠在一起，在童话的映衬下，她来观看这个世俗的欲望横溢的现实世界。这似乎是反着写童话，不是从人世间去往童话世界，而是从童话世界来到人世间。

这部小说明显是按照童话的美学规则来构思的，好人与坏人都清晰可见，几乎所有的男人这一谱系大都是坏人和害人的妖魔，女人则是好人和受害者。男人的谱系：铜牛、老虎、金马、阿豹……女人谱系：百合、天仙子、曼陀罗、罂粟、番石榴……男人属于动物科，女人属于植物。这本身包含着徐小斌的女性主义立场。动物凶猛、贪婪、富有进攻性和侵略性；植物则属阴性，自怜自爱，孤芳自赏。但植物也有毒性植物，如曼陀罗、罂粟几种。番石榴作为植物虽然属于果树，但这里作为一个女人的名字，却包含着坚实诡异。徐小斌的命名本身就是一种童话手法，她用童话的人物、童话的思维、童话的美学来重建当下的小说，那就是纯文学与畅销文学连体的一种方式。既获得可读性，获得更为广泛的读者受众，又依然不失严肃文学具有的品性。

海百合这个人物是作者设想出的中国版的“海的女儿”，她来自海底世界，对人的世界几乎懵懂无知，她以未经文明洗礼的纯粹自然的生命状态，来到人世。显然，徐小斌是想去探究一个完全没有世俗功利的女子，在今天的现实中将会遭遇到什么样的结果。这无疑是徐小斌设计的叙述策略，海百合天真无邪，她如一面镜子，映衬出一切现实的欲望。而她的善良天真也表达了徐小斌对当代人性异化的深刻批判。与她相对的那些人，在进行动物化命名的同时，也显现了他们的性格特征：铜牛如牛一样憨傻，却是内心虚弱；老虎也是只纸老虎；金马就更是非驴非马；阿豹也徒有其名，只是在罂粟的股掌之中。徐小斌的动物化命名，充满了对男性动物化的戏谑，这与百合所代表的非人类的本真之美的世界构成了鲜明对照。但在小说的叙述中，海百合就是只如镜子一般安详地放在那里，无须什么正面冲突，所有冲突，只是人类的这些男性动物不自觉地露出的蠢态。

天仙子也是作者寄寓的一个理想化的人物，作为一个追求纯粹文学的作家，天仙子与这个现实世界格格不入，最终只能遭遇到冷落和凄凉。天仙子的女儿曼陀罗却是怪戾狠毒，她的脸上长了一朵曼陀罗花——那或许是炼狱之花吧，她却要割下百合哥哥脚心的曼陀罗花。如此这般的故事，离奇得也只有在童话世界里才能被理解。天仙子对女儿失望，对人世间也失望至极，小说借天仙子之口，对现实世界的人欲与权力的横行给予猛烈抨击——她看透了人类世界的本质。

徐小斌在这部小说中，毋宁说是唱了一曲本真之美的挽歌。“海的女儿”几乎是她那一代人在动荡年代里接受的纯美幻想，徐小斌过了如斯年月，却要还此宿愿，她只好让她的“海的女儿”来到当今的现实，来到她所熟悉的娱乐世界。其实徐小斌作为一个叙述人，也充当了小说中的一个角色。那是她始终在场的叙述，由此表征了20世纪50年代人的美学记忆——如此纯粹，如此本真，奇怪地存在于那个政治极度强大的年代之外，而有一种一尘不染的古典之美，甚至延续至今，在今天被重新唤醒，来到如此解放张狂的时代，却徒有遗世孤立的美感。而向人们步步紧逼的是曼陀罗花般的后现代狰狞之美。与其说徐小斌解释和解决了当代道德和审美的困惑，不如说她留给我们更加不安的思考。

2018年的《入戏》是徐小斌又一部涉及影视业的力作，不同于《炼狱之花》的童话之美，徐小斌在这部中篇小说中直面了影视行业内部的潜规则。女主人公梅清风是一个以创作为业的典型的知识女性，却身处生活的烦琐与工作的阴暗的双重压抑之下，既心怀正义又无能为力，终于成为“入”不了“戏”的“失败者”。她的痛苦在于她活得太过本真，无法把生活当作一场荒诞而庸俗的戏剧。梅清风的形象延续了徐小斌对女性人物的创作传统，她是一个以自我的内部世界来对抗外部世界的人，但她更多地带有了不愿长大的孩子的天真与任性。在“影视行业潜规则”的社会化叙述之下，隐藏着一整个向纯真的“孩子”——女性——倾倒过来的“成熟”世界。不同于对梅清风的赞赏，在《无相》中，徐小斌对杰的态度更多的是嘲讽。这个故事同样具有影视行业的背景，杰是一个文化投机者，总以为自己可以完美地玩弄规则与控制人心，结果却只剩下空虚。杰曾经有过一个可能的救赎机会，那就是忠诚的女友珊妮，但她也在杰的操纵和推动下，被卷入了物欲的洪流。杰在投机与纵欲之后，又试图回归纯真女性的怀抱，而这显然已经不可能了，在社会批判的大主题下，“浪子回头”这个永恒的性别关系想象被彻底打破了。

向外张望的野心勃勃的男性和注视内部的孩子般的女性，是徐小斌小说中常见的一组性别关系。《别人》是一部专注于心理书写的笔法细腻的小说，躲藏在自我的世界里的“老姑娘”何小船神经质地在一副塔罗牌上寻找自己的命运，小心翼翼地避开爱情的伤害，却仍不免落入任远航的情感陷阱无法自拔。何小船一旦沾染上爱情便不由自主地完全奉献了自我，但她视若生命的爱情在任远航那里却要排在工作、名誉等许许多多社会性因素的后面，男女双方对爱情截然不同的态度必然导向最后的悲剧。小说的内涵不止于此，任远航对何小船的爱情始于那个颠倒错乱的激进革命年代之前保留下的孩童式的纯真，但在历史创伤和个人经验的双重扭曲之下，“本真”已经成了一个遥远的幻影，任远航可以不付出任何代价地追忆，却再也不可能为曾经的爱与真承担丝毫风险。相较于《别人》的绝望，《无执》这个同样涉及那个激进革命年代的故事则更多地留下了希望。在那个充满压抑的时期，出身不好、身体瘦弱如孩童的郑小米在周围的迫害欺压下，依靠幻想来自我拯救，并幸运地遇上了一个让她的幻觉成为现实的男人，但他们之间直到最后也没有发生实质的爱情，郑小米的“无执”让这段回忆停留在极端年代两个年轻人的友谊，也在严酷外部环境中为纯真留下了一个内在的空间。这些有关遥远的“本真”记忆的或无望或温暖的故事，都流露出徐小斌对现实的深刻不安与思虑。但她在内心深处也许还是愿意给希望留下一席之地的，这从徐小斌的新作《无调性英雄传说》中可以略窥一二。这是一部对古希腊神话的改编之作，神话和史诗中的神祇和英雄们成为了对抗压抑世界的革命者，从人类文明的古老源头之中，徐小斌重新找到了理想主义的纯真与力量。

徐小斌的写作始终在提醒着人们，文学写作的真正要义是什么，什么是一个作家理应长期坚持的本色。她也许不能完全梦想成真，但她已经梦想成精。

2019 年 3 月

改定于北大朗润园

自序　我对世界有话说

我对世界有话要说，可惜，这世上没有几位真正的聆听者。于是只好用笔说。

十七岁，我曾经试图写一个长篇，叫做《雏鹰奋翮》，写一个女孩凌小虹和一个男孩任宇的故事，写得非常投入，写了大约有将近十万字，写不下去了。多年之后我重看这篇小说，真是奇怪我当时怎么竟会有这样的耐心，写出这样密密麻麻、工工整整的蝇头小楷：出身于高级知识分子家庭的凌小虹与出身于干部家庭的任宇，有一种非常纯洁也非常特殊的感情。由于出身的不同，在那个特殊年代他们之间不可避免地发生误会。小虹的父亲被殴打致死后，她生活无着，被赶出自己的房子，到过去保姆住的地方蛰伏，却遭到保姆儿子王志义的性骚扰。性格刚烈的她在反抗中杀了王志义，只身潜逃。任宇寻找未果，痛彻心肺。后来任宇与几个好友一起囚渡红河，到越南参加抗美援越，遇到了一个酷似小虹的女子。写到这里，我不知如何往下写了，就停了笔。这沓子片叶纸，在交通大学院里的小伙伴中间传来传去。每个人见了我都会问：后来他们俩怎么样了？

多年之后《东方时空》总策划、我的好友杨东平把《雏鹰奋翮》作为“文革”中的地下作品写入了他的一本书里。

真正的写作其实是从大学时代开始的。

怪得很，也许因为那时是全民文学热，学经济的学生照样对文学爱得一塌糊涂，并且常不自觉地用一种文学品位与标准来衡量人。大学二年级，开了一门基础课叫做“汉语写作”，让大家每人写篇作文。我写的是杭州孤山放鹤亭，有关梅妻鹤子的故事，只有千余字，只是选了一个特殊的角度。(后来此文全文发表在《光明日报》上。)老师对我说:“你为什么不写小说?你是个潜在的作家。”

事隔不久，汉语教研组杜黎均老师找到我，向我索要一篇小说。这位杜老师“文革”前曾做过《人民文学》的编辑。我拿了一篇四千字的习作给他，事后再不敢问起。谁知这篇习作后来竟登上了《北京文学》1981年第二期新人新作栏的头条，还配了很精美的插图。我惊喜之余又写了第二个短篇《请收下这束鲜花》，作为自然来稿投给我当时最喜爱的刊物《十月》。小说情节很简单，写一个情窦初开的小女孩爱上了一个青年医生，后来医生得了绝症，在弥留之际，小女孩冒着大雨赶去看他，那医生却早已不认识她了。完全写小女孩的内心秘密，无疑在当时的社会语境下是独特的。这篇小说后来获得了《十月》首届文学奖。记得发奖大会那天，《十月》当时的主编苏予特别向大家介绍了我——获奖作家中最年轻的一位，周围坐的都是当时的文学大家们，对我说了些鼓励的话，令我诚惶诚恐——从此，便穿上红舞鞋，再也脱不下来了。

80年代我的经历充满了戏剧性，其中之一便是与《收获》的相遇。1983年我写了生平第一个中篇《河两岸是生命之树》，那时，对外开放的大门刚刚开了一道缝，正因如此，门外的景色看起来如此新鲜。我被一种写作的激情啮咬住，它使我整天处于一种癫狂状态，我每天都和小说人物生活在一起，忘了我属于他们还是他们属于我，写到动情处，趴在桌上大哭一场，此小说应当是我情感最投入的一部，三十多年后的今天，依然有读者在问:“这本书在哪里有卖?”

《河两岸是生命之树》是《圣经》中的一句话，全句为“河两岸均有生命之树，所产果实十有二种，月月结果，其叶可治万邦之疾”。——在一个伤痕、寻根的年代引用《圣经》的话，也算是比较特别了。

在宗璞的鼓励下，我把此小说作为自然来稿寄给了《收获》，竟然在一周之内就得到了请我去上海改稿的电报。最有趣的是当时的《收获》编辑郭卓老师手持《收获》为接头暗号在车站接我，上了编辑部的木楼梯她就边走边喊："接来了，是女的！"——后来她告诉我因为我的名字编辑部产生了歧义。后来就是李小林老师把我约到武康路她家里谈小说。当时小林老师对小说人物关系的分析深深打动了我——一个无名作者竟得到如此认真的对待，固执如我，也不能不彻底折服。那一天的大事是见到了巴金。当时巴老从一个房间慢慢走向另一个房间，我看着他和蔼的笑容，尽管内心充满崇仰，却说不出一句话来，甚至连一句通常的问候也说不出来——不知为什么那时我觉得凡心里的话表达出来就会变味儿——我的心理年龄始终缺乏一个成长期，人情事故方面基本是白纸一张。

此中篇发在了1983年第五期《收获》的头条，并选入了《收获》丛书，那是我出版的第一本书。

收到了很多读者来信。许多人为它一鞠感动之泪，许多人把自己的经历细细地告诉我，甚至是秘密和隐私。我相信巴尔扎克那句话了："只有出自内心的，才能真正进入内心。"

1985年发表《对一个精神病患者的调查》。那时常有些古怪的念头缠绕着我——我常常惊诧于人类的甲胄或曰保护色。人类把自己包裹得那么严，以致许许多多的人活了一生，并没有露出自己的本来面目。渐渐地，连本来面目也忘却了。甲胄与人合为一体，这不能不说是一种悲哀。在适者生存的前提下，任何物种都要学会保护自己，或曰：学会伪装和自欺。在某种意义上，人类为自己涂上的保护色有如鮟鱇鱼的花纹或杜鹃的腹语术。

人要做自身的真正主人谈何容易?!

然而，总有些人要反其道而行之，我笔下的女孩景焕便不愿认同那条既定的轨迹，她拼命想挣脱，她想获得常轨之外的尝试，挣脱的结果是落入冰河。——然而上天给了她补偿。就在她堕入了冰河的瞬间，她看见了弧光——那象征全部生命意义的美丽和辉煌。

人类的创造力产生于痛苦和偏差的刹那。那是另一种人生。

而大多数人则被一种无形的力量牢牢束缚着，周而复始地在一条既定的轨迹上兜圈子，很安全，但无趣，且无意义。

智利有位学者曾说："落后和不发达不仅仅是一堆能勾勒出社会经济图画的统计指数，也是一种心理状态。"这句话说得很深刻。

《对一个精神病患者的调查》改编成电影《弧光》，是我生平第一次与电影界合作。现在想起，在当时拍这样的电影，也是需要相当的勇气的。

打我很小的时候就有些奇思异想：走进水果店我会想起夏娃的苹果，想起那株挂满了苹果的智慧之树，想起首先吞吃禁果的是女人而不是男人；徜徉在月夜的海滩，我会想象有一个手持星形水晶的马头鱼尾怪兽正在大海里慢慢升起；走进博物馆，我会突然感到那所有的雕像都一下子变得透明，像蜡烛一样在一座空荡荡的石头房子里燃烧……"宇宙的竖琴弹出牛顿数字，无法理解的回旋星体把我们搞昏，由于我们欲望的想象的湖水，塞壬的歌声才使我们头晕"（[美]，威尔伯）。我想，早期支撑我创作的正是我对于缪斯的迷恋和这种神秘的的晕眩。

1987年写第一部长篇《海火》，过了两年才出版。二十年后再版，沈浩波说，这小说一点没过时啊。可是在当时，确实是被忽略的。

我写："历史，就是因照了太多人的面孔而发疯的一面镜子。"我写了当时的历史：改革开放的背景下年轻人的生活。一个美丽的女孩，同时却又妖冶、阴毒、险恶，一个不美的女孩，同时却又纯洁、善良、天真；然而，小说却违反了一贯的"中国式道德判定"。"恶"由于它的真实而具有一种魅力；而善良、天真等等这些字眼却显得苍白无力、令人怀疑。起码，这些字眼是无法独立生存的，也正因如此，美丽与不美的女孩正好构成了一个人的两种形态：外显与内隐，显性行为与潜在本性——所以，在小说最后的女主人公所做的梦中，两个女孩裸身在大海中相遇，不美的女孩问：你到底是谁？美丽的女孩回答：我是你的幻影，是从你心灵铁窗里越狱潜逃的囚徒。

20世纪整个90年代我对写作的热情近于疯狂。一口气写了很多的小说。

譬如很多人说看不懂的《迷幻花园》：许多年前的一个中午，两个女孩在苏联专家设计的平房前聊天。一个女孩掏出三张纸牌问另一个女孩，从此她们的命运就被决定了。那三张不同颜色的纸牌分别代表生命、青春和灵魂。

这听起来似乎十分荒诞，但却有着一种令人心悸的真实。人生并非希腊神话里的两头蛇可以向任一方向前进，有取必有舍，重要的是：你到底要什么？

《银盾》《黑瀑》《蓝毗尼城》与《密钥的故事》都深藏着隐喻，在本文集《迷幻花园》卷中我有详细的讲述，有兴趣的朋友可以看看。

《末日的阳光》其实是个很重要的篇什，然而可能正如某个朋友所说，此篇应当二十年后再发表。它写了一个小女孩在"文革"初期，被一种猩红色的死亡气息裹挟的另类故事，它的亦真亦幻太生不逢时了，但它始终是我最心爱的小说之一。

写《双鱼星座》的时候，我内心的痛苦已经到了崩溃的边缘。在一篇创作谈里我写道："……父权制强加给女性的被动品格由女性自身得以发展，……除非将来有一天，创世纪的神话被彻底推翻，女性或许会完成父权制选择的某种颠覆。正如弗洛伦斯·南丁格尔胆大包天的预言：下一个基督也许将是一个女性。"

这篇创作谈当时被一些批评家认为是中国女性主义写作的一个宣言。《双鱼星座》获得了首届鲁迅文学奖。

《羽蛇》成为90年代末我的最后一部长篇。

写《羽蛇》这样一部小说的想法，从很早就开始了。——一个深爱母亲的孩子被母亲抛弃了，来自母亲的伤害毁了她的一生。——所有的孩子被母亲抛弃的结果，是伴随恐惧流浪终生。

但是我们终于懂得，每一个现代人都是终生的流浪者。现代人没有理想没有民族没有国籍，如同脱离了翅膀的羽毛，不是飞翔，而是飘零，因为它的命运，掌握在风的手中。我们懂得了这个道理，但是付出了比生命还要沉重的代价。

我们是不幸的：生长在一个修剪得同样高矮的苗圃里，无法成为独异的亭亭玉立的花朵；为了保证整齐划一，那些生得独异的花朵，都注定要被连根拔去，尽管那根茎上沾满了鲜血，令人心痛。有幸保留下来的，也早已被改良成了别样的品种，那高贵的色彩在被污染了的空气侵蚀下，注定变得平庸；

我们又是幸运的：在当今的世界上，还有哪一国的同龄人可以有我们这样丰富的经历？童年时我们没有快乐，少年时我们没有启蒙，青年时我们没有爱情，中年时我们没有精神，老年时我们没有归宿——另一个世界的宠儿们闻所未闻的什么大字报、批斗会、通辑令……都曾经走马灯似地从我们年轻的眼前飞驰而过，那真是神话般的叙事，那一切都是发生了的，尽管中华民族有着著名的健忘机制，但是那一切却深深地镌刻在那个女孩以及许多同代人的记忆之中。

于是，在世纪末的黄昏，我找出一张仿旧纸，在上面记下听到、看到和经历过的一切，立此存照。

死去了的，永不会复活。我们也不希望他复活，还魂之鬼永远是丑恶的。

但我们还是忘了，从所罗门的胆瓶里飞出来的魔鬼再也飞不回去了。我们把它禁锢了许多年，每禁锢一分钟，它的邪恶就会十倍百倍地增长。它的邪恶浸润在这片土地上。它毒化了这片土地。它充分展示了另一种血缘中的杀伤力与亲和力，那是土地与人的血缘关系。于是，在我们这个有了高速路、网络对话与电子游戏的时代，形而上的、精神的、灵魂的土壤却越来越贫瘠了。

而羽蛇象征着一种精神。一种支撑着人类从远古走向今天，却渐渐被遗忘了的精神。太阳神鸟与太阳神树构成远古羽蛇的意象。在古太平洋的文化传说中，羽蛇为人类取火，投身火中，粉身碎骨，化为星辰。羽蛇与太阳神鸟金乌、太阳神树若木，以及火神烛龙的关系，构成了她的一生。一生都在渴望母爱的羽丧失了其他两种可能性。那是融化在一起的真爱与真恨，自我相关自我复制的母与女，在末日审判中，是美丽而有毒的祭品。

所以我在题记中写：世界失去了它的灵魂，我失去了我的性。

我写《羽蛇》，是在极端崩溃的状态下进行的，我不是不会哭的孩子，只是我的哭声无人听见。

《羽蛇》飞出去了，她被位于纽约的西蒙舒斯特出版公司签了，预付八万美元，我的代理人说：你高兴一下吧，你的预付比张爱玲还高两万美元呢。

《羽蛇》和五卷本文集出版后，我一直想写一个完全不同的东西。后在一个类似“清宫秘闻”之类的小册子上，发现了德龄姐妹的一段轶事，上面写了她们曾经是现代舞蹈之母伊莎贝拉·邓肯甘愿不收学费的入室弟子。顿时兴趣大增。

读了整整一年史料，一百多本，资料来源主要三部分，一是北图；二是故宫的朋友帮助搜集；三是各个书店，特别是故宫、颐和园等地的书店。在读史料的过程中我发现，有很多历史人物历史场景的描写在历史教科书中是有问题的。譬如对光绪、隆裕、李莲英、对庚子年、对八国联军入侵始末、对慈禧太后当时的孤注一掷、对光绪在中日甲午战争中的勇敢表现和之后的奋发图强，对隆裕和李莲英的定位等等，都有很大出入。

历史背景是大清帝国如残阳夕照般无可挽回地没落，本身就是一个大悲剧，而在前台表演的历史人物包括慈禧、光绪、隆裕等都无一不是悲剧人物，在大悲剧的背景下的一种轻松有趣愉悦甚至带有某种喜剧色彩的故事，这种故事与背景之间的反差本身就具有巨大的张力。

这部小说一不留神很畅销，很多人说：“这部小说有阅读快感。”

更多人对我失望，他们原本是希望我写《羽蛇》那种风格的小说。

但我写什么，不是任何人可以左右的。人的成长过程便是一个祛魅的过程。我写了《炼狱之花》，讥讽了黑恶势力，还拿了一个加拿大的奖。

是的我终于不再自我折磨，我真的长大了，变老了。

然后我写了《天鹅》，写了真爱。在这个几乎没有真爱的时代写真爱，无疑是痛苦和困难的。在新书首发式上，评论家施战军说:《天鹅》是当代非常需要的题材，但也是作家几乎无法驾驭的题材，深以为然。

其实对于这部小说的最大难点来说，并不在于音乐元素与“非典”场景的还原，而在于写拜金主义时代的爱情，实在是难乎其难，稍微一不留神，就会假，或者矫情。何况，我写的还是年龄、社会文化等背景相距甚大的一对男女。

《天鹅》说是写了七年，其实断断续续都不止。

之所以写了这么久，简单地说只有一个原因，那就是:写的是爱情小说，可写了半截不相信爱情了——我是个不会做伪之人，对于已经不相信的东西我不知道如何才能继续。

突然有一天，我重听圣-桑的《天鹅》，如同一个已经习惯于浊世之音的人猛然听见神界的声音——有一种获救的感觉。这时，来自身体内部一个微弱的声音突然响起:“写作，不就是栖身于地狱却梦想着天国的一个行当吗？”难道不能在精神的炼狱中创造一个神界吗？不管它是否符合市场的需要，但它至少会符合人类精神的需要。

就这样，经历了四年的瓶颈几乎被废弃的稿子重新被赋予了活力。但是我沮丧地发现，除了极少的一部分文字外，大多数都需要重新来过——因为整部小说都涉及了音乐，还不是一般的涉及，是主脉络都与高深的古典音乐有关——故事的层层递进是伴随着一个手机里的几个乐句如何变成小品变成独奏曲变成赋格曲最后成为一部华彩歌剧来实现的。于是只好报班听课。——在 2011 年的炎夏，我永远穿着同一套灰色夏布袍子往返于课堂与家之间，与那些下了课还不断问问题的人们相反，每次刚刚下课我便神秘消失。以至于培训班结束时一个穿着时尚的女子告诉我，他们给我起了一个外号叫“小幽灵”。

我十分务实地想:我才不想去追究那么高深的古典音乐呢，小说里够使足矣。然而，写起来却远不如我想象的那么简单，为了怕露怯，我再度展开了自虐苦旅，沉迷其中，竟几度被我的男女主人公虐得潸然泪下。

《天鹅》尝试了一种“仿真”式的写法。我弃绝了惯用的华丽句式尽量让她素朴自然。恰恰2000年前后我有一次“走新疆”的经历，于是把故事的发生地设置在那里。为了完成小说，我又前后两次去新疆，成本巨大。本来我以为，这样的写作会比之前容易得多，但是进入叙事语境后才明白，原来难度如此之大，我又把自己逼向了绝境。

在《天鹅》扉页我写了，爱情是人类一息尚存的神性。很多人一生是没有爱过的，而且他根本不懂得什么是爱，甚至没有爱的能力，真爱不是所有人都有幸遇见的。正如一位哲学家所言，真爱能在一个人身上发生，至少要具备四条，一是玄心；二是洞见；三是妙赏；四是深情。只有同时具备这四种品质的人，才配享有真爱。

玄心指的是人不可有太多的得失心，有太多得失心的人无法深爱；洞见指的是在爱情中不要那些特别明晰的逻辑推理，爱需要一种直觉和睿智；妙赏指的是爱情那种绝妙之处不可言说，所谓妙不可言就是这个，凡是能用语言描述的就没有那种高妙的境界了；第四个就是深情，深情是最难的，因为古人说情深不寿，你得有那个情感能量才能去爱。深情被当代很多人抛弃了。几乎所有微博微信里的段子都在不断互相告诫：千万别上当啊，在爱情里谁动了真情谁就输了等等，这都是一种世俗意义上的算计，与真爱毫无关系。

我历来不愿重复，可是有关爱，不就是那么几种结局吗？难道就没有一种办法摆脱爱与死的老套吗？如果简单写一个爱情故事，那即使写出花儿来，又有什么意义呢？——这是我面临的又一个难题。终于我找到了一个不一样的思路：物质不灭，但是可以转换形态，所谓生死，堪破之后，无非就是形态物种之转换——所以我设计了一个情节——男主角的遗体始终没有找到。而在女主角按照男主角心愿完成歌剧后，在暮色苍茫之中来到他们相识的湖畔，看到他们相识之初的天鹅——于是她明白了自己该怎么办——她绝非赴死，而是走向了西域巫师所喻示的超越爱情的“大欢喜”——所谓大欢喜，首先是大自在，他们不过是由于爱的记忆转世再生而已，这比那些所谓爱与死的老套有趣多了。

我喜欢那种大灾难之下的人性美。无论是《冰海沉船》还是《泰坦尼克号》都曾令我泪奔。尤其当大限来时乐队还在沉着地拉着小提琴，绅士们让妇孺们先上船，恋人们把一叶方舟留给对方而自己葬身大海，那种高贵与美都让我心潮起伏无法自已。而这部小说最不一样的是关于生死与情感，是用了一种现代性来诠释了一部超越爱情的释爱之书。

2016年4月我参加伦敦书展，是因为获得了2015年度英国笔会翻译文学奖。获奖小说叫做《水晶婚》(中文版曾经刊于《天南》)，写一个平凡女子从结婚到离婚的十五年，折射出中国这十五年天翻地覆的变化。

按照西方批评家的分类，这部小说是绝对的女性主义写作。我写了我们所经历的两个时代：铁姑娘时代和小女人时代。

我们小时候听得最多的就是“妇女能顶半边天”，实际上是要在干体力活上做到男女平等，女孩要与男子干一样重的活，那是个崇尚“铁姑娘”的年代，我们这些当时尚在花季的女孩，哪个不是“谈美色变”？我曾经去过的北大荒，麦收季节，无论男女，都要扛着二百斤重的麦包上跳板——试想一个尚未发育成熟的十五六岁的女孩子扛着二百斤的重物，还要走独木桥式的三米长四十五度的跳板，然后把麦包卸进粮囤里，今天想起来是不是很可怕?！有很多女孩因此得了终身的疾病，也有很多女孩尽全力也无法完成，譬如我，被安排去背一百斤的“尿素”，这是很受照顾了，但即使这样，我也几乎被压得吐血。夏锄季节的口号更为荒唐：叫做“活着就要拼命干，死了埋在黑龙江畔”，人命是不值钱的，领导在动员大会上说，每人每天包一根垄，干不完，哭也得给我哭出来！要知道，黑龙江土地的“一根垄”，是整整十四里啊！那时我还只有十六岁，且患着严重的痢疾，中午老牛车送饭只能往人最集中的地方送，这就意味着我这个落后者永远吃不上中午饭，在那样可怕的劳动强度下生着病并且一口饭都吃不上，喝水都要把前面的水缸放倒，像小狗一样地钻进去，才能喝上一口已经见了底的满嘴泥沙的水。岂止如此，我们在特大涝灾中从齐膝深的水里捞麦子，在11月的寒冬从冰河里捞麻，即使来月经也绝不能请假，三十八个女孩睡在两张大通铺上，在零下五十二摄氏度的寒冬没有煤烧，为了活下去，我们去雪地里扒豆秸烧，喝尿盆里的剩水，——我至今吃惊自己是怎么活下来的，惟一的解释就是青春的力量吧？除此之外真的无法解释。

“铁姑娘”的时代终于过去了，但事情并没有因此变好，在今天，是一个地道的“小女人”时代，智商高不高无所谓，最重要的是要“情商”高，而中国式的情商指的是什么呢？就是指女人要懂得如何取悦男人，取悦上司。绝不能动真情，谁动真情谁就是输家。这类人不少，甚至有一批所谓精英女性都是如此。觉得自己很有生活智慧，譬如她们认为在情感中运用手段获取男性青睐，然后让自己在与男人的关系上掌握主控地位并从而获得更多的金钱财富是一件特牛的事。这种人被万千女生羡慕，被认为是高情商。

然而在我看来，这是一种严重的女性自我贬低和丧失尊严。甚至比铁姑娘时代更糟。

我笔下的女主人公杨天衣，无疑是个“低情商”的姑娘，她在这个金钱至上的社会，依然保留了自己完整的天性，这个在少年时代就深受中外爱情作品影响的女子，嫁给了一个与她的价值观截然相悖的人，但她并没有服从命运的安排，她的内心一直顽强地爱着她所爱的，她无法改变她的爱情观。他们的婚姻维持了十五年，十五年的婚姻叫做水晶婚。

20世纪中期之后，在政治需要与纯文学越来越壁垒分明的时候，人的壁垒也越来越分明了。写《羽蛇》的时候我还年轻，因此内心的疼痛也就格外尖锐，这种疼痛带着我对自己祖国的爱、悲伤与无力回天的痛心，也有着我个人的令人承受锥心之痛的情感。而《水晶婚》，是一个朴实的记录，无泪之痛，甚至比有泪的痛更加深邃，更加难以治愈。

本套文集中最新的一部小说，是发表在《作家》2019年第一期的《无调性英雄传说》。这部小说的电子版，我给一些朋友看过，他们的第一反应都是吓了一跳——原来小说还可以这样写？！之所以这样写，是因为近年不断地往返于中国和加拿大之间，与各个领域的朋友不断交流，深感时代已经进入了一个算法的时代，AI和量子纠缠已经进入了我们这个时代，无法回避，而文学也应当像上一次物理学引起的革命那样，有所反应。我的副标题是:《关于希腊男神与科学神兽的故事，以及对荷马史诗的改写》——我的朋友说，这部小说的形式不敢说是绝后，起码是空前的，至今为止，没有人这样写小说。

我深知我的创新是危险的。象征主义画家雷东曾经说过这样一段话:“艺术家是一场灾难。在现实世界里他别想期待任何东西。他赤裸地来到这世上，没有母亲为他准备襁褓。不论年纪大小，只要他敢向公众展示出他那独特的艺术之花，他就会立刻遭到所有人的唾弃。所以，要做个艺术家，你就得准备好甘于寂寞，有时甚至是与世隔绝。”

我以为，所有真正的作家、艺术家都逃不掉这个诅咒。

但是没什么了不起的。历史就是一个怪圈，一切都可以触底反弹。何况，在量子缠绕的今天，就更不必惧怕那些长袖善舞的投机者、娱乐致死的堕落者以及暗流涌动的黑恶势力，要知道，他们以出卖灵魂换取的利益、在八面玲珑中编造的春风化雨不过是一堆垃圾，他们貌似成为赢家的人生，在历史的长河中不过是个零，甚至负数。

选择什么样的写作，是我的血液决定的，一切都无法改变，直到蜡炬成灰，我也别无选择。

我写作，因为我对世界有话要说。

目 录

001 第一章
031 第二章
060 第三章
092 第四章
126 第五章
158 第六章
188 第七章
230 第八章
263 第九章
294 第十章
315 第十一章
340 第十二章
366 第十三章
389 尾声

391 向历史要小说（代跋）/ 李洁非
395 后记　我写德龄公主
399 徐小斌作品系年
402 徐小斌文学活动年表

第一章

1

德龄姐妹头一回入宫，是在公元 1903 年，也就是光绪二十九年的初春。

那年春天的万寿山，迷迷蒙蒙的，昆明湖也像是罩了一层迷雾。三乘轿子荡悠悠地穿过海淀，沿颐和园的红色宫墙黄色琉璃瓦来到一个雄伟的牌楼。轿夫一见那牌楼就停步了。小旁门开着，那是为贵客预备着的。至于正门，只有慈禧太后本人可以享用。

入宫的仪式非常隆重。轿子一停，立刻有四个太监来了，两个尖着嗓子大叫："来了——！"另两个拿了宫制的黄丝帘盖在轿子上。裕太太悄声对大女儿德龄说："这是老佛爷的恩宠！"德龄立即肃然，只有小女儿容龄因为太小，一个劲儿地撩着帘子张望。

十余个小太监一字儿排开。为首的请了三个安，道："老佛爷有旨，请裕太太和两位姑娘在东配殿等候。"

就这么进了宫。展眼望去，倒未见得有多么奢华。所有的家具陈设都是紫檀木的，铺着蓝色丝缎，有三十几个造型美丽的钟，容龄凑上去看，见钟座上大多刻着西洋字码，英文法文不必说了，她是认识的，还有些不认识的文字，她便扯了姐姐德龄，一起看。她们看来看去的时候，分明听到旁边有些宫女在议论："哟，也不知她们认不认得中国字儿。""认得什么？连中国话儿也不会说呢！"

容龄哪受得了这个，急回身没等站直了就说："你们怎么这么讲话？谁不会说中国话儿？告诉你们，我们会好几国文字呢！……"

容龄标准的京片子吓了那几个女人一跳。裕太太急忙拦着："这可不是巴黎，由着你们的性子胡闹！这是在宫里，老佛爷的规矩大着呢！额娘教了你们这些日子，难道都白教了？！"

一语未了，外面太监喊一声："皇后主子到！"唬得几个太监宫女，急忙回避。皇后穿浅黄洒花百褶裙，鹅黄绣花窄褙袄，蜜合色坎肩，头上只插一只玉凤，两支蝴蝶镶银翡翠簪子，一对珍珠镶金耳环，并不怎么华贵，倒也干净齐整。皇后很瘦，美丽是谈不到的，却是十分可亲。一见面就笑着说道："可是裕太太和德、容两位姑娘来了？快随我去！老佛爷念叨了好几天了，说是裕太太和两位姑娘大老远儿地回来，可别委屈了她们！"

裕太太急忙率两个姑娘向皇后请了安，赔笑道："我们是什么人？还劳皇后亲自来迎，真真是折杀奴婢了！"

皇后笑道："裕太太快别这么说！你们是什么人？大清帝国驻法公使的家眷，难道不该我来接的？裕庚怎么样？身子可大好了？"

裕太太黯然道："还是不好，我瞅着，愈发重了似的。饶这样，还是心细：嘱咐两个姑娘，千万别坏了咱大清国的规矩，还叫我请老佛爷的示下，进宫是穿洋服呢，还是穿咱满洲的宫服。老佛爷她老人家想瞧瞧西洋的衣裳，这不我们把在那边正式场合的衣裳穿出来了？"

皇后这才看见三人穿的一式巴黎洋装：裕太太穿海水绿色丝袍，维多利亚式的裙撑子，颈上戴一串珍珠项链；大姑娘德龄穿一身鲜红的裙子，配鲜红鞋子，戴玉石耳环；小姑娘容龄穿浅蓝丝绒裙子，戴翡翠项链，三人一式的大羽毛帽子，路易十五的高跟鞋，倒像是鼻烟壶上画的西洋美人似的，皇后看了暗暗称奇。

2

多少年之后德龄还记得，那天见到慈禧太后之前，老佛爷已经把皇太后的谱儿摆得足足的了。先是叫太监宫女迎，然后叫皇后迎，然后人还没出来呢先就赐了不少礼物，金玉戒指一人三枚，一大盘子玉坠儿随便拿，后来又是牛奶饽饽什么的不少吃食，等见到老佛爷的时候，容龄已经吃饱了。

慈禧那天穿的是百凤镂花镶金大红云丝袍，上罩金黄绣龙凤镶银鼠皮坎肩，项上挂的珍珠坠子，颗颗大如鸟卵，一只手上就是四五枚金玉戒子，还有长长的极其精美的金护指，让容龄觉着，那老太太只有一双手很美。

从一开始两个姑娘对皇太后的印象便产生了分歧。与妹妹不同，德龄觉着，皇太后虽然是个老太太了，却依然美得咄咄逼人。那老太太微笑着的时候也有一种威严，令人慑服，而在德龄，则简直就是崇拜。当时慈禧微笑着扶起她们，还亲了亲两个姑娘，道："裕太太，你可真能耐！把两个姑娘调理得仙女儿似的，还这么守规矩，有礼貌！你就不怕我把她们留下？"裕太太一怔，忙赔笑道："果真如此，那是她俩的造化！"慈禧仰天大笑道："到底是咱大清国公使的夫人！真有气派！难道你就没听说过我的恶名儿？有人说，我连亲生儿子都容不下，你就舍得把这一对儿姐妹花儿放这儿？不怕被我给糟践了？！"

裕太太到底是大家子出身，心里虽在突突地跳，脸上依旧赔着笑，一点声色也不露，道："老佛爷说笑了。谁不知道老佛爷会调理人儿？连鸟儿也调理得这么水灵呢！"说着瞧一眼架子上的鹦鹉，偏那鹦鹉像是解人意儿似的，呼啦啦一下子飞起来，口里叫着："老佛爷万寿无疆！"倒把慈禧逗乐了。

慈禧笑道："这两只鹦鹉鸟儿原是袁世凯送的，也难为他想得周全，这么大一个朝廷，偏他想起这个巧宗儿！这两只鸟儿倒长得怪俊的，嘴也巧，倒哄得我笑笑……"

裕太太忙说："这都是老佛爷慈悲……"

慈禧笑道："说起这个来，笑话儿可好多着呢，因我喜欢那西洋哈巴狗儿，说过一回，他们就不知道打哪儿弄来百十来头，见了我，齐刷刷地作揖，倒吓了我一跳！……来来来，闲话少说，先见见皇上！”

三人这才注意到进来一个年轻的男子，看上去只有二十四五岁（其实当时光绪已有三十二岁了），穿黄袍，黑色缎帽上，镶一颗极大的珍珠，后来德龄姐妹才知道，那就是所谓的龙珠，腰带上也镶了些珠宝，但是总的看来，他十分朴素，可以说比宫中任何一个人都朴素。他身体消瘦，神情忧郁，但是相貌端正，一双眼睛黑如点漆，十分灵秀。可以想象到假若他生得健壮一些，应当算是个十足的美男子了。姐儿俩都没想到光绪帝是这样的，急忙上前请安，光绪只是礼节性地微笑着，和她们握了握手。德龄觉着，那双手冰凉冰凉的，而且软绵绵的没一点力气。

光绪来了，就是要上早朝了。果然大总管李莲英来请。李莲英个儿不高，又瘦又老，长得难看，但深得慈禧信赖。那天慈禧好像特别高兴，一定叫娘儿仨在东配殿等着，又唤来孀居的四格格和元大奶奶陪着说话儿。四格格见了娘儿仨这等打扮，好不新奇，因见裕太太是长辈，容龄尚小，于是单问德龄道：“听说姑娘们是受欧洲教育长大的，可是的？小时候就听说，到了一个国家，喝了那儿的水，就把本国的事情都忘记了，是真的吗？”德龄笑道：“那是大人们编出来吓唬你的，哪有这事儿？像我们，虽然受了欧洲的教育，可大清国的礼儿不是也都知道吗？”又道：“对了，我们在巴黎的时候还见过你哥哥载振呢，那次是他要去参加英王爱德华的加冕礼，当时我们也收到了请柬，要不是父亲有事不能脱身，我们也就一起去了，在国外，算不得什么的。”四格格听了，美丽的脸上全是惊讶，道：“原来外国也有皇上？我以为咱老佛爷是全世界的女皇呢！”皇后道：“你们知道什么？山外有山，天外有天，外面的世界大着呢。譬如美国，就没有皇上，是共和国，凡废除了帝制的就叫共和国。”四格格问：“共和国有什么好？”皇后想说什么又咽了回去，话锋一转道：“我现在正瞧一本世界史呢，翻译过来的，挺好看的，你要是对这些有兴趣儿，等我瞧完了给你。”元大奶奶在一旁忙不迭地说：“皇后主子明儿也借我瞧瞧。”皇后看她一眼，道：“你怕是只能瞧瞧画罢了。又不是老佛爷赏的戏，你也要瞧他也要瞧的，没的瞎掺和！”说罢，大家都笑。话音未落，那边李莲英来叫请，说是早朝已毕，今儿老佛爷高兴，叫大伙儿一块儿去知春亭赏春。“老佛爷说，天儿好，就不备轿子了，走着去。”李莲英弯着腰传谕。容龄拍手笑道：“我正想走着，坐在轿子里都快闷死了，哪儿还顾得上看外边儿的美景！”

裕太太听着怕容龄又走板儿，忙向她使了个眼色，容龄却浑然不觉。皇后笑道：“我瞧五姑娘倒是快人快语，是个爽快人！”裕太太赔笑道：“瞧皇后主子说的，她不过是个小孩子罢了！”

皇后率众往外边走，李莲英又连忙赶去回话。德龄注意到李莲英戴的是红顶花翎，小声问皇后道：“皇后主子，听阿玛讲，前朝太监没有过二品顶戴呀。”皇后小声道：“姑娘快别说这个！为这个大臣们还有人上表奏本，惹得老佛爷发怒呢！老佛爷说：‘哼，成天价太后老佛爷地叫着，那都是虚的！这么点子小事儿，难道我还做不了主？还要奏本，都是叫皇上给惯的！’……”

容龄像是突然想起了什么，天真烂漫地问道：“皇上呢？皇上怎么不来？”

皇后骤然变色，低着头一路向前走，再不说话。众宫眷都急急跟着。裕太太与德龄都瞪着容龄，容龄噘起小嘴，不知自己又错在哪儿了。

3

慈禧已在知春亭摆下茶点，这会子见她们来了，堆起一脸的笑，柔声道：“德龄、容龄，你们过来，让我瞧瞧这法国时装！”两个姑娘提拎着裙摆一路跑过去，慈禧摸了摸容龄的裙子，叹道：“这么轻薄的衣料，怎么竟能撑开呢？”容龄道：“回老佛爷，里面有金属做的裙撑。”慈禧笑道：“原来这像仙女儿一样的裙子里竟还有这许多机关。”四格格在一边儿瞧了半天，道：“你们的鞋也不一样。”德龄抬起她红色的高跟鞋，道：“这是路易十五式的高跟鞋，是现在高跟鞋的最新款。”一语未了，慈禧竟站了起来，伸出一只脚道：“让我试试。”

穿上红色高跟鞋的慈禧在皇后和四格格的搀扶下小心地迈了一步，然后她甩开她们，稳稳地走了两步儿，笑道：“这外国的皮鞋，不过就是把咱们满洲的花盆底子鞋改了，把中间的鞋跟挪到了后面而已，他们还是学咱们的！”

众人都笑了，其他人都在笑洋人，而德龄姐妹却在笑慈禧。惟有皇后没有笑。皇后的不苟言笑是有了名的，连慈禧有时也深恨皇后，常常嗔她不讨喜，久而久之，皇后才慢慢学会了在慈禧面前赔笑，却终不是那种天生的喜兴，这一点上，四格格要比她讨喜得多。

慈禧坐下来，双眼直视德龄，突然道：“德龄啊，你额娘穿海绿，你妹妹穿天蓝，你呢，为什么穿红色的衣服，是不是想让自个儿最抢眼啊？”德龄一怔，但是很快便镇定下来，不慌不忙地说道：“回老佛爷，德龄以为，咱中国人向来以红为喜庆之色，老佛爷召见，是德龄的喜庆之事，所以除了红色，实在找不出别的颜色来展示喜悦之情。”慈禧听了大为受用，笑道：“裕太太，我想跟您商量件事儿。”裕太太忙道：“老佛爷请吩咐。”慈禧道：“我喜欢你的这两个姑娘，她们是又水灵又聪明，懂礼儿，还会外国话儿。从明儿起，你就让她们来和我做个伴儿吧，就做传译，封为御前女官。一个月呢，可以恩准她们放两天儿假，回去瞧瞧你和裕庚。德龄跟着我，容龄小，就由着她性子玩吧，就这么定了！”裕太太心里一惊，表面上却不露声色地谢恩：“谢老佛爷恩典！”

众宫眷都拍手称快，惟元大奶奶脸上有些悻悻的。裕太太表面虽在笑，心里却像块石头似的沉了下去。

4

裕庚一家刚刚回京，就曾接到圣旨，命他们暂住李鸿章旧宅。裕庚知道，这是老佛爷和皇上对他一家的特殊恩典。裕庚作为大清使臣一向很称职，但是庚子年间也颇遭了些磨难，譬如祖屋被烧，又如义和拳杀了德国公使之后，西方各国都紧张起来，清政府驻巴黎的使馆就被围了三天，随时都有可能发生流血事件。裕庚竟然不怕危险，一个人走出使馆。当时裕太太竟吓得晕厥过去。裕庚走出使馆面对着红了眼的法国人，所有的人都认为要出大事了，可是裕庚面无表情、沉着冷静地走了出去，裕庚所到之处，法国人竟然自动让出了一条窄道。此事一时在西方世界传为美谈。

裕庚一家笃信洋教，若是在庚子年回国，也势必惨遭不测，所幸荣禄与裕家私交甚好，在太后处多次斡旋，朝廷才没有将他提前召回。

在裕家，一切的规矩都是西化的。包括庆祝生日。这天正是德龄十七岁生日。家仆小顺子把生日蛋糕捧了上来，上面插着十七根蜡烛。容龄弹着钢琴，勋龄拉着小提琴，他们在给德龄合奏着《生日快乐》，德龄坐在父母身边，烛光下，她的眼睛已经湿润了。

裕太太命她许个愿，她闭上眼睛，眼前立即出现了回国时在轮船上碰上的那个年轻的美国人。她睁开眼睛，那个叫作凯·怀特的美国青年奇迹般地出现在了她的眼前，他和她的家人一起微笑着簇拥着她。德龄深吸了一口气，吹出去，烛光瞬间熄灭，等灯光点亮的时候，怀特已经不见了。

那个美国人是个医生，他对她说，他认为中国需要西医，而且，他很早就对这个神秘的东方古国充满了好奇。她问："难道你对中国人没有偏见吗？"他的回答令她满意，他说："在上帝面前，人人都是平等的。"她又说："你难道没有听说过三年前在中国发生的事情吗？假如一切并不像你想象得那么好，你会动摇吗？"他这次的回答简直让她刮目相看了，他说："不，我只知道我是个医生，而医生，是个世界性的职业。"他告诉她，他是和姑母一起来华的，姑母艾米是个纽约商人的遗孀。

当时是在夜晚的海轮上，海风习习，吹动着德龄淡紫色的裙裾，他们在参加一个化装舞会。掀开牧羊人的面具，她发现他是个非常英俊的年轻人，而他看到她的裸脸时，也是一阵惊喜……

阿玛裕庚这时说话了，阿玛的话打断了德龄的记忆。裕庚道：“德龄啊，你阿玛十七岁的时候还在苦求功名，你和妹妹却已经当上老佛爷的御前女官了，确是青出于蓝而胜于蓝啊。这是裕家的光荣，也是裕家的灾难啊。”这话说得让德龄一怔。容龄还没把蛋糕全咽下肚，就抢着说道：“阿玛，怎么会是灾难呢，老佛爷并不像传说中的那么可怕，她可慈爱了，拉着我们的手问长问短，还赐了我们很多的首饰，像这样美的戒指，我还是第一次看到呢。”她说着伸出雪白的手指，上面戴着太后赐的黄金镶珊瑚的戒指。

裕庚微微一笑，抿了一口茶，道：“容龄啊，你还太小，进宫之后，凡事多问问姐姐，不可擅作主张，可记得了？”容龄边把蛋糕塞进嘴里边点头。德龄道：“阿玛，我明白您的意思，我会凡事小心，好好照顾妹妹的。”裕庚道：“当此乱世，你们进宫，成了老佛爷身边儿的人，虽说只是做传译，人微言轻，可是一旦影响了掌握国家命运的人，那作用也是不可估量啊。庚子年之后，老佛爷以皇上名义下了罪己诏，虽然有大臣议论那不过是掩人耳目，到底还是有所反省。光绪二十六年，老佛爷以皇上名义发布变法诏书，其中有‘学西学之本源’‘参酌中西政要’一说，光绪二十七年，下令成立督办政务处，以便推动变法，后来才有了两江总督刘坤一和湖广总督张之洞的联衔会奏，也就是所谓《江楚会奏变法三折》，这三个奏折成为老佛爷新政的核心内容。你们这个时候入宫，若是能在中国的变法改良方面再添上一把火，那也是功德无量之事啊！”

裕庚这番话让两个女儿频频点头。德龄想了一想，道：“阿玛，可是我怎么样才能知道自个儿做得是不是对、是不是适度呢？”裕庚叹了口气道：“其实阿玛也说不清楚，很多具体的情况，要靠你们自己的观察。记住，宫中无小事，不要以为是小事就忽略掉了，那会惹出大麻烦的。”容龄立即也跟着叹了口气：“那活得多累呀，真没意思。”德龄就问：“阿玛，当了那么多年的大清公使，您觉得累吗？”裕庚良久不语，半晌工夫方叹道：“什么都要的人当然要累心的。我并不想代替你们选择，我只是既想让你们快活，又想让你们对国家有用，不过，鱼与熊掌往往不可兼得，做什么样的人，还要由你们自己决定……毕竟，你们就要离开阿玛和额娘身边了。”他说到这里，不禁有些凄然。

两个女儿默默地偎着阿玛。德龄道：“阿玛，您一定要保重身体，不要为我们担心。”裕庚道：“不担心是假的，可阿玛也知道，担心也没用。”裕太太见状在一旁劝解道：“好了，好了，老爷，别尽说这些叫人伤心的话儿了。素日你笑话我：一听外国故事就鼻涕一把泪一把的，今儿个，可是你把孩子们都弄得愁眉不展的。这是进宫，多少人几世还修不来这福呢，老佛爷喜欢咱裕家的姑娘，老爷，你也别太多虑了，身子要紧。”裕庚愁眉稍解，问道：“老佛爷身子可好？”裕太太笑道：“好着呢，今儿中午用膳，吃得比我和两个姑娘都多。光是那炸响铃儿和樱桃肉就吃了不少，她老人家真是福大，吃那么多也不出虚恭！”“出虚恭”是宫里说“放屁”的意思，听了这话，全家都笑起来，忧伤的气氛也就慢慢消失了。

5

德龄当然不知道，此刻那个年轻的美国人正在为了寻找她而煞费苦心。美国医生凯·怀特骑着一辆脚踏车，在垂柳依依的湖畔，他飞快地踏着车，留下一串清脆的铃声。

姑妈艾米是前天走的，在中国总共待了不到四天，还是托美国驻华公使夫人康格夫人买的船票。促使艾米如此匆忙离开的原因是那一天无意中碰上的行刑。当时，街上突然人山人海，艾米姑侄以为是类似西方博彩一类的事，就挤进去看。他们看到一个被绑在柱子上的人正在接受剐刑，也就是中国刑罚里面所说的凌迟。当时刽子手已经开始行刑，每割一刀，周围人就叫一声好，那人的双乳和生殖器已经被割掉，血流如注，怀特惊呆了，而艾米简直就是当场晕厥过去。

艾米说什么也不愿意再待下去了，醒过来之后，她不断地神经质地叨唠着：“凯，我们走，快快走，这真是个可怕的国家，我是一天也不想待了！……”怀特怎么劝也不行，最后惊动了康格夫人。康格夫人自然知道作为纽约首富的艾米。艾米告状说，怀特为了追逐一个虚无缥缈的所谓中国“仙女”，竟然荒唐地做出要留在中国的决定。

功夫不负有心人，那天晚上，美国傻小子怀特竟然找到了高悬着“裕”字灯笼的那个宅院。他拿着一个纸盒，想了想，把自己的名片塞了进去。他深吸一口气，用铜环叩响了裕府的朱漆大门。当值的小顺子打开大门，看见外面站了个蓝眼睛黄头发的洋人，手里还拿了个纸盒，那洋人对他又笑又点头的，用生硬的中国话央告他把纸盒子交给德龄，说是纸盒里面的东西是德龄落在船上的，并说，可不可以见见德龄。小顺子大剌剌地说我们家的德龄姑娘已然进宫做了御前女官，那洋人一惊，把盒子放在那儿转身就走，连赏钱都没拿。

小顺子把纸盒子拿进来的时候正好碰上外出回来的勋龄。听说是一个洋人送来的东西，勋龄格外仔细地检查了纸盒，他发现里面除了一个面具之外还有一张名片，上写 K. WHITE，他把两样东西都收了起来，并吩咐小顺子此事不准对任何人提起，包括老爷太太在内。

勋龄是裕家二公子，生得长身玉立，美丰仪，精技艺，会摆弄很多西洋的玩意儿，尤其是西洋的照相术，连一般的洋人也不及他。勋龄对家人很好，尤其对两个妹妹，就更是照顾有加。兄妹之间似乎颇有默契，若想瞒着阿玛额娘的事，便能一直瞒了下去，并不用担心说漏了嘴。裕家兄弟姐妹原共有五人，老大和老四已然不在，所以勋龄便成了实际上的长子，而家里人在习惯上仍然把勋龄唤作二少爷，德龄唤作三姑娘，容龄唤作五姑娘。

却说那怀特骑车到使馆的时候，康格先生和夫人刚刚用完晚餐。夫人很客气地请怀特用茶点，并且关心地询问关于艾米的情况。怀特摇头叹道：“我从小父母双亡，是被艾米姑姑抚养大的，可是我不得不违拗她的意志。我爱上了那个姑娘，她就像一个古老东方的仙女，您知道，我是不达目的决不罢休的人，请您尽可能地帮助我。”

康格夫人微微笑道：“当然，对于美利坚合众国在境外旅行的公民所提出的任何要求，我们都有责任与义务进行帮助，不过，你作为汉克斯家族的继承人，稍微地任性一点是被允许的，但要适可而止，因为，这份产业需要一个明智冷静的继承人。”怀特冷冷笑道：“一点儿不错，夫人，但是我对于做继承人并没有兴趣。”康格夫人道：“年轻人，你现在尽可以这么说，但是你一旦弄清汉克斯公司的家产，也许你会改变主意的，顺便问一句，你已经找到那位姑娘的芳踪了吗？”怀特道：“是的，我找到她了，不过她已经进了宫，被慈禧太后封为御前女官了。这也正是我来找你们寻求帮助的原因。”康格夫人心里掠过一阵兴奋，忙道：“哦，亲爱的，原来是这样，这太好了，我想我会尽力帮你的，无论艾米持什么态度。”

“夫人，你太仁慈了，”怀特跨前一步捧起夫人的手，轻轻吻了一下，“哦夫人，我真的不知道怎么感谢你才好。”

怀特高高兴兴地走了，康格夫人和她的先生、美国公使琼斯·康格做了一番长谈。夫人看着公使整理着的传教士们收集来的资料，问道：“亲爱的，陕西的传教士们带来了什么？”康格指着那一堆东西道：“你看，有那里的地图，岩石资料，植物标本，还有数不清的照片。”康格夫人看了看照片，笑道：“看来，他们的工作还是很卖力的，连教堂都建起来了。”康格道：“是啊，可是还不够，我认为我们还需要更多的人到中国来。现在法国、日本、德国都在和我们竞争在中国的利益，不努力不行啊。”康格夫人很赞成丈夫的观点，她点燃一支烟，吸了一口道：“现在的确是千载难逢的时刻——慈禧太后刚被八国联军打怕了，她现在急于改变自己在洋人眼里的形象，可中国现在既缺乏国际外交的经验，又没有强大的军事实力，所以正好可以利用太后的无知和畏惧来迅速实现我们的利益，这真让我想到开发新大陆，这种刺激真是很过瘾。”

康格笑道：“亲爱的，你是不是正在把自己想象成20世纪的哥伦布？”康格夫人笑道：“不过我和从前的哥伦布有着根本的区别。他用的更多的是体力，而我更倚重于智能。”康格眼睛一亮，放下那一堆东西，直视夫人，道：“我想听听你的智能。”

康格夫人吸着烟，不慌不忙地转了个圈子，摆出一个优雅的姿态坐在公使旁边，道：“我想，用传教士来勘探资源和传播文化已经是各国都在使用的方式，我们应该创造一些新的手段。其实，如果能进入宫廷，或是能把我们新的科技和艺术自上而下地传播，那我想会事半功倍。”康格耸耸肩道：“这也不是一件容易的事，不过你的样子很让我动心，我喜欢野心勃勃的女人。”夫人一下子坐起来，把烟掐灭，道：“不尝试就永远不会成功！……我倒觉得，这个对于爱情着了魔的年轻人能够帮助我们。”公使眯起眼睛欠起身子道：“你是说，利用这个年轻人打入清宫大内？”夫人点点头道：“当然，人选还不止他一个。我们著名的画家卡尔小姐，也将利用她那支画笔为我们做事。下次觐见慈禧太后的时候，我会向她提出这个建议的。”

公使颇不以为然地摇头道：“你是说那个画家卡尔？恕我直言，夫人，我认为她除了画画，没有什么其他的才华。”康格夫人意味深长地一笑，道：“画画就足够了，亲爱的，你还指望她干什么呢？”公使不大明白夫人的深意，但是他深信夫人知人善任的能力，还有夫人在美国总体对华战略中表现出来的才华。

6

住进李鸿章旧宅的当天晚上，德龄姐妹就发现了一只在大宅子里跑来跑去的宫廷狮子狗。二人爱如至宝，把小狗藏了起来，并起了个英文名字 Ghost（幽灵），带进了宫里，在宫中居住的头一个夜晚，姐儿俩就忙着给小狗洗澡。

容龄把小狗从铜盆里抱了出来，德龄赶快用毛巾一把裹住它。旁边的太监小蚊子想帮忙，却被德龄谢绝道：“谢谢你，我自己可以。”小蚊子呆立在那里，半天说不出话来。容龄问：“小蚊子，你怎么了？”小蚊子“扑腾”一下跪了下来，道：“奴才从入宫以来，从来没有主子谢过，这，这是折杀奴才啊！”

德龄和容龄惊讶地对视了一下，差点笑出声来。德龄忍住笑，和颜悦色地告诉他道：“小蚊子，你起来吧，西方人道谢是很平常的礼节，无论是谁，无论是多小的事，只要别人帮助了自己，都是应该道谢的。”

小蚊子还是没有起来，听完德龄的话，他已经震惊了，心道：“原来洋人那里是这样的，对下人，竟是如此之好！可羡小顺子这小子，跟着主子享了这么多年的福！”正想着，接下来的事更让他震惊：这姐儿俩竟然自制了一个洗澡的浴室！

姐儿俩先是对着那个浅浅的装着热水的铜盆发怔。然后问宫女道：“月儿，浴室在哪儿？”宫女月儿反问：“什么是浴室？”明白了之后月儿笑道：“姑娘，宫里所有人都是这样洗澡的呀，擦着擦着就干净了。连老佛爷都是用毛巾擦，每次使四五十条毛巾哪。……难道洋人不这么着洗澡？”

姐儿俩叹了口气，只好将厨房用一道布帘隔成了两半，布帘的外边，让太监小蚊子烧水、拉风箱，并且不时地把热水从大锅中舀出。月儿则负责运水，她把水倒进高悬的铜盆里，盆底已经被凿了几个眼儿，热水顺势而下。

布帘的里边，是享受着土制淋浴的德龄姐妹。容龄高兴地甩甩头发道：“姐姐，你发明的大清式淋浴还不错。”德龄边用毛巾擦着后背边道：“不想办法，连 Ghost 也会嫌弃咱们的。不过，我想，还是让额娘下次来的时候给我们带两个大浴盆来吧，不然月儿她们要累坏了。”容龄笑嘻嘻地觉着好玩，道：“我一定要写信告诉邓肯小姐这里的奇异经历。”德龄也笑道：“你还该告诉她，这里的浴室大得可以跳舞。”

在法国时，姐妹俩是著名的“现代舞蹈之母”伊莎贝拉·邓肯的入室弟子，每天都要跟着邓肯练舞的，这时她们哼着曲子，边洗澡边跳起舞来，她们美丽的身影朦胧地映在布帘上，像一出优美的皮影戏，让在外面侍候的月儿看得呆了。

夜里，在大而坚硬的红木床上，德龄辗转反侧无法入睡，她索性坐了起来，揉了揉自己被硌疼的后背。她把盖的被子也铺在床上，用手按了按，还是觉得很硬，她听到套间里容龄也在翻身，遂问道：“睡不着吧？容龄？”容龄打着哈欠走出来，一头扎在姐姐的床上，道：“是啊，床太硬了。过去巴黎的床是那么地舒服，我还以为世界上的床都一样呢。怎么办哪姐姐？”德龄道：“总有办法的，咱们把所有的衣服被子都垫在下面好不好？”“好像也只有这样了。”姐俩一通忙活，总算是睡踏实了。

次日宫中叫起，姐儿俩忙不迭地起来熨衣服，嘻嘻哈哈一通说笑，却并不知她们把红木床垫高的事早已被人禀报了慈禧。

晚上，姐儿俩已经换上了睡袍，德龄趴在床上用英文写日记，容龄则在一边逗小狗玩儿，倒也其乐融融。突然，小狗跳起来，咬住了德龄的日记本，德龄赶快抓住叱道：“Ghost，你不能这样，这不是你该看的！”小狗固执地不松口，用探询的眼光看着德龄。容龄道：“姐姐，你怎么改用英文写日记了，你不是一贯喜欢用法文的吗？”德龄的脸立刻红了，更加使劲地拽，小狗咬得更紧了。容龄眯眯笑道：“姐姐只要你坦白，我就能让它松口。”“我没有什么可坦白的，只是突然更喜欢英语了。”容龄做了个鬼脸，道：“是不是更喜欢说英语的人了？”德龄的脸更红了，满脸娇嗔道：“你赶快让它松口，别忘了，巴黎的最后一夜你干了什么。”容龄一下子老实了，道：“好了，好了，还是忘了那一天吧。其实，对付它很简单。”容龄敏捷地翻身下床，拿了一块牛肉干，小狗立刻松了口，日记本立刻啪地落在地上。

德龄所指的“巴黎的最后一夜”，是指容龄在离开巴黎之前的最后一天曾经企图出逃，逃到她们的舞蹈教师伊莎贝拉·邓肯那里去，因为邓肯小姐曾经说过，容龄有很好的舞蹈天赋，将来有望做一个真正的舞蹈艺术家。容龄的外逃当然没有成功，德龄阻止了她，而这件事，成为了她们姐妹之间的一个秘密。

姐儿俩如法炮制，如昨天一样把红木床垫高，但是这时，突然传来了太监尖利的声音：“老佛爷驾到！”

德龄姐妹大惊。容龄的第一个反应就是把小狗 Ghost 藏起来，藏到了浴室的澡盆里。它试图跳出来，但因为太小，扒不住盆沿，爬两下就从盆沿上滑下来。容龄把灯关上，道了声晚安。小狗以为该睡了，顿时安静下来。

慈禧与李莲英已经走进来。德龄姐妹双双迎上去请安道：“老佛爷吉祥！李安答吉祥！”

慈禧直奔床前，拍了拍高高的床垫，微笑道：“德龄，容龄，你们说说，我疼不疼你们？”德龄忙道：“老佛爷待我们恩重如山。”慈禧笑道：“可是就有人告状，说是你们姐儿俩不守规矩，我呢，是一百个不相信！今儿我亲自过来，就是为了堵那起子小人的嘴！打他们的嘴巴！你们是刚进宫，哪儿知道这宫中的险恶？那起子小人，可坏着哪！”

容龄以为说的是小狗，立刻吓得脸色苍白，嘴唇发抖。德龄也吃了一惊，但很快便镇静下来，跪下道：“老佛爷，德龄、容龄从小在海外成长，虽蒙阿玛额娘教了些宫中规矩，可到底不成器，有什么冒犯之处，还请老佛爷明示。”容龄立即也跟着跪下。慈禧微微笑道：“起来起来，快别这么着，也没什么大不了的。我就是瞧着你们这床新鲜，我也算是历经三朝的人了，还没见过谁这么把床垫得跟小山似的，这，也是外国的规矩吗？”姐儿俩这才知道说的是红木床，顿时松了口气。

德龄上前把慈禧搀扶到椅子上，轻言细语道：“回老佛爷，我们在国外睡的都是软床，这红木大床非常精美，可实在是太坚硬了，我们……我们不怎么习惯。”容龄见没什么事儿，立即恢复了活泼泼的本性，道：“老佛爷，我在这硬床上根本睡不着。后来我和姐姐一起把所有的衣服垫在床下，这下可睡好了。可每天早晨都得早起，把睡皱的衣服重新熨平，才能出门儿。”慈禧掀开床垫，果然是姐妹俩的衣服，不禁哈哈大笑道：“那你们姐儿俩怎么不早说啊？不是头一回觐见的时候我就说了，有什么，跟我说，没有办不到的，今儿还幸好我亲自来瞧瞧，要不然，你们的阿玛额娘可要挑我的理儿，说我亏待你们了呢！”德龄急忙做出一副半撒娇半可怜的模样儿，道：“回老佛爷，德龄、容龄不敢。”

慈禧一边一个拉着她们的手，道："你们呀，可真是两个小可怜儿。瞧着你们，就想起我初次进宫的时候，也是你们这个年纪，每天都想家。不过你们早晚会知道，在我身边儿的人，都舍不得离开我，甭说是有身份的格格、女官，就是那些宫女子奶妈子，也是如此，都说我会调理人儿，你问问李总管，庚子年那个侍寝的宫女儿凡儿，回銮的时候我给她说了一门婚事，都嫁出去的人了，还哭着喊着要回来呢。李总管，是不是啊？"

李莲英急忙答道："可不是吗？两位姑娘来的日子浅，还不大知道老佛爷的脾气儿秉性儿，漫说是凡儿姑娘，凡出了这园子的，谁不想念老佛爷的恩泽？我那个妹妹李大姑娘，见天儿想老佛爷想得淌眼抹泪儿的，说是那年初次见老佛爷，她老人家就悯念她是缠足，赐座给她，连醇亲王的侧福晋都没捞上座儿。我们做下人的只要不昧良心，谁不说老佛爷就是那观音再世？……"

慈禧连嗔带笑地把手里的帕子甩在李莲英的头上，道："猴儿崽子，偏你的话儿多！去，到库里给两位姑娘拿十条上好的丝绵被来。"李莲英答应着吩咐下去。

德龄、容龄急忙谢恩。慈禧道："起来吧。我寻思着，你们呀，在那外邦待长了，根本没见过我们大清国的好东西，今儿晚上睡一宿，你们就知道杭州的丝绵有多轻多暖了。……容龄啊，你给我讲讲，洋人的床怎么个好法儿？"容龄马上表演起来："回老佛爷，外国的床都是厚厚软软的，使劲坐一下还会弹起来，小孩子在上面一跳就能蹦得很高的，可有意思了。"慈禧皱皱眉头，道："你睡觉翻一下身可不就弹下去了？阿弥陀佛，我可不睡这样的床。不过，既然你们习惯了，也就罢了，缺什么就管奴才要，这儿就是你们的家，有我疼你们，看那帮奴才谁敢说个不字儿！"容龄得寸进尺，撒娇地把脑袋靠过去，问慈禧道："老佛爷，那我可不可以按法国人的礼节亲您一下。"德龄急忙喝道："容龄，不要胡来！"

没想到慈禧倒是很开心的样子，道："德龄，你由着她，我喜欢这孩子，得，过来吧，我得知道知道法国的礼节。"

容龄在慈禧的颊上亲了一下。德龄惊讶地发现，慈禧的眼睛竟然有些湿润。

德龄不禁也走过去，在慈禧另一侧颊上也轻轻地吻了一下。

德龄在海外不止一次地听说过慈禧的专横和古怪。可是直到这个晚上，德龄才突然感到，这个历经三朝、三度垂帘的老太太，也是个有感情的人。也许，是权力和欲望把她变成了魔鬼。阿玛裕庚说，她是可以改变的，但是德龄真的不知道世界上有没有一种力量能够改变她，这个统治中国时间最长的女人，似乎就像中国本身一样积重难返……

7

德龄姐妹当然不知道，就是在老佛爷向她们表示慈爱之后，李莲英回去便在另一间房子里作了一番例行“讯问”。

李莲英是抽鸦片的，自然是偷着抽，如果说这位大内总管有短儿，这便是惟一可以被人抓着的短处了。李莲英此时正歪在烟榻上，有一搭无一搭地问一个瘦小的、脑后有着特殊辫饰的太监道：“最近两位洋姑娘可有什么动静儿?”那人答道：“动静儿倒没什么，只是她们有时说外国话儿奴才听不懂。”李莲英道：“那她们说话时神情如何啊?”那人道：“好像没有什么特别的。”李莲英把烟枪一磕，怒道：“蠢东西，白长了一对儿大眼灯！察言观色，知道吗!”那人道：“奴才知错了，以后一定倍加留心，不惹李安答生气。”李莲英这才缓和了口气，道：“下去吧。把小蚊子他们叫来!”

小蚊子和小柿子进来跪下，名字叫得小，这一对小兄弟却算是太监中个子高的，这时两人齐声道：“李安答吉祥，小蚊子、小柿子给您请安了。”李莲英道：“嗯，傻小子，跟安答说说，你们的主子对你们如何啊?”小蚊子道：“回安答，两位主子还好，就是……就是……”小柿子接过话去，道：“她们常跟我们说谢谢，好多事儿也不用我们，经常自个儿干。”李莲英的脸上出现了一丝笑容，道：“那赏钱呢?”小蚊子抢着道：“赏钱是常有的，给的时候也还说谢谢。嘿，真够逗的，我们谢还来不及呢，她们倒又给钱又道谢的。”李莲英的脸埋在烟雾里，看不清表情，道：“外国人都说我们当太监的是怪物，她们有没有嫌弃你们？”小蚊子道：“没有，倒总是挺和气的。”李莲英哼了一声，道：“看来，这俩姑娘虽然是喝了些洋墨水，倒也还不难伺候。”

其实，李莲英既不像后来外界传说中的那么卑琐，更不像后辈人的影视戏剧里那样面目可憎。李莲英其实是个很会做人的人，平时总是夹着尾巴赔着小心，对老佛爷，对皇上，对一切主子，他都是毕恭毕敬的，一句话，他很懂得自己的奴才身份，决不僭越，永远不会像前朝太监安德海那样被人揪住小辫子。惟一的不端是嗜好抽鸦片，这可是慈禧在大内中屡屡禁止的，但他实在憋不住的时候，还得抽两口儿，好在他在太监当中人缘儿好，还不至于被人告发。

8

裕庚家里今天充满了喜庆的气氛，两个宝贝姑娘德龄和容龄被特准回家探望一天，还没到正式探亲的日子，因为次日慈禧要在颐和园开游园会，接见各国驻华公使的夫人小姐们，便开恩放了她们一天假，让她们准备准备，明儿个正式上任做传译，也顺便把她们的额娘裕太太接来一块儿参加觐见。

一大早外务部大臣伍廷芳就来看裕庚，自然是有事相求。伍廷芳开口就说游园会一事，向裕庚诉苦道：“唉，老佛爷明儿要在颐和园举行游园会，邀各国使团的女宾赏牡丹花儿，由我领着，朝拜老佛爷和万岁爷，可那些洋女人都只是鞠躬，可我，按规矩，得给老佛爷和万岁爷磕头，那些公使夫人瞧着，岂不笑话？！这也有失大清的体面啊。”裕庚出主意道：“此事可上奏折给老佛爷。”伍廷芳道：“我要敢为此事上奏，就不劳您的大驾了。”裕庚苦笑道：“好，我来想办法。”伍廷芳急忙谢道：“多谢裕兄！……哦，不知上次老佛爷派太医来瞧脉怎么说？贵恙可大好了？”裕庚道：“吃了几服药，也未见大好，病来如山倒，病去如抽丝，且慢慢来吧。”伍廷芳道：“还望裕兄节劳省心才是。”裕庚道：“我何尝不知道？正是这四个字做不到呢！”

伍廷芳走后，裕庚急忙把新到的日文报纸拿出来，戴上老花镜细细地瞧。裕庚的神色一下子惊讶起来——他看到日文报纸的标题《伦敦蒙难记》，署名孙逸仙。他急急地读着：“……伦敦蒙难促使我更积极地投身于我那可爱而受压迫之祖国的进步、教育和文明事业……”下面是一幅孙中山的大幅照片。照片旁边有一小标题：《宫崎寅藏谈孙中山》。下面的文字是：“……他的思想何其高尚！他的见识何其卓越！他的抱负何其远大！而他的情感又何其恳切！……”再下面的标题《驳康有为论革命书》，署名章炳麟。

裕庚大吃一惊，正欲往下看，忽然听见两个女儿的欢声笑语。抬眼一看，裕太太已率姐妹俩走进。两姐妹像鸟儿一样飞进父亲的怀里，同声说道：“阿玛吉祥！”

裕庚高兴地看看这个，又看看那个，开玩笑道：“两位御前女官，我今儿得给你们上上贡，让你们在老佛爷面前为阿玛多多美言啊！”

玩笑之后，德龄想起阿玛的病，忙道：“阿玛，刚才听额娘说您的病又比先时重了？……”裕庚急忙摆手，道：“刚见面儿，先不说这个！……说说宫里的事儿！你们习惯了吗？”容龄道：“我们很快就会习惯的！老佛爷对我们可好了，事事都疼我们，前两天我们睡不惯宫里的红木床，她老人家就叫人拿了十条丝绵被给我们垫着……”裕庚的反应极快，立即皱起了眉头，道：“哦？你们睡不惯宫里的床，谁回的老佛爷？”姐妹两人面面相觑：“……不知道。”裕庚道：“……嗯，这就证明……实际上你们的一举一动都有人瞧着！”德龄打了个寒噤，道：“您是说老佛爷……信不过我们？”裕庚道：“我什么也没说！……反正是宁可信其有，不可信其无啊！……”

此时勋龄一阵风儿似的走进，打了个千儿道：“阿玛、额娘吉祥！”两姐妹咯咯笑着与哥哥拥抱。勋龄装腔作势地退让道：“哎哎，这可是在大清国，男女授受不亲啊！……”兄妹几个闹了一回，容龄道：“哥，今儿天儿好，给我们照相吧！”勋龄道：“好啊，听说你们今儿回来，我刚买的镁粉！”容龄欢呼着，拥着哥哥跑了出去，勋龄还一路叫道：“德龄，你快着点啊，还有话对你说呢！”德龄笑着摆手，似乎想和阿玛再说几句话儿。裕太太见状便道：“我去给你们准备点儿牛奶饽饽！容龄那孩子爱吃！”说罢到厨房去了。

德龄心里惦着阿玛的病，问道：“阿玛瞧了医生没有？”裕庚道：“瞧了，没什么大用。阿玛的病还惊动了老佛爷，她老人家专门儿派了太医来瞧，开了几服药，吃了之后也没见得怎么着。”德龄忙道：“那为什么不找西医？阿玛在法国的时候，不是打几针就能好吗？”裕庚道：“现在这个情形儿，倒是不好办了，既然老佛爷请了太医给瞧，再去找西医，不是太不把她老人家放在眼里了吗？”德龄心里一阵急，道：“那阿玛的身体怎么办？”裕庚拍拍女儿的手臂，道：“你放心，阿玛心里有数，拖过了这阵子，就想法子到上海去治病，那边儿有好西医，有几个过去就给我瞧过病的外国大夫。正托朋友联系呢。”德龄道：“那就好。听说荣中堂也生病了，是和阿玛一样的病，若是你们两个一起去呢，彼此也有个照应，也有个说话儿的人哪！”裕庚连连摇手，道：“快别提这档子事儿！那荣中堂，更是老佛爷跟前儿的人，他若是有点儿动静儿，那朝廷上下还不大动干戈？惊了老佛爷的驾不说，阿玛也休想离得开了！……来来来，你们好不容易回来一趟，就别再提病的事儿了，阿玛倒是有个东西要给你瞧呢。”

德龄接过阿玛递过来的那份日文报纸，仔细地瞧着。裕庚在一旁道：“瞧瞧，外面世界的变化有多大啊！那时候康有为是新派，可现在，人家都说他是保皇党了！”德龄拿起那篇《驳康有为论革命书》轻声念起来：“……康有为在《与南北美洲诸华商书》一文中散布了‘中国只可立宪，不可革命’的保皇谬论，说什么中国人‘公理未明，旧俗俱在’，没有进行革命的资格，可是，公理未明，即可以革命明之，旧俗俱在，即可以革命去之！……这个章炳麟，是个什么人啊？”裕庚道：“何止一个章炳麟？！你再瞧瞧这个！”德龄接过另外一份日文报纸，见在一个极为显眼的《革命军》的标题下，是个年轻人的照片，署名邹容。“……自世界文明日开，而专制政体一人奄有天下之制可倒。自人智日聪明，而人人皆得有天赋之权利可享……”德龄念起来有些吃力。又打开一本《游学译编》，扑面而来的是陈天华的照片。下面是《猛回头》和《警世钟》两本书的宣传手册。

这文体好像是顺口溜，德龄倒是觉着看得不辛苦，念起来也顺口儿：“……改条约，复政权，完全独立……要学那，法兰西，改革弊政，要学那，美利坚，离英独立，……只要我人心不死，这中国，万无可亡之理……”

德龄放下书报，瞧了一眼阿玛，阿玛那张脸没什么表情，依然如过去一样万古不变。德龄道：“阿玛，您说老佛爷和皇上瞧得见这些东西吗？”裕庚回答：“很难说，老佛爷派到全世界的探子也不少，按说应当知道，皇上被囚瀛台，大概是读不到这样的东西吧——老佛爷也绝不会告诉他！”德龄与裕庚对坐，良久无语。

那一天，太阳落山的时候，勋龄的相纸也拍完了。勋龄瞅了个空子把一封信塞给了德龄，为了转移容龄的视线，又没话找话地问了她许多问题：“……噢，这么说，你们真的见着太后和皇上了？见着真人了？”容龄骄傲地回答：“那当然，不是真人，还是假人儿啊？老佛爷一点都不像外边儿传的那么凶，特别慈祥……”勋龄又问：“那皇上怎么样？”容龄忽然有些羞涩，小声道：“皇上不怎么爱说话儿，但是他长得挺好看的，真的，他瞧我的时候挺和气的。”勋龄见小妹妹的那种神情，忍不住笑了起来。这时裕太太道：“……老阳儿都落了，我瞧还是快点儿吃了晚饭赶紧回宫吧，明儿一早不是老佛爷还得开游园会？如今比不得先前，如今你姐儿俩是她老人家身边儿的传译，接见各国公使夫人，可不能有一星半点儿的闪失！”容龄道：“额娘，老佛爷不是也请您了吗？”裕太太道：“是啊，吃完饭，咱娘儿仨不是还得捯饬捯饬吗？”

当天晚上，德龄回到宫中，第一件事儿就是悄悄地打开哥哥的信笺，那是一封完全意想不到的信：“德龄，给你写了这封英文信，为的是不让宫里的人看懂。因为我为你隐瞒了一个秘密——有个年轻人送了个面具给你。那个面具，我对照了一下那天的照片，正是和你跳舞的那个年轻人的，我想他正在寻找你……”德龄反复地读着这几行字。夜深了，她的信纸从手里落下，漂在浴盆的水面上。她的耳边出现了那天晚上的舞曲，而浴盆的水面也变成了月光下波光粼粼的大海。

9

1903年的阳春三月，大清帝国慈禧皇太后在颐和园举办盛大游园会，招待各国公使和他们的夫人。光绪自然也应景儿来了。但反反复复只说一句话：听皇爸爸的。慈禧听了，瞪他一眼，却也并没认真与他计较。

眼见着美国公使康格夫人和日本公使内田夫人来了，慈禧不免振作一下精神，做出神目清朗的样子。这两位夫人虽然比她要年轻许多，暗地里，她却常常要和她们较着劲，比起其他国家的公使夫人，这两个人又不同些，康格夫人烫鬈发，长一张美丽的大嘴，一笑起来就占了半边脸，细细瞧过去，皮肤上有一层浅粉的绒毛，眼睫毛是金黄色的，在太阳底下一眨，就像是蝴蝶的须子；内田夫人倒是个美人，袖珍型的，哪儿哪儿都小，但是长得很精致，眉眼就像画上去似的，脸涂得像石灰一样白，慈禧看了诧异，暗道：真是一国有一国的美女标准，这内田夫人的脸，怎么竟像死人似的不见点子血色儿？连大清的寡妇也比她气色好哇！刚一想到“寡妇”二字，心里便别扭了一下，好在周围的气氛热闹，也就很快过去了。内田夫人捯着小碎步跑到慈禧面前问安，慈禧下死劲地盯了她两眼：长相也就罢了，只那身和服让人稀罕，是一种湖蓝色的绸子，绣着白鹤，铁画金钩的非常漂亮，慈禧暗忖：小鬼子们的丝绸刺绣原是从我们学了去的，现在倒会弄些新花样儿了，这内田夫人若是懂事，也该送些丝绸绣花料子来，四格格会裁铰，命她铰个新样子穿穿才好。这么想着，口里说道："你们的天皇好！"旁边皇上也立即跟着说："你们的天皇好！"慈禧轻蔑地用眼角斜了光绪一眼，接着对康格夫人说："你们的大总统好！"光绪立即也像应声虫似的来一句："你们的大总统好！"

康格夫人很有礼貌地回答："皇上好！老太后好！……"但是慈禧对康格夫人把自己排在皇上后边的叫法十分不悦，心想，洋人就是没规矩，他们都是吃生肉长大的，异邦异族，其心必异，一点儿没错，看来故去的老中堂以夷制夷的策略应当不错。

接下来葡萄牙的公使夫人和小姐、比利时的公使夫人等都排着队鱼贯而过，慈禧和光绪无非就是那两句话，见过太后和皇上的，就到一边领赏，一律的每人一只黄捧盒，里面是一对盛开的牡丹花。女宾们十分喜爱这个礼物，葡萄牙的公使小姐立即就把花戴到了头上，康格夫人更是奇怪，她竟然一片片地吃起牡丹花瓣来，容龄见了，忍不住哧哧地笑。

康格夫人对于鲜花食品有一种超前的意识，她特别爱吃花，尤其是这样鲜嫩欲滴的牡丹，若不是想拿回去给公使看看，她真的想一气吃光了呢。这时趁着女宾们要上游船前的纷乱时候，还是忍不住拿出来吃了几口，不想却被一个美丽的女孩子在一旁看见了，她还捂了帕子哧哧地笑。

康格夫人一下子就喜欢上了那女孩，她想起来，那女孩正是刚才站在中国皇帝旁边的翻译。她把黄捧盒盖好，微笑着向女孩招手。女孩像只小鸟似的飞了过来。

"你叫……什么名字？"康格夫人用非常蹩脚的汉语问。

女孩天真地歪着头，笑，然后用熟练的英文问道："你为什么不用英文问我？"康格夫人也笑了。女孩说："My name is Rongling。"康格夫人歪着头，道："哦，容龄？非常美丽的名字。去过美国么？"容龄摇头道："我只去过日本、法国和英国。""哦，你去的地方比我还多。"康格夫人夸张地张开美丽的大嘴笑道："我知道了，你是驻法公使裕庚先生的女公子。听说你还有个姐姐？"容龄笑道："是啊。站在老太后旁边做传译的就是我姐姐。"康格夫人道："我已经猜到了。

好极了，你们两姐妹都非常美丽。”容龄忙道：“谢谢。”康格夫人转转眼珠道：“我很希望你们姐妹将来到我们领馆做客。”容龄用英文回答道：“No problem（没问题）。”

如果谈话到此为止，那么就真的是 no problem。可惜康格夫人并不是一个喜欢在小女孩面前白白浪费时间的人。她继续问道：“容龄姑娘，不知道你们老太后喜欢什么？”容龄几乎不假思索地答道：“老佛爷喜欢听戏，可喜欢了，能躺在御榻儿上听上整整三天呢。”康格夫人笑道：“还喜欢什么？譬如喜欢吃什么？穿什么？喜欢什么东西？戴什么首饰？……看着你们中国皇宫那么富丽堂皇，真的不知道该给你们老太后和皇上送什么礼物呢！”容龄认真地说：“夫人，我们老太后也像天下所有的女人一样，凡是美丽的东西，她都喜欢。”康格夫人又笑道：“孩子，你是基督徒吗？”容龄点了点头。“那么好，你要以耶稣基督的名义起誓，无论我送给老太后什么礼物，你都要保证说服老太后接受它，喜欢它，好吗？”“天哪，夫人，你真的给了我一个艰难的任务呢！”容龄忽闪着大眼睛，咬咬嘴唇，“不过夫人，我一定会帮你的，老佛爷她……她挺喜欢我的。”

那一天的高潮是从游湖的时候开始的。当时湖面中央是一只巨型龙舟。一侧画舫为副船。后面跟着四只小船，一只炊烟袅袅，显然是御膳房的船，另一只闪亮着一只铜制茶饮，显然是御茶坊的船。第三只船上坐着宫廷乐伎。另外一只小船上是宫女仆妇及太监。画舫副船上为使馆女宾及各宫福晋、格格、女官们。

龙舟上，慈禧已端坐在宝座上，靠着倚枕，双臂亦垫着软枕。前面小桌上绿玉斗里盛满清茶。光绪与皇后分左右侍立，李莲英站在船尾。小船上的下人们都在全神贯注看着李总管的手势。

华丽的画舫上，女宾们都在怡然地观赏着岸边的春色，还不时小声地称叹着。宫眷们也穿上了颜色鲜明的衣服穿梭其间。

内田夫人并不甘落在康格夫人之后，她拉着容龄的手，和她坐在一处，显出一副亲热的样子。内田夫人道：“容龄小姐，你和德龄小姐都在日本生活过，你们的日语、英语和法语都讲得那么好，让我十分钦佩，你们真是我见过的最聪明的满洲姑娘！今后还请多多关照，拜托了！”容龄心里立刻十分受用，笑道：“内田夫人，请不要客气。”内田夫人道：“容龄小姐，我对中国的文化很崇拜又很好奇，特别是皇家的生活方式，这方面我还得多多地请教。请问，颐和园里有多少人？太后的卫士都用什么武器？侍候太后的宫女分多少等级？什么样的宫女才可以为太后侍寝？……”内田夫人的问题比康格夫人还要多，真令容龄无法招架。

在画舫的另一侧，德龄正招呼着女宾们上船。康格夫人赶快跟了上来，笑道：“德龄小姐，我想我们之间有着某些共同点。”德龄也微微一笑道：“哦，夫人，我不知道您是指哪个方面？”康格夫人道：“我想我们都想把西方的文明尽量地传播到这个古老的国家来，尽管有时候很不容易，但上帝会保佑我们，因为上帝会眷顾一切善行的。”德龄心里有些感动，道：“我很高兴您说这些话，我很爱我的国家，爱促使我在这儿尽心地工作。”康格夫人突然出人意料地转移了话题：“爱也促使着另外一个人，促使他在等待和寻找您。他是凯·怀特，这是他的礼物。”

德龄愣住了，康格夫人飞快地把一个首饰盒塞到她的手里，德龄下意识地抓住了。

此时，宫眷们也都上了船，元大奶奶本来便注意德龄姐妹的一举一动，此时无意中看到德龄与康格夫人在一起，她便立即闪在隔离船头与船身的丝帘后面，侧耳倾听。

康格夫人一脸的诚恳，道：“德龄小姐，我准备请一位天才的美国画家密斯卡尔为你们的皇太后画一幅肖像。你看如何？”德龄沉吟片刻道：“这个……我现在真的不知道太后的态度。”康格夫人把语调放得十分亲切：“为了对国家的爱，请帮我说服太后，画油画肖像是一件再小不过的事情，可是一旦她接受了，就意味着中国对西方文化的一种友好和宽容的姿态，你难道不这么认为吗？当然，我并不是要和你交换什么，你可以考虑以后再作出决定。我只希望你能感受到美国的善意——来自心底的善意。”德龄微笑着点了点头。

这时，正中的龙船已经驶向前方。李莲英突然用尖利的嗓子大叫着：“德龄姑娘听旨！”德龄一惊，急忙掀开丝帘。“老佛爷口谕，宣德龄姑娘即刻上主行龙舟!”

一道简单的懿旨令副船上的众宫眷一片惊叹:“这真是天大的恩典啊!……”德龄亦怔了一下，随即沉着地上了来接她的小船，小船将她接往龙舟。

众宫眷在轻声议论着。四格格天真地感叹道:“我分不清她们谁是英国的，谁是法国的，谁是西班牙的，听说她们几国的话都是不同的，可我听起来全都一回事儿。德龄和容龄怎么就能分辨出来呢，她们真是太聪明了。”元大奶奶冷笑道:“四格格，她们姐儿俩的脑筋跟咱们不一样。你没听说她家的祖宅被烧的事儿?”四格格道:“听说了，是庚子年间八国联军干的事，现在他们不是在李中堂的故居里安的家吗?”元大奶奶神态诡秘道:“你看她们和洋人那么好，怎么会烧她家的屋子?我听说，是天火烧的，是她家犯了太多的祖宗规矩，老天发威了!”四格格睁大了眼睛，道:“天火?真的吗?”大公主在一旁立即瞪了元大奶奶一眼，正色道:“今儿大好的日子，谁也不许搅了老佛爷的兴致!”

却说这大公主正是恭亲王的女儿，正式封号是荣寿公主，素日里在宫眷中威信很高，为人正直，即使是慈禧面前，她也敢犯颜直谏，那慈禧也素惧她耿直，让她三分，见老佛爷都如此，众宫眷谁不敬她让她?她说了话，几位宫眷遂不再议论。

在龙舟里，慈禧慢慢品着茶，幽幽地问道:“德龄啊，素日里我游湖，宫廷乐队总奏个曲儿，听着心里也敞亮些。……这西洋人喜欢听个什么曲子啊?”德龄道:“回老佛爷，西洋人喜欢的乐曲也是多种多样的，譬如交响乐啊，管弦乐啊，可是在这种游船上，却多半是拉着手风琴，或者弹着吉他且歌且舞，随意得很。不过依奴婢之见，既然她们是来觐见的，不如按照我们大清国的规矩奏乐，一来可扬我大清国威，二来她们也觉着新鲜!”慈禧微笑道:“正合我意!……皇上，你瞧呢?”光绪连头也不抬，只像素日那般答道:“一切由皇爸爸做主。”慈禧不满地瞥了他一眼，叫道:“李莲英!奏宫廷细乐!”李莲英应了一声，忙不迭地跑到船尾，向着后面的小船打手势。

琵琶丝竹之声幽然而起，洞箫与檀板的优美乐声穿越其间。葡萄牙公使夫人和女儿忍不住叫了起来：“我的上帝！世间竟有这么美的音乐！”其他的使馆女宾们纷纷附和，惊叹之声不绝于耳。容龄听了，十分自豪。

见画舫渐渐靠近龙舟，慈禧问道：“德龄啊，听得见她们说什么吗？”德龄答道：“回老佛爷，她们都在赞叹音乐非常优美！”慈禧十分得意地微笑了。

此时，湖面万道金光，殿宇楼阁在水中倒映，清风徐来，桅杆上的龙旗迎风飘舞。船队渐渐向西而行。经过玉带桥，西堤六桥划向湖心。慈禧突然叫道：“停船！”撑船的太监立即抛锚，把船定住。副船立即并在慈禧的龙舟旁边。慈禧从宝座上起身站起，由李莲英扶着走到船头。

画舫靠近龙舟的瞬间，副船上的公使夫人们参差不齐地发出祝福之声：“祝中国皇太后健康长寿！”众位福晋、格格、女官们按照品级站好，请安：“祝太后老佛爷万寿无疆！”慈禧大喜道：“德龄啊，我瞧西班牙、葡萄牙公使的两位千金甚好，传我的话下去，单赏这俩小姑娘疆字玉如意各一柄，纯金别针各一枚！……李莲英，传膳！”

这时副船已经后退到龙舟之后。用翘板与龙舟尾部衔接。李莲英用一种竹制喇叭吹了三下，低低的声音在湖面回绕。只见那四只小船迅速靠近龙舟。湖面上的“采莲小船”亦迅速聚拢，连成一条长长的“锁链”，一直通向码头，码头上内奏事处的、御膳房的、御茶房的、御药房的均垂手侍立，随时听候吩咐。左右两只小船紧贴龙舟停下，用翘板连接。一只船上菜，另一只船接下撤的菜，众太监各就各位，有条不紊，动作如钟表一般精确。乐班换了曲子，奏起一支轻松的乐曲。

慈禧命德龄去副船告诉大公主代她致辞，德龄应声而去。这边李莲英高叫一声：膳齐！用膳的时间马上就要开始了，所有船上除慈禧一人之外大家都站立着。

此时荣寿公主致辞道：“大不列颠王国公使夫人，美利坚合众国公使夫人，德意志共和国公使夫人，日本国公使夫人，西班牙王国公使夫人及其小姐，葡萄牙王国公使夫人及其小姐……欢迎你们接受敝国皇太后、皇上的邀请，来到颐和园参加游园会……”德龄用流利的英语翻译给众位外交使团的女宾。“阳春三月，正是中国牡丹开得最盛之时，在我们中国，牡丹是花中之王，我们的皇太后把花中之王送给各位使馆女宾，她老人家的意思是希望各位夫人、小姐，都永远像这阳春三月的牡丹一样美丽，也希望我们各国的友谊像这牡丹一样，常开常盛……正如她老人家所说，量中华之物力，结与国之欢心……”

觥筹交错，女宾们再次用生硬的中国话说：“祝中国皇太后健康长寿!”慈禧在龙舟中点头示意。女宾们又说：“祝中国皇帝健康长寿!”慈禧用胳膊肘捅了一下站在一旁发呆的光绪，光绪这才如梦初醒般向女宾们示意感谢。

慈禧开始品尝菜肴，凡尝过的迅速撤下去，通过作为人行道的翘板拿到别的船上。良久，慈禧才像是突然想起身旁那两个木桩一样呆立的人似的，朗声道：“皇上，皇后，你们也尝尝!”那两个呆木桩谢了恩，只用筷子尖夹了一点菜放进嘴里，味同嚼蜡，继续发呆。慈禧见了，也懒得理他们。这一对呆子自少年时便很让她操心，虽然她精心设计了多种方法，但是没有一种方法能够奏效。她自然对光绪不满，但是对皇后——自己娘家的亲侄女儿也并不十分喜欢。由他们去吧！她想。比较起来，似乎倒是贴身的太监更亲近些，正好周太监在身边，便命他拣两碗菜给李莲英送去，周太监听命而去不提。

10

一天站下来，德龄感到腰酸背痛。容龄年轻，到底好些。姐妹间说说话儿，早已过了午夜，德龄已换了睡衣，忽然想起：“老佛爷的首饰还没收起来呢!”又爬起来换了衣裳，急急回到东配殿，见那只翡翠蝴蝶和金钗等物仍放在紫香阁中，于是一一拣了出来，拿了钥匙去开仓房的门，放进各个首饰匣里，一切放好了，正要往回走，忽见一上了年纪的宫女打一盏红灯，款款走来，笑道：“可是德龄姑娘？老佛爷正找您呢。”

慈禧正坐在窗前，一个宫女在为她梳头，她的头要早晚梳两次，年纪虽然老了，她的头发却依然是乌黑的，偶尔有几根白发，被她发现了是一定要拔的，德龄发现老佛爷非常讨厌白发。

这是德龄头一回到慈禧的寝宫，免不了细细看了看：只见紫檀木的云头床上，一律铺黄色绣金嵌蓝色云头的丝质床单，叠六条各色丝绸缎被，上悬绣花蚊帐和许多做工极尽精美的香袋，床上三只绣花缎枕，两只装茶叶，一只装干花，三只枕头发出淡淡的幽香，显然，慈禧是枕那只干花枕入睡的。那只枕中间开了个三寸见方的洞，露出里面的干花，据说，把耳朵贴在洞边睡，什么细小的声音都可听见，这似乎也是防刺客的一招。

德龄向慈禧请了安。慈禧微笑道：“已经歇息了吧？这么晚叫你过来，你额娘要心疼了。可我今儿跟你额娘说，德龄那孩子，我要了。不单西洋话讲得好，传译传得好，又守规矩，心又细，单说这脾气秉性儿，就是万人不能及的。你知道，这宫里的人虽多，我身边儿竟没几个靠得住的，就拿这铺床来说，我是不让老妈子的手沾床的，可四格格她们的想法儿总不如我的意儿，又譬如这梳头，是一定得找梳头刘的，眼见着梳头刘越来越老，快不中用了，真不知得要谁接他的班呢！……噢，你放心，我可不会要你干这些个粗活儿，你来了，我心里就踏实了，指挥指挥她们，我的意思，就全在里边了，找干活儿的容易，会意儿的，一万个里头未准能挑出一个呢！”德龄笑道：“老佛爷看得上，是我的福分，您当我是谁，从小最是个淘气的，三五岁上，就知道演戏哄额娘，手又粗，性子又烈，一路上额娘还担心我呢，现在老佛爷对我这样，她自然是欢喜的。”慈禧听了越发喜欢，道：“我的恶名儿，自然是早传出去了，你自小生在外邦，洋人那里，恐怕没什么人说过我的好话，我也不怕，谁人背后不说人呢，怕就怕的是身边儿的人。大公主、四格格、元大奶奶，我哪个不疼？饶这样，还传是我妨了她们的好姻缘呢——奴才的嘴哪有好的?!如今见我疼你，自然心里不平，又不知要生出多少事来！你有什么，尽管对我说，可别受了委屈!”说着，已有四个妇人鱼贯而入，铺床的铺床，熏香的熏香，放夜壶的放夜壶，很快便弄妥帖。于是德龄跪安告退，临出门前，慈禧忽然问道：“今儿个那些首饰，你可收好了?”德龄道：“回老佛爷，我已经把首饰放回仓库里了，不知做得对不对?”慈禧十分欢喜：“正应当放回仓库。可是有人指点你?”德龄道：“没人儿告诉我，是我自己琢磨的。”慈禧道：“我就说这帮奴才坏嘛！你做事处处遂我心愿，这正是我疼你的地方儿!”德龄长舒了一口气，暗想多亏了自己多个心眼儿。以后在大内之中，时时处处都要小心。

德龄回去的时候，妹妹早已睡熟。德龄开了灯，把康格夫人带来的首饰盒翻了出来。盒子里的珍珠在黑丝绒的衬托下散发着柔和的光泽，德龄把它轻轻地捧在掌心里。裕太太在外面敲门道：“德龄，怎么还不睡？要不要额娘进来陪你说说话儿?”德龄慌忙把灯关了，道：“额娘，我这就睡了。明儿再聊吧。”慌乱中，珍珠从她的掌心滚落到了地上。德龄惊奇地发现，滚动的珍珠在黑暗中竟然划了一道闪亮的弧线——这是一颗夜明珠!

她把珍珠拾了起来，放在紧身的胸衣里，她听到自己的心跳得很厉害。这是一颗真正的夜明珠，它就这样来到了她的身边，如同她的爱情一般不期而至。这是爱的信物吗？它的主人，此刻正在这个世界的什么地方呢？她想。

第二章

1

五月端午，颐和园谐趣园的大戏台照样要演三天戏。慈禧太后歪在御榻儿上，心情很好，边瞧戏边道：“德龄啊，戏可比书要有用多了，书上大多都是死道理，戏却是活生生的，禁得住琢磨啊。所以世上很少有人对一本书百看不厌，可对一出戏看上百遍的人有的是。”德龄道：“老佛爷说得何尝不是？譬如西洋有个叫作莎士比亚的，是英国人，他作的四大悲剧，真是让人百看不厌。特别是《罗密欧与朱丽叶》……”慈禧很注意地听着，道：“讲啊，怎么不讲了？我听着呢。”德龄赔笑道：“奴婢不敢班门弄斧。”慈禧笑道：“宣你们姐儿俩进宫，留在我身边儿，为的就是多听听西洋的玩意儿，有什么新鲜的，你们不必忌讳，统统讲来，也好让我们娘儿们多开开眼！”容龄道：“老佛爷，外国的戏可多了，有直接写的戏，还有用小说改的戏，像《茶花女》，就是小说改的戏。可悲了，我额娘听一回哭一回！”慈禧笑道：“哟，原来洋人也有苦戏，那我倒想听听！”容龄道：“我就不爱瞧苦戏，可《茶花女》是个例外。明儿等闲了，我和姐姐给您演一出儿瞧瞧！”慈禧笑道：“还是五姑娘孝顺！我今儿还专门儿为你点了一出《闹天宫》，你可爱瞧？”容龄喜得拍起手来，道：“那可是我最爱瞧的戏！多谢老佛爷！”四格格在一边抢着说：“老佛爷，那您说我该瞧什么戏呢？”慈禧笑道：“你呀，也就和容龄瞧的差不多，无非还可以加一些痴男怨女的戏罢了。”四格格讨了一脸臊，娇嗔地一扬绢子：“老佛爷！”众人都笑了。德龄又问：“老佛爷，那满朝的大臣该看哪一出戏呢？”慈禧正色道：“德龄问得好，下面的这出戏，就是给大臣们瞧的，也是给皇上瞧的。皇上，你可仔细瞧瞧，瞧我点的对不对。”光绪勉强笑道：“皇爸爸，谁都知道您最懂戏，您说的理儿，连角儿们都服气，朕岂有不服气的道理？”慈禧抹了他一眼：“好啊，那就一块儿瞧瞧吧！”

原来是名角李溜子主演的《下河东》，演员在台上唱念俱佳，惟妙惟肖。台下的众人都看得入了迷。李溜子演的奸臣欧阳方十分到位。容龄气得银牙紧咬道：“姐姐，这个奸臣太冷酷太狠毒了！”德龄点头道：“是啊，他演得太生动了，真的是一个伟大的戏剧演员。”可就在这时，身旁的慈禧突然大喝一声：“来人哪！”众人立刻静下来。容龄悄悄地问额娘：“老佛爷这是怎么了？”裕太太道：“照说该是赏银子吧？”谁都没想到慈禧会说：“给李溜子四十杖责！”

光绪的脸立刻变得煞白，德龄姐妹也都呆了。她们眼睁睁地看着台上李溜子被扒了裤子按在那儿，木杖雨点一般落在他的身上，他不断挣扎，脸上的油彩已经花了。

皇后壮起胆子小声问道：“老佛爷，他唱错词儿了？”慈禧哼了一声道：“他唱得好呀，词儿没错，字正腔圆的，演得太好、太像了，活脱脱一个大奸臣呀。我生平最恨的就是奸臣，狠狠地打他，正好可以警示众位大臣，弘扬天下正气呀。皇上，你说对不对？”光绪低声说了一句：“皇爸爸，儿子身体不适，想先告退了。”慈禧目光锐利地看了他一眼：“哦，身体不适？我看也没什么大不了，无非就是胸闷气短吧，这是你的老毛病了。也好，你坐在这儿气儿也顺不上来，还是回去好好调理吧。”光绪忙道：“谢皇爸爸。”起身便去。贴身太监孙玉跟了出去。

慈禧又抽完了一袋水烟，小叫天儿谭鑫培才喘吁吁地赶了来，请安道：“老……老佛爷吉祥！”慈禧微笑道：“哟，你可来了！我们可都望眼欲穿了啊！”谭鑫培急忙跪下：“奴才该死，因午后才知道老佛爷驾临，特地赶来供奉。”慈禧笑道：“胡扯！你无非是还没过足瘾罢了！我也知道你就好这口儿，也不怪罪你！快去把衣裳换了，演一出《盗魂铃》给我们瞧瞧！让郎德山给你当配角儿！”又指着德龄姐妹道：“这两个姑娘是刚从西洋回来的，还没瞧过你谭老板小叫天儿的戏，你今儿可得给我好好儿地演！”谭鑫培唯唯而退。

随着一阵开场锣鼓，谭鑫培扮猪八戒、郎德山扮小猪粉墨登场。慈禧和着戏中板眼用手拍案，一边极口称赞，一边问德龄道：“这出戏可瞧得明白？”德龄点头道：“瞧得明白。”慈禧道：“你们虽然明白情节，却未必懂戏。这戏里有两段梆子腔儿，不但是唱着的要字字着实，就是拉弦儿敲板儿的人，也得讲究五音六律，按腔合拍，方能得心应手。因此上谭老板从来不肯随便用配角儿，连弦师鼓板儿也是固定的，拉弦儿的叫梅大五，打板儿的叫李锁……对了，那郎德山扮的小猪，怎么倒发的是羊声儿呢？”李莲英怔了一下，答道：“回老佛爷，那郎德山是个回民。”慈禧笑道：“如此倒怪他不得。……谭老板今儿来晚了，罚他再唱一出《战太平》。”

德龄注意到，慈禧极其欣赏谭鑫培。唱《战太平》的时候，慈禧竟要来了剧本，一句句地对着台词儿，对了一句，便点一下头。谭鑫培在台上一板一眼地唱着，背后的戏服已然湿透。慈禧的指套沿着剧本上的台词一步步地移动。就要唱到“大将难免阵头亡”的时候，慈禧突然抬起头来盯着谭鑫培。谭老板心里猛一激灵，只好在台上转了个身，将戏词改成“大将临阵也风光”。

慈禧大喝一声道：“停！”谭老板僵在了台上，其他的人都吓住了，容龄又捂住了眼睛。慈禧道：“谭鑫培！”谭鑫培立刻跪在了台上，答道：“奴才在！”慈禧微微一笑：“小叫天儿，你的词儿改得好呀，赏银二百两！”谭老板冷汗淋漓地磕起头来：“谢老佛爷恩典！”

众人这才都松了一口气，台上又继续唱开了。

慈禧扫了众人一眼，朗声道：“我平生最爱瞧戏，古往今来的是非成败，人世间的离合悲欢，都在戏里头了！只是演戏的优伶，必须唱念做打，般般考究，色色齐全才是。过去的梨园名角儿要首推程长庚，他说是唱老生的，其实各种角色都擅长，做三庆部班长的时候，他与演青衣的喜禄有点口角，后来上演青衣戏，喜禄托病不肯登台，程长庚就自己扮青衣，一点儿不比喜禄差！他的名气也就传开了！他过世之后就是小叫天儿谭鑫培了，他的唱工能把牙音、齿音、喉音分得清楚，又能将平、上、去、入四声，字字咬清，妙在纯朴自然，绝不牵强，昂首一鸣，声入云际，扼喉一控，万斛俱来，可高可低，可抑可扬，可急可缓，可窄可宽，这才是进退自如，达到高妙境界了呢！”

众人早已三魂吓跑了七魄，只有点头称是的份儿，哪还敢说什么?！德龄暗想，看这样的戏，与其说是在看当红名角儿，还不如说是在看慈禧太后的表演。她老人家才是最好的最出人意料的演员呢。

2

容龄始终觉着皇后叫人摸不透。容龄自幼在法国长大，又喜爱音乐舞蹈，性情活泼好动，喜怒哀乐，全在脸上。皇后似乎恰恰相反，容龄进宫前后也有五六年，就没见过皇后主子泄露过真性情。后来熟了，皇后也说：“都知道我是老佛爷的内侄女儿，桂祥公爷的女儿，可哪儿知道自打入宫以来，连父母面前说句话儿的时候也没有。阿玛有在老佛爷跟前儿值班的时候，不过就是他看着我，我看着他，连一句话也没有。”皇后说起这些的时候并不带着任何感情，看上去也不伤心，可让容龄听着落泪。容龄想，要是离了阿玛和额娘，嫁到一个不得见人的地方去，就是死，她也不会干的。譬如皇后，虽名为六宫之首，母仪天下，可是一点乐趣也没有。平常看她，又不念书，又不做女红，连水烟也不会抽，只抽一点廉价的纸烟。政治上没她说话的份儿，她不过就是个上传下达的女官而已。每逢年节大典，不过是礼部把礼单送到内务府，内务府送到宫里来，再由皇后传话给大家，多少年了，没什么大错儿，也就罢了。至于说到女红，皇后竟是真的不通。容龄会钩一种西洋的花边，有一回叫慈禧瞧见了，喜欢得了不得，叫皇后率后宫跟着学，学了两个多月，连瑾妃都会了，皇后还是不会，到了儿也没学成。

这会子瞧着戏，容龄瞧皇后也是毫无表情的样子。只有慈禧一人坐着，其余都站着。后来皇后过来小声说：“这是你们头一回来宫里听戏，还不快谢老佛爷赏。”裕太太便领着两个姑娘叩头谢赏。那天后来演的是《闹天宫》，孙猴子一翻跟头容龄就想笑，裕太太便瞪她。宫里规矩：姑娘是不准大笑的。偏容龄天生爱笑，只好躲在姐姐后头，偷偷地笑。德龄倒是很端庄，该笑的时候抿一抿嘴，并不认真笑出来。容龄到底是小孩子的心性儿，待不住的，眼错不见就溜了出去。走出大戏台，在御花园里溜溜达达的，可巧儿撞上一个人，吓了容龄一跳，再细瞧瞧，那人不是皇上，又是哪个？唬得容龄急忙上前请安。庆王的侧福晋亲自教她们姐妹，普通请安，请双腿安，叩大头，三跪九叩，六肃礼……容龄这时想不起该请什么安了，她想，礼还是行重点儿好，没大错儿，礼多人不怪嘛，于是便扑通跪下，叩了个大头，倒把光绪给怄笑了。

光绪急忙叫她起来，笑道：“你这算什么？又不是年又不是节的，叩大头干吗？原本那些礼节，是做给他们瞧的，外边碰上了，这会子又没人，一般地请个安也就罢了。还想问问你，法国请安的礼儿是什么样的呢！”容龄起身，这才看见光绪身边只有一个贴身太监，大伙儿叫他孙公公的。容龄一笑，便开始表演法国、英国和德国的请安，光绪看了，笑道：“还是英国的礼儿好看些——反正都比磕头漂亮！”容龄和孙公公都笑起来。光绪道：“朕赐你一名如何？”容龄笑道：“那敢情好！”光绪道：“朕御赐你名为小淘气儿！”容龄笑着道个万福：“谢皇上赏名字！”光绪又道：“小淘气儿，跟你说正经的，你能不能做我的英语教师啊？”容龄小嘴一努道：“罢咧，万岁爷的话奴才自然不敢不听，可是，要说教英语，奴才给您推荐一人，比奴才要好上十倍呢！”光绪忙问：“谁？”容龄道：“奴才的姐姐，德龄。”

光绪笑道：“我当你说谁！德龄姑娘，自然也是好的，只是似乎老佛爷那里更离不开些——”容龄抢着说：“难道我那里是离得开的？昨儿老佛爷还要我给她跳西洋舞呢！万岁爷，不是奴才夸口，只怕你若让奴才教习音乐舞蹈，奴才还称职些儿。”光绪的笑容似乎一下子冷淡了：“唔，音乐舞蹈，朕倒不需要教习。”一旁孙太监笑道：“容姑娘，不是奴才多嘴，凭他是哪个国家回来的，走了多少地方儿，若论这音乐的底子，谁也不及咱万岁爷一半呢！”容龄喜道：“真的呀，明儿倒要好好讨教讨教！”光绪道：“我也不过是喜欢而已。”说罢，再不说话，只命孙太监：“走吧，回瀛台。”容龄道：“奴才也想和万岁爷一起去瀛台瞧瞧。”光绪大大地吃了一惊，半天说不出话来。孙太监忙说：“五姑娘快别说小孩子话了！那瀛台可不是您去的地儿！”说罢，君臣二人匆匆而去。容龄呆呆地站在原处，拈起一朵花，细细地想。颐东殿那边早走过来一个宫女，见了容龄，笑喊道：“姑娘在这儿！让我好找！老佛爷传膳，不见了姑娘，正着急呢！”遂拉着容龄的手，匆匆穿过回廊，容龄心里却仍想着刚才的事，忽然觉着自己很蠢。“怪道额娘说我小事儿聪明大事糊涂，原是这样，并没冤枉我。”她想。

3

却说颐东殿这边已经摆好了御膳。德龄悄悄数了数，竟有一百二十碗菜。全都放在绘着蓝色龙纹图案的黄捧盒里，再一碗碗拿出来，全部是黄龙盖碗，中间一大碗清汤鱼翅，两边分别是慈禧最爱吃的脆炸响铃和清炖肥鸭，还有樱桃肉和鸽子松。在满宫里，是不准吃牛肉的，因为牛是满洲的神灵。德龄惊奇地发现，老佛爷的胃口好得惊人，餐前她们刚刚已经吃了四五十种甜食，可这会子她老人家一人坐在那儿，左尝一道菜，右尝一道菜，边吃还边说话，所有的人都只能站在那儿，看着她吃。等她吃够了，才能“克食”，对于德、容二位姑娘，她老人家格外开恩，让她们陪着吃一些，当然，不能坐着。又叫太监端来一盘四只白玉杯子，两只放在两位姑娘面前，另两只里面装着玫瑰花和金银花，都是风干了的，依旧很香，亲手用没戴指甲套的手拈了朵金银花放在里面，德龄尝了一口，觉得香气扑鼻，好喝得很。与妹妹对视一眼，见容龄也甚惬意的样子。遂赞道："老佛爷，这是什么茶，这么好喝？"慈禧笑道："我的东西，一根草儿也是好的？这不过是园子里长的金银花，风干了，就有股香气罢了。讲究采的时候，要卯时的露水，那香气才能阴干在里面。原不值什么的，你们喜欢，叫他们封几包拿去就是了。"

慈禧吃罢，接着看戏，皇后便招呼大家到颐东殿吃饭，仍是站着，几十人吃饭不出一点声。空着的那张椅子自然是慈禧的御座了，上等紫檀，上面镶满了翡翠宝石，上连华盖，这样的椅子在宫里各处都有，都是为慈禧准备的。德龄很快就发现慈禧是个美食家，不论在哪儿，高兴了就要坐下来用餐，所以慈禧出游的时候，常带着个流动的御膳房。但让德龄奇怪的是，老佛爷怎么吃也吃不胖。七十岁的人了，走路像风一样。德龄当时真的相信老佛爷万寿无疆。

容龄就跟姐姐说皇上的事儿。德龄嗔道："傻丫头！真是哪壶不开提拎哪壶！他那瀛台本是软禁他的地方，哪儿就能让你去了？难道阿玛没跟你说过，戊戌变法之后，老佛爷就算是恨透了皇上，连珍主子也连带恨上了，庚子年不是给赐死了吗？宫里这么复杂，你连起码的关系也弄不明白，岂不是找死？"容龄不以为然道："依我看，也没什么大不了的。小孩子家，知道得少些倒是好，忘了额娘说的了？知深水鱼者不祥啊。"德龄笑道："那哪是额娘说的？不过是古人的话罢了。"

4

容龄万没想到康格夫人送的是这么一件奇怪的礼物。几天之后，一位美国女画家卡尔背着画夹子，走进了清宫大内。

对于这件事，慈禧本来一百个不愿意。"死人才画像呢！"慈禧撇着嘴、拉着脸，反反复复地说这一句话。德龄姐妹相视而笑，德龄扶着老太后，缓缓地说道："老佛爷，西洋人的规矩，是给活人画像，不怕您老人家笑话，我们姐儿俩在法国都画过像呢，只没带进宫里来，阿妈额娘也都有画像。您是咱们满洲人的皇太后，哪能连张西洋的画像都没有呢？西洋人哪，最讲究给名人画像了，英国的维多利亚女王，有上百张画像呢……"容龄也在一旁敲边鼓："是啊老佛爷，西洋的画像可漂亮啦，就说您老人家这衣褶吧，她能画得一根一根，比真的还像真的呢，您戴的这耳坠子，这手镯戒子，这凤冠金钗，亮光都能画出来呢！……"慈禧渐渐有些心动，叹道："唉，恭敬不如从命，既然他们的康格夫人一片好心，我也就盛情难却了。只是丑话说在前头，若是画得不好，我是要赶了她走的。"德龄姐妹急忙诺诺连声。

就这样，在20世纪初的一个春天黄昏，一位其貌不扬但确实赫赫有名的美国女画家卡尔，开始了她一生中也许最为重要、最为另类也最为难忘的一段经历。

在卡尔眼里，这位满脸皱纹的中国老太婆没什么可怕的，在中国，她也许是权力的象征，可在她——一个美国女画家眼里，也跟一个普通的老太太没什么两样。惟一不同的，是她身上戴着的那些价值连城的首饰。那些首饰太奇妙了，即使卡尔是个不大讲究的人，也忍不住在画像的时候盯着那些首饰看。

慈禧从一开始就不喜欢卡尔，这个女人违反了她的一切审美要求：她喜欢皮肤细腻白皙，这女人的皮肤却粗糙得很，毛孔清晰可见，还发红，脖子上的那些粗皮，简直就像火鸡的皮！她喜欢樱桃小口，这女人却长了一个血盆大口，还满口獠牙；她喜欢线条精致的鼻子，这女人的鼻子却大得吓人，就像用粗面捏起来的似的，还有，当然她喜欢精巧的胸部和玲珑的小脚，这女人一对大奶在衣服里晃晃荡荡，两只大脚比中国脚夫的还要大，慈禧在心里暗暗冷笑："难怪说她是个老姑娘，这样的女人怎么嫁得出去！"

但是在德龄姐妹眼中，卡尔却是个极其可爱的女人，她一派天然，一点儿也不懂得装腔作势，她学识渊博，精通三国语言，走南闯北地去过很多地方，她有幽默感，说话很有趣，最重要的是她的画画得很好，让人钦佩……卡尔和姐妹俩很快就熟络了，她也非常喜欢这一对美丽的中国姐妹，她把自己的得意之作送给她们，一点儿也不吝啬，当然她也常常得到她们的帮助，尤其是在她和老太后发生龃龉的时候。

差不多每天的黄昏时分，慈禧用过晚膳、到御犬房去看过御犬，并且同爱犬散过步之后，就换上一身华贵的行头，在东大殿的紫檀木椅上一坐，届时李莲英已然亲自打开了所有的灯，美国老姑娘卡尔小姐就坐在老太后的对面，开始她的工作。一般是半个小时，慈禧便伸一伸手，说道："我也乏了，让姑娘们代坐吧。"就由宫女们侍候着脱下外衣，起身扬长而去。这时德龄就穿上那外衣，按照卡尔小姐的要求继续坐着，直到结束。

慈禧很少跟卡尔说话，偶尔高兴也不过说个一句半句的，但常常是话不投机半句多。这天慈禧游了湖回来，本来是高兴的，顺口问了一句卡尔道："你是属什么的？"谁知卡尔小姐半天反应不过来，良久才答道："我是……是狮子座。""什么？你是属狮子的？没听说过。"德龄笑道："老佛爷，西洋人不讲生肖属相，他们只讲星座的，很多西洋人都信占星术。"慈禧问道："占星术？可类似我们的紫薇斗数？"德龄忙道："是。"慈禧笑道："哼，可见他们没有的我们有，他们有的我们也有。还是我们满洲伟大啊……""老佛爷说得是。"德龄嘴上这么说，心里却想，他们有的我们没有的多的是，像他们的钟表，他们的照相机……于是盘算着怎么让二哥勋龄给老佛爷照张相，也好让她老人家了解一下西洋的照相术……

慈禧突然扑哧一笑，道："哼，我看她倒真像个属狮子的，苏轼诗曰：'忽闻河东狮子吼，拄杖落手心茫然。'河东狮吼就成了悍妇的名儿。这位卡尔小姐幸好没结婚，若真是结婚了，她那位丈夫可够可怜的了！"说罢又笑。德龄见卡尔一脸困惑，遂笑着翻译道："卡尔小姐，我们老太后问的是你的生肖属相，是我们中国特有的计算生辰的方法，你回答的是西方的星座，所以你们说的不是一回事。"卡尔疑道："那么太后为什么要笑？"德龄忙道："太后笑是因为我告诉了她老人家，这两者之间的区别。”“原来如此。”心地简单的卡尔立即来了热情，“那么太后是几月生的？我可以为她老人家推算出生辰星位。”德龄立即回身，把卡尔的意思对慈禧说了，慈禧听了觉得有趣，说：“我们中国人都是按古历算的生日，哪儿就和他们一样了？我的生日你是知道的，古历十月初十，让她算去吧！”

那天晚上卡尔和德龄算了很久，最后卡尔犹犹豫豫地说：“老太后好像是天蝎座嘛。”慈禧呵呵冷笑道：“原来我是属蝎子的！得了，闹也闹够了，我也乏了。德龄，送我回寝宫。”

德龄侍奉慈禧安睡之后，又返回东大殿，为慈禧代坐，这时容龄也过来了，对德龄道：“今儿皇后主子高兴，跟我多说了几句话。”德龄笑道：“难得。前两天老佛爷还说，皇后老实，是个没嘴儿的葫芦呢。”容龄道：“那老佛爷可错了，皇后主子知道的可多了，知道咱们走的地方儿多，问得可细致了。”又看卡尔画画，说：“早晚我也要学学画儿，咱们阿玛额娘让咱们学了音乐舞蹈，惟独没学画画，姐姐你想学吗？”德龄道：“怎么不想？也没什么难的。”卡尔听了笑道：“你们若学，我可是要收学费的。”容龄笑道：“那有什么？打进老佛爷的赏金里罢了。”三个人说说笑笑的，子夜时分收了摊儿。回寝宫的时候，意外地看见李莲英竟一直在门口站着，门口的灯光暗淡，李莲英的脸埋在黑影里，显得很可怕。德龄心里一凛：大总管原来一直在这儿！这是对我们的特殊恩典呢，还是对我们不放心呢？这么想着，脸上早已堆下笑来，招呼道：“李总管还没歇息呢？太劳累了些儿！”“瞧姑娘说的，奴才侍候主子，乃天经地义之事，何累之有？姑娘们走好！卡尔小姐走好！”李莲英弯腰打着灯笼，一直将她们送回寝宫。

5

德龄的怀疑没有错，李莲英大总管确实身负着特殊的使命。从卡尔进宫的那一刻起，慈禧压根儿就没真正放心过。卡尔进宫的第二天，慈禧就命德龄把她们姐妹的画像从家里拿来瞧。

德龄的画像是一位法国著名画师画的。画面上的德龄和容龄，穿路易十五式的晚礼服，袒胸露臂。慈禧看得一会儿笑，一会儿又皱起眉头，道："西洋画果然是好的，只是，你们怎么能穿这种衣裳?!"容龄抢着说："这是普通西洋女人穿的晚礼服呀。聚餐、舞会、见客的时候都可以穿的。""可真是不成话了！"慈禧用一只袖子挡住脸，"我们满洲的女人，在男人面前，可是连手腕都不能露的！这可倒好，穿这样儿的衣裳，奶子都露出来了，难道你们就不臊得慌？西洋人也太野蛮了，哪有我们中国人文明？皇上一天到晚想要革新，学西洋，若都是这样，那我看还是守旧好！你们说是不是?"姐妹俩看老太后要动真的，只好齐齐答道："是。"

慈禧这才长吁一口气，道："西洋的东西，自然也有好的，像他们的机器，我们是比不上，可是要按照文明的程度，我们中国可是世界第一！他们有什么好？前次他们拿了本什么《维多利亚女王传》给我看，依我看哪，这位女王还不及我的一半呢！……西洋女人，就是再漂亮的也不如我们满洲女人，看看她们那大脚片子，那大鞋跟船似的！皮肤白是白，可脸上一层儿的白毛儿！毛都没褪净呢，那是野蛮人！……这不，明儿个外务部又安排了我和俄国大使夫人见面儿，还真的不知道是什么人物儿呢，上回游园会，她好像没来。"德龄道："大概就是因为没来，特特地想见老佛爷一面儿。"慈禧皱眉道："我是最烦见洋人的，尤其是这种单独的觐见，我还就怕他们这些人临时出点儿什么幺蛾子！反正他们有千言万语，我有一定之规，就说，得商量之后再做答复，就是了。德龄容龄，到时候，你们可得在我身边儿，啊！对了，你们懂不懂俄文哪?"德龄答道："我们不懂俄文，但是懂法文，俄国的上等人都懂得法文的。"慈禧微微一笑道："德龄啊，你可真是个诚实的姑娘，你完全可以说你懂俄文嘛，反正我什么都不懂！"德龄笑道："那怎么行？从小阿玛额娘就教我们要忠君爱国，哪能欺骗老佛爷呢?!"慈禧大喜，立即命人拿来四匹宫缎两只锦盒，赏给德龄姐妹，打开一看，德龄的那只锦盒里是一只碧绿欲滴的翡翠镯子，容龄那只锦盒里是一支珍珠头钗，都极尽精美。姐妹二人大喜，跪下谢赏不提。

第二天，果然俄国大使夫人勃兰康夫人来了。慈禧命裕太太带着德龄姐妹换上最漂亮的西洋时装上朝。因为宫中没有地毯，德龄姐妹平时不大敢穿正式的长裙。今儿既然老佛爷说了，少不得穿上巴黎的曳地长裙，裕太太是灰色底子上绣黑色芙蓉花，姐姐是水红底子绣米色百合花边，妹妹是淡青底子绣鹅黄玫瑰花边，三个人一进殿，慈禧就是一声惊叹："哎哟，李莲英你瞧瞧，这可不是三个仙女来了吗？"接着看到长长的裙摆哈哈大笑："三个长尾巴儿的仙女儿！"

大约 11 点来钟，勃兰康夫人驾到。慈禧和光绪在仁寿殿接见了她。慈禧亲自致辞，长而优美，德龄逐句译成法文，十分流畅。容龄站在光绪身边，译的内容比较少，就难免心有旁骛：她注意到皇后主子一直在屏风后面，很认真地听着，心里奇怪为什么中国的规矩是这样儿的，过去在国外，皇后是可以和皇上一起接见使臣的呀，皇后主子就那么规规矩矩站在那儿，一动也不动，一站就站上那么几个钟头。这几个钟头下来，连她——容龄这么年轻的女孩子也受不了哇。正想着，听见光绪终于说出一句话："问你们的沙皇陛下好！"容龄急忙译了，知道觐见已经差不多结束。

那天的餐桌餐具摆放得格外漂亮，椅子都是雕花的龙椅，每人面前两只银盘，一只荷叶形一只桃子形，上面摆放着杏仁瓜子，还有银制的酒杯和刀叉。桌布是手工刺绣的，没绣一般的龙凤，而是绣的西洋的图案。

宴会开始，慈禧皇上在内，皇后领着众位宫眷在外，容龄和姐姐坐在一起，姐儿俩发现今儿的菜肴格外精美，燕窝鱼翅也上了。满人的规矩，每人一份，这规矩倒有些像西方。吃了不到一半，那边太监叫上了，说是老佛爷单叫德龄一个人过去。

德龄远远地便看见慈禧笑容满面。德龄走近，慈禧竟执了她的手，笑道："我的儿！难为你年纪轻轻的，这么会传话儿！你传得可真好！那些个什么英文法文可是怎么学的，明儿个也教教我！"德龄急忙跪下道："老佛爷可折杀我了！"慈禧大笑，亲手扶起德龄道："我的儿，我要你一辈子跟着我，等再过两年，我亲自给你指婚！”德龄谢了恩，仍回到原座，心里怦怦跳着，所有人都用羡慕的眼光望着她——老佛爷当众要给她指婚，这起码是郡主的待遇，何等地风光啊！可是德龄却被慈禧最后的那句话打中了，心里忐忑不安。

最了解女儿的自然是裕太太，回去之后，待容龄睡下，裕太太命仆妇沏了茶，和德龄一起在小客厅里闲坐。小客厅是西洋式样，有个小壁炉，壁炉上摆着精美的瓷器。德龄只喝了一小杯茶，便有些撒娇地偎在了母亲的怀里，道：“额娘，今儿个老佛爷说的那事，要是真的可怎么办?!”裕太太笑道：“要是真的，额娘亲手给你绣凤冠霞帔，打发你出阁。”德龄顿时满脸娇嗔：“额娘，人家是认真的，你倒好，拿着人家说笑儿。”裕太太搂了她，不住地摩挲她的头发，叹道：“我的儿！额娘就你们两个女儿，虽说有你哥哥，到底不在身边，你们两个就像我的一对眼珠子一样，我岂有把眼珠子挖了送人的道理？老佛爷不过一时兴起说笑罢了，正经的公主格格还操心不过来呢，还能有心思管外姓旁人?”德龄听了，半晌说道：“这话也就罢了，若是她真的有心管呢?”裕太太道：“若是不如意，看不上眼，直言相告就是了。都说老佛爷狠，我看她也是分对谁。再者说，你现在还小呢，要提亲也还有两年，着什么急！”德龄听罢想了一想，笑道：“额娘说话可要算数！”裕太太道：“额娘说话何时不算数了？若是额娘说话不算数，你还可以找你的阿玛。”德龄道：“正是呢，阿玛这些日子，也不知道身体好些没有?”裕太太叹道：“要说你阿玛这病，也不是一天两天的了，哪儿就能好得了？少不得要多陪陪他。既然老佛爷抬举你们，你们姐儿俩尽管在宫里住着，你阿玛这里有我呢。”母女两个说着话儿，不觉已交四更了，这才沐浴更衣，上床歇息不提。

次日清晨，早有太监来请，说是老佛爷已然醒了，立等德容二位姑娘去呢。德容二人听了，急忙简单梳洗了一下，随太监去了宫里。

那位太监姓胡，很爱说话，一路上说个没完。指着面湖的两座大殿道：这便是皇上皇后的殿，这两座殿原是通的，后来老佛爷旨意，把路给堵了，皇后主子若到万岁爷那儿，还得打从老佛爷门儿过。容龄嘴快，道："这倒奇了。这又是为什么？"胡太监道："姑娘不知道，这宫里比这奇怪的事儿还多着呢，只怕姑娘们将来遇见些千奇百怪的事儿，也未可知。"正说着，已到了湖畔。只见一轮红日正映在湖心上，湖面红光一片，分外妖娆。容龄看得入了迷，不禁说道："姐姐你瞧，这儿可比塞纳河的景色更美呢。"德龄道："是啊，今儿索性奏明了老佛爷，若是她老人家许可呢，就把哥哥召到宫里来，让他给我们拍照，你看可好？"容龄拍手道："还是姐姐的主意好！"正说着，早有一个小太监走上前来打千儿，道："德容二位姑娘，老佛爷催请呢！"德龄容龄听罢，急忙紧赶了几步，慈禧寝宫已是到了。

慈禧显然是刚刚起床，身穿一件浅粉纯丝睡衣，个子似乎矮了许多——原来是穿平底鞋的缘故。那一双平底绣花拖鞋，精工巧制，用金银线钩了彩绣的凤，凤头微微翘起，一步一颤。两位姑娘上前行了礼，慈禧笑道："姑娘们可都用过早膳了？"容龄道："用过了。"慈禧道："就把这儿当成自个儿的家，凡是吃的用的，有什么要的，就跟他们说。"姐妹俩谢过了慈禧，容龄便随着一老宫女到偏殿去教习舞蹈，德龄候在那里，看见慈禧的床上那些绣得非常美丽的枕头，十分喜欢。慈禧看在眼里，笑道："可是看我的枕头奇怪呢，德龄姑娘，你瞧瞧，我这个枕头上有个孔，我睡在这个枕头上，远远的声音就都能听得见，要是有什么刺客想暗杀我呀，他还没走近呢，我这儿可就有动静了！"德龄听了，不免笑道："凭他哪个大胆蟊贼，哪敢动老佛爷的念头！"慈禧敛了笑容，正色道："你可甭这么着说，那大胆的蟊贼还是大有人在，就连我自己的儿子，不也有过不轨的念头吗？你们虽说出洋，可戊戌年的事儿难道就不知道？"德龄注意到，慈禧说到"戊戌年"三个字，脸上的肉都一跳一跳的，可以称得上是咬牙切齿。德龄急忙道："奴婢那时还小，倒是听阿玛说起过，总也没弄清的。"慈禧掰开手指算了一算："可不是！这转眼都过去六年了吗？你今年十七岁，那时候才十一，按汉人的说法儿，还没及笄呢，哪能记得这等事！……行了，以后等闲了，咱娘儿俩再慢慢地聊。你既是吃过饭了，就去把我那个包铜花的首饰匣子打开，给我把那套绿玉蝴蝶和紫水晶的披风给拿出来。待会儿咱们娘儿几个游湖去！”德龄答应着，正往外走呢，听见慈禧一迭连声儿地喊周太监。周太监匆匆走进来，只听慈禧一声断喝，唬得德龄也站住了脚儿。德龄远远地看见慈禧好像转瞬之间变了一副脸，满脸的皱纹都堆积起来。周太监则一下子跪倒在地，用尖利而颤抖的声音说：“老……老佛爷唤奴才何事？”慈禧一脸盛怒：“何事？我都不知道是何事！我问你，那日游园会，我让你给李莲英送的两碗菜，你给送哪儿去了？！”周太监一听这话，就全身哆嗦起来，话也越发说得不利落了：“老……老佛爷……奴才已然把……把菜给……给李总管送去了！”慈禧“啪”地把桌子一拍，道：“你还敢说谎！张六儿呢，给我把张六儿给找来！”

张六儿像个地老鼠似的出溜进来，跪在地上打个千儿。见慈禧满脸怒容地问：“张六儿，游园会那日是哪个公公打发你给李总管送菜呀？”张六儿看看站在一边儿面如土色的周太监，只有哆嗦的份儿，哪儿还敢说半个字儿。慈禧怒道：“猴儿崽子，我问你话呢！”张六儿只好横下心指一指周太监道：“是……是周公公……”慈禧回身朝着周太监便是一个大嘴巴：“我把你们这些眼里没主子的奴才！……”周太监跪倒在地，口里叫道：“老佛爷打得好！打得好！”慈禧道：“我问你，我让你给李总管送菜，你为何支使他？！难道你身子那么金贵，我就支使不动了？”周太监磕头如捣蒜：“奴才不敢……那日晚上，那雨下得太大……奴才又有点儿头疼脑热的……奴才就……”

德龄若不是亲眼看见，根本就不相信平素对她们那么慈祥的慈禧，竟然下了御座儿，照着周太监头上便是一脚，喝道：“拉下去，给我打四十廷杖！你不是怕淋雨吗？明儿每逢下雨的时候，你们就拉周太监在雨地里站站，让他别忘了今儿个的事儿！”

德龄回到自己的下处心里仍在怦怦地跳，她想起关于珍妃的传说，心想，那必是真的了，难怪皇上见了老佛爷跟避猫儿鼠似的呢。

6

不知道是因为什么，自打接见勃兰康夫人之后，慈禧便决定给德容两位姑娘换装了。她悄悄地叫来大公主，商量给两位姑娘易装之事，轻蔑地哼一声道："她们洋人知道什么！满洲的衣裳才是世界上最漂亮的衣裳！"

易装那天，慈禧郑重其事地把两位姑娘唤来，指着一摞美丽的新制旗装道："洋装我已经看腻了，就那么回事儿！你们的裙撑子那么大，腰勒得那么细，跟压腰葫芦似的，寒碜死了！"众宫眷都笑了起来，德龄姐妹也忍不住笑了。德龄想，怨不得人家说老佛爷惯于翻手为云覆手为雨，前些日子还夸洋装漂亮呢，曾几何时啊，就把洋装贬得一无是处。

不过正是年轻姑娘的心性儿，什么都当作好玩罢了。两个姑娘换上旗装，自个儿也觉着新奇。她们打量着镜中的自己，觉着又新鲜又有趣。裕太太在一旁竟抹起泪来，道："你们俩，从两岁以后就没有穿过旗装，一转眼，都成了大人了，日子过得真快呀。"

两位姑娘索性痛痛快快地打扮起来：在头发上抹上头油，擦掉口红，重新涂成下唇只有一点红的满洲形状，发型梳成两把儿头，再配上头饰……

当她们走出宫门的时候，一下子就被众宫眷们围起来了。一向不大说话的瑾妃喜道："太水灵了！这么着好，觉得跟你们就不生分了。"四格格道："德龄，没想到你们的头发弄直以后有那么长呀！"皇后轻轻点头，淡淡笑道："老佛爷真会调理人儿。"大公主也笑道："依我瞧，还是咱们旗装好，你们穿着，越发地端庄，越发地华贵了。洋装怎么说都太素，比不得旗装，光绣一朵花就有几十种色儿，经看，经琢磨。"

女官们一路向着慈禧寝宫走去，远远地看见李莲英张着大嘴，僵直地站在了那里。德龄被看得有些不自然，笑道："李总管，我们看起来是不是很怪？”李莲英依然没有说话。容龄扶了扶沉重的头饰，忐忑道：“是不是很难看啊？”李莲英突然爆发出一阵大笑，把她们吓了一跳：“奴才在宫里待了那么多年，从来没看过哪个姑娘能把旗装穿得这样好看，老佛爷圣明呀！奴才这就回老佛爷去。”

见李莲英匆匆走去，姐儿俩相视一笑，冷不防后面有人轻轻咳了一声——光绪皇帝站在了她们的身后。

姐儿俩急忙施礼道：“万岁爷吉祥！”

光绪带着难以置信的表情，盯着她们的衣服良久不语。容龄有些顶不住了，悄悄问道：“万岁爷，您……您这是怎么了？”光绪竟然不置一词地走过去，又停住了。

“难看死了！和法国时装根本没法儿比！”光绪一字一顿地说出来，并没有回头，好像痛惜着一种什么特别美好的事物正在被打得粉碎。

姐儿俩顿时呆住了。容龄难过得几乎要哭出来——她是很在乎皇上的评价的。德龄只好故作镇静地安慰妹妹道：“快别这么着，一个人一个看法儿，万岁爷今儿个也可能心气儿不顺呢，咱们还是快去瞧老佛爷吧！”

慈禧笑容可掬地见了两个姑娘，细细地打量一番，道：“瞧瞧有多漂亮！穿上了旗装，才真是我们自个儿的姑娘。李莲英……快去把碧玉簪拿来。”

李莲英取过一个盒子，慈禧从里面拿出两个簪子，笑道：“立夏了，按宫里的规矩，该把金簪子换成碧玉的了，这是宫里存的最好的一对玉簪。今儿，我给你们亲手换上。但愿从今儿起，你们就一点儿也不想外国了，只会想咱大清，为大清国出力。”姐儿俩双双谢恩。随后，慈禧命李莲英领容龄去吃点心，“小孩子，这会子定是饿了，让御膳房的单给五姑娘做点子牛奶饽饽吧！”两人走后，慈禧这才执了德龄的手，走向仁寿殿。

夕阳的光线从殿门斜射进来，把慈禧和德龄的影子投在青灰色的地板上。一只乌鸦叫了一声，飞了出去，大殿里留下了一种单调的回声。

慈禧款款说道："德龄，你的簪子和容龄本是一样儿的，可我更喜欢你这支。因为那是我年轻的时候用过的。"德龄惊得睁大了眼睛道："老佛爷，德龄不配。"慈禧正色道："不，你配。我的簪子留了那么多年，就是想送一个合适的人。瞧了多少年，我瞧上了你，你是个诚实的姑娘，不会骗我，你传的那些外国话儿，我虽一句不懂，可是我心里明白，你爱大清国，你有心气儿，就像我年轻的时候一样。"

德龄扶着她往前走。

慈禧指着高高的宝座道："这是我的位置，那是皇上的位置。瞧见那个屏风了吗？你走过去。"

德龄走过去，站到了屏风的后面。她透过薄纱的屏风，可以依稀看到大殿。她的心里涌起一种温柔，仿佛又站在了巴黎家里那个她最钟爱的角落。然而这时，耳畔响起的却是慈禧太后的声音："德龄，你站的地方，只有皇后可以站。你以后和皇后一起站在那儿，那儿能够听到大殿里发生的所有事情。你听清了吗？"

德龄缓缓地回答："德龄听清了。"

德龄透过屏风，和慈禧默默地相对。空空的大殿，幔帐拂动，只有风的声音。

7

一日，德龄从阿玛处找到了一本英文杂志，悄悄带了回来与妹妹一起看，那杂志上竟有当今皇上和珍妃的照片。

容龄瞧了又瞧，先是觉着皇上好看，然后又觉着珍妃的确比皇后和瑾妃漂亮得多，遂道："姐姐，宫里为什么没有珍妃的照片？"德龄道："这书上说，早就被老佛爷给销毁了，这是珍妃的亲戚悄悄留下的。从前珍妃照相，被老佛爷视为妖术，老佛爷很不喜欢她。"容龄神情迷惑地说："那不对呀，那天，老佛爷拉着我的手说：'珍儿进宫的时候也就你那么大，其实，也就珍儿的性子最像我，我可疼她了……’”德龄接着模仿慈禧：“‘这孩子就是不听话……可我当时不过就是说句气话，崔玉贵就把她……唉，后来我见着那崔玉贵就害怕！一回銮，我就把他给赶出去了，阿弥陀佛！’”容龄问：“她也这么跟你说的？”德龄点点头，低声道：“可书上说的完全不是那么回事，说是老佛爷硬要珍主子跳井，珍主子不干，崔玉贵才奉命上去把她塞进井里的。”容龄颤声道：“老佛爷怎么那么狠呢？”德龄道：“是啊，我和你一样闹不明白。老佛爷素日里待我们多慈和啊，可是……唉，我可是亲眼瞧见了，老佛爷惩治周太监……”容龄忙问：“怎么个儿惩治法儿？”“大耳刮子也扇上了！窝心脚儿也挨上了！又叫人拖下去打四十廷杖！还说，以后每逢下雨，都让小太监们拖他到雨地里去站着！……”容龄吃惊地问道：“挨这么重的罚，周太监到底犯了什么事儿？”德龄道：“我听来听去的，不过是昨儿没亲自给李总管送那两碗菜，是打发小太监送去的，就这么点子事儿！”容龄害怕地小声道：“那……以后老佛爷会不会对我们也……”

门突然大开了。姐儿俩吓了一大跳。定睛一看，原来是额娘走了进来！

裕太太一脸严肃，低声吼道：“德龄、容龄，你们马上给我住口！”姐儿俩惊呆了。裕太太一手一个，拉着姐儿俩到隔壁储物间去瞧。裕太太道：“今儿我来，一来是瞧瞧你们姐儿俩过得好不好，二来也是跟你们辞个行！你阿玛要去上海治病了，我得陪他去！没承想刚到了你们的隔壁，就听见你们的谈话，这道墙薄得跟纸似的，你们在隔壁讲的话，听得清清楚楚！”德龄倒吸了一口凉气道：“还好，这是储物间，没有人住的。”裕太太道：“谁说没有？厨子就住这儿，他说这儿安静。唉，隔墙有耳，一不留神就出岔儿！别忘了你阿玛说的，宁可信其有，也不可信其无啊！”德龄道：“真是的呢，倒忘了问，阿玛去上海治病的事儿可禀明了老佛爷？”裕太太道：“老佛爷已经准奏了，还多亏了荣中堂从中斡旋呢！可我瞧着荣中堂这病，可是不大好呢！……你们可有给你阿玛带的信儿，捎的话儿？”

姐儿俩连说：“自然是有的！”遂匆匆翻找着早已写好的信。就在这时，窗外忽然像是有什么动静儿，德龄赶快跑出去张望，只见一个太监瘦瘦的背影，他正在拾起地上的锅，他的辫子上，扎着独特的辫饰。

8

慈禧决定让德龄姐妹教宫眷们跳舞。

姐儿俩又穿上了法国时装，在大殿中飞快地旋转着，她们的裙子像盛开的荷花。皇后和女官们都看得呆了。四格格拍手笑道："她们跳得真好看，皇后主子，听说德龄她们的老师姓邓，是吗？"皇后道："不是姓邓，是姓邓肯，她是西方现在最著名的舞蹈家。人称现代舞蹈之母。"元大奶奶道："那舞蹈家就是咱们的舞女吧？青楼里的舞女不是多的很吗！"皇后瞥了她一眼道："人家邓肯可不是舞女，更不是什么烟花女子，是地位很高贵的人。"大公主也开口道："对啊，西班牙公使夫人告诉我，那些有身份的洋人女子都是跳舞跳得很好的，这是她们必须学的。"瑾妃小声道："我明白了，大概她们讲究学跳舞，就像咱们讲究学琴棋书画一样，对吧，皇后？"皇后默默地点了点头，她突然注意到，站在一旁的光绪看得入了迷，他的脸上，泛起了一种久已不见的光芒。

慈禧目不转睛地看了一会儿，道："罢了罢了，德龄，容龄，你们过来。……你们来回地转圈儿，头不晕吗？"众宫眷忍不住轻轻地笑了起来。德龄笑道："回老佛爷，习惯了，只觉得有趣，并不觉得晕。"慈禧又道："这舞好看是好看，可若是和男人搂得那么近，总归不妥。还有没有什么别的西洋舞啊？"

德龄眼睛一亮，道："老佛爷，有啊，容龄跳现代舞跳得很好，我可以用钢琴给她伴奏。"慈禧皱皱眉头道："钢琴？宫里有这东西没有？"光绪突然说道："皇爸爸，有两架搁在库房里，是乾隆年间洋人送的。"慈禧一怔，道："哦，看来你对洋货倒知道得不少啊。"光绪低头不再言语，慈禧停了一会儿，淡淡地说道："李莲英，快把那洋人的琴给搬过来吧，我倒要瞧瞧西洋景儿。"

一架三角钢琴被推到大殿里，把上面蒙的绸布一揭开，扬起了一阵灰尘。

德龄试了试音，便开始了流水一般的弹奏，容龄则穿上了巴黎带回来的舞鞋，跳起了激情的舞蹈。钢琴清越的声音使大殿里所有的人都听得入了迷，而容龄自由的舞步让光绪木讷的脸上有了一种难以抑制的兴奋。

四格格激动地抓住了元大奶奶的手，轻轻地在她耳边道："她们姐儿俩简直就是仙女下凡！"元大奶奶咬着牙一声不吭。德龄看着妹妹，脸上露出了欣慰的笑容，她修长纤细的手指在琴键上轻快地飞舞着，一曲终了，容龄摆了个美丽的姿势倒在了地上。

光绪不禁鼓起掌来，众人也都随之鼓掌。慈禧本来面带微笑，但听到光绪的掌声后，立刻收敛了笑容。光绪走上前去道："德龄，朕实在喜欢这钢琴的声音，你可不可以教朕？"德龄道："当然可以，容龄也可以，我们都会弹琴。"光绪转身直视着容龄的眼睛道："五姑娘，等朕学会了弹琴，就可以给你伴奏了！"容龄的脸微微一红，道："皇上，学会弹钢琴需要很长时间呢。"

慈禧斜了光绪一眼，道："德龄、容龄，我瞧着钢琴倒不错，这舞啊，虽然不用和男人搂在一处，可终究是疯了些，穿着洋服还行，穿大清的服装是万万不能这么跳的，你们说呢？"容龄的神色立即黯淡下来，她强打着精神，和德龄一起回答道："老佛爷说得是。"慈禧道："这洋人的舞呢，太疯了，你们也就算是好的了，可明朝有个田妃，专擅舞蹈，什么荷花舞啊，贝壳舞啊，都是她发明的，明儿你们也发明个舞让我瞧瞧，毕竟咱们是大清的人，不能光跟那姓邓的学洋人的舞啊！"姐儿俩立即点头称是。

这天晚膳之后，姐儿俩仍然在大殿里排练着，她们有了个宏伟的计划——把老佛爷说的那些个什么荷花舞、贝壳舞什么的和西洋的现代舞结合起来，编成新的舞蹈。容龄跳得兴起，道："姐姐，我跳着跳着好像又回到了邓肯小姐的排练厅。"德龄也跳得香汗淋漓，道："容龄，只要咱们把这个舞编好了，老佛爷一喜欢，你就可以天天跳舞了。我的妹妹当不成巴黎的艺术家，可做一个大清的宫廷舞蹈家也还算没有浪费舞蹈细胞，对不对？”容龄娇滴滴地说道：“姐姐，没有你这个编导，我的舞鞋在这里一定会发霉的。”德龄道：“那你今后打算怎么感谢我？”容龄忽然把手上的丝巾蒙住德龄的脑袋，道：“我才不要报答你，我要提防你，因为我的姐姐是个阴谋家，她什么事都比我想得远。”德龄笑道：“阴谋家的妹妹，你赶快放了我吧，我要喘不过气儿来了！我不想管你了，还是让你的巴黎舞鞋发霉吧！”容龄笑着放开了她道：“你是个阴谋家，不过是个可爱的阴谋家罢了。”德龄用力点了一下她的鼻子，气道：“你呢，你是个不知好歹的天使。”

那个夏天，教光绪弹钢琴的任务落到了德龄身上，令人吃惊的是，德龄很快便发现，光绪是一个音乐天才。她从来没见过任何人学琴像光绪那么快。而且，光绪竟然熟知几乎所有的中国乐器。光绪声音低沉地告诉她：“朕刚到瀛台的时候，十分不适，没事儿干，就拆西洋进贡的八音盒子玩儿，那盒子里原是西洋乐曲，经朕一改造，竟成了《春江花月夜》呢。”德龄惊得半晌说不出话来，良久才由衷说道：“我敢保证现在全世界在位的皇帝，没有谁的音乐才能能够与您匹敌。”光绪一笑，笑得竟然十分灿烂，这种笑容德龄自进宫以来还是头一回见到，她几乎被迷住了。

光绪紧接着说出一句话，更是让德龄吃了一惊，光绪道：“那你看等小淘气儿下次跳新舞时，朕能把这首曲子学完吗？”

眼前这个生龙活虎的光绪，简直和平时那个受气的小媳妇儿似的皇帝判若两人，到底哪个才是真实的他呢？！

既然皇上兴致如此之高，德龄也不免调皮一下，露一露十七岁少女的真实本性，她故意卖关子道：“我可不敢保证。”光绪急道：“德龄姑娘，你一定要教会朕！”德龄扑哧地笑了，道：“知道了，皇上，等学完这首曲子，您还要学我擅长的贝多芬、容龄喜欢的莫扎特呢！”光绪的眼神里充满了向往，轻声道：“虽然朕没有到过外国，可也许会有一天，洋人将听到朕演奏他们的音乐，他们也许会说，原来中国的皇帝并不是一个井底之蛙，他听得懂世界的心声。”

年轻皇帝的那种眼神让德龄深深感动了。那是一种清澈、纯良和高贵的目光，只有心地纯洁的人才会有这样的目光。她说，好。就用那柔美的手指在琴键上留下一串动人的音符。

一个小时之后，光绪皇帝还没有回到瀛台，他的言行已经被一字不落地报告给了慈禧太后。当时慈禧正倚在烟榻上慢慢吸着水烟，宫女祖儿在给她捶腿。汇报的太监还跪在那儿，慈禧好像把他忘了，并没有让他起来的意思。慈禧幽幽地问道：“就这么些了？”太监答道：“奴才听见的，也就这么些了。”慈禧冷冷地哼了一声道：“他如今总算明白了，他也就是这么点子能耐！学点子洋话，学点子乐器，也算是没有白白浪费时间哪，人哪，都是不撞南墙不回头，戊戌年的时候，康有为那几个王八蛋一煽乎，翁同龢那个老棺材瓤子也跟着瞎起哄，他就糊涂了！……从《定国是诏》起，他可闹腾了一百零三天哪！还说什么‘儿宁坏祖宗之法，而不忍失祖宗之民，祖宗之地！……’说得好听！若不是我还有点子杀伐决断，大清国都得亡了！”

老佛爷的话令太监和宫女祖儿全身发抖。

慈禧继续说着，好像是在自言自语：“如今好了，他也明白他不是那块料了，也不敢瞎折腾了！只是康有为那个王八蛋还藏在外邦，我就奇怪，派出去那么些个探子，长眼睛都是出气儿的？怎么就逮不着他？现在又出了个孙文，更是大清国的死敌！国运衰，妖孽兴！我如今虽已是古稀之年，也得把这几个妖孽灭了再死！”

太监吓得面如土色，磕头如捣蒜，不知道老佛爷这股邪火儿又会落到谁的头上。

9

这天下了早朝，慈禧便命皇帝皇后留下，又打发李莲英去请德龄姐妹与众宫眷到太和殿来，她要“瞧一瞧新编的舞蹈”。

在悦耳的琴声中，容龄带着四格格和众宫女穿着旗装跳经过德龄改良的贝壳舞。她忘情地跳着，展示着美丽非凡的舞姿，众舞者把她围在中间。

弹钢琴的不是别人，正是光绪。

德龄和皇后、瑾妃、大公主及元大奶奶侍立在慈禧的身边。慈禧看了一会子，脸上有了喜悦之情，笑道：“这个舞瞧着好看，也不像洋人的舞那样怪里怪气的。还是我们满洲的姑娘聪明！”她轻轻拍了拍德龄的手，连提也没提光绪的钢琴伴奏。

但是皇后并没有忽略这点，她悄然回眸瞥了一眼光绪，看到光绪的脸上有一重异样的光彩，他的目光完全被容龄的舞蹈吸引住了，他和她默契地配合着，节奏简直没有半点儿差别。皇后心里不禁微微一动。

瑾妃嫉羡交加，低声叹道：“四格格还真学会了，我就是笨，天生不是这种材料。”元大奶奶瞪大了眼睛，一心想挑出点毛病，却也始终挑不出来。

光绪的手在琴键上飞舞着，容龄也在快速地旋转。光绪的眼中，舞者们都消失了，只有婀娜多姿的容龄，她的周围有着朦胧的光晕。那光晕转着转着，容龄的脸突然变成了珍妃的脸！

珍妃那张美丽丰饶的脸就悬浮在空中，一伸手，就够得着。他甚至看见了她那美丽丰饶的身体，她进宫的时候刚刚十三岁，和现在的容龄年纪差不多大。他第一次临幸，正好赶上她行月事，他十分体贴，竟陪着她说话儿，还亲自为她倒水，以大清天子的九五之尊，能够如此体谅一个嫔妃，实在是难得得很。他那时也不过才十九岁，正是少年俊逸，两人就认认真真地爱了一回。从那之后，他的眼中就不曾有过别的女人。所以，当他知道心爱的珍妃竟被崔阉推到井中，而崔阉的指使者竟是他的嗣母——他母亲的亲姐姐、鼎鼎大名的慈禧太后的时候，他整个的心都凉透了。贵为天子，他也不能像一般市井小民一样殉情而死，他只能苦挨着，但是她的确把他的一部分生命带走了。

庚子回銮之时，慈禧太后命人打捞珍妃的遗体，以贵妃之礼厚葬，光绪并没有去。他只要来了一顶珍妃在三所时挂的旧帐子，整日对着那顶帐子发呆。

事情已经过去了三年，但是一切就像是在昨天。容龄的天真活泼与珍儿多么相似啊，可是她自小在外邦长大，哪里知道宫廷的险恶?!与珍儿相比，她是多么幸福的女孩啊!

因为有慈禧的默许，光绪可以在每日早朝之后，回瀛台之前练练琴。德龄和容龄轮流着教他。那一天是容龄当值，教会了他四手联弹，但是他当时并不知道弹的是《婚礼进行曲》。容龄只是轻描淡写地告诉他，他们弹奏的是外国人结婚时弹奏的曲子。

光绪就问:“那你告诉朕，外国人结婚是怎么样的?”容龄奇道:“万岁爷，难道您没见过?”光绪叹了口气道:“朕从来没有出过国。”容龄更奇了:“为什么？我阿玛、李中堂、恭亲王都去过很多国家，他们都是您的大臣，他们都可以去，您为什么不能去呢?”光绪压低了声音道:“朕、朕身不由己。”容龄同情地看着光绪，轻声道:“那……那我就把外国的事儿讲给您听！……孙公公，您把小蚊子小柿子叫来!”

那一天容龄做了戏剧的编导，她编排的戏剧是:光绪弹琴，她自己做神甫，太监孙玉和另外两个小太监小蚊子、小柿子开始演示西式婚礼。

容龄亲自示范道:“洋人的婚礼是这样的:在高高的大教堂里，新娘被她的父亲挽着，向新郎一步步地走来。小蚊子，你演新娘，小柿子，你演新娘的父亲。”

小蚊子、小柿子到底年轻，觉着好玩，小蚊子模仿提着裙子的新娘，小柿子挽着他，向扮演新郎的孙玉按着音乐的节拍走去。容龄装腔作势地说道:“……上帝啊，感谢汝将分离之二人合而为一。……孙公公，您愿意娶小蚊子为妻吗?”孙玉满脸通红，吭吭哧哧说不出话来。光绪笑道:“孙玉，这本是玩儿的，别当真。”孙玉这才结结巴巴地说道:“我……我、我愿意。”容龄又问:“小蚊子，你愿意嫁给孙玉为妻吗?”小蚊子面无表情地说:“我愿意。”容龄咯咯笑起来，道:“小蚊子，不行，重来一遍。新娘需要特别深情地看着新郎说，我愿意！你试试!”光绪一边伴奏一边笑，太监们都吃惊地想着:可有日子没见过万岁爷的笑脸儿了!

突然小蚊子大声地喊了起来："我愿意！"容龄哈哈大笑："小蚊子，你这个新娘也太着急嫁人了！"一语未了，众人笑成一团。

10

皇后就是在那一刻来到的。

皇后已经站在了门口，太监们急欲散开，却被光绪制止住了。容龄急忙上前请安。皇后微笑答礼。

光绪倒是显得十分镇静自如，他用一种平静冷峻的目光看着皇后。

皇后给光绪请了安，递上一篮新鲜的草莓，道："皇上，这是新下来的草莓，皇爸爸的意思，给您尝尝鲜儿。"光绪冷冷地说道："朕怕酸，你自个儿留着吧。真难得你还想着朕。"皇后低垂着眼帘，道："皇上，臣妾没有别的意思。"光绪指着太监们道："皇后，你可以在这儿好好瞧瞧，朕在这儿干什么，可得把所有的蛛丝马迹都瞧清楚了，要不可就白来一趟了，回去就没有什么可说道的了。"皇后的脸气得煞白道："皇上，既然如此，臣妾告退了。"光绪道："等等！你得看看这洋人的婚礼，孙玉，你扮的是新郎，你该说什么来着？"孙玉道："回万岁爷，奴才得说，我愿意！"光绪旁若无人地说道："听听，怎么有些事情就没有人问问朕，是不是心甘情愿呢！"

容龄呆若木鸡。皇后大怒道："皇上，臣妾告退了，免得坏了您的兴致。"光绪竟然不理不睬，只挥了挥手叫她下去。皇后回身便走。容龄清晰地看见皇后的嘴唇在发抖。

容龄想说一句什么缓和气氛，但是一看光绪的脸色，便吓得一句话也说不出来了。过去，她只是影影绰绰地听说，皇上皇后的关系不大好，可是万万没有想到，两人竟然僵到了如此地步。正在进退两难之时，恰巧德龄来了，拿着一份新的乐谱。德龄何等聪明，只把眼角微微一扫，就知道一定是发生了什么事情，并且非同小可，她一边把妹妹支走，一边急忙轻声道："万岁爷，容龄年轻，若是她惹了您不高兴，您打她骂她都行，就是别气坏了身子才好。”光绪道：“姑娘说到哪儿去了？这是朕的家事，跟容龄姑娘一点儿关系也没有。……来来来，今儿准备教朕什么曲子？”德龄这才明白原来万岁爷是跟皇后怄气，即使如此，也是小心为好，遂教容龄到老佛爷跟前侍候，自己翻开乐谱，放在钢琴上面。

德龄小心翼翼地侧立一旁，道：“皇上，今儿咱们弹一个钢琴小品《致爱丽丝》吧。”光绪看了看四周，突然道：“这儿怎么有股尘土味儿了，孙玉，你带着他们几个给朕弄点水洒在地上。”孙玉应声而去。光绪见四下无人，突然从琴凳之中拿出一本日文书，低声道：“德龄姑娘，今天朕不想弹琴，听说你的日文也很好，可不可以给朕讲讲这本书？”德龄一看，是关于明治维新的一本书，她愣怔了一下，道：“万岁爷，你哪来的这本书？”光绪低声道：“一位朋友送的，他还来不及讲就离开了。朕读过《日本变政考》和《俄彼得大帝变政记》，你瞧瞧，是不是也是一样的意思？”德龄翻了翻，里面不显眼的地方印着“翁”字的藏书章，旁边还有另一个藏书章，印着“伊藤”的字样。

德龄心里暗暗吃惊——原来皇上并不像外界传的那般懦弱，皇上的心劲儿一点儿没减！她吃惊之余又深深感动，皇上外表上清癯瘦弱，内心却是十分执拗坚韧。

德龄正待回话，李莲英走了进来道：“万岁爷，老佛爷说明儿她要去祭祖，就不上早朝了。”光绪头也不抬道：“李总管，一切按皇爸爸的意思办。”德龄想藏那本日文书已经来不及了，她干脆大大方方地把书放到了谱架上。李莲英的小眼睛亮了一亮，道：“呦，德龄姑娘，这是本外国书啊？”德龄不慌不忙道：“李总管，这是本日文书，是我带回来的，专说咱们东方人怎么学钢琴，我就是看这书学的。”李莲英笑道：“哦，还有这样的书？”德龄道：“是啊，咱们毕竟和西洋人长得不一样，他们的手比咱们大多了，日本人和咱们差不多，所以按日本人的方法才学得快。”李莲英这才信了，道：“原来是这样，小鬼子还真能琢磨。”

那天，德龄和光绪并肩坐在琴凳上，她一边弹琴，一边给光绪讲着摆在谱架上的书。光绪皱着眉头，边听边点头。一个讲，一个听，太阳好像没怎么停留，哗的一下子就落山了。孙玉走进来请皇上回瀛台，皇上的心似乎还停留在那本书上，一直神色恍惚。

那本关于明治维新的书，德龄断断续续地给光绪皇帝讲了一个月。他告诉她，书上的两个印章一个来自他的老师翁同龢，另一个则是日本的“维新三杰”之一的伊藤博文。光绪皇帝竟能经过戊戌变法之后还完好地保存着这本书，这让德龄深深地惊讶，而皇帝却惋惜着，没有人在变法之前把这本书完全地翻译给他，他说，如果那样，历史的某些部分也许会改写。总之，那年的春夏之交，除了为容龄伴奏的那一次，皇帝的钢琴课进步很慢。

11

就在德龄为光绪皇帝讲解明治维新的时候，她的追求者怀特医生和她的哥哥勋龄竟然成了朋友。

经过长时间的等待，怀特终于在照相馆门口等到了“那位少爷”。怀特是在数月之前，在这个照相馆里发现了那张化装舞会的照片的。当时怀特就问照相馆的老板，来放大这张照片的是个什么人，老板回答：是一位少爷。从那天开始，怀特就天天泡在那家照相馆附近，精诚所至，金石为开，今天总算在“那位少爷”上马车之前把他给“逮”着了。

怀特一个箭步窜到马车之前，道：“对不起，先生，您可以等一下吗？”

勋龄站住了。从勋龄站住的那一刻开始，美国医生凯·怀特的爱情落到了结结实实的地面。

怀特请勋龄到了使馆附近的一家小酒馆，他没有费太大的劲自我介绍，勋龄就想起了那个疯狂的夜晚，那个疯狂的舞会，看来大家的记忆力都很不错。但是勋龄并不想那么轻易就范，按照中国的规矩，未来的妹夫究竟合不合格，做大舅子的得多方考察、长期考验才行，还得把架子端得足足的，谱儿摆得大大的，所以当怀特结束了他结结巴巴的陈述之后，勋龄便口气傲慢地自我表功道，是他，首先发现了面具的秘密，然后悄悄地告诉了德龄。

怀特激动得简直想热烈地拥抱他！怀特举起酒杯和他碰了一下道："……谢谢你为我保密。"勋龄傲慢地回答道："我并不是为了你，而是为了我的妹妹。"美国傻小子的回答并不傻，他说："为了她，就是为了我。相信我，勋龄，我不会给你们这个家族丢脸的。"勋龄斜着眼睛看看他说："不过看你拍的那些北京风情的照片，倒是有点意思。"怀特不无得意地说道："更重要的是我还是个很出色的医生，真的，我具有狮子般的胆量，还有可以拿绣花针的手。"勋龄道："你们洋人总是这样，爱往自己脸上贴金，这在我们中国，自己吹自己是要让人笑的，叫作'老王卖瓜，自卖自夸'。"怀特傻乎乎地笑道："当然，最重要的，还是我对于德龄姑娘的爱，我是真心的，你可以把我的心掏出来看一看。"勋龄扑哧一下笑道："这些话你最好不要对我妹妹说，否则可能适得其反。"怀特问："为什么呢？"勋龄道："我们中国人表达感情最讲究含蓄，像你这么肉麻，很可能会把我妹妹吓跑了！"怀特不甘心："可她也是受西方教育长大的！"勋龄居高临下地看着他道："凭她受什么教育长大的，她血管里流的都是中国人的血，她可是地地道道的中国人，怀特先生，你可得想清楚了！"怀特清晰地说："我早就想清楚了，我爱她！她是个仙女！古老东方的仙女！"勋龄看着他无奈地摇了摇头，心想这傻小子算是入了魔怔了！

凯·怀特医生从公元 1903 年的春天始果然是中了魔怔。他并没有因为找到了勋龄而停止他继续前进的步伐，接下来，他又通过康格夫人认识了著名画家卡尔小姐，他做出了一个大胆的决定：给他心爱的德龄写一封信。

第三章

1

卡尔生日那天，慈禧赐给了卡尔一礼盒饽饽。卡尔表示感谢，慈禧道："谢就甭谢了，我希望她吃了以后，甭把我的脸画得白一块黑一块的就行了！"德龄传道："太后希望你把她画得美一些。"卡尔点点头说："太后本身就具有东方美。"德龄译完，慈禧高兴得哈哈大笑道："都老太婆了，看不出来了。"当时卡尔正在钉画布，大公主看不明白，就问德龄，德龄告诉她，西洋画家画画之前都要把画布钉好。慈禧忙道："找个太监给她钉吧，哪有女人自己干粗活的。"卡尔婉拒道："谢谢，我喜欢自己做。"德龄译过之后，慈禧叹一口气道："嗨，洋人也有苦孩子，有福都享不了，可怜啊！"又皱着眉头看着穿着麻布便服的卡尔，问道："柯姑娘（慈禧一直这样称呼卡尔），你们美国人平时都穿我们中国平民才穿的麻布吗？"德龄翻译成："卡尔，太后生怕你穿得少会着凉。"卡尔笑道："谢谢她的关心，我习惯了。"德龄道："老佛爷，卡尔小姐说美国的艺术家喜欢穿麻布，因为透气、舒服。"慈禧道："她家里都有些什么人？"德龄如实翻译之后，卡尔答道："父母已经不在了，有两个哥哥。"慈禧大惊道："洋人怎么这样，父母不在了，哥哥竟然不养妹妹，要她到处抛头露面的，真真绝情！要在中国，那要遭人唾骂的！"卡尔看到慈禧那一副表情，惊讶道："太后怎么了？"德龄道："太后说，听到您的父母已经去世，她实在是太难过了！”卡尔感慨道：“他们已经去世很多年了，我很爱他们。”慈禧看着卡尔难过的样子，对女官们说：“你们瞧瞧，她难过了，谁有这样的兄弟都够倒霉的。看她的颧骨那么高，手那么大，那么粗，真是一副苦命相。”众宫眷一边点头，一边打量着卡尔的脸和手。卡尔被看得有些莫名其妙，只好把疑惑的眼光投向了德龄，德龄硬着头皮道：“太后说，你长得很美，又有灵巧的手，太好了。”卡尔慢慢地摇着头：“不不，你在骗我德龄，太后肯定不是这么说的。”德龄的脸红了，正待解释，幸好皇后转移了话题道：“德龄，老佛爷的画幅就定这么大吗？”这句话好像提醒了慈禧，她突然想起什么似的问：“这够不够大？要不再大一些吧，不是说美国的富人都画大的吗，可别让洋人小瞧了咱们。”德龄道：“卡尔小姐，太后问画幅还能不能再大？”卡尔耸耸肩答道：“我认为已经很完美了，再大就会显得愚蠢了。”德龄在翻译的时候再次添油加醋道：“老佛爷，卡尔小姐说，您这么苗条，不能用太大的画幅，那是用来画胖子的！”慈禧大喜，当即赏了卡尔一支金簪子。卡尔行礼表示感谢，然后她转过头对德龄道：“德龄小姐，我还以为我要冒犯太后了，不知道你把我的话翻译成了什么中听的辞令，为我赚了首饰。我同意凯的说法，你是最聪明最美丽的中国女孩。”德龄大吃一惊道：“原来你认识凯？”卡尔看着这个吃惊的年轻姑娘，笑道：“今天晚上，你到这棵树下，就可以看到压在石头下的信。”慈禧在一旁问道：“德龄，你们在说什么？”德龄急忙回答：“卡尔小姐说，您真的是太慷慨了！”慈禧用锐利的目光瞥了德龄一眼，道：“洋人可真有意思，她称赞我慷慨，为什么不对着我说，倒像是在谢你似的！”德龄怔了一下，急忙轻声说：“她首先感谢老佛爷，然后也对奴婢的传译表示称赞。”慈禧这才微笑点头道：“你传的话儿是好，看来洋人也并不傻。”

德龄忍了半天才算把笑容忍了回去，当晚回去她把这一切都告诉了妹妹，姐儿俩在床上打着滚儿笑，笑得丝绵被都震动了起来，Ghost 也在一边欢乐地打着滚儿，跟着起哄。

直到深夜，德龄才拆开那封信，刚看过第一行，她就脸红心跳无法自抑了。“亲爱的德龄，我深深地爱上了你……我想世界上没有一种力量比爱更强大，因为有这种力量，因此我决定留在中国寻找你，守候你。感谢上帝，让我认识了你，让我最纯真的感情有了最高的价值。感谢上帝，让我热爱艺术，这使我能够很快地接近热情真挚的心灵。……”

德龄决定给他写回信。

2

几天以后，慈禧命皇后和德龄监督清点库里的礼品。德龄早知“婚礼”一事，便有意悄悄观察，却见皇后依然是一向的样子，稳重、温和、可亲，并没有什么不高兴。皇后吩咐道：“德龄，咱们得把这些礼品好好瞧瞧，有稀罕的给老佛爷过目，其他的就一概登记入库了。”德龄急忙请示道：“皇后主子，我瞧这些个礼品，个个儿都好，什么是稀罕的？”皇后笑道：“这要分几大类，一是精细奇巧的洋货，是老佛爷最爱瞧的；二是品相好的珠宝；三是一些有野趣儿的物品，咱们督着他们挑，就快多了。”又命李莲英道：“李总管，你们赶紧去把送礼的名册拿来，并库房鉴定珠宝的太监一并叫来。”李莲英应声而去。

德龄见太监都退下了，遂道：“……皇后主子，容龄小，有时淘气起来没有规矩，请您宽恕。”皇后看了她一眼，道：“德龄，你是怕我把那天学洋人结婚的事告诉老佛爷是不是？你瞧着她老人家像是知道了吗？”德龄道：“不，她老人家不知道。”皇后淡淡地笑道：“你不用求情，我也是不会说的。那不是皇族的做派。你也许在国外看了很多宫廷的故事，说这清宫大内的人是如何钩心斗角，可这并不可信——因为传说这些故事的人大多是平民，用他们的趣味来理解皇家的事，自然是南辕北辙的。”德龄赔笑道：“皇后主子，德龄只有这么一个妹妹，所以……”“是啊，你只有一个妹妹，你会万分地在意她的生命。而中国只有一个皇后，我也会万分在意我的身份。”皇后慢腾腾地说，仍然面无表情，“身为皇后，是六宫之首，若是这一点点小事也容不下，如何能有母仪天下的威严呢？……不过，你比容龄姑娘略长几岁，倒是要适当地提醒她，适可而止，见好儿就收。我倒没什么，老佛爷的脾气儿你们可是知道的……我说这些的意思是，老佛爷疼人是疼人，可什么都没有大清的规矩要紧。”德龄连连点头道：“皇后主子说得极是，请您相信，容龄她再不会淘气了！”皇后笑道：“也别太管严了她！五姑娘快人快语，我是打心眼儿里喜欢她！她和珍儿可不一样！珍儿她……”

皇后突然顿住，意识到自己说得太多了，急忙道：“好了，闲话儿也说够了，现在开始清理吧。”太监搬来了庞大的记事册，开始大声念道：“直隶总督袁世凯：珊瑚树一棵，百宝箱一笼；恭亲王：西洋座钟一座……”

那天下午，德龄听到最多的名字就是“袁世凯”，过去在巴黎的时候她也常听阿玛的客人们说起这个名字，阿玛似乎对此人颇反感，后看报章杂志，才知此人在戊戌年出卖了皇上——难怪皇上一听“袁世凯”三个字，便脸色煞白。又难怪老佛爷一提起他，便有种说不出来的复杂表情。德龄好奇心极强，倒真想知道这袁世凯系何等样人，便自语道：“看来这清宫大内之中最会送礼的便是这袁世凯了！”皇后笑道：“他岂止最会送礼？袁大人是聪明绝顶之人，做什么都要拔尖儿，且最会玩儿新花样儿，连老佛爷都说他：满朝的人，就他想得起这些个巧宗儿！”德龄见皇后高兴，趁机问道：“听说戊戌年的时候，他为朝廷立了大功呢！”皇后听说这话，将那脸儿一下子沉下来，道：“你是听你阿玛说的？”德龄吓了一跳，忙道：“不不，德龄是……是瞧了些外国的书……”皇后缓和了口气，道：“德龄，本朝的规矩，女人不得干预朝政，大内之中，最好少谈国是。”皇后说罢，见德龄表情惶恐，又道：“自然了，咱娘儿们私下里闲聊，倒也没什么。我是说，朝政是男人们的事，姑娘家，不可移了性情。”德龄急忙躬身道：“皇后主子说得极是，德龄记住了。”皇后微笑道：“你当我是谁，我也是个淘气的，自小并不喜欢做女红，琴棋书画上，也敷衍得很，就是爱看闲书，几次都想问问你，你从外邦来，可带回来什么好书没有?”德龄忙道:“早就听说皇后主子博古通今，果然如此。奴婢走得匆忙，并没带回什么要紧的书，倒是有些洋人的风花雪月、痴男怨女之书，不知皇后主子可想不想看?”皇后将眼睛盯住德龄，缓缓道:“可是你前儿对老佛爷说的《罗密欧与朱丽叶》?”德龄听了，吓了一跳，暗想原来皇后记忆力如此之好，以后对她说话，却要加倍小心才是。心里想着，脸上赔笑道:“是《茶花女》。”皇后微微一笑，道:“好啊，我倒想瞧瞧洋人的书，可比得上咱们的《石头记》?”德龄道:“《石头记》? 可说的是个衔玉而生的公子?”皇后道:“是啊，你竟也听说过? 你不知道，那可是咱们老佛爷最喜欢的书，那里面的诗词歌赋，老佛爷竟都背得下来! 常常说，这园子就像是那书里的大观园，她就像那书里的老太太贾母，我们呢，就像那书里陪着老太太的姑娘太太、丫头仆妇。去年我们还仿着那书里，在雪天儿烤鹿肉呢，倒是好玩得紧!”

当晚，德龄奉命来到长春宫，将《茶花女》一书借给皇后。德龄道:“皇后主子，这书看多了，有些旧了，如果不嫌弃，您就拿去瞧吧。”皇后道:“谢你还来不及呢，怎么能说嫌弃。我除了看书，也没有什么可做的。”德龄道:“这是法国著名的小说，说的是两个地位不相称的人之间的爱情。这本书不知道赚了额娘多少眼泪!”皇后道:“……中国的话本也大多说的是这一类的事儿，看来，外国人和我们也有相似之处呀。”德龄道:“是啊，洋人都说——爱与死是永恒的主题。”皇后若有所思道:“爱与死? 洋人的书是这么说的?”

德龄就打开书页轻轻地读起来:“您听听这段儿:‘……昨晚的回忆纯净无尘，畅适无碍地陈列到我意识里来，又欢欣地衬托今晚的希望。……欢乐与情爱不时在我胸际踊跃……我只想到可以会见玛格丽特的时光。……我的房间太小了，装不下我的幸福，我需要整个的自然供我驰骋，供我倾吐。……我从昂丹路走过，玛格丽特的马车正在门口等她；我向尚塞里塞走去，所有我遇到的人们，哪怕是不认识的，我都一例爱着。……爱情真叫人慈善啊! ……’”

德龄万万没想到，一向素默凄清的皇后的脸上竟掠过了一丝感伤:“……这个玛格丽特，可真是遇上知音了啊!”

德龄心里一动，暗想：自己在宫中这些日子，的确看出皇上皇后不和，皇后年轻轻的，如同守活寡一般，也确是不人道，若是在西洋，这等婚姻早就离了！那皇上也的确怪得很，庚子年珍主子死后，便再不与别的女人亲近，三十二岁的年纪正是男子的春秋盛年啊！这么想着，便很替他们难过，又不敢明说，只好有一搭无一搭地和皇后闲聊，替她解闷儿而已。

德龄从长春宫出来的时候已经交二更了。皇后将她送至走廊边，正要回去，突然发现前面有模糊的人影，像是一个女人的身影，飘然而过。皇后突然一改平素的端严，大叫一声："鬼！"德龄吓了一跳，道："鬼，鬼在哪儿？"皇后道："瞧瞧那个黑影儿！……我瞧着分明是珍儿！"德龄仗着平时胆大，追了上去。

3

清宫大内里隐藏着各种秘密，那些秘密浸透在大内的一草一木中，草木也知情，草木也有生命，于是在人的嘴巴被封闭之后，草木便通过自己的气息传递着那些秘密，其中流传最广的，莫过于一个叫作珍妃的他他拉氏女儿的传说。

珍妃在历史上的知名度，怕是一点也不次于她那位著名的婆婆叶赫那拉氏，但两人却的确是死敌。略有一点历史常识的人，都知道珍妃生前被慈禧的迫害，却极少有人知道，慈禧也曾经在珍妃死后大触霉头。

但是所有的宫人都发现在庚子回銮之后，老佛爷的确是老了。

在德龄的记忆中，慈禧最早的照片自然是二哥勋龄于光绪二十九年拍摄的，那一年，阿玛裕庚任满回国，德龄姐妹被封为御前女官，老佛爷是瞧了姐儿俩的玉照之后，才决定照相的。殊不知只有老佛爷心里明白，那却并不是她的处子照。早在戊戌年之前，就曾经有西洋的摄像师为慈禧拍了第一张照片，照片洗出之后，便被慈禧几下子撕得粉碎。原来，那洋摄像师竟然把老佛爷细密的皱纹纤毫毕现地展示了出来，这让一向掩耳盗铃的慈禧一下子受不了了！

原来咸丰年间的妃子，竟是如此老迈了呵！

慈禧的脸形如一般的满洲妇女一般，是长长的，颧骨低平。这样的脸形，是最经得起老的那一种。按照新式的说法，慈禧是极为自恋的那种女人。她二十七岁守寡，正当女人的黄金时代，尽管后世因为恨她，为她编派出无数个男人，譬如什么安德海、杨小楼、李莲英之类，但实际上，这个年轻守寡的女人的确没有这个胆量——那是大清的铁制，任何僭越者都将咎由自取，二十七岁的慈禧胆子还远远大不到那个份上。

鲜为人知的是，早在咸丰驾崩的时候，慈禧就已经不爱他了。极度自恋的女人慈禧，其实被好色纵欲的丈夫只临幸过有数的几次，而每一次给她带来的并不是什么甜蜜的体验。咸丰与大多数帝王一样，在性爱中只考虑自己的欢娱，根本不考虑别人的感受，慈禧的初次，甚至感觉十分痛苦，虽然她咬着牙与咸丰帝颠鸾倒凤，心里却在盼着快些结束。自然，及至怀了皇子，她终于感受到了一个女人——一个皇妃的幸福，但那幸福是短暂的，就在她的肚子隆起的时候，她的男人——那个好色纵欲的皇帝在圆明园养了“四春”，都是缠小脚的汉族女子。

她的狠歹歹的心情便是从那时候开始的。作为一个女人，自然希望丈夫的专宠。但是于咸丰来说，这根本就不可能。尽管后世传说纷纭，实际上的叶赫那拉氏虽然颇有姿色，却距离倾城倾国的标准差得远呢。她是见过“四春”中的“牡丹春”的，那的确是沉鱼落雁、闭月羞花，她心里自叹弗如。越是这样她就越是气愤，以至于她终于忍受不住，向丈夫提出劝告了，而他们之间的龃龉，也就是在那个时候产生的。

咸丰究竟有没有遗诏，早已不可考。但是有一件事情却是真实的：如果假以寿数，那么懿贵妃的最后命运很可能便是——冷宫。

纵欲的皇帝终于撒手人寰了，这为懿贵妃创造了一个问政的机会，也为她留下了一根救命稻草。之所以说是救命稻草，其实是指在以后漫长的近五十年中，这个姓叶赫那拉的女人把本来是纵欲好色的那个男人神化了，每逢她打熬不住的时候，她就跪在先皇帝的遗像前，向他倾诉。在她倾诉着的时候，他在她心里的形象，已经慢慢转变成为一个体贴温存、对她专宠的风流天子。人都是需要自欺的，一个自恋的年轻女人更加需要。在那些比死还难受的日子里，只有那根稻草、那个她心造的专情于她的男人幻影才能勉强给她一点支撑。

但就是这一点支撑，也在庚子回銮之后被打碎了，打碎它的，正是那个叫作珍妃的他他拉氏的女儿。

她不断在噩梦中见到珍妃，每次梦见珍妃，都是她最后的憔悴不堪的样子。那个小女子在三所里被关了整整三年，仅通饮食而已。所以最后她出来的时候，瘦得只剩了一双大眼睛。珍妃曾经是十分圆润丰满的，作为女人，慈禧很不喜欢晚辈嫔妃的肉感，而珍妃恰恰是最肉感的一个，慈禧曾经想，也许光绪就是喜欢她那身肉呢。瑾妃便不同了，虽然也是一身肉，但那一身肉未免太多了，多得没有了曲线，上下一般粗，活像个汽油桶，脸也圆得就像圆规画出来的似的，所以才有了“月饼”的绰号。

慈禧是十分迷信的，她记得珍妃死前那不甘的模样，所以私下里她深信珍妃冤魂不散，更相信珍妃过去住过的景仁宫与北三所闹鬼的说法。为此她挖空心思做了许多文章，譬如把珍妃的尸体打捞出来重新厚葬，又加封谥号，等等，但是这一套掩人耳目的做法连她本人也深感心虚。

有一夜的噩梦最让她难忘：珍妃素衣跣足，用拂尘指着她斥道：“叶赫那拉氏听着，我已见到大行皇帝，他命我转告于你，若是再不遏制恶念，一意孤行，五年之内，汝定将死于非命！”言毕，慈禧满身大汗惊醒，其时，天色正交三更。

慈禧好像是一夜间就老了。自此之后，这个从不认输的铁女人，竟也常惴惴起来，拜佛吃斋是常有的事，虽然对下人狠毒依旧，却也很少自己出面做恶人了。

不过从小受西方教育长大的德龄是不信鬼的，她追了上去，前面的黑影回过头来，竟是瑾妃。

德龄和瑾妃就默默地站在黑暗中，痴痴地对望着，半晌，瑾妃才说：“今儿，是珍儿的生日，我是想到湖边给她放一盏灯。怕人瞧见，就自个儿出来了。”话未说完，眼泪竟如潮水一般涌出。

德龄看她的手中果然有一盏未点的灯，便安慰道：“瑾主子，珍主子要知道你当姐姐的这片心，也会很安慰的。”瑾妃道：“我这个当姐姐的，从前对她不好，但愿她不要怨我。”正说着，皇后带着一群太监和宫女赶到，一个太监还拿了驱鬼的符。瑾妃下意识地把灯藏到身后，皇后见了，皱皱眉道：“原来是你在闹鬼！”瑾妃急忙跪下道：“皇后主子，奴婢并不是有意的。”皇后哼了一声道：“我倒没什么，要是惊动了老佛爷，瞧你怎么办。”瑾妃含泪道：“皇后主子，您可千万别……”皇后把灯拿过来，瞧了一眼上面的落花，手有些颤抖，良久才道：“今儿，瞧德龄姑娘的面子，就算了吧。以后可是下不为例。”轻轻的一句话，把个瑾妃吓得面如土色，连忙磕头谢恩不提。

皇后命两个太监送德龄回去，德龄一头走一头想：“不知人是不是真的有灵魂？皇上夜夜在瀛台候着，也不知珍主子回来瞧过他没有？”

在那天夜晚，德龄好像真的感受到了珍妃的灵魂。那是从活人身上感受到的，来自瑾妃，更来自皇后和没有在场的皇帝。好像在冥冥之中，珍妃的魂灵就在空中悬浮着，俯视着他们，那是个骄傲而美丽的灵魂，正是死亡令她的美丽永恒。

4

德龄并不知道，慈禧向她们姐儿俩展现的，是她自以为最好的一面儿，有许多阴暗的、不为人知的事情，直到德龄姐妹离宫的时候也并不知道。

譬如老佛爷吃人奶的事儿。

慈禧血份里有病，这是大内中人人都知道的事儿。早在东太后慈安活着的时候，慈禧便闹过一次血崩，那次血崩几乎要了她的命。是太医杨士达的方子，叫她喝人奶，从此就没间断过。奶妈子们是左挑右选的，要体健、干净、模样儿整齐，若是有个貌丑的，惊了老佛爷的驾，那谁也担不起。奶水自然是要旺盛的，一开始，慈禧是让一排四个奶妈子，洗净了身子，露出乳房跪在她的床前，她直接吸吮，后来又觉着不妥，便令宫女们净过手挤奶，倒在白玉茶盅子里，温好了，她起床后再喝。奶妈子是一批批换的，迄今为止只留下了一个奶妈子，就是茧儿。

茧儿今年不过二十二岁，过去也是宫女，指了婚嫁出去，三年前生了孩子，奶水正旺的时候，孩子死了，茧儿悲痛欲绝，却并没有影响奶水的分泌，慈禧便命下人将她接回宫，每日挤奶。却说这茧儿也是个奇人，三年之内，奶水竟然丝毫不见少，且浓厚醇白，有股淡淡的香气，慈禧大喜，便一直留在身边，和宫女祖儿一起，成为亲信。

却说这茧儿虽然不是绝品，却也颇有几分姿色。梳洗装饰过了，可以称为一个美人。素日里茧儿跟四格格最好，常聚在一处说些体己话，都是年轻寡妇，很是谈得一处。那茧儿最服的也是四格格，服气她貌美伶俐，有办法，为人大气，老佛爷面前玩得转，众人面前也立得往。几次求了老佛爷想服侍四格格，均未准奏，这天慈禧上朝回来，心中喜悦，脸上便也有了慈颜，茧儿上去捶腿，慈禧道："茧儿，你跟了我有几年了？"茧儿道："回老佛爷，满打满算也有四年了。"慈禧道："你道我待你如何？"茧儿道："老佛爷待奴婢如重生父母。"慈禧道："既如此，你帮我个忙如何？"茧儿忙道："老佛爷折杀奴婢了！您老人家有事，说句话便是了，还说什么帮不帮忙！"慈禧冷笑道："只怕这个忙你不肯帮哩！……说来话长，庚子年，那个把珍儿推到井里去的崔总管……"一语未了，茧儿扑通跪在了地上："老佛爷，恕奴才难以从命！"慈禧哈哈大笑道："瞧瞧这丫头，刚才还蜜里调油地哄我，这么会子露馅儿了吧？放心！我并不是叫你嫁给他，我是叫你认他做干爹！"茧儿哭道："老佛爷的话是金口玉言，奴婢不敢不从，可这崔总管，奴婢一见他就哆嗦哩！……”慈禧道：“其实他也没那么可怕，做太监的，因是六根不全，心便都是虚的，你善待他，他自然对你好，比起全乎人儿，更不同些。”茧儿仍是恹恹地哭，慈禧起身道：“就这么着了，明儿个你就过去，磕个头，就算是认了！”说罢拂袖而去，把个茧儿一人扔在那里，哭了个昏天黑地。

却说这茧儿哭泣不已，早惊动了正敬过烟的祖儿，祖儿与茧儿是拜过把子的姐妹，自家姐妹有事，岂有不管之理?！何况还有一个秘密，连慈禧本人也并不知晓：那天太后严厉惩治的周太监，竟是祖儿的义父！——祖儿进宫的时候不满十三,万事不懂，那些心狠手辣的“姑姑”，百般刁难，没有倚仗的，动不动就挨一顿打，最难堪的，是宫女们挨打，还要被扒下裤子来，年轻姑娘被扒下裤子当众责打，羞也要羞死了！祖儿又最是个多愁善感的，瞧着别人被罚，自己都要落泪。多亏了好心的周公公，千般周旋，万般回护，才算将就着保住了一条小命儿，便背着人，认了义父，父女感情一向甚好。后来凡儿姑娘走了，祖儿便顶了缺，做了专为老佛爷敬烟的宫女，经过庚子年一番折腾，也算是熬出头来了。谁知前儿老佛爷为了两碗菜的事当众给周太监没脸，这祖儿面上没露什么，却是心疼得紧，趁着老佛爷歇息的时候，日日都去周太监处，又是敷药，又是做饭，极尽孝道不提。

那祖儿扶茧儿在后房歇息了，拿了个帕子，亲自给茧儿拭泪。茧儿哭道：“都说老佛爷狠，今儿我才算领教了，好好儿的，给她挤了三年奶，不知想起什么了，非要让我给那崔玉贵做干闺女！那姓崔的我最是怕他，连珍主子都敢往井底下推，他还有什么不敢的?饶这样儿，还不如当初听了四格格的话儿，给那八爷做续弦呢！”祖儿刮了脸一下：“就这么说出来了，也不害臊！既这么着，这会子跟四格格说了，也不算晚！”茧儿啐了一口道：“这小蹄子，说风儿就是雨，事儿没轮到你头上，看姐姐的哈哈笑儿哩！你若真的想帮我，这会子就给我找四格格去！”

一语未了，一个人掀帘而入，笑道：“你们这两个奴才，说我什么坏话儿呢?”二人定睛一看，不是四格格，又是哪个? 祖儿拍手笑道："好了好了，这会子救星来了!"两人你一言我一语将事情说了，央告四格格到老太后面前求个情儿。却说那四格格最是百伶百俐，八面玲珑，上下讨巧儿的主儿，听了此事细想一想，道："这个却不难，只是茧儿若推了此事，断断不可再提'八爷'二字，若是愿意呢，委屈姐姐到我那儿当两年差，若是不愿意呢，姐姐就出了园子暂避一时，多咱老佛爷回心转意了，再回来不迟。"茧儿急忙跪下向四格格磕头，道："四格格在上，若是这么着，你便是奴婢的再生父母!"四格格捂着绢子啐了一口："呸！我也不过比你年长两个月，又没生育，让我做你的娘，你不嫌臊得慌，我还臊呢！得了，起来吧，我这就去回老佛爷，吃了晌午饭，又吸了水烟，老佛爷正是自在的时候，这会子奏事儿，没有不准的!"

却说四格格细腰一闪，已然进了乐寿堂，见过慈禧，把茧儿的事说了，慈禧不紧不慢吸了两口淡巴菰，慢吞吞道："是茧儿这蹄子对你说的吧？我本来看她甚好，想留她在身边儿，不想那崔玉贵崔总管瞧上她了，想收她做个义女，原也不是什么大事儿，谁想这丫头平时惯坏了，一提此事便又哭又闹的，我倒不好疼她了!"四格格轻启朱唇道："老佛爷，您老人家何等圣明？难道还不知道那崔玉贵是个什么东西？庚子年，您老人家不过说句气话，他就把珍主子推下井了，害得您老人家回銮之后，一见他就害怕，您老人家难道都忘了？这会子白眉赤眼儿的，倒给他找什么义女！别人倒也罢了，茧儿跟了您三年，何等贴心的人，知道的是说您老人家一心顾全大局，体恤下情，不知道的还以为是您老人家老糊涂了呢!"一番话把个慈禧说得又气又笑道："你说说这小蹄子，我说了两句，倒引出她一大车话来！我何尝不知道茧儿的好处？若是不好，我也不能把她留到现在，旁的奶妈子，早就打发走了！只是……这茧儿一来是嫁过的人，尝过男人的滋味儿，与别的宫女，又不同些，我怕一来二去的，出点子什么差错！再者说，她和祖儿最好，小姐妹们，过于好了，也会生事儿！掂量了半日，我这才忍痛割爱，我最是滴水之恩涌泉相报的人，哪儿就会委屈她呢?!"四格格道："老佛爷体恤下情是有了名儿的，奴婢岂能不知？只是这茧儿素来与奴婢甚好，奴婢求老佛爷赏脸，把她赏给我吧！奴婢知道老佛爷疼我，便也就倚小卖小了！”慈禧吧嗒嗒抽了一会子水烟，沉吟良久，道：“如此也罢。崔玉贵那儿，我就找个茬子给搪塞了，明儿个起，就叫茧儿过去吧！”四格格急忙跪下，谢道：“我就知道老佛爷疼我！”慈禧道：“素日里我知道你是个懂事儿的，所以才疼你。其实我哪个不疼？就说珍儿，都知道我把她关进了北三所，可有谁知道，那时候我为了让皇上早生龙子，自个儿拉着皇后到园子里住，单把珍儿留在紫禁城伺候着，那又是何等的恩典！都是她自个儿不识进退，所以才有后来的下场。所以我劝诫你们这些个做小辈儿的，长辈们疼你们，是你们的福气儿，可得自己个儿检点着，行得正立得直，若是长了歪心眼子，漫说是对不起我，就连你们自个儿也对不起啊！”那四格格诺诺连声不提。

5

其实，慈禧叫李莲英防卡尔倒是对了，卡尔的确是肩负着康格夫人的使命。庚子之乱以后，慈禧早已不是过去的慈禧，只有与慈禧最贴心的人，才能感觉到老佛爷其实元气大伤，表面上虽然还在硬撑着，但是心里时常惴惴。半夜里，只有值夜的宫女才知道，老佛爷常常突然惊醒，嘴里喃喃着什么，谁也听不清。贴身宫女祖儿把耳朵贴上去听，仍是什么也听不见，倒是闻见老佛爷的口臭——她知道口臭便是内火太重，却哪里敢说，只是沏些金银花茶拿来。慈禧将茶连杯子摔个粉碎，道：“我何时叫你沏金银花了？倒敢自作主张了！快叫李总管把陈年的桂花拿出来，给我沏些桂花茶是正经！”

祖儿急忙换了杯子，找李莲英去拿桂花。好不容易才熬过后半夜，清早，梳洗完毕，便有四个奶妈子鱼贯而入，四个宫女捧着四只玉碗，上去接奶，慈禧亲眼看着是新鲜的刚挤出来的奶，才能喝。日子久了，晚上睡觉的时候，慈禧有时候也逗逗祖儿，拧一把她翘起的小奶子，笑道：“多咱这对儿小奶子里也能挤得出奶来，让我喝一口才好。”祖儿满脸通红，又有些心惊胆战。

说也奇怪，自打慈禧说了这话之后，祖儿就觉着心里有什么东西被唤起了似的，总是磕磕楞楞的。晚上睡觉也睡不踏实。那天内田夫人拜会，慈禧并没有让祖儿跟着，说是让她在家歇歇，连续值夜的祖儿也是累了，在灶火前一坐就睡着了。后来是欢姐儿来叫，说是老佛爷叫把西洋国献的那尊碧玉盏拿去，祖儿就把碧玉盏包好了，因是要见日本公使馆的夫人，所以特别地把自己修饰了一下。即使在后宫，祖儿也不能算是特别漂亮的，但是她生得娇小玲珑，眼睛特别明亮，有一种清纯的气质，那一种气质令她鹤立鸡群。她携了碧玉盏，快步如飞地走过长廊，过了假山就快到石舫了。

就在这时，一件非同寻常的事情发生了：假山背后突然窜过一个人影，一身太监打扮，他好像是不得不向她作了个揖，然后迅速转身飘忽而去，就在那刹那之间，祖儿觉得他根本就不是太监。

夫太监者，早已自宫，面目体态上早已与一般男人不同，恐怕常人还要细细地分辨一番，可是对于宫女来说，一眼就能识破，特别是像祖儿这般细心聪明的宫女。只是一瞬间，祖儿已经看到那人英俊超拔的面孔，那矫健不凡的身手，那丝毫没有奴颜媚骨的气质，而最要命的是，那人在离开的刹那，身后的辫子被柳枝挂了一下，竟然掉了下来！

祖儿顿时觉得双腿变得像糖稀一样软！！

天哪天哪，现在可以断定他不是个太监了！甚至连御前侍卫也不是，他不是大清的人！剪了辫子的，那只有洋人和二毛子啊！可他为什么是一身太监的打扮呢？！难道是在开玩笑，闹着玩儿？不不，祖儿的直觉告诉她，不可能，那么剩下的可能就只有一个了——刺客！

祖儿觉得自己就要瘫倒了，如果是刺客的话，那他会去向谁行刺？皇上？不，不会！皇上自庚子年之后，就一直被囚禁在瀛台，虽说每天还是上朝，但是这颐和园里，却只有重大活动和庆典时才过来。皇后？嫔妃？更不可能！那就是冲着老佛爷来的了，想到这个，她就觉着身子不是自己的了，竟一阵阵儿地发飘。她低着头儿一阵儿急走，远远地看去真的像是在飘，就那么飘到了谐趣园。

万幸的是，慈禧接过碧玉盏的时候并没有向祖儿看上一眼，倒是皇后和站在祖儿身后的德龄，注意到了祖儿的面白如纸和神情惊惶。德龄看着祖儿有点儿眼生，对于老佛爷周围这些个宫女儿，德龄好像还分不大清楚。看上去都是一个样儿。不过，这一次她记住了，这个宫女儿的名儿叫作祖儿，长得十四五的年纪，水水灵灵的，身子娇小，眼睛特别亮，这时候虽然惊惶失措，却依然不失娇俏的模样，德龄真想问问她，是遇上了什么事儿。可这会子肯定是不行的，她站在老佛爷的后面做传译，是一时一会儿也离不开的。

坐在老佛爷对面的是日本公使内田夫人，内田夫人就像是明白慈禧的心思似的，竟带来了十块丝绸，一块一块地打开看了，打开一块，德龄就暗暗惊叹一下：天底下竟有这么漂亮的东西！特别是有一块儿绸子上印着吹箫的日本女人，整个底子是淡绿的，淡绿上起本色的风景，日本女人一点绛唇在淡绿中特别醒目，德龄想，若是用这样的料子做一件路易十五式的曳地长裙，那效果一定是特别地奇妙！

慈禧大喜。回送了礼品碧玉盏，内田夫人也是爱不释手。内田夫人道：“尊贵的太后，敝国领馆的官邸有一位裁缝，过去做过天皇陛下的御用裁缝，最会做这种丝绸服装，难得的是做唐装、旗装都很漂亮，太后若是愿意，我把他留下来，专门为太后、皇后和众位宫眷们做衣裳，如何？”德龄立即把话传给慈禧，慈禧欢喜道：“内田夫人想得真是太周到了，若是这样我也就不客气了，叫他来试试？他叫什么名字？”在德龄没有传译之前，内田夫人从慈禧的笑容上已经判断了她的态度，内田夫人道：“这位裁缝叫作三木一郎，叫他三木就是了。”

午膳之后内田夫人告退。慈禧正准备携欢姐儿祖儿回去，皇后上前请安道：“老佛爷，孩儿那里把蕾丝花边给钩好了，想献给老佛爷瞧瞧呢。”慈禧一脸嘲笑道：“哟——，我还想着今年头半年算是交待了呢！闹半天你还有股子后劲！祖儿，跟着你皇后娘娘把花边儿取来让我瞧瞧，别是你叫奴才钩的吧？”皇后急忙赔笑道：“老佛爷说笑了，奴婢怎么敢？”慈禧一转身把胳膊搭在欢姐儿肩上，说了声儿：“得了！德容二位姑娘随我来，你们都回去吧！”款款而去。

6

皇后在她的寝宫中审了祖儿。

皇后平时不苟言笑，祖儿十分敬畏。这会子莫名其妙地一笑，更是吓得祖儿的心怦怦狂跳。皇后笑道：“祖儿，跪下，我要审你呢。”祖儿急忙跪下。皇后一把拉她起来道：“小羊羔子，就吓成这样！快告诉告诉我，刚才到底是怎么回事儿，把个小脸儿吓得煞白！”祖儿道：“皇后主子，奴婢不敢说。”皇后不耐烦道：“恕你无罪，说吧。”祖儿的声音抑制不住地颤抖道：“皇后主子，刚才奴婢在园子里看见了一个假太监！”皇后一怔道：“怎么讲？”祖儿道：“奴婢给老佛爷拿东西从园子西头过来，路过石舫旁边的那座假山时，一个人闪了出来，见了奴婢，想是收不住腿，作了个揖就走了，我瞧他不像，就盯着他的背影儿看了看，不瞧还好，一瞧，真的把奴婢给吓死了！——他……他的辫子掉下来了！”

皇后大惊。沉吟半日方道：“这件事儿，到此为止，谁也不许说，若是走漏了一丝儿风声儿，我要你的小命儿！”祖儿结结巴巴地说：“那……那老佛爷那儿呢？……”皇后脸一板道：“老佛爷那儿也一字儿不许提，若是吓坏了她老人家，我拿你是问！”

祖儿走后，皇后沉吟了半晌。很想把荣寿公主请来商量商量怎么办，却又觉着不妥。依着皇后的想法儿，这假太监不外乎是两种人，一种是御前侍卫，可能看上了哪个宫女儿，假扮太监混进来，想偷偷情，这自然也是死罪；另一种可能就更可怕了：刺客！如果是后一种可能，那老佛爷就面临着巨大的危险！这话儿还不能跟老佛爷说，戊戌年因为那个刺客的事儿，老佛爷迁怒于内宫，挨个儿都遭荼毒，连她作为六宫之首的皇后也不能幸免。只能暗中查访着，提防着，得加倍小心才是。

用膳之后，慈禧那边派了宫女青儿来回话：“老佛爷瞧了花边儿，说好，要留下来用。这是老佛爷赏皇后主子的绸料子。”青儿把一块淡紫底子绣银色凤凰的丝绸呈上，皇后接过，称谢不已。“老佛爷说，日本内田夫人派了个裁缝过来，下午来给您裁衣裳，请皇后主子在宫里等着。”皇后问道：“老佛爷是单赏我的还是各宫都有？德容二位姑娘可有？”青儿道：“回皇后主子的话，内田夫人一共拿来十块绸子，老佛爷自己留了四块，您和德容二位姑娘各一块，剩下的三块老佛爷说赏大公主、瑾主子和四格格，元大奶奶那儿老佛爷说是赏一块儿过去剩的绸子，是袁世凯进贡的。”皇后沉吟道：“元大奶奶最是争强好胜，若是让她知道了，倒不好，不如把我的这块赏给她吧。”青儿道：“难怪早就听说皇后主子德昭六宫，今儿才亲眼见了！不是奴婢不听皇后主子的，实在是老佛爷那儿没法儿交代啊！”皇后道：“如此也罢，元大奶奶那儿我再想些别的法子吧。”正说着，外面报日本裁缝三木一郎到，青儿这才走了。

三木进前鞠了躬，皇后抬眼一看，见三木相貌堂堂，神采飞扬，心里不禁掠过一丝疑问：“祖儿看到的那个假太监，难道是他？”心下想着，不免与他寒暄了几句。皇后为人最是谨慎，虽说是老佛爷亲派的裁缝，但到底男女授受不亲，如此一个青年男子，若与之独处到底不妥，遂喊了宫女小蝉与娆儿在一旁侍奉。

却说这皇后的身体最是瘦削，那三木量了尺寸，惊道：“皇后娘娘真是苗条，如此细腰，在敝国亦是少见。贵国有句诗叫作‘翩若惊鸿’，是不是就是形容娘娘这般苗条的人？”那三木原本是说好话拍马屁的意思，在皇后听来却甚是不悦，她心里暗惊三木的中国话竟说得如此之好，甚至还会引经据典，脸上却沉下来，道：“三木先生说差了，‘翩若惊鸿’是曹植《洛神赋》中的句子，并不是诗，先生拿我比洛神，我也实在当不起。”冷冷地说了几句，便叫宫女倒茶，道：“先生用茶吧，对不住得很，我昨日失寝，现在倒要歇息去了。”三木鞠了一大躬，脸上悻悻的：“皇后娘娘请便。三日之后我便将成衣送来。”皇后道：“不必了，还是我派宫女去取吧。娆儿，你带先生到后边领赏。”说罢回身便走。

三木哪里喝得下去茶？只抿了一口便告辞了。心下只是想着自己刚才是不是说了什么错话，这可真是想拍马屁拍到了马蹄子上，晦气晦气！原来中国的皇后是这样的！三木愤愤然离开长春宫，直奔元大奶奶住的秋爽堂去了。

7

元大奶奶正在对镜比试着慈禧赏她的那块绸料，心下只是奇怪：非年非节的，又不是老佛爷、皇上的寿诞，为何老佛爷要以衣料相赠？又要日本裁缝来裁铰，是单赏自己的呢还是人人都有？

元大奶奶青春丧偶，如今已是整整七年了。十九岁那年她被许配给了方家。出嫁之前老佛爷就说："方家公子看上去不是长寿之相。"果然两年之后，她的丈夫得病去世。她还生过一个孩子，生下来就是个死胎，她却下了不少奶水，奶子也被撑大了。比起四格格她们，元大奶奶觉得自己的胸部实在是太难看了，就一直用纱布条勒着，外面再罩上紧身兜肚。可是在夜深人静的时候，元大奶奶打开一圈圈的纱布条，就看见那一对饱满的乳房挺出来，乳头乳晕都红艳艳的，她自己看着都脸红心跳。年轻寡妇的日子真是难熬啊！她何尝不想再有个男人！可这个想法刚跳出来，她就抽自己的嘴巴，大公主、四格格都是寡妇，皇后和瑾妃实际也是守活寡，老佛爷她老人家从二十几岁守寡守到现在，人家不都过来了吗？难道人家就不是女人？四格格比自己还小哪！

三木一郎就是在元大奶奶心猿意马的时候出现的。元大奶奶看见三木就心跳起来，话怎么也说不到点儿上。三木好像发现了她内心的想法，在量尺寸的时候，双手在她的胸上竟停留了一下，三木的手指刚一碰到她的胸脯，她的脸就唰地红了，觉得浑身像过电似的酥软起来，三木装作没注意的样子，很练达地量完了，笑道："贵国有句话叫作'环肥燕瘦'，说的都是美女，元大奶奶可真是杨玉环再世啊。"元大奶奶吓了一跳，然后就紫涨了面皮，见那三木说话的时候眼中含笑，样子风流倜傥，哪里像个普通的裁缝？！心里就怦怦乱跳，手指也颤起来了，嘴里说道："原来三木先生精通我们中国话，还知道我们的典故！"三木笑道："不敢。在元大奶奶面前献丑了！我曾经在庚子年到过中国，当然，那时我是作为一名军人来的。"三木的话不啻晴天霹雳，把元大奶奶刚刚激动起来的心给震碎了，她张口结舌说不出话来。她张口结舌的时候三木又开口了："不过，从心里来讲，我是反战的。在中国期间，我还交了几位中国朋友，我很喜欢中国人，很想……很想娶一名中国女子为妻……"说罢，三木就斜着眼儿瞧元大奶奶，元大奶奶强压下内心的慌乱，故作镇静道："三木先生若是真的想娶中国女子，还是娶民女为妻为好。"三木扬起一根眉毛，问道："为什么？"元大奶奶道："难道三木先生不知道我们的慈禧太后？老佛爷规矩大着呢。她老人家的规矩再大也是应当的，她是全世界至高无上的女皇嘛，四海之内，年年进贡，岁岁来朝嘛。"三木大笑起来："年年进贡，岁岁来朝，怕是贵国唐朝年间的事吧。现在……难道还有这等事吗？"

元大奶奶脸上热辣辣的："无论怎么样，老佛爷她老人家规矩大，她老人家还特别恨洋人，你可千万别说庚子年来过中国，庚子年是她老人家的一块心病啊！""哦？"三木很注意地听着，淡淡一笑，"她如今倒是对外国人热情多了。""那也是面子上的事儿！老佛爷这个人，有点儿什么事儿就要记一辈子的！……"她突然捂住嘴，觉得自己说得太多了，"该死，我今儿对你说的这些个，你可千万不可外传！不然有你好瞧的！……"三木摇着头道："我为什么要外传，向谁外传？再说，你什么事儿也没说啊！……我只是想娶个中国老婆，瞧着吧，我会让慈禧太后同意的，我要娶个中国女人，而且还一定是宫里的！"三木说完，就很有礼貌地向元大奶奶告辞，并且留下了一件日本产的小礼物，一个穿着和服、裸着胸部的日本陶偶。元大奶奶的脸又红了："难道你们日本女人，都穿成这样？""是啊，"三木笑嘻嘻地说，"什么时候我也给您做一身和服吧，您穿起来，一定要比它美得多！"元大奶奶想说什么，又咽回去了，心里就像倒海翻江似的，久久无法平静。

为德龄容龄量身，应当说是三木最愉快的事情。三木虽然竭力称颂皇后与元大奶奶，心里却在想：“原来中国女人如此难看，要么瘦得皮包骨头，要么肥得连腰身都找不着，这就是她们所谓的‘环肥燕瘦’？”看见了德龄姐妹，他才确信中国原来也有好看的女人，只是这两姐妹都是受西方教育长大的，处事很大方，使三木感觉不到那种偷尝禁果的诱惑罢了。

德龄见到三木便想起了怀特。在回国轮船上的那场化装舞会，是她所经历的化装舞会中最最有趣也最最刺激的一次，而且还最甜蜜——因为她认识了他：凯·怀特。

德龄去过法国、德国和日本，对于美国人，她没有多少了解。但是从怀特身上，她明白了其实她最适合美国人。怀特很单纯，单纯得像个大孩子，德龄问道：“美国人都是这样的吗？”怀特笑道：“不，我姑妈就不是这样的，她很……很复杂。”

“你姑妈？”

“对，她叫艾米，做生意的。她没有孩子，只把我当作她的孩子看，她的脾气……有点怪。”

怀特讲起中国话来特别有意思，有一种怪怪的腔调，德龄一听就想笑。那个可爱的大男孩他现在到底怎么样了？不知道。

而眼前的三木却要成熟得多。三木有一种掩饰不住的风流倜傥，让他看起来不像个裁缝。德龄心里不禁有些疑惑。

8

三木一郎为德龄姐妹量身的时候，内田夫妇正在公使馆的榻榻米上一同饮酒，是普通的日本清酒，器皿却是相当地精美。内田夫人弯腰为内田斟酒，内田饮了一口道：“如此说来，慈禧太后很喜欢我们的衣料？”夫人点头道：“正是。不过我还是要向你赔罪。因为我向太后提了留学生的事，她虽然说是回去要和大臣们商量，可我知道，那不过是托词罢了。我没有办好这件事，真是十分地抱歉。”内田笑道：“哦，这倒在意料之中的。因为几十年前，清政府曾经官派过小留学生到美国留学，结果小孩子们学会了英文、几何、打棒球，有的孩子干脆就把辫子剪了。于是这一下子就触怒了清国朝廷的元老们，把所有的孩子们都召回来了。现在虽然说是实行新政，可有不少维新派、革命党在日本活动，太后当然不愿意派留学生了。他们丧失了一次向先进文化学习的好机会，我们也减少了一次渗透中国的机会。”夫人道：“是啊，不过，我们的天皇御用裁缝倒是很顺利地进入了清宫大内。”内田道：“很好！美国人可以派画家，我们有裁缝，算和他们打个平手。现在谁都在想办法影响中国、控制中国，凭着我们对中国文化的了解，是不可能输给他们的。现在日本已经不是唐朝的时候那个事事都要模仿中国的小国家了，我们经过明治维新之后的实力，总有一天会一鸣惊人的，到了那个时候，别说是中国、俄国，就是整个世界也会吃惊的。”内田夫人连连点头称是。内田又问：“那么，派的是谁呢？”夫人轻轻吐出两个字：“竹内。”内田惊道：“原来是他！对，庚子年他是来过中国的，对中国的情况非常了解，而且，他的确非常迷人。”夫人微笑道：“注意，他现在的名字是三木一郎。”

夫人的心计之深令内田也感叹不已。多年来，内田夫妇琴瑟和谐，貌似内田主外，夫人主内，实际上，即使是对外，夫人也当了多一半的家。内田其实乐于如此，多年来的实践证明，夫人的判断往往是正确的，毕业于早稻田大学的内田夫人，当年曾经是倾国倾城的美女，但是她一点不事张扬，年纪轻轻的，便能把周围来自女性的妒忌与男性的欲望摆平，那可绝非易事，从那时起，内田就看出她潜在的政治才能了。

日式美男子竹内一男不但生得健壮而又骨感，而且有着显赫的家世。

竹内家是个大家族，他的祖母便是著名的《枕草子》的作者清少纳言，他的父亲则是著名的浮世绘画家，画过很多描绘昭和年间的世情风俗画，当然，也画过一些春宫画，日本的春宫画是很厉害的，作为竹内家的长子长孙，一男不可能不具有比一般儿童更强烈的好奇心，他很小的时候就谙熟了男女之间的事，并且在青春期的时候便不止一次地占有了家里的使女，使她们受虐和怀孕。

今年只有二十四岁的化名三木一郎的竹内一男绝不像他的外表那样清秀儒雅。

自从接受任务之后，竹内便把慈禧的御前女官们仔仔细细研究得十分透彻。他认为，对他来说，最好的主攻对象应当是大公主。他用日式思维考虑的结果，认为大公主是所有宫眷中最压抑的一个，这样的女人，貌似严谨，其实是最容易被俘虏的。

这天午后，大公主正在自己的寝宫中练字，宫女迈儿进来回道："大公主，日本裁缝来请您试衣，您见不见?"大公主头也不抬地说："哦，让他进来吧。"

三木一郎穿戴整齐地施礼，捧着一个锦缎包袱，微笑地看着大公主。打开包袱。包袱里是一件美丽的宽袖淡青色的衣服，上面绣着颜色由上到下渐变浅色的几簇樱花。大公主细细瞧了，喜道："实在是雅致极了!"

大公主原是恭王爷的女儿，地道的金枝玉叶，最是端庄严谨的性子，也最是挑剔，这会子情不自禁地夸赞，实在是难得。只见她换好了衣服从里屋出来，俨然换了个人，好像有一束亮光，照亮了宫闱。

迈儿喜道："主子这会子快去四格格那儿让她瞧瞧，倒把她给比下去了!"大公主佯嗔道："尽胡说，看闪了你的舌头!"迈儿忙举起一个小镜子让公主看自己在大镜子里的背影，大公主自己也笑了。对三木道："原来你的手艺是极好的。"三木微笑道："不敢当，大公主夸奖了。不是我的手艺好，实在是大公主的身材好。"大公主不禁脸一红，那三木立即看在眼里，毕恭毕敬地指着她腰上的一个皱褶道："我想这里如果改一下，就更好了。"他做了个针线的手势，迈儿忙道："你要针线？我这就去拿。"

迈儿转身走后，三木回眸，正好和大公主的目光相对，大公主的脸又是一红，急忙将目光避让开了，谁知三木竟伸出手来，忽然握住了她的手。

却说这荣寿公主自从守寡之后，便正式做了慈禧的女官，宫中除了太监，根本见不到男人的影子，这时平地里冒出个日本裁缝来，又长得四角齐全，十分俊美，本来已是花容羞怯，哪承想他竟如此大胆，待想呵斥了去，却见他双目炯炯，似看进她的身子里去，她顿时像被施了魔法一样，任由他拉着手，来到桌前。

三木握着公主的手，在宣纸上写了几个飘逸的大字：花容——月貌——暗相思。大公主见了，大惊失色，只见那三木英俊的脸步步逼近，她镇定了一下，突然发力，狠狠地扇了他一个耳光。三木并不在意，他轻轻一笑，在纸上又写了几个字：天知——地知——无人知。

那大公主到底是恭王爷的女儿，自小学过严格的礼教，虽然全身颤抖，但还是沉下脸来，用力写下“清者自清”四个字，写完了，把笔远远地一抛，墨汁正溅在匆匆走进的迈儿的鞋上。

迈儿的绣鞋上顿时洇上了一大块墨迹。

9

自茧儿来到四格格宫里，两人相处得情同姐妹。这天，茧儿给四格格洗了头，四格格披着一头秀发，在后面庭院中悄然练习容龄教的舞蹈。茧儿在一旁瞧着，捂了嘴笑，四格格道：“笑什么？”茧儿道：“奴婢瞧这舞好倒是好，可为什么这只手总是不动。”四格格笑道：“傻丫头，这只手，得抱着舞伴的肩呀，怎么能动？”茧儿道：“这种舞若是在外国，也是和男人搂着跳的吗？”四格格扑哧笑道：“这样儿的话也是你问的吗？”茧儿嗔道：“平日里姐姐长姐姐短，一到正经时候，就摆出格格的款儿来压人了！”四格格伤感道：“不是我不想告诉你，是我一下子想起当年……哎，不能提啊，转眼九爷已经死了三年了。”茧儿见四格格伤心，急忙拿了镜子来为她梳妆，道：“茧儿也是经过了的人，岂有不知道的？可茧儿到底和格格不同，主子，你好歹和九爷恩爱了几年，可茧儿，连个好男人也没碰上呢！”

四格格啐道："呸！越说越不成话了！你是不是在宫里头待得闷了，想男人了？"四格格的话，原是说着玩儿的，她和茧儿两个差不得几岁，说话本来没轻没重，谁知那茧儿竟低了头，半晌都不言语。

四格格平时最是个会讨巧，会做人的人，这时见茧儿如此，便拉了她出去荡秋千，那秋千架本是德龄的哥哥勋龄亲手安上，请四格格玩儿的，吊在了两棵大树中间，学着欧洲的那种秋千样子，上面还缠绕着藤萝和花。

四格格和茧儿一人一个荡起来，茧儿到底是生过孩子、哺过乳的人，身子便不似四格格那般灵便，四格格虽说结过婚，还有些姑娘家的疯劲儿，茧儿越赞她，她越悠得高，高到踢到了花树，只见落英缤纷煞是好看。四格格边悠边叫着："茧儿，你再用力点，你看我像不像飞起来的？"说笑之间，一不小心没拉住，竟然从秋千上飞了出去，眼看着就要落向尘埃，茧儿不禁尖叫一声。

说时迟那时快，只见从远处走来的一个男子飞也似的跑了几步，敏捷地接住了空中的四格格，巨大的冲击使他们在地上打了个滚儿。四格格定睛一看，竟是那个日本裁缝。四格格双手捂着脸，满脸绯红。三木起来庄重地施礼，然后捡起抛在一旁的衣服，小心地拂去上面的落花，递到四格格的眼前。三木道："美丽的小姐，请你试试你的衣服好吗？"四格格羞得眼睛也不敢抬了，轻声道："还是叫我四格格吧。"转眼看见做好的衣服，不禁喜道："衣服这么快就做好了？不愧是天皇的御用裁缝啊！"三木受到夸奖，眼睛一亮，道："谢谢夸奖，能为如此美丽的小姐做衣服，实在是三木的荣幸！"

那四格格从小生在宫中，吃的锦衣玉食，穿的绫罗绸缎，只是碰不上几个像样的男人，亲王贝勒们自然是没少见，却没有一个是四格格感兴趣的那种类型，老祖宗的箭射骑术，到如今的儿孙们这里早已是衰退了，那种宽肩阔背的剽悍体形，如今已是屈指可数。九爷，裕禄的九子，自然是一副好身段，当年他娶了四格格，满宫里都认为是天上人间的头一等美事，两人出双入对，所有的人都觉得是郎才女貌珠联璧合，二人夜夜颠鸾倒凤，享受云雨之欢，四格格的肤色看着美丽起来丰润起来，她本来便美貌，肤色一好，更是娇艳无双，连慈禧看她也颇有惊艳之感。

慈禧本来便喜欢四格格，宫眷们说笑，那是绝少不了四格格的，没了四格格，慈禧就觉着一桌子美酒佳肴少了一半，渐渐地，四格格来园子的时候少了，慈禧问起来，庆王爷的侧福晋回道："和老九在一起，小两口儿在喝酒赏菊呢！"慈禧笑道："果然是四格格！老九那么犟的脾气儿，都给掰过来了！"说罢，众人都笑。过了不几日，四格格进园子请安，就给留下了。慈禧亲赏给四格格一本《石头记》，笑道："真是好书！如今只有我和你皇后主子瞧过了，我的意思，你和大公主也瞧瞧！"皇后在一旁笑道："老佛爷如今连《葬花词》也背得下来了！直说，咱们这园子，就像那大观园，咱们娘儿几个呢，就像是那里边儿的老祖宗和众姑娘媳妇儿，可惜少了四格格！"四格格接过书谢了恩，不几天儿，就搬回园子里住了。一年之中，也回不去几趟，谁知九爷就病了，一来二去的，过不多久，竟然一命呜呼！

这其中的苦，恐怕只有四格格本人知道。她知道，九爷这病根儿，就是太爱她了！九爷根本离不开她！其实，她又何尝离得开九爷?！从此后，四格格人前强颜欢笑，夜晚常常暗自哭泣，又怕惹人笑话，只得每天早上将冷水敷眼，倒也瞧不出来，日子一长，每天有众宫眷一起说笑，上有慈禧庇护，下有众人抬举，四格格到底还是个年轻女子，性子又最是活泼爽朗的，也就慢慢地调护过来了。特别是德龄姐妹一来，带来了好多外邦的消息，四格格觉着眼界开阔了许多，尤其是那个能歌善舞的裕容龄，成了四格格倾慕的对象，觉着俩人特别投缘，已暗暗拜了干姐妹，只瞒着众人而已。

但是眼下这个日本裁缝，一下子撩拨得四格格春心荡漾！他那身架子，有多像九爷啊！只怕是比九爷还健壮呢！这会子被他一搂抱，只觉得浑身酥麻，脸红心跳，一时间说不出话来。急忙进内室试衣，不一会儿，穿着新衣走出来，倒真的把茧儿吓了一跳！

却说那满洲的旗袍，最是讲究，琵琶襟儿，直连身儿，如今那日本裁缝却别出心裁，做了一点点卡腰，袖子也宽了些，特别是那淡青色的线香滚，一看就是一流的好绣工！穿在身上，就是不同，四格格身量本来就不矮，穿了这件衣服，更加显得袅袅婷婷，婀娜多姿，把个茧儿看得连连赞好！

裁缝的眼睛，原就明亮，这时亮成了一团火，在那团火光的照耀下，四格格沉寂已久的心一下子活了！她对镜摆了摆腰肢，竟情不自禁地跳起舞来——正是容龄教的那个什么“华尔兹”，这回，她不动的那只手突然有了感应：那个日本裁缝三木一郎，不知什么时候搂着她的腰陪她一起跳起来，这一切好像都在转瞬之间，看似偶然，其实却是非常默契！

茧儿看着这一对璧人翩翩起舞，简直呆了，在她眼里，仿佛那个俊美的日本男子三木一郎，本来便是四格格一直等着的那个人。就是九爷，也没有这等般配啊！茧儿看见那只俊朗的年轻男人的手，搂在四格格柔软的腰肢上，越搂越紧，好像抠进了肉里，隔着一层纱衣，茧儿看见四格格的纤腰像是在微微颤动，四格格没有绾起的黑发在轻轻地飘，茧儿觉得自己好像喘不过气来了。

10

容龄在教授众宫眷跳法国宫廷舞的时候，皇后永远在一旁观看，并不参加。对于这点，慈禧倒也并不强求，作为六宫之首，慈禧一向认为皇后应当有些特殊的尊严。

不过皇后倒并不反对众宫眷们学习跳舞，看着她们跟着容龄学舞，倒也成了皇后寂寥生涯中的一乐儿。从来不苟言笑的她往往被逗得笑出声儿来。譬如容龄在前面做着示范道：“阿勒贝斯一，阿勒贝斯二，一二三，注意把头扬起来。”瑾妃和元大奶奶就常常因为节奏不对，撞在了一起。被称为月饼的胖瑾妃便叫道：“哎呀，元大奶奶，你可把我撞得不轻。”元大奶奶就说：“哎呀，我的胳膊也很疼，瑾主子，是你跳错了，不能怨我。”瑾妃道：“不会呀，我就是跟着容龄姑娘的样儿走的。”每逢这时，皇后便在一旁笑着说：“行了，你们都别吵了，你们都跳得不对，瞧瞧，跳舞还真的只有小姑娘儿行。”

瑾妃和元大奶奶停了下来，见容龄带着四格格跳得十分默契，像一对美丽的蝴蝶在翻飞。容龄见众人皆看着她们，笑道：“四格格学得真快，真的有舞蹈天赋呢。跳起舞来就像凯瑟琳！”四格格笑道：“凯瑟琳是谁呀？”容龄道：“她是我在巴黎最好的朋友！”元大奶奶道：“姑娘也太偏心了些儿，难道只有四格格是天生跳舞的，我们都只能做陪衬儿？”容龄笑道：“您也不必着急，这么着吧，您和瑾主子先按我说的舞步走着，一会子我过去检查，如何？”元大奶奶暗暗撇嘴道：“到底是不愿教我们，也罢，瑾主子，你我二人到旁边东配殿去练习吧，咱们这笨鸟儿也不能不飞啊！”瑾妃答应一声，二人去东配殿练习不提。

却说次日天气晴好，慈禧高兴，命皇后约众宫眷到颐和园石舫小酌，顺便瞧瞧她们的舞蹈学得如何。湖边的草地，正是丰饶茂盛之时，宫眷们在容龄的带领下跳着新编的宫廷舞，已经跳得有模有样，瑾妃虽然慢半拍，却也勉强跟得上了。慈禧端坐在石舫旁边的御座上，皇后侧立一旁，元大奶奶则缩在皇后身后，低着头儿，一声儿不吭。慈禧看着宫眷们跳舞，脸上本略有些笑模样儿，余光扫过元大奶奶，立即敛住笑容，严厉地问道：“你怎么不去跳舞啊？不是已经学了好一阵儿了吗？”元大奶奶恨不能挖个地缝儿钻进去，小声道：“回老佛爷，皇后主子不去，我也不去。”慈禧冷笑一声道：“笑话！皇后乃六宫之首，你是谁？你不过是个小辈儿，年纪轻轻儿的乐和乐和多好，快去吧。”元大奶奶心一横，也顾不得许多了，道：“老佛爷，有些话我不知该不该说。”慈禧道：“怎么了，说吧，别说半截儿。”元大奶奶压低声音道：“老佛爷，我哥哥说，德龄和容龄她们在回国的轮船上就和男人搂着跳这种舞，而且还戴着面具，说是这样就可以行为放肆，反正也看不清是谁……还有，听说她们在法国的时候还和男人一起演出淫乱戏剧，为了这个，他们的阿玛还遭到了弹劾呢！”那元大奶奶只顾了自己说，并没觉察慈禧脸色越来越阴沉，直到慈禧把茶杯砰地摔在地上，她才吓了一大跳。慈禧怒道：“行了！别嚼舌头了，你就是眼红她们姐儿俩。满洲的姑娘不会干这样的事儿。幸亏你还不是妃子，要是妃子的话，后宫不就成了醋海了？！”

慈禧的怒斥声立即让周围一片静寂。德龄率众人走了过来，见元大奶奶已然跪下了，慈禧脸上依然盛怒不已。元大奶奶含泪道：“老佛爷，奴婢并没有造谣，的确是这么听说的，您是不是打心眼儿里觉着奴婢腻烦，奴婢事事不如人？若果然如此，您老人家不如赐奴婢一死，您老人家知道，奴婢除了这里，是再没有家的了！”众人大惊，个个低头看定了脚面，不敢言语。慈禧叹了口气，道：“起来吧，你也别耍性子了。我说你们，是疼你们，那还说不得了？！你们都是小辈儿，我不是想让你们快活才接你们进宫来的吗？若是要你们死，我还费这许多心思干什么！？”元大奶奶哭道：“老佛爷，奴婢知道这个理儿，奴婢是老佛爷身边的人，别说老佛爷说两句儿，就是打几下子，也是奴婢的福分，只是，若是奴婢再不能在老佛爷面前讨喜尽孝的话，就是活着也没多大意思，不如乞老佛爷赐死，也比被那外四路儿的假洋鬼子们气死了强！”说着，竟哭昏过去。慈禧沉着脸道：“得了得了，快把她抬回去，叫太医吧。”众人七手八脚地将那元大奶奶抬了走。

却说那裕容龄自小长在外邦，哪见过这个？一时间咬着嘴唇说不出话来，倒把身边儿四格格的手抓出了红印儿。当晚，德龄仍在慈禧那里伺候着，容龄便约了四格格来，悄声问道：“元大奶奶今儿可是怎么了？什么叫外四路儿的假洋鬼子？可是说的我和姐姐？”四格格道：“姑娘快别这么想，那本是糊涂人说的糊涂话儿，姑娘若是往心里去了，岂不也成了糊涂人了？姑娘不知道，我们原都是嫁过人的，但是男人一死，婆家也就不好待了，蒙老佛爷宠幸，就都叫到园子里，陪着老佛爷找点儿乐子。”容龄惊道：“原来你们都是……”四格格道：“我们——我、元大奶奶、大公主都是寡妇。大公主是老佛爷指的婚，嫁的是额驸景寿的儿子，景寿是咸丰皇帝的姐丈，姑姑嫁给景寿，侄女儿嫁给景寿的儿子，这叫随姑出嫁，是亲上加亲的事儿，嫁过去之后，两口子感情特别好，可……可是老佛爷……”容龄忙问：“老佛爷怎么了？她不高兴？”四格格轻声道：

“不不不，老佛爷高兴，老佛爷就是太疼大公主了，所以常常……常常把大公主留在宫里住，陪着她老人家……后来……”容龄急忙追问道：“后来怎么样？”四格格道：“后来……过了两三年，大公主的男人就死了！”容龄惊得用帕子捂住嘴，说不出话儿来。四格格又道：“……我也一样，嫁的是裕禄的儿子，他在家排行第九，人称九爷，九爷待我很好，那时候我们真的是出双入对呀！……可是老佛爷疼我，离不开我，就让我陪着她在宫里住，也是没过两年，九爷人就没了……也没留下一男半女……”说到这里，四格格忍不住黯然泪下。容龄盯着四格格，盯了半日，才“呀”了一声道：“想不到你快快乐乐的一个人，竟有这样儿的不幸！”四格格呜咽着，竟是刹不住话头儿了，索性将心中郁闷一泄而出：“……还有七王爷和七福晋，就是当今万岁爷的生身父母，也就是你们说的醇亲王爷，七王爷他为人宽和，七福晋持家有道，两口子恩恩爱爱，又是老佛爷玉成的，按说她老人家该非常高兴，可……可是不知道怎么了，后来她老人家又赐给七王爷一个妾，七福晋可愁坏了，不知道怎么处，说重了吧，是老佛爷赐的，打狗还得看主人呢对吧？不说吧，实在是窝心憋气，这不，没过几年儿就死了，七福晋，可是老佛爷的亲妹妹啊！……元大奶奶更惨，听说还怀过一个孩子！……还有，你听说过凡儿姑娘吧？嫁出去的人了，闹着要回来，都说是念老佛爷的好儿，可有谁知道，老佛爷是把她指婚给了一个太监！老男人本来就脏，何况是老太监！自个儿不行，变着法儿地折腾凡儿，不过两年，把个凡儿好好一个闺女，折腾得都没人样儿了！她不想回来？除非她想死！”容龄惊道：“原来如此！可是……这些事儿太奇怪了，怎么会有那么多的巧合呢？……会不会是老佛爷自己年轻守寡，也不愿意让别人……”四格格吓得赶快捂住她的嘴。容龄愣住了，随之听到帘外有响声，她忙问道：“谁？”急急赶了出去看，只见外面空无一人，遂暗暗有些疑心。

11

这天午间茧儿侍奉四格格洗身——宫中的规矩，所谓洗身，不过就是拿干净毛巾擦身而已，一次要用上四五十块雪白的毛巾。

四格格洗身，一般都用专门的丫头。茧儿一听四格格叫，就知道洗身是幌子，说话儿才是真，这些日子，四格格神出鬼没的，除了学舞蹈，谁也不知道她在哪儿，和谁在一起，好在老佛爷近日有德龄陪着，并没认真想起她。

只有茧儿依稀猜到些四格格的心思。吃罢午膳，茧儿一溜烟儿跑到四格格绣花的暖阁，见四格格已脱去中衣，正等着她呢。茧儿急忙接过粗使丫头打来的水，用雪白绣花毛巾绞干了，开始轻轻揩拭四格格的胳膊，四格格这时才脱了小衣，又解开水红嵌丝绞花兜肚，茧儿见了，赞道："怨不得人说自古穷通皆有定，主子长得这样儿，怨不得当主子！奴才们就是奴才，这真是一点儿不错的！"四格格道："那也不见得，我就不信这个！不说别人，就说你茧儿姐姐，有哪点儿不好？长得美不说，身量儿也是极好的，漫说是男人，就是我呀，也是我见犹怜！"说罢，咯咯地笑，把个茧儿臊得啐了一口，道："呸！还主子呢，都是我赞的你！咱们到老佛爷面前儿说说，这可像个主子说的话儿？"四格格笑道："罢咧！你还要拉我去见老佛爷？我就说，都是你撩的我！"两人一头说笑，一头擦拭，不觉已过了晌午，两人一起用了点心，用罢，四格格小憩，茧儿就靠在外边的烟榻儿上眯着。

茧儿一觉醒来，觉着屋里出奇地静，恍惚间坐了起来，叫一声四格格，没人答应，又叫一声，还是没人应，就睡眼蒙眬地顺着回廊走到后花园，却听见一种奇怪的声音，像是有人生病了似的呻吟声。茧儿急走了两步，发现声音是从花园回廊后面的那个小隔断发出来的。

茧儿趴上那个雕花窗棂的格子，轻轻舔舔窗户纸，本是想吓唬四格格的，却把自己唬了一跳。只见四格格被个男人搂在怀里，面色赤红，头发也是蓬乱的，嘴里轻轻娇喘，那个男人，不是那个日本裁缝，又是哪个?!茧儿哪里还敢再瞧，转身便跑，慌乱中竟被自己的裙裾绊倒，爬起来又接着跑，恍惚间便就跑出了庭院，正迷乱间，忽见一面生的太监，直直盯着自己，遂问道："你是哪里的公公？怎么跑到这儿来了?"那太监皮笑肉不笑地哼了一声道："你倒问我！我倒是想问你呢，你是何方的宫女，怎么跑到体和殿来了?!"茧儿一听"体和殿"三字，犹如五雷轰顶一般，气也喘不匀了，原来，那体和殿与慈禧的寝宫储秀宫仅一墙之隔，老佛爷吃罢饭常到体和殿抽水烟，茧儿如今最怕见的人便是慈禧，生怕她见着自己，又想起关于崔玉贵的陈年往事。

却说那太监的发辫上缠绕着一色特殊的辫饰，眼睛奇冷，鼻孔很大，让人见了害怕，太监见茧儿神情慌乱，叫住她道："我问你呢，你怎么不理人哪!"茧儿只好站并了脚，小声道："奴婢茧儿，是四格格房中的丫头。"那太监一听"四格格"三字，脸色稍缓，道："既是四格格房中的，不好好伺候，跑这儿来干吗?"茧儿吓破了胆的人，哪敢撒谎，且又不敢说出真话，便只好支支吾吾的，愈发令人怀疑，那太监冷笑一声，揪了茧儿的衣襟便走，任凭她如何求饶，只是不听。

茧儿被带到一间阴冷的房子里，外衣被剥去，只剩了中衣，她以为要对她酷刑逼供，只是簌簌发抖，话也说不出来，等了半晌，却见无人支应，正待要走，听见里面一个尖细的声音，那个声音让茧儿一下子瘫坐在地。

一个五大三粗的大个子走了出来，若不是亲眼得见，真的难以相信那么尖细的声音是这么个大个子发出来的，那人自然是整个大内之中都认得的人，不是崔玉贵，又是哪个?!那崔玉贵盯准了茧儿，板着脸开口道："你可是茧儿?"茧儿白了脸，低头道："回崔总管的话，奴婢正是茧儿。"崔玉贵道："你原是老佛爷房中的奶妈子，何时跑到四格格房中做宫女了?!"茧儿忙道："是四格格上老佛爷处要了奴婢伺候。"崔玉贵怒道："既然如此，就该好好服侍四格格才是，怎么又跑到体和殿来？老佛爷既没有传唤你，四格格又没有委派你，单这一条就该打！”那茧儿早就三魂里吓跑了七魄，颤声道：“崔安答……是……是四格格处一只鹦鹉鸟儿飞跑了，奴婢追着追着，就追到这里了，不想打搅了崔安答，奴婢这就回去便了！”崔玉贵冷笑道：“这就回去？！有那么便宜的事？！……王公公，你给我搜搜，瞧瞧茧儿姑娘身上可挟带了什么东西没有！”那王公公立即将茧儿抓过来，反缚了，便上手搜，茧儿哭道：“崔安答，打狗还要看主人，看在四格格分儿上，你老人家……” 崔玉贵冷笑道：“我替四格格管教你，四格格还要感激我才是，对吧？哼，身上没什么东西？如此却饶不了你，给我拖到外头茶房处，将这贱人结结实实打上四十廷杖，也好让她长长记性：我崔某人也是有头有脸的人，不是那么好欺负的！”说罢，那王太监不顾茧儿的哭叫，早将一团破布塞进她的嘴里，拖了下去。

这时，在四格格的寝宫里，那位英俊的日本裁缝正在教她舞剑，她的新衣裳已经挂了一屋，五颜六色的煞是好看。

四格格素来爱美，也会美，同是绞脸，绞得就细致些，同是画眉，画得就妩媚些，裁缝没来的时候，满朝的宫眷，只四格格一人会裁铰，四格格学什么像什么，容龄教的西洋舞，只四格格一人学到了底，如今裁缝的剑法，又让四格格学得着了迷，直练到她浑身香汗淋漓，他才微笑着握住她的剑，把桌上的茶杯弄翻，用剑蘸着茶水在桌子上写了几个字：飘零天涯，寻觅芳华。而她呢，含羞带笑的，在白色的宣纸上写了一行娟秀的小字：此生已矣，来世为期。她看到自己的字，脸一下子就发烧了，为了掩饰自己的窘态，忙命：“茧儿，快把镇纸和印章拿来！”无人应答，这时她才想起，吃过午膳洗过身子，就不见了茧儿，这丫头定是趁她小憩之时，跑去找祖儿玩儿去了。便又叫道：“茧儿，你干吗呢，快来呀！”仍然没有回答，四格格便风风火火往后房跑，渐渐地，她觉得不对，她看见有一股紫红色的液体，正慢慢从房门后面流出来，她猛地打开房门——茧儿已然倒在血泊里。四格格惊叫一声，手上的宣纸撒了一地，在空中飞扬。

第四章

1

长春宫的夜，黑得十分瘆人，只在皇后寝宫中亮着两盏忽明忽灭的灯，在灯光下，四格格看见一向喜怒不形于色的皇后有些狰狞。

皇后点了一支纸烟吸着，淡淡地问："四格格，年轻轻地独守空房，可惜了儿你这花容月貌了，是不是？"四格格惊魂未定道："奴婢不敢。"皇后道："我看，你也不是守得住的人，还是让老佛爷再给你指婚吧。"四格格跪下了，声音发颤道："皇后主子，奴婢下次再也不敢了！"皇后笑道："你还有什么不敢的？光天化日之下，不但胡说八道，连事情都做出来了，也不怕万一老佛爷真的恼了，把你指婚给阎王爷！"

四格格平生最怕皇后，尤其怕皇后不动声色地笑，这会子见皇后笑了，心里更是没底，便自己掌了两下子嘴，滴泪道："皇后主子，您就饶了我这一次吧，我再也不敢了！"皇后笑道："行了行了，你也别来苦肉计了，念你初犯，皇爸爸那儿我就一个字儿也不提，若是没耳性呢，可就难保不下割舌地狱了！"四格格哭道："皇后主子，念在平日的情分上，您可得护着我点儿，奴婢对您一直是忠心不贰啊！"皇后叹了口气，道："起来吧。"又命小蝉，"给四格格看茶。"

皇后起身，亲自给四格格拧了个帕子，命她净了脸，又叫娆儿拿来自己的胭脂眉笔，命四格格理妆。皇后自己在镜子里看着四格格道：“倒把一张俏脸给哭皱了！不如刚才，是梨花一枝春带雨！”四格格破涕为笑道：“皇后主子又拿奴婢说笑儿了！奴婢哪里当得起！”这边儿小蝉早将一杯温温的清茶放在四格格手中，道：“姑娘慢用。”四格格接过茶抿了一口，那皇后便轻轻执了她的手，款款道：“四格格，你是老佛爷心尖儿上的人，连我都不好比的——”一语未了，那四格格又要跪下，皇后急忙拦住，四格格道：“皇后主子真是折杀奴婢了！”皇后道：“我说的是实话，我不过是有个名分，又是老佛爷的内侄女，要说她老人家真心疼的，我瞅了这么些年，也就是你了！德龄容龄是从外洋回来的，她老人家虽说疼她们，到底是外人，隔着一层儿呢！本来我瞧你最是个有心计的，怎么就能把大内之中的事儿抖搂给一个小孩子！五姑娘本来快人快语，又是受外洋教育长大的，姑娘呀，你怎么就不长一点儿心眼呢？更有甚者，那个日本裁缝，谁知道他是什么东西？你怎么就敢往前凑？幸好是王公公发现得早，不然的话，若是出了丑事，老佛爷的脾气儿你可是知道的！”四格格见状，知道这场灾祸已然过去了，遂撒娇道：“皇后主子有所不知，奴婢是看着精灵，其实只有点子小心眼儿罢了，哪像皇后统率六宫母仪天下，有真正的大智能呢？从今后我只管向皇后主子学习便了！只怕是学一辈子也学不了呢！”皇后摇头道：“我也不是什么有大智能的，要说大智能，只有咱们老佛爷配得起！从辛酉年到现在，她老人家是一个人顶着大清的天下！想想吧，那会子咸丰爷刚驾崩，老佛爷她才二十七岁！虽有六爷扶助着，到底同治爷小，东太后又为人软弱，若是老佛爷稍稍有一点迟疑，只怕便让肃顺这起子贼子算计了去！咱们老佛爷，她不是凡人哪！”四格格唬得只有连连点头的份儿，道：“奴婢也知道，老佛爷她是神仙下凡，听我阿玛说，戊戌年咱们皇上听信了康有为，发布了《定国是诏》，闹了一百多天的变法哪！若不是老佛爷镇着，咱大清怕也不是大清了！”皇后脸沉下来，道：“你知道什么？万岁爷是谁？他也是随便听信人的？只怕是他看过的书，满朝文武加起来也比不上呢！一个康有为就能左右他了？不过是甲午海战之后，他的心太急了些儿，总想着堂堂大中华，不能让小鬼子给治住了，方才有变法之想，变法之初，老佛爷也是支持的，不过后来越闹越乱，刚毅那些人总到老佛爷那儿上眼药儿，还有袁世凯袁大人……唉，不说这些了，他心里的苦，我都是知道的，他的脾气儿，我更是知道，表面上瞧着他怕老佛爷，可庚子年之后，老佛爷屡屡与他缓和，可他那犟脾气儿！……”

皇后一头说，四格格心中一头暗暗打鼓，心想：“都知道他夫妻二人不和，却未承想皇后主子在外人面前，如此回护皇上！到底是一日夫妻百日恩哪！”遂脸上赔笑道：“皇后主子说得何尝不是?！那万岁爷，虽然平时不多言语儿，可那聪明正派，在大内之中，真真是有口皆碑！我暗暗瞧着，老佛爷恼是恼他，可那心里头最疼的，也依然是他！皇后主子可曾记得？庚子年，统共五个鸡子儿，老佛爷吃了仨，剩的那俩都给咱们万岁爷了！”皇后道：“那算什么？你不知道的还多着呢，譬如庚子年闹义和拳，偏遇着端王那个浑球儿，领着人进来要杀什么一龙二虎三百羊！你可不知道闹得有多凶呢!！那一龙，谁都知道是万岁爷，关键时刻是老佛爷给拦了，老佛爷往那儿一站，两眼紧盯了端王，端王腿就软了，立马跪了下去，老佛爷上去就是一脚，喝道：‘你赶紧地给我滚！’就那么一声儿，吓得那些膀大腰圆的义和拳也尿了！连滚带爬地都跑了！因此上说，谁跟老佛爷作对，谁想挑唆老佛爷和皇上的关系，谁就是自个儿找死！……不信你就瞧，李中堂，荣中堂，张之洞……这些个人，就是聪明！”

四格格还是头一遭听皇后开言吐语地说这么多，心里头扑扑地跳，又不好说什么，只是赔笑听着，末了儿，皇后道：“还有个事儿没对你说呢，茧儿那个小蹄子，素日里我看她还算勤谨，跟你也好，对她甚是放心，不想她却做出不轨的事来，是我叫了人，原是想教训她一下，谁知下手重了，此事就别张扬了，你用你体己的银子，把她给发送了吧！”四格格只有点头的份儿，哪里还敢问半个字？只是心里暗暗叫苦而已。那皇后又说：“虽说你是个明白人，到底年轻，老佛爷说了：‘让四格格打明儿起，到春暖阁去写经，一来她字儿写得好，二来，也让她静静心！’你看如何？”四格格起身叩谢皇后，嘴里道：“多谢皇后主子回护。”皇后遂叫了两名宫女，连夜送四格格去了春暖阁。四格格进得屋里，免不了哭了一场，手还抖着，宫女们便已把笔递到手里，四格格的手死人一般冰凉，至此才知道，这是老账新账一块儿算呢，原来自个儿说的话儿，做的事儿，没一件逃出老佛爷和皇后的眼睛。

2

慈禧太后照例与宫眷们一道进晚膳，她似乎兴致很高，还专门让御膳房备了酒。和往常一样，她用眼睛盯着一道菜，就有太监立刻把菜夹好送到她的跟前。容龄见满屋里缺了四格格，忙问：“怎么四格格今儿没来？”皇后微笑道：“倒是五姑娘惦着她！四格格偶感风寒，躺下了。”容龄道：“那我瞧瞧她去！”说着便要起身，已被大公主按下了，道：“五姑娘，四格格染了风寒，几天儿就好，你若是去传染上了，再传染了老佛爷，事儿可就大了！”容龄歪着头想了一想，这才罢了。慈禧略吃了些开胃小菜后，抬眼道：“德龄、容龄，你们尽管拣自己爱吃的吃，我也知道让你们站着吃饭很累，可是又没办法，这是祖宗传下来的规矩，连皇后也得这样儿，洋人吃席是怎么个吃法啊？”德龄道：“洋人吃席，是一条长长的桌子，譬如老佛爷您宴请某国夫人，就是您坐在这头儿，那夫人作为主宾坐在另一头儿，其他各位，按照品级排成序列坐着，菜是一道道上的，最后上甜点和冰淇淋。”慈禧点头道：“如此吃法，倒也别致。”大公主在一旁道：“专供老佛爷用膳的西膳房有五局，有荤菜局、素菜局、饭局、点心局、饽饽局，各司其职。各局都有名厨，他们都有各自的拿手绝活儿，像点心局的谢二，这是他最拿手的烧卖；这些是抓炒里脊、腰花、鱼片和炒虾，是荤菜局的张玉山掌勺儿，你们赶紧尝尝。”容龄、德龄各自吃了一些，都觉味道甚美。慈禧笑道：“一般人吃不出来是哪个厨子做的，可我就能尝出来，从来不带错的！”元大奶奶拍手道："可不是，那年老佛爷去东陵，西膳房派人跟着，派人做了烧卖，可老佛爷尝了一口，就说：'谢二为什么没来？'膳房的总管看糊弄不过，只好承认谢二病了。"德龄笑道："老佛爷可真是美食家。"慈禧道："德龄啊，你们在法国的厨子有什么拿手菜没有？"德龄道："回老佛爷，我们的厨子罗美尔做的奶油蛋糕特别好。"容龄道："是呀，他做的蛋糕里面放了朗姆酒，有特殊的香味儿。"慈禧嗤的一声，不以为然道："蛋糕算什么？我们的点心局有的是，要是他来，就赏他到点心局当差得了！"德龄姐妹说声是，互相看一眼，都忍不住笑。

慈禧的目光在桌子上扫了一下，忽然收敛了笑容，把银筷子重重地摔在桌面上。顿时众人一凛。慈禧厉声道："我的香酥鸭子怎么没有哇?！"众人面面相觑，李莲英低头上来打千儿道："老佛爷，都是奴才的错，今儿我查晚了，发现那道香酥鸭子有些毛病，就撤了。于公公就来不及重新做了。"慈禧沉脸道："鸭子有什么毛病啊？"李莲英急忙向小太监示意，小太监递上一双发黑的银筷子。

李莲英跪下道："老佛爷，银筷子黑成这样，可见里面有剧毒呀，奴才怕坏了您的兴致，所以没有立即禀报，请老佛爷恕罪。"慈禧怔了一下，神色大变。李莲英道："老佛爷，奴才已经派人在追查此事，不出三天儿，就可以提着凶犯的头来见您！"慈禧摇手道："行了，起来吧！"

众宫眷半晌无语，还是大公主有些担待，忙道："老佛爷，您可千万别气坏了身子。"慈禧示意祖儿敬烟，吸了一口，款款道："我倒没什么，德龄、容龄，这样的事儿你们还是头一回看到吧？你们定然想不到，我每天吃的一百二十道菜，看着风风光光的，其实暗藏杀机呀，还不如老百姓儿的粗茶淡饭吃得舒心呢。"容龄瞪着一双天真的眼睛："老佛爷，怎么宫里也有坏人啊？"慈禧微笑道："坏人哪儿都有，你说别人是坏人，别人还说你是坏人呢！容龄，你说我是不是坏人？"容龄道："老佛爷是最疼我们的，怎么能是坏人呢?！"慈禧笑道："要是天下的人和你想得都一样，就好了。李莲英，斟酒来，今儿我要和这几个花儿一样的姑娘喝几杯！"

李莲英弯腰斟酒，嘴里说着讨喜的话，不觉间几人都有醉意。慈禧乘醉道："大公主啊，你说，什么是世上最可怕的事儿啊?!"大公主道："自然是夫妻分离，有缘无分!"慈禧又问道："德龄，你说呢?"德龄忙道："还请老佛爷明示。"慈禧冷笑道："依我瞧，这世上最可怕的事儿，就是孤独和背叛!"德龄一惊，那边儿慈禧早已催着李莲英给德龄斟酒，斟满了，慈禧便命她喝下，见德龄一饮而尽，慈禧越发欢喜，道："原来德龄姑娘如此好酒量，倒有些像我年轻的时候了!"这边大公主和容龄二人已是醉倒，慈禧命小太监将二人扶回去，烧些醒酒汤喝。李莲英见状有些害怕，道："德龄姑娘，我看你们还是早些伺候老佛爷安歇吧。"德龄正要答应，见慈禧突然变脸，对李莲英叱道："你给我滚！仗着素日里我疼你，越发没大没小的了！我在这儿，有你说话的份儿吗?!好不容易我今儿高兴，想多喝几杯，那帮狗屁大臣又不在身边儿，倒有你管着我了?"吓得李莲英连连后退道："小的哪儿敢管老佛爷?!小的是怕伤了老佛爷的凤体……"慈禧道："放屁！还敢犟嘴?!赶紧给我滚得远远儿的，这里不需你伺候!"

叱走了李莲英，德龄惊魂未定，慈禧却早已换了一副腔调，眄着眼儿，似醉非醉道："我一个妇道人家，辛辛苦苦地撑着一个大清国，对洋人也是有礼有节。可天下人还觉着我霸道，洋人觉着我好欺负，连当今的皇上……虽说不是我亲生的，可他四岁登基，我养了他二十几年呀！还不是被几个汉人一挑唆就糊涂了？还要围园弑母！呸！……我不生气，我伤了心了，哪有翅膀硬了就反目的，哪有把好心当成驴肝肺的？……德龄呀，我是真心疼你，你可千万甭学他们的样儿，拿了尖刀专往我心坎上扎呀!"

德龄看见，慈禧太后边说边把满头的珠翠往地上四处撒去，还把一个各色宝石镶的牡丹装到了德龄的衣兜里。德龄虽然也早有醉意，但是心里依旧是明白的，便唤了宫女祖儿，将慈禧扶至床上，然后将首饰收了，清点入库，这才回去安歇。

却说那德龄最是个有心的，虽然醉意朦胧，心里却一直在想着：老佛爷今儿晚上到底是怎么了？奇怪啊，她老人家是最会养生的，何曾这般大醉过？难道是借酒撒疯儿，要说出一些清醒时不便说出的话吗？想着想着，酒翻上来，眼窝子一阵潮热，便睡着了。

3

次日慈禧晨妆时，元大奶奶赶着来了。那元大奶奶原是青年丧偶，最是守得苦的，又没才艺，又没品貌，只得一门儿心思地讨慈禧喜欢，前两年因为哥哥庆善建园子有功，慈禧面前也颇受了两天宠，这会子德龄姐妹来了，见慈禧待她们又特别些，元大奶奶是一万个不高兴，见缝儿就要插针，鸡蛋里也想挑骨头，总是没能得逞。慈禧面前，也表现得更勤谨些，每日里一叫起，就往慈禧寝宫里赶。

自梳头刘走后，慈禧一直未能找到得力的梳头太监，偶尔也叫李莲英梳一回头，终不如梳头刘那么好使，正梳着头，见元大奶奶进来请安，便也不动声色地命她瞧瞧地上可有东西没有。元大奶奶一眼就瞧见梳头的太监正将一绺灰白的头发踩在脚下。梳头的太监见是元大奶奶来了，急忙背着慈禧向她使眼色。只听慈禧幽幽说道："元大奶奶，你看地上有没有什么东西哇？"元大奶奶急忙答道："回老佛爷，什么也没有。"

慈禧嘴角歪了一歪，向桌上和地下四处查看，梳头的太监哆嗦着，谁都知道，庚子回銮之后慈禧添了个毛病：凡不高兴的时候便要歪嘴，嘴只要歪上两歪便要有人倒霉了。果然，这会子慈禧冷笑道："手脚倒挺利落的！不过一会子工夫，竟然拾掇得干干净净！"一语未了，梳头太监与元大奶奶腿便打了软儿。元大奶奶跪下道："老佛爷，奴才是怕您生气伤了身子，所以才把头发藏起来的，请老佛爷恕罪！"梳头太监也吓得跪了下来，全身发抖。慈禧见状，愣了一下才反应过来，便哈哈大笑，直到笑出眼泪来："哈，哈，真是歪打正着！哈哈……"李莲英进来赔着笑道："老佛爷，今儿有什么喜事儿您这么高兴呀？"慈禧冷笑道："哼，我问我昨儿撒的那些个首饰，没想到，倒问出两个小骗子来！……你们俩竟然敢联手骗我，被我给逮着了。你们说说，该怎么罚你们呢？”两人只有哆嗦的份儿，哪还说得出话来？慈禧款款唤道：“李莲英，把这个没用的东西拖出去，杖责四十！”

梳头太监被拖出去的时候已经昏迷了，而元大奶奶接受了扣除月银的惩罚。

慈禧在静下来的屋子里，打量着镜中的自己，不觉伤感起来。五十年前的镜中，仿佛是另一个人啊！那时她一松开发髻，便是黑发垂肩，妩媚无比。难怪咸丰皇帝一见便要动容。但是那些甜蜜的时刻的确太短暂了，自从怀上了龙子，咸丰帝便来得越来越少了，后来索性迷上了圆明园“四春”，根本就不照面儿了！

现在，虽说照样儿是黑发垂肩，但是那黑发已经黑得不对味儿，垂也垂得不对味儿了！细细地看自己的脸颊，并没有多少皱纹，倒也算是白皙细腻，可就是不一样了！看来人老有时竟并不是由于皱纹的多少，皮肤的颜色，而是由于一种说不出来的东西。现在的黑发垂肩，竟让人有些害怕，她不愿深想，只把那镜子折向一边。

李莲英静悄悄地走进来，轻声道：“老佛爷，您的头还没梳完，是不是再把梳头刘给叫来？”慈禧道：“不必了，你来吧。”李莲英“嗻”了一声便开始给慈禧盘头，慈禧从镜中见他手上还算利索，叹道：“李总管，你进宫的时候，还是个小伙子，可现在，也是个半大老头儿了。我呢，就更不必说了。”李莲英怔了一怔，急忙道：“老佛爷，您是青春常在的。”慈禧冷笑道：“你不必哄我说那些没用的，我都老佛爷了，能不老吗？不过，人的青春总不是白过的，人是越老心里越明镜儿似的亮堂。年轻人，不过都是外表伶俐、脑子一团糨糊的绣花枕头罢了。她们想跟我要花招儿，真真是笑话！”李莲英道：“是啊，老佛爷您可是心明眼亮啊，宫里凭他什么事儿，也休想逃得过您老人家的眼睛！”慈禧道：“可惜呀，怎么人就不能又有青春又有智能呢？老天怎么就这么吝啬呢？”李莲英道：“不对呀，老佛爷，你打年轻时候到现在就一直都是色艺双全的呀，老天对您不薄呀。”慈禧不禁嗤地一笑道：“得了！甭耍贫嘴了！咳，我待这些小辈儿都不薄，你瞧瞧她们这一个个儿的！——四格格背地里嚼舌头，元大奶奶蒙我，德龄……偷我的首饰！……哼，你把德龄给我叫来！”

李莲英传唤德龄的时候，德龄姐妹正在她们住处的小院子里灌溉着薰衣草，那是从法国带来的草籽，想不到，竟在中国的宫廷中生了根，已经长出了一小片绿色。德龄喜道：“容龄，你瞧，法国的薰衣草在中国也能长得很好，看来事在人为啊。”容龄道：“哼，这个么，日子长了才能瞧出来。我还是不时地会想巴黎，想邓肯小姐。”德龄道：“哥哥昨天送来的报纸上说，邓肯小姐又开始了新的爱情……”容龄眼睛一亮，羡慕地说：“她的生活简直是太完美了，丰富的旅行生活、浪漫的爱情、永远的激情和创造力，女人有了这些还要什么呢！”一语未了，李莲英已经走过来，态度大不似往日，笑容也有些干涩，弯腰道：“德龄姑娘，老佛爷叫您赶快过去呢！”容龄笑道：“李总管，难道老佛爷没叫我一块儿去？”李莲英又弯了弯腰：“回五姑娘，老佛爷只单叫了德龄姑娘。”德龄何等聪明，就这一句，她已然明白，脸上却不露出一丝儿声色来。进到储秀宫中请了安，见慈禧脸色淡淡的大不似往日，慈禧吸了一口水烟，问道：“德龄啊，昨儿个咱娘儿几个是不是都喝醉了？”德龄道：“老佛爷海量！虽说身子倦怠了，可那心里跟明镜儿似的，哪儿就叫醉？倒是容龄是真醉成一摊泥了！”慈禧道：“哼！我瞧这宫里十个得有九个巴不得我醉呢！我心里跟明镜儿似的，哪儿就能让她们瞅出空子来啊？譬如昨儿个那些个首饰……”德龄道：“回老佛爷，我昨天晚上已经连夜把首饰整理好，然后都入库存放了。”慈禧惊道：“原来如此！……李莲英，你是死人哪？瞧着德龄姑娘受委屈？”德龄急忙道：“老佛爷，这不算什么的，难道您忘了？李总管昨儿先走的，并不知道。再者说，阿玛额娘面前，我也是老犯错儿的，所以额娘说，怕就怕我们在老佛爷面前犯错儿，老佛爷她老人家疼我们，又不肯说，怕把我们给娇纵坏了呢！”慈禧越发欢喜，连声道：“听听，听听，瞧瞧咱们大清驻外洋使臣的闺女，有多懂事儿！”边命李莲英将首饰匣子拿来，见一套红宝石的首饰完好无缺，连她插在德龄头上的珠花也在。德龄道：“老佛爷，这一朵珠花掉了几粒珠子，我让太监给重新镶好了，一共是九九八十一颗珠子。您瞧瞧。”慈禧执了德龄的手，道：“好孩子，你真是个有心人哪。”德龄道：“老佛爷，这不过是德龄分内之事！”慈禧道：“德龄啊，我何尝在乎那几颗珠子，只是我受不得糊弄，也最恨人不尽心。你虽然来的时间不长，做起事儿来却透着那么利落，那么实诚，不容易呀。今儿个，我要赏你一样好东西。李莲英，把那对翡翠耳环给我拿来！”李莲英应着，早已将一个珐琅盒子捧上。慈禧将盒子打开，只见那对翡翠耳环碧绿欲滴。慈禧道：“你瞧，这可是上等的翡翠，正经的老坑玻璃种，瞧瞧这水色，不一般吧？这是暹罗国国王给我进贡的礼物。”德龄推辞道：“老佛爷，这礼物太贵重了，德龄受之有愧。”慈禧道：“什么受之有愧？小小年纪儿，说这些客套话干什么？快把耳环戴上。”德龄只得接过耳环戴了，慈禧笑道：“可真俊呀，我瞧着容龄有那样的好耳环，你却只戴着这副普通的金耳环，未免单薄了些。到底是容龄小，你娘偏着她些。你现在是我的人了，外洋叫什么？宫廷命妇？哈哈哈……德龄啊，我得让那起子小人瞧瞧，忠心耿耿地跟着我，永远不会吃亏，我向来是个赏罚分明的人。对不对呀？”德龄道：“谢老佛爷，不过不是额娘偏爱妹妹，是我嫌那种耳环沉，才不要的。”慈禧笑道：“耳环原是戴惯了才好，什么事情都在于习惯，一习惯了，就不觉得是负担了。我像你那么大的时候，哪里会想到我要白天上朝，晚上还要琢磨奏章呢。”德龄道：“老佛爷，我明白您的意思，我会习惯的，习惯这副耳环，还有我在宫里的工作。”慈禧道：“真是个冰雪聪明的孩子，什么事儿一点就透！……行了，这耳环就戴着吧，等你额娘来了给她瞧瞧！……今儿我要你给我讲讲，这外洋的学术究竟如何？”德龄道：“回老佛爷，这外洋的学术，自然是发达的，农有农学，工有工学，商有商学，兵有兵学。此外，如声学，光学，化学，电学，以及一切机械学，物理学，生理学，天文地理学，无一不备，无一不精。就是法律学，政治学，也是日有发明，所以外洋才如此强大啊！”慈禧道：“近日京城内外连上奏折，都说要注重新学，由国家出钱让学生出洋留学，据你看来，这事也是要紧的吗？”德龄道：“取他国之长，补我国之短，正是自强的基础，请老佛爷降旨施行。”慈禧果然在小笺中写下一行字，写毕，起身道：“你也是我们满洲的姑娘，能够如此通达，很是难得。我记得前些年，大学士倭仁力崇理学，把西学批得一钱不值，现在看来，实在是不大识时务了。我们皇族中人现在还是迂腐的多，通达事理的少，我倒是想，也让皇族子弟们出洋瞧瞧，让他们也长点儿见识，如何？”德龄喜道：“老佛爷真是圣明！果真这么着，是他们的造化！”慈禧呷了口茶，款款地说：“学校的制度，中国古时候本是有的，想来与欧美学堂大致相似，后来才有了科举，传到明朝，又有了八股，现在看来八股的确无用，我已降旨取缔，只是科举还一时难以废除罢了。”说罢，她又写下在各省派留学生的懿旨，命李莲英送交军机处照旨颁发。

慈禧这才命祖儿敬烟，吸了数口，问德龄道：“你刚才说，这外洋的法律学是怎么回事？”德龄道：“这外洋的法律不止一种，即使如刑律一门，也比中国仁厚不少，他们最重的也不过是枪毙，再有，对犯人也仁厚，不过是罚他们做工，还给工钱，一部分充公，另一部分发给本人，也是情法两全的道理。”慈禧点头道：“现在也多有奏折要我参用外国律法，改定刑章。我也觉着凌迟、枭首过于残忍，祖先入关，不过仿照明制，其实也并非是列祖列宗的本心，我已决定停止这些刑律，以后用刑以斩决为止，也算是宽仁的了！”

德龄：“外洋不用刑讯，凡有审判事件，必先搜集证据，证据完全才好判决，我国官吏往往不问曲直，妄用刑具，三木之下何人能不开口？还望老佛爷能够停用刑讯，爱惜百姓身体，这也是慈恩浩荡啊！”慈禧沉吟片刻，略略点头，转移了话题：“你再讲讲英国女皇和俄国女皇都有些什么功过，世人都是怎么看她们的？”德龄受命继续讲解不提。

4

这天中午，美驻华公使馆的厨房特意为他们的画家卡尔加了两个菜。但是性急的康格夫人显然对卡尔的工作十分不满，她几次打断了卡尔啰里啰唆的汇报，把话题引向自己的兴趣所在。康格夫人问："那个叫德龄的女孩儿你到底联系上没有？"卡尔喝着奶油小蘑菇汤，慢悠悠地说："联系上了，她是个聪明的女孩，我把怀特的情书已经交给了她，可是……她很矜持，并没有答复，也许是太后看得太紧了。"卡尔自己也不明白她在最后关头为什么灵机一动，竟然向康格夫人隐瞒了真相。康格夫人失望地"哦"了一声，道："一定要促成她和怀特的事儿，这样她才能给我们提供最可靠的内幕消息。卡尔，这么久了，难道你就没有其他有价值的见闻吗？"卡尔把面包掰成小块，一块块地放进汤里，美滋滋地说："哦，我看到了他们宫廷珍藏的古画，实在是太美了。还有，我知道了宫廷妇女穿衣服的方式，还有她们衣服上每一种图案都有不同的含义，这是我不能想象的。还有，他们建筑的特征是……"康格夫人不耐烦地打断了她："卡尔，我对艺术和风俗不感兴趣，我关心的是清朝宫廷里的人际关系，以及太后日常流露出来的对世界局势的真正主张——你知道吗，只有不经意间的态度才是最真实的，这对我们未来的战略非常地重要。只有完全左右中国，你的异国情调的爱好才能实现，你千万不要本末倒置，忘了你的使命！"卡尔耸耸肩道："哦，康格夫人，是的，我不想忘了我的使命，可我也不能太出格了，是不是？你不要一见面就对我那么不友好，别忘了，我可是你们请来的。"康格夫人道："卡尔，你同意那句话吗——和艺术家在一起等于慢性自杀。卡尔，你难道不理解我对国家的责任吗，你怎么就不能站在我的立场上考虑问题呢？"卡尔盯着康格夫人的蓝眼睛，慢慢地说道："行了，我们讲和吧，我有点饿了。我想 T 骨牛排现在很适合我。"

直到黄昏时分，康格夫人仍然余怒未消。中午和卡尔的会面让她的心情糟透了，她精心准备的午餐没有得到任何回报，这让一向锱铢必较的康格夫人有苦说不出，以致康格一进门儿，便发现了夫人脸色不对。好脾气的康格立即唤来仆人，沏了两杯夫人平时最爱喝的英国水果茶。

夫人喝着茶，脸上仍然气愤未消，她压低声音道："卡尔这个人看来基本上不能用，我把宝押在怀特身上了。”“怀特？就是那个得了爱情病的医生吗？”“就是他。那个英俊的年轻人，或许能把事情弄好。”康格摇头道：“亲爱的，我不这么认为。”“为什么？”“既然得的是爱情病，那么智商可能很低。我们大概不必对他有什么指望。”

康格夫人的鹰眼再次烁烁发光：“我要的就是这种低智商的年轻人，我要他在不经意间，探听出清宫大内的秘密。”

康格夫人当然想不到，那个得了爱情病的低智商小伙子与老姑娘卡尔一起吃晚饭。卡尔是个热爱吃饭的人，每逢有美酒佳肴便两眼放光，并且变得特别有创造力。看到眼前的小伙子急切的目光，卡尔觉得特别有趣，故意慢悠悠地吃着，装作什么也不明白的样子。直到怀特说出那句关键的话：“我说卡尔，德龄接到那封信难道什么也没说吗？！”卡尔一笑，道：“先不谈这个，我要加一瓶红酒。”怀特急了：“求求你快告诉我，你要什么都可以！”卡尔把一粒鲜美的法国蜗牛放进嘴里，慢慢品着：“真的吗？”怀特急忙说：“当然真的，我保证。请你坦率地告诉我，是不是她认为我只是个无聊的花花公子？还是她根本就把我忘了？！”卡尔抬起头，玩味着眼前这个傻小子焦灼的表情，扑哧笑了，然后从包里掏出一封信来，道：“看看，这是什么？这是德龄给你的信。她当然不能跟我说什么，因为几乎没有机会。这还是她吃饭的时候悄悄夹在我的餐巾里的。单凭着她给你回信要冒的风险，不用看信我就能知道她给你的答案了。”怀特一把把信抢了过来，然后竟然忘情地拥抱她：“你太好了，卡尔！”卡尔高举着一双油手，惊叫道：“我的上帝，你简直疯了！……你可千万不要让康格夫人知道！”怀特把卡尔扶到椅子上坐下，笑眯眯地问：“为什么？康格夫人她一直很热情地帮助我呀，今天还对我说，让我绝对不能放弃呢。”卡尔道：“你相信我吧，康格夫人最关心的是政治，可我和你都不是，我们更在意纯粹的东西。康格夫人在帮我们，都是为了她的政治，我想这可不符合你我的初衷。”怀特大吃了一口鱼子酱，道：“卡尔，我还真没有考虑那么多。”卡尔道：“你也不要考虑康格夫人了，还是考虑考虑你的恋爱方式吧，我很长时间才能回来一趟，对于热恋中的人，只有我这个邮差是远远不够的。”怀特快乐地说：“我会考虑的。waiter，来一瓶红酒！……干杯！为了世间的爱情！”卡尔笑着举杯：“为了世间所有得了爱情病的傻小子！”

怀特是个天性快乐的人，并且一点不善于掩饰，那一天就是他的节日，他写了一封信给他的姑妈艾米，飞也似的跑向邮电局，面对着每一个迎面过来的中国人微笑，还用半生不熟的北京话说：“您吃了吗？”被问到的人大多数都吓了一跳，只有一个可爱的老头儿高声回答：“吃了！小洋毛子，你的舌头是不是和我们长得不一样？”怀特愣了愣，笑一笑，用更蹩脚的汉语说：“对不起，我听不懂了。”怀特现在满脑子都是他自以为得意的给姑妈的信：“……亲爱的姑妈，我在中国很好，这儿真的是有趣的城市。我最迫不及待要告诉你的事，是那个仙女给我回了信，我真是欣喜若狂，因为她和我一样，对那个美丽的夜晚念念不忘。她只是担心我们的差异和我的耐心，我会让她相信，在真爱来临的时候，什么困难都是渺小的。”

怀特一边发信一边想象着姑妈读信时的样子，她一定忘不了挂上她那副老花镜，摇摇晃晃地挂在鼻梁上，然后皱着眉头，吃力地辨认着侄子矫揉造作的花式英文，还会不时地摇摇头。怀特想到这些就忍不住笑了，他笑起来的样子是那么灿烂，以至于邮电局的那个中年邮差吃惊地张大了嘴巴。

5

早朝之后光绪没有走，他去了偏殿弹琴，关于向德龄姐妹学习弹琴一事，已经得到慈禧的默许，所以他没有什么不踏实的，有时候，慈禧甚至鼓励他这么做，他毕竟是她的亲外甥，看到他那副魂不守舍、面黄肌瘦的样子，她也多少有些心疼。自从庚子回銮，特别是发现大阿哥溥儁不成器之后，她多少又有些回心转意，自然，以她的为人，是对一切人一切事都绝对记恨的，所谓“他叫我一时不痛快，我叫他一辈子不痛快”是也，但即使如此，当此非常时期，在德龄姐妹的面前，也要做出一副慈爱豁达的样子。

可怜的光绪便因了德龄姐妹的到来有所受惠。这天，光绪按照德龄布置的功课弹了钢琴小品《致爱丽丝》，他的感觉非常之好，德龄听了，竟十分惊喜。听完一曲，德龄道：“万岁爷，您弹的意境真是好，就像贝多芬刻画的那个又天真又可爱的小女孩儿。我从来没有给您说过，你是怎么体会到的？”光绪道：“朕练琴的时候，听着听着就觉得，这是在说着身边的一个人，这曲子好像就是为她写的。”德龄问：“身边的人，谁？”光绪笑道：“容龄，小淘气儿。”德龄也不禁笑了，道：“难为皇上惦着她。”光绪道：“五姑娘倒是有些意思的，小小年纪，跑了那么多国家，就连朕也不及呢！”德龄忙道：“皇上说哪里话？皇上乃九五之尊，哪能那么轻易移驾，即便是奴婢们，也不过是随着父母东奔西走罢了！”光绪摇头道：“说是这么说，东奔西走，便可以见多识广啊，你看，法国、英国，还有日本，朕怕是此生也去不成的了！”德龄急忙温言细语地宽慰道：“皇上若是想去又有何难？只消照会各国政府，再联络驻外使臣接驾便是了，各国怕是巴不得见见皇上的龙颜呢！”光绪苦笑道：“你也不必安慰朕了，朕心里清楚得很。好了，我们不谈这些，今儿我弹的既还可以，趁着天儿好，皇爸爸又高兴，不如到大殿去看卡尔画画去？”德龄喜道：“如此最好！”二人遂携了太监孙玉前往。

大殿里，慈禧端坐在宝座上，卡尔支着画架在画布上勾了一个轮廓，众宫眷都在一旁观看。皇后见德龄来了甚喜，招手叫她过去，低声道：“德龄，我虽然不懂得西洋画，可从画画的姿势就看得出来，卡尔真的是一个有本事的女子。”德龄一笑，马上翻译给卡尔听，卡尔高兴地回答：“谢谢。”手上却并没有停下来，光绪专心地看着，半晌道：“德龄，请你问卡尔，为什么中国画无论是工笔还是写意，都讲究线条和晕染，西洋画却不是这样呢？”德龄如实地翻译给卡尔，卡尔道：“是的，这正是油画与中国画的区别，油画更讲究块面，所以学油画的时候，首先要学习素描和人体解剖，这样画出来的画才会有立体感，上色是一层层地上，完成之后还要上一层上光油，这是油画的底稿，并不是最后的成品。”德龄又将此话译给光绪，光绪点头道："原来如此，怪道有些西洋肖像画就像活人一样，一层层地上色才会有这种效果啊！"慈禧远远地见光绪说话，又不知说的什么，有些不耐烦起来，问："德龄，你问问卡尔她怎么还没有画完？"德龄笑道："老佛爷，这才刚刚是个开头儿，还要画很多时候呢，每天您都得在这个时辰来坐在这儿让她画。"慈禧惊讶地从椅子上站起来道："啊，缪进兰画画再慢，坐了这大半晌也该完了，洋人的手脚怎么这么慢！"见慈禧站起，卡尔惊叫着冲了过去，叫道："No！"慈禧不知卡尔什么意思，见她大叫着过来，颇有些惊慌，遂大喝了一声，卡尔也并不知太后什么意思，只是下意识地被喝住了，停在原地呆了一秒钟，才对德龄说："请你马上对太后说，她是绝对不能随便动的。"说着，她将慈禧刚才坐的位置用粉笔在椅子上做好记号，道："太后，现在，你可以休息了。"

德龄急忙上前解释道："老佛爷，洋人画画位置是一点都不能错的，明儿您还得按着这个位置坐，手又还得这么放，而且得这个时间来，光线才能一样。"光绪在一旁问容龄道："小淘气儿，为什么要这个时候的光线？"容龄道："回万岁爷，这时候是侧光，层次丰富，而且色彩很饱满，画出来好看。"光绪自语道："洋人画还真是讲究。"

光绪心里，仍然是那个放不下的结：珍妃在世时，原是很想请洋人画一幅肖像的，结果没有实现，现在眼看着这么著名的画家就在眼前，也不知能不能给自己画一幅肖像？皇爸爸若是不发话，这个念头是动都不敢动的！他在心里轻轻叹了一声——他是很喜欢西洋的油画的，若是珍儿在世，卡尔能为他们两个画一幅，画在一起，该是多么惬意的事！珍儿过去也最是个淘气的，样样事情都要争先，都要赶新鲜，常穿了男人的衣裳与他嬉戏，他们都喜欢音乐，她唱的时候，他就用那架旧风琴给她伴奏，那是一段多么幸福快乐的日子！可就是为了那短暂的幸福，他们付出了可怕的代价！

光绪见慈禧下了宝座，急忙在一侧垂手侍立。慈禧不满地嘟囔道："天天这么坐着，那我不成了木头人了？罢了罢了，明儿我不来了。卡尔也见过我长什么样了，她该会画了。"德龄赔笑道："老佛爷，洋人画画必须照着实物画，否则就画不像了。”慈禧道：“那还是咱中国人聪明，在脑子里想什么都能画出来。”她走到画架前看了卡尔的素描，便沉下脸来，道：“这是什么？怎么也瞧不出好儿来呀！我怕她是徒有虚名！”卡尔看着慈禧的表情，猜出了几分，问道：“德龄，太后是不是不高兴了？”德龄忙道：“没有没有，卡尔，太后是觉得长时间地坐在这儿，有些吃不消。我看要不然画衣褶的时候用替身儿吧，等画面部的时候再让她本人来，你看行吗？”卡尔想了一想，道：“我看没有比这更好的办法了。”

德龄道：“老佛爷，卡尔小姐说可以让别人穿上您的衣服在这儿摆样子，等画脸了再请您过来，您觉得如何？”慈禧道：“这倒是个好方法，你们谁愿意坐在那儿呀？”众宫眷回答：“老佛爷，我们都愿意，您吩咐吧。”慈禧一一看过去，见瑾妃丰肥凝重，遂道：“瑾儿，你坐得稳，还是你去换上我的衣服吧。”瑾妃刚答应了过去，却又被慈禧喝住：“不行，你还是算了吧，我看让德龄和容龄轮流替我吧，她们俩大致还有点儿我年轻时候的模样儿，画上去身量儿好看些。”容龄忍不住偷偷地笑起来，光绪看她一眼，也不禁微笑了一下。但是他的微笑立即被明察秋毫的圣母皇太后捕捉在眼里，慈禧脸一沉，突然叫了一声：“皇上！”光绪吓了一大跳，慌忙答道：“皇爸爸，儿子在。”慈禧道：“今儿晚膳之前，你和皇后在螽斯门等我。”光绪和皇后齐声道：“是，皇爸爸。”皇后悄悄瞥了一眼慈禧，瘦削的脸上一脸疑虑。

6

这天黄昏的螽斯门，秋风袭来，已经颇有几分凉意。光绪与皇后在螽斯门恭候，两人虽是谁也不理谁，皇后却一直用余光悄悄地观察着皇上，见他越发瘦弱了，又穿得单薄，不免有几分心疼，转而看他脸上，依然是那一副犟头倔脑的样儿，不免又是一阵心寒，正忐忑着，一乘轿子悄然而至，只见慈禧扶着一个小太监下得轿来。两人急忙上前请安。慈禧微微点了一下头，算是还礼了。目光并不看他们，而是越过他们，看着螽斯门。

慈禧的威严，在于那双眼睛。那双眼睛里有两道奇亮的光，那种光足可以震慑一切须眉男子，从恭亲王、八大臣、曾国藩到李鸿章、张之洞、袁世凯，当然，最重要的，还有作为她亲儿子的同治和作为她亲外甥的光绪，后宫就不必说了，即使是皇后犯了错，看着这双眼睛也要发抖。说起来，惟一敢当面顶撞她的也就是珍妃了，那个姓他他拉氏的小丫头，所以她死得比谁都惨。

在那双眼睛的震慑之下，光绪和皇后的神情越来越惶恐。

不知过了多少时间，慈禧才突然地转过脸，双眸直逼光绪："皇上，你可记得戊戌年之前，咱们娘儿俩说过的那番话吗？"光绪额上的冷汗流了下来，颤声道："皇爸爸，儿子记得。"慈禧好像根本没看到他的表情，毫不留情地说："说给我听听。"光绪低着头，声音就像是痛苦的呻吟："……儿子那天由养心殿经过螽斯门，给皇爸爸请安，蒙皇爸爸教诲，给儿子讲了螽斯门的来历。"慈禧道："那你跟皇后说说。"光绪道："……儿子不努力，说不好，还是请皇爸爸指教。"慈禧这才哼了一声，冷笑道："我也是听先皇帝的口谕，对我说起这个典故。说螽斯门原是明朝的旧名，老祖先进关之后，除掉了好些旧宫殿的名字，瞧见螽斯门之后，就说是这个名字还算好，留着它，好让咱们的子孙后代兴兴旺旺的，这名字的意思就是说，雄的大蚱蜢名叫螽斯，一振翅鸣叫，雌蚱蜢就都来了，每个都给他生了九十九个孩子！这么个大家族有多兴旺啊！先皇帝啊，就是一心盼着我们的家族兴旺！"光绪心沉了一下，面无表情地说："儿子明白，儿子知罪了！儿子对不住列祖列宗。"慈禧转头向着自己的内侄女："皇后，你呢？"皇后脸色惨白，声音低弱地回了一句："谨记老佛爷的教诲。"慈禧面色这才稍有缓解，道："那好吧，今儿个你陪皇上一起去瀛台。"她说罢便转身上轿，一个小太监立即趴在地上做踏凳，慈禧上得轿去，头也不回地走了。剩下两个呆若木鸡的人立在那里。

皇后小字静芬，自小便不漂亮，大约自己也明白，便十分地好学，喜读书，特别是文学书，在闺中便素有诗名。大婚之前，她本来是暗自怀着一腔欢喜的，因她见过皇上，她认为光绪的相貌是大清历代皇帝中最漂亮、最端正的，且又听说心性颇为聪明，她心中暗自得意。及至大婚，光绪向着德馨之女走去的时候，她依然没有反应到自己会彻底落败。

直到洞房花烛之夜，她的一颗心才真正地跌进了冰窖里，皇上躺得端端正正的，甚至连碰也没碰她一下，连看也没看她一眼，作为一个女人，她明白自己是完完全全地、彻底地完了。

她也曾对镜细察，看见自己的一张瘦脸，眼睛略小，颧骨微突，牙齿略暴，但若是细细地修饰，细细地化妆，也不见得有多么难看，身子确实瘦了一些，奶子扁平，两个奶头天生就深褐发黑，两条细腿也并不丰润，但是听老辈子人讲，若是怀了孩子，哺过乳，奶子自然就会变大，身子也会慢慢丰腴起来，她是怀着一个单纯的女儿梦的：为自己心爱的男人生一个孩子。可谁知道，那个男人连一点点机会也没有给自己留。

多少年过去了，那个男人和她的关系始终冷若冰霜，她的心早就冷了，她也是叶赫那拉的后裔，堂堂的贵族小姐，她历来是懂得自重，懂得皇族的尊严的，这也是她极度厌恶珍妃的原因之一，她曾经冷眼看着那个姓他他拉氏的小妞儿，仗着自己一张漂亮脸蛋儿，一个浑圆丰润的身子，在皇上那儿占尽了风光，享受够了专宠，每每看到他们同进同出、同止同息的样子，她心里便恨得淌血。

好在受冷落的并不止她一个。另一个姓他他拉氏的小妞儿瑾妃更是牺牲品，自打进宫之后，便被人家起了个“月饼”的绰号，连在下人面前似乎也抬不起头来。她便结盟了瑾妃，同进同出，也算是有个帮衬。其实做到妃嫔这一级的，都不是凡人，没点儿本事，即使坐上去了，早晚也要被人拉下来。瑾妃别看其貌不扬，于书画方面却是极出众的，特别是画，就连宫廷画师缪进兰也是赞叹不已。可那又有什么用？男人嘛，冠冕堂皇地讲什么琴棋书画，其实还不就是要女人脸蛋儿漂亮，身条子好看？哪个男人也不能脱俗，贵为九五之尊的皇上也是如此，只能比一般男人更甚。

可她是叶赫那拉氏的后裔，叶赫那拉氏的女人们，个个都坚如钢铁。没有床笫之欢怎么了？大千世界百味人生，什么样的一辈子不是一辈子？何况她身为大清皇后，乃六宫之首，母仪天下，锦衣玉食，要风得风要雨得雨，是人中贵胄世间极品，将来，还要做皇太后的，自然有一天要苦尽甘来。月亮还有阴晴圆缺呢，何况人乎？就说老佛爷这等人物，不也是在青春盛年时便守了寡，直到如今吗？老佛爷如今已是古稀之年，历经三朝，三度垂帘，古今中外有哪个女人可与比肩？漫说是女人，就是男人也难得与她媲美啊！

这么一想，皇后的烦恼也就烟消云散了，每日里与众宫眷陪着老佛爷说笑儿，做个针线，描个花样儿，如今德龄姐妹来了，还能看看西洋舞，何乐而不为？若不是今儿个老佛爷突然提起螽斯门来，自己简直就把这回事儿都给忘了！

老佛爷对皇上还是相当有感情的，这一点，皇后心里清楚得很。庚子年，端王爷带着义和拳进宫，号称要杀尽一龙二虎三百羊，那龙，自然是指的皇上，老佛爷当时就是一顿臭骂，骂得端王三魂里跑了七魄，灰溜溜地走了。皇后其实相当聪明，她知道老佛爷这一顿骂的深意所在：一来是为了警示端王，二来也是为了发泄不满——端王的儿子，那位宝贝大阿哥在进宫之后惹了许多的事儿，令她老人家大为光火。本来，戊戌年的事儿让她老人家窝透了火儿，一心是想把皇上给废了的，可是接班人难找，好不容易找了个溥儁，却又如此地不成器，她老人家心里能痛快吗？

如今，皇上仍在春秋盛年，老佛爷特特地把他二人唤到螽斯门训诫，其中的意思，自然是再明白不过的了。

皇后看看光绪，颇有和解之意，光绪却避开她的目光，不理不睬。这使皇后再度感觉到受了侮辱。

皇后从小就认识光绪，那时候他是醇亲王之子，名载湉，是个十分可爱的孩子，他比她小两岁，十分聪颖，四岁那年，他被人抱到金銮殿去登基，登基之后并没有将静芬与他隔绝，不但没有，老佛爷可能是为了培养他们的感情，还特特地叫她的父亲桂公爷把她抱到宫里去玩。可是，载湉并不喜欢她，她很早就知道这个，载湉总是和别的宫女太监一起玩儿，连看也不多看她一眼，载湉对她的态度让她很自卑，但她同时又有皇亲贵胄与生俱来的骄傲，所以，她从小对他的态度就很矛盾：要说心疼，的确是心疼的，特别是他被囚瀛台之后；但同时又恨，恨得骨头缝儿里痒痒儿的，特别是在他不理她，而与珍儿那个狐媚子天天泡在一起的时候。这，大概就是洋人书里说的那种所谓爱恨交加的感觉吧？

这么想着，皇后还是回到自己在瀛台的寝宫里，精心梳妆打扮了一番，还特别插上了一只大婚之夜用过的金凤，只携了一个宫女，走进光绪的寝宫。

光绪正斜倚在榻上看一本书，见皇后走进来，就像没看见似的继续读书，皇后忍气请安道："皇上吉祥！"光绪连头也没抬，道："你跪安吧。"皇后迟疑了一会子，留又不是，走又不是，当着宫女，脸上十分挂不住。光绪大怒道："让你跪安你听见没有？！"皇后盛怒之下夺门而出，光绪亦怒，对太监道："你们都给我出去！让朕一个人待一会儿！！"太监们见状纷纷退出。

光绪怔怔地看着挂在床帏外的一顶旧帐子出神。那一顶旧帐子，是珍妃留下的惟一遗物了。看着那顶帐子，他总是忍不住地想象着如花似玉的珍妃在北三所囚禁时受的苦楚。在那样一个巴掌大的地方，每日里连个说话的人也没有，仅通饮食而已，这与养个小猫小狗有何不同？贵为皇妃，连一般的民妇之福也享受不到，珍儿素日里又是个极爱洁净的，不说别的，看着这顶旧帐子就能想象那小房子里是多么腌臜，珍儿能够活下来，完全是为了他，睡里梦里，不知道有多少次梦见他呢！

他自然也是一样的，从弱冠之时他便患有梦遗之症，体质瘦弱。但是绝不能说，他对女人不感兴趣。其实，作为一个聪明敏感的少年，他对女人的兴趣比一般人还要大得多。所以，当大婚来临之时，他心里常常梦想着他未来的新娘，那应当是个倾城倾国的妙人儿，那样的妙人儿也确实出现过，那就是和皇后静芬一起出现的德馨家的女儿，当时他鼓起勇气向她走了过去，忽悠悠地，越来越近，在他一直紧缩着的心里突然升起了一种希望：或许，皇爸爸这回能放他一马了？自己真长大成人，让她放心了？那一瞬间他甚至心里出现了舒坦的感觉，似乎有了一种突然君临天下的豪气。

但是那一瞬间似乎太短了一点，于无声处，光绪皇帝听见一声并不震耳的惊雷，他的皇爸爸银子一般柔和悦耳的声音幽幽地响起：“皇上！”

就是这一声，决定了一个年轻皇帝一生的命运。

当时光绪受了惊吓似的转头看了慈禧一眼，皇爸爸眼里那两道逼人的亮光如同平时一样具有震慑的威力，他知道自己必须把玉如意放在那个他最没有兴趣的女人手里。

他的心忽悠悠地往下沉，他所有的梦想在那一刻都碎了，但是他明白自己必须隐忍，因为他是皇帝。

后来皇爸爸还是给了他补偿：又为他纳了他他拉氏的两个女儿为妃，那个小些儿的，不仅容貌出众，还极有才华，若是没遇上倒也罢了，既是遇上了，也恩爱了一场，她又去了，离他而去了，虽有死后的册封，那到底是做幌子给人看的，人都没了，还有什么说的？

光绪像往常一样，用手轻抚那面旧帐子，脸上有两行清泪悄然而落。嘴里喃喃道：“珍儿，我们相聚的日子不会太久了吧？”

7

大内的黄昏，总是带着一丝丝昏暗，远没有巴黎的黄昏那么美丽。德龄在黄昏的光线下看着英文报纸，对着光一看，好些字母下有一些不明显的划痕。她心里一惊，立即明白了就里。

容龄在给小狗戴上一个缎带盘成的小项圈，这是她自己做的，费了一晚上工夫。瞧着 Ghost 那活蹦乱跳的样子，容龄笑眯眯地说：“哈，你真是一个漂亮的小伙子，来，亲一下！”小狗仿佛听懂了她的话，踮起脚在她的脸上亲了一下。

德龄看着报纸，激动得双颊发红。怀特，那个天真善良的美国小伙子用拼接字母的方式给她写了回信：“亲爱的德龄，收到你的回信，我快乐得都要发疯了！请你相信我的耐心和决心，也请你把我们沟通的障碍看成浪漫，这样，以后回忆起来，我们的爱情是没有一丝阴影的，是开在正午阳光下的向日葵，那是多么可爱的事儿。我自从与你相遇以后，好像就醉了，而且一直也醒不过来了……”

这时，小狗忽然汪汪了几声，德龄丝毫没有理会，容龄抬头，原来慈禧已经进了院子。

素日里慈禧进院门，都是先有人禀报，这回慈禧特特地不许李莲英禀报，像个幽灵似的走了进来。慌得德龄姐妹急忙站起，双双叫道："给老佛爷请安！"慈禧似乎心情很不错，道："起来吧，我散步路过这儿，顺便来看看你们。"

这时，容龄最不想发生的事情发生了：Ghost 突然地从身后跑出来，好奇地看着慈禧。李莲英急忙挡在面前，去踢那小狗，被慈禧拦住。

慈禧虽是已近七十的人了，眼神儿却是极其好使。她一眼便瞧中了那小狗非比寻常。她弯下腰去，喜道："哎呀，这么可人的宝贝儿，你们从哪儿弄来的？比我的那些小狗都要精致秀气。"容龄蔫蔫地回道："回老佛爷，是在李中堂的老宅子里捡的。"李莲英见状，急忙在慈禧身后做手势示意，容龄一时说不出话来，还是德龄狠狠心，说了一句："老佛爷既然喜欢，奴婢们情愿献与老佛爷赏玩。"

慈禧把 Ghost 抱在怀里，抚着它雪白的长毛，道："要说呢，御狗房里也有上百头犬了，个个都不错，可这小东西瞧着还真怜人儿！……李莲英，赶快把这个宝贝儿送到御狗房，要特别训练它。三天之内，一定要让它学会作揖！还有，传我的口谕，我给它赐名喘气儿，这宝贝儿太乖了，不认生也不叫唤，就会喘喘气儿，今后要他和水獭、玉狮子享受同等待遇。"

可怜容龄是天天要抱着小狗睡觉的，这天晚上，总觉着缺了点什么，德龄体贴妹妹的心情，便陪着她聊天。一直到了四更天上，德龄迷迷糊糊地听见妹妹叫了一声"Ghost"，德龄急急掌了灯，见妹妹睡得熟熟的，想是说梦话呢，眼角有两行眼泪，直直地淌下来。

翌日，慈禧命李莲英带德龄姐妹来到御狗房，管狗的太监一声令下，小狗们都齐刷刷地作揖，只有喘气儿茫然地张望着，它看到了容龄，便亲热地扑了上来。

容龄揉着它的软毛，几乎落泪。

慈禧的脸沉了下来，道："我说，都四天了，喘气儿怎么还不会作揖？过两天我再来，还是这样的话，我可要唯你是问！"管狗的吓得浑身哆嗦，急忙道："奴才一定尽力！"慈禧道："不是尽力，是要办到！听清楚了吗？"管狗的急忙答应着，诺诺连声而退。

回来的路上，慈禧似乎兴致很高，不断地和园子里的小鸟儿、丹顶鹤和珍珠鸡逗趣儿，说也奇怪，那些小鸟儿好像听得懂慈禧的话，就是围绕着她飞，有一只还立在她的肩头。李莲英见了，笑着对姐儿俩说："瞧见没有？老佛爷就不是凡人！什么鸟儿啊雀儿的话她都能听懂！还有一招绝活——"姐儿俩正听得兴头上，忽见慈禧在前头招手："快来瞧这大蝴蝶儿！——你们怎么比我这老太太走得还慢？"德龄急忙讨好道："老佛爷健步如飞，把我们都比下去了！我们只怕要一路小跑儿，才算跟得上您！"慈禧得意笑道："那年张之洞到园子里来瞧我，先是怕我走不动，一定要叫轿子来，是我坚持着走路，从仁寿殿走到知春亭，他就喘得不行了，到了知春亭，还是李莲英搀着上去的，话也说不出来，笑死人了！"

一路说笑着，到底容龄小些，不会作态，怎么也笑不出来，心里担心着小狗。好像总是隐隐约约地听到喘气儿的声音，心想，那些狗太监还不定怎么折腾小喘气儿呢！又想着来了这么些日子，在大内之中，获得和失去总是很突然，因为她和姐姐并不能真正地表达自己，而只有服从。有时候，她真的很迷惑——到底是她们在改良中国，还是中国在改变她们？有时候她为这里人们的不自然和不快乐而伤感，而姐姐总是安慰她说：我们就是为了改良中国才忍耐这些的。可是她心里常常动摇——到底她们的忍耐是否有价值？

8

慈禧从噩梦中醒来，出了一身冷汗。没有梳妆的她，这时披着长发，脸色发灰，看上去令人害怕。她眯了眼，细细回味着自己的梦境，没什么新鲜的，还是庚子年出逃的那个梦，她着农妇装，携皇上、大阿哥，坐在马车上一路狂奔，李莲英尖利的嗓子在一旁吼叫着：“快！洋人的追兵就在后头，千万别让他们赶上了！”慈禧伸头去看，马车却忽然翻倒！

慈禧摇摇头，冷笑一声。如今她越来越爱冷笑了，嘴角边的那道纹，也随之加重，她是突然想起了在庚子西狩之前，恐怕已经很少有人记得她——大清帝国的慈禧皇太后，曾经准备投昆明湖自尽。是的，她曾经真的想殉国，并不是做戏，她从小喜欢念书，书念得杂了，人也复杂，她不是没有那种爱国的意识，读了岳飞、文天祥……她也落泪，她也想把国家治理得像模像样，像康乾盛世那般国泰民安，她对洋人的仇恨，一开始也大半出自爱国，尽管她那种爱国的意识十分褊狭。她一点也不知道，在这深宫大内，有一个人比她更爱国，比她更懂得中国，也更懂得爱国的道理，此人自然就是光绪皇帝。光绪从中日甲午战争中突然彻悟：大清国现在早已是百孔千疮、积重难返，而世界列强已经强盛到了他们这些生长在清宫大内的人无法想象的地步。自弱冠时起，他便读过很多书，他不是一个孤陋寡闻的人，他对外面的世界充满了好奇，可惜，当他还在孩童的时候，便知道了大清“以孝治天下”的道理，对于他的“皇爸爸”，他没有任何反抗的企图，更没有任何反抗的能力。

如今，经历了戊戌年，庚子年，大灾大难，慈禧心里也不是没有反省，她也明白，若是废了帝，谁也顶不上去，大阿哥便是最好的例证，她心里对光绪，真的是一种又爱又恨的感觉。如今可倒好，这位来个不说话，不谏言，当着洋人的面儿也是如此，更显着她的专横与他的委屈，让她心里窝得慌，说又不是，不说又不是。如今裕庚回国，带回两个花儿似的女儿，特别是德龄，又聪明又懂事儿，甚得太后之心，可是当着两个留洋姑娘的面儿，那个呆子依然是那一句话：“听皇爸爸的。”有时候气得她真想打他一巴掌，却又下不了手。

正想着，外头伺寝的宫女儿青儿来了，拿了茶漱口，一转眼，慈禧突然觉着满眼一亮，细细一瞧，却是梨花木桌子脚边有一粒发着幽光的珍珠！

急忙命青儿喊来了李莲英，两人对着桌子上的夜明珠左右端详。半晌，慈禧道："我可真是老眼昏花了，这颗珠子我怎么瞅着那么像庚子年被洋人抢走的那颗呢？可瞅着瞅着又不像了，你眼神儿总归比我强点儿，你可得替我仔细认认！"

李莲英皱着眉头看了又看，道："这、这奴才也说不好。这珠子都差不离，要是像翡翠有个什么斑、什么癣儿的倒好认了。"慈禧叹气道："也是有年头了，我只记得那颗珠子好，又大又漂亮，实在的模样儿却记不真了，真是没法子。"李莲英道："老佛爷，奴才倒有个法子，不知使不使得，过去管珠宝的是于太监，他的一双眼睛，卖珠宝的行家没有不佩服他的，找到他不就成了？"慈禧喜道："哦，这个法子不错！那于太监呢？于太监在哪儿？"李莲英回道："出宫养老去了，奴才这就去找！"

李莲英直到晌午才回来，垂头丧气地进了慈禧寝宫，道："老佛爷，奴才该死，于太监的家倒是找到了，可不巧的是他刚刚在前两天翘辫子了。奴才办事不力，请老佛爷责罚。"慈禧的一张脸显得十分憔悴，道："……这也不能怪你，你已经尽力了。对了，你怎么就不问问，我这么急扯白脸地要知道这颗珠子的来历，到底是为了什么？！"李莲英道："回老佛爷，不该问的，奴才便不问，只管按主子的意思办就是了。"慈禧道："李莲英，这么多年，就是你这乖巧劲儿对我的脾气。不过呢，这事儿我倒是可以告诉你，说不定洋人的探子就在你我的身边儿！"

李莲英抬起头，一脸皱皮古怪地动着，他大大地吃了一惊，凭着天生的机灵，他当然知道，慈禧指的是谁，但是慈禧没有明示，他更是不便挑明，只是心里暗暗祷告着，老天保佑德龄姑娘，快些儿解除嫌疑。这么些年来，走马灯似的在他眼前走过的人可太多了，只要是让老佛爷起了疑，那么几乎最终都没有什么好下场，连皇上——她的嗣子，不也一样吗？！

早朝过后，德龄照例来了。慈禧的脸上浮着虚假的微笑，问道：“德龄啊，怎么你今儿脸色不大好？是昨儿没睡好吗？”德龄回道：“回老佛爷，德龄昨儿不小心，丢了件儿重要的东西，心里懊丧得很。还真是一宿都没睡好。”慈禧道：“哦？姑娘也就算是见过世面的了，有什么大不了的东西这么在乎啊？”德龄道：“回老佛爷，是一颗珠子，瞧着并不起眼儿的，可它是颗夜明珠，是奴婢家里的传家宝。”慈禧摊开手掌，露出那颗闪闪发光的珠子：“可是这件儿东西？”德龄喜道：“正是它！原来是老佛爷捡到了！……谢老佛爷！”慈禧却又把手掌合上了，命李莲英：“把缅甸进贡的那对儿镯子拿过来瞧瞧。”李莲英应了一声，旋即捧上一只锦盒，打开一看，只见一对晶莹剔透的翡翠手镯。

慈禧拿起一只对着阳光照着，道：“德龄，你瞧着这对镯子怎么样？”德龄道：“回老佛爷，奴婢虽看不懂玉器，可老佛爷的东西，自然断断不是俗物。”慈禧一笑，命李莲英掌灯，李捧着一盏灯侧立一旁，慈禧将镯子举在灯前，命德龄上前去瞧，道：“这是有名儿的金丝种翡翠，你瞧它的翠色鲜阳略带银绿，而且都是平行丝状分布，多像一幅瓜藤互系的画儿啊，这叫顺丝翠，是金丝种里最高档的翡翠，若是在珠宝行里头买，几十万两银子也未必打得住。”德龄听了咋舌道：“若不是老佛爷指教，德龄真真儿地不知道这镯子竟然如此名贵！”慈禧笑道：“我呢，瞧着你的夜明珠甚是喜欢，用这对儿镯子换，你可舍得？”德龄急忙跪下道：“老佛爷，这珠子是裕家的传家宝，阿玛从小给我带在身上，一来做吉祥物辟邪，二来让我不要忘了大清国，只有大清的江山才有这样的宝物。老佛爷如果喜欢，奴婢不胜荣幸，愿献给老佛爷赏玩，一个‘换’字，岂不是折杀了奴婢全家？”慈禧喜道：“快起来吧。我哪能要大臣家里的传家宝，尤其是忠臣的传家宝？许多人念了几本洋书就忘了祖宗，像康有为，竟然撺掇皇上要剪辫子！可你阿玛身在海外几十年，却还是没忘了自己的根本，难得呀。”说罢，亲手将珠子递还德龄。

德龄接过珠子的时候，看到慈禧离得很近的脸突然一变：“实话儿说，德龄姑娘，过去我也有这么一颗珠子，好像跟这颗一模一样儿，可惜呀，庚子年被洋鬼子抢走了!”

德龄心里一惊，没有搭话儿。

9

慈禧命李莲英拿出新制的胭脂膏子，本是想试上一试，却突然觉着不舒服，腰酸背痛，便倚在烟榻上。珠子虽然是还给德龄了，慈禧心中却并没有完全释疑。庚子年的记忆，依然断断续续地在眼前出现，仿佛就在昨天。

怪只怪端王载漪，是他把义和拳引进宫里，记得那个什么“大师兄”，膀大腰圆的一脸蠢相，把砖头往自己头上拍的时候还脱光了膀子，露出一根一根猪鬃似的胸毛，慈禧看着恶心，没等表演完便回宫了，是叫皇后过来行的赏。但是义和拳的“刀枪不入”，倒是让她差不离相信了，信也罢，不信也罢，她心里明白得很，这不过是孤注一掷罢了，要说比起洋人的洋枪洋炮，连她自己也心虚。

但是心虚也要打。当时她对着文武百官发威，同时向十一国宣战，她看见光绪皇帝脸色发白，她知道他心里想的是什么，可是她当时什么也不能管不能顾了！洋人的那四条照会，就像四把带毒的利剑，飞过来，就像是武林高手之间的决战，她必须要用内力把那利剑打回去，她迅速做出了反应：召集御前会议，向洋鬼子们宣战，要教训教训他们，到底什么是他们该管的，什么是他们不该管的！

对她来说，那四把毒剑里最毒的一把自然是“勒令皇太后归政，并且永不亲政”！仅仅这一条，也足以让她大开杀戒了！这些黄头发蓝眼睛的洋鬼子算什么东西?!连毛儿还没褪净呢，都是些吃生肉的野人！也配来管大清国的事儿!!她在御前会议上态度空前强硬，连杀了两名主和大臣，这样一来，所有人就都俯首帖耳了！

虽说是经过了庚子之乱，她表面上对洋人客气多了，可是她的内心其实一点儿没变，她依然痛恨他们，异邦异族，其心必异！虽然裕庚这两个姑娘可人疼，但若是要沾一点儿洋人探子的嫌疑，那么，没什么好说的，只有杀无赦！

所以她阴阴地对李莲英说：“你给我看好着点儿！说不定洋人的探子，就在身边儿！！”

李莲英当时一凛，一股寒气从脚心钻上来，顿觉寒冷彻骨。

几天之后，慈禧装作漫不经心地和容龄聊天，突然瞅了个冷子问：“你阿玛和额娘那么宠你，就没让你瞧瞧你们家的传家宝？”容龄怔了一怔，答道：“小时候瞧过，后来大了，索性瞧不见了。”慈禧道：“过去我依稀听说过，好像是把玉壶吧？”容龄笑道：“哪儿啊，是颗珠子，夜明珠。您老人家这么一说，我倒是想起来了，得向额娘要这颗珠子戴戴，说是吉祥得很哪！”慈禧好像一块石头落了地似的舒了口气，道：“你也别说风儿就是雨，待你大了，你额娘阿玛自然要把宝贝传给你们，你现在闹什么？再说，上头还有你姐姐！”容龄噘嘴道：“是，老佛爷，我现在就怀疑，他们把宝贝传给姐姐了！”慈禧露出一脸慈祥的笑：“傻孩子，老话儿说，姐妹如肝胆啊！即使你额娘阿玛把珠子传给你姐姐了，也是应该的，有个亲姐妹是福分，若是姐妹不在了，漫说是一颗珠子，就是万两黄金也换不来啊！”说罢，神色凄然。容龄知她是想起妹妹醇王福晋了，忙道：“老佛爷别伤心，奴婢知道这个理儿！”慈禧道：“若是你阿玛额娘真的把珠子给你姐姐了，你就到我这儿来，宝贝随你挑！好不好！”容龄喜得跪下道：“谢老佛爷隆恩！”

慈禧即使长着千手千眼，也难料到这正是姐妹俩演的一出双簧。那天德龄回去立刻就把丢珠子的事儿给容龄说了，也说了老佛爷的怀疑，容龄心里早有准备。姐儿俩就这么一唱一和的，把个精明至极的老佛爷蒙在了鼓里。

可是到了深夜，德龄面对自己的时候，却突然对夜明珠的来历产生了怀疑。她对着月光给怀特写信：“……夜明珠的事件，好不容易才算平息了。太后非常多疑，我想，在这里待的时间越长，我和容龄都会变得越来越会说谎了……这将和我们改良大清的初衷离得越来越远了……可是，你能告诉我这颗夜明珠的真正来历吗？”

10

怀特立即给德龄写了回信："亲爱的德龄：夜明珠事件进一步证明我是对的，在那个古老黑暗的东方王宫里，以后还会发生各种各样令人不愉快的事情，你信吗？一个专制的太后是什么事都做得出来的。至于那颗夜明珠，你放心好了，那是我的姑父母在我的十八岁成人礼上作为珍贵礼物送给我的……"

怀特写完信之后，就直奔裕家找勋龄去了——他必须仰仗勋龄，以报纸为媒介才能把信送交恋人之手。另外，他日前接到勋龄的信，说是牙疼得不行，需要他的帮助。

勋龄的牙疼已经闹了一个礼拜了，腮帮子肿了一大块，此时他正坐在客厅里，皱着眉头，勉强喝下一小口茶。小顺子来报："二少爷，舅老爷请的大夫来了，在门口候着呢。"勋龄吓得直摆手："你就说我不在，让他回去吧。我吃他的那些苦药吃得都要吐了，牙可是越来越疼。"小顺子道："可我已经说您在家了！"勋龄喝道："你怎么这么笨呢，快想办法！"

小顺子只好将二少爷素日里给的赏钱给大夫："大夫，这是给您的，少爷已经睡着了，你改日再来吧。"没想到那大夫还推辞："无功不受禄。我就在此恭候少爷醒来吧。"小顺子傻了眼，一时不知说什么才好。就在这时，怀特来了。

怀特径直往里走，那大夫也要跟着进，被小顺子拦住，情急之下小顺子说滑了嘴，小顺子说怀特是自己家里人，大夫吓了一跳道："那不是个洋人吗？怎么会是你家亲戚？"小顺子话赶话地说："洋人怎么不能是我家亲戚？实话告诉你，他是我家没过门儿的姑爷！"那大夫吓得抱头鼠窜，逢人便说，裕庚真是亲洋亲到家了，竟把姑娘许配给了洋人，听者无不惊骇。

却说怀特给勋龄治牙在当时却成了一件大事。裕家的叔伯兄弟们听说，全都来了，严肃地围成一圈坐着，勋龄坐在中间，怀特头上戴上了反光镜，从医疗箱里拿出一个尖头带小镜子的工具。舅老爷心里嘀咕道："敢情洋人也用照妖镜？"大伯道："他拿的那根针，是不是要扎勋龄啊？"二伯道："只要洋鬼子敢造次，咱们就跟他没完。"舅老爷道："老佛爷不是说了要跟洋人亲善吗，咱们还不能得罪他。"二伯道："那我可不管，只要他动了咱侄子，他就别想活着出去。"

只见那怀特轻轻地敲了一下勋龄的牙，勋龄呻吟了一声。怀特道："我找到你的病根了，这两颗牙都有炎症。"四叔呼的一下站了起来，虎视眈眈地走上前道："大侄子，是不是这洋人不老实？"勋龄忙摆摆手道："四叔，不是，这是在找病根儿呢。"二伯不放心地看了一下怀特的箱子，里面全是各种小锤子、小钻、消毒水一类的东西，他拉了拉怀特的袖子，指了指工具又指指勋龄的牙："这些铁家伙，都是用在牙上的？"怀特点点头道："是的，全都是。"二伯怒道："身体发肤，受之父母，岂能如此对待？"怀特觉着好笑，于是用半生不熟的中国话说："那该怎么对待？"

治了两个时辰，叔伯大爷们也都乏了，也都不言声儿了。东倒西歪地躺倒了，最后，勋龄一直捂着腮帮子的手终于放下来了。

三天之后，裕家大宴宾客。怀特被当作贵客坐在主宾席上，与裕家的亲戚一起吃饭喝酒。勋龄的牙显然已经好了，他大口地吃着一块烤鹿肉，吃得很香。二伯笑道："看来勋龄的牙真的好了，治牙还是洋人行。"四叔附和道："就是，那些铁家伙看着吓人，还是能治病的，看来是良药苦口呀。"大伯不耐烦道："那不是药管用，是医生管用。来，怀特，我敬你一杯。"怀特卖弄着刚学来的中国话："岂敢，岂敢。"然后一饮而尽。二伯叫道："好酒量，够交情。"怀特就那么一杯杯地喝着，来者不拒，最后扑通倒地。

美国洋大夫治好裕家二少爷的事，迅速传遍了清宫大内。

11

自从德龄得到恩准，可以为慈禧代坐之后，与卡尔接触自然多了起来。两人常常用英文交谈，相互欣赏，话题大至国家大事，小至服饰妆容，甚是投机。特别是与怀特的鸿雁传书，更是两人常常涉及的话题。这天外面下雨，早朝过后，众人纷纷散去，连李莲英也被慈禧叫去，德龄见四下无人，小声道："卡尔，我和容龄不能太频繁地给家里寄信，否则太后会觉得我们不喜欢这儿的生活，可是我真希望每天都能和怀特交流。"卡尔道："德龄，我十分理解你的心情，我想你可以把你的想法告诉我，由我来写信给怀特，同样，怀特也可以给我寄信，由我来告诉你。"德龄喜道："卡尔，你真的是太好了，我不知道怎么感谢你。"德龄这一喜，手臂动了一动，衣服的皱褶便也变了。卡尔忙道："德龄，你可别动。"德龄道："对不起。"卡尔笑道："你要感谢我很简单，以后你可以多给我介绍几位中国的艺术家就行了。"德龄忙道："这没有问题。"卡尔道："有问题的是你们的爱情。"德龄立即紧张起来，忙问："什么问题？"卡尔道："那就是隐私权的问题，因为我和你的哥哥会知道得很多。"德龄的脸一红，强作镇静道："没关系，伟大的爱情是不怕公开的。"卡尔一笑，道："我得告诉你，你的伟大的爱情的另一半现在住在你的家里，每天和你的哥哥在一起。"德龄惊问："为什么？"卡尔笑道："怀特给勋龄治牙，你的亲戚们每天围观监督。他们说，勋龄的牙好了才能放怀特走，否则就把他当骗子处理。"德龄哈哈大笑道："天啊，那康格夫人岂不是很不高兴？"卡尔道："恰恰相反，她很高兴，她认为这是推销美国文化的一个好机会，她为怀特给那么多人表演医术而骄傲。"德龄微笑道："我想最高兴的恐怕还是怀特。"卡尔道："可不是，你家的饭菜据说很合他的口味。"两人对视一眼，不约而同地笑起来。

在另一侧偏殿，容龄正在教众宫眷跳新舞，皇后仍在一旁静静地观看。容龄舞得倦了，擦一把汗问大公主道："大公主，怎么四格格今儿又没来？难道她还没好？"大公主一时语塞。皇后急忙接过话来，道："四格格好些了，但还是出不得门儿，歇着呢。"容龄道："皇后主子，那我去瞧瞧她，一会儿就回来！"大公主忙拦道："慢着，容龄！"容龄一怔，皇后在一旁轻声道："四格格染的是风寒，怕传染了，这一下宫里可不就大乱了？”偏容龄不识相，还在问道：“那天她还好好的，怎么说病就病了？还病得那么重？！好几天了都不好？”皇后道：“人有旦夕祸福嘛，这是老天爷说了算的事儿，咱们怎么能预料得到呢。”大公主拉着容龄，示意她快些跳舞，容龄又合着音乐的节拍跳了起来，只是心里难免有些疑惑。

晚上，容龄一反常态，托着两腮久久发呆。德龄边用英文写信边问：“怎么了？想 Ghost 了？”容龄慢慢摇头不语，德龄摸摸她的头发，容龄终于开口道：“……姐姐，我总觉着这回四格格病得有点儿不对劲儿……”德龄问道：“怎么讲？”容龄压低声音道：“那天，四格格给我讲起她和大公主、元大奶奶她们年轻守寡的事儿，说是她们几个都是老佛爷给赐的婚，婚后不几年儿，男人就都死了，当时，好像有人在外面偷听！”德龄大惊，二人紧张万分地四周张望，然后紧紧偎依在一起。德龄悄声道：“额娘不是已经跟咱们讲过了吗？隔墙有耳，你怎么还这么不小心？”容龄眼泪汪汪道：“姐姐，我错了……”德龄只得安慰了妹妹一会子，将写了半截儿的信放下了。半晌容龄又道：“我只是……只是害怕我把四格格给害了！德龄思忖了一会子，道：“还不至于吧。依着我看，老佛爷即便知道了这件事儿，也不过给她点儿颜色看看，不会有太大的惩罚……”容龄像小猫似的附在姐姐耳边道：“这宫里多可怕呀，要是四格格有点什么，我……我真的不想待了！”

德龄没说话，心里却有着同样的想法，她是冰雪聪明之人，进宫数月，宫中的险恶早已了然于心，特别是老佛爷，那种翻手云覆手雨，明是一盆火暗是一把刀，早已令她惊心动魄。但说也奇怪，明知老佛爷是这等样人，她却依然感觉到有一种磁力在吸引着她：老佛爷慈和时的笑容，尖刻时的嘲讽，上朝时像个男人般叱咤风云，而私下里却像个小女人似的，自己采花制胭脂膏子，这一切都令久居外邦的少女德龄感到震撼——她甚至在不由自主地仿效着老佛爷，一颦一笑，一举手一投足。一句话，这座古老东方的皇宫对她来讲，充满了神秘与诱惑，清宫大内中，一个老妇的手撩开神秘的面纱，里面尽是些意想不到的恐惧与美丽。

还有皇帝。皇帝是她见过的最懂得音乐、最聪明正派的男子。德龄甚至想，假如没有凯·怀特——那个美国傻小子，她也许会爱上皇帝，这么一想，她的脸便微微红了一红，忽然想起了前几天，她教皇帝学英文的时候，皇帝那种郁郁不得志的神情。当时德龄说："英文的时间从字面上就可以看出来。比如说'是'，中国人不管是讲过去、现在还是将来，都是用同一个'是'字，可英国人就不同，is 的过去时是 was，而将来时却是 will be，而完成时是 has been。从字面上就可以知道时间。"皇帝听了这话，忽然叹道："看来洋人对于时间和生命的确比中国人要珍惜得多呀。假如朕能活到花甲之年，现在已经生命过半了，朕却在这里虚度光阴，真是惭愧得很哪。"德龄忙道："万岁爷，您并没有虚度光阴，现在咱们不是在学英文吗？"光绪道："要是将来用得上当然好，要是用不上，也就白学了。"德龄见他难过，也顾不得君臣之礼了，忙忙地将那"天将降大任于斯人也，必先苦其心志，劳其筋骨，饿其体肤，空乏其身，行拂乱其所为……"背诵了一遍，看到皇帝嘴角边的苦笑，才知自己其实十分愚蠢。

光绪笑道："朕明白你的意思，有个人说说话儿，朕已经知足了。你教教朕，用英文怎么说——过去朕是一个皇帝，现在是一个罪人。"德龄道："万岁爷，这句话我不会说，我只会说：I will be the real head of the nation。"光绪一怔，看了这个年轻的女官一眼："什么意思？你说是——朕将是……"德龄神情肃然道："——将是真正的国家首脑。"光绪突然起身，背着手走到窗前，凝视窗外，久久不语。

第五章

1

日本公使馆的黄昏，总是内田夫妇喝茶的时候。内田夫人看着竹内送来的裁剪布料上的记号，把布料扔到一边，道：“看来并没有什么有价值的消息。”内田慢悠悠地说：“别着急，我们的美男子都办不到的事，美国人未必就能办到。”内田夫人撇了撇嘴道：“但愿我们的美男子不是个绣花枕头。”内田显然是没有兴趣继续讨论这个问题，他拿起报纸大声念道：“中国重要政变分子梁启超惊现浮世绘馆。”夫人吃了一惊：“什么？梁启超出现了？”内田道：“是呀，报纸上说，梁启超当时似乎在等着什么人，文章分析，据前些时西方报纸关于康有为亦逃亡日本的消息来判断，康梁很可能是要在日本会合，加上另一危险分子孙文，清国的日子岌岌可危矣。因为，西方肯定是支持康梁和孙文的。”夫人立即说：“我们日本也会支持他们的。”内田笑道：“当然，因为他们都受了日本文化的熏陶，对于日本势力在中国的渗透，是很有好处的。所以，吸引中国的留学生到日本来这件事，我们还是要锲而不舍。”夫人道：“是，我一定会努力的。”

侍女进来添了清茶，出去了。黄昏的光线照在内田夫人略略敞开的胸襟上，露出一丝雪脯。内田伸出一只青筋脉脉的手，扯开夫人的衣襟，开始揉弄她丰满的乳房，夫人向他投过一个微笑，她知道，他们经常的功课又要开始了。

内田夫人的皮肤，的确可以称之为雪肤，其细其白，即使是品相最好的细瓷，也不能及于万一。乳头的颜色却过于深了，像两粒深紫色的葡萄，这大概是生子哺乳的缘故。内田夫人的女儿在东京早稻田上学，儿子也快到了上中学的年龄，现在由夫人的内姐在看护。与一般日本男人不同，内田在很多问题上很倚仗夫人，这大概和他们有很好的性生活有关。

缠绵之后，内田半倚在菊花榻上，继续慢慢喝着茶，与夫人闲聊。夫人道："……晚上只有一个安排：服部宇之吉的夫人服部繁子，认识一个中国女人，叫王秋瑾，据她说，这是个很不平凡的中国女人，她希望我们一起见一见。"内田不以为然道："我看，服部肯定有些夸张的，中国比日本封闭多了，女人所谓的不平凡，大概也就是会吟诗作画，有什么稀奇的。"夫人道："可是德龄姐妹却的确与众不同。"内田道："那是因为她们从小在国外长大，中国这样的土地，不可能有什么超群的女子。还是你见一见吧，我就不出面了。"

晚上，日本公使馆的便宴一直持续到很晚。内田夫人的脸上一直挂着恒定的微笑，心里却在暗暗诧异，看着秋瑾那一身男装英气勃勃的样子，她想，这的确是个不平凡的中国女人。

秋瑾开门见山地说明来意："内田夫人，今日打扰，承蒙款待，不胜感激。我此行的目的，是想得到您的支持，赴日留学。"内田夫人依然微笑着，心里却不胜惊讶，暗想这个中国女人实在是太不一般了，中国的女人，依她看来，都是裹了精致的小脚，在家里闲坐相夫教子，高雅些的，无非再多些琴棋书画而已，而眼前这个女人，在装束上就够惊世骇俗的了，一开口，就更是令人震惊。内田夫人历来喜欢学富五车的女才子，一个服部繁子，就已经很让她敬服了，服部钦佩的人，一定是不错的。

秋瑾道："内田夫人，你也许觉得很奇怪，为什么一个已届中年的女子要去读书，为什么要远离丈夫和孩子，是吗？"内田夫人惊问："孩子？你还有孩子？"

秋瑾道：“是的，我有一子一女，有乳媪哺育，我是很放心的。我放心不下的是我的祖国，今年3月我读到赴贵国的留学生陈天华写的《警世钟》，读过之后就给朋友写了一封信，称他为‘启蒙开智之人’，我想，在海外，这样的有识之士应当不在少数，国难当头，作为须眉男子自然要先天下之忧而忧，而中国的女界似乎尚无响应，我想这是女界的耻辱，我要用实际行动打开女界的空白，哪怕需要流血牺牲，也在所不辞。”

内田夫人与服部面面相觑，似乎十分震动。内田夫人微笑道：“王女士果然有超尘绝俗的气概！……如果贵国的皇帝与皇太后不加以阻拦的话，我想我会尽全力帮助您赴日留学的。日本是一个很特别的国家，相信您会深有体会的。”秋瑾捧杯道：“多谢了，我敬您一杯，您随意好了。”秋瑾说完举杯一饮而尽。内田夫人也喝尽杯中酒，笑道：“王女士真是豪爽。”服部繁子道：“内田夫人，我想您将会知道，王女士是一个很特别的女子，她不但精通琴棋书画，还擅长骑马和剑术。”内田夫人道：“王女士真是女中豪杰。……请问女士，若是真的实现了留日的愿望，您打算学习什么专业呢？”秋瑾略略沉吟片刻道：“我打算学习法律。”

内田夫人与服部交换了一下目光，道：“我倒以为，女士很适合研究男女平权问题的。”秋瑾微笑道：“男女平权，的确是我一直关心的一个问题，但不是目前中国最急需要解决的问题。连人权还谈不到，哪里谈得到女权？在中国的正史中，女人只是陪衬，虽然男人们偶尔也要称颂一下巾帼不让须眉的花木兰、穆桂英，但那不过是一种点缀，换换口味而已。中国妇女实质上需要完全丧失自己的主张，三从四德，结婚以后要随夫姓，连自己的姓氏都没有了……”服部繁子清了一下嗓子，提醒秋瑾，而内田夫人依旧保持着一成不变的笑容，道：“服部夫人，我觉得秋女士说得很好。请继续吧。”

秋瑾喜道：“内田夫人，谢谢您称我为秋女士。说实话，在今年之前，我一直向往去美国留学，但是自从读了陈天华的《警世钟》，特别是结识了服部夫人之后，我改变主意了。现在我对贵国的一切都有兴趣了解。我要做一个我想做的人，我要让我的女儿知道，女人除了生儿育女，还有很多用武之地。”服部道：“但是秋女士，我想我要提醒您，在天皇陛下统治下的日本，也许有您很不适应之处，起码，它并不能容忍太过于激进的思想与行为，所以，您要做好充分的思想准备，也许，您需要放弃您的一些过激的思想。”秋瑾道：“这些我早有思想准备，您放心，我虽号‘鉴湖女侠’，却还是懂礼节，知律令的，起码不会在贵国杀人放火。”内田夫人听罢哈哈大笑起来，服部也无可奈何地笑了。

2

以后的历史证明，秋瑾这次赴日公使馆，实际上是迈出了她人生中重要的一步。当时的秋瑾，随夫到京不到一年，夫妻间的感情，是越来越糟糕了，只有一件令人愉悦的事，便是她认识了吴芝瑛。而服部，便是通过吴芝瑛认识的。

秋瑾一门心思只想离开这个家，原因自然只有一个：夫妻感情破裂。几乎在所有历史教科书中，史学家们都痛责秋瑾之夫王子芳，似乎他就是个衣冠禽兽。其实，王子芳并不比谁更坏，他之所以背上了千秋骂名，无非是因为他娶的是秋瑾，而不是个凡俗女子。王子芳美丰仪，知礼节，看上去是个文质彬彬的白面书生，他早已得知秋瑾文名，新婚之时，又见秋瑾生得端严美貌，心下十分喜欢，他性情有些软弱，秋瑾又极刚毅，渐渐地，家事全凭秋瑾定夺。长女生下，秋瑾的主母地位，更加牢固。初时，秋瑾只觉丈夫才华不够，略略有些不满，日子长了，秋瑾的不满加深，但是夫妻关系发生质变，却是在进京之后。

王子芳捐了个户部主事，进京做官，自然要与王公贵胄们交往。王子芳认为自己摆酒请客是再自然不过的事了，偶尔地，自然也免不了摆一两次花酒，不想便遭夫人痛责。有一次，王子芳醉了，与两个戏子宿了一夜，秋瑾得知，竟气得经血倒流，吃了几十服药，才算好些。从此拒绝与王子芳同房。拒绝同房的结果是王子芳愈加荒唐，如此恶性循环，自然是夫妻反目。好在秋瑾此时交到了一位闺阁好友，两人一见如故，相交甚笃，不多时便结为金兰之契，那位好友正是吴芝瑛。

吴芝瑛的丈夫廉泉也在户部做事，住北半截胡同，与秋瑾家住的丞相胡同正是紧邻，在京城，吴芝瑛素有才女之称，颇好结交，秋瑾自然便成为其座上客。起先是唱和诗词，当时的京城，无不称赞二女“文采昭耀，盛极一时”，如同珊瑚玉树般齐辉并美。又兼廉泉曾经参加过当年的公车上书，颇有革新思想，开设有文明书局，便是在这里，秋瑾始读卢梭的《民约论》与陈天华的《警世钟》，读到精彩之处，拍案称快！谈及庚子赔款与丧权辱国的《辛丑条约》，姐妹二人常常对坐饮泣，激愤难耐。秋瑾道：“如此腐败的政府，如不推翻誓不为人！”芝瑛悄然道：“听说海外有个孙文，在美国日本颇有势力，他是革命党领袖，决心推翻清廷……”

秋瑾于是有了留学日本的想法，东渡日本，学习法律，寻找孙文，参加同盟会，是她当时的理想。

吴芝瑛的朋友、京通大学堂创办人服部宇之吉夫人服部繁子的出现，以及拜访日本公使馆内田夫人，成为秋瑾实现革命理想的决定性因素。

但是秋瑾哪曾想到，老佛爷的探子们无处不在，无时不有，她与服部繁子上日本公使馆的事，早已在第一时间进入老佛爷的耳朵里。此刻，老佛爷正半眯了眼斜在烟榻儿上，一口一口地抽着水烟。听罢了，她慢悠悠地问道：“这个王秋瑾是个什么人哪？”探子道：“回老佛爷，是个官太太。她是绍兴人，生在福建，长在湖南，大户人家出身，嫁给了富家公子王廷钧，还生了一子一女。王廷钧日前刚捐了个户部主事，调往京城没多久。这王太太别的倒没什么，就是性情刚烈些，思想激进些。”慈禧皱眉道：“这思想激进就够可怕的了！再加上性情刚烈，那就是茅坑里的石头，又臭又硬！你们忘了戊戌年了？光一个康有为就够我受的了！这些人就是乱党的祸根儿！乱党是怎么起的，就是这些人臭味相投一块儿攒的。好在这王太太的丈夫也是个朝廷命官，她自己也有孩子，出不了什么大圈儿。无非就是丈夫要讨小的，她是大户人家出身，咽不下这口气，要要性子罢了。——饶这样儿，也得给我看严着点儿!!”探子忙道:“老佛爷圣明，那个王廷钧，就经常酒醉花街，不过听说讨小的倒还不敢。”慈禧斜着眼睛问道:“这王太太相貌如何啊?”探子抓抓头道:“这个……小的倒是没有太注意，听说还是有两分姿色的。”慈禧转头对侍立在一旁的李莲英说:“这个王太太，也是个厉害人儿，不过碰上这样的男人，也怪可怜的。再加上还有几分姿色，就更不甘心了，是不是?”李莲英忙道:“老佛爷，那她也该遵从妇道啊!”慈禧冷笑道:“她遵不遵从妇道，那是她爷们儿管的事儿，我不管。我管的是大清的律法，她若是违反了大清的律法，那我可不管她是什么女侠还是男侠，一律杀无赦!”

也许是她的声音大了些，旁边的烛光随着这声音跳了几跳，在阴暗的皇宫里，平添了几分恐怖色彩。

3

光绪二十九年秋，正在上海治病的裕庚接到外务部大臣伍廷芳的电报，求他迅速赶往天津，因为有六名美国传教士在天津教堂遭中国民众围困，在断粮的情况下，他们已经坚持了一周，面临着生命危险。

裕庚坐在马车里，穿着朝服，虽然一脸病容，但眼睛依然炯炯有神。伍廷芳边擦汗边道:“裕兄，我实在是没有别的法子，恭亲王李中堂都不在了，庆亲王出不来，荣中堂又病得厉害，我和地方官劝了几次，老百姓们都不肯退，我也不想伤人，眼看洋人困在里面好几天儿，没水没粮的，我怕事情越闹越大，只好把您千里迢迢地从病榻上叫出来了，罪过呀。”裕庚道:“伍兄，你应该早告诉我，否则闹出人命来，又是外交事件，让洋人揪着小辫子，他们又有的说了。”伍廷芳道:“是啊，我就怕又闹出赔款来，现在国库空虚，实在是经不起折腾了。”裕庚道：“伍兄，这回老百姓怎么会围了那么多天，一定是民愤极大。”伍廷芳道：“是啊，说是附近的村里有一个民女被传教士强奸，老百姓们听说那个传教士就在教堂里，一下子就火了。其实强奸犯是法国人，可这里头的几个全是美国传教士，实在是风马牛不相及。洋人都长得差不多，所以老百姓就认死理儿了！”裕庚道：“哦，那个被害的民女在不在其中？”伍廷芳道：“自然在，他们一家人都要和洋人拼了，说如果官兵拦着，他们就要自尽，整个家族的人都要自尽以示抗议。”裕庚紧皱着眉头，沉默良久。

远远地，裕庚便看见一片通明：拿着火把的人们把教堂围得水泄不通，他们在大声喊着：“灭洋雪耻，除暴安良！”叫喊声一浪高过一浪，教堂厚厚的铁门也被狠狠地撞击着。裕庚、伍廷芳在官兵的护卫下，好不容易挤到了门口的台阶最高处。百姓们看到官兵们拿着水桶和干粮，都愤怒地高喊着：“打倒狗官！打倒假洋鬼子！”裕庚竭力喊了几声：“乡亲们！”但他的声音很快被众人的喊声淹没了。裕庚急中生智，他掏出一把手枪对着举得最高的火把打了一枪，火把立刻被打落，众人忽然寂静。

裕庚振作了一下精神，大声道：“乡亲们！大家都看到这洋枪的厉害了，裕某并不想吓唬大家，更不想让大家无端流血，只是想让你们听听我的几句话。”一个年轻小伙子喊道：“哼，还不是帮洋人说话！”裕庚道：“我想问问你们，如果犯了罪的人只有一个，那其他的人跟着受罚是不是公平？就像咱们中国人有好人也有坏人，如果咱们的人有一个人在海外犯了法，那就杀死所有的中国人行不行？里面有六个人，至少有五个是无辜的，假如里面的人是我们，外面围的人是洋人，你们会怎么样？”伍廷芳小声嘀咕道：“里面的人本来就全是无辜的。”一个壮汉厉声叫道：“那大人的意思是让我们姑息凶手吗！”裕庚正色道：“我绝不姑息凶手，我让你们认凶手，好不好？请证人出来！”伍廷芳暗道：“完了，总归得有一个替死鬼。”

此时，受害的民女站了出来，低声道：“民女秀儿即是证人。”

裕庚细细看那秀儿，见她穿家常玄色裤褂，都滚了浅蓝色的边，虽然黄瘦，但眉眼颇有几分媚气，比起周围的妇女，又显得不同些，遂唤随从拿来垫子，亲自垫在石阶上，和颜悦色地请那秀儿坐下。

却说在那教堂里面，六个美国传教士正在黑暗中无力地挣扎，其中最年长的约翰还在执着地祈祷：“上帝呀，请你保佑我们，别在外面这些野蛮人的手里失去生命，让我们平安地回到我们民主光明的国家吧！”这时，另一个传教士跑来，扯扯他的袖子道：“约翰，杰克快不行了！”约翰赶过去，把杰克的头抱在怀里道：“可怜的小杰克，坚持一下，我们会活着出去的！”杰克翕动着干裂的嘴唇道：“约翰，我坚持不住了，一会儿请你为我做祈祷吧！等你回到纽约，请你照顾我的弟弟，他还小，他的梦想是当律师，请你帮助他。”约翰道：“杰克，相信上帝，他是不会抛弃我们的。请你坚持住，奇迹会出现的。”传教士琼斯道：“我们并没有做坏事，为什么要遭到这样的对待？”约翰举起一根手指放在唇边，道：“嘘，少说点，节省体力，上帝不会抛弃我们的，这也许是他在考验我们的坚贞……如果牺牲一个人就能保全其他的朋友，我愿意出去顶罪。”琼斯道：“不，约翰，你不能去，我们落在中国人手里，反正也活不了，还是一起死吧。”约翰固执地摇了摇头。

约翰是怀特姑妈艾米的老友，也是她的忏悔神父。他来到中国已经四年了，其间还常常回去，每逢见到艾米，她总是用一种讥讽的语调问：“怎么样？我伟大的传教士？那些野蛮人还没有把你钉上十字架，真是上帝的恩泽啊！”约翰当然想象不到，大概就在这个时候，艾米的宝贝侄子凯·怀特已经奔驰在去美国公使馆的路上，准备为他的事情向康格夫人求救。

夜半，虚弱的约翰一步步地扶着墙朝门口走去。杰克看着他的背影，用尽全身的气力道：“不要出去！约翰！”约翰回过头来，刚想说什么，还不曾说出口，就扑通一声栽倒了。

教堂外面，裕庚声嘶力竭地喊着：“乡亲们，我请求大家先让伍大人进去，给他们一点儿水，不致渴死，这样你们也好活捉凶手。而但凡有丝毫闪失，让凶犯逃走了，裕某愿以死谢罪，不知大伙儿以为如何?”说罢，不等众人反应，又亲自将一把手枪塞进秀儿的手中，道:“秀儿姑娘，你瞧这么着好不好?你将这枪对准裕某的胸膛，裕某甘做人质，让伍大人进去，若有不测，你开枪打死裕某好了!”

伍廷芳叫道:“裕兄，您千万不能如此，您不能把自己的命交到草民的手中!”裕庚坦然道:“放心吧，伍兄，乡亲们都是自己人，不会不讲道理的。你快去吧。”伍廷芳只好用英语喊话道:“传教士们，我是清朝外务部大臣伍廷芳，请你们开门吧，我用我的名誉保证你们的安全，我是来给你们送水并来营救你们出去的。”

大门纹丝不动。众百姓也纹丝不动。

已经是深夜了，教堂的窗户前，传教士们在小声地议论着。约翰道:“上帝终于听见我们的祈祷了!”琼斯道:“会不会是骗局?”约翰的手已经摸到了巨大的门锁，他的手在上面颤抖着。

教堂外面，秀儿姑娘举枪的手也在颤抖着。被枪指着的裕庚好像毫不在意，他对众人说道:“里面的传教士们大概是心存疑虑，不敢开门，我们能不能请秀儿姑娘说出凶犯的体征，以免冤枉无辜。说吧，秀儿。”秀儿抹了一把泪道:“他、他是黄头发、蓝眼睛，还有，右手手臂上刺着一把剑。”裕庚道:“这就好办了，黄头发、蓝眼睛的洋人有的是，可有刺青的人却是不多的，而且，刺青也不能洗掉，对不对?伍大人，请你告诉他们，把里面有刺青的人交出来。”伍廷芳立即用英语说:“传教士们，这里的人们是在找一个右臂上有刺青的强奸犯，我想你们很容易证明自己是无辜的，请开门吧!”

杰克从昏迷中慢慢醒了过来，他也听到了伍廷芳的声音。杰克挣扎着道:“开门吧，反正我们再坚持下去也会死掉的。”约翰听了这话，终于慢慢打开教堂的大锁。

在1903年9月的那个深夜，在伍廷芳的多次呼唤之后，六个传教士已经或站或卧在了台阶上，他们袒露着右臂，上面根本没有刺青。裕庚轻声对秀儿道:“姑娘，现在你看清楚了，他们不是凶犯。”秀儿又依次细细看了一遍，凄然道:“不是他们，真的不是他们……大家都走吧，我连累乡亲们了。”裕庚道：“姑娘放心，真正的凶犯，我们一定会设法抓住严惩。”然而就在这时，秀儿忽然拿起枪对准了自己的胸口道：“各位乡亲，我已经失了身，从小儿妈就给我讲古训，饿死事小，失节事大，宁为玉碎，不为瓦全，如今我失了节，我才十七岁呀，我没脸在这世上活下去了！今儿个，我就宁可玉碎，为我的祖宗为我的爹妈，也为我自个儿挣点儿脸！我谢谢乡亲们这么帮我，我也求求大伙儿，若是他日找着了那个畜生，别饶了他！为我报仇！！”裕庚扑上去抢枪，大叫道：“姑娘，万万不可！”

但是枪已经响了，秀儿倒在了血泊里。裕庚呆呆地看着秀儿那张菜色的脸，那张脸正在慢慢塌下去，变成一张黄纸。

众人惊呆了，传教士们也惊呆了。约翰呆呆地想，原来清国的姑娘是这样的！强奸虽然难以容忍，但生命毕竟是最值得珍惜的呀！这样一个年轻的女孩子，生命才刚刚开始，便就这样去了，真真让人痛惜！

教堂门口呆立的人们当然想不到，就在此时，听到消息的美国驻清公使康格的夫人正在紧急觐见慈禧太后，为的正是被堵在了教堂中的六位传教士。

而在慈禧眼里，这件事简直就是小事一桩，康格夫人大半夜的这么咋咋呼呼，令她十分恼怒。她匆匆写了几行字，叫李莲英拿了凤玺，在黄绫子上盖了，口里嗔道：“这个伍廷芳，简直就是个废物，什么了不起的事？怎么一点子杀伐决断都没有？叫官兵去不就结了，几个草民，也闹成这样儿！”

待大队官兵赶到，教堂外已经一片空旷，只有秀儿的鲜血在雪白的台阶上流淌，格外戳眼。

裕庚和伍廷芳一起上了马车，裕庚的眼里，始终流淌着那片鲜血，那姑娘也不过和德龄差不多大，可说没就没了！他的心里，莫名其妙地感到内疚，在光绪二十九年的秋天，原清国驻法公使裕庚下了个天大的决心：一定要在有生之年生擒肇事者，为秀儿复仇！

4

因为大内之中诸事繁杂，德龄已经两个月没有休假了，这天得了老佛爷恩准，出得宫来，与哥哥勋龄在得月楼相聚，她听哥哥讲，明儿安排她与怀特见面儿——一想起那个美国俊小伙儿，她的心就止不住扑扑地跳：有多久没见了啊！虽说能通通信，到底只是字面儿上的事儿，哪有全信得的？怀特那张脸，那身量儿，更有那心地，清廷的贝子贝勒们哪有一个能及的？春秋正盛的年华，难道就那么自甘寂寞，一门儿心思地等着她？突然之间，一个从来没有的想法跳了出来：不，不能让这个美国小伙子跑了，若是哪天他真的不爱她了，爱上了别的姑娘，她会受不了，她的心会被撕成几瓣儿的！

一种想见怀特的愿望如同热浪一般滚出少女德龄的心，以至她根本没注意这个著名餐馆的华丽铺陈，走出走进的亲王贝勒们——如今她也是个贝勒：着一身贝勒装束，身份是勋龄的堂弟言龄。

这身装束一开始让勋龄吓了一跳。半晌才道："幸亏阿玛和额娘在上海，不然他们看到你这身儿打扮，真不知道会说什么呢！"德龄一笑，道："哥哥，你瞧我女扮男装可使得？"勋龄道："模样儿倒是好的，就怕明儿怀特见了你，认不出他朝思暮想的人儿了！"德龄听了这话，到底是女孩儿的心性，娇嗔地将那帕子甩在哥哥头上，勋龄故意道："完了完了，这哪像个贝勒公子，分明是福晋格格嘛！若是被人识出，告到老佛爷那儿，看你如何收场！"兄妹俩这才止了说笑。德龄用帕子擦擦脸，道："不知请客的是谁？"勋龄答道："户部主事王廷钧，听说是捐的官儿，也就罢了，奇的是他的夫人秋瑾，人称鉴湖女侠，不但能吟诗作赋，还能舞刀弄棒，一般人还真不是她的对手，是江南有名儿的大才女啊，你不妨会会她，记住了，你现在是我的堂弟——"德龄立即接道："堂兄勋龄，小弟言龄已经饿坏了，咱们赶紧入席吧。"

德龄兄妹在一个角落里坐下，这里灯光略暗，可以清楚地看到主宾席上的人。德龄看到一个身材苗条的女子，穿月白色琵琶襟上装，鹅蛋脸，眉清目秀中透出一种刚毅果敢，一望便觉不俗，听勋龄指点，才知这正是主母王秋氏——号称“鉴湖女侠”的秋瑾。

德龄甚至在初见秋瑾的几秒钟之内便喜欢上了她。只见秋瑾见宾客已满，落落大方地站起来道：“众位贵客，外子王廷钧初来京城，承蒙诸位关照，不胜感激，今日特备薄酒，以表敬意，这杯酒，是我敬大家的！”她说完一气喝干了一杯，众人称好，纷纷举杯。然后她说：“诸位请坐，外子马上就来——”一语未了，一老仆在秋瑾的耳边说了几句，秋瑾的脸上立即浮现了怒意。

秋瑾道：“对不住得很，外子公务繁忙，今晚怕是要迟到了！”说罢，半晌无语，她身旁的一位女士见气氛尴尬，忙出来打圆场道：“大家喝酒，喝酒，这酒是真正绍兴老酒，越陈越香的，还加了梅子，就更有味道了！这是秋瑾女士特意从家乡带来的，京城难得有这样的酒！”说罢，便轻轻碰了身边着官服的丈夫一下，廉泉立即道：“子芳兄今天临时有公务，刚才着人通报，说了，请诸位不必拘礼，喝个尽兴，改日他再向诸位赔罪！来，喝，喝！……”

于是觥筹交错，满桌的王公贵胄都活跃起来——主人不在的宴席倒真的是别具一格！德龄注意到那秋瑾一言不发，只是闷头喝酒，倒是旁边那个气质不俗、小巧玲珑的女士在不厌其烦地张罗。勋龄在一旁道：“那便是秋女士的盟姐吴芝瑛女士了。”

酒过数巡，秋瑾突然站将起来，对吴芝瑛斩钉截铁道：“姐姐，你也不必为我遮丑了！老王，你过来——”先前那个老仆急忙趋前。“你把刚才在耳边对我说的话向诸位重复一遍。”老仆弯腰道：“夫人，这个……”秋瑾怒道：“你说啊！”老仆战兢兢道：“老爷……老爷他是病了！”秋瑾毫不放松：“什么病？在哪儿病的？”老仆只有哆嗦的份儿，哪里还说得清话？吴芝瑛在一旁劝道：“妹妹，得饶人处且饶人，你也不必太过认真了！”众人立刻寂静下来，知道定是有些事儿了。秋瑾十分冷静地站起，道：“诸位，俗话说，家丑不可外扬，不过我今天要反其道而行之，而且，这件事很快就不是我的家丑了，因为我打算和王子芳断绝夫妻缘分。”一番话说得众人瞠目结舌，呆若木鸡。半晌，一老者道：“万万不可呀，这可不是说气话的时候。”廉泉也劝道：“弟妹，宰相肚里能撑船，这次是子芳不对，待他回来，我与紫英（吴芝瑛小字）担保，叫他赔罪便是了！又何必弄得如此沸沸扬扬！”秋瑾道：“我却饶他不得！”一时间众人纷纷议论，勋龄问了邻座，才知原是王子芳又在艳粉楼摆了花酒。见秋瑾盛怒不消，众人便只好站起身来纷纷告辞，那秋瑾并不挽留。德龄见了秋瑾如此异状，越发欢喜，悄声对勋龄道：“真有侠女之风啊！好好，如今中国的女人也可以休男人了！”勋龄也笑道：“看来中国并没有咱们想得那么保守。”

少倾，那秋瑾又举起一杯酒，对客人们道：“诸位，为了大家见证我的决心，我先干为敬！我还要跟诸位说明的是，我打算脱离家庭，并不仅仅是因为夫君的寻花问柳，而是作为一个女子，看到国家内忧外患却无所作为。许多身兼朝廷要职的男人，整天沉迷酒色，丧失了大丈夫的鸿鹄之志。我虽为女儿身，却有着一腔报国的热血！……我已决定渡东瀛求学，寻求报国之路！”说罢，连饮数杯，众人大惊失色，纷纷离席而去。

却说那秋瑾并不介意，只见她乘着酒意，拔出一把短剑挥舞悲歌：“……祖国陆沉人有责，天涯漂泊我无家。一腔热血勤回首，肠断难为五月花……不惜千金买宝刀，貂裘换酒也堪豪。一腔热血怒澎湃，洒去犹能化碧涛……”

吴芝瑛的眼圈红了，用一双纤纤玉手在桌上打着拍子，德龄见状，也随之以掌击桌，剩下为数不多的客人都低头不语。秋瑾的歌声低回悱恻，在短剑与酒的映照下，慷慨悲怆，令人落泪。

却不料就在隔壁的包厢，康格夫妇正与怀特一起，为脱险的美国六位传教士摆宴压惊。康格举杯道：“为了上帝的慈悲，为你们的化险为夷，干杯！”康格夫人也祝道：“为了我们伟大的国家和勇敢的精神。”

高脚杯碰撞在一起，溅出了泡沫。怀特问道：“约翰，这次的经历给你触动最深的是什么？”康格夫人自作聪明地说：“我猜是中国老百姓的愚昧无知。”杰克道：“我以为是饥渴和绝望。”约翰低声道：“对我来说，是两点，一是含蓄的中国人愤怒起来也非常可怕，二是裕庚的勇敢和智能。”怀特忙道：“裕庚？就是原来的驻法大臣？”约翰奇道：“怎么你认识他？”康格夫人笑道：“怀特何止是认识他……”她突然打住，没有往下说。约翰没有在意，继续认真地说：“我认为他有高尚、伟大的人格。在此以前，我对梳着辫子的官员都存着偏见，以为他们的内心和他们的外表一样滑稽。你们知道，在我们被困的第六天的晚上，正是裕庚以他自己为人质，解救了我们，当时……”“好了好了，我的约翰，”康格夫人打断了他，“这个故事我们已经听过一千零一遍了，对吗？还是让我们换个轻松的话题吧。”此时，隔壁的拍掌和歌声隐隐传来，大家不禁静下来倾听。怀特道：“这支歌很好听。”康格夫人道：“这歌里似乎有悲愤之意，中国的知识分子有对酒当歌的传统，听说隔壁是户部主事王老爷请客呢，中国人大半都在怨天尤人，总是借酒浇愁，实际能力其实很差。”怀特道：“并不是这样的，他们在寻找机会呢。”夫人道：“怀特，你来的时间太短了，并不了解他们。”怀特道：“而且，我听见唱歌的好像是个女人。”康格夫人哂笑道：“不会是你那位东方仙女吧？”怀特没理她，他的耳朵，突然变得异常敏感。

是夜，德龄与勋龄一直待到宴席结束，才起身与秋瑾告辞。德龄道：“秋女士，真是相见恨晚啊。小弟极为赞同您的男女平权和振兴国家的主张，只是有一点不能苟同。”秋瑾毫不含糊地说：“有话请讲当面，何必吞吞吐吐？”德龄道：“那小弟得罪了——秋女士对满洲人似乎有诸多恨意，我以为满洲人中，贪官污吏的确是不少，可也有不少忠义之士，我知道他们和您有着同样的忧虑与抱负。满汉的血统或者阶级不应成为划分人的标准，志向才是人聚散的真正理由。”

秋瑾想了一想，道：“你这话极有见地。我何尝不愿相信您的话，只是我的确没有认识过一个满洲的忠义之士，假如有那么一天，我一定会与他成为莫逆之交的。”德龄道：“我相信这一天一定不会太远的。告辞了。”见吴芝瑛亦在向他们连连挥手，遂道：“吴夫人，告辞了！”秋瑾向前一步道：“敢问两位尊姓大名？”勋龄道：“敝人姓裕，名勋龄，堂弟言龄。”秋瑾目光如电，道：“裕是满洲人的姓，我想今日的确是碰到满洲朋友了。”

兄妹二人相视一笑，没有回答，醉意微醺地上了马车，唱起《欢乐颂》的旋律，他们的和声在夜色中回荡着。

一直细听动静的怀特突然跳起来，不顾康格夫妇和六位传教士的惊诧，一跃而出。夜色中，马车已然远去，但见一穿月白罩衫的女子，也正要上另一驾马车，他急忙趋前相问：“请问夫人，刚才唱《欢乐颂》的小姐是谁？”秋瑾好不容易听懂了他半生不熟的汉语，笑道：“没有小姐，只有两位清逸不俗的公子。”怀特奇道：“轻易不输，轻易不会认输的公子？”秋瑾大笑道：“你说得很对！”说罢上了马车。

怀特失望地看着秋瑾的马车消失在夜色里。

5

德龄兄妹万没想到，他们的阿玛和额娘已然回家！尽管他们蹑手蹑脚地进得门去，却仍未能逃过裕庚的耳朵，当晚夜已深，也就罢了。翌日，裕庚大发脾气。按照惯例，裕庚自然先向勋龄开刀：“勋龄，你的两个妹妹真是大有长进呀，一个女扮男装去喝酒，一个在这儿甜言蜜语地替你们遮掩。你这个做哥哥的有什么话说？！”勋龄忙辩道：“阿玛，她们天天闷在宫里，好不容易出来一次……”裕庚道：“现在她们身份不同了，是老佛爷的御前女官懂不懂？尤其是德龄，受太后的恩惠很多，如果要出门，就要光明磊落地出去，不要这样怪里怪气的！德龄，是不是你开始动摇了报国的决心，留恋外面优裕的生活，有后悔的意思了？你们今天哪儿也别去了，都在家给我好好反省——到底做太后的御前女官是为了什么？！”德龄不语，委屈地低了头。勋龄却暗暗着急，瞟了一眼法式的座钟——与怀特的约会正在分分秒秒地逼近，可别又落得一场空啊！裕太太见三个孩子都低了头，立即心疼起来，道："老爷，您可别自己心里不痛快，就拿孩子们来出气，好好儿的孩子，我疼还疼不够呢！孩子们，别听阿玛的，都给我吃饭去，让额娘好好疼疼你们！小顺子，快摆饭！"

就在德龄味同嚼蜡地吃着午饭的时候，凯·怀特正在精心地对着镜子打领结，他紧张地排演着："亲爱的德龄，我们终于见面了！不对，德龄，你每天晚上都出现在我的梦里——天呀，什么话，太别扭了，为什么写情书比说情话要容易呢！"

他摇摇头，接着用半生不熟的汉语说："海内存知己，天涯……若、若比邻。"

这时门响了，他兴奋地想，约会原是约在起士林的，一定是德龄等不及了，让勋龄领了来，又转念一想，不对，那个矜持的中国少女即使再爱他，也一定会保持身份和尊严，那么是谁呢？他轻轻开了门，一个身穿斗篷的洋女人闪了进来，头盖一掀，却是康格夫人。

怀特结结巴巴道："为……为什么是、是你？"康格夫人笑道："怎么就不能是我？能告诉我你在等谁吗？"怀特不语。康格夫人又笑了，温和地问："我想问你，你爱你的国家吗？"怀特抬眼道："当然，这还用说吗？我是美国人呀。"

康格夫人道："那就好，我知道今天是德龄放假出宫的日子，凭着你和勋龄的交情，他一定会安排你们见面的，对吗？"怀特坦然道："是的，我等这一天已经等了很久了。"夫人一字一顿地说："我也等了很久。"怀特疑惑地望着她道："为什么？"夫人掏出一只丝帕，捂住半边嘴，神秘地说："现在你报效国家的时候到了，你已经取得了勋龄的友谊，德龄看来对你也是一往情深，你可以通过德龄，了解一些我国需要的消息，这样比通过卡尔更直接。卡尔除了画画，别的方面似乎没什么大用场，可是我相信你，你有商人的血统，做这种事一定是游刃有余的！"

怀特恍然道："原来你帮助我，就是为了情报？"夫人冷冷道："世界上没有免费午餐，当然了，我从来不相信空洞的感情，感情都是有实际的联系才会更加深厚，比如你的家族和别的生意伙伴之间的关系就是这样。”怀特道：“如果我拒绝呢？我想我绝不会玷污我和德龄之间纯洁的爱情！”夫人把一张纸递给他道：“你考虑一下再说吧，如果你答应了，美国政府将会给你姑姑生意特别的优惠，否则……这是我们需要知道的情报清单。”

怀特接过那张纸，他真想把它撕了，他觉得那薄薄的纸是如此地沉重，那是因为里面浸透着罪恶感。

6

裕家饭后的咖啡历来是少不得的，但这时的咖啡却让勋龄和德龄感觉到有点儿多余，他们看表的频率越来越密了。再过一个时辰，约会时间就到了，兄妹三人不停地交换眼色，裕庚却专注在自己的情绪中，没有注意到。勋龄道：“阿玛，今天你心情不好，是不是有什么事啊？”裕庚道：“阿玛今天脾气是急了点，是心里烦呀。”德龄不解道：“为什么？听说前两天伍大人特地来登门道谢，不是说因为您才成功解救了教堂的美国传教士，在外国使节中传为美谈吗？我们都很为您骄傲呀。”容龄在一旁道：“是呀，说不定老佛爷还会赏您呢！”裕庚喝了一口咖啡，缓缓地说：“赏或罚阿玛都不在意。我难过的是，洋人已经在中国出现这么些年了，老百姓竟然还是把洋人都看成一回事儿，竟然分不清他们是讲法语的还是讲英语的，说明中国的教育程度之低下。另外，老百姓之所以自发地复仇，是因为根本不能指望政府给他们保护，政府已经失去了人们的信任了。还有，部分外国人在中国胡作非为，却仍能逍遥法外，是因为中国的国力衰弱，连起码的国家尊严都不能维护了。最令人痛心的是，我救了外国人，却看着被强暴的民女在我眼前自杀而无能为力，我枉穿了这身官服呀！”裕庚再次激动起来，咳个不停，德龄急忙为他轻轻捶背，一面道：“阿玛，可是你已经尽力了，大清的缺陷不是您一个人可以弥补的呀。”裕庚道：“阿玛一个人是不可以，可多一个人，大清就多了一点希望，是不是？”德龄道：“我懂了，所以您看到我们在玩儿，就生气了，对吗？”裕庚叹道：“你们的哥哥和额娘恨不能你们早一天从火坑出来，生怕你们受苦，可阿玛却把你们往火坑里推。我知道，你们心里都会有抱怨，尤其是在宫里受气的时候。可阿玛不是为了功名，只是想，中国实在是太需要改良了，太需要每一个人无私地尽力了，所以阿玛请求你们，不管有多难，请你们在宫里再待上一段。”勋龄在一旁忍不住道：“阿玛，您为什么不能尊重妹妹们自己的意愿呢，她们为什么不能过轻松幸福的生活？！这段时间虽然宫里没有出什么大事，可有惊无险的事还少吗！我们虽然受了朝廷的恩惠，可并不是呼来唤去的奴才啊！”裕庚呆了一呆，半晌道：“勋龄，你的意思是说，阿玛有些自私，不顾别人的想法，是吗？”勋龄低头不语。裕庚沉默良久，老泪纵横，道：“阿玛老了，竟然变得专横古怪了，是呀，人各有志，我不应该勉强我的女儿们。我赔上自己就完了，为什么非得拉着孩子们！”德龄忙道：“阿玛，您别难过了，我愿意为国家做事，真的，我保证比以前付出更多的耐心，绝不会半途而废的。”容龄也急忙像小鸟似的偎在父亲身边道：“阿玛，我也愿意和姐姐在一起的，您别掉泪了，再这么着，我可也要哭了！”说罢，果然流出两行清泪。裕太太见状忙劝道：“别呀别呀，好不容易一家子在一起，干吗要这么悲悲切切的？老爷，都是你招的！”说罢眼圈儿也红了，裕庚忙道：“罢呀罢呀！都怪我，怪我，孩子们，把那留声机打开，放个曲子吧！大家都宽宽心！”德龄见阿玛心情转好，刚要说出外有事，没等说出口，外面便有太监传了老佛爷口谕：宣德龄容龄姑娘即刻回宫！

德龄呆住了，一时间，她好像看见了等在起士林小厅的美国小伙儿那单纯焦灼的眼神，天哪，为什么两个相爱的人见面如此难！她明白，又一次机会擦肩而过了。

怀特坐在起士林靠窗的座位上，一直等到日落。他知道，没希望了，但是他并不知道，正应了中国那句老话：福无双降祸不单行，回到家后，他接到了一个电报，上面写着：姑妈艾米病危速归。

7

事隔多年之后德龄才反应过来：慈禧其实是有意叫她早归，安排她看那么一场戏，考验她的反应。当时，隔着屏风，德龄清清楚楚地听见大殿里激烈的争论：

“臣参奏裕庚！”“臣参奏裕庚！”

在一片参奏声中，伍廷芳“为裕庚请功”的声音格外弱小。一个大而沙哑的声音振振有词道：“臣以为，裕庚为救洋人，竟以自己为一群乌合之众的人质，实在是大清的奇耻大辱！裕庚他妄自菲薄没有关系，可他不能忘了自己的身份。难道大清官员的性命，竟不如洋人的金贵？鉴于裕庚崇洋媚外，臣请予严惩！”

接下来是伍廷芳的声音：“臣与卢大人意见不同。教堂一事，臣是身临其境，当时情形真是万分险急，裕庚也是臣无奈搬来的救兵，他既维护了大清的尊严，又在洋人与百姓之间斡旋成功，没有造成重大的流血事件，臣以为理应重赏裕庚！”停了一停，她听见慈禧不疾不徐的声音：“哦，你们二位可真是针锋相对啊。”

伍廷芳又道：“裕庚为平息外交纠纷，不顾病体，并将生死置之度外，且没有伤及一兵一卒。此外，美国人非但没有责难反而感激朝廷。臣以为，裕庚实在是智勇双全，忠心可鉴！”又一位大臣站出来道：“臣以为裕庚虽平息了事态，可其所作所为实在是猥琐！本来我大清有这许多精兵良将，快刀斩乱麻地杀几个刁民立即了事，何必与他们白费唾沫、苦苦相劝？这弄得君不君臣不臣的不但洋人笑话，连刁民也得意忘形，有损大清和朝廷的尊严！裕庚应当革职发配！”说到这里，众臣竟然纷纷附议。德龄紧张到了极点。

伍廷芳极力大声道：“臣以为裕庚是爱民如子，才不忍动用军队。”先前那个沙哑的声音又说话了：“臣以为，罪魁祸首正是伍大人！他不开杀戒，反而千里迢迢地把裕庚搬来游说，真是一丘之貉，应与裕庚同罪。”

德龄的额上渗出细密的汗珠，皇后悄悄捅捅她，她才想起拿出一条帕子擦了擦。

终于，她听见喧哗声渐低，一个苍老病态的声音在大殿回响起来，透过屏风她看着那颤巍巍的影子，判断那便是久病不曾上朝的荣禄荣中堂。

果然，荣中堂开口道:“臣以为，洋人和我们有着不同的习俗，而裕庚在海外多年，必然了解他们的好恶。中国人与洋人的结怨，有时并非故意，而是互相误解对方的习俗使然。比如，洋人以唇轻触妇女的手背表示尊敬，而在我国却是轻薄之举。不如改日召裕庚上朝，听他亲口说说他如此行事的理由再做定夺，也许裕庚自有他的道理。”荣大人显然是一言九鼎的人物，他一开口，众臣都不再争论，只是在下面窃窃私语。良久，慈禧道:“那就召裕庚明儿上朝吧！他不是还没回上海呢吗？皇上，你说呢?”光绪恭谨地欠身道:“皇爸爸说得是。”慈禧再不说什么，只说一声“退朝！”便把满朝文武扔在了大殿里。

当晚正值德龄侍寝，她穿过竹林走向储秀宫的时候，突然一条黑影闪出，把她吓了一跳。细细一看，不是李莲英，却又是哪个?!李莲英小声叫道:“德龄姑娘!”德龄忙道:“李总管，您这是……”李莲英道:“嘿，德龄姑娘，您平时待小的们不错，我特特地等在此处，斗胆给您提个醒儿。”德龄谢道:“李总管请指教，德龄感激不尽。”李莲英道:“裕大人的事儿，成败就在明天，您这心里肯定七上八下的，是不是?”德龄苦笑道:“什么也瞒不过您。”李莲英道:“您可记得，今儿本该是元大奶奶侍寝?”德龄转转眼珠，立即明白了一切，她急忙谢道:“您是说，今儿晚上我趁着侍寝的工夫儿，替阿玛求个情儿?”李莲英道:“您呀，就在老佛爷刚念完佛的一分钟之内说，这时辰，她老人家一般都格外开恩，说是佛还在身边儿，不好不行善。”德龄忙道:“谢李总管！您的好意，我一定会报答的。”李莲英道:“德龄姑娘，我得走了，记住了，一分钟!”

可是德龄却无论如何开不了口。她眼睁睁地看着慈禧飞快地绕着手中的佛珠，敲着木鱼儿，然后在袅袅的香烟中，念完佛，放下佛珠，大大地打了个呵欠。

钟表的滴答声音在德龄的耳边越来越快，好像在催着她开口。但是那宝贵的一分钟，很快就在她的犹豫中过去了。

德龄熟练地指挥仆妇们把太后就寝的一切安排好，然后悄悄退了出去。已经走到门口儿了，慈禧突然叫住了她道："德龄，回来！"慈禧像不认识似的上下打量着她，道："今儿你可真能沉得住气儿，咱娘儿俩扯了半天，你就没提你阿玛半个字。我想问问你，你就不想给你阿玛求个情儿吗？你这丫头怎么心就那么硬呢！"德龄道："老佛爷，我恨不能为阿玛顶罪，可是，我不能替他求情。"慈禧奇道："为什么？怕我不答应？"德龄摇头道："我不能这么做，因为，如果阿玛知道我替他说情，他会不高兴的，他更推崇的是朝廷的公正，而不是私情。"慈禧面无表情地说："那你就不怕你阿玛被错判吗？"德龄心里一惊，突然悟道：或许刚才李莲英的指点，都是太后在暗中布置的。她暗叹太后心计之深，遂坦然道："老佛爷，如果由于我没有求情，而阿玛被错判，那天下有千千万万的人也要被错判了，因为他们都没有机会在您的跟前儿当差，递话儿。我不愿意求情，因为我愿意相信您永远是圣明的！"慈禧微微笑道："德龄呀，你也甭给我戴高帽子，我也想我治理的天下都是清白公正的，可天下不一定都听我的呀！咱娘儿俩掏心窝子说说，假如我真的治了你阿玛重罪，你会不会恨我？在你的心里，是我亲呢，还是你阿玛亲？"德龄一时语结。慈禧盯着她，意味深长地说："德龄，说真话，别学他们，光说点儿好听的来甜和我。尽管说吧，说错了我也不会治你的罪。"

德龄想了一想，答道："老佛爷，您问的问题我答不上来，不是因为我不敢说实话，怕您治我的罪，是因为太难了，也许是一辈子都想不清楚的。"慈禧道："那你倒是跟我说说，你都是怎么想的？"德龄道："回老佛爷，我阿玛的对错，无非有两个判断标准，一是国际通行的规定，二是大清的律法。如果您错判了，出于深谋远虑，是为国家前途，那我不敢恨您，因为大清的天下比起德龄的家庭来实在是重要得多，德龄愿继续为您鞠躬尽瘁；而如果您错判是出于私心，那我会恨您，不是因为牺牲的是我的阿玛，而是因为您位居万人之上，统领江山社稷，尚且怀有私心，那如何治理国家呢?!"慈禧一怔，显然十分不悦，冷冷地说："……不过，还有一种情况你没有想到，那就是我错判了你阿玛，既不是为国，也不是私心，而是出于一时的糊涂——人非圣贤，孰能无过呀，那你还会不会跟着我?"德龄一直隐忍的泪落了下来，道："老佛爷，一边儿是国，一边儿是家，就像您和阿玛，谁对我来说都很重要，失去了任何一方，我的生活都不会圆满。要是德龄的心能劈成两瓣儿，就好了!"慈禧忙亲手递过一个帕子道："快别哭了！可怜儿见的！德龄啊，我并不是有意要为难你，我就是想知道知道，你们成天嘴上老佛爷长老佛爷短的，可我在你们心里头到底儿占多大分量！……我这个人哪，什么都不缺，就是缺点儿骨肉之情啊！……先皇帝死得早，同治帝又……唉，是我力排众议立了当今的皇上为帝，虽不是亲生的，可我养育了他二十来年啊！又怎么样?!不是旁人一挑，他就跟我离心离德吗?!你来了，我对你可不是一般地恩宠，可是……高处不胜寒啊！今生今世，我怕是享受不了骨肉亲情了!"德龄忙跪下道："老佛爷，奴婢实在没想惹您生气。"慈禧挥了挥手道："罢了罢了，我哪是生气呢，只是心寒呀。"德龄忙道："德龄该死，请老佛爷惩处。"慈禧淡淡地说："我说话是算数的，你没有错，回去吧。"想想又叫道："回来！对传教士的事，洋人那里都是怎么说的，你给我说说。"德龄已经冷静下来，轻轻地说："回老佛爷，德龄不能说，因为事关我的阿玛，我是他的女儿，必须回避。让外务部的大臣和洋人的律师说比我更合适些。"慈禧脸上这才略有赞赏之意，道："好，你跪安吧。"

德龄走出储秀宫之时，才发现自己已经出了一头冷汗。她是亲眼见过慈禧突然变脸的，就说刚才那一番对话，谁知道老佛爷说的哪句是真哪句是假？更没法子知道她究竟是设套让自己往里钻，还是真心实意地在乎她的忠心。也许是二者都有吧，宫中的险恶，她已略知一二，但是她并不想因此改变自己，去屈就什么，她想用自己的方式来对待，那就是：说真话，并且尽可能地把一切的复杂化为简单。

8

接到圣旨之后的当天夜里，裕庚已经做了周密的部署。官场之中，他也算是混了大半辈子的人了，自然深知其中的险恶，如今虽有荣大人的回护，到底有那么多朝臣参劾他，即使为了平衡，老佛爷手底下也不可能轻轻放过他。面对妻子儿女，他不能不有所准备。

晚饭后，裕庚将太太和勋龄叫到书房，关严了门，丫鬟仆妇，一概不许进入。裕庚坐在藤椅上，神色凝重地望着儿子道："勋龄，知道阿玛为什么叫你来吗？"勋龄低头道："阿玛，明儿要上朝了，儿子猜想您心里有些不安定。"裕庚坦然道："对，是不安定。你阿玛虽然从来都是顶天立地，可到了这个时候……心里还真是有些惶恐呢。"裕太太在一旁宽解道："老爷，有荣大人呢，您就甭担心了。"裕庚道："驰骋官场，如履薄冰，什么事情都得做最坏的打算。勋龄，你是儿子，有些事情，我看你要多做些准备了。"勋龄道："阿玛，您放心。"这么说着，裕太太的眼泪就冒出来了，道："这听着可真怪吓人的，可别真有什么事儿，早知道这样，还不如在巴黎消消停停地待着呢。"裕庚道："现在不是说这些的时候。勋龄，你去把那本《宋词》拿来。"勋龄从书柜里拿出一本线装《宋词》，打开一看，竟发现里面有外国银行存折。裕庚缓缓道："勋龄，这是我事先在法国巴黎的银行存的一笔款子，也是家里惟一的一笔款子，你拿着吧。明儿，我没事当然好，万一要被发配或者处死……"一语未了，裕太太吓得几乎瘫倒，被勋龄一把扶住。裕庚道："要是真的这样的话，你就拿着这笔钱，带着你额娘想法到法国去安家。等你的两个妹妹出了宫，把她们也接去。里面有她们的嫁妆钱，阿玛相信你是会给她们保管好的。到了那时，她们对国家的责任也尽到了，该过自己的日子了。阿玛不管是在边疆放羊，还是在九泉之下安歇，也就可以彻底放心了。”裕太太听了哭道：“老爷，你到哪儿我就到哪儿，别想把我给甩了！”裕庚轻抚着太太的衣袖，道：“太太，你从小就娇生惯养的，到时还是和孩子们一块儿走吧。”勋龄上前请了个安，道：“阿玛，钱我会藏好的，可我也不能走，一走，谁来照顾您？”裕太太抹了抹泪，道：“勋龄，你们兄妹几个都走，我们老两口一辈子在一起也惯了，哪分得开呢。老爷，你可不能赶我走。”勋龄也道：“再苦再难，也要一家人在一起，要不家就散了。”裕庚长叹一声道：“听阿玛的，只要心在一起，家就散不了。如果阿玛真的被严惩，那就意味着你们受的教育不仅没有造福国家的机会，反而会给你们带来灾难。那时候，阿玛也不强求你们必须报效国家，只要你们不浪费了自己的才能，碌碌无为，我也就心满意足了。不要拿你们的前程来为我陪葬，那不是对我的孝顺，那是辜负！记住了吗，勋龄？”勋龄沉默半晌，哽咽道：“记住了，阿玛。”

夜半，勋龄辗转反侧睡不着觉，暗暗替阿玛着急。他知道，朝廷上一多半儿是反对阿玛的，庚子年时，阿玛更是成为众臣争议的焦点。那时，端王挑唆慈禧要把裕庚火速召回，明摆着的事：裕庚一回来，便是人头落地的事儿，多亏了荣大人递信儿，斡旋，才算保了一家人的性命，但是祖屋却因此被烧，这在对祖宗无比崇敬的裕庚心里，留下了一道不可磨灭的伤痕。明儿上朝，分明是凶多吉少。折腾到交四更了，勋龄才有了些倦意，起来喝口水，听见阿玛额娘的卧室里，依然有低低的谈话声。

次日早朝，裕庚特意换了一身簇新的朝服，坦荡荡进得宫去，平时熟得不能再熟的那些老熟人，竟有一半都不打招呼，装作不认识，打招呼的，其中也有一半是用一种冷淡或者讥讽的口气，裕庚心中好笑，并没理会。

照例，德龄和皇后站在屏风后面，昨夜德龄失寝，今儿眼睛还是肿肿的，她把一个手帕子捏在手里，紧紧攥着，屏住呼吸，睁大眼睛，生怕漏过一个字。

德龄听见阿玛慷慨陈词道：“说臣亲洋臣无话可说。老佛爷英明果断，推出五年新政，令天下人称颂，臣其实和老佛爷一样，表面是为了不让洋人给咱们找碴儿，实际上还不是为了大清的安宁吗？如果臣仅仅是为了讨好洋人，那就不会费许多口舌去劝说百姓。有人说，臣低三下四地求百姓，丢了大清的尊严，可我敢说洋人并不是那么看的。”慈禧不紧不慢地说：“哦，那洋人是怎么看的？”裕庚道：“回老佛爷，洋人有口号说是天赋人权，尤其是像美国这样的共和制国家，更是说众生平等，因此对他们来说，人无论贵贱，生命都是可贵的。假如咱们光是救了洋人，而屠杀了自己的百姓，洋人们虽捡了便宜，他们仍然会瞧不起大清——中国人自己都不重视生命，他们会更加不尊重中国人。这样一来，他们在中国造次岂不是更加肆无忌惮了？！”又是那个喉咙沙哑的卢大人站出来道：“老佛爷，裕庚纯属狡辩，什么天赋人权，分明是鼓励刁民们造反！”接着又有个陌生的声音道：“老佛爷，裕庚说派兵镇压即是不尊重生命，那派兵的折子是盖着您的凤玺的，那他岂不是含沙射影地说您吗？裕庚犯上，理应罪加一等！”

德龄心里一抖，她知道，这句话是打中要害了，正犯在老佛爷的忌讳上！一着急，加上一夜失寝，又没用早膳，竟然一下子上不来气，晕了过去。皇后急忙将她扶住。

9

德龄睁开眼睛的时候，发现自己正坐在自家花园的躺椅上，刺目的阳光令她几乎睁不开眼睛。第一眼便看到妹妹容龄，容龄天真可爱的笑容让她沉重已久的心一下子放松了，容龄笑道：“谢天谢地，你总算醒来了！”德龄恍惚问道：“我这是在哪儿？阿玛呢？”容龄道：“姐姐，你可真会吓唬人，太医说你是急火攻心。阿玛早就没事了！万岁爷一下朝就悄悄告诉我了！”德龄这才长出了一口气。

慈禧准了德龄的假，命她在家将养几天，也陪陪即将远行的父母。德龄谢了恩，一家子其乐融融地过了几天，几天之后，裕庚和裕太太仍回上海治病。裕家兄妹送阿玛额娘上了马车，心下都十分明白，阿玛虽然没有获罪，但老佛爷仍然为了平衡朝廷上的反对势力，以裕庚体弱为名，赐他退休。这大概是最好的结果了，裕太太坚持回上海，原因自然是养病，但是德龄心里很明白，与其说是养病，不如说是阿玛额娘都想远离京城这个是非之地。

又是个阳光明媚的日子，德龄在花园里看着报纸，仔细看着上面的划痕。原来是勋龄的信，信中写道：妹妹，怀特依然没有回来，不过我昨天接到了他的电报，他要我一定替他在报纸上划道儿，因为他害怕你看到没有划道儿的报纸，会惦着他。怀特说，他一定会尽快地回到你身边。德龄看着，脸上露出了一缕笑容，想着那个英俊的美国人怀特，想着那次在轮船上他们的奇遇，怪得很，岁月不但没把他的身影驱逐掉，反而越来越清晰了，大概这便是爱情吧。正这样想着，突然听见李莲英的声音在身后响起："老佛爷驾到！"

德龄足足实实地吓了一跳，慌忙回身施礼道："德龄给老佛爷请安了！"

慈禧今儿穿了大红撒花嵌银披肩，满脸笑容道："快起来！瞧瞧这小脸儿，都瘦了一圈儿了，可真让人疼得慌！"德龄顺势便撒娇道："老佛爷，您赏的甜碗子我都吃了，还没来得及当面谢恩呢。"慈禧道："行了，那算不得什么。我就是瞧不见你，心里想得慌，可又想让你静养几天再说。今儿天儿好，我跟李莲英说，得瞧瞧德龄姑娘去！"德龄慌道："德龄何德何能？让老佛爷这么惦记着，真正是折杀奴婢了！老佛爷快请。"慈禧道："这儿太阳甚好，我就不进去了，还是搬张椅子来，坐在园子里咱娘儿俩说说话儿岂不更好？"德龄忙叫小蚊子搬了最宽大的一张椅子来。慈禧坐下，随手拿起了德龄看的那张报纸，那上面有康有为的照片。

慈禧的脸立即多云转阴了，她的手哆嗦起来，指着照片道："德龄，你倒是快瞧瞧，这个狗东西在干什么哪？"德龄看着太后脸色难看，忍不住心惊肉跳，看了一下报纸，道："报纸上说，康有为的拥趸们在纽约集会，讨论中国的出路。"

慈禧下死劲啐了一口道："呸！这个狗东西，还四处招摇了！要不是他，皇上知道什么，他从小是连打雷都怕的！有了康有为，他就神气起来了，光绪二十一年他就搞什么公车上书，还成立什么强国会、保国会的，保他娘的头！皇上真是拿着拉大旗做虎皮，到了儿才发现不单虎皮是画的，连老虎都是纸的！皇上是后悔也晚了！"李莲英在一旁躬身道："老佛爷息怒，高高兴兴的又说这些干什么。"慈禧道："可也是，甭让那个王八蛋坏了我们的好兴致。德龄，你这个报纸哪里来的？"德龄道："回老佛爷，阿玛给定的，每隔几天由哥哥随家信给我。"慈禧道："那你再给我说说，上面还讲了什么？"德龄道："上面有好些个消息呢，对今年的诺贝尔奖的人选预测，还有沙俄和日本都积极向东北增兵，还有现代舞与古典芭蕾争夺观众，还有……反正全世界的事儿都在上面了。"慈禧思忖道："看来这上头热闹得很……德龄啊，您能不能让你哥哥用他的名义帮我订一份儿这个报纸，然后我让人天天去取，你看可好？"德龄忙道："老佛爷，为您效力，哥哥求之不得呢。"慈禧道："话可不能这么说，对外一定说是你要看，不能让洋人们知道。就让他们一直把我当老糊涂吧，这下他们的事儿我可就全清楚了，谁也哄不了我！"德龄心中暗笑，口里道："老佛爷圣明！"慈禧道："德龄，你得告诉我，刚才说了一个什么耳朵奖，是怎么回事？"德龄道："老佛爷，那是诺贝尔奖，是瑞典的化学家诺贝尔设立的具有世界权威性的奖，包括物理、化学、医学、生物学、文学、经济和和平奖……"慈禧很认真地听着，问道："得了这个奖，可有银子？"德龄忍住笑道："自然有啊，得一个奖，少说也得给三万两银子！"慈禧惊道："原来给这么多！洋人那里，到底还是有钱！……都是什么人能获这个奖啊？"德龄道："只要在刚才我说的那些个行业做过特殊贡献的，都有资格获奖，就像您吧，假如日俄在东北真的打起来了，您出面制止了这场战争，那您就有可能获得诺贝尔和平奖！"慈禧笑道："我可不要洋人设的什么奖，倒是将来我们大清设个什么奖，让他们争着抢着才好，就像过年过节行赏那样儿，制钱儿一扔，奴才小厮来抢，瞧着多痛快！"德龄道："那好啊，若果真如此，便真的是老佛爷开了大清的先例了！”慈禧心情好转，话也密起来，道：“我瞧这几天天儿好，不如咱娘儿几个到乡下去逛逛，也不去远处儿，这园子外边儿，就是乡下了，咱们也不要御膳房的跟了去，只咱们娘儿几个，摘摘果子，烤烤白薯，也享受享受农家乐儿，你觉得如何啊，德龄？”德龄喜道：“那自然是好！前儿个妹妹还说，想去园子外边儿瞧瞧呢！”慈禧便叫李莲英吩咐下去，把野炊的家伙儿备齐了，德龄再三隐忍，还是忍不住问道：“这些日子都没见到四格格，还怪想她的！”慈禧淡淡笑道：“她那个房子，阴气儿太重，不免心气儿浮躁，是我叫她到春暖阁去写经，也好静静心，调养调养！”德龄悄悄瞥一眼慈禧，什么也没敢说，暗中纳闷而已。

10

艾米其实只是患了一点小病，之所以把凯文叫回来，不过只有一个原因：她想她的宝贝侄子了，她想为他过生日，她深信，这个中了魔的傻小子已经忘了自己的生日了。

凯·怀特回来了，第一眼看到艾米就知道自己上了当，他没说什么，只是拿出从中国买的礼物——两套旗装，为自己和姑姑套在身上。艾米穿上旗装在镜子里照了又照，笑得像个孩子，不停地说：“怀特，你的礼物太有趣了！”怀特道：“可是艾米姑姑，你的谎言太夸张了！”艾米狡辩道：“夸张才会有效果，戏剧不都是夸张的吗，你是那么地热爱戏剧，所以我以为你一定喜欢我的谎言。”怀特无可奈何地耸耸肩道：“天哪，姑姑，我是很爱你，可我从来不知道您是莎士比亚的妹妹，随便说点儿什么都有大师的影子。”艾米道：“我虽然不是大师的妹妹，可你等着瞧吧，最好的喜剧一定是出自我的手笔。”怀特嘲讽道：“我真崇拜您，不是因为您对戏剧的理解，而是您的可怕的自信。”艾米笑道：“等着瞧吧。……凯，今天试一下新烤的蛋糕好吗？”怀特道：“哦，不，谢谢，我只想来一份煎蛋。”艾米道：“还是吃蛋糕吧，这可是我发明的新配方。”怀特耸耸肩道:“好吧。”艾米高兴地冲仆人挤挤眼。一会儿,仆人、秘书、律师,都一起出来了,他们同声唱着《生日快乐》歌,律师的手上捧了一个大蛋糕盒。怀特惊道:“我的生日?!我都忘得一干二净了!”艾米笑道:“怀特,从今天起,你就二十一岁了!”怀特高兴地拥抱艾米道:“姑姑,你太可爱了,原来你让我回来是为了给我过生日。我真的非常爱你。”艾米得意地说:“为什么不打开蛋糕盒,我的大手笔就在里面!”怀特道:“我猜那一定是世界上最好吃的蛋糕。”艾米道:“这是毫无疑问的。”怀特打开蛋糕盒,里面没有蛋糕,却是一张纸。怀特好奇地翻开蛋糕盒里的纸道:“这是什么?”律师道:“怀特,这是艾米夫人的授权书,从今天起,你就是汉克斯公司的接班人,也就是董事长了!”大家一起高兴地鼓掌。怀特变色道:“不,我不能,艾米姑姑。”艾米道:“哈,有什么不能的,我相信你完全能胜任,你也要对自己有足够的信心才行!小傻瓜,我知道你一定会被我的好戏吓呆的,哈哈!”怀特道:“姑姑,我不行,公司没有您是不行的!”艾米道:“为什么不行?我已经想好了,我要退休了!我不打算等断气那天才教你怎么做生意,那就太晚了。而且,你很年轻,对时尚的式样感觉一定比我敏锐,这样,我们的公司一定不会落伍!”怀特道:“姑姑,我非常感谢您,也非常爱您,但这个礼物对我来说太突然了,我也许不能接受!”艾米一下子收起笑容,道:“你是认真的?”怀特重重地点点头。艾米道:“凯,难道你在中国还没有玩儿够吗?”怀特道:“我不是玩儿,我一直在和德龄保持通信,我真的很爱她。看到您的身体已经康复,我想过几天就回中国去。”艾米惊道:“天呀,你现在竟然说‘回’中国,看来那个中国女人真是对你施了魔法!”怀特道:“请你不要这么说德龄!”艾米道:“好吧,我们不讨论她的魔法,我想问你,你难道对我的财产没有兴趣吗?还有,你不认为你该对这个家庭负点责任吗?”怀特道:“我不是不想做继承人,可是我认为德龄是我生命里最重要的,我想和她在一起。”艾米道:“我同意你留在那儿再玩一段时间,我也赞成你拒绝康格夫人去以爱情换情报的建议,可我不希望听到的是你想娶一个中国女人,你想和她厮守终生。中国是个让人做噩梦的国家,中国人也都是可怕的。”怀特道：“姑姑，我想和德龄结婚，这是怎么也改变不了的！我不喜欢你的生意伙伴的女儿，也不喜欢女明星，我只爱她一个人。”艾米道：“我没有非要你商业联姻，或非要找一个名门之后，你可以找一个灰姑娘，找农家女，可你就是不要找中国人，他们的怪异和残酷足以摧毁一颗健康的心灵！”怀特寸步不让地说：“姑姑，那是您的偏见！”艾米道：“那么说，你是一定要去追求你的异国情调了？”怀特道：“不是情调，是爱情。”艾米索性摊了牌道：“如果让你在爱情和继承权之间选择，你挑哪个？”怀特毫不犹豫地回答：“我想订明天到中国的船票。”艾米紧追了一句道：“你不后悔吗？”怀特道：“我也有同样的问题要问您。”

那天，如果不是约翰的到来，天知道艾米与凯还要争论多久。当时，一个穿着传教士服装的人悄悄走到他们的身边。“我的上帝，是你！我的老约翰！”艾米站起，夸张地叫起来。“我的小艾米！噢，还有你，凯！什么时候回来的？”约翰也同样夸张，凯笑着回答道：“刚回来几天。”艾米细细打量，看清了老约翰的脸上确确实实平添了几道深深的皱纹。艾米叫道：“哦，可怜的老约翰，听说你吃苦了！被一群野蛮人围了一个礼拜，天呐，他们不会打你吧？！”约翰虽然面容憔悴，精神却十分好，他激动地说：“肉体的痛苦算不得什么，这次我最大的收获，是主为我擦亮了眼睛，可以用一种全新的目光审视中国人，你知道，在关键时刻，是中国人裕庚为我解了围……”艾米抱着双臂说：“好了约翰，这个故事我已经在《纽约时报》上看到了。”约翰依然激动未减，他把一直背在后面的右手伸出来，手里拿着的是一份传单。

艾米用嘲讽的口气道：“这是什么？不会是你获诺贝尔和平奖的消息吧？”约翰道：“知道我今天见到了谁？”“谁呀？看你那样子，就像见到天使了似的！”约翰并不理会她的嘲弄，继续道：“我见到了中国的康先生！”艾米不解道：“谁？”“康先生！康有为先生！”艾米皱着眉头想了一想，悟道：“哦，就是那个搞政变未遂，被他们的太后轰出国门的那个家伙？”约翰道：“康先生是个伟大的人！他始终忠于他的皇帝，在海外四处漂泊的这些年，他一直在宣传他的君主制的理想！他刚刚从日本与梁先生会合回来，现在就在纽约，我就是刚刚在市政厅旁边看见他的，他正在组织集会，喏，你看看这传单上就印着中国皇帝的肖像，他不是很年轻，很俊美吗？”艾米抚了一下约翰的前额，笑道：“你没发烧吧？”

调笑归调笑，艾米还是认真看了一眼中国皇帝的照片，道：“想不到中国的皇帝竟然如此年轻！好像比凯大不了多少！”怀特也在后面看了一眼，骄傲地想到他心爱的女孩儿就在皇宫里工作，和照片上那个年轻的皇帝常常见面。但是突然，一股说不出是什么的滋味控制了他。“我的上帝！”他在心里叫着，“我的德龄她上次失约，不会与这位年轻的皇帝有关吧？！”这么一想，他竟然忘了眼前的一切，甚至忘了与约翰礼貌地打一声招呼，就突然急匆匆地走了，他准备立即买船票，启程去中国。看到约翰惊讶地看着凯的背影，艾米嘴上挂着嘲讽的微笑道：“请原谅，凯现在是个病人——爱情病。”约翰半天才合上张开的嘴，哈哈笑起来。

尽管艾米装作不为所动的样子，待凯和约翰走后，她还是让秘书从图书馆搬来了一堆中国的资料。在查到“康有为”一条时，她戴上老花镜，细细地看了一回。只见上面写着：“……康有为，广东南海人，五岁能诵唐诗数百首，二十三岁曾到香港旅游，受到西方文明的熏陶，他三十七岁的时候联合各省应试举人发动‘公车上书’，联名请愿。呈送‘上清帝第三书’……”

几天之后，艾米在接到凯的明信片之后，已经能够如数家珍地与秘书谈论中国政治了。她慢慢喝着一杯爱尔兰咖啡，对秘书说：“约翰说得对，康有为先生果然是个非同寻常的人，譬如说，中国人好像是从来不旅游的，他却是在二十三岁时就到过香港……他的上书送到了中国皇帝那里，皇帝称赞有加，皇帝的老师说，这个人的才华胜过他百倍，后来皇帝接见了他，他呈上《日本变政考》和《俄彼得大帝变政记》，这两本书，对中国的皇帝影响极大，后来促使皇帝下决心变法维新的，也是这个人，噢，我的上帝，可惜变法失败了，他们的皇太后是个老顽固，皇帝想用‘英勇通达之士’，可是变法失败之后，皇帝发现的那些‘英勇通达之士’都被杀死了！上帝啊，我是亲眼见过那个国家杀人的场面的！……”看到艾米的脸色又在变白，秘书忙道：“请您不要激动！”艾米又喝了一口咖啡，定了定神，像是自言自语地说：“看起来，中国还是有些了不起的人的，并不都是那些让人恶心的秃头辫子！中国的女人，也并不都是那些裹小脚的怪物！”

第六章

1

慈禧在玩乐的方面历来说话算数。待德龄身体康复之后，慈禧果然命李莲英安排了一次郊外之行。众宫眷见老佛爷情绪很好，都纷纷凑趣儿，说着各种奉承话儿，独少了四格格。容龄到底是小孩子家的心性，耐不住，问道："老佛爷，怎么有些日子没见着四格格了，若说是染了风寒，也该好了啊！"慈禧一怔，假笑道："五姑娘，难道你一天到晚除了玩儿，就没有正经事儿做？"容龄道："当然有啊——教皇上练琴，学英文，我自个儿还在补习日文。"慈禧笑道："这不结了？四格格她也有功课要做啊，是我瞧她前些日子玩儿大发儿了，逼着她，做点子功课！"容龄问："做什么功课呀？"慈禧道："给我抄《金刚经》！一是练练字儿，二也是磨磨她的性子！"容龄道："哎呀老佛爷！这一磨也磨了有个把月了，您就放她出来玩玩吧，就算容龄向您求一次赏！"慈禧定定瞧了容龄一会子，微笑道："好，我看五姑娘的面子，明儿就放了她！"容龄急忙叩谢道："谢老佛爷！"

刚才这一问一答，不独德龄，连大公主和皇后也捏着一把汗，皇后想起《四郎探母》中的情节，心道："老佛爷竟像那萧太后一样，'别人要箭推出斩，皇外孙要箭拿去玩'！多亏了是五姑娘，换了个人，只怕是立时掌嘴、杖责也是有的！"德龄更是出了一身冷汗，又见容龄在众人面前挣了这么大面子，也自是欢喜，遂扶了慈禧，坐在稻田边的椅子上，宫眷们围桌而立，吃着冒着热气的茶叶蛋。慈禧笑道："瞧瞧，这就叫农家乐啊！"德龄忙道："老佛爷，奴婢真的想不到这么新鲜有趣。"慈禧道："等你们到了我的年纪，就什么都不觉着新鲜了！"容龄边吃边道："老佛爷，这茶叶蛋真的是太好吃了！"慈禧道："是吗，那你多吃一点儿。哟，你瞧瞧那边儿是什么？"容龄定睛一看，竟是御狗房的人带着小狗来了，她高兴地大叫："Ghost！"慈禧道："好孩子，它现在不叫这个洋名字了，叫喘气儿，它可听话了，让奴才们教教你，该怎么驯它，你抱它到那边玩儿去吧。"容龄欢欢喜喜抱了狗去。

容龄抱着小狗亲了又亲，那小狗却并不亲热，似乎也不比先前那么机灵，它好像已经变成听口号的机器。太监喊着："恭喜！"它便立刻作揖，太监喊着："趴下！"它也立刻照办。容龄的眉头皱成了一个结。太监道："容龄姑娘，它学乖了，都说棍棒下面出孝子，这可一点儿都不假。"容龄道："黄公公，它好像胖了些。"太监道："可不是，喘气儿现在和我们一样，也是太监了。它不是名种，按宫里的规矩，就给它净了身了，这样省事儿，还好看呢。"容龄难过得几乎落下泪来："那Ghost，不，喘气儿，它以后就不能有孩子了。"太监笑道："宫里绝后的人多了，可不还一样活得好好的，这世上不缺人也不缺狗，粮食和银子倒是有点儿缺。"

慈禧见容龄走远了，遂扫了众女官一眼道："我让这孩子走开，是要皇后跟你们说点事儿，孩子们听着不好。说吧，皇后。"德龄心里一紧，预感到此事似与四格格有关。只见皇后面无表情地说道："四格格房里的茧儿自尽了。"德龄吃惊道："为什么？！"慈禧冷笑道："奸情暴露，和那个小日本裁缝！"众宫眷大惊，大公主皱着眉头道："那茧儿，可是在老佛爷房里待过的那个？"慈禧道："可不是她！原来我看她甚好，才把她赏了四格格！谁知她人大心大，作古作怪的！教着四格格不学好！着人训了她几句，她脸上挂不住，就自个儿了结了！也好，总算没传出去，丢大内的脸！"慈禧冰冷的口气令所有的女官周身寒冷彻骨。元大奶奶手里的茶叶蛋一滑，几乎落地。慈禧锐利地瞥了她一眼道："元大奶奶，怎么胃口不如以前了？”元大奶奶情不自禁地抖起来。慈禧又扫了众人一眼，道：“那个小日本裁缝，我倒没急着让他走，我是想知道知道他还能出什么幺蛾子！咱们也学着点儿，将来以其人之道，还治其人之身！我倒是要瞧瞧，是他厉害，还是大清的家法厉害！！”慈禧说这话时声色俱厉，众女官一时面如金纸，元大奶奶更是抖个不停，几乎跪下。慈禧见了，倒咯咯地笑了起来，叫道：“李莲英，去把那上好的明前龙井给我们沏一壶来，我们要在这田边儿慢慢儿地品茶！”众女官这才三魂归位，强颜欢笑地继续助兴。

又过了数日，三木一郎实在待不下去，自行请辞。慈禧笑容可掬，礼貌周全地要他转达对内田夫妇的问候，并赏白银二百两。三木谢恩离开，望着他消失在殿门外的背影，慈禧冷笑起来，她小声问德龄道：“德龄，你不明白怎么我还赏了他，对吗？”德龄道：“请老佛爷明示。”慈禧冷笑道：“得谢谢他传了那么些没用的假情报啊，是不是？……哼，内田夫人以为我是傻子，派个探子来当裁缝，我就利用他传递假情报，这叫作以其人之道还治其人之身！”德龄由衷赞道：“老佛爷真是明察秋毫！”慈禧笑道：“这些招数都是我们大清的，小鬼子学了去，如今孙子倒想在爷爷头上动土，反了他们了！！”遂叫：“李莲英！传我的口谕，四格格的经文已抄满一尺厚，可以出来了！”李莲英应命而去。德龄听了暗暗心惊。

却说那四格格这些日子抄写佛经已经抄成了习惯，并不觉着有多么苦了，但真的从中悟出了些道理。这天太监传慈禧口谕的时候，她的旁边已经写了厚厚的一沓，那太监戏用一把尺子量了量，正好一尺，他作揖说：“奴才恭喜主子！您没日没夜的，已经抄了一尺厚了，明儿您就可以出去了。”四格格的回答令太监大为惊讶，四格格道：“请你帮我禀报老佛爷，我罪孽深重，甘愿受罚，想再多抄一尺。”

慈禧听了太监的传话，吸着水烟半晌不语，末了儿，命太监再传口谕，命四格格当晚侍寝，老佛爷有话要说。

当晚，四格格素衣素面进了慈禧寝宫，见慈禧正歪在烟榻儿上吸水烟，便上前请安。慈禧笑道：“正等着你呢，可是吃过了没有？”

慈禧的口气，就像是昨日刚刚见面，四格格听了不免心惊。那边慈禧又道："来，过来给我捶捶腿。"四格格忙趋身向前，跪在慈禧脚头，为她轻轻地捶腿。慈禧半眯了眼，似乎很是惬意，款款道："四格格，你怨不怨我呀？"四格格轻声道："奴婢不敢，奴婢是罪有应得。"慈禧道："瞧瞧你那委屈劲儿，嘴上不说，你心里想的什么我瞧得一清二楚。"四格格道："奴婢不敢。"慈禧笑道："什么不敢，说了让你出来，你还跟我拧着劲儿了！整个清宫大内，这话儿也只有你四格格敢说出来！你说我能不心疼你吗？打是亲，骂是爱，何况我还都给你瞒着，留着面子呢，你自己对容龄也不要说，听见没有？"四格格忙道："谢老佛爷。"慈禧道："四格格，你是我身边的人儿，素日里我疼不疼你，大家有口皆碑，可你犯了错儿，我要不调教你，对不住你的家中长辈，也对不住你去世的男人，是不是？"四格格的眼泪夺眶而出。

慈禧又道："你想不想知道那个小日本俊裁缝的消息？"四格格泪眼惊恐，连连叫道："不、不！老佛爷！"慈禧道："你还是知道一下的好，他已经剖腹自杀了。他们有探子，咱们也有消息不是。跟你说吧，王命就是天，谁背叛了天谁就不能活，甭管哪国，这道理都是一样的。对于大清宫中的命妇来讲，命不是自己的，是大清的。"

这一番话，掷地有声，多少年后还铭刻在四格格的心里。

2

对于光绪短暂而不幸的生命而言，1903 年无疑算是个吉祥的年头。构成吉祥快乐最重要的元素，无疑是德龄姐妹的进宫。他很喜欢这姐儿俩，他把她们看成自己的小妹妹，尤其是容龄，天真未凿，不时冒出孩童之语，更是可爱。这天容龄在考光绪的英语，指着大殿里的东西随意问道："柱子？钢琴？乐谱？椅子？桌子？"光绪回答得分毫不差。容龄愁道："这大殿里的东西都叫我给说完了，我还教什么呢？"光绪笑道："小淘气儿，你也有被难住的时候。"容龄顿时来了精神道："万岁爷，这可难不倒我，报纸怎么说?"光绪道："这个词儿我可不会。"容龄告诉他道："newspaper。字典上有，就是消息印在纸上，所以是一个 news 加上 paper。"光绪道："小淘气儿，你怎么会想到教我这个词儿?"容龄歪着脑袋想了一想，道："这些天，姐姐说服老佛爷读英文报纸，姐姐一句句地翻译给她听。"光绪道："哦，那你看不看报纸?"容龄道："玩累了就不看，我只喜欢看邓肯小姐的消息，对了，告诉您，我的好朋友凯瑟琳也成了邓肯舞蹈团里的明星之一了。"光绪看了看四周，对孙太监道："孙玉，朕的椅子坐得不舒服，你去拿个垫子来。"孙玉刚刚走出，光绪就赶快用笔在容龄的掌心写了个字，小声问道："小淘气儿，烦你回去帮我看看，有没有这个人的消息。"容龄歪着头看了半天，道："万岁爷，这个字是什么字，我不认识。"光绪又好气又好笑，待要说什么，孙太监已拿了垫子回来，光绪忙示意容龄握拳，容龄依法照办，她的掌心的字立刻模糊一片。光绪道："孙玉，明儿把我的字典拿来，赐给容龄姑娘。"容龄在一旁谢恩道："谢万岁爷，可是我可不爱写中国字，太难了，跟画画似的!"光绪故意绷着脸道："那也得学，不然就罚你。"容龄问："罚我干什么?"光绪想了想，道："喝两大碗豆汁儿!"说完两人一起笑起来，孙玉好长时间才见着皇上的笑脸儿，也跟着一起笑了。

当晚容龄便把此事告诉了德龄，姐儿俩一起翻着字典，容龄只记得那字是个广字头，其他什么也不能肯定。德龄问来问去的，容龄总说不是，两人就查广字头的字，容龄指着"庆"字道："好像是这个字。"德龄忙道："庆? 庆王? 万岁爷也许想问四格格的事儿。"容龄道："我特别想四格格，可万岁爷老说她是个麻雀，怪吵的。……嗯，好像又不是这个字。"德龄道："那你再找找。"容龄又指着"廪"字道："刚才说的不对，是这个字。"德龄道："那是'仓廪'的'廪'字，万岁爷想问粮食的事儿。"容龄道："不对，好像是问人的。"德龄嗔道："容龄，你真是急死人了，为什么不好好学中文。"容龄看了看手心儿，道："那不能怪我，中文这么难写，万岁爷又不让我留着，太监一来他就让我握拳不让他看见，谁记得住呢！”

德龄立即恍然，道：“不想让人瞧见，我知道了，一定是他！”她飞快地翻到“康”字，道：“是这个字，对不对？”容龄拍手道：“对了对了，姐姐，你真聪明！”

德龄到底比容龄长两岁，知道一点儿清国的历史，戊戌变法，她自然是知道的，也知道变法失败之后皇上的处境。这时，她总算是明白了皇上最隐秘的想法儿，她感慨地想，皇上真的是难啊！但是敢在老佛爷的千手千眼之中，大胆问康，也算是了不起得很了！她暗想自己一定要尽全力帮助皇上。

次日，德龄照例给慈禧讲英文报纸上的事儿。德龄译道：“日、俄在中国东北边境加紧布兵，俄国宣称，日本多有挑衅的行为，他们鄙视日本，战争一旦爆发，俄国将全力以赴，因为俄国人说这是正教对邪教的战争。……老佛爷，日俄一旦开战，看来战场必是满洲无疑，这样我们的百姓不免遭殃，还有……”慈禧打断了德龄的话，道：“不要说这些不吉利的话！……接着传译别的吧。”德龄只好称是，接着译道：“亚洲人学英语的越来越多，甚至亚洲的皇室和贵族也在学英语，比如印度、尼泊尔都有这样的趋势，英语必将是世界上最通用的语言。……老佛爷，奴婢有一件事，不知该不该说。”慈禧点了点头，德龄趁势道：“国外的君主，大多至少会英法两种语言，这是身份的标志，也是智能的标志。奴婢想，万岁爷的英语得加紧练习才是，这样洋人才不会看轻我们。现在，报纸上都是些大白话，万岁爷要是拿着报纸学的话，比看书学得快，因为书上说的太难了，就像咱们的古书，咬文嚼字的，还是说大白话来得快。”慈禧沉吟片刻，道：“可若是报上万一有乱党的消息，他不就又在那儿瞎琢磨了吗？”德龄忙道：“老佛爷，这个不难，报纸我每天都先给您说，您都查阅过了再给万岁爷。如果有乱党的消息，就把那天的报纸扣下，不就万无一失了？”慈禧点头道：“这倒是个办法，让他每天学一堆外国字，看他还有没有心思想别的了！”德龄心中暗喜。就这样，在20世纪初一个秋天的早晨，少女德龄用她特有的小聪明，为光绪皇帝争取了一个了解外面世界的机会。

3

这天午后，德龄又穿着慈禧的衣服为卡尔做模特儿。卡尔边调色边道：“德龄，告诉你一个好消息和一个坏消息，你想先听什么？”德龄想了一想，道：“还是先听坏消息吧。”卡尔道：“怀特失去了财产的继承权，你知道，那可是全纽约的人都眼红的一笔财产，一个大珠宝行，还有数不清的地产。”德龄大惊道：“我根本不知道他的家那么富有，他只说自己是普通的医生，姑姑是个靠吃房租过日子的人。”卡尔笑道：“吃房租？没错，也可以这么说。但那是非常大的一笔房租，他们不是一般的中产阶级，他们有豪华的商店、别墅、酒店和牧场。”德龄问道：“那么他为什么会失去继承权？”卡尔道：“因为你，他的姑姑不赞成他和中国人结婚。”德龄喃喃地重复着：“结婚？”卡尔笑道：“是的，他就跟他姑姑这么说的，他可真是个情圣。”德龄的脸微微地红了，毕竟，她还只是个十七岁的少女。她急忙转移话题道：“那么好消息呢？好消息是什么？”卡尔道：“好消息是他已经回来了！他还给你带了信！”

德龄把怀特的信双手捧在胸前，激动不已。

晚上，德龄坐在灯下看信，全神贯注，以致容龄说了半天话，她一个字也没听见。容龄恨道：“我恨怀特！他对你施了魔法。”那个施魔法的人的信是这样写的：“亲爱的德龄，我离开了使馆，现在在一家商社工作。使馆给我的报酬和生活条件是很优厚的，但是我以为他们要我做的附加工作也很多，这是我不可能做的，所以我决定了放弃。惟一有疑问的是，我也许会变成一个不太富有的人，这样你还会接受我吗？”

这封信是怀特在商社的办公桌上写的。这位二十一岁的美国小伙子并不傻，他之所以写这样一封不无试探的信，是因为他想在接受了心上人无数次的考验之后，也要还以颜色——也要考验考验她！

这个想法，还是在一睹光绪皇帝天颜时萌生的。当时他在照片上看到那个年轻俊美的皇帝，便突然地有了一种说不清楚的心情，大概是妒忌吧。他甚至想，德龄的爽约，或许与皇帝有着某种微妙的关系。作为太后的御前女官，大概是常常要和皇帝见面的。那一天，他瞒着艾米，同约翰一起去纽约华人聚会上见了康有为，老实说，他并不怎么喜欢那个留着小胡子的中年人，但是那个小胡子在听说他去过中国，并且有着一个在中国皇宫中做女官的恋人的时候，却激动万分，小胡子的眼泪顺着胡子淌下来，反复地陈述着戊戌年的那个夏天，他受到光绪皇帝隆恩的陈年往事。说着说着竟面向东方跪了下来，叩头到流血。作为他拥趸的那一群人，也跟着他没完没了地向东礼拜，把美国青年凯·怀特弄得莫名其妙。他想，是时候了，是该把他心爱的姑娘从皇宫里解救出来的时候了。

怀特与他未来的大舅子勋龄约好了在跑马场相见。但是勋龄却并不那么友好，他见了怀特便出了一记老拳，将怀特几乎打倒在地，然后气势汹汹地说："告诉你，我和德龄一样，为你无端的猜疑生气——你为什么以为钱在德龄的眼里是那么地重要呢?!"怀特喜出望外道："那么说，她不会嫌弃我这个穷光蛋了?"勋龄这才拿起德龄的信念道："一个有爱情和勇气的人才是真正富有的人，只要有可能，我也希望能和你一样，靠自己的才能自立，我觉得这才是理想的生活。"怀特高兴得打了个响指，道："她真是个天使!"勋龄看着他那样子，又好气又好笑，这才慢腾腾摆出大爷的谱儿，从身后拿出一个精美的香袋，道："这是天使的礼物!"怀特接过香袋的时候，心已经被融化了。勋龄在一旁严肃地说："凯，你这小子真的把我感动了，我知道你为德龄作出的牺牲，你应该得到她的心。"怀特闭上眼睛，轻轻地吻了一下香袋，那香味好像就是从德龄身上散发出来的，是他熟悉的那种香气。

香袋里满满装着各色首饰，都是宫制的，精美无比。德龄在信中说："这是太后赏给我的东西，也算是我的工作所得。如果一旦你有需要，请毫不犹豫地变卖它们吧，因为，我愿意。"

美国青年医生凯·怀特被爱的激情燃烧着，跨上跑马场跑得最快的马，一口气跑了十几圈，在他心里，那种隐约的妒意早已烟消云散，什么中国皇帝，就是上帝本人来，也休想夺走他的所爱！

勋龄笑眯眯地看着他的表演，心想："这个小子，还真有两下子，他不但夺走了妹妹的芳心，连我的心也快被他抢走了，现在，就是让我做皇上的大舅子，我也得考虑考虑了！"

4

皇后又陷入每月一次的苦恼中。她每次来月经之前，总要难受那么好几天，全身发胀，小腹疼痛，头昏脑涨，心灰意冷。每次请太医来看，无非都是那么几句话，阴阳失调，气虚血虚什么的。她心里明白，一个春秋盛年的女子，完全没有房事，怎么可能阴阳调和呢?！她又性喜读书，读到古人的一种酷刑，便是令女子终身不得性交。那么，她，作为皇后的叶赫那拉氏，便是终身在服这种酷刑了。但她总是心有不甘，在她表面上对于光绪满不在乎的背后，实际上对他的一举一动都十分在意。她发现，光绪的心情似乎好了许多，特别是在学习弹琴，学习英文的时候，那么，就必然是与德龄姐妹有关了，但是细察过去，似乎与容龄的关系更大些，光绪喜爱容龄的心情似乎从来不加掩饰，满嘴里"小淘气儿"地叫，但那又似乎是一种长辈对于晚辈的喜爱。总之，皇后貌似平淡，其实密切注意着皇帝的心境行止。

这天，大公主与德龄来瞧皇后的病，皇后急忙命宫女为她二人看座，又亲自拿出一碟精致点心请她们吃。问过了病，德龄为了给皇后宽心，便拿着英文小说《傲慢与偏见》逐段地翻译，两人听得津津有味。当念到伊丽莎白与达西明明相爱，却又争吵怄气的时候，大公主叹道："唉，这故事里的两个人，明明是一对儿，好好儿的，赌个什么气呢，还都那么倔，真是好事多磨啊。"皇后点头道："难道你没瞧过《石头记》？贾宝玉和林黛玉不是也爱这么赌气儿，让人瞧着，替他们着急……"德龄忙附和道："是啊，难怪人说，越是相爱的，就越是在乎对方，越是在乎对方，也就越容易受伤害，而且如果相恋的人内心骄傲的话，那就更糟了，因为不愿意表达，本来想亲近的，反而会越来越疏远了！”皇后听了这话，竟然深有触动，忙问：“这是谁说的？”德龄道：“我的老师邓肯说的，她不但是舞蹈家，还是个恋爱专家。”大公主笑道：“恋爱还有专家？”德龄道：“是啊，烦恼的女子们都跟她说悄悄话，她呀，总是立刻就能明白别人的心思，她说的话，没有不应验的。”皇后十分注意地听着德龄的话，问道：“哦？怎么中国没有这样的人呢？”大公主笑道：“难道皇后主子也要说点子悄悄话儿？”皇后突然脸色发红，半晌道：“这种书，原都是解闷儿的，当真信了，可不是笑话？”说罢，竟摆出一副送客的姿势，弄得德龄与大公主不知所措。出得门去，大公主自语道：“皇后主子一定是有什么心事，难对人言啊。”德龄何等聪明，明知皇后的病根儿所在，却因深明自己与大公主地位悬殊，不好直言，便佯作不知地笑道：“皇后乃六宫之首，必然要为后宫的事操心费神，哪像奴婢这样儿，一天到晚没心没肺就知道玩儿，奴婢也瞧准了，皇后主子最信任的人就是您，明儿您闲下来的时候多到长春宫坐坐，只怕皇后主子的病就能好一半儿呢！”大公主笑道：“你这张小嘴儿，快赶上四格格了！……对了，四格格已经大好了，告诉容龄，下回练舞的时候别忘了叫她！”德龄答应了一声，与公主在岔道儿上道了别，一路径直向东配殿走去，却冷不丁见皇后携了娆儿，贴在东配殿门边儿上正听呢。唬得德龄急忙退步抽身，转向另一条道儿，她越走越快，生怕被皇后瞧见。

却说东配殿中，容龄正在教光绪英文。光绪在对着字典，费劲地看着英文报纸，容龄在一边不耐烦道：“万岁爷，您晚上不睡也查不完这么多生词呀，干脆我翻译给您听得了，那样多痛快！”光绪认真道：“小淘气儿，使不得，使不得，朕一定要自己看明白这段。愚公移山，比朕难多了，不是也完成了？”容龄道：“我不喜欢愚公，我喜欢诺贝尔，问他要点儿炸药，山一下子就炸没了！愚公太笨！”光绪笑道：“小淘气儿，朕高兴听你说话，真是有趣得很！”容龄道：“万岁爷，那奴婢有个请求，不知您能否同意？”光绪示意她说，容龄道：“您在这儿查字典，奴婢有点儿闷得慌，可否先出去转转，等您查完了我再回来？”光绪忙道：“不好，要不报纸朕晚上回去看，咱们先练琴吧。”容龄又道：“奴婢还有一个请求，请万岁爷准许。”光绪问：“又是什么请求呀？”容龄撒娇道：“奴婢换了旗装之后，每次弹琴，脑袋上的首饰太沉了，脖子都快折了，奴婢弹琴的时候能不能把首饰摘下来？”光绪笑道：“那朕就准了吧。”容龄忙道：“多谢万岁爷隆恩！”话音未落，她就欢天喜地地自己摘首饰，不想钩着了头发，疼得她大叫一声。光绪忙道：“别动，朕帮你。”光绪细心地把绕在首饰上的发丝一点点地弄开，容龄还是第一次如此近距离地一睹天颜，看着皇帝修长的手指和温和忧郁的眼神，竟呆住了。

皇后在门外已静听多时，这时在门缝中看着光绪和容龄的背影，她突然之间神思恍惚，仿佛多年之前的一个画面又在重演，她轻哼了一声，扶了娆儿，踉踉跄跄地向长春宫奔去。

那天容龄回来很晚，德龄远不像平时对她那般和悦，板着脸问她去哪了，容龄调笑道：“我去玩了！偏不告诉你！”德龄道：“你该不会一直和万岁爷在一起吧？”容龄怔了一怔道：“在一起又怎么样？我就是愿意和万岁爷在一起！”德龄急道：“阿玛和额娘说了几次，叫我管你，可有这事？”容龄满不在乎道：“有，又怎么样？”德龄道：“既是额娘和阿玛托了我，那我就不能不尽尽姐姐的责任！你若是不听话，我就打得你了！”容龄仗着全家一向疼爱，有恃无恐，此时见姐姐翻脸，并不害怕，只觉得姐姐小题大做，有意逗她，索性将手伸出来，道：“打啊打啊，你要是不打，就不是我姐！”也是激得德龄没有退路了，硬着头皮将那戒尺拿了，照着容龄的手心就是一下，容龄哎哟一声大哭起来，哭得十分夸张，倒让德龄慌了手脚。但德龄忍着不去哄她，容龄哭了又哭，却见姐姐不为所动，只好起身拭泪，德龄这才过去，将帕子递给她，道：“你道我和额娘一样，由着你的性子来？即使是额娘，大事上也决不让你！还记得你进宫前戴护膝的事儿吗？额娘当时怎么说来？”容龄哭道：“额娘说我，也是事出有因，你倒说说你因何打我？说不出来，我就告阿玛和额娘去！”德龄这才执了妹妹的手，款款道：“姐姐还不是为了你好？这大内之中，无人不知皇上皇后素日不睦，你我姐妹，现在轮流教皇上学英文和弹琴，一定要避嫌才好，你道皇后是谁？皇后最是个精细之人，皇后若是等闲之辈，也就没有珍主子那回事儿了！……”德龄的声音近于耳语，在容龄心中却相当震撼，却仍嘴硬道：“我不做亏心事不怕鬼敲门！”德龄急道：“就怕你不做亏心事也有鬼敲门！好妹妹，求你听姐姐一回！阿玛额娘都老了，小心了一辈子了，可别再给他们惹祸！”容龄噘起小嘴道：“我就烦你这种口气，好像你一个人心疼阿玛额娘似的，难道我连这点儿事都不懂？”德龄听了，这才搂着妹妹，轻轻亲了一口。容龄却转着小眼珠儿，想起事情来。

5

多少年后德龄回忆起来，才深感自己的婚姻应当首先感谢慈禧，假如不是老佛爷那次牙疼，康格夫人把凯·怀特派来给老佛爷治牙，那么她和那个美国青年医生很可能有缘无分。

怀特医生刚刚起床，门外便响起了敲门声。怀特开门一看，竟然是康格夫人。康格夫人喜笑颜开，道：“凯，好久不见，我来看看你做一个商人的秘书是不是比做牙医更快乐。”怀特道：“那是我的事。我宁可做一个秘书也不想利用感情做交易。”康格夫人仍然笑容可掬道：“天呀，多痴情的孩子，我喜欢！现在你有一个机会能每天和你的小德龄在一起，还能重新穿起你雪白的白大褂，怎么样？”怀特怔住了，奇道：“夫人，我不明白你的意思。”康格夫人笑道：“慈禧太后已经牙疼一个星期了，她的御医对此毫无办法。在德龄和容龄的建议下，慈禧太后决定要把给勋龄治好牙的年轻又英俊的凯·怀特召进宫去。我可以把你派去，也可以重新找一个牙医，就看咱们今天谈得怎么样了。”怀特道：“夫人，您一直对我很好，我的姑姑会感激您的。如果您没有任何附加条件地派我进去，我一生都将感激您。”康格夫人道：“怀特，钱对我来说是好东西，可荣誉是更加重要的。况且，以你和姑姑现在的关系，我真的不敢指望以后你给我的感激除了甜言蜜语之外还有什么别的。”怀特沉默了。

康格夫人拍拍他，很有信心地说：“我给你两天时间，希望咱们合作愉快。”

怀特终于妥协了，他冲进裕家的客厅，想告诉勋龄他用了中国的“权宜之计”，表面上答应了康格夫人的条件，但是还没等他开口，勋龄便二话不说地把他拉进书房。

怀特看到德龄那苗条的背影的时候，简直不敢相信自己的眼睛。怀特惊喜地喊道：“德龄！”德龄回过头来，两人的目光如电流般绞在一起。勋龄悄悄地退了出去。怀特轻轻地吻了吻德龄的手，然后，他们再也无法控制，紧紧地拥抱在了一起。

从初次相识始，怀特便迷恋德龄身上那种特殊的香味，那仿佛是一种薰衣草的香气，却又不是。那是一种天然的香，是没有经过任何沾染的处子之香，怀特把德龄小心翼翼地捧在手里，他心里的那团火通过他的嘴唇和舌头向外散发，但是他不敢越过雷池一步，他最大胆的动作也不过是用火烫的唇在她雪白的颈子上停留了一下。但是他眼睛里明亮的火光却久久不熄，屋里只开了一盏小灯，在幽暗的灯光下，他看见德龄的眼睛也变成了两团火。

在最初的激情过去之后，两人互相偎依着，开始了久久的诉说。德龄问：“你为什么对我这么好？”怀特答：“我爱你。”德龄问：“你为什么要爱我，我们只见过一次啊！”怀特答：“爱是不需要原因的。”德龄问：“你为什么不问问我，我对你有没有同样的感情？”怀特道：“还用问吗？看看你的眼睛。”德龄有些害羞地避开他烫人的目光，低头悄悄地说：“凯，我理解你的难处，可你真的不用为了我而欺骗康格夫人，你不是一直很诚实吗？你要相信，即使见不了面，我的心也是和你在一起的。”怀特再次抱紧她，道：“可我真的希望可以经常看见你，哪怕只是远远地看一眼。现在我每天等你的信就像一个上了鸦片瘾的人渴望鸦片一样！”德龄低声道：“没有你的信我也几乎活不下去，可是……”怀特道：“可是我已经变成一个不诚实的人了，而且不但是对康格夫人，还有我的国家。天啊，爱一个人为什么这么艰难？”德龄道：“尤其是爱一个中国女人，对吗？”怀特道：“可是无论多难我也愿意。”两人缠绵多时，忽然，钟声响了起来。德龄轻轻推开他，道：“对不起，怀特，我得走了，我要迟到了，太后还有事情要我去办呢。”怀特道：“是啊，我也该走了，再见，在太后的宫里。”两人把手指放在自己的唇上，又伸向对方，然后互相心领神会地一笑。

慈禧的牙疼了一个多星期了，她捂着腮帮子哼哼着，把眼前的药碗摔在地上，骂道：“都是些没用的庸医，光会让我吃这些败火的药。也不见好，再败火，估计就得把我的阳寿都给败了！”皇后在一旁赔笑道：“老佛爷，要不喝点儿小米儿粥吧？”慈禧道：“小米儿粥？小米儿进到牙缝儿里，剔又剔不出来，钻心地疼！”大公主道：“那……让御膳房的做点鸭子汤？”慈禧想了一想，道：“那也罢了，鸭子倒是凉性的，不会上火，可千万把油撇净了，端上来的时候，不能烫也不能凉，哎哟，这牙要是再闹下去，明儿上朝都够呛了！……那个牙医怎么还没来啊？！……”

凯·怀特终于在一片企盼声中进了宫，康格夫人亲自为他保驾。慈禧召见康格夫人和怀特时，德龄和容龄分别站在慈禧和光绪的两旁。康格夫人道：“太后，这是我们国家年轻有为的医生——凯·怀特。”怀特彬彬有礼地行礼，然后轻轻地吻了一下慈禧的手。康格夫人又介绍道：“这是太后的御前女官，德龄小姐。”

怀特煞有介事道：“你好，德龄小姐。”德龄也装作一本正经道：“你好，怀特医生。”容龄在一旁看着他们，几乎笑出声来，她赶快捂住了嘴。

慈禧上下打量着凯，心道这洋小子还怪俊的，只是这么年轻，难道真的比御医还厉害？心下有些不信，便问道：“怀特医生贵庚几何啊？”德龄翻译之后，怀特忙道：“我刚过二十一岁生日。”慈禧道：“你的家族里，可有做过医生的？”怀特道：“我爷爷做过医生。”慈禧点点头，又问：“前些时，可是你把勋龄的牙给治好了？”怀特点头道：“是。”慈禧问：“用的是什么方法？”怀特道：“裕勋龄先生的牙床已经化脓了，我先用排脓消炎之法，止住疼，然后再补牙。”慈禧半信半疑地盯了他一会子，道：“听着倒还像那么回子事。”然后回头看着德龄道，“要么拣个吉日，让这洋小子试试？”德龄道：“是，老佛爷。”容龄在一旁捺不住，道：“老佛爷，您老人家牙疼得饭也吃不下去，还不赶紧让大夫瞧瞧，还要拣什么吉日，那不又要耽搁几天儿吗？”德龄瞪容龄道：“多嘴！”慈禧笑道：“可别说她！我还就喜欢这孩子，满宫里的人就属这孩子心直口快，五姑娘，你可不知道，宁可再忍两天等吉日，也不可造次，不是这么些日子都等了吗？再等两天儿也不多啊！”容龄睁着一双眼睛还想说，被德龄的表情震慑了回去。于是慈禧谢了康格夫人，叫下人将怀特安排在宫中住下不提。

6

隔了一日，慈禧接到禀报，说是京师大学堂要组织妇女座谈会，日本公使内田夫人、女学者服部繁子和秋瑾也要出席，慈禧想了一想，这件事原是准了的，不好再变，于是点了头，又命德龄以平民女子的装束，前去听会。

德龄走进去的时候，正值内田夫人在致开幕词，德龄见状，便在一个角落里坐了下来。内田夫人穿着十分合身的西装，显得颇有风度，她用熟练的中文在进行演讲：“各位夫人、小姐们，你们好！贵国的皇太后兴办女学，我们日本帝国非常支持！早在去年，也就是我们的明治三十五年，贵国政府就决定在北京办京师大学堂，实行新教育，向我国政府聘请教师，政府当时急电将服部宇之吉先生，也就是这位服部繁子夫人的丈夫从国外召回。如今京师大学堂已经成立了一年，由于服部先生的努力，一切都很顺利，贵国的皇太后也很高兴，鉴于双方合作的成功，皇太后决定兴办女子学堂。我听服部夫人讲，在座的各位受过教育的夫人、小姐们愿意成立一个妇女座谈会，以这种形式来互相交流知识，我以为，这很好……”

突然，德龄看见一个熟悉的面孔在门口出现。那是个身着男装的苗条身影，乍看像是一位翩翩美少年，再细细一看，不是秋瑾，又是哪个？

内田夫人及服部夫人都站起来向秋瑾鞠躬，秋瑾也急忙还礼。

内田夫人笑道：“我向大家介绍一下，这位秋瑾君，便是中国妇女解放的一位急先锋，她来了，我的讲话就该结束了，你们还是听她讲吧！她比我们日本受过教育的女子有更激进的思想和更渊博的知识！”秋瑾抱拳道：“夫人取笑了！……我很赞成内田夫人刚才的讲话，也很赞成这种妇女座谈会的形式，中国女界的问题是积重难返，起码，我们有了这样一个组织形式，可以讨论一下男女平权的问题……”一位穿着考究的女子道：“说是要男女平权，我以为这是天方夜谭。女子一旦有了孩子，便一心扑在孩子身上，整天牵肠挂肚的，男人倒是潇洒，该干什么就干什么。要让女子成就自己，除非太阳从西边出来，或者是让男人生孩子。”会场里爆发出一阵笑声。秋瑾道：“女子和孩子的缘分，说来原是比男人要深，毕竟是十月怀胎嘛。可我以为母亲不应只是在生活上关照孩子。试想，如果有一位母亲才情如李清照，勇猛如花木兰，或铁腕如沙俄之叶卡特林娜二世，其子女的勇气与胸襟一定会仿效其母，其敬爱之情必然倍增。而女子自己的才能便不仅是风花雪月时的点缀，而是造福于天下，岂不快哉？”又一女子道：“母亲多受教育固然是好事，可自古以来便有‘女子无才便是德’之说，女子有了才华，便会在本来和睦的家庭里横生许多枝节，闹得家庭失和，要说男女平权，谈何容易！”秋瑾道：“我以为对天下疾苦视而不见才是我们女界的耻辱。古人云‘先天下之忧而忧，后天下之乐而乐’，以天下为己任，并非只是须眉男子的专利啊！”这一番话引得会场窃窃私语，人们都各持己见，不能统一。

服部繁子讲话的时候，秋瑾发现了角落里的德龄，她向德龄走去，伸手道：“原来你也是个女人。”德龄握住她的手，笑道：“先生，难道你不希望我是女人吗？男女授受不亲，倾谈岂不是诸多不便？”于是两人执手而笑，走出庭院。德龄问起秋瑾家中情况，秋瑾道：“……上次你们走后，我即易男装到了戏楼去看戏，王子芳回来之后竟然打了我，说我败坏门风，我一怒之下出走阜城门，住到了泰顺客栈，他着了急，多次道歉，并使仆妇甘辞诱回，却不想回来之后，他愈加变本加厉！对于他，我已经不想说什么了！”德龄惊道：“出走客栈?!先生真是女中豪杰啊！”秋瑾道：“目前我最大的心愿是东渡日本留学，然后回国办女子学校，把西学的精髓广泛传播。中国有一两个勇敢的女子是不够的，只有办学校、办报纸，才能带动和激发更多的女子，改变更多的孩子和家庭。”德龄道：“先生的远见令我十分钦佩，如先生有何处需我效劳，我愿尽绵薄之力。”秋瑾谢道：“你有这份心，秋瑾已经感激不尽了。现在一切都是纸上谈兵，真正地付诸实施，还有待时日。况且我也不便问你的尊姓大名，不说也罢。”德龄笑道：“哦，先生为何不问?”秋瑾敏锐地盯着她道：“姑娘你两次易装，一次是官宦子弟，一次是小家碧玉，不单是性别迥异，身份也不尽相同。这其中必有隐情，所以我就不再追问了。”德龄道：“先生真是冰雪聪明之人。……哦，请先生回去继续讨论，我要回家去了。”秋瑾抱拳道：“姑娘保重。后会有期！”两人挥手别过，秋瑾突然发现，庭院里德龄坐过的椅子上放着五百两银票和一对珠花。

德龄匆匆回宫去见慈禧的时候，慈禧正伸着手让太监给她修指甲呢。见德龄回来，慈禧堆起一脸笑容，问道：“可见着内田夫人了?”德龄道：“见到了，她不过说些官面儿上的话，待了一会子就走了。”慈禧又道：“那个烈性子的王太太怎么样了?”德龄道：“依奴婢看，她也就是个富家少奶奶，因为丈夫不专情，心里冷了，想去东洋散散心，消遣消遣，有点寄情于山水之间的意思。”慈禧道：“你看她有忤逆朝廷的迹象没有?”德龄道：“回老佛爷，奴婢看不出来，就觉着她原是娇生惯养的，心气儿高，受不得冷落，自己找台阶下罢了。她那个丈夫，就爱逛窑子吃花酒，根本不管家。秋瑾只是对她的丈夫不满，作诗说‘彩凤随鸦鸦打凤’，还有什么‘如何谢道韫，不嫁鲍参军’。”慈禧若有所思道：“嗯，这女人还真是有点儿才情呢。……还有，你给我学学，那一屋子的娘儿们都说些什么?”德龄道：“还不是说说孩子丈夫什么的，诉诉苦罢了。”慈禧想一想，道：“看来和咱们娘儿几个说的也差不多，行了，明儿内田夫人再问我留学生的事，我也就应承了得了。王秋瑾一个女人家，看来也不能反了天；内田夫人呢，得了面子，总不至于再打仗的时候不手下留情，你说是不是?”德龄道：“老佛爷，洋人知道您让女人留学，肯定都说这是开天辟地的创举呢。”慈禧笑道：“德龄啊，你可是越来越会灌迷魂汤了，跟谁学的?”德龄忍住笑道：“德龄说的都是肺腑之言。”

7

老佛爷看牙的吉日终于到了，怀特进宫的时候多少有点忐忑不安。东方的皇宫，在阳光灿烂的美国医生怀特看来，虽然华丽，但总有些阴森可怖的感觉，特别是，在阴森可怖的背景前，还有一个同样可怕的老太太。他小心翼翼地拿出消毒的工具，给慈禧看牙，一边用英文与德龄交谈。慈禧心里有些紧张，就叫御狗房的太监把喘气儿给抱了过来，此时她双手紧紧抱着喘气儿，张着嘴，半信半疑地由着凯摆弄。喘气儿见凯是陌生人，一个劲儿地冲着他叫。

怀特边给慈禧剔着牙边说：“德龄，太后的牙龈发炎了，我先把牙龈的脓弄出来，然后消毒。……对了，艾米姨妈来信了，说她考虑再三，不生我的气了，还要恢复我的继承权。”慈禧在一旁问道：“德龄，他说我的牙要不要紧?”德龄忙道：“怀特说你的牙不要紧，可是最近先不要吃甜的，还要多清洁牙齿。”慈禧立即沉脸道：“那他的意思是说我的牙不干净了?”德龄道：“不，他没有这个意思。”她又对着怀特道：“听到艾米姨妈的消息我太高兴了，我不愿意你为了我而失去她。快，拿出牙粉来!”怀特拿出了牙粉，问德龄道：“我该怎么办?”德龄道：“做刷牙的姿势。”慈禧拿过牙粉，看了看道：“这是什么白面儿，还有股子薄荷味儿。”怀特急忙用手指比划着刷牙的样子，用生硬的中文道：“上下左右，每天都刷。”德龄在一旁道：“老佛爷，怀特说这是美国牙粉，每天用，牙就不会疼了。洋人的牙都又白又亮，用的就是牙粉。咱们总用青盐擦牙，盐太硬了，会把嘴里磨得生疼，还会伤害牙齿的保护层。”慈禧看了一下，见怀特的牙齿洁白整齐，道：“这洋小子的牙果然不错。”怀特调皮地对德龄笑道："天呐，我觉得我像一匹正在被买主挑选的种马，买主在看我的牙口呢！如果我真的变马了，你会买我吗？"德龄不禁扑哧一笑，慈禧立即投过来疑问的目光。德龄忙道："老佛爷，他说您的牙在中国已经是最白的，他猜您年轻的时候一笑，一定会让很多人着迷呢。"慈禧得意地笑了，嘴上却说："呸，洋人也会拍马屁。"小喘气见几个人说来说去的，又不懂，又没意思，便汪汪着，在慈禧怀里挣扎，慈禧拍拍小狗，叫道："李莲英，快把喘气儿给我抱走，喂它点儿吃的！它这么叫唤，敢是饿了！"李莲英接过喘气儿的时候，凯扎扎实实地盯了那小狗一眼，就那么一眼，他就喜欢上它了，他情不自禁地搂了搂喘气儿的小脑袋，亲了一下。慈禧笑道："原来洋人也喜欢小狗，告诉他，德龄，他若是把我的牙治好了，我赏他一只御狗房的小狗！"凯谢过慈禧不提。

晚上，怀特向刚刚回来的约翰神父作忏悔。怀特向约翰讲了关于康格夫人的事，然后说："约翰，在上帝面前。我请你做证，我这样做不是出于恶意，而且，我将来一定会设法补偿康格夫人的。"约翰道："孩子，我会为你守口如瓶的。"

怀特道："约翰，我搞不清楚到底康格夫人这样做是不是对的。说她手段卑鄙，可她似乎是一心为国；说她爱国，可她又不真诚地对待感情。"约翰道："善恶都是相对的，追求完美是很难的。"听到"完美"这个词，凯的眼睛一亮道："但是我的中国女孩就是完美的。"约翰无可奈何地摇摇头道："也许吧，按照你姑姑的话来说，得了爱情病，就是戴了有色眼镜，你的眼镜可以过滤掉一切你心上人的不完美。"

作过忏悔的凯觉得自己心中一片光明，他高高兴兴地回宫，跑向御花园，见满园的菊花，正在盛开。菊花丛中，站着一个青春女孩的苗条身影。

他们再次不期而遇！

尽管非常危险，他们还是小心翼翼地走到了假山附近，据德龄说，这儿应当算是最安全的地方了。他们藏身在一个小山洞里面，热烈地接吻。怀特轻声道："亲爱的，你就是一块磁铁，我总是被你吸引。”德龄靠在他的怀里，担心地说：“凯，那康格夫人那边你怎么交代呢？”怀特道：“这是秘密，以后告诉你。”德龄笑道：“那我可得小心了，因为我的身边有危险的间谍。”怀特也笑：“这个间谍不想偷情报，他只是想偷心而已。”德龄道：“心是偷不了的，只能换。”怀特认真地说：“只要能得到你的心，我拿什么换都行。”德龄正想说什么，突然听见山石背后传来一阵呻吟，凯显然也听见了，他把食指放在嘴边，示意德龄不要说话，然后轻轻地向山石后面摸去，德龄也跟着他，两人手拉着手，在另一块石头背后呆住了：一幅难以想象的场景出现在眼前！

一个太监搂着一个宫女，正在抚摸，那宫女背对着他们，那太监把她抱得紧紧的，亲嘴摸乳，那宫女不断呻吟，还小声喊着：“亲哥哥……”

两人见状，都羞得满面通红，缩回了山洞。半晌，凯才悄悄看了德龄一眼，但见德龄红着脸似乎在想什么，还没等凯问出来，她突然要走出去，被凯一把拉了回来，德龄喃喃地说：“不，不对……”凯问：“什么？”德龄道：“你发现了吗？那个太监……好像是个男人！”凯笑道：“太监当然是男人，难道还是女人不成？”德龄急道：“哎呀人家不是这个意思！我是说，那人好像是个真正的男人！太监什么样子，我心里有数！”两人争了半日，待德龄回到原处再看时，人已然没了。

德龄的疑心并没有错，他们看到的一男一女正是周太监的义女、专为慈禧太后敬烟的宫女祖儿和那个假太监。原来，那假太监名叫无玄，是孙文和陈天华的忠实拥趸，今年刚满二十三岁，入了兴中会，仗着一腔青年热血，想混入大内刺杀慈禧，为推翻满清立个头功。混进来之后才发现下手之难，一日巧遇周太监，帮助周太监端了茶饮，周太监感激不尽，引他到自己的下处去坐，留茶留饭。两人谈得甚是投机。后来，自然见到了祖儿，祖儿见他正是自己那日在园子里见到的假太监，先是大惊失色，害怕得要命，日子久了，却又觉着她与无玄的相遇，实是一种缘分，满园子的假男人，早已让祖儿恶心透了，无玄是第一眼便看上了祖儿的，两人一来二去，成了好事。却说那无玄正当青春年盛，每每竟也不顾后果。到底女孩子心细，就在他们亲热的时候，祖儿听见好像远处有人，因此拉着无玄，急匆匆走了。

8

宫里开重阳夜宴的时候，慈禧的牙齿已经好了许多，但是她仍然没有什么“与民同乐”的心情，说了两句话儿，就携光绪与皇后先走了，走前还特意嘱咐了德龄一番，嘱她“盯着那两个洋人，若有何异处，立即禀报”。德龄听命而去，回到桌旁，与众宫眷一处，边赏菊花，边喝酒吃螃蟹，倒也其乐融融。

德龄见凯和卡尔都很高兴，不停地吃喝说话，像孩子似的，不同的倒是四格格。德龄发现“复出”后的四格格十分异常，她不停地喝酒，做出一副快乐的样子，她和每一个人干杯，每次都一饮而尽。大公主在一旁道：“四格格，你可悠着点儿，这可是菊花酒，不是酸梅汤。”四格格像没听见似的，咣地碰了一下元大奶奶的杯子，然后又是一饮而尽。元大奶奶小声道：“四格格，你要是心里有事儿，咱姐儿俩明儿好好念叨念叨，可别喝闷酒啊。”四格格妩媚地侧着头，道：“我没有心事，我高兴，我喜欢过节。”瑾妃拿过一小碟梅子，道：“来，吃一粒梅子，醒醒酒。”四格格道：“不吃，咱们来对诗，我说上句，看你们谁能接上下句。……我说了啊：‘遥知兄弟登高处’，下句是什么？”瑾妃道：“这容易，‘遍插茱萸少一人’。”四格格打了个酒嗝，又道：“那就来个难的——‘寂寂花时闭院门，美人相并立琼轩’。下两句是什么？”瑾妃面有难色地看着大公主，大公主叹了口气，拿过一把扇子，用蟹爪蘸着酒，在上面写道：“含情欲说宫中事。”她把扇子又递给了瑾妃，瑾妃接着写：“鹦鹉前头不敢言。”

四格格拿过扇子默念了两遍，突然狂笑起来，道：“好一个‘鹦鹉前头不敢言’！好！好！真是太好了！！”大公主看不下去，叫四格格房里的宫女："快把你主子扶回去！她醉了！"四格格歪歪倒倒地被宫女搀走，还回过头来，笑道："我没醉，你才醉了呢！……"

容龄和姐姐一直在陪着卡尔说话儿，讲英文，怀特则与外务部会讲英文的官员在互相敬酒，他们一直争着把酒杯放低，结果一直到了桌子底下。卡尔在一旁笑道："凯，你们这是在玩什么游戏？难道要一直这样比下去吗？"容龄在一旁认真解释道："卡尔，他们在比到底谁更尊敬谁，杯子低一点就表示谦虚，说别人比自己高明。"卡尔便拿了一只螃蟹腿，放低，然后碰了一下容龄手里的螃蟹，道："敬你！"容龄大笑，不小心把蟹腿落到了衣服上，鲜亮的衣服立即出现了一块油渍。容龄道："卡尔，我去换身衣服，马上回来。"容龄去换衣服，匆匆从花园走过，不想一个人影从树丛里踉跄着出来，抓住了她的手。容龄一惊，仔细一看，竟是光绪。容龄被光绪拉着，怔住了。光绪拉着她的手道："珍儿，这儿歌舞升平，好一派繁华景象，可惜，这都是假的。"容龄见光绪双眼通红，满身酒气，心知他是醉了，便道："万岁爷，我不是珍主子，我是容龄。"光绪像没听见似的，继续道："珍儿，朕没有脸过重阳，没有脸见祖宗。陆游说，'死去原知万事空，但悲不见九州同。王师北定中原日，家祭无忘告乃翁'。朕比陆游还凄凉，没有后人可以指望呀。"容龄劝道："万岁爷，您不要难过了，您喝多了。"光绪道："珍儿，幸好朕有你这样一个红颜知己，否则这世上更是暗无天日了。"容龄眼珠一转，问道："万岁爷，您真的非常爱珍儿吗？万一珍儿红颜老去，您也会这样吗？"光绪把容龄温柔地搂在怀里，道："珍儿，你真傻。如果珍儿真的老了，朕就更老了，那你会嫌弃朕吗？"容龄心里一颤，道："不会，也不可能。"光绪道："朕老了以后，就牵着你的手，一起看菊花，一起赏斜阳。"容龄感动道："就像童话里的王子和公主，他们幸福地生活，一直到死。"两人正在缠绵，孙玉急匆匆跑来，喘着粗气道："万岁爷，您让奴才好找，咱们早该走了！"容龄一惊，下意识地要推开光绪，却被他抱得紧紧的，容龄的脸一下子灿若桃花。容龄忸怩道："孙公公，万岁爷喝多了，把我给错认成珍主子了。"孙玉叹道："容龄姑娘，你说酒是不是好东西，它让人想说什么就说什么，想看见什么就看见什么。老天爷也还算公平，虽然人不能事事如意，可一有了酒，立马就什么都有了。”说罢，轻轻扒开光绪的手，把他扶走。

容龄看着他们的背影，半晌没有走开，她抚摩了一下光绪依偎过的肩膀，胸口突然狂跳不止。

直到四格格被宫女扶着走来，容龄才算清醒。只见四格格忽然趴在低矮的栏杆上，吐了起来，宫女赶快地替她拍背。容龄忙过来道：“四格格，我正要找你去呢。”宫女道：“容龄姑娘，四格格醉了。”四格格笑道：“容龄，赶快回巴黎，回巴黎跳舞去吧。”容龄扶住了她，道：“我送你回去，明儿咱一块儿跳舞。”四格格身子一歪，倒在容龄怀里道：“现在就跳，我会跳，你说的，我有天才！”她一个人转起圈子来，转了又转，转得裙裾飞扬，如同一朵盛开的花朵，看得容龄与宫女眼花缭乱。转着转着，四格格竟转到了没有栏杆之处，一下子转进了湖水里。

湖水涟漪四起，容龄和宫女都呆了。半晌，宫女才大叫道：“救人呀，四格格落水了！”容龄倒是还算沉着，道：“你也别叫了，叫也没用，这会子哪还有人听见，值夜的怕是也喝醉了！你赶快拿根长棍子来，让她抓住！”宫女忙找来一根长棍，可是醉了的四格格在水面乱扑腾，根本不理会伸过来的棍子。容龄一着急，索性脱了外衣，只穿中衣，跳了进去。宫女大叫道：“容龄姑娘，使不得，这湖水可深了！”容龄可不管那一套，进到水里，便将在巴黎学会的自由泳展现出来，宫女吓得只顾了捂着脸，也没看清楚容龄是怎么把四格格拖到了岸边的。两个姑娘全身透湿，都躺在岸边喘气。宫女趴在四格格身边，控着她嘴里的水，哭叫道：“四格格，你醒醒！你醒醒啊！”四格格半睁了眼睛，如说梦话一般，道：“……我醒，醒着呢。……醒着呢！”容龄疲惫地趴在草地上，也像在说梦话：“酒，到底是不是好东西？到底是不是啊？……哎呀，怎么这么冷？小娥，你快给生堆火，让我烤烤火，怎么这么冷啊？……”

太阳渐渐西沉，两个姑娘却趴在那儿不动了。宫女小娥急得大喊起来。

9

却说容龄为了救四格格，跳入水中着了凉，高烧不退，急坏了德龄和四格格。慈禧也急了，亲自派了御医，给容龄诊治。御医诊了脉，皱眉道：“容龄姑娘高烧不退，真真地令人不安呀。”四格格慌了神，又没法子，只好一个劲儿地换毛巾，为容龄擦去额上的汗珠。这时，卡尔和怀特走了进来。卡尔用生硬的中国话问道：“她好些了吗？”四格格道：“没有，她的烧一直都没有退！”怀特看着卡尔用英文说：“我认为她得打一针，否则会很危险，我这就去拿医疗器械。”卡尔道：“要不要等德龄过来之后再做决定？”怀特道：“救人要紧！还是先打了针再说吧！”四格格呆呆地听着他们的对话，一头雾水。

怀特拿起注射器，把里面的气泡排出来。四格格立即警惕起来，惊道：“你们要干什么？”卡尔道：“你放心，我们只是要给她打一针。”四格格紧张得不行，急道：“这是什么？要针灸？小蚊子，快来！……你看着这个洋人，不许他动容龄姑娘！”小蚊子答应了一声，冲了上去，怀特刚拿起酒精棉球在昏睡的容龄的手腕上擦了一下，小蚊子马上用力地把他推到一边。怀特莫名其妙，问道：“怎么了？”小蚊子索性把他往墙上撞。怀特也不客气地抡起老拳，把小蚊子打倒在地。四格格立即奋不顾身地冲了过来，被高大的卡尔抱住。四格格尖叫道：“来人哪，有人要害容龄啦！”卡尔道：“天啊，你能不能安静点儿？”几个人闹成一团。

此时，德龄正扶着慈禧往容龄卧室里走。慈禧边走还边说：“五姑娘这孩子可真叫人操心！……这个胡太医是宫里最有办法的太医了，要说风寒也不是什么大病，怎么这孩子就病得这么重呢？”德龄道：“容龄在法国一向都是吃西药的，也许对中药不适应。”慈禧道：“我就不信太医们治不好容龄！……我的牙要不是迫不得已，怎么会找洋医生？治牙可以不用吃药，总不至于死。可风寒必定是要吃药的，那黑黑的小药片儿谁知道里边藏着什么？防人之心不可无呀。”德龄道：“老佛爷，在法国的时候我们可都是吃西药的。”慈禧道：“哼，当初洋人哪儿知道日后你们能成宫里的红人，否则他们能放过你们吗！”说话之间，已然穿过了回廊，进了院子，一进门儿，正赶上怀特刚好把针头拔出来。慈禧大惊道：“你竟敢给五姑娘扎针儿！太狠毒了！”怀特从表情中看出她的态度，道：“太后，我只是给容龄打了一针，因为她的热度那么高，不打针真的很危险！”德龄翻译过去之后又加上了一句话：“怀特，你应该先征得太后的同意，不然她会有误解的！”怀特道：“德龄，可是容龄很危险，难道太后的情绪比你妹妹的生命还重要吗？！你怎么这么势利！”德龄一怔，气得泪水几乎掉下来，道：“妹妹是我的，我当然比你更关心！你这么指责我，完全是曲解了我的感受。”慈禧在一旁怒道：“德龄，你告诉我，他嚷嚷什么呢？！”德龄道：“他说他觉得容龄的病很危险，所以……”没等话说完，慈禧便怒喝道：“来人，给我拿下！把这个卡尔也拿下！”怀特被太监们带走的时候还挣扎着回过头来，叫道：“德龄，这到底是怎么回事？”德龄无可奈何地看着他，道：“由于你的鲁莽，现在你的生命比容龄更危险。”

在清宫中有一个人对于容龄的病也在暗暗着急，这就是光绪。听说小淘气儿病了，光绪觉得自己不能无所作为，踱了几圈之后，突然想起容龄曾经说过最喜欢听巴黎的钟声。便突然悟到什么似的，把宫中最大的一个座钟拆了开来，整整两天的工夫，光绪都在聚精会神地修着座钟，钟上的零件被他拆得满地都是。孙玉在一旁，说又不是，不说又不是，只好说：“万岁爷，歇会儿吧，这都弄半天了。”光绪并不理会。孙玉又端了杯茶过来，道：“那您先喝口水？”光绪不耐烦地摆摆手，仍然专心致志地干他的活儿，等到光绪满手油腻地把钟安好，座钟正好走到了下午 5 点，悠远的钟声回荡在了大殿里。孙玉喜道：“好了，好了，万岁爷，你真是聪明盖世，宫里的钟就没有您修不好的。”光绪疲惫又欣慰地看着钟摆，道：“小淘气儿……朕是说，小淘气儿最爱听这钟的声音，说听着这钟声就好像还在巴黎一样。”

爱听这钟声的人果然就被这钟声叫醒了。钟声回荡着，容龄慢慢地睁开了眼睛，一直守着她的德龄惊喜道："容龄，你醒了？"容龄问："姐姐，我睡了多久？"德龄道："你昏睡了两天，可好像有一个世纪那么长。"容龄神情恍惚地说："我梦见了巴黎，梦见自己在教堂的钟楼上跳舞，跳着跳着，就怎么也停不下来了，后来有几次好像马上就要从钟楼上掉下来了，我害怕得要命，这时候，有一个天使来了，他把我驮到了这里的大殿，可我只看见他雪白的翅膀，怎么也看不清他的脸，就在这时，钟声响起来了，我被钟声叫醒了……"德龄叹道："可是天使为了救你，现在被关起来了。"容龄问："谁是天使？"

容龄的问话正好道出了她们姐妹的爱情秘密：在德龄心中，凯是绝对的天使，是他不顾一切，为了抢救容龄的生命，不惜牺牲自己，而在容龄心中，天使却另有其人，那个梦中的天使有着温和的微笑和忧郁的眼神，那个天使，是为她敲响钟声的人。

10

容龄的秘密很快就暴露了。那是在一周之后，俄国公使勃兰康夫人举行答谢宴会，专门招待清宫大内的宫眷们。大厅里的水晶吊灯晶莹剔透，勃兰康夫人举杯对众宫眷道："众位贵宾，上次我访问贵国，对贵国留下了美好的印象，希望你们也对这个夜晚留下美好的记忆，现在请品尝我们厨师最拿手的巧克力点心和蓝山咖啡吧，请大家尽情地吃起来吧！"德龄把她的话翻译给众宫眷听，四格格小声地问了一句身旁的大公主道："大公主，什么是巧克力？"大公主道："我也不知道，回去再问德龄吧，省得闹笑话。咱们学着公使夫人的样子吃就是了。"侍者把点心端了上来，容龄高兴地用法语对公使夫人道："夫人，我很久没有吃巧克力了，吃巧克力对我来说就像是跳舞，实在是太好了！"夫人笑道："我认为应该像恋爱，实在是太迷人了。"容龄笑道："我没有恋爱过，想象不出来。"夫人道："天啊，恋爱是太美好的事情，你可要抓紧时间，不要浪费你的青春和美貌哟。”容龄低声道：“太感谢您了，除了您，从来没有人说我美，大家都说我是一个孩子。”夫人道：“你要是也把自己当孩子的话，就享受不到恋爱的乐趣。”容龄道：“夫人，您的话太精辟了，从来人没有告诉我这些，非常感谢您。”夫人道：“亲爱的，不要感谢我，感谢美酒和鱼子酱吧，没有这些我什么也说不出来。”

四格格尝了一口巧克力，觉得挺好吃，高兴地吃起来。旁边一位衣冠楚楚的侍者问勃兰康夫人道：“请问您要糖和奶吗？”夫人道：“不要。我喜欢黑咖啡。”侍者接着问大公主：“请问您呢？”大公主学着夫人的样子道：“不，谢谢。”大公主尝了一口咖啡，却难以下咽，她悄悄地把一小口咖啡吐在自己的手绢里。旁边的四格格也尝了一口，然后皱着眉头，强忍着吞了下去。席间一个俄国女人笑道：“哦，请诸位快喝吧，我会用咖啡渣给你们算命。”德龄把她的话翻译给大家听，瑾妃奇道：“用咖啡渣也能算命？先给我算吧，我这就喝完了，这咖啡真的很香。”俄国女人凑过去，仔细地看着她的杯底图案，容龄忙跟过去翻译，宫眷们也都凑了过去。勃兰康夫人在一边喝着咖啡，轻声与德龄交谈，她问：“太后最近身体好吗？”德龄道：“她很好，只是有点担心东北的局势，因为如果一旦战争爆发，那里的百姓安全是得不到保证的，因此她希望知道，仗是不是一定会打，是不是一定会在中国打？”夫人转了转眼珠道：“哦，我也不喜欢打仗，不过如果打仗的话，太后的安全是没有问题的，这点我可以保证。战争是男人的事情，我们今天还是不要谈吧。”德龄道：“好的，我们不谈战争了，女人关心的是孩子，太后把百姓当成她的孩子，所以她总是那么不安。”夫人道：“德龄，日本是个邪恶的国家，我们两国打击邪恶是要付出代价的。”德龄道：“夫人，我明白您的意思了，我会禀报太后的。”大公主在一旁和四格格咬耳朵道：“你能喝完咖啡吗？”四格格皱眉道：“喝完这东西会要了我的命。”大公主飞快地把自己杯子里的咖啡倒进四格格的杯子里，道：“我的喝完了，你想办法吧。”四格格睁大眼睛，叫道：“大公主，你不能这样！”大公主把食指放在嘴边，暗示她轻一点，道：“你比我小，闯点儿祸没事儿。”然后她附在四格格耳边说了几句。

容龄与瑾妃听着俄国女人算命，不时地发出阵阵笑声与惊叹声。俄国女人细细看着容龄的咖啡渣，突然吃惊地叫道：“哦，我的上帝，你在恋爱，你爱上的人是一个……”容龄急忙打断她道：“错了错了！我从来就没恋爱过，我还小呢，不信你问我姐姐！”她突然跑开了，德龄疑惑地盯着妹妹的背影。

这时四格格见一个侍者走过来，赶快迎了上去，假装不经意地撞到侍者的身上，把咖啡洒了。侍者忙道：“真是对不起，小姐，让我再给你续一杯？”四格格慌道：“不要了，不要了！”大公主不禁掩口而笑。在一旁的勃兰康夫人还一个劲儿地客气道：“再添一杯吧，咖啡有的是，不必客气。”

那天回去时慈禧还未歇息，听了众宫眷的讲述，大笑不已。四格格笑道：“我好不容易把那黑药汤似的咖啡泼了出去，侍者还一个劲儿地问我：‘还要吗？’勃兰康夫人还以为我是客气不敢要呢，如果再要一杯的话，我可想不出别的办法泼掉了！那个算命的夫人看了我的咖啡渣说，‘啊，今天看来你的心情不错，终于摆脱了你多日来的烦恼。’”瑾妃在一旁道：“可是我觉得咖啡很好喝，虽然有点苦，可回味无穷，还有一种烤煳的香味儿，喝了很提神。”大公主道：“我是一口也喝不下去，只好欺负四妹妹了。”众宫眷的描述激起了慈禧的好奇心，她回头对德龄道：“德龄啊，咖啡到底是什么味道，你也给我弄些来尝尝。”德龄忙道：“奴婢这就写信到法国去买。”

那天深夜，德龄一觉醒来，发现容龄还没睡，正在灯下小心翼翼地刻着一块儿巧克力，她刻了一个心形，上面还有一支穿过的箭。德龄在她开着的门上轻轻敲了一下。容龄一惊，巧克力啪地落在了地上。德龄走进来问道：“巧克力怎么不吃，还要在上面刻什么？”容龄满脸通红道：“你为什么窥视我？”德龄道：“我没有窥视你，你的门是开着的呀。让我看看，你刻的是什么。”容龄慌忙踩住地上的巧克力，但德龄已经看清了是个心形。德龄盯着妹妹的眼睛道：“容龄，你老实告诉我，你……是不是爱上什么人了？”容龄道：“这是我的隐私，我现在不想说。”德龄道：“可我要对你负责，你是我妹妹。”容龄道：“你自己去约会，从来也没有人干涉过你，你为什么就不能给我点儿自由呢？”德龄耐心地说：“容龄，告诉我，到底你在和谁恋爱，是不是凯瑟琳的哥哥，他一直很喜欢你。”容龄扑哧笑道：“我可从来没有喜欢过他，他是个长颈鹿！”德龄猜道：“那就是那个拉小提琴的多米尼克？”容龄道：“姐姐，我早就不和他通信了。”德龄追问道：“那你到底是和谁在恋爱呢？”容龄道：“我在和自己恋爱。”德龄道：“好妹妹，告诉我！”容龄忽然心存向往地说：“姐姐，接吻的感觉是怎么样的？”德龄的脸红了，道：“到时候你就知道了。”容龄道：“可我现在就想知道。”德龄道：“我觉得，接吻……就像……就像喝醉了一样。”容龄道：“喝醉是什么样子，我从来没有喝醉过。四格格喝醉了，掉进了水里，还会唱歌；万岁爷喝醉了，把我当成了珍主子……”容龄突然停住，她看见姐姐已经敏捷地把地上的巧克力捡了起来，那上面，有英文刻的“给亲爱的Y……”。下面的字显然没有刻完。德龄看着大写的Y问道：“Y是谁？”容龄道：“是约克公爵，是伊冯，是扬，反正他就是Y。”

次日早朝过后，德龄换上慈禧的衣服，正要去卡尔画像的东配殿，透过树丛，突然看见容龄向大殿跑去。她叫着妹妹的名字，可是容龄没有听见，像飞一般向前跑，德龄跟了上去。

德龄看见妹妹进了大殿，向皇帝施了一个英国礼，说：“Good morning！ Your Majesty！”光绪微笑着回答：“Good morning，My little girl！”于是他们坐下来，开始练习四手联弹。节奏越来越快，终于光绪落伍了，钟声响了起来，两人停下来笑了。光绪道：“小淘气儿，朕又输了。”容龄道：“万岁爷，有的时候你不是真的输，你是在让着奴婢。”光绪笑道：“哦，你还知道什么？”容龄道：“我还知道你会修钟表，我就是听到了黄昏的钟声才醒来的，我的病能好，要谢凯文，更要谢万岁爷。”光绪道：“小淘气儿，这些事儿你都是怎么知道的？”容龄撒娇道：“不告诉你。”光绪假装生气道：“那朕可要罚你了，孙玉，拿棍子来，给她五十大板。”孙玉笑着递过一只小尺子，道：“万岁爷，棍子在这儿。”光绪扑哧笑道：“孙玉，怎么连你也不怕朕，拿一根小尺子来糊弄。”容龄在一旁道：“因为我们都知道，万岁爷是绅士，绅士是不打人的。”光绪问道：“什么是绅士？比进士好吗？”容龄道：“绅士不是学位，在西方是指有礼节有身份、文质彬彬的男子。”光绪道：“那有点像武侠书中说的大侠客，对不对？”容龄道：“不全对，那些大侠都总是绷着脸，一丝儿笑容也没有，可西方的绅士全都是和蔼可亲的，尤其是对女士，又温柔又体贴，能照顾的都照顾到，他们认为这才是他们的风度。”孙玉在光绪后面一个劲儿地冲容龄摆手，容龄奇怪地睁大眼睛看着他。光绪冷不防地回头，孙玉赶快住了手。光绪道：“孙玉，你在这儿挤眉弄眼的干什么？去一边面壁去，没有朕的旨意，不许回头。”孙玉只好领旨而去。容龄这才悟道：“万岁爷，奴婢错了！您原是要让所有的人照顾的，您怎么能照顾人，尤其是女人呢，所以奴婢不能把您说成绅士。”光绪笑道：“可朕今天就想做一个绅士，小淘气儿，你得告诉朕，绅士是怎么样的？”容龄道：“这话当真？”光绪道：“是的，绅士——听起来很合朕的心意。”容龄笑道：“好吧，现在就教您，不过您可不能再罚我了。”

他们真的排练起来：光绪把胳膊伸过去，容龄轻轻地把自己的手搭了上去；容龄坐下，光绪给她把椅子往前送了一下……清晨的阳光映在容龄脸上，她的眼睛闪出了异样的光芒。

这一切，都被门外的德龄看得清清楚楚。她自语着：“Your Majesty！……原来如此！”在那天的早晨，德龄终于洞悉了容龄的秘密，她万万没有料到，容龄爱的人竟然是皇帝！这让她突然有了一种要大祸临头的感觉。

第七章

1

内田夫人进宫的时候，慈禧的牙齿已经好得差不多了，加上这阵子天天用牙粉刷牙，牙齿的确白了许多，所以见到内田夫人时，她的笑容十分灿然。内田夫人自然顺势恭维了她一番，道：“太后的容貌真的是越来越美了，您能告诉我您是如何保养的吗?”慈禧喜道：“也没有什么保养，不过是每天起得早，趁着露水还没落，把花儿采下来，制成胭脂膏子，比外面的新鲜罢了！祖儿，去把那新制的胭脂膏子拿两瓶来，送给内田夫人!”祖儿听命而去，内田夫人称谢不已。慈禧这才对着做传译的德龄道：“内田夫人，关于向贵国派驻留学生一事，经过朝廷的再三协商，决定接受贵国的美意。经过审核，将准十二名品行纯良之学子获此良机，以求深造，用西学改良，增益新政。”内田夫人大喜道：“太后，您真的是位明智的女性，有这样长远的目光和开放的胸襟，一定会名垂青史的。至于中国留学生的教育和衣食问题，我国政府将高度地重视和关照，天皇相信，这样的交流会十分有利于中日的亲善和显示大日本帝国的风范。”

慈禧听到内田的最后一句话，有些不悦，但仍微笑着说：“请转答我对天皇的谢意，以中国文明之深远，对友邦的盛情总是以礼相待的，夫人一定对此有着亲身的体会。李莲英，念留学生姓名。”

李莲英念了长长的一串，德龄听到其中有秋瑾的名字，不禁微笑起来。

内田夫人走后，慈禧立即狠歹歹地说："这个内田夫人，竟敢在我面前说什么'大日本帝国的风范'！真是不知天高地厚了！"德龄忙道："但是您的应答绵里藏针，恰到好处。"慈禧微笑道："我那句话说得还算得体吧？这些人，绝不能让他们觉得有空子可钻！……德龄啊，今儿天儿好，咱们去游湖吧！"德龄应了一声，遂与李莲英及贴身宫女祖儿一起，扶着慈禧走出大殿。

李莲英为慈禧安排了一条带篷的小船，德龄和慈禧透过雕花的窗户看着湖上的另一条船，那是怀特和卡尔，随着容龄的病愈他们自然得到了释放，并且同时获得慈禧的赏赐——游湖。看得出他们两个十分高兴，边划着船，还边比赛用石子打水漂。慈禧嗤道："这两个洋人，怎么倒像两个孩子，看看，看看，说高兴就高兴起来了，还玩儿得这么好！"德龄道："老佛爷，他们自然高兴，只有外国使节才有游湖的荣幸，这已经是对他们格外开恩了。"慈禧道："其实啊，我原也没想把他们怎么着，可容龄毕竟是你阿玛和额娘的心头肉，好好地交到我手里，我可不能让她少了一根头发丝儿。"德龄忙道："老佛爷是最疼我们的，容龄的病能好，全是托了您的福。"慈禧笑道："德龄，你的小嘴儿是越来越会说了，容龄是洋医生救的，又不是我救的。"德龄道："洋医生没有您的旨意，怎么能进宫呢？"慈禧哈哈大笑道："这倒是真的，不过咱们对着外边还是不能说洋医生好，只能说咱们的太医好，别长了洋人的志气，灭了自己的威风。"德龄笑道："老佛爷，您说话做事滴水不漏，奴婢可是领教了。这回把这两个洋人放出来，让他们既没法儿回去抱怨，还觉得您的确是宽宏大量。"慈禧道："德龄啊，政治是什么？政治就是斗心眼儿、斗嘴皮子、斗军火和斗银子，咱们军火和银子不行，可心眼儿和嘴皮子不知要比洋人强多少倍。对了，德龄，这俩洋人会不会回去又找出什么碴子去主子那儿告状啊？"德龄道："老佛爷，您就放一百个心吧，他们都跟我说，保证不会的。因为，他们都喜欢这儿。"慈禧道："既这么着，李莲英，赏他们一人一身儿朝服。"李莲英弯腰道："敢问老佛爷，照几品的赏？"慈禧扑哧笑道："这我倒没想过，随便看着，意思意思得了，你还真的当真？"说罢，几个人都笑起来。李莲英又将御膳房做的点心摆出来，沏了茶，德龄将随身带的报纸拿出来，译给慈禧听。慈禧慢慢喝着茶，又吃一口点心，悠悠地问："怎么样啊，俄国人和小日本又有什么事儿没有？"德龄道："回老佛爷，报纸上只是说双方正在紧张地谈判，目前谈判没有任何进展，只是互相指责。"慈禧道："看来这仗是非打不可了。上回你见着勃兰康夫人，没听她说点儿什么？"德龄道："那天勃兰康夫人倒是说了一句，她说中俄两国打击邪恶的日本是要付出代价的，看来他们是做好了战争的准备，而且也是非要在中国打不可的。"慈禧啐道："这俄国公使夫人，也不是什么好东西，真是一点儿情面也不讲。美如天仙，毒如蛇蝎呀。有好事的时候他们的沙皇什么时候想过咱们，打仗了倒要拉个垫背的！"德龄道："老佛爷，奴婢看来，俄国除了和日本争强之外，目的还是想占领咱们的东北。"慈禧道："只要不往紫禁城来，就阿弥陀佛了。我就怕他们一打仗，那些什么孙文、康有为这样儿的逆党乱党又想闹事儿，还是先安内为好，他们打仗，我们就干脆来个坐山观虎斗！"德龄道："可是，他们是在大清国的领土里打仗啊！……"慈禧打断了她，道："不必再说了，袁世凯的北洋常军、张之洞的湖北常军，能把紫禁城保住就算不错了！庚子年的教训难道还不够吗？得罪了洋人，别说东北了，连北京都没了，咱们娘儿们连葬身之地都没有！我不管以后怎么样，只要在我闭眼以前，大清还姓爱新觉罗，还留着辫子，我就算对得住祖宗了！"德龄愣住了，半晌无语。

慈禧拿过报纸浏览了一遍，见报上竟有几个名优的像，便问道："这画的不是谭鑫培和杨小楼吗？"德龄道："老佛爷，这是照片，是几个外国摄影师照的，这张是我的哥哥勋龄照的，上面都写着字儿呢。"慈禧想了一想，道："是了，你倒是说过勋龄会照相，事儿一多，我就忙忘了！"德龄道："是啊，家里只他会照相，他因为迷这个，连海军军官学校都不愿意上呢！"慈禧又细看了一遍杨小楼等人的照片，笑道："你甭说，这个勋龄还真有点儿歪才，他拍的这些个照片儿还有点子意思！德龄啊，过两天儿你把勋龄拍的照片都拿过来瞧瞧！”德龄应了，继续陪着慈禧喝茶赏湖景不提。

德龄陪着慈禧说话儿的时候，勋龄正在和其他几位外国摄影师给谭鑫培和杨小楼拍照。两位名优的姿势都很特别：谭鑫培骑着一匹骏马，目光炯炯，而杨小楼则卧在菊花丛中，围观的人们都感到很新奇。勋龄正在指挥，忽然后面有人拍了他一下，他回过头，见是个穿月白布衣的人，那人道：“裕公子，别来无恙？”勋龄认了半日，方才惊讶地发现，那人原来正是秋瑾。秋瑾道：“我明天就要启程去东洋，本想找令堂妹话别，可是一点儿线索也没有。没想到恰好在此与公子巧遇，看来我们的确是有缘之人。”勋龄抱拳道：“您真是女中豪杰，只身去千里之外，一点儿畏惧之心都没有，佩服佩服。”秋瑾道：“该佩服的是令堂妹，她似乎有什么难言之隐，但还是慷慨地把家传的首饰给我做去东洋的路费，如果我没有猜错的话，她所做的事和她的家庭一定是矛盾的。”勋龄笑道：“秋先生，您的确没有猜错，只有一点错了——她不是我的堂妹，她是我的亲妹妹。”秋瑾把那银票和珠花掏出来，道：“裕公子，多谢令妹的美意，我心领了。如此贵重的礼物，我是不便收下的。”勋龄忙道：“先生差矣。如果先生不收的话，我和妹妹心里都会难过的。既然明天就启程，我斗胆向先生讨一样礼物回赠舍妹，不知先生意下如何？”秋瑾忙问：“哦，什么礼物？”勋龄指着自己的相机道：“我看您的照片就是最好的礼物。”秋瑾笑了，不再推辞，由勋龄拍了一张自己的男装照。后来由勋龄交给了德龄保存不提。

2

却说那慈禧自打看了勋龄拍的照片之后，忽发雅兴，琢磨着自己也该留个影儿，便先让德龄把家中的照片拿来，一张张细细地瞧。慈禧问道：“德龄容龄啊，照一张照片需要多长时间？”容龄抢着回道："回老佛爷，不包括换衣服和布置灯光的时间，就站在那儿，一眨眼儿的工夫就好了。"慈禧惊道："一眨眼儿？能照得那么像，和真人差不多，怪不得叫照相呢，就是像！"容龄差点儿笑出声来，德龄从背后掐了她一下，正色道："老佛爷，我和容龄的这两张着色照片送给您，请您笑纳。"慈禧忙道："那可使不得，送给我，你们不就没有了吗，日后想看的时候可怎么办？"容龄笑道："老佛爷，照片不比画像，只要有底片，想洗出多少张都行。"慈禧道："哦，那要多长时间？"德龄道："洗照片也就几个小时吧。"慈禧道："那你们为什么不早告诉我，这可比画像强多了，那个卡尔，画了那么长时间，衣服还没有画完，太慢了！我看，明儿就宣勋龄进宫，给我照相！"德龄、容龄领命而去。慈禧为保万无一失，又于当晚召见了谭鑫培和杨小楼，反复问了关于照相的一切。慈禧问道："最近你们有什么头疼脑热的吗？"两人齐声回答："回老佛爷，没有。"慈禧又问道："杨小楼，你穿的是那件红戏服吗？"杨小楼道："回老佛爷，奴才穿的正是您最喜欢的那件戏服，不过红色照上去是黑色的，要是两种浅颜色在一起，比如月白和粉红，就分不出来了。"慈禧自语道："看来这照相里头的道道还挺多。谭鑫培，你的马照了相以后有什么异常没有？"谭鑫培道："回老佛爷，没有。奴才觉得照相这个事儿挺好，说是两百年后的人都能看见，这样奴才的子孙们就知道他们的老祖宗长什么样儿了。"

次日正是个秋高气爽的艳阳天，但见那裕勋龄已经把照相机架在了湖边，容龄和德龄坐在椅子上做模特儿，慈禧和光绪及众宫眷在一旁观看。慈禧坐在御座上，皇后侍立一旁，其他人都围着相机问长问短。光绪对于机械一类历来颇有兴趣，这会子听着勋龄讲解，觉得格外有趣。勋龄指着相机的各个部位，讲道："皇上，这是光圈，是根据不同的天气来调节进光的情况的，这是焦距，是调节距离的，这是快门，这么一按，照片就拍好了。"光绪道："朕本是见过相机的，倒是并不陌生。只是其中的原理有些不明白，不知道你能不能抽空给朕好好讲讲？"勋龄忙道："万岁爷，那是奴才的荣幸。"四格格接过话来，道："万岁爷，您原来见过相机呀，我怎么不知道宫里有相机呢?”大公主急忙拉了她一把，但已经来不及了。光绪的笑容僵在了脸上，半晌才道：“那是很久以前的事儿了。……朕有些不舒服，先回去了。”众宫眷望着光绪的背影，都不知所措。惟瑾妃突然慢慢说道：“珍儿原来是会拍照的，你们以后别再提这事儿了。”众宫眷闻言大惊。

光绪走到一个石凳子上坐了下来，把手帕打开，蒙在自己的脸上。手帕透出一派柔和的阳光，如烟雾一般的镁粉在空气中燃烧，珍妃的身影在烟雾中若隐若现。珍妃穿的是他的衣服，扮成男子，淘气地笑着，为他拍照。

光绪长叹一声，把手帕拿下来，从怀里掏出珍妃的照片，久久地看着。孙玉在一旁不知说什么才好。光绪自语道：“从前照相说是妖术，现在又成了时令的玩意儿了，那机器是死的，可话却是活的，怎么说都行啊。”

光绪的情绪并没有影响到慈禧与众宫眷的兴致。慈禧也站到勋龄的照相机旁，眯着眼睛在取景器里看了一会儿，勋龄耐心地在一边调着焦距。慈禧惊道：“哎呀，这么远都瞧得见，我连容龄的耳环都瞧见了！勋龄，我还要瞧瞧德龄头上戴的是什么，行不行?”勋龄忙道：“老佛爷，当然可以了，您稍等等。”勋龄调好焦距，慈禧道：“哟，是几朵珍珠镶的梅花，看得真真儿的！我站这儿用眼睛就看不清，这玩意儿倒挺新鲜的。”皇后在一旁道：“老佛爷，我瞧这玩意儿就跟打仗用的望远镜差不多。”勋龄笑道：“对，对，皇后主子真是见多识广，这镜头的原理和望远镜的确是一样的。”慈禧疑道：“哦，你又没打过仗，你是怎么知道的?”皇后道：“回老佛爷，这是书上说的，航海的书上就有这样儿的图。”

慈禧继续看着拉开的镜头，突然发现，姐儿俩的影像是倒着的！慈禧叫道：“哎哟，勋龄啊，你可是给装反了吧？还幸好是被我给发现了！……”勋龄赔笑道：“回老佛爷，照相就是这么着，在相机里瞧着，是倒着的，这是光的反射原理造成的。”慈禧问：“什么叫反射原理?”勋龄道：“这么说吧，照片洗出来就是正的了，所以现在倒着没关系。”慈禧道：“哦，我明白了，如果在这镜子里看是正的，那洗出来的照片就是反的了。”勋龄不好反驳，只得忍住笑道：“差不多吧。老佛爷，您要不要现在就去照一张？只管坐在那就好了。”慈禧正色道：“那可使不得，我得先瞧瞧今儿的照片到底儿照得怎么样儿！”勋龄忙道：“还是老佛爷圣明！对您来说，照相留影儿可的确不是一件小事儿。等我把照片洗出来您瞧瞧再定夺，如何？”慈禧喜道：“如此最好。”

又过了一日，照片洗出来了，慈禧、勋龄与众宫眷在一起看着照片，大家都称赞不已。慈禧笑道：“哎呀，怎么四格格看着那么胖，快赶上月饼了？”勋龄忙道：“回老佛爷，照起相来，圆脸的人总比实际要胖些。像您这样的瓜子脸，最适合照相了。所以您以后应该多照才是。”慈禧佯嗔道：“勋龄，你可别哄我。”德龄忙道：“哥哥从来都不说瞎话儿，他说的都是真的。”慈禧看着勋龄洗照片的工具道：“瞧着你这套家伙儿也怪有意思的，能不能让我也试试，洗一张照片儿瞧瞧？”勋龄连忙侍候好了，将底片拿过来，由慈禧放进显影液里。大家看着渐显的照片出了神。照片洗出来，勋龄道：“老佛爷，您真了不起，还会洗照片了呢！”慈禧喜道：“勋龄，明儿你给我挑挑衣服，告诉太监们怎么布景儿，我操了一世的心，也得乐和乐和了！”勋龄赔笑道：“不知您喜欢什么景儿？”慈禧道：“我瞧着十七孔桥附近的那片大荷塘还不错。”四格格在一旁拍手道：“老佛爷说的地方儿，让人想起普陀山南海观音住的地方儿！”慈禧道：“算你说对了！我明儿就是要扮观音菩萨。”众人听罢，都拍起手来。

当天勋龄便指挥着众人，将那十七孔桥附近的荷塘围了起来，然后将小船大船并成一排，卡尔和凯也来帮忙，卡尔在一片未干的景片上加上最后的颜色，凯则在帮勋龄架上遮光板。太监们穿梭忙碌，都以为是老佛爷心血来潮，要在湖上听大戏。直到第二天，朝霞漫天，装扮成观音的慈禧与众女官出现在湖畔的时候，众太监才明白老佛爷的葫芦里卖的什么药。

慈禧的心情异常之好，携众宫眷上了船，让李莲英下去化妆，扮善财童子，自己竟咿咿呀呀地唱起戏来，慈禧唱道：“芍药放牡丹开花红一片……四格格，你给我接下句儿！”扮成童女的四格格忙唱道：“艳阳天春光好百鸟争先……”宫眷们听出是京戏《四郎探母》里的段子，都笑了起来，围在一旁听着。慈禧又唱：“我本当与驸马同去游耍……”四格格接道：“怎奈他这几日愁锁眉间……”众宫眷喊一声好，那慈禧便乘兴念道：“善财童子，你在哪里？”化了妆的李莲英应声进来，只见他那张又黑又皱的脸抹得红红粉粉，众女官一见，都哈哈大笑起来，四格格笑得最厉害，连眼泪都笑了出来，大公主也笑得喘不上气来。直到勋龄开始拍照的时候，笑声才算停止。勋龄对着焦距，怀特则趴在地上托着反光板。

湖畔，没有上船的光绪和卡尔在谈话，容龄自告奋勇地做了传译。光绪道：“卡尔小姐，既然照相那么快又那么逼真，你觉得绘画特别是肖像的绘画艺术会从此衰落吗？”

卡尔自信地说：“陛下，当然不会，因为这是两种不同的艺术，我认为绘画更加主观，更加具有个人的色彩，画一个人并不仅仅是他的外貌，而是要表现画家所感受到的他的灵魂。同样一个女模特，有的画家画出来的是她的天真，有的就会表现出她的性感。”光绪还是头一次听到“性感”这个词，不禁问道：“什么是性感？”容龄有些害羞，道：“哦，就是中国人说的风流，不，这样说不准确，应该是销魂。”光绪笑道：“很有意思！卡尔真是很有见地。如果要她来画朕，她会把朕画成什么样子？”卡尔笑道：“陛下，画完以后，您就会从我的画里看出来了，如果您真的想知道，就必须做我的模特儿。”光绪听完容龄的传译，笑道：“哦……这可难住朕了。”卡尔哈哈大笑，笑声传出很远。

卡尔的笑声惊动了船上的人，慈禧等专注于拍照，倒也罢了，偏偏皇后的眼尖，最爱盯着光绪，此刻见三人笑成一团，便悄悄对慈禧道：“今儿皇上好像兴致很好呀，又说又笑的。”慈禧瞥了一眼道：“哼，我看准是那个卡尔又闹什么笑话了，一个老姑娘那么疯疯癫癫的，谁敢要她！”勋龄连拍了几张，对慈禧道：“老佛爷，您老人家歇会儿吧，奴才拍完了。”慈禧问道：“这就算得了？”勋龄道：“得了。”慈禧大喜道：“这倒是快，明儿个这玩意儿一发展，哪儿还有画画的什么事儿？像卡尔这么笨的，就更没饭吃了！”众宫眷大笑。慈禧喝了一口茶，突然沉脸道：“这是什么茶？！……给我把御茶房的人叫来！怎么给他们点儿好脸儿就蹬鼻子上脸！我明明要他们加桂花，他们倒拿茉莉来糊弄我！是不是欺负我老糊涂了，连什么味儿都辨不清了！！”李莲英吓得忙道：“老佛爷快别气坏了！奴才这就找御茶房的去换茶！”勋龄与众女官也来劝解，慈禧这才渐渐气平了，看看相机，又看看湖畔的光绪等人，心里突然又有了一个主意。慈禧道：“勋龄，我来动手按一张可好？”勋龄笑道：“老佛爷，那当然好，那奴才的这架相机就要千古流芳了。您老人家想拍什么？”慈禧道：“那就拍岸上的三个人儿吧。”德龄听了这话，心里一凛，暗想容龄可别犯傻，正想着，慈禧已经站在取景器前，勋龄在一旁替她调着焦距。慈禧道：“……好，我要容龄的脸再近些，好好，清楚了！……”勋龄问道：“老佛爷，您看那上下左右的边框可合适吗？”慈禧突然沉默不语，原来，她从取景器里看到容龄看着光绪的表情，那可真是含情脉脉啊，她心里一惊，嘴上却说：“哦，我可要拍了，按钮呢？在哪儿？”勋龄将快门指给她看，慈禧便用她戴着金指套的手指，狠狠地按了下去。

好像就在那一瞬间，雨点从天上落了下来。慈禧道：“了不得了，下雨了！”李莲英在一旁道：“老佛爷，您真的是观音菩萨啊！这不，拿了柳枝儿和净瓶，就真的下雨了。”众女官也急忙凑趣，你一言我一语地拥着慈禧进了画舫，这时御茶房的派了太监来送茶，那太监头戴一顶斗笠，皇后见是个生脸儿，便格外注意些，但见那太监宽肩阔背，身量儿又高，哪里像个阉人？！想起祖儿说过的那番话，心下越发起了疑，便一闪身走出画舫，将那太监拦在门外，问道：“这是哪位公公？好眼生啊！”那太监并不答话，李莲英在一旁道：“听御茶房的周公公说，他是个哑巴。”皇后哦了一声，对李莲英道：“你把茶端进去，让他走吧。”那人好像犹豫了一下，才后退着走了。皇后一直疑惑地盯着他的背影。

3

自打从取景框里看了容龄的表情之后，慈禧便生了疑。这天晚上有闲，便把皇后叫到了寝宫中，说是请她“喝咖啡”。自从上回去俄国使馆回来，慈禧就一直闹着要喝咖啡，结果还没等德龄寄来，凯就拿来咖啡豆直接磨了些，慈禧尝了尝，竟然能够接受。此时，慈禧特特地给皇后赐了座，两人手里各端一杯咖啡，边喝边聊。慈禧幽幽地说：“这咖啡一喝，人也就精神了，夜也就长了。”皇后忙道：“可不是吗，大公主把它叫黑药汤子，还真是的，可以治久睡不醒。”慈禧笑道：“可不是，以后让哨兵喝，看他们还打不打瞌睡。”皇后道：“那敢情好，咱们的士兵就该打胜仗了。”慈禧叹道：“唉，咱们是很久没打过胜仗了，一说打仗。我就心慌，得了，最近得把袁世凯和张之洞叫来问问，到底他们把新兵训练成什么样儿了；还有，废八股以后，学堂到底儿怎么样？那个服部宇之吉到底儿把京师大学堂办得如何？说了半天兴女学，不是妇女座谈会开了两次也就那么回事儿？我瞧东洋鬼子也就那点儿能耐！上回为那个裁缝的事儿，我给内田夫人来了个哑巴吃黄连——有苦难言！我得让她睡不着的时候自个儿想想，弄个裁缝想搅乱后宫，到底蠢不蠢？！”皇后道：“头回见那裁缝的面儿，孩儿就知道他不是个好东西！”慈禧道：“还多亏了你那次的提醒儿！不知道的，都当是把你立为皇后，是因为你是我的内侄女儿，是我的娘家人儿，这些人知道什么？我一个做皇太后的，撑着整个儿的大清国，哪能不知道做皇后的第一就是要至纯至孝，现在看起来，我这眼还真毒！同治帝活着的时候儿，东边儿的还在，是她给挑的皇后，那是个什么东西！我儿子都病成那样儿了，她还在身边儿要狐媚子！后来的珍儿，也仗着有两分姿色，在皇上身边儿作古作怪的，还干预朝政！……成何体统啊！你一个做皇后的，应当是统率六宫，该管的你得管啊，可别一天到晚跟没嘴儿的葫芦似的！”皇后连忙称是。慈禧又道：“四格格是年轻不知事，她和珍儿不一样儿，教训教训也就罢了，我现在倒是有点儿担心五姑娘……”皇后忙问：“五姑娘怎么了？”慈禧道：“那孩子别看小，自小儿是在洋人堆儿里长大的，学的都是洋人的礼教，她姐姐别瞧比她大不了两岁，就比她懂事儿得多！你给我看严着点儿，洋人的礼教哪儿有好的？有道是‘异邦异族，其心必异’啊！”皇后道：“我瞧五姑娘甚好，是个率性之人。”慈禧的口气这才缓和下来，道：“嗯……小孩子家，不懂事儿也是有的，多教教她，如今她们都是御前女官，身份不同了！”皇后点头称是。慈禧道：“也可以试试她，也试试他们家，虽说裕庚是荣禄的人，可这么些年他一直在外边儿，又有那么些的奏本弹劾他，既不能全信，也不能一概不信啊！”皇后只有答应的份儿，哪里还敢再说什么！慈禧又喝一口咖啡，道：“我倒是希望后宫平平安安的，一致对外，你当洋人有什么好的？瞧瞧那几个洋婆子，有一个是一个，谁是省油的灯？内田夫人那点儿心眼儿就甭说了，勃兰康夫人也不是什么好东西，白长了一副好脸儿！康格夫人就更别提了，我瞧几个公使夫人当中，属她最阴！卡尔倒是没什么心眼儿，就是笨点儿，一幅画要画上几个月！无非是想多赚点儿我的银子！这倒是好办，还有新来的那个牙医傻小子，也给我盯紧点儿！……再者，译局最近都译了些什么书，我也得抽空瞧瞧。今儿真是的，要睡着了也就着了，醒着也不是什么好事儿，想着心里乱得很。”皇后这才轻言细语地说道：“老佛爷，您就宽宽心吧，新政刚推行不久，凡事都得慢慢来。别的事儿我不知道，可译局的书倒看了不少，大多是介绍西学的，挺有用。不像德龄借给我的，尽是些恩恩怨怨的闲书，还说是名著。”慈禧喜道：“那好哇，喜欢风花雪月的人不会有什么野心，要用，就得用这样儿的人，德龄姑娘也聪明，也好学，也好调教，若是来个想调教咱们的人，那谁受得了？……对了，庚子年的事儿，你可千万别跟德龄她们说。”皇后有些不解，慈禧道：“她们是喝了洋墨水的人，要是知道了，肯定认为洋人比咱们厉害百倍。不光咱们没面子，她们办事儿也就会不上心，觉着可以糊弄咱们了。咱们哪，得让她们瞧瞧大清国的气派，让她们死心塌地为大清国出力才是。”皇后这才恍然。慈禧又道：“今儿前朝太忙，没顾得上听德龄讲英文报纸，现在丑时已过，这丫头也该起来了……祖儿，去把德龄姑娘叫来，就说我和皇后在储秀宫等着她念报纸呢！”

这天的报纸内容丰富，皇后对报纸的内容似乎特别感兴趣。德龄每念一段，她便有问题提出。德龄念道：“德国商品在欧洲市场上排挤英国商品，甚至在英国本土也构成了对英国商品的威胁，英国的家庭主妇表示，德国的洗涤用品非常物美价廉，她们很喜欢。德国不仅在商业上与英国成为竞争对手，近日德国首相比洛表示，鉴于经济力量的日益增强，德国打算进一步扩展海军的力量。总之，迅速崛起的德国有向英国挑战的趋势。”皇后便问：“德龄，那你看德国是不是在对待咱们大清的态度上和日本有一致的地方？”德龄看了看慈禧的脸色，答道：“是啊，主要是他们两国的工业革命促进了经济的发展，国力加强了，所以就想扩张了。”皇后又问道：“那德国和英国之间会不会打起来？”慈禧道：“他们打起来才好呢，只要不关我们大清的事，就随他们打翻天去吧。”皇后：“怕的就是他们打咱们的主意！国力弱，谁都敢欺负！”慈禧的脸立即沉了下来。德龄见状，只好把话引开，说点子慈禧爱听的话，又过了一会子，叫起儿的时候就到了。

又过了一日，照片洗出来了，勋龄进宫拿了给慈禧瞧，众宫眷也纷纷围过来，评头品足。元大奶奶道：“我怎么瞧着照片，觉得在哪儿好像见过容龄似的。”慈禧道：“她是有几分像珍儿，不过比她乖多了，也漂亮多了！”皇后突然瞥了一眼德龄道：“容龄姑娘果然难得。老佛爷，您上次带我和皇上去螽斯门的苦心，我也全都明白，我瞧容龄这孩子和皇上挺投缘，干脆把她纳为妃子，一来，可以给皇上宽宽心。二来，知根知底儿的，岂不比选上来的秀女强？三来，将来有个一男半女的，也算是对祖宗有个交代。”皇后的话说得突然，把众宫眷听得呆了，德龄和勋龄更是大惊。德龄忙道：“皇后主子，容龄不配，她是个野丫头，太抬举她了。”勋龄道：“是呀，容龄这孩子任性得很，怕惹皇上生气。”慈禧目光锐利地看了德龄兄妹一眼，道：“我倒是瞧着那孩子不错，不过……再从长计议吧。”

德龄和勋龄只好表面应着，悄悄对视了一下，目光里写满了担心。

当晚容龄一回来，德龄就把她给按到了椅子上。德龄道：“容龄，有一件严重的事情姐姐不得不提醒你：幸好现在还不是情人节，但愿你的巧克力还没有送出去，或者说，我希望你永远也不要送出去。”容龄满不在乎地笑问：“什么意思?”德龄道：“你在巧克力上刻的大写的Y既不是什么约克也不是扬，而是和你一起弹琴的那个人，对不对?”容龄笑道：“姐姐，为什么你什么事情都猜得出?你是个可爱的女巫。怎么样，难道你不觉得这件事情很浪漫吗？我从前以为浪漫只有在巴黎才有，没想到东方宫殿里也有着另外一种情调。我真的感激你，否则我在巴黎出逃，就不会碰到这样的感情了！他是我遇到的最特别的人——高贵、优雅，总是有一丝淡淡的忧郁……”德龄打断了她，怒道：“够了，你再这么疯下去，以后忧郁的人就是你，还有我们全家!”容龄惊道：“姐姐，你怎么这样对我说话？你为什么要干预我的感情？你根本没有这种权利!”德龄道：“容龄，难道你在这待了这么久，还看不出他的处境吗？你再继续下去，就会把自己陷入一种危险的关系里，对以后的人生没有任何好处。我是你姐姐，我必须阻止你。”容龄仰起脸儿看着姐姐的眼睛，非常诚恳地说：“姐姐，正是因为我了解到他痛苦的处境后才被他吸引的，爱情和功利根本就没有关系，我感谢你对我的关心，可我明确地告诉你，我不打算采纳你的建议。因为你代替不了我恋爱，当然也代替不了我做决定。”德龄丝毫不为所动，道：“这件事情非同一般，如果你不改变主意，我会告诉额娘。”容龄气道：“如果这样的话，我也会向他们宣布你和怀特的关系！我一直支持你的恋爱，没想到你就是这样来回报我的，你算什么姐姐!”德龄毫不退让，道：“如果你想增加额娘和阿玛的烦恼，就随便说吧，可你这件事，我是非管不可的!”容龄怒道：“我恨你！你一会儿是民主的西方人，一会儿又变成了保守的中国人。你根本就没有什么坚定的立场，你的信念就是随着你的需要来改变，你是个虚伪的人！你有了美好的爱情，然后还要用对我的约束来证明你是个负责的姐姐，你怎么那么贪心呢，怎么什么都想要呢!”德龄气得叫了一声：“住口!”

然后把桌子上的墨水瓶砰地摔到地上，黑色的墨迹溅了一地。容龄道：“好，我算是看清你了，你不仅虚伪，还粗暴残酷！”容龄拂袖而去，德龄无力地坐到了椅子上，她知道，她和妹妹将要有好长时间处于冷战状态了。

4

凯·怀特求婚的时间选择得非常不合时宜。

慈禧喝咖啡喝上了瘾，听说怀特会磨咖啡，便将他宣入宫来，怀特小心地磨着咖啡豆，一边用英文与德龄交谈。怀特道：“德龄，这是我第一次给你煮咖啡，以后我会常常给你煮的，只要你愿意。”德龄传译道：“老佛爷，怀特说，这是摩卡咖啡，他很喜欢煮咖啡，如果您愿意，他以后还会为您煮。”慈禧笑道：“这洋小子倒还挺有点儿孝心，等咱们的咖啡豆寄来了，加倍地还他。”德龄对怀特道：“太后很高兴，也许要赏你。”怀特立即道：“那把你赏给我就行了。”德龄瞪了他一眼，道：“怀特说他不要咖啡豆，他要您的健康就满足了。”慈禧大喜，道：“这孩子别看是洋人，还挺讨人喜欢，你问他喜欢什么？”德龄传译道：“怀特，太后问你要什么赏赐，我建议你要一张免死牌。”怀特耸耸肩，道：“我可不觉得有这么危险。”德龄没理他，回身对慈禧道：“老佛爷，他想要你无论何时何地，可以赐他不死。”慈禧笑道：“聪明人呀，好啊，我给他一张免死牌。”

博得慈禧的欢心令凯信心倍增。晚上，他和德龄在老地方假山洞约会的时候，他很有自信地对德龄说：“我打算慢慢地给太后治牙，这样我们就能有更多的时间在一起了。”德龄皱眉道：“可是我们也不能做得太明显了，太后是个很精明的人。”怀特问道：“德龄，你愿不愿意去见我的艾米姑妈？”德龄道：“哦，当然愿意，可是，我现在这样的状况是不可能的。”怀特道：“我想你可以想办法出去，这样我们就能长久地在一起……嫁给我吧，德龄。”他燃亮了一根火柴，从怀里掏出了一个镜框，上面是怀特和德龄的戴面具的照片，不过他加工了一下——把头像剪了下来，贴在白纸上，还分别画上了新郎和新娘的礼服。德龄扑哧笑道："我从来没有想过有人会这样求婚。"凯快活地跳起来，让山石撞着了头，他毫不在乎地揉揉脑袋，道："我的上帝，你终于笑了！我以为你今天会一直板着脸和我分手呢！"德龄道："说真的，凯，我今天的心情真的是很不好。"

深夜，他们两个悄悄躲在空无一人的画舫里，偎依着。德龄向凯讲述了昨晚和容龄吵架的事，她含泪道："凯，我的亲妹妹这样误解我，我非常难过。别人都伤害不了我，因为我对他们都有一道坚固的防线，可像你，像我的妹妹，我的亲人，一句话就能把我击倒。因为，因为我对你们是从来不设防的！亲爱的，你可千万不要伤害我，我害怕。"怀特轻轻地搂着她，悄声道："我当然不会伤害你，在你身边的每一分钟，我都想让你快乐。"。德龄道："你真好，怀特，在我们的关系中，我知道你付出了比我更多的努力。"怀特忙道："爱是不用计较这些的，只有做生意才会在意谁多谁少呢。不过我想跟你说说我的想法，你会介意吗？"德龄摇摇头，怀特道："我觉得你不应该干涉容龄，那是她的隐私，她的决定，有可能的话，也许还要给她些许的帮助。"德龄叫道："天哪，难道连你也觉得我是错的？"怀特忙道："我没有别的意思，可你知道，我们在一起很好，但是艾米姑妈开始的时候不也是坚决反对的吗？"德龄嗔道："你怎么能把我和你的姑妈比，这是不可比的啊！你知道皇帝的处境吗？他现在实际上等同于一个囚徒，是没有自由的！还有更重要的是，这里面牵涉到非常复杂的宫廷斗争，你们可能对中国历史一点儿也不了解吧？自从皇帝亲政之后，宫中就有帝党后党之分，变法失败之后，太后就对皇上彻底失去了信任，现在是太后的第三次垂帘，是她决定着所有的大事，我们好不容易通过努力取得了她的信任，我可不愿意因为这种不切实际的感情把一切都毁掉，甚至给我们的全家带来杀身之祸！"怀特摇头道："德龄！连我也觉着你这么想太自私了！"德龄委屈的眼泪一下子喷涌而出，她叫道："你说什么？！连你也觉得我自私？！"怀特急忙搂过她，温和地说："皇帝他是一个好人，爱一个人不应该考虑其他的因素，爱就是爱，没这么复杂。”德龄越发生气，怒道：“我看你的口气和容龄一样，好像你们都是高尚的理想主义者，而我却是个卑鄙小人，要破坏伟大的爱情！”怀特忙道：“No，No，亲爱的，我完全不是这个意思，我是说，爱情是纯粹的，其他的一切因素都是可以忽略不计的！”德龄讥诮地看着他道：“真的吗？天哪，原来你和容龄的智商是属于同一个档次的！”怀特道：“你是说，我们俩同样地天真？”德龄道：“不，是同样幼稚！”怀特道：“好了好了，别争了！我们和好吧。”德龄扑哧笑道：“那你同意我的看法了？”怀特调皮道：“不，你得亲我一下，我才能同意。”德龄亲了他的脸一下，歪着头笑道：“这样行了？”怀特坏笑道：“我骗你的，到现在，我依然是支持容龄的。”德龄佯嗔道：“哼，刚才我说了，你们俩一样幼稚！”怀特转过脸撑着脑袋，道：“那你跟我说说你不幼稚的想法！”德龄认真地看着他，道：“……你知道，我爱我的国家，从小儿，我就总听阿玛说，要报效国家！虽然从小儿受的是西方教育，可是我这心，还是中国的呀！现在做了太后的御前女官，取得了她的信任，正是有机会报效国家的时候，哪儿能为这些儿女之情坏了大事？！”怀特一急，结结巴巴地说：“原、原来在你心目中，爱情的地位竟、竟然这么低？怪不得……”德龄忙打断他，道：“你别瞎想！我并没有说……哎，反正容龄爱上皇上是件非常荒唐的事，于公于私都十分不利！”怀特讥诮道：“你的口气，简直就像是我的姑妈！”话正说到这里，忽闻外面有声音，两人立即住了口，蜷缩在画舫大镜子的后面，只听见一个人的声音低低地说：“机不可失，时不再来，若再不出击，我们必然会错失良机！”另一个有些喑哑的嗓子说：“这么些日子都等了，哪在乎这一时半会儿？若是打草惊蛇，非但辜负了孙先生的重托，就连兄弟们的性命也难保了！”第一个声音又说：“说到底你就是怕死！干这事儿，成功与否都是一个死！你回去想好了再说！！”第二个声音显然是被激怒了，压低了声音吼道：“你才怕死！我怕死？！我怕死当什么革命党啊？！”这时第三个声音出现了：“好了好了，别争了，赶紧走，小心隔墙有耳！”声音渐渐远了，德龄还隐约听见一句：“……我早就摸清了，再过半个时辰，巡夜的太监才会出来呢！！……”

德龄靠在凯的怀里，惊出了一身冷汗，连动都不会动了。半晌，听见凯在一旁叫自己的名字，才缓过气来，自语道：“孙先生？他们不是说的孙文，又是哪个？！……”凯在一旁着急地推她：“你说什么，德龄？”德龄轻叹一声道：“快到寅时了，我们走吧。”凯只好站起来，迷迷瞪瞪地跟在德龄后边，不知道到底发生了什么事，竟吓得他的小仙女花容失色。

5

和在巴黎时一样，与姐姐吵过之后，容龄就跑到了哥哥那里。哥哥勋龄正在暗房里忙碌着，听了小妹妹的诉说，勋龄笑道：“小家伙，别愁眉苦脸的，你会长皱纹的！”容龄噘着小嘴道：“长就长吧，省得你们老管我，觉得我长不大！”勋龄扑哧笑了，道：“容龄，我同意德龄的意见，我准备让额娘把你带回家住一段。”容龄急道：“原来你们是一伙儿的，那我可要告诉阿玛额娘德龄和凯的事儿了！”勋龄道：“那没用，因为我会替他们做伪证，说你是气极了胡说的。”容龄气道：“哥哥，我和你们到底是不是亲人，是不是我真的像奶妈说的是从路边捡来的？所以你们都跟我作对？”勋龄这才停下手上的活儿，正色道：“你真的急了，把陈年的笑话都翻出来啦？我正经跟你说，你是我们最疼爱的小妹妹，所以我现在必须把你送回家。”容龄捂着脑袋叫道：“哦，上帝呀，这世界究竟怎么了！”

容龄到了上海，立即就从外国医生口中知道了阿玛的病情，病情的严重程度是她绝对想象不到的，一时间，她把自己的苦恼忘掉了，心里全变成了对阿玛的担心。在医院外边的花园里，容龄把头靠在哭泣不止的额娘身上，含泪劝道：“额娘，您不要太伤心了，说不定还有转机。”裕太太拭泪道：“你也不必劝我，我心里明镜儿似的，清楚着哪。人都有那么一天，只要他去得高高兴兴的，就行了……你老实告诉我，医生说他还有多少阳寿？”容龄哭道：“……

最多两年。”裕太太抚着小女儿的头发，轻声道：“容龄，你的事儿你哥哥已经告诉我了，你就别让额娘再为你操心了，额娘没有三头六臂呀。”容龄流泪不语。裕太太又道：“不过在你阿玛那儿你可千万别露啊，这可是要他命的事儿！”容龄道：“那哥哥姐姐的信呢？……”裕太太道：“你哥哥和姐姐的信和电报都是分两份儿的，给我瞧的就寄给香儿，给你阿玛的才直接寄给他，都是报喜不报忧的。你年纪小，怕你担心，所以没告诉你，可现在，你也该长大了。你这会儿也该知道，你的姐姐和哥哥是什么样的人了，他们都护着你，惟恐你有一点儿不开心啊。”容龄含泪点头道：“额娘，是我错了，我对姐姐说了那么重的话。”裕太太叹道：“德龄那孩子，少年老成，她是不会计较的，可是我的小女儿……你不是真的想当什么贵妃吧？”容龄钻进额娘怀里，道：“额娘，我从来没有想过要什么名分，只要能让我永远在他的身边，陪着他，逗他笑，看着他的手指在琴键上轻轻弹奏，我就满足了，爱是不需要回报的。”裕太太哭笑不得，道：“阿弥陀佛，都是那些个外国的鸳鸯蝴蝶给闹的！那些故事都不是真的啊！”容龄驳道：“额娘，不是真的你还每次都掉眼泪？”裕太太急道：“容龄，难道你要当第二个珍妃吗？”容龄十分坚定地说：“额娘，只要能在心爱的人身边，当珍妃、朱丽叶还是茶花女，我都不在乎！”裕太太有些怒了，她提高了声音，道：“那你也不在乎你阿玛的死活？！”容龄这才不说话了，她歪着美丽的小脑袋，若有所思。

裕太太心道：“这小丫头虽是年纪小，主意却大得很，一时半会儿竟说服不了她！”遂道，“行了，我们在外边说话的时候也够长的了，里边儿还有病人哪，回去吧！”娘儿俩回到裕庚的病床边，见阿玛精神尚好，容龄便拿了本法国小说《高老头》来读，她边读边悄悄打量着阿玛，她发现，阿玛的头发已经花白了，心里一酸，不免落下泪来，裕太太听着故事，更是哭成了泪人。裕庚拍着她的手道：“好了，好了，瞧瞧你们，又哭了，人家都说听故事是享受，我看你们却总是难受，特别是你这个做额娘的。”裕太太哽咽道：“多狠心的孩子，这老头儿耳朵太软了些！”容龄收了泪，学着额娘说过的话，道："额娘，这些都是编的，你怎么能相信呢。"裕太太道："虽然是编的，可世上一定有类似的事儿，要不这个姓巴的老头他凭空也编不出来不是？"裕庚道："容龄，你额娘说得倒有几分道理，世上的父母最疼的都是自己的孩子，而且很难看到他们的缺点。一旦孩子有什么事儿，都恨不得拿自己的命去抵。这是天性，是没有道理可讲的。就像亲戚们说的，阿玛和额娘实在太宠你了，也许，宠得有点儿过分了！"容龄听着听着，忽然哇地大哭起来。裕庚吓了一跳，忙道："怎么了，我的小丫头？"容龄一头扎进了阿玛的怀里，心里像是打翻了五味瓶。

吃罢午饭，容龄把阿玛扶到轮椅上，推着他出去散步。在一棵银杏树旁边，他们停下了。容龄弯下腰，拾起一片片的落叶，放在手心里，看着，轻轻地说："阿玛，银杏树的叶子多美呀！"裕庚把女儿唤到身边，道："容龄啊，你看着阿玛的眼睛，告诉我真话，你们是不是有什么事情瞒着我？"容龄慌道："没有啊，我哭，是因为觉得高老头儿可怜，您，您可别多心了。"裕庚目光锐利地盯着女儿，道："容龄啊，你不要把话岔开，我问的不是这个，你知道我想问什么。"容龄心里咯噔一下，把眼睛瞪得圆圆的，看着阿玛，大气儿都不敢喘。直到阿玛说了话，她的心才放回了肚子里。阿玛说："我说的是你姐姐的事儿，你给我说说看，她家信里的暗号都是给谁写的？而且这个人勋龄也认识，对不对？"容龄小声道："阿玛，我不太清楚。"裕庚道："你天天和你姐姐在一起，你不可能不知道。好孩子，你一定要告诉阿玛！"容龄看着阿玛用颤抖的手摸出一封家信，在她面前抖了抖，道："容龄，阿玛已经是很民主的了，可我不能不关心自己的女儿。你以后有了儿女就会了解，如果自己的孩子爱上了一个人，可他不跟你说，而且他们之间还用隐秘的方法在联系，那你能不担心吗？能不在心里作很多种猜测吗？你还跟我撒谎，难道阿玛就那么不值得你信任吗？"容龄见阿玛急了，吓得不知如何是好，忙道："阿玛，您别生气了，我说，我都告诉您！"

裕太太出来送茶点的时候，爷儿俩已经聊得差不多了，容龄挑了一个饽饽香甜地吃着，裕太太笑道："爷儿俩聊得这么欢，怎么我一出来就没话了？”容龄笑道：“额娘，我和阿玛说秘密事儿呢，不能告诉你！”裕庚也微笑道：“是啊，容龄把她的秘密都告诉我了。”裕太太一惊，以为容龄已将纳妃之事告诉了裕庚，便嗔道：“这孩子怎么这么不懂事？额娘千叮咛万嘱咐，你怎么还是管不住自个儿的嘴？！难道你心里只有皇上，连阿玛也不顾了？！告诉你，纳妃之事，说什么额娘也不会同意！”一席话把裕庚听得呆了，容龄哭道：“额娘，你瞎说什么呀？我根本就没对阿玛说……”裕庚颤抖着说道：“你们在说什么？！难道皇上要纳我的小女儿为妃？！”他一手指着小女儿，也是急痛伤心的缘故，声音都变了，抖个不住，把个裕太太和容龄吓得不知所措，慌成一团。

6

德龄虽然并不知道上海发生的事，却完全猜得出阿玛额娘对容龄一事的反应，她太了解她的阿玛了，阿玛对大清忠心耿耿，几十年的官场经验，也早已让他成为一个谨言慎行之人，但是在对待儿女们的大事上，他却是一点也不含糊的，单从两个女儿居然没有在户部注册这一点来看，就是傻瓜也能明白裕庚的用心。德龄奇怪，怎么洞察一切的老佛爷单单就把自己的阿玛给饶了？是真的老糊涂了，还是另有所想？

德龄决定利用为光绪读报的时候直接面谏此事。这天早朝已毕，德龄念了几段英文报纸，光绪四顾无人，低声问德龄道：“德龄啊，报纸上似乎说兴中会里有朝廷派去日本的留学生，你知道此事吗？”德龄犹豫了一下，道：“万岁爷，奴婢只认识其中的一个女子，叫秋瑾。”光绪道：“维新朕是赞成的，可兴中会要废除帝制，那些在外国长大的人拥护也就罢了，政府出资派去的人也跟着闹，这不是忘恩负义吗？听说兴中会的首领黄兴还是张之洞送出去的。”德龄道：“万岁爷，有的事情也许一下子很难说清对和错的，只是个人的立场不一样，所以想的就不一样了。”光绪道：“哦，那你说说看，那个秋瑾是怎么回事儿。”德龄道：“万岁爷，据我所知，秋瑾报国心切，为了学习西学，她不惜变卖嫁妆，甚至离别骨肉，奴婢以为这是一般的女子做不到的。在出国之前，她还参加了妇女座谈会，鼓励女子不要整天围着家庭和子女打转，要目光长远，关注国家兴亡，还说巾帼不让须眉，女子应与男子一样怀揣报国之心，让奴婢听了为之动容。”光绪微微沉吟了一下，道：“听起来她倒很有一腔报国热血啊！”德龄忙道：“是啊，依奴婢看来，她进入兴中会，未必是出于忤逆之心。”光绪点了点头，合上报纸，这个习惯动作让德龄知道，今天的读报时间已毕，皇上这就要打道回府，回瀛台了。她鼓了鼓勇气，就在皇上要开口传孙玉的时候，她一下子跪在了他的面前。

光绪吓了一跳，忙叫她起来。德龄正色道：“万岁爷，奴婢实在是很在意少不更事的妹妹，又不便让别人知道，所以只好不顾君臣之礼，在这儿恳求您一件事儿，求您一定恩准！”光绪惊道：“德龄，有话只管说，何必跟朕那么客气。”德龄道：“那奴婢就直说了。奴婢的阿玛裕庚从来没有把奴婢两姐妹的名字列入满洲的女子名册之内，他就是希望我们能顺利地接受西方的教育，不要失去思想与行为的自由。多蒙太后的垂青，我们姐妹有了可以施展抱负的机会，可是……”光绪道：“是不是你们厌倦了宫里的生活，想恢复自由？”德龄忙道：“不，不是。万岁爷，奴婢发现容龄她……她对您……而且，皇后主子也向老佛爷提议说，要纳容龄为妃！奴婢担心……”光绪呆住了，他怅然望着薄暮中的大殿，一语不发。德龄慌道：“万岁爷，奴婢没有别的意思，只是、只是担心……”光绪摆了摆手，道：“简直荒唐！朕位几乎不保，还谈得到纳什么妃嫔！德龄，朕以为，你真的是一个称职的好姐姐，假如朕也有这样的手足之情，就好了！……好，这件事朕已明白，不必多说了！”德龄这才起来，含泪谢道：“谢万岁爷！德龄日后必会报答您的恩情。”

当夜的瀛台，秋雨绵绵，越发透着凄清。光绪在那架旧风琴上弹着新学的曲子。这架旧风琴，还是当年珍妃在时用的，在慈禧带着皇后与瑾妃去园子的那些日子里，他们两个几乎天天晚上都弹琴唱歌。珍儿会唱很好听的歌，譬如那首清朝的国歌，什么“凉风吹夜雨，萧飒动寒林。正在高堂宴，难忘迟暮心。军中一剑舞，塞外动笳音。不做边城将，但知恩义深……”每每听到这首歌，年轻的皇帝便会想起当年列祖列宗在刀光剑影、金戈铁马中入关创业的壮景。皇帝读过很多书，通达历史。他内心其实很佩服清世祖顺治帝的至情至性，在这一点上，他与他的皇爸爸更是格格不入。慈禧虽然不敢随意评论祖宗，可是言谈话语之中，总是对康熙大帝无比钦佩，却觉着顺治的性格过于柔弱悲悯，何况作为一国之君，为一个女人要死要活也实在有伤大雅。皇帝却自小被汉人的书中那种生死与共的爱情所打动，他不喜欢那种三宫六院的淫靡，只愿意情有独钟式的素朴，在这方面，他内心深处与一个普通的平民没什么两样。遇见了珍儿，他就觉得是遇见了知音。珍儿已经去了三年了，如今的容龄，像当年的珍儿一样活泼，一样聪明，甚至比珍儿更加美丽，但是他，他的心已经冷了，再也找不到当年的感觉了。他歇下来，看到容龄放在他荷包中的巧克力，拿起来轻轻地咬了一小口，然后闭上眼睛，慢慢地品着。

孙玉悄悄地走到他的身后，轻声道：“万岁爷，皇后娘娘来了，是不是说您已经就寝了？”光绪低垂着眼睑，道：“不，让她进来吧！”光绪的话足足实实地吓了孙玉一跳，多少年了，皇上还是头一回这么痛快！

皇后也是一样受宠若惊，她半低了头，向皇上请了安。皇上竟然说：“难为你这么大雨还来了，没有被淋到吧？”皇后几乎不敢相信自己的耳朵，夫妻十五年了，皇上还是头一回说了一句温暖的话！一股热流从她心里涌出，她极力控制着自己，但声音还是有些颤抖：“谢皇上关心，臣妾来是想说……”光绪道：“我已知道了，是说纳妃一事吗？”皇后道：“是，皇爸爸让我转达她的意思……”光绪道：“其实那天她叫我们去矗斯门，意思全在里面了。朕谢谢你的好意，但是，朕不想再纳任何妃嫔，朕已经心如止水了。”皇后这才抬头看了他一眼，他那张俊美的脸上，如今就像蒙了一层白垩土。哀莫大于心死啊，皇后的心里一松，紧接着又是无比凄凉，她凄然笑道："看来不是心如止水，是曾经沧海难为水呀。"

可是当皇后将皇上的态度报告给慈禧之后，慈禧的怒火却是一如既往。慈禧从烟榻儿上抬起半个身子，恨恨道："哼，心如止水？难道他还惦着珍丫头那个贱人?!"皇后款款说道："……老佛爷，难道您还没瞧出来，自打戊戌年之后，皇上就跟呆了似的，群臣之前，有时候连句整话也说不出来，他的心思，谁也猜不出来，我想漫说是容龄姑娘，就是九天仙女下凡，也很难打动他，您老人家就收回成命吧！"慈禧冷笑道："我叫你那么说，本是要试探裕家的意思，看起来，五丫头就是个小孩子，没遮没拦的，也没什么心眼儿，裕家呢，也没那个野心，这倒是让人放心了！得，这个好人儿让我做吧！"皇后自然点头称是不提。

7

次日早朝，慈禧在仁寿殿召见张之洞和袁世凯，光绪没有参加。却说这张之洞当年是慈禧钦定的探花，比之别人又不同些，慈禧见他风尘仆仆从湖广赶来，颇有悯念之意，抚慰道："张之洞，一路辛苦吧？"张之洞连忙出列跪拜道："谢老佛爷关怀，张之洞接旨后昼夜兼程，不敢有丝毫怠慢，辛苦劳顿谈不上，没有误了老佛爷的大事，则微臣幸甚。"慈禧微微点一下头，道："那你说说目下商务方面有何进展？"张之洞答道："……自李中堂办洋务以来，火车、电报、工厂都有了发展。自今年成立商部管理商务和矿务之后，首推四川最有成效，其中重庆、泸州、隆昌等地的煤矿都如雨后春笋，而当地的百姓也富裕起来。商务更是形势喜人，仅商务局下设的白蜡公司一家，月均收入增至十余倍。而重庆效仿西法制造的烟卷儿，大批运销上海，连洋人也买。臣想若将这些东西做得更加精益求精，当可抵制洋货。……这便是仿制的蜡烛和烟卷儿，臣特地带来，呈老佛爷亲自过目。"站在一旁的李莲英忙将蜡烛和烟卷儿接了过来，送到慈禧面前。

慈禧瞥了那蜡烛与洋烟一眼，当着满朝文武，又不好过于好奇，只是点点头，继续听着张之洞的陈词。张之洞道：“老佛爷，康有为之流的确令人唾弃，臣也对他们恨之入骨，如果在十年前，臣是坚决反对变法的，但现在情况不同了，很多方面必须切实改良。但是中国的传统习惯不必全部废除，西法中只有对我们有益的我们才采用。维新是长久之计，贸然去做，必然失败。……就目下来说，官买的许多新兴产业，虽不是垄断，也应控股。如果早能如此，国库就能多进银两，而军费开支也就宽裕得多。回想臣当初对变法的深恶痛绝，的确是失之偏颇啊。”慈禧脸色一变，道：“哦，那我也是失之偏颇了？”张之洞忙道：“臣无意指摘太后，只是自责。且臣以为，变法断断不能变国体，如果任由康有为之流来左右，江山早晚是他的而不是大清的。因此变法虽然迟了些，可毕竟比变了国体要稳当得多！”慈禧频频点头，赞道：“说得好！……那你再给我讲讲新军的情况。”张之洞道：“……现在臣在湖北的新军已经达数万人，洋枪数十支，洋炮两座，请了洋教头教他们，可由于饷银不足，无法再招兵买马。”慈禧这才把头转向袁世凯，问道：“袁世凯，你那边如何啊？”袁世凯忙出列道：“回老佛爷，臣这边的军队也是请洋教头，用洋枪洋炮，军队共计两万余人，里面已经有了不少的神枪手，估计再过一两年，就将有将领可以接替洋教头。臣还准备训练一支敢死队，专为老佛爷做御前侍卫。”慈禧笑道：“好哇，除了给我做御前侍卫，如果一旦与外国交战，你们二位的军队能派得上用场吗？”袁世凯看看张之洞，两人面面相觑，半晌作声不得。慈禧又道：“你们要说实话。”张之洞诚惶诚恐道：“老佛爷，咱们的军队，比起洋人的军队来不过是杯水车薪，不少省份财政困难，练兵之令只是口头应承而根本没有实际的行动，一旦与洋人交战，不过是以卵击石罢了。”慈禧点头道：“知道了，看来对付洋人还得以和为主。……那对付乱党、逆党又该如何呢？”袁世凯道：“老佛爷，对付乱党、逆党也不可掉以轻心。现在的康有为、孙中山和过去的小帮派不可同日而语啊，他们现在招纳的都是留学生，会说洋话又配有洋枪的，能文能武呀。”慈禧冷笑道：“孙中山是有洋人撑腰，可是康有为有什么，不过整天做当九千岁的白日梦罢了。”袁世凯道：“老佛爷，姓康的的确不可小视，自光绪二十五年他和梁启超成立保皇会以来，陆续在美国、墨西哥、中美和南美都有党羽，据探子说，他们现在已经有总会十一个，支会达一百零三个，实在是猖獗得很呀。”慈禧沉下脸来，道：“这些个探子究竟是干什么吃的?！大清国的通缉令下了多少年了，这姓康的还是逍遥法外！……着外务部再发通缉令，我就不信逮不着他！”

那日退朝之后，慈禧叫皇后与德龄去瞧那蜡烛和洋烟儿。德龄点燃了蜡烛，然后用蜡烛点燃了烟，慢慢吸了一口，轻轻地掐灭了，道：“回老佛爷，依奴婢看来，咱们的蜡烛外表看着不错，但燃起来烟比洋人的大些；这香烟倒是吸着很香醇，只是外表粗糙些，不如洋人的精巧。不过，洋人用机器生产这些东西有上百年的历史，可咱们只有不到十年，奴婢以为已经很不错了。”慈禧喜道：“好，你写信到巴黎去，采购一批巴黎最好的洋蜡和洋烟儿，给张大人拿去做样子。”德龄急忙答应。皇后在一旁道：“德龄，原来你还会吸烟?”德龄笑道：“皇后主子，我在巴黎的时候，上流社会的女孩子都会吸，不过大多只是摆个样子，并没有上瘾。”说罢，她挑了一支烟，点上了，递给皇后，皇后吸了一口，笑道：“真真的好烟！比素日里吸的水烟有味儿多了！”德龄忙道：“您才是真的懂烟呢。”慈禧在一旁，好像突然想起什么似的，道：“对了，德龄啊，怎么这些日子没见着容龄姑娘?”德龄道：“阿玛想她了，叫她去几天，奴婢不是已经禀明老佛爷了吗?”慈禧目光如炬，道：“怕不是为这个吧？如今你也会对我撒谎了?”德龄扑通跪在地上，正色道：“老佛爷明鉴！都只为皇后主子那天说的那几句笑话儿，容龄实在担当不起，是奴婢让她暂避一时的！”慈禧这才微笑着拉她起来，道：“好孩子！瞧把你吓的。从今儿起，谁都不许再提这档子事儿了！”德龄趁热打铁，半认真半撒娇道：“如今奴婢家里还不知闹成什么样儿了呢，求老佛爷降旨！”

慈禧的口谕传到上海的时候恰逢其时。重病中的裕庚在病床上磕头如捣蒜——当时太监在病房门口念道：“老佛爷有旨，皇上身子弱，五姑娘还小呢，关于纳妃一事暂缓，请五姑娘即刻返宫啊！”就是这几句话，把一家子人都给救了。

一日早朝完毕，光绪照例到东配殿学琴，推开殿门，他看见了一个美丽的背影，于是笑道：“德龄，今天怎么这么早？”那人转过身来，却是容龄。光绪心中一喜，容龄还是那么活泼，像只小鸟儿似的跳着说：“万岁爷，是我，我回来了。”光绪背着手，压抑着内心的欢喜，道：“小淘气儿，什么时候回来的？”容龄道：“回万岁爷，今儿一早刚到，我就到这儿来了。”突然，两人没了话，都有些不自然起来，容龄忙抢着说：“万、万岁爷，我的背影看起来是不是和姐姐很像？”光绪道：“是，朕都看错了。”容龄道：“万岁爷，那是因为我把发髻梳得跟姐姐一样了，我长大了，不能再梳那样的双燕髻了。……万岁爷，您瘦了。”光绪看着她，仿佛在看着另外一个人。容龄悄声道：“怎么了，是不是不好看？”光绪忙道：“很好，很好。只是，朕有点儿不习惯。”容龄笑道：“我自己也有点儿不习惯，可是额娘说，什么事情都是久了就习惯了。女孩子都要习惯自己长大，然后习惯自己慢慢地变老。”光绪道：“你额娘说得有道理，只是习惯一件事情不是那么容易的，朕从戊戌年后就一直不习惯了。……不说这些了，今天咱们弹什么？”容龄道：“万岁爷，咱们弹柴可夫斯基的曲子吧。他是俄国最伟大的作曲家。”光绪点点头，容龄便弹起了《悲怆》，她满头的首饰因剧烈的动作而晃动着，好像把整个的生命都融进了琴声里。光绪默默地听着，直到琴声结束很久，他才轻轻地说：“容龄，这个俄国人好像很了解朕的心思，朕实在是很欢喜，朕以后不学莫扎特了，就弹他的。”容龄点了点头，她一向单纯快活的心里，这次却有了一丝沉重，好像怎么也快活不起来了。

8

怀特想出宫的消息，德龄几天前就在勋龄那儿得到了。这天晚上，他们照例到画舫幽会，怀特还拿了个兜子，变戏法儿似的从里面掏出一壶咖啡和两套杯子，两人在小窗射进来的月光下喝着香浓的咖啡，深情地对视着。怀特拉着恋人的手，轻轻地说："德龄，我下周就要出宫了，你跟我一起走吧。"德龄听罢半晌无语。不知过了多久，德龄悄声说道："我……真的很想和你在一起，可是……我还没有准备好。"怀特奇道："还要准备什么？我爱上你的时候根本就不用准备。"德龄语气犹疑道："怀特，我的意思是我还应该为国家多做些事情，然后才考虑自己。"怀特有些不悦，道："你为什么不首先考虑爱情？你爱你的国家这我能理解，可这里不是发挥你的才能的地方。你应该到我的自由民主的国家去，那里到处是像你这样聪明而有见解的人。"德龄嗫嚅道："可是我觉得这里需要改变，需要努力。"怀特道："勋龄教了我一句话，叫作朽木不可雕，我觉得说得很有道理。这里有什么，一个患了更年期综合征的太后和一个得了忧郁症的皇帝，你总是跟他们在一起，早晚会变成一个不健康的人！"德龄气道："怀特，我觉得我很健康！如果照你这样推理，那么你回美国以后，和康格夫人那样的人在一起，你早晚也会变得狡猾贪婪！"怀特也生气了，他叫道："够了！我觉得我现在像个贼一样偷偷摸摸地恋爱，这样的感觉非常不好！……我……我已经受够了！！"德龄挣脱他的怀抱，站起来默默走开。怀特忙追了上去，连声道歉道："对不起，对不起，其实……其实我只是想说你对我很重要。"德龄含泪道："可我不喜欢你批评我的国家，我爱你，可我不能忘记我是个中国人。"怀特深吸了一口气，耸了耸肩道："德龄，可有时候你有点像个不客观的民族主义者。"德龄轻叹道："好了，我们不必争了，没意思。我走了，晚安。"

怀特起身离开的时候，无意间把咖啡碰洒了，但是他当时的脑子已经乱了，根本没有意识到。

德龄回到自己的房间后哭了很久，因为怕惊醒了容龄，她只好趴在床上，咬着自己的被子，低低啜泣。

次日德龄做模特的时候神情疲惫。卡尔逗她道："微笑一下，亲爱的，那样你会美得多。”德龄闷闷不乐地咬着嘴唇，道：“我笑不出来。”卡尔道：“这几天，还有另一个人也笑不出来。我看你们还是谈一谈吧。”德龄道：“我们在对中国的感情上差异很大，谈了也许没用。”卡尔笑道：“日俄都可以谈判，你们为什么不能？”德龄不语。卡尔贴在德龄耳边小声道：“他要我告诉你，今晚9点，他在画舫上等你，你一定要去。”德龄没有说话。卡尔又笑道：“不说话，就是默许了？”

晚上，德龄细细地对镜梳妆，她万没想到，这么快就要和心爱的人摊牌了。她细细梳理着自己的情感，想起那个波涛汹涌星汉灿烂的大海之夜，她第一次见到那张英俊而纯洁的脸，心灵深处就被什么深深拨动了。她承认，她没有他那么执着，可是藏在内心的深情，她一点儿也不比他少。现在，她真的不能想象没有他的日子，那样对她来讲，不啻地狱。可是，如果现在离开了清宫，那么对于重病中的阿玛来说，无疑是个沉重的打击。她太了解自己的阿玛了。何况进宫之后，她的确在很多方面都对太后施加了潜移默化的影响，太后在慢慢地改变着，她开始从日常生活方面接受西方的东西，甚至同意了派留学生，这些，都给德龄带来了一些成功的快乐，她甚至自信地认为，将来她会慢慢地做到那些前人流血牺牲都没有做到的事情，中国需要改良，太后也并非一个一成不变的老顽固——她现在不是已经在用法国化妆品，喝美式咖啡了吗？

德龄看着镜中的自己，把“一点红”式的清宫妆擦掉，然后轻轻地抹上清淡的法国口红。容龄一直在一旁默默地瞧着姐姐，姐姐已经把凯的事告诉了她，这使她感动，但是她也想不出什么更好的法子，她觉得姐姐和凯都有自己的道理，问题是，她不知道自己该站在谁的立场上。这会子她轻轻地为姐姐梳着头发，问道：“姐姐，难道你真的舍得和他分开？”德龄叹道：“谁知道呢。原来我以为我已经是一个很西化的人，结果和怀特一争论起来才发现，我其实还是个地地道道的中国人。如果我们继续下去，文化的差异也许会让我们更难受。而且，让怀特总是迁就我对他是不公平的，找一个美国女孩也许会让他更轻松更幸福。”容龄不响了，半晌，她忽然说：

“爱情为什么就不能超越现实呢?”德龄用手轻叩了一下妹妹的手指，妹妹娇嫩的小手是冰凉的，有一种金属般的质感。她知道妹妹在想什么。妹妹和皇帝已经告别了他们的莫扎特时代，对此，她说不清自己到底扮演了一个什么样的角色，她说不清自己那样做到底是对他们好还是不好。她只是本能地想保护妹妹，可是如今，她真的怀疑起自己来了:她究竟是妹妹的保护神，还是扼杀妹妹纯洁感情的刽子手?她不知道。

夜深了，德龄拿出那颗夜明珠，轻轻地抚摸着，神情凄怆。容龄强睁着迷迷瞪瞪的眼睛，道:“姐姐，你要把这个还给怀特?”德龄凄然点头道:“如果分手了，还留着它干什么?倒不如干脆一些。”容龄道:“这么说，还有那些报纸你也该还他，有好几公斤呢!”德龄烦道:“行了，快帮我看看几点了。”这时她们才发现，钟不知什么时候已经停了。

德龄箭一样冲出去，迎面而来的却是一队御前侍卫。德龄惊道:“这是怎么了?”侍卫长近前一步，抱拳道:“德龄姑娘，我们奉命特来搜查下人们的住所，看看有什么可疑之物，打扰了。来呀，给我搜!”德龄道:“慢着!这位大人，敢问你们是奉谁之命?”侍卫长道:“我们奉李大总管之命。”德龄又道:“是各处都搜呢，还是单搜我们一处?”侍卫长道:“园子里抓到了两个刺客，李总管急了，让我们今天晚上来个大清查!”德龄还没来得及说话，旁边的小蚊子变了脸色，颤声道:“谁……谁是刺客?”侍卫长道:“有两个呢，在画舫抓到的!”德龄的脸一下子白了。

9

德龄哪里知道，她和怀特常去的画舫留下了咖啡的印迹，竟被李莲英发现了。李大总管自然要上报老佛爷。慈禧一惊，然后思忖道:“宫中喝咖啡的有几十个人，既然到画舫里去喝，必然有不可告人的苟且之事，要严加追查才是。”李莲英应了一声，道:“老佛爷，奴才寻思着，画舫那里会不会有刺客？奴才曾经有一次半夜经过那里，听到有响动，上去查了一下，四下无人，现在看起来，会不会是刺客听见响动儿就藏起来了？”慈禧冷笑道：“从前要杀我的刺客不过是一些山野村夫，现在倒是喝咖啡的二毛子了，真是时势造英雄哇。……李莲英，依着我说，咱们表面上一点儿声色也不要露，但是从现在开始，就得明察暗访，弄清到底是怎么回事儿，如果真是刺客，这回可不能像戊戌年那样儿便宜了他，逮着他，就得枭首凌迟，这样儿才能警戒人心哪！你说哪，李总管？”李莲英忙弯身道：“老佛爷说得极是，依奴才所见，既然是会喝咖啡的主儿，那倒不像是奴才，倒像是主子所为了！喝咖啡的加起来，无非是这清宫大内之中贝子贝勒福晋格格们几十口子人，不是做奴才的多嘴，这倒是真的让人寒心了！”慈禧冷笑道：“我现在倒是不寒心了！先皇帝和同治爷走的时候，我还有眼泪，多少年了，大清国靠我一人儿顶着，这第三次垂帘本来就是万不得已，这恩将仇报、反目无情的事儿我见得多了！如今，想让我哭我都没眼泪！你们见天儿哄着我，以为我不知道外边儿的事儿，哼，不知道多少人咬着牙根儿恨我呢！就是皇亲国戚也难保没有忤逆之心，就说你李莲英明儿要杀我，我都不觉着新鲜！”李莲英顿时吓得全身乱抖，扑通跪倒，道：“老佛爷！老佛爷！！您虽是说笑儿，可这话奴才实在担当不起啊！！”慈禧倒被怄笑了，道：“瞧把你给吓的，避猫儿鼠儿似的，还不快给我起来？这宫里的人我都怀疑遍了，也怀疑不到你身上哇！”李莲英流泪叩道：“谢老佛爷知遇之恩，奴才一定要把刺客抓起来，提首级来见您！”

太监小蚊子这会子其实比德龄还要着急，因为他知道好友小柿子和另一个小太监去了画舫，到那儿去赌钱去了，还恰恰偷了点儿主子的咖啡。德龄出去之后，小蚊子泣不成声地小声嚷道：“小柿子他不是刺客啊！他只是想去玩玩钱。我们一块儿长大的，他可千万不能死呀，要不，我回去怎么跟他的家里人说呢？都怪我，我应该拦着他！”容龄劝了他好久，他才算止了泪，回房去了。

容龄不安地在屋里踱步，她拉上窗帘，锁上门，双手合十祈祷道：“主啊，虽然我在这里没有办法去教堂做礼拜，但是我的信仰是没有改变的，我对您的爱是最深厚最永恒的。请您保佑我的姐姐和怀特平安无事，保佑小柿子平安无事，请不要拒绝我，因为您是万能的。”

直到深夜，德龄才在卡尔那里找到了怀特，就在德龄出去找他的时候，他也在到处找她，他亲眼看见了小柿子和另一个太监被一群穷凶极恶的官兵押走，他远远地看着，心里下了必走的决心，自然，也必要把心爱的姑娘带走。

他和德龄相拥在一起，卡尔和容龄都知趣地回避了。经过这一场变故，两人才更加深感对方在自己内心中的不可或缺。怀特抚着德龄的头发，低声道：“德龄，我们再也不要分开了，再也不要争吵了！”德龄哭道：“如果那个被抓的人是你，我一定要跟太后说我是你的同谋！”怀特边吻她边道：“要是我死了呢？”德龄道：“那我也绝不苟且偷生！直到今天我才知道我生命中最重要的是什么。怀特，原谅我，你是对的。”怀特道：“亲爱的，Love is no sorry.”德龄这才止了泪，道：“宫里实在是太凶险了，我要尽快和你一起走。”他们再次紧紧拥在一起，在这一刻，即使上帝也不可能把他们分开。

次日早朝快要结束的时候，小柿子和另一个赌钱的小太监被拖出午门斩首。慈禧冷笑道：“什么东西！不过是两个六根不全的玩意儿！还偷主子的咖啡喝，想冒充二毛子呢！不凌剐了算便宜了他们！”当时，德龄与皇后就在屏风后面，大殿里发生的一切都历历在目。当李莲英捧着一个蒙着白布的盘子，上来禀报“刺客小柿子和小蓝子的首级在此”的时候，德龄一下子呆若木鸡，她紧紧抓住旁边的柱子，以免自己突然倒下去。

慈禧给足了德龄恩宠，亲自派了太医来诊脉，还特意打发了皇后来瞧。皇后坐在她床边道：“德龄啊，老佛爷打发我来瞧瞧你，说了，这几天儿放你的假，爱吃什么只管说，她让李总管亲自送来，别委屈了你，什么时候好了，什么时候再到宫里去！……”德龄这才细若游丝地说了一声：“谢……谢老佛爷……”皇后笑道：“好了好了，总算是好了！”太医道：“好生歇着，按时服药，只是受了惊吓，并不碍事的。”一直在旁边哭着的容龄这时才止了泪，谢了太医，将太医送了出去。

皇后轻声细语道："德龄啊，小柿子原是你这儿的人，真是知人知面不知心呀，平日看着挺干净的孩子，谁知道……"德龄流泪不语。皇后又道："德龄，做御前女官，免不了要见到些意外之事，头一回害怕，多几回就好了，千万别往心里去。老佛爷总是说，没有刀光剑影，就没有江山。我们大清的列祖列宗，靠的就是这个打下的江山，我们都是大清的人，哪儿能这么经不起事儿呢？"德龄依旧不语，只是呆望着天花板。容龄在一旁道："皇后主子，我和姐姐从小连杀鸡都看不得，更别说这样的场面了，所以她真的是受了惊吓了，您可别见怪。"皇后道："唉，可千万别吓出毛病来。容龄啊，你好好陪陪她，我明儿再来。"说罢，皇后起身便走。

皇后心里，自然是明镜儿一般。想起前些时祖儿说的话，心想，是时候了，该告诉大公主了，有个人和自个儿一起担着，总比没有的好。这么想着，径直走进大公主寝宫，慌得荣寿公主连外衣也没来得及穿。皇后走得飞快，连侍女娆儿也跟得呼哧带喘。

皇后将几个月前祖儿说的那番话都告诉了大公主，大公主惊得半晌无语，良久道："皇后主子，您可真是沉得住气，这么大的事儿，竟在您心里装了这么久，若是没有今儿的事儿，我看您……"皇后道："不装着怎么办，这等事，说出来不好，装久了，也不好，这不今儿和你商量商量，讨个万全之策吗？！"大公主道："依着我的想法儿，这假太监不外乎是两种人，一种是御前侍卫，可能看上了哪个宫女儿，假扮太监混进来，想偷偷情，这自然也是死罪；另一种可能就更可怕了：刺客！如果是后一种可能，那老佛爷就面临着巨大的危险！这话儿还不能跟老佛爷说，戊戌年因为那个刺客的事儿……当时老佛爷迁怒于内宫，挨个儿都遭荼毒，连您也不能幸免。我看啊，我们只能暗中察访着，提防着，得加倍小心才是，先别声张了！"皇后点头道："我又何尝不这么想？只是今儿这事儿，小柿子和小蓝子这一死，老佛爷心里的石头总算是落了地，可以安心睡个好觉了。可是咱们不能啊！"大公主道："是啊，那个假太监，辫子都被柳枝儿挂下来了，怎么会是小柿子他们呢？！明明那两个小东西是冤死的鬼啊！"皇后急忙捂她的嘴。大公主把口袋里一把精致的短刀扔到了床上。皇后把刀拿起来问道："你一直随身带着这个?"大公主道："是哇，防着总比不防着强!"皇后淡淡一笑，从发髻上拔出一支簪子，里面竟是一把极锋利的针。她们相视一笑。皇后道："其实这些都是给自己吃定心丸儿，真的刺客来了，哪儿就管得了用！哄自己罢了！……倒是老佛爷那儿，咱们要事事尽心，也真是难啊，不告诉她老人家吧，怕她没有提防，告诉她吧，又怕她老人家从此蛇影杯弓的，觉都睡不好，可怎么好呢?!实话跟你说，自从听了祖儿那番话，我常常做噩梦梦见那个假太监，可怎么他就不见影儿了呢?"

皇后哪会想到，噩梦中的那个假太监无玄，此时正在周太监的破屋子里喝粥呢。那个曾经给皇后通风报信的祖儿，如今正在旁边给他夹菜呢。祖儿原是极本分的姑娘，可是，爱情的力量大到连她自己都害怕，从她进宫的那天起，就看惯了那些假男人和狠女人，她年轻的心里总在想，将来，她可不想在这园子里做老宫女，她要嫁个好人家，可是年复一年地过去了，她觉着，自己内心的希望越来越渺茫，就在她青春的身体开始强烈渴望着什么的时候，她在园子里撞见了他，而后来，他又因为给干爹帮了忙而再次与她相遇——这不是缘分又是什么?!再后来，他们有了那种事情，她更是觉着，自己的身子已经不是自己的了，她的一切都归了无玄，他在她心里是至高无上的，连她从小又敬又怕的老佛爷也退居了次位。她惟一觉着对不起的，是她的干爹，她觉得，自己正在把一种危险带给干爹。

祖儿的干爹周太监正弯着个老腰，低头拉着风箱，火苗子往上蹿着，虽说背后没长眼睛，可老头子当然知道他们俩正在干什么。周太监心里有气，嘴上说道："喂，我说你到底得在这儿住多久啊?"无玄道："周公公，你再容我住一阵儿，等我找到了亲戚，立马就搬走。"周太监冷笑道："你亲戚到底儿住哪儿，你上回说是住洋桥儿，怎么这回又说是住菜市口儿了呢?"无玄道："洋桥儿和菜市口儿也差不到哪儿去，反正都是北京南城呗。"周太监叹道："真是个糊涂蛋，洋桥儿和菜市口儿差哪儿去了!"无玄无奈，从怀里摸出一小块儿银子，道："这是一点儿散碎银子，您收着吧，不成敬意。"周太监边收银子边道："我就奇怪了，你也不缺银子花，为什么不住店，单愿意和我这苦命人儿一块儿吃苦啊?"无玄道："我就瞧中了您这人心眼儿好，为人厚道。"周太监苦笑道："厚道管什么啊?人善被人欺，马善被人骑，我厚道一辈子了，临了儿临了儿让老佛爷给罚到这儿做苦差来了!"祖儿见干爹步步相逼，心疼无玄，便忙道："爹！您就容他再住几日吧!"周太监半晌道："得，瞧着我闺女的面儿，你就再住几日吧！可不许给我惹娄子!"无玄道："这我就不懂了，怎么您老还能有闺女?"周太监长叹一声，道："我们做太监的，亲闺女自然是没福气有了，可这干闺女总还是可以有的吧?我这干闺女，比那亲闺女还强十倍呢！头疼脑热的，全是她照应，上回挨了老佛爷那顿打，若不是她，我这条老命兴许早就交待了!!"祖儿忙道："爹！那还不是应该应分的?我十三岁入宫，若不是您老照应，我这条小命怕是早就没了！您老别拉风箱了，那火够旺的了，我给你们烫上酒，您老快过来喝一口儿!"周太监这才起身，与无玄一同喝酒不提。

10

德龄哭了整整一夜，她反复地哽咽道："小柿子不应该死，该死的是我。"容龄捂住她的嘴，用法语说道："姐姐，上帝会让他上天堂的。你不要再自责了，你并没有害小柿子。"德龄也用法语道："可是我享受了恋爱的甜蜜，却让他遭受了无辜的酷刑，我一生也不会安心的。"容龄道："姐姐，我们谁也不能抱怨，因为这是命运。"德龄哭道："容龄，也许我错了，我不应该劝你回中国来。如果你在邓肯小姐的身边，这样可怕的事根本不会发生。"容龄道："别说了，姐姐，我一点儿也不后悔。因为我在这儿第一次遇上了我喜欢的人，虽然没有结果，但我已经很满足了。"德龄抱住了妹妹，道："容龄，谢谢你，我本来应该好好地照顾你的，现在还要你来安慰我。”容龄道：“姐姐，我不是永远长不大的布娃娃，你也不是永远强硬的青铜雕塑，我们就是要彼此依靠的啊。”德龄含泪点点头，问道：“阿玛额娘他们那儿知道了吗？”容龄道：“哥哥已经告诉他们了，正好最近阿玛的病有缓，他们不放心你，可能过两天就回来了。”

裕庚夫妇果然回来了，他们坐在德龄的床边，拉着女儿的手。裕太太见女儿瘦了好些，心疼得直想掉泪。裕庚开门见山地问道：“德龄，你真的爱上他了吗？”德龄忽然从床上起来，扑通跪了下来，道：“阿玛、额娘，求你们想办法让我出宫吧！宫里太可怕了，我想过普通人的生活，我要和怀特结婚，我们要到美国去！经过了这么多事儿，我发现我已经……已经离不开他了！”裕太太在一旁用帕子捂着嘴，道：“阿弥陀佛，怎么小说里的话从我的宝贝女儿嘴里说了出来！德龄，你是最懂事，最让我们省心的，那个洋小伙子怎么把你迷成这样！”裕庚摇着头，道：“德龄啊，你似乎已经完全忘了你进宫的初衷了，你的报国热情就这么容易消退吗？”德龄道：“阿玛，我是很想报效国家，可是我认为我一个人的力量太微薄了。而且，牺牲美好的爱情去改良一个正在走向衰落的政府，这太得不偿失了。我现在只想过快乐的女孩子的生活，体会平安和幸福。”裕庚沉默了。裕太太把德龄扶起来，依旧在床上躺好，又添一碗莲子羹，一口一口地喂给女儿吃，道：“德龄啊，我们从上海赶回来，都是为了你的事儿。你阿玛说的报国我不管，可哪个额娘不希望自己的女儿嫁个如意郎君呢？我就不明白，你为什么非找个洋人，你是想让以后额娘阿玛非要漂洋过海才能看你吗！”德龄道：“额娘，我和凯是真心相爱，我觉得，他，就是我的如意郎君。以后，我们可以回来看您，也可以就在中国不走呀。”沉默了许久的裕庚这时缓缓说道：“德龄，阿玛对你非常失望。阿玛很早就告诉你，真正的志士仁人，成大器的人，都是先天下之忧而忧，后天下之乐而乐，像你这样，稍遇困难，就打退堂鼓，这不是裕庚的女儿！！……不要说你做不到，而是你没有尽力。阿玛这样要求你可能有些过分，你是比同龄的女孩子需要付出得多一些，可是，你记得吗，这正是你从小就有的心愿啊！你从小就常常跟阿玛说，你不愿意像一般女孩子那样，嫁人，生子，相夫教子，你要接受良好的教育，长大之后报效国家，你知道，阿玛听了这话有多高兴啊！你们虽然一直生活在西方，可是阿玛为了让你们不忘祖国，一直坚持让你们学习中国的诗书礼乐，费了多少苦心啊！……现在阿玛老了，身子也不行了，已经不能再为国家做什么了，所以，只能拜托你和容龄，来完成我的心愿。我们是大清的人，从祖上直到现在的族人，无不在沐浴天泽，若是国家有难，自当鞠躬尽瘁、死而后已！德龄啊，阿玛已经来日无多，在我的有生之年，很想看到你们有所作为，也很想看到大清重振朝纲，否则，我是死不瞑目啊！”德龄的热泪夺眶而出，她叫了一声阿玛，就再也说不出什么了。

为了女儿，裕庚决定见一见那个美国小子。他的法文虽然流利，英文却不算太好，所以他把儿子勋龄也叫了来。裕庚正襟危坐，神情庄重，对着那个美国小伙子道：“年轻人，我已经听勋龄说了许多你的事情，我也知道了你对德龄的心意。按中国的传统，女儿结婚必须得到父亲的同意，你理解吗？”怀特听完了勋龄的翻译，急忙说：“裕先生，我非常理解！我和德龄都渴望得到您的祝福。我向您保证，我一定尊重、爱护、信任德龄，我会使她幸福的！”裕庚道：“如果你说的是真话，那我一定看不到了。……因为德龄已经向我保证，在我的有生之年，她一定会在宫里服务。”怀特急道：“什么？！那我们的婚姻还得与您的寿命联系起来吗？恕我冒昧，您是个父亲，可您把德龄看成自己的私有财产而不考虑她的需要和感受，这是十分自私的。我再次请求您，准许我们结婚，把德龄从宫里接出来。如果您暂时不想让我们结婚，您可以接着考验我，可德龄和容龄在里面实在是太危险了，这一段时间我在宫中的经历，比我从前的几十年经历的风险都要多。”虽然勋龄没有翻译自私那句话，但裕庚恰恰听懂了。他说：“勋龄，你有一句话没有告诉我，我听懂了一个词，是‘自私’，对不对？”勋龄无奈道：“是的，阿玛。他说你把德龄当成自己的财产，太自私了！”他们两个谁也没想到，裕庚听了这话竟笑了起来，半晌道：“勋龄，我倒觉得怀特很直率，很有些青年人的血性。”怀特喜道：“裕先生，这么说，您是同意我和德龄的婚事了？”裕庚道：“是的，但不是现在。德龄至少要在宫里再服务两年，因为她和容龄从小获得的教育和幸福超出了一般的满洲女孩，所以她给国家的回报必须要比其他的女孩子多，这是不容置疑的。我是清朝的大臣，所以我不属于自己，我是属于朝廷的，我给家人的一切也都是来自朝廷的，我不能忘记，我的子孙也不能忘记。怀特先生，这和西方是不同的，假如你真的爱德龄，希望你能等待。”怀特想了好久，最后终于道：“好吧，裕先生，谢谢你。我会和美国的姑妈商量的。告辞了。”怀特走了，勋龄在阿玛面前跪了下来，恳求道：“阿玛，我求求您，让两个妹妹赶快出宫吧。老佛爷真的为人古怪，她什么事情都干得出来。还有，我觉得怀特和德龄很相配，我不明白，怀特的努力难道还无法证明他的诚意吗，难道您真的愿意怀特离开，然后让德龄嫁给一个整天只会提着鸟笼满街闲逛的八旗子弟吗？”裕庚的脸上毫无表情，良久，道：“勋龄，我的主意已定，你就不要再说了！”说罢，他拂袖而去，勋龄呆呆地站在那儿，他知道阿玛为人的固执，但是他也知道，阿玛永远不会拿儿女的幸福开玩笑。

这日很晚了，裕庚夫妇还没有睡。裕太太只是抹着眼泪，道：“德龄已经一天没有吃东西了，光是在屋里呆坐着，也不说话。我们这成什么了，倒比亚芒他父亲还狠了！”裕庚问道：“亚芒是谁？”裕太太道：“茶花女的心上人呀，你怎么忘了？”裕庚道：“我没有忘。可我认为，以后德龄会为她的这一段经历而骄傲的。……你相信我，好吗？”

三天之后，怀特从卡尔那儿得到了德龄的一封信。信上说：“亲爱的怀特，我和你想的一样，也希望能够长相厮守，可现在看来是几乎不可能的，起码，在短时间内做不到。谢谢你对我的爱，无论我们最后的结果如何，我都一样地了无遗憾，因为这段时间，我们是这样真心地爱过。我不敢设想将来，然而有一点是肯定的，那就是，我会一直爱着你，想念你。你的德龄。”

这封信让阳光灿烂的美国小伙子怀特惆怅了一会儿，但是很快，他又有了新主意。他对卡尔说：“我有一个大胆的设想，你能帮助我吗？”卡尔道：“那得看这个设想有多大胆。”他说出的话连一向对一切都满不在乎的卡尔也吓呆了，怀特说的是：“私奔。”

11

刺客的事虽然了结了，可是让慈禧头疼的事情很多。头一件，便是日俄战争一触即发，而如果开战，那战场一定会在东三省，那可是满洲人的老祖宗的陵墓所在啊！可是国力如此之弱，明明不能参战，还是及早宣布中立为好。这天她将外务部大臣伍廷芳宣来问话。伍廷芳奏道：“老佛爷，最近俄国和日本的谈判已经陷入僵局，各不相让；法德英都很关心日俄的局势，当然，他们更关心的是他们在中国的利益。他们希望一旦打仗，他们在中国的利益不要受影响。下一步究竟如何对付洋人，还请老佛爷明示。”慈禧没有急于回答，她起身走了两步，看了看窗外，道：“再过一阵儿就立冬了，这湖上一结冰，就是另外一番景致了。伍大人，你觉得这颐和园哪一季的景色最好啊？”伍廷芳愣了一下，小心翼翼地答道：“回老佛爷，依臣看是各有千秋。”慈禧哼了一声，道：“说得好，不愧是外务部的，圆滑得很。”伍廷芳的头上立即冒出了汗珠。慈禧道：“我瞧还是冬景最好。一下雪，就更好了。”伍廷芳忙道：“老佛爷说得极是。”慈禧道：“我看过几天儿立了冬，下了头一场雪，就把各公使馆的夫人们都请来，聚一聚，让她们瞧瞧雪景儿，吃点农家的新鲜东西，可好？”伍廷芳忙道：“是，老佛爷圣明，臣真是钦佩之至啊！”慈禧道：“说说你为什么钦佩之至啊？”伍廷芳道：“您把她们都请来，是为了让她们回去吹枕头风儿，表明咱们大清国的立场……”慈禧笑道：“我寻思着，大清还是要持中立态度，咱们不要损一兵一卒，也不要得罪任何一国的洋人。洋人是欺人太甚，可是咱们的新军要打他们还得假以时日，现在怕是不行啊。”伍廷芳忙躬身道：“老佛爷圣明！”

但是时局逼人，还未等到立冬，各国公使夫人就再度被请进了颐和园。夫人们围在慈禧的周围合影，拍摄者自然是勋龄，他仔细地布着光，生怕这张具有历史意义的照片出什么问题。俄国公使勃兰康夫人悄悄咬着康格夫人的耳朵道："康格夫人，这个英俊的年轻人是谁？看来是他使太后接受了照相的乐趣，原本我听说，太后认为照相是妖术，是禁止的。太后今天就是让我们见识一下她的开放和宽容吧？"康格夫人笑道："这个年轻人是德龄的哥哥。我看太后今天来不是仅仅为了和我们闲聊照相的，是肯定有大事情要宣布。怎么样，我们打赌？"勃兰康夫人笑道："好啊，我赌二百美金。"康格夫人道："我看还是三百吧。我赢定了！"

果然，慈禧致辞时说道："都是老熟人儿了，也不必那么些个客套了，其实今儿个我请各位夫人来，大家恐怕也能猜出几分我的用意。现在世界上悠悠万事，惟日俄战争一触即发之事为大，我们又是日俄的紧邻，不表个态吧，各国心里也没底，今儿索性我就明告诉大家，我们大清是爱好和平的国家，只愿各国友好相处，所以在未来的战争中我们将保持中立。我希望各国夫人回去转达我的意思。"德龄翻译给了众人，公使夫人们都会心地点头。康格夫人向勃兰康夫人伸出了手，道："怎么样，我的美金？"勃兰康夫人一笑道："少不了你的，小心被太后瞧见了！"两人悄悄打趣，早被皇后看在眼里，皇后十分恼怒，却又发作不得。

颐和园里，金黄的柿子挂满了树枝，果园里还摆着各种小摊儿，在做着捏泥人、糖炒栗子、包饺子等各种表演，夫人们或围着观看，或在摆好的桌椅前品尝小吃。勋龄不时地应她们的要求给她们拍照。慈禧坐在御座上，看着周围的一切。德龄在一旁侍立，望着柿子出了神。慈禧道："德龄，你说内田夫人称病没有来，是真病还是假病？"德龄道："哦，奴婢觉得她是心病。"慈禧笑道："怎么说？"德龄道："因为俄国的勃兰康夫人要来，她自然想回避。"慈禧道："不仅如此，还有咱们的留日学生，他们口口声声说要教育好照顾好，这可倒好，全照顾成了兴中会的反清头目了！她想必愧得慌吧？"德龄应付道："老佛爷说得一点儿没错儿。"慈禧道："就说那个王秋瑾，本来也不过是个有些怨气的富家少奶奶，怎么一到了东瀛，就成了反朝廷的人呢？又是反诗又是办报的，打量我不知道？四海之内没有我不知道的事儿！朝廷的探子全世界都有，听说这秋瑾在日本还造起反来了，说是嫌小鬼子的饭不好吃，收的钱又多！哈哈哈……依我看，内田夫人这也是搬起石头砸自己的脚！……这秋瑾也不想想，那小鬼子的饭能跟大清国比吗？全世界的饭也没咱大清国的好吃，德龄，这个你是最明白的，你去过那么些个国家，可有比我们御膳房师傅做的菜更好吃的？”德龄认真道：“确是没有。法兰西倒是也有些蛮可口的菜，但是论到做工的精细，的确比不上我们。”慈禧笑道：“老子曰：‘治大国同烹小鲜’。知道宰相的‘宰’字如何解吗？汉相陈平年轻时是主持乡里宰肉和分配的，由于他分得均，父老曰：‘善哉陈孺子之为宰也！’这才有了宰相，后来又有了浆人、盐人、庖人等官职，都是和吃有关的，可见我们美食文化的传统是多么深远！”德龄赞道：“老佛爷真是博古通今！……可是在西方，过分讲究吃是一种不能得救的行为，这是他们的新教文化带给他们的……”慈禧不屑道：“他们都是些吃生肉长大的货！哪儿吃过什么好东西？！你没瞧见那些个公使夫人，见了咱们御膳房的饭菜馋得那样儿？慢说是康格夫人、勃兰康夫人，就是那个装着娴静的内田夫人，不是见着咱们的清汤鱼翅照样儿吃得不撒嘴？！……”德龄忍不住扑哧笑道：“老佛爷，真是什么都在您老人家眼里！……可是呢，我觉得洋人的说法也有几分道理，譬如他们说，过分讲究吃是一种贪婪的表现，何况社会向前发展，人的分工也就越来越明确，就像一群蚂蚁似的，谁该搬东西吃，谁该挖洞住，分工明确了，时间就会越来越紧张，如今在洋人那儿，都是工业化社会了，哪儿有时间大吃大喝呢？洋人平时吃得很简单，逢到什么庆典才有一番庆祝，不像我们，顿顿饭都要吃那么久。”慈禧沉吟片刻，道：“洋人的习惯，原也有好的，只是祖宗传下来的规矩，一时半会儿也破不了，慢慢来吧。走，你陪我到那边去摘些个柿子。”

树叶如同黄金雨一般落下，十分美丽。慈禧感叹道：“本来是想请这些个洋女人立冬的时候再来，可是日俄形势逼人，只能请她们看最后的秋景了。”

勃兰康夫人拉着康格夫人让勋龄拍照，勋龄欣然应允，康格夫人看了看四周，指着慈禧的空椅子说：“我看在这儿挺好，背景很不错。”勃兰康夫人笑道：“好的，你坐着，我挨着你的椅背，好吧？”就在康格夫人要坐下的一刹那，德龄飞似的过来拦住了她，道：“康格夫人，太后专门请您和勃兰康夫人到那边的柿子树下去合影，你们看可好？”康格夫人道：“真的吗，太好了！”德龄忙向李莲英使了个眼色，李莲英这才从呆滞中惊醒，赶紧把慈禧的椅子搬走了。

各国公使走后，慈禧命李莲英请皇后及众宫眷到东暖阁喝茶，大家都在议论今日之险。慈禧道：“要不怎么说她们都是吃生肉长大的呢？！一点儿规矩也不懂！要不是德龄，今儿个那个康格夫人就一屁股坐上我的椅子了！”四格格忙道：“老佛爷的椅子岂是由她们随便坐的！”大公主道：“兴许是她们的规矩和咱们的不一样吧，她们哪儿懂得凡老佛爷的椅子都是御座！”皇后道：“康格夫人和勃兰康夫人已经到中国这么久了，竟然还不了解咱们的礼节，可见各国礼仪的差别是很大的呀！”慈禧道：“幸亏德龄这孩子，不但把她们支走了，还让她们没有觉察，否则，她们倒觉得咱们斤斤计较了。就为这，我得赏德龄！”德龄忙道：“老佛爷，这又不是什么大事情，不值得赏的。”皇后在一旁道：“维护皇家的尊严，当然是大事，你就谢恩吧。”德龄只好谢恩。慈禧笑道：“德龄，你也不问什么赏就谢恩了？”德龄赔笑道：“老佛爷赏的，自然都是好东西。”慈禧道：“容龄，你也猜猜，我会赏你姐姐什么？不是珠宝首饰，不是大饽饽，也不是衣料。”容龄歪着头猜道：“回老佛爷，奴婢猜不着，大概是，是要给她放假？”慈禧笑道：“对了，容龄说得对，我是要给德龄放假了。而且，是放长假。我要给你指婚，这回事儿我已经跟你提过两回了，再不兑现，你要觉着我是满嘴跑舌头尽说白话儿啦。今儿咱们就当着皇后、大公主和各位宫眷的面儿，给你指婚，我要给你指个最尊贵的贝勒，等喜事儿一办，你就是个万人羡慕的新娘子啦！”众宫眷齐声笑道：“恭喜德龄！”德龄一下子慌了神，扑通跪下了，道：“老佛爷，奴婢不要结婚，奴婢要伺候老佛爷！”皇后和四格格都吓白了脸，冲她直摆手。慈禧幽幽道：“哦？你说什么呢？难道你想抗旨不遵？！”德龄：“老佛爷，奴婢该死，奴婢不识抬举，可是，奴婢就是想为您做事，奴婢舍不得您。”慈禧道：“自古以来，男大当婚女大当嫁，你也不小了，都十七了，我像你这个岁数，已经到了先帝爷的身边儿了！你自个儿琢磨琢磨吧！”

德龄觉得一股寒气侵入了骨髓。

第八章

1

几天来慈禧一直没有离开园子，这日下午太阳很好，慈禧特叫了皇后过来，边逗着小狗喘气儿边说话儿。慈禧道：“刺客既然不是怀特和卡尔，我就放心了。不然，不杀他们我难受，杀了他们又是外交事件，洋人又该找碴子打仗了！”皇后道：“老佛爷，这两个美国人咱们都试过多少回了，除了现学的几句请安的话，根本听不懂中国话儿，也看不懂中国字儿，不可能有什么作为。”慈禧点头道：“这倒是，两个糊涂蛋！”

正在这时，喘气儿的爪子钩着了慈禧衣服上的一根丝线，它觉得有趣，竟然接着把绣的凤凰都钩破了，皇后忙把它的小爪子拿开。慈禧一见大怒，道：“凤凰怎么可以随便乱扯，这不是在我头上动土吗！李莲英，拿掸子来！”

怀特拿着药箱准备去慈禧处治疗的时候，忽然听到了小狗的惨叫，他吓了一跳，紧走了两步，却看见小狗被关在了笼子里，它的两个小前爪，被固定在栅栏上，李莲英正拿着掸子使劲儿地打它，小狗在笼中跳来跳去，发出哀求的叫声。慈禧在一旁狠狠骂道：“看你长不长记性！看你长不长记性！”怀特见状急忙冲了上去，挡住了李莲英的掸子，大叫道：“No！ No！”慈禧怒道：“干什么哪？不让我打？一只狗，不过是个小玩意儿！连天下都是我的，连管一只狗还不行吗?!让开，你不要太过分了!”怀特生气地说了一大串，慈禧和皇后都听不懂，皇后只是在慈禧的身后示意他不要再说了。李莲英在一旁叫道:“大胆洋人，竟敢犯上，该当何罪!”正巧容龄过来请安，慈禧道:“容龄，你来得正好，这个洋鬼子跟我瞪着眼睛说了一大串，你问问他都说了些什么，我倒想瞧瞧他有几个胆!”怀特指着喘气儿道:“容龄，太后体罚小狗，用掸子把它的爪子都打肿了！人们养宠物，是为了爱惜和呵护它们，并不是把它仅仅当成一件玩具，动物是有记忆有感情的，它们从来不背叛人，人为什么要粗暴地对待它们？太后也许觉得她有权力这样处置它，因为她是主人，可是她根本没有想到，动物给我们的欢乐比我们给它们的食物要宝贵得多!”容龄看着笼中的喘气儿，几乎落下泪来，见慈禧盯着她，只好低声把怀特的话翻译了一遍。慈禧听了，指着怀特道:“让他立即就给我滚蛋，原先要给的赏钱，一分也不给他！扔到河里也不给他！……你告诉他，让他到他的国家去讲这份歪理去！现在他是在大清国，得按大清国的规矩办，虽说现在不是年年进贡岁岁来朝的时候了，可他也得明白他的身份，不过是个吃生肉长大的洋鬼子罢了，要不是看在他把我的牙治好了的分儿上，我就是要他的小命儿，康格夫人也不能把我怎么样!”容龄突然扑通跪下，道:“老佛爷，看在我和姐姐的分儿上，您老人家就饶了喘气儿吧!”慈禧对着皇后道:“你瞧瞧这孩子，她也跟着起哄！……你倒是瞧瞧啊，喘气儿不是好好儿的？一个小牲口，打两下儿，又能怎么样？难道你从小到大你阿玛和额娘就没教训过你?”容龄含泪道:“他们从来没有打过我。”慈禧叹道:“那是你太小，忘了，连我小时候在家，金枝玉叶一样的人，阿玛和额娘也没少管教我呢!”

小狗的事让德龄姐妹更加坚定了出走的决心。事情已经进入了实质性阶段，晚上姐儿俩找到卡尔一起商议，卡尔道:“德龄，怀特说让你们和他一起走。他想好了，也和勋龄商量好了，让勋龄假传家信，说是你的父亲病得很严重，出宫后你们到上海，到那里登上去法国的船。”德龄道:“不行，万一追查下来，那哥哥岂不就没命了?”容龄道:“姐姐，我看可以。等咱们和怀特上了船，再让哥哥告诉阿玛真相，这样生米煮成熟饭了，阿玛也会想办法的，比如，说你重病身亡了，或者说有什么人在夜里把你劫走了，反正有的是说辞！”德龄半晌无语。卡尔道：“德龄，容龄说得对，只要你们走了，你的父亲一定会面对现实的，说不定他想的借口会比容龄的还周全呢。”德龄拉着妹妹的手，柔声道：“容龄，我现在终于体会到你出走之前的心情了，人为什么总要面临选择呢？我留在宫里抗旨会死，若是逃了，留下的人又面临危险，这两种赌注都很难赢呀。”容龄听了默默无语。

2

几乎与此同时，勋龄把一个信封交给了怀特，正色道：“凯，这是我在巴黎的好朋友的地址和我给他们写的信，必要的时候他们一定会帮忙的。等风头过了，你们再回美国。”怀特拍了一下他的肩膀，道：“真不知道怎么感谢你，勋龄。”勋龄道：“你不必谢我，我只是希望我的妹妹幸福。进了宫以后我才感觉到，这里真的不适合她们。在我看来，她们的幸福比对国家的责任更重要。”怀特道：“勋龄，你为什么这么信任我？”勋龄道：“说不清，我们中国人管这叫缘分。”怀特认真道：“勋龄，我对你发誓，我一定会让德龄幸福的。”勋龄点头道：“我相信。”

但是凯万万想不到的是，慈禧太后那么快就收回了成命。

晚上慈禧照例跪在蒲团上念佛，被打得伤痕累累的小狗伸着缠着绷带的小爪子缩在一边。慈禧手上的佛珠在飞快地转动着，忽然，佛珠停了下来。小狗好奇地伸着头看，慈禧突然无声地倒在了地上。小狗过去舔了舔她的脸，她没有反应。它又咬着她的衣服扯了几下，还是没有反应，喘气儿不安地大叫了起来。

慈禧醒来的时候，皇后和德龄姐妹及众宫眷都围在身旁，喘气儿蜷成一团，在她的鞋子旁熟睡，并发出轻微的鼾声。见慈禧醒来，众宫眷都松了口气。慈禧道：“怎么你们都来了？是不是我不行了？！”皇后忙道：“不是，老佛爷，您……您只是操劳过度……”慈禧伤感道：“咳，什么事儿都是天命难违啊！我怎么觉着就像是到阴曹地府里走了一遭似的，得了，都到我跟前儿来，让我好好瞧瞧你们！”她拉着众人的手，大家的眼眶都湿润了。德龄强笑道：“老佛爷，你这不是已经好了吗？”四格格道：“是啊，您老人家是福如东海长流水，寿比南山不老松哇！”慈禧苦笑摇头道：“哪有的事儿！人的命，天注定！人的寿数如何可由不得自己。要是我千年万年地活着，还不活成老妖精了？”皇后递上来御医开的方子，道：“老佛爷，刚才四位太医已经给您老人家瞧过了，这是他们开的方子，请您过目。”慈禧问：“他们人呢？”皇后回道：“在外边儿脉案候着呢。”慈禧细细看了一遍方子，叫四位御医进来读脉案。林太医道：“……皇太后脉息左寸关至数不匀，肝气冲遂，胃燥不清，顿引胸肋窜痛，头晕目眩，皆由胃气不降、湿热蕴结所致。”慈禧哼了一声，对药方子指点道：“我说，这一味药是干什么的？”杨太医道：“回老佛爷，这一味药是凉血的。”慈禧又问：“那这一味呢？”林太医道：“这一味是益气补血的。”慈禧道：“这倒也罢了。……把这几味药给我去掉，再加上这个方子的两味药，给我开第五个方子，抓药就按这个新方子抓。”四个御医面面相觑，半晌作声不得，只好应了，退了下去。慈禧道：“瞧瞧这些个饭桶，对他们，不能全信，也不能不信，每回我都得仔细瞧瞧方子，十味药里得有六味是没用的！要不换两味药，他们还只当我是傻子，随他们折腾！”容龄天真地说：“老佛爷，您连药理都懂，可真了不起哇！”慈禧微笑道：“傻孩子，明儿我给你两本药理的书瞧瞧，你也照样儿懂！要不怎么说太医院的尽是饭桶呢，瞧病瞧了一辈子了，未见得能比我更会治病！”皇后这才道：“今儿个还多亏了小喘气儿这一嚷嚷，才把人给叫来了。刘太医说，要是晚半个时辰，就悬了，您真是福大命大呀！”慈禧柔声道：“喘气儿，过来。”喘气儿听话地过来，还把爪子搭在床沿儿上，伸着粉红的舌头使劲儿地舔着慈禧的手。容龄忙道：“老佛爷，您看它多聪明呀。”慈禧微笑道：“是啊，还知道忠心护主，我得好好地赏它！……”

光绪也听说了慈禧的病，过来请安，他和平时一样看着地面，干巴巴地说："皇爸爸吉祥。儿子听说皇爸爸病了，特来瞧瞧。"慈禧冷冷地说："好啦。你连眼皮儿都不抬一下，怎么瞧我啊？你心里那点子事儿，我闭着眼睛都猜得出来！你是不是心里头盼着我早点儿死啊？"光绪忙跪倒在地，道："皇爸爸！皇爸爸说这话，儿子实在担当不起啊！"慈禧道："你心里没愧，有什么担得起担不起的？！得了，下去吧。"慈禧见光绪出了门，用手比划道："这么丁点儿大就给抱进宫里来了，盼着他长大哇！谁能想到他长大了，跟别人儿一块儿对付我？！……人不如狗啊。对了，那个洋小子呢？"皇后道："那个怀特呀，估计已经卷好铺盖卷了，正等着车接他走呢。"慈禧忙道："李莲英，你快去问问那个洋小子，会不会治狗。……我要他给喘气儿治伤！"德龄和容龄交换了一下惊讶的眼神。慈禧继续道："喘气儿护驾有功，我还得赏它一片园子，四格格啊，跟你阿玛说，就说我说的，让他在御狗房南边儿开一片花园，专门儿给喘气儿玩！喘气儿吃的用的，以后一律走宫中的银子！"四格格抱起喘气儿笑道："是，老佛爷！……喘气儿啊，你可掉进福窝子里啦！"

怀特拎着行李返回的时候恰恰遇见从御花园回来的卡尔。卡尔惊道："怎么，太后又改变主意了？"怀特苦笑道："是啊，我好像要从牙医变为兽医了，我想这也许不太难——太后突然又让我再留一段时间给小狗治伤。"卡尔叫道："天啊，中国的事情真是千变万化。那咱们的计划怎么办？"怀特耸耸肩，道："只能推迟了。出了宫门可以逃到世界的任何一个角落，可宫门里面却只能走向死亡。"

怀特的返回让众宫眷都很高兴，德龄姐妹就更不必说了。就连慈禧心里也暗暗有一丝喜欢这个洋小子，他身上好像有些什么特殊的元素，可以让人快乐，这点，也许与大清国所有的贝子贝勒们都不一样。只有一个人不高兴，那就是康格夫人。本来，她是想把凯换掉的。她觉得派去的那两个人都是废物，卡尔一时半会儿没法子动，只有另派一个牙医，可是清国外务部在照会中说，慈禧太后不再需要另一个牙医了。公使只好劝慰她道："凡事不能完美，中国人说，退一步海阔天空，你也该知足了。"夫人问："为什么？"公使幽默地说："你的名字，将来一定会出现在许多清宫的宫闱秘闻里，那可一定都是畅销书！"夫人正色道："那我宁可出现在美国历史中。"

这位野心勃勃的康格夫人后来真的出现在了美国历史中。就连中国历史的读本，也有了康格夫人的名字。

3

在 1903 年冬天的美国纽约曼哈顿富人区，年老而富有的艾米坐在窗前，与传教士约翰一起喝着咖啡，她非常想念她年轻的侄儿凯。在约翰的影响下，艾米已经慢慢改变了对中国的看法。前些时，她还被约翰拖去参加了中国保皇党的一次聚会，见到了康有为先生本人。当康先生听说艾米有个在中国皇宫里为慈禧太后治牙的侄儿时，不禁喜形于色。艾米记得，当时那个其貌不扬的留着辫子的中国人激动地说："……那么说，您的侄儿肯定也见得到皇上了？能够瞻仰圣容，真是莫大荣幸啊！"然后他又向着东方磕了几个响头，流泪道："皇上，皇上，六年了！不知圣体是否安康啊！养心殿一席谈，吾辈终身不敢忘怀啊！……"所有的华人都随着他面向东方磕头流泪，艾米虽然莫名其妙，却被他们的真情感动了。这会儿，约翰正把教堂和裕庚的照片给艾米看，指点着道："艾米，这就是救我们出来的裕庚，这就是那个我们被围困的教堂，那段奇异的经历实在是太让我难忘了。"艾米道："梳着一条奇怪辫子的人会有这样的勇气和风度，这是我不能想象的。"约翰道："你更不能想象的是他的两个受过西方良好教育的女儿在宫里当慈禧的御前女官。"艾米睁大眼睛道："约翰，你是说怀特爱上的德龄是他的女儿？"约翰道："是的，德龄是裕庚的大女儿，她很了不起，听说她和妹妹一起劝慈禧太后看英文报纸、画油画肖像，现在中国皇帝也在她们的影响下开始学英语和钢琴，这在古老而封建的国家简直是奇迹。"艾米思忖道："这么说，怀特爱的真是个不寻常的女孩？"约翰道："是的，怀特为接近她甚至对康格夫人撒了谎，他进宫的时候告诉我，他认为自己应该诚实，可为了爱情他只能这样，他一定会设法补偿康格夫人的。”艾米道：“怀特做得对，利用别人的感情是可耻的，康格夫人的这种想法本身就很卑鄙，我看怀特用不着对她感到抱歉。再说，中国对美国根本没有威胁，她这样做实在不光明磊落。如果中国真的是敌人，我会支持怀特去前线的，可是现在完全不是那么回事。”约翰道：“我的看法也是和你一样的。顺便问一句，你是不是认为怀特的做法可以理解了？”艾米笑道：“你不会是凯派来的说客吧？”约翰笑道：“也许。”艾米道：“最近，我倒是真的开始喜欢中国了，因为你——如果没有老约翰跟我聊天，我会很孤单的。”约翰笑道：“和你聊天是我的荣幸，你对本教区的贡献是众所周知的。”艾米喝了口咖啡，道：“你告诉我的各种笑话和奇闻逸事比我的贡献要有价值得多。”

几天之后，怀特接到了艾米的电报，姑妈在电报中说：“亲爱的凯，你回来吧，把她一起带回来，不管她是女朋友还是未婚妻。因为我要过七十岁生日了，你们就是我最好的生日礼物。还有，我最近在约翰的陪伴下，见到那位康先生了，并且有了一次很亲切的交谈。他竟然是一位重要人物！他非常爱他的君主，而且他是反对慈禧太后的！我的上帝，这是多么刺激而有趣的事啊！……”

姑妈不再反对他和德龄的婚事了！怀特欣喜若狂地拿着电报去找正在为卡尔做模特的德龄。德龄匆匆读了电报，大吃一惊。她用英语问怀特：“凯，你的姑姑竟然认识康有为？！”怀特道：“是啊，我不是跟你讲过，康先生与他的拥趸们成立的保皇会常常在纽约活动吗？约翰和康先生成了朋友，他也拉着我的姑妈认识了康先生……我姑妈对中国，对我的恋爱的态度已经转变了！德龄，为我们的未来高兴吧！！……”可是德龄的态度让怀特十分费解，她急急问道：“那么康先生现在究竟在哪儿？他在从事什么样的活动？……”怀特道：“这我就不知道了。……原来，你关心康先生竟然胜过关心我们的事情，真是让人难以理解！”德龄急道：“你不知道，算了不跟你解释了，我马上要去给太后读报了，对不起，我先走了。”怀特怅惘地看着她的背影，她突然回过头来用英语说：“怀特，请你继续向你姑姑了解一下康先生的消息，然后告诉我。好吗？”说罢走远了。怀特耸耸肩道：“卡尔，站在你们女性的立场上，你分析一下德龄的心理好吗？我怎么总是觉得刚刚跟她走近，一下子又被推得很远很远？”卡尔笑道：“对不起，我没有恋爱经验，你还是问你姑妈艾米吧，她好像是个爱情专家。”怀特哈哈大笑，道：“她？据我所知她这个专家好像只跟一个人谈过恋爱，那就是我的姑父。”

在御花园的尽头德龄追上了光绪。德龄拿着一个暖手炉，叫道：“皇上，您的手炉落在偏殿了！”光绪接过手炉，德龄四顾无人，悄声说：“皇上，德龄有话要说。”光绪忙屏退孙玉。德龄喘息未定，道：“皇上问康一事，奴婢早已知晓。奴婢打听得康有为现已从日本到了美国，成立了保皇组织，主张君主立宪，反对共和。身体尚好，惦念皇恩。”光绪听了这话，顿时惊喜交集，道：“你……是如何知道的？”德龄道：“奴婢有外国朋友姑侄二人，他们都在美国纽约见到过康先生，最近，康先生与在美国的姑姑还有一次倾谈，这消息，是她在中国的侄子告诉奴婢的。”光绪沉思片刻，问道：“这在中国的侄子，可是那美国的怀特医生？”德龄一惊，随即羞红了脸，悄声道：“皇上真是聪明绝顶！”正在此时，李莲英出现了，他向皇上请了个安，然后面对德龄道：“……德龄姑娘，老佛爷已经移驾石舫，她老人家请你直接去那里候驾呢！”德龄答应一声，悄声说：“皇上保重，奴婢去了！”光绪久久立在原地，满脸焕发出光彩，如同突然变了一个人。

德龄赶到石舫的时候，慈禧与皇后等人已然到了，慈禧见了德龄，堆起一脸的笑，道：“德龄啊，指婚的事儿你也想了不少日子了，今儿就应了吧。”德龄跪了下来，语气十分决绝地说道：“老佛爷，皇后主子，奴婢不想嫁人，想一辈子伺候老佛爷！”慈禧一下子变了脸，怒道：“大胆！不要以为我疼你就怎么着都行！给我拉出去，赐一丈白绫吧！”德龄的嘴唇颤抖了一下，但她仍镇静地磕了个响头，道：“谢老佛爷，德龄来世还伺候您！”皇后吓得脸色苍白，忙起身行礼道：“老佛爷，您开开恩吧！”四格格也跪下道：“老佛爷，求您放过德龄吧！”众宫眷众太监黑压压跪了一地，只有李莲英在一旁笑道："老佛爷，您……您可真是神仙转世啊！"慈禧哈哈大笑起来，李莲英也笑，笑得德龄等人倒不知所措了。

4

却说李莲英和慈禧笑得众人不知所措，半晌，慈禧才笑着伸出手道："李莲英，银子二百两拿来！"李莲英笑应了一声，对众人道："老佛爷和我打赌，说德龄姑娘肯定舍不得离开她。现在果然是我输了，老佛爷真是料事如神呀！"慈禧笑道："德龄，可吓着你了吧？……还不快把德龄姑娘搀起来？"四格格忙把德龄扶了起来。慈禧道："这孩子，还真是实诚！在洋人堆儿里长大的有这样的品性，不易呀。李莲英——把我那套镶钻的胸针拿出来，赏给德龄姐儿俩！"德龄支撑着欲跪下，慈禧双手把她扶起道："好孩子，咱娘儿几个就不要这套虚礼儿了！你小小年纪有如此孝心，我心里高兴啊！"

过了几日，慈禧又想出新花样，让德龄教众宫眷绣欧洲的十字绣，慈禧在一旁饶有兴趣地观看着。瞧着瞧着，慈禧笑道："这些洋人真是笨人有笨法子，连绣花也以不变应万变，倒是有趣得很！"皇后依然是不绣，只是慢慢地吸着纸烟。四格格嘴快，道："皇后主子，难道您的已经绣好了？"皇后道："可不是，我只绣了几针，就有宫女儿们抢过去绣了。"慈禧不满地瞥了皇后一眼，皇后立即觉察到了，忙道："从小儿额娘就说我手脚笨，我说，看跟谁比了，若是比咱们老佛爷，漫说是我，只怕是后宫里上上下下所有的嫔妃，也不能及一星半点儿呢！"

四格格道："那是啊，老佛爷，听说您年轻的时候，绣的九龙戏珠的垫子，先帝爷竟看呆了，一迭声儿地要见做绣品的人，殊不知做绣品的人就在他老人家旁边儿站着呢！"众宫眷都笑起来。慈禧心中得意，嘴上却说："前朝的事儿，你们知道什么？！我哪儿就算是好的，前朝的瑜妃、慧妃，那才是百里挑一的巧手！明儿什么时候清闲了，我带你们去瞧瞧瑜妃做的绣品，也让你们开开眼！”众人惊呆。四格格惊道：“老佛爷，原来您说的这瑜妃还活着？！”慈禧点头道：“是啊。也无非是‘白发宫女在，闲坐说玄宗’吧，这些人的日子，着实也苦得很，想想看，一个宫女，哪儿那么好就熬成嫔妃？即使熬成了嫔妃，皇上临幸了，又有几个能怀上龙子？自古以来大内之中杀伐不断，个中原因皆出于此啊！”众女眷暗想自家命运，都黯然神伤。惟四格格强颜欢笑道：“这也才显出了咱们老佛爷是吉人自有天相！先帝爷三宫六院七十二嫔妃，偏就咱们老佛爷怀了龙子！”慈禧笑一声道：“什么三宫六院七十二嫔妃，那也不过是说书的人夸大其词罢了！辛酉年先皇帝北狩的时候，身边儿无非也就是我和东边儿的两个人，两个人也就够了，还要多少？打量你们也都听说过了辛酉年的事儿，肃顺那帮贼子想造反，不也就是我和东边儿的两个人，加上恭王爷，把他给镇下去了？！所以呀，从那会子开始，瞧明白了的，一般的也就不那么和我作对了！”众人忙道：“老佛爷是王母娘娘再世，凡人哪儿挡得住老佛爷？！”大家乐了一回。

大公主过来瞧皇后绣的图案，问道：“皇后，这是什么图案，倒是别致得很！”众人都围过来观看，原来竟是《茶花女》上的插图。皇后道：“这是德龄借给我的那本书的插图。”大公主问道：“那书讲的是什么故事？”皇后道：“是洋人的痴男怨女的故事，倒是催人泪下的。”慈禧立即来了精神，道：“哟？我可是有日子没听苦戏了，倒是想瞧瞧洋人的苦戏到底有什么不一样，不是说洋人都没心没肺的吗，怎么他们也有梁山伯和祝英台？德龄，你会不会演哪？”德龄道：“回老佛爷，我倒是演过洋人的话剧，可就是演员不够呀。”慈禧道：“要什么样的演员？”德龄道：“要会说英语的，还要一个传译，把台词儿传给你们听。”慈禧道：“这好办，把卡尔和那个洋小子都用上，还有你的兄弟勋龄，容龄传译，不用张口的龙套让四格格跑，这好几个人，怎么也能凑够一出戏了。”德龄道：“老佛爷，那我试试吧。”元大奶奶悄悄地咬着瑾妃的耳朵道：“好了，这回有好戏看了。听说，这就是洋人的春宫戏，再改头换面也能瞧出来。”瑾妃听罢大惊，半晌说不出话来。大公主道：“说起传译，怎么今儿个不见五姑娘?”还没等德龄说话，慈禧便笑道:“五丫头一个小孩子，哪有耐心烦儿坐在这儿，不定上哪儿玩儿去了呢!”

这回慈禧倒是猜错了，此时的容龄正在学《论语》呢，她的老师，正是光绪皇帝。光绪正色道:“……君子发乎情而止乎礼，是说道德高尚的人就算是动了感情也会因为礼教的关系而克制住自己。”容龄悄声道:“万岁爷，我觉得这句话好像就是在说您。”光绪一愣，苦笑道:“也许吧。不过，小淘气儿，你知道吗，君子还有许多其他的美德，而朕还差得很远。比如说，君子讷于言而敏于行，就是说君子是说话木讷却行动敏捷的，就有些像洋人说的实干，可朕却是说得多，做得少呀。”容龄忙道:“万岁爷，不是您不想做，而是实在是做不了。”光绪沉默良久，十分感动，道:“容龄，你是真的长大了，看来朕以后不能再叫你小淘气儿了。”容龄道:“万岁爷，您也快过生日了，等您过生日的时候，整个朝廷都得为您祝寿，我就不锦上添花了，我想来想去，还是在今儿……在今儿提前送您生日礼物吧。”容龄拿出精心准备的礼物，双手递了过去。光绪打开一看，是一本精致的英文字典，书页的侧面被细心地写上了二十六个英文字母。

容龄看着光绪的脸色，小心翼翼地说:“万岁爷，等我把您赐我的《康熙辞典》都学会了，您也就能用英文给我写信了。”光绪奇道:“写信?为什么不是聊天，难道你要走吗?”容龄直视着光绪的眼睛，眼里的泪不听话地涌了上来，道:“万岁爷，如果我走了，您会给我写信吗?”光绪道:“当然。可是，朕往哪儿寄呢?”容龄有些羞怯道:“到时候，您肯定会收到我写的信的。这是我给您写的第一封英文信，等我离开宫里以后，您再打开，行吗?如果我走不了，您就把信烧了吧。”光绪点点头，强笑道:“行，朕答应你，这也是寿礼吧?”容龄也勉强挤出一个笑容，颤声说:“是，接了这份礼，从今儿起，您就欠了我的人情了。”光绪低声道:“朕明白，恐怕这辈子朕也还不了了。”

光绪把信接过来，这是一个淡蓝色的信封，用白蜡封上了口，白蜡的形状，看上去宛如一滴泪珠。

夜晚，光绪对着灯光看了看容龄给他的信。他再三踌躇，终于拿出一把小刀，细心地把信封从侧面的封口一点点细心地挑开，而并没有破坏心形的蜡烛封印。

几个月来的英文教习，已经让他读懂了这封信："……我的陛下，也许，我很快就要离开您了，一旦离开，您会想您的小淘气儿么？我不知道我将到何处去，但是，无论在天涯海角，我都将想着您——我的陛下，我的聪明而不幸的君主，永远永远……"

光绪的手微微战栗起来，那页薄薄的信纸，柔软地飘落在他脚下的火盆里，转瞬间，灰飞烟灭。

5

德龄姐妹要演洋戏的事儿已经传遍了清宫大内。这两天，不仅是宫里的亲王贝勒福晋格格们，就连太监宫女们也在暗中争相传告："要瞧洋戏了！要瞧西洋景儿了！"

但是美国青年医生怀特却一点没被这表面的繁荣所迷惑，他一点也没更改自己的主张，演大戏的前一天夜晚，他来到勋龄的暗房，与裕太太和勋龄一起商议离开的事，裕太太是特意为此事来的。怀特对勋龄说："请你帮我把艾米姑妈的意思转告你的母亲，我希望她能帮助我，让德龄和我一起回美国。而且，如果容龄愿意的话，也可以和我们一起走。"勋龄译给了裕太太。裕太太道："那可使不得，老爷要跟我急的。"怀特道："裕太太，经过这一次风波，难道您还看不出来，太后是多么阴险莫测，反复无常的人吗？跟她在一起，德龄和容龄就好像在黑暗中的悬崖边上走路，不知道什么时候就会掉下去！"裕太太听完勋龄翻译的怀特的话，不禁沉默了。勋龄道："额娘，难道您对妹妹们的关心还不及怀特吗？"裕太太一怔，红着眼圈道："我是你们的额娘，自然是世上最心疼你们的人。可他是美国人，他不懂得在中国除了亲情的考虑之外，还有别的！……跟了你阿玛这么些年，我多少也知道些大情大义的事，不过，说到底，女儿是自己的女儿，是额娘身上掉下的肉，这件事关系到老佛爷，也是非同小可，不如我们坐下来，商量一个万全之策，如何？”怀特与勋龄对视了一下，都坐了下来。

也就是在同一个夜晚，慈禧突然做了一个噩梦。次日一早，她便让仆妇把德龄唤了过来。慈禧失神地望着镜中的德龄道：“德龄啊，你知道今儿为什么我一大早把你叫来吗？”德龄道：“奴婢猜您是想到园子外头散步去。”慈禧缓缓地摇头，道：“不对，是因为我做了个奇怪的梦，梦见我孤零零地一个人在大殿里，我使劲儿地喊你的名字，但是一点儿回音儿也没有！只有几只蝙蝠呼呼地飞来飞去。我走到大殿后头你和皇后站的地方一看，你不在那儿了，只有我送给你的碧玉簪还留在那儿。德龄，你是不是最近想着要离开我呢？！”德龄大惊，强笑道：“老佛爷，没有的事儿，做梦的事儿，岂能当真呢！”慈禧忽然一把抓住了德龄的手腕，正色道：“德龄，你跟我起誓，没有我的旨意，千万不要离开我！否则就不得好死！”德龄惊道：“老佛爷，您这是……”慈禧：“怎么，你不敢说？那么我做的梦是真的了？”德龄只好说道：“老佛爷，奴婢起誓，没有您的旨意，决不离开，否则就不得好死。”慈禧的语气这才缓和下来，慢慢说道：“德龄啊，其实我的心哪有那么狠呢，只是最近总是做梦，梦到的都是生离死别——我和额娘的分离，咸丰帝、同治帝的死，还有，东边儿的……最可怕的是，珍儿竟然从井里跳了出来！……”德龄默默地为慈禧梳着头，轻声道：“老佛爷，您也许睡的姿势不正，压着心口了，才会做这许多的噩梦。不妨今儿晚上换个姿势，睡前喝些牛奶就好了。法国的医生都说牛奶安神。”慈禧凄然道：“德龄，你也不必安慰我，我知道，要有大事儿来了，我看不是我的死期将近，就是日俄战争要爆发了。每有大事来临，我就会不停地做噩梦。唉，外面越是乱的时候，越是要身边有亲近的人儿，你明白吗？”德龄道：“奴婢明白。”慈禧的眼睛竟然湿润了，道：“德龄，你是个诚实的孩子，你的话，我都信，你可别蒙我啊！”德龄心里不禁一动，老佛爷近在咫尺，眼睛里清清楚楚能看见泪水，这泪水让少女德龄十分难过，人非草木孰能无情，她想起这近一年来慈禧的恩宠，突然有一种难分难舍的感情涌了出来。而且，她也很奇怪：额娘、哥哥和怀特已经为她们姐妹商量好了逃走的策略，她相信这一切都是天衣无缝的，可太后的梦又是怎么回事呢？难道冥冥之中真的有心灵感应吗？还是西方的那种心灵交通术确实存在？总之，太后的话让她非常震惊。

德龄再次陷入矛盾之中。这天下午她告了假，提前回到家里，迎面儿见小蚊子拿了一碟晒干的薰衣草花，道："主子，花都晒干了，奴才也不知道做得对不对，要不给您泡点尝尝？"德龄无精打采道："好的，顺便拿点蜜糖来！"薰衣草一泡进水里，就变成了淡蓝色的茶，众仆人都十分好奇，议论纷纷。香儿道："听说外国人的血就是蓝的，说不定就是这种茶喝的！"小蚊子道："那主子喝了血不也就蓝了？"德龄在他们的身后道："外国人的血不是蓝的，我的血更不是蓝的！你们不要胡说！"众人吓了一跳——这么长时间，德龄还是头一回对他们发脾气，她板起脸道："你们都喝点儿尝尝！必须给我喝！不喝就扔到湖里去！"众人只好小心翼翼地喝了几口，纷纷道："主子，这茶是香得很的！"德龄道："好了，现在你们的血都变蓝了，都是外国人了！"众人吓得一声儿也不敢吭，都悄悄地开溜了。

德龄一个人在给地上已经繁殖成片的薰衣草浇水，心思纷乱，压得她喘不过气来。小蚊子恭恭敬敬地端了一杯冒着热气的咖啡和一块蛋糕出来，躬身道："德龄主子，请用下午茶吧。"德龄道谢过了，便坐在露天的餐桌上，心不在焉地开始用茶，见小蚊子依旧没走，便抬头问道："小蚊子，你还有事儿吗？"小蚊子道："德龄主子，您有心事。这是我烤的蛋糕，不是太太从外面买来的，您都没吃出来。"德龄惊道："什么？这么松软的蛋糕是你烤的？小蚊子，你现在不但会煮咖啡，还学会做点心了？"小蚊子道："新烤的点心好吃，您要是喜欢，我以后天天给您烤。这是容龄主子给我写的做点心的单子，我不但要学烤蛋糕，还要学烤曲奇饼，还有面包，还有……反正什么都烤。"德龄这才忍不住笑了，咬了一小口金黄的蛋糕。

晚上，德龄容龄接旨去谐趣园大戏台去演洋戏，太监宫女们也都跟去了，只留下宫女月儿一人看家。戴独特辫饰的王太监从隔壁储物间里出来，看到月儿正在敞开门的客厅里打开箱子翻东西，他稍一犹豫，闪到一边。月儿翻了半天，总算翻出了一双西式的旅行鞋，她看四下没人，好奇地套到脚上试了试，然后在地上走了几步，她自语道："嗯，走起来是舒服。"王太监突然出现在她身后，冷笑一声道："月儿，主子的鞋可不是那么好穿的！"月儿大惊道："王公公，嘴下留情，您可千万别告诉主子。"王太监慢慢说道："我这个人就是有点儿管不住自己的嘴，一不留神就说多了！"月儿赔着笑脸，掏出自己的月银道："王公公，这是孝敬你的酒钱，你就笑纳吧。"王太监一边说着"我不喝酒，哪能拿你的钱呢！"，一边把月儿的钱收进了袖子里。月儿忙道："王公公，我会记着您的好处的。"王太监道："那你跟我说说，主子这是要干什么，搬家吗？"月儿道："不是，就是容龄姑娘说要我今晚把她和德龄姑娘的好走路的鞋都找出来，过一阵儿也许要穿呢。"王太监若有所思，半晌道："好走路的鞋？她们几时要走路了？"

王太监越想越不对，决定立即禀报老佛爷，可巧在园子里撞上了李莲英，他忙道："李总管，我有急报，老佛爷在哪儿？"李莲英道："在大殿里看戏呢，你先到老地方候着，我得赶紧把这碗桂花茶送去，戏完了自然会找你。"王太监急道："我这可是急报！"李莲英不冷不热道："是不是天要塌下来了？不是就候着，坏了老佛爷的雅兴，挨骂的不是你，是我！"王太监历来怕李莲英，这会子见他翻了脸，忙赔笑道："李安答息怒，我照办就是了！"李莲英这才走了，王太监想，不如赶在李莲英前头，直接去谐趣园报老佛爷，没准儿能抢个头功呢，便改道从小径走。这么一来，便与从树丛里闪出来的无玄撞了个正着。

王太监眼尖，一眼便认出这是个生脸儿，道："嗨！这么急干什么，又不是赶着去投胎！"无玄忙道："噢，对不起，请公公多包涵。"王太监听着他的声音不对，更加疑心，道："我怎么从来没有见过你，你是哪儿的？"无玄道："回公公，我是御膳房的。"王太监道："哈，原来是杨四儿的手下！"无玄忙赔笑道："对对，公公，我先走一步，回头见！"王太监说了一声："明儿见！"一闪身，便将匕首顶住了无玄的后腰。无玄道：“公公，你这是……开玩笑？我改天请你喝酒赔礼。”王太监道：“我看你也不用赔礼了，还是我把你当礼送给老佛爷吧！我一瞧你就是个冒牌货，那么粗的声音，那么突的喉结，还有御膳房根本没有姓杨的！算你倒霉，撞上了我！”无玄叫道：“公公饶命！”同时突然敏捷地把王太监往后一踢，然后抓住他的手腕，将匕首捅进了他的胸部，顿时鲜血四溅。王太监挣扎地问出一句：“你，到底是什么人？”说着便断了气。

一辆马车，就在园子外面静静地候着。

6

谐趣园的大戏台上，德龄扮演的茶花女和怀特扮演的亚芒在吵架。怀特用英文道：“玛格丽特，前一段时间你不是还很坚定地说要跟我走吗？为什么又变化了呢？现在连你的母亲和哥哥都认为我们应该走！”容龄译的当然是原文：“玛格丽特，你说过你爱我永生不变，然而现在财富和虚荣竟然掩盖了爱情的光辉！”德龄道：“亚芒，我爱你，可是你要知道，我忽然被一个使命和情感交织的网羁绊住了双脚，我走不动了，我发觉，这种感觉使我要暂时再停留一段时间！”容龄译道：“亚芒，我爱过你，可是我也会爱别人，爱是要付出的，要付出一切——情感、时间、金钱，谁对我付出得更多我就更爱谁！”怀特道：“玛格丽特，你说的不是真的，如果有什么隐情请坦率地告诉我，我不相信你会真的对太后产生牵挂和感情！”容龄译道：“玛格丽特，你说的不是真的，如果有什么隐情请坦率地告诉我，我不相信你会爱上别的人！是不是我的父亲找过你？”德龄道：“亚芒，原来我出逃的犹豫是出于对家人安全的担心，可现在这个问题完全可以排除，因此我认识到，我的确是对太后有一种复杂的感情。这是个奇怪的事实，不要说你，就是连我在今天以前都不相信这个事实，可它的确是真的！”容龄译道：“亚芒，我们的分手不关你父亲的事！我对你冷淡下来，是因为我的新追求者有非凡的魅力和沉稳的风度，我的确爱上他了，他不是一个青春美少年，可我就是被他吸引了，不要说你，就是连我在今天以前都不相信这个事实，可它的确是真的！”

台下，慈禧和皇后、光绪等人看得津津有味，大公主已经被他们的表演打动了，她神色凝重，轻轻抓住了椅子的扶手。光绪听着台词，不时地看一下手里的剧本，然后又翻一下字典。慈禧悄悄地对皇后道：“没想到，洋人的戏就光是说话不唱曲儿，竟然也别有一番味道。我看那个怀特，就是洋人里的杨小楼！”皇后道：“听说怀特在医学院里演过戏的，正经有师傅教过的！”慈禧：“医学院为什么要学戏？又不是戏班子。”皇后道：“听德龄说，洋人的大学里除了要修的主课，其他的什么都可以学——乐器、体操、球类，大概是为了修身养性。”慈禧道：“我看咱们的大学可不能这样，这样容易乱套，会玩物丧志的！洋人这样做，早晚会自食其果，读书就是得苦读，不悬梁刺股的能成什么大气候，我可不信！”皇后只好悄声道：“老佛爷圣明！”

大戏台的幕布后面，裕太太正在帮即将上场的卡尔戴一朵花，这里看得见台上激烈的争吵。卡尔和勋龄着急地用英文议论着德龄和怀特，裕太太不时地把卡尔的脑袋拧过来整理发髻，可一会儿卡尔又拧了过去。卡尔道：“勋龄，你看怎么办，德龄好像真的是不愿意走。”勋龄道：“待会儿你上台一定要说服她，连容龄和我母亲都下决心了，她倒是变卦了。我看，我父亲说得对，我们三兄妹里德龄继承父亲的最多。卡尔，拜托了！”卡尔突然小声道：“勋龄，不知道怎么回事儿，我觉得德龄也许是对的，人应该尊重自己的直觉。”勋龄道：“上帝啊，卡尔，你不能这么想，你是站在我们一边的，何况，我们已经为这一天准备了那么久，去码头的马车就在园子外头等着呢！”裕太太不解道：“台上吵架，台下也吵，你们到底在吵什么？”勋龄和卡尔都没理会她。卡尔道：“可是，我们不能为德龄做决定。”勋龄道：“当一个人糊涂的时候，我们不得不为她做决定。你该上场了！”勋龄一把把卡尔推上了舞台。裕太太急道：“哎呀，勋龄，你使那么大的劲儿干什么！卡尔怯场你要好好地说，你这样，把人家都吓坏了!”勋龄哭笑不得，也没有工夫解释，他的心已经悬到嗓子眼儿了，他知道，这件事儿闹不好是要人头落地的，不仅是他和他的妹妹，甚至还有他的全家。

卡尔上场了，她扮演一个卖弄风情的舞女，拉着怀特的胳膊，对德龄道:“玛格丽特，你太不珍惜亚芒为你做的一切了，要是有个风骚女人这样把他抢走了，你会后悔一辈子的!”她拉着裙摆，围着怀特跳起了舞。容龄在一旁翻译道:“玛格丽特，我比你美丽一百倍，亚芒会爱我的，男人总是喜新厌旧的!”德龄强忍泪水，哽咽道:“亚芒，如果真的这样……”侧幕的勋龄一抬手，一个拉二胡的太监便拉起了悲凉的曲子，德龄和卡尔一起在台上跳起了舞，只是前者缓慢而痛苦，而后者狂野而奔放。

瑾妃已经潸然泪下，连元大奶奶也被剧情感染，大睁着一双眼睛道:“那个卡尔，平时看着笨笨的，怎么也会装狐媚子哄人儿？看来洋人个个都会演戏，根本就不能相信他们！”光绪回头，不耐烦地做了个手势，示意她小声些。光绪认真对照着剧本，皱起眉头。

四格格扮演的阔太太出场了，她尖着嗓子用中文叫道:“亲爱的玛格丽特，多日不见了，你穿的袍子多么美呀！还记得吗，这可是在我的店里定做的，这可是全巴黎最好的天鹅绒，还有这是全欧洲最昂贵的花边!”德龄道:“苏菲，我知道，这个月的账单该给你结清了!”四格格道:“哦，玛格丽特，你误会了，我不是来催债的，我是来告诉你，你这个月的账单已经有人替你结了。恭喜你，那是尤里西斯公爵，我认为还是老男人好，老男人懂得如何去关照女人。”怀特痛苦地作攥拳状:“玛格丽特，是真的吗？原来你贪恋的是华美的袍子而不是纯真的爱情。”于是，卡尔和四格格一起唱了起来:“啊，青春瞬间即逝，享乐要及时。爱情是小猫小狗的事，富贵才是来之不易!”

夜已经深了，戏到了最后一场，是亚芒在茶花女的墓前凭吊，茶花女的灵魂在一旁静静地凝视着他。怀特伤感地说:“玛格丽特，我想你是不会跟我走了，我只能在临走前凭吊我们短暂而美好的爱情。我不去跟你的祖国竞争了，我赢不了她，她用使命感和太后来挡住了你遥望自由的视线。”容龄的翻译却是原文：“玛格丽特，我现在已经知道了事实的真相，你对我的爱是无私的，可我却在你生命最后的时光残酷地伤害你，我永远也无法偿还你的牺牲了，爱和内疚在每时每刻折磨着我，我痛恨自己的骄傲和幼稚！”德龄流泪道：“亚芒，我深爱你，可是我敌不过我内心的召唤。我也许是一个任性的、贪婪的女人，因为我让你一再地退让和一再地迁就，我滥用了你的爱和耐心。可我最后还是忍不住地自私地恳求你——请再等等我，我是多么地不想失去你！”容龄译道：“亚芒，我是爱你的，我愿意为你做世界上的任何事情，请不要自责也不要抱怨你的父亲，因为我做这一切是自愿的，没有人强迫。”怀特道：“德龄，爱是不能勉强的，我从前太自信了，太理想化了。分离之前，我只想祝福你一切平安，最重要的是，祝你能碰上一个你舍得为他放弃一切的人，我认为那才是真正的幸福。”此时，容龄转身面对着台下的光绪，译道：“遇到你，是我一生最大的幸运，可遇到我，却是你的不幸。如果时光可以倒流，可以让我重新爱你，那我愿意用我的一切来交换！”

当怀特说出德龄的名字的时候，慈禧不禁心里一震。只听元大奶奶在说：“嘿，怀特叫错名字了，不是姓马的小姐吗，看来医生还是当不了戏子。”光绪听懂了怀特最后的话，他重复了一遍：“The real happiness！”他翻了一下剧本，剧本上没有，他久久地看着台上，已经完全明白了这场戏中戏。

7

幕布缓缓落下。

慈禧用帕子抹一把眼睛，拍了几下巴掌。众人都跟着鼓起掌来。慈禧缓缓对皇后道：“原来洋人也真是有痴情的！什么淫乱，说说话儿，有什么大不了的？两年前，公使秘书写折子弹劾裕庚的就是这出戏吧？”德龄姐妹大吃一惊，走下台来，侧立在皇后身边。皇后道："正是，老佛爷。"然后皇后回过头来，看着身边的德龄，道："你们还在巴黎的时候，驻法的公使秘书写折子说，裕庚纵容女儿演淫乱戏剧，老佛爷并没有理会。你们还没回来呢，大内之中都传遍了！所以老佛爷见着你们这么识礼数儿，高兴得了不得，说，那些谗臣的话哪儿能信，裕庚的女儿多懂礼儿啊！"德龄容龄听了，双双跪下道："谢老佛爷，若不是老佛爷圣明，奴婢和奴婢一家定会遭灭顶之灾！"慈禧忙道："快起来吧。若说是谗臣陷害呢，可也不是这一遭的事儿了！皇上，弹劾裕庚的折子那些年有多少？"光绪欠身答道："儿子也记不清了，大概有十几回吧。"慈禧道："听听！我记着，少说也得有十几回！说裕庚亲洋那就不必说了，多一半儿的折子都是说这个的！单说那里通外国的折子就有那么两三回，纵容女儿演淫乱戏剧的，只有公使秘书这一个折子，当时瞧了，还真把我吓了一跳，我寻思着：裕庚可还不老哇，怎么就先糊涂了？哪能把自个儿的亲闺女往这道儿上引哇？荣中堂就说，裕庚断断不会！若说我是听信荣中堂不治你们父亲的罪，那也不是，古话说用人不疑疑人不用，就是这个道理，为君的若是不明白这个道理，为臣的又哪能为他舍生忘死肝脑涂地？！漫说是这个折子，就是有人参奏裕庚与孙文孙中山勾结，我也一样儿没理会！这不，好好儿地任满回国了？两个闺女也这么好，在异邦长大的，有些洋人的规矩不怕，到底还是咱们满洲的姑娘！明儿个太平了，我叫你们都出去走一遭儿，你们瞧可好？"以皇后为首的众宫眷听了都喜形于色，齐齐跪下道："谢老佛爷隆恩！"德龄叩着头，吓得面如土色。太后惊人的记忆力和老到的心计让她出了一身冷汗。她万万没有想到，即使是她认为万无一失的机密，也难逃太后的眼睛。她想，她一定要常常提醒容龄要事事小心，现在她已经从根本上怀疑，他们一致认为的那个无懈可击的计划，是否真的可行？！

在大幕后面，裕太太不停地擦着没有间歇的泪水。勋龄劝道："额娘，别哭了，你看一遍《茶花女》就哭一次，下梅雨也没有您这么有准儿。"裕太太哭道："这可能就是我最后一次看我的两个宝贝女儿给我讲《茶花女》了，走了以后，等猴年马月才见得着呀。”勋龄叹道：“额娘，告诉你——德龄不打算走了。”裕太太吃惊地指着舞台道：“他们小两口哭哭啼啼的原来为的是这个，不是为着可怜茶花女？”

突然，大殿里所有的灯一下子都灭了！所有人都被黑暗笼罩着，四格格吓得叫出声来，怀特趁机紧紧抱住德龄，吻了一下她的头发，在她的耳边道：“亲爱的，跟我走吧，现在还来得及！”黑暗中，突然有人高叫：“有刺客！”接着，呐喊声、拳击声、尖刀的碰撞声混成一片。众人下意识地依偎在一起，惊恐万状。蒙面刺客已经闯入，近在咫尺，御前侍卫们冲了上去，李莲英和几个太监提了几盏灯，匆匆地护卫慈禧和光绪等人离去。光绪边走边回身看着，看到如狼似虎的侍卫们扑上去，终于按住了那个刺客。刺客的头套被撕掉了，当然，他正是无玄。光绪在心里长叹了一声：“这个人实在很年轻啊！”

灯亮了，德龄等人站在一片狼藉的谐趣园中，一阵茫然。卡尔喃喃自语道：“这可是我经历过的最刺激的一天！”裕太太把两个女儿抱在怀里哭道：“你们走吧，额娘不能看着你们死在这里！”勋龄看了看怀表道：“德龄，容龄，再不走，明天一早的船就赶不上了。”

时间如同凝固了一般，德龄和怀特相视而立，僵持在那里。怀特的心里，充满了痛苦和失望，他已经下意识地感觉到，德龄不会和他一起离开了。但他还是说：“德龄，我再说一遍，爱是不能勉强的，是发自内心最自然最真诚的声音。现在，闭上你的眼睛，最后再听一遍你自己的心跳。我数到三，如果你迈向前一步，我们就永远在一起；如果你还停在那里，我一定会完全消失在你的生活里。一、二……”德龄流着泪闭上了眼睛。

当她睁开眼睛的时候，怀特已经不见了，其余的人都在关切地看着她。卡尔把假发脱了下来，说：“没想到爱情的故事就这样结束了，这是一个平静的结尾。”德龄瘫倒在了地上，她美丽的裙摆在地上像百合一般盛开。

园子外面的马车依然停在那儿。车上，小顺子和马车夫背靠背地睡着了，发出轻微的鼾声。

最后的秋虫在衰弱地叫着，对于它们来说，这也许是个平静的夜晚。

8

慈禧内心的疑惧、怒火和惊慌是可以想见的。回到寝宫，她立即召李莲英密谈。当她听说王太监之死时，越发怒火中烧，对着李莲英大吼大叫，半晌才平息下来。李莲英又亲自端了茶，也被慈禧摔在了地上。

已交丑时了，整个寝宫鸦雀无声，李莲英跪在地上已经有两个时辰，寝宫外面，宫女太监们更是黑压压跪了一大片。慈禧这才说了一句："都起来吧！"李莲英站起来的时候觉得眼前一黑，好歹支撑着没倒下去，定定神道："老佛爷有何吩咐？"慈禧冷笑道："告诉刑部，严审刺客，同时发布告示，就说他已经归顺朝廷，赏给他三品官服。"李莲英战兢兢道："老佛爷，这是离间计？"慈禧斥道："蠢材！他必死无疑，哪有离间死人的！哼，我是让他死了也成不了他们乱党的英雄，别指望还有人给他收尸烧香！他能闯进园子里来，说明他是不怕死的，但是，他一定是最在乎名声的，没了好名声，他死的时候，一定难受到骨头缝儿里去。"李莲英忙道："老佛爷圣明，攻人为下，攻心为上。"慈禧道："去！去把皇后和大公主给我请来！"

皇后和大公主也是彻夜未眠，在长春宫里密谈。大公主道："皇后，这下刺客当场抓住，总算没出什么大乱子。老佛爷这会儿也正顾着恨革命党，也想不到抱怨其他人，这回咱们算是过关了。"皇后皱眉道："老佛爷的关哪有那么好过，万一她审出什么来，免不了大发雷霆。我整天心里乱得很，要过老佛爷的关、刺客的关、后宫的关、万岁爷的关，唉！真是太难了。"大公主道："要是一个普通的老百姓听见您说这话，哪会相信？都说宫里是锦绣繁华地、温柔富贵乡呢！"皇后道："我请你过来，是想让你看样东西。"皇后命侍女娆儿退下，亲自从床屉里掏出一件东西，大公主定睛一看，正是一把精致的勃朗宁手枪，不由得大吃一惊。

皇后倒是十分镇静，道："这是我托弟弟从洋人那儿买的，一支送给你，另一支我自己留着。万一再有什么事儿，咱们还可以保护老佛爷，也能自卫。千万不要跟别人说！"大公主认真地点了点头，小心地抚摩了一下手枪。皇后把枪试着举起来，瞄准大桌子上的花瓶，她的手微微地颤抖着："你说，刺客要是就在眼前，咱们敢开枪吗？"大公主道："这个……怕是得让那个洋小子教教咱们，瞧他该是个会使枪的！"皇后低声道："我呀，还真是有个主意，也不知使得使不得！……我瞧皇上跟勋龄和那个洋小子还算不错，你想想，自打戊戌年之后，皇上什么时候露过笑脸儿？老佛爷面前不过是应个景儿，他那个瀛台，三面环水，连个说话儿的人也没有，也难为了他！他的脾气儿也怪，庚子年西狩，他连件儿随身儿的衣裳都没带，大雨淋了，就那么湿乎乎地贴在身上，平日里山呼万岁的那些个王公大臣，没有一个孝敬主子、愿意把自己个儿的衣裳献出来的！我瞧不过去，给他收拾了件儿干净衣裳送过去，二话没说就让我跪安，我出来得慢一点儿，他竟……竟然揪着我的头发把我薅了出去！把我的簪子都……都摔碎了！……"大公主忙劝道："皇上心里烦恼一时生气也是有的，您就别伤心了！您想想，您是皇后，他心里有气儿不向您撒，难道还向老佛爷撒？！"皇后强忍泪水道："你也是成过亲的人，也知道，一日夫妻百日恩，饶他这样儿，我还是替他想，就是我刚说的那个主意：我想让那个洋小子给他当御前侍卫，你觉着可使得？"大公主惊道："可他是个洋人！老佛爷那儿……"皇后道："洋人怎么了？最近瞧了德龄带回来的那些本洋书，才知道洋人也有重感情、讲信义的，一点儿不比咱们古书里的那些剑客侠客差！皇上见着那些太监、宫里当差的就烦，想是瞧不起他们，我瞧那个洋小子还有点子洋墨水儿，正好跟皇上投缘，不如叫他做了御前侍卫，又会使枪，想着他那瀛台咱们也放心些。"大公主感动道："皇后主子！平日里只说您至纯至孝，今儿才知道，您还是个重情重义之人，若是那个洋小子做了皇上的御前侍卫，自然是好的。您什么时候回老佛爷，我陪着您去！”

正说着，李莲英来请，两人遂去了慈禧寝宫。慈禧正歪在烟榻上抽水烟呢，皇后和大公主说了几句为老佛爷压惊的话，便说了相商的那个主意，被慈禧一口回绝了。慈禧道：“亏你们想得出来！御前侍卫，也是那么好当的?!这个洋小子，虽然有些本事，考察了这么久，也没有太大的毛病，可是按咱们祖宗的律法，哪有让洋人长久在大内走动之理?!异邦异族，其心必异啊！再者说，皇上那个人你们还不知道，没人招他他还想入非非呢，要是再派个洋人去招他，说不准再弄出个戊戌年的事，也未可知！”慈禧的话一甩出来，皇后等人哪里还敢说半个不字儿，连忙答应着。慈禧看着皇后道：“你也知道，我对他是没什么指望的。本来立了大阿哥，就是想斟酌废立之事，不想那小子又不争气！……我活一天，算是大清国的造化，将来我撒手归西，你熬到了皇太后，自然知道我的苦处，到那个时候，你再由着你的性子办吧！反正我那时候两眼一闭，什么也不知道了！”皇后听了这话不像，急忙跪下道：“老佛爷言重了！老佛爷千秋万岁，都是我们惹得您老人家生气！”慈禧道：“以后园子里的事儿，你们也都留着点儿心，光靠庆善他们这些人是不行的，李莲英也有岁数了，御前侍卫们脑子也有限，就说军机处庆亲王他们，一天到晚折子都看不过来，就别提别的了！倒是刑部我叫他们打了招呼，以后凡有这等事，一律凌迟，也好杀一儆百！……你们跪安吧！”皇后与大公主诺诺连声而退。

次日晚饭时候，周太监亲自挑了食盒走进死囚牢。牢头禁子见了，不怀好意地一笑道：“怎么今天劳周公公大驾亲自送饭?!”周太监道：“这不李总管说了，明天午时三刻将人犯推出午门斩首，临行前叫他吃顿好的！”牢头禁子这才点点头，将牢门的锁打开。那周太监拿出一大盘鸡肉，一大盘猪肠，一小盘咸鱼，还有五六个馒头。人犯无玄目不转睛地盯着周太监，周太监连瞧也没瞧他一眼，只说了一句：“吃饱了就上路吧！”低着头就走了。

无玄哪里吃得下去，熬到寅时，一来牢头禁子睡着了，二来也确是饿了，这才开吃，觉得那鸡肉猪肠，都是人间极品，连馒头也是香的，不觉一连气吃了三个。吃到第三个，突然发现里面有纸，这才想起，平时周公公是从不送牢饭的，怎么今日例外？立即把纸拿出来，展开，却是叠好的一张地图。借着一点微光，隐约能看见上面标着东南西北四个方位，再细看看，不是奇门遁甲图，又是什么?!

图上只有东南方向写着“活门”，其他方向都是死门。

四更天过，刑部官员提人，这才发现大狱里面空空如也。狱卒们见了鬼似的号叫着：“不好了！不好了！刺客跑了！”那声音在寂静的紫禁城中格外瘆人。

9

怀特要走了，他一早就和喘气儿告别，握了握小狗的前爪，道：“亲爱的，我要告诉你，你是一只了不起的小狗，因为你特别开朗，特别善于自我修复，看来我得努力跟你学。现在，我们不得不说再见了。”喘气儿像是明白什么似的，扑上来使劲地舔他的手。怀特抚摸着它道：“Ghost，我会想你的，真的，你看，我们的合影我都带着呢。”他把放在镜框里的合影给小狗看，小狗依依不舍地在镜框上舔了又舔。与喘气儿亲热够了，怀特才想起今儿该去东配殿向慈禧辞行，便抱起小狗去了。自打喘气儿上次救了慈禧一命后，获得了极大限度的自由，不但可以随意出入御狗房，还能在任何亲王贝勒的花园中自由自在地奔跑。

慈禧的心绪这两天简直坏到极点，不仅是因为刺客逃跑一事，还因为觉睡不好，总是噩梦连连。这会子见了怀特和欢蹦乱跳的小狗，才算勉强挤出一点笑容，因德龄请了半天假，便命青儿去叫容龄来做传译。容龄为怀特译道：“老佛爷，怀特说他最近经常梦到自己童年时的玩具，所以他知道自己非常想家，所以他要回家了。”慈禧奇道：“怎么？怀特还会解梦吗？”怀特道：“太后，我不会解梦，不过奥地利有个医生叫弗洛伊德，他出了一本了不起的书

《梦的解析》，专门通过分析人们的梦，来看到人们真正的想法，西方的人们都很信服他。”听了容龄的传译，慈禧道：“是真的吗？那赶明儿把那个弗医生请进宫来可好？”怀特道：“太后，我可以试着帮您联系，不过我并没有见过他本人。”容龄道：“太后，怀特说他可以试试，可他和那个医生只是神交。”慈禧道：“怀特，你先给我学学，这洋周公是怎么解梦的。我倒要听听，他是不是个江湖骗子。”怀特道：“太后，那请您说一个您最近经常做的梦，或者印象非常深的一个梦。”听完容龄的传译，慈禧道：“我啊，最近经常胸口发闷，梦见我小时候住的院子里，满树的玉兰花都开了，我十五岁，我妹妹十四岁，我们一起在树下唱着南方的小曲儿，后来，妹妹说，姐姐，这玉兰多香呀，我把它们全摇下来吧。我说，这哪行呀，这是我心爱的树啊，妹妹可不听，就发了疯似的摇，玉兰花就像下雨一样落了下来。就在这时，突然出了一个可怕的怪事！……妹妹摇着玉兰树的手粘在树上下不来了！玉兰树还疯了似的摇晃，把妹妹晃得头发都散开了，可是就是停不下来！我吓坏了，赶紧伸手去拉她，可玉兰树那大粗树干一下子倒了，整棵树向我们身上压了过来！……”容龄吓得大叫了一声。怀特问道：“那么后来呢？”慈禧道：“还好，这大树没砸向我，可它砸向了我的妹妹……可怜呀，我这颗心就一直悬着，颤悠悠地发抖！……你说说，这梦到底是什么意思？你一定得老老实实地告诉我，别光拣好听的说。”容龄传译给了怀特。怀特道：“好的，太后，我一定会如实地告诉您的。按照弗洛伊德博士的学说，童年的经历会影响人的一生，而您做的梦又是关于少女时代的，因此这个梦看来并不难解释。我冒昧地问您一句，小的时候，您和妹妹的关系好吗？”慈禧默然良久，道：“小的时候，自然磕磕碰碰是难免的。不过，她的婚事，可是我一手操持的，满宫里的人都知道她和醇贤亲王伉俪和谐恩爱有加，为这个事儿，她也很是感激我！……可惜她寿数不长，儿子亲政了，按说她也熬出来了，可她偏就走了！！”怀特道：“我明白了，这个梦有两种可能。第一种可能，是说出了你对妹妹潜意识里的仇恨。许多的姐姐，由于在妹妹出生之前，是很受父母宠爱的。可是一旦妹妹出生以后，她就觉得父母给她的爱和注意力都被抢走了，因此，她便对妹妹有了敌意。另外，父母格外偏爱一个孩子，也会引起其他孩子的自卑和不满。所以，兄弟或姐妹之间的相互竞争是很难避免的，而成年之后，出于理智和教养，他们就尽力掩藏着自己内心的阴影。”容龄如实译了，慈禧的脸色越来越难看，道：“哦，你还一套一套的呢？咱们先别说那些大道理，我问你，这梦里的树怎么解呢？”怀特道：“树在西方的文化里，代表了兴旺的家族。因此您和妹妹在树下，说明了您是在忧虑着和她在家族中受重视的程度。而她摇树以至于树倒了下来把她压住，都是您给自己找的一个报复她的机会。而且您在对自己强调，对她的不满不是妒忌或者敌意，而是因为她自己做错了事情。其实，无论是爱或恨，都是很直接很朴素的，可人很少面对直觉，而总是习惯从社会的规范中找一个理由来牵强地解释自己的感情。”慈禧勃然色变，竟然用金指套在桌上深深地划了一道印迹。

这时，一个声音出现了，及时地打破了僵局：“老佛爷，这个梦还有第二种解释，这第二种解释才是真正的解释。”

三人回头一看，竟是德龄，她浑身散发着薰衣草的清香，妆容淡淡地站在了门口。

怀特的目光立即被德龄吸引了过去，德龄有意躲避着他，她面对慈禧，轻言细语地说：“这个梦，应该是一个大吉大利的梦，这是说老佛爷一定会青春常在。因为玉兰树是一棵古树，老佛爷以青春的年纪看古树寿终正寝，可不是意味着老佛爷要比古树还要长寿得多吗？”容龄小声把德龄的意思传译给怀特，道：“我看出来了，刚才咱们闯祸了，姐姐是来救场的。”怀特大惊道：“不是太后让咱们直说的吗？”容龄笑道：“那意思大概是只许直说好话儿吧。”慈禧依旧很紧张，问道：“那依着这种说法儿的话，醇王福晋怎么解？”德龄略一踌躇道：“老佛爷，醇王福晋不能和您一样洪福齐天。因为她和古树一起倒了，可您却还在一旁安然无恙。”慈禧沉思道：“……说得对啊。……我二十七岁，先皇帝就殡天了，可我活到现在，不是还挺硬朗的吗？七福晋和醇亲王恩恩爱爱的，也没经过什么大风浪，可她说去就去了！你说，这不是福薄，又是什么?！”三人低头不语。慈禧忽觉不妥，忙道：“我们姐儿俩多少年了，一直是掏心掏肺的，她走了，我这心里的话儿，一时还真找不着人儿说了！……说句我不该说的话，若是有她在，戊戌年的事儿说不定不会发生呢！”德龄小声道：“德龄懂得。老佛爷是说若是醇王福晋在世，会以额娘的身份规劝皇上，让皇上自我检点，不要听信康有为那些人的话，对吗?”慈禧脸色阴郁，嘴上却强笑道：“德龄，你很聪明。”然后她突然敛住笑容，走了两步，端坐在御座上，对怀特道，“怀特，今儿你要走了，我赏你点儿什么好呢?”怀特道：“谢谢太后，我什么也不要。”德龄在身后给容龄做了个手势，容龄会意道：“怀特说多谢太后，他除了老佛爷的字，什么也不想要。”慈禧大喜道：“这个洋鬼子，他还知道要字儿。”德龄忙道：“老佛爷的书法早就美名远扬，您不妨赐他一个字，也好让美国人领略咱们中国的文化精髓，他们用的是硬笔写字，写出来的字自然没有毛笔变化丰富。”慈禧欣然应允道：“好吧，我就赐他一个字吧。……李莲英，给我研墨！”

却说那慈禧，原本并没有多少文化，年轻时帮咸丰帝批折子的时候，常常错字百出，只是十分用心，加之聪明，又持之以恒，便真的练出了一手好字。慈禧的字，笔墨遒劲，骨肉亭匀，颇见功力。此时她命青儿拿了铜龟镇纸，挥毫写了个“贵”字。最后一笔落下之后，大家叫一声好，容龄忙示意怀特谢恩，怀特却一双眼睛直勾勾看着德龄，没有理会容龄。慈禧拿眼一瞟，不禁疑窦顿生。好在德龄急中生智，暗使了把劲儿，小狗便嗖地从她的怀里跳了出来，直扑怀特，怀特像接棒球一样接住了它。慈禧这才笑道：“瞧不出来，这洋小子还真是被我的小喘气儿给迷住了。”

怀特走了。德龄目送着他，只觉得视线越来越模糊，她明白自己必须克制住泪水，可是她真的不明白，为什么他竟然没有回头看她一眼，难道他对她已经毫无感情了吗？虽然已经分手，可她还幻想着有一种牵挂和默契永远地存在于他们之间。她在默默地数着数，她想，如果数到十，他还没有回头，那么她就彻底地埋葬她对他的爱。数到十的时候，德龄一下子拿手绢捂住自己的眼睛，不敢再看。就在这一瞬间，怀特回了头，他看到低头捂着眼睛的德龄，便很快地走出了宫门。德龄慢慢地移开手绢，从指缝里往外看，怀特已经走远，宫门重重地关上了。

无法抑制的泪水湿透了少女德龄的手帕。

两个时辰之后，光绪的贴身太监孙玉急匆匆走到宫门，问侍卫道：“刚才走的可是那个美国医生？”侍卫回道：“正是。孙公公有事吗？”孙玉捶胸顿足道：“咳！紧跑慢跑的还是没追上，万岁爷牙疼，说是上回老佛爷的牙让这大夫给瞧好了，也想请这位大夫瞧瞧！”侍卫道：“已经走了两个时辰，怕是追不上了！”

怀特手提着小箱子走进美国使馆，康格夫人接待了他。她嘲讽道：“怀特，你可是做了太后的红人了，回美国足以写一本畅销书了。”怀特道：“夫人，这都是您给我机会，我感激不尽。至于畅销书，我是不会写的，要是写了，版税一定是您的。……因为，我欠您的情。我对您撒了谎，我进宫的目的只有德龄，别的任务，我认为不恰当，所以……但请相信，我会补偿您的。这是太后亲手题的字，送给您。”怀特恭恭敬敬地把字拿出来，摊在桌上。

康格夫人盯着那字，瞧了又瞧，她知道这是一件价值连城的珍宝。但是她抑制住狂喜，淡淡说道：“凯，你真的让我很失望。不过，礼物我是从来不拒绝的，当然，那得是特别的礼物。”怀特道：“夫人，我认为纽约的珠宝行里一定有您喜欢的东西。”康格夫人道：“我看也只好这样了。记住，女人珠光宝气的时候往往是她最失意的时候。你知道吗，为了你和卡尔，我已经被上司责罚了。”怀特耸了耸肩，道：“对不起，夫人。”康格夫人道：“好了，说说你的德龄吧。”怀特黯然道：“我们分手了，我准备明天就启程回美国。”康格夫人笑道：“哦，难怪你今天会那么诚恳，通常人们都是失恋以后才发觉其他的朋友是多么地好，而热恋的时候，总觉得没有一个朋友是不碍事儿的，对不对？”怀特苦笑了一下，没有回答。

10

深夜，坟丘附近的一小块野草居然被慢慢顶了起来，一个人，一个男人，一个蓬头垢面的年轻男人从里面钻了出来——他是无玄。

从奇门遁甲图上发现东南方向的活门之后，无玄便抬头望着东南方向，什么也没有，只有一弯孤独的寒月。他再低头看，大牢的东南角，有一块长三角形的砖。他扒了又扒，抠了又抠，直到把双手磨得鲜血淋淋，才算把那块砖扒开——里面，竟是空的。

他狂喜了！密道！早就从传说中知道大内之中有一条密道，但是任何人也不知道密道到底在什么地方，如果早知道密道在大牢里，那么他无玄会找出更好的行刺方法。其实无玄并不知道，大内之中有着无数条密道，连开凿密道的人，也早已忘记了密道的确切位置。而且，密道之中几乎已经被苔藓和别的什么东西堵死了。

有两个黑影幽灵般从坟丘后面转了出来，那正是周太监和他的干闺女祖儿。周太监压低声音道："你可把我们爷儿俩的胆都吓破了！！"无玄满脸泥水，辫子已经脱落，狼狈不堪，但他竟然还在笑着。祖儿心疼地抚着他身上的伤，道："怎么这么久？快吃点东西吧！"祖儿从贴身衣服里面掏出一张大饼子，递给他。他抓了饼子大吃起来，一边抱怨道："……那条密道太难走了，有个地方，长满了苔，几乎把密道都给堵了，我是把那些苔都给吃了才出来的！"祖儿流泪道："可怜的人，你竟然吃了青苔，那是要变青蛙的啊！"无玄扑哧笑道："我要是变了青蛙，你还会不会理我？"祖儿道："你若是变了青蛙，我就变成浮萍……" 周太监急道："行了，你们别什么青蛙浮萍的了！……赶紧想法子躲开这儿是正经！"两人这才住了嘴，匆匆转出坟丘。

周太监四下看看，觉得此地眼熟。忽然想起，三年前，庚子国变，老佛爷和皇上携少许太监宫女，正是从这里离开了北京——若是在夏、秋的时候，这里不远处就有一片青纱帐，那可是最容易藏人的，此时虽是冬天，但是再往西走就是一片枣树林，就是叶子干了，那树林也是安全的，穿过树林就是昌平了。这么想着，他站下脚，对无玄道：“行了，就在这儿别过了！你呀，一直往西，那儿有一片枣树林，再往北就是昌平，出了昌平就是河北省了……祖儿啊，你呢？跟我还是跟他，随便吧！”祖儿扑通跪下了，哭道：“爹！自从我十三岁入宫，蒙您一直看顾，若不是您，我就是被杖责百次，死过十次也是有的！即使躲过了老佛爷，也躲不过那些心狠手辣的姑姑！！是您一天到晚地指教我，护着我，才保全了我这条小命儿，按理儿说，我自然要给您养老送终，可是……可是自从遇上了他……爹！恕女儿不孝，女儿就此别过了！”周太监老泪纵横道：“快起来吧！这个小包里是我攒下的一点儿银子，你们拿着去，总归有用。”祖儿从贴身兜肚里拿出一个玉坠儿，膝行至周太监面前，哭道：“爹！爹啊！这是女儿从小儿父母给的，留给您老，权且做个纪念！”周太监接了过去，抹了把泪，催道：“快走快走！！”

两人急急离开，一直向西，已经快要到枣树林了。

却说那无玄正当二十几岁的春秋，正是青年热血之时，见了心爱之人，岂有不动心的，先是拉着祖儿的手跑，进了枣树林，自觉万事大吉，便紧抱了她一下，却听祖儿哎哟一声，原来，祖儿将那烤好的饼子贴在兜肚里带给无玄，不小心被烫了一下，这会子被他一碰，才觉出疼来。慌得那无玄忙解了祖儿的小衣，看见她右边的一只椒乳上，已然被烫起了一小片燎泡，无玄心疼万分，便将祖儿搂在怀里，嘴里轻舔她的乳房，不知觉地下边已硬了起来。祖儿叫道：“亲哥哥，我们还是快跑吧！”无玄这才清醒，拉着她，一气儿跑出了枣树林。却见一片强光在前面映照，祖儿叫道：“哥哥，难道天已经亮了?！”一语未了，只见几十束火把突然出现在枣树林的尽头，一乘青衣小轿穿过火把，拦在眼前。无玄叫了一声“不好！”刚想拉着祖儿往回跑，只见几十名御前侍卫齐刷刷地站在眼前，已经封住了林子。

为首的侍卫恭敬地掀开轿子的前帘，里面坐的竟然是皇后！皇后素衣简髻，神色却无比威严，喝道："你们这对狗男女，还不跪下?!"祖儿早已吓得两腿发软，却见无玄脸上毫无惧色，一只胳膊紧紧搂着她，她便一下子有了力气，强硬了起来，与无玄一般竟然坚持不跪。一个御前侍卫上前强行将两人按下跪倒，吼道："你们给我睁大眼睛瞧瞧，这是大清帝国的皇后娘娘!!"无玄挣扎着抬起头道："呸！姓叶赫那拉的娘们儿就没有好东西!"另一侍卫用刀柄狠打他的嘴，顿时流出鲜血，祖儿惊叫一声，上前护卫。

皇后从轿中走下，居高临下地看着他们，见那无玄虽然蓬头垢面脸色土黄，一双眼睛却炯炯有神熠熠生光，那祖儿像个小猫似的紧贴着他，前襟没有系好，露出一抹雪脯，皇后看了越发恼怒，暗想这一对狗男女实是胆大包天，眼见着命都没了，还要行这等苟且之事，真真地无耻之尤！遂喝道："你们犯了弥天大罪，不跪地求饶，还想在这儿演一出侠客烈女是怎么着?!祖儿，你是老佛爷身边儿的人，他的信儿，最早还是你报的！你怎么竟敢如此助纣为虐！你……你是吃了老虎胆了?!好好儿的孩子，我……我真可惜了你这条小命儿!"祖儿吓得面白如纸，只有哆嗦的份儿，哪还说得出半句话来？皇后又对无玄说道："说！是谁指使你进宫行刺，给我如实招来，若有半点儿差池，小心你的狗头!"无玄突然狂笑起来："哈哈哈……你们宫中才数月，可这世上已千年！叶赫那拉的后代你听着！你们不过是些井底之蛙！你们知道兴中会吗？你们知道孙中山、知道黄兴吗？你们知道现在每天有多少志士仁人为驱逐鞑虏、光复中华而流血牺牲?!你们知道有多少人恨你们，有多少人想吃你们的肉、喝你们的血!!自鸦片战争始，你们一次次割地赔款、丧权辱国，害得我大中华几千年的脸面丧失殆尽！老爷今潜入大内就是要杀尽你们这伙鞑虏，本来就没想活着出来！要杀要剐，你们来吧!"皇后冷笑道："如此却不能让你死得痛快！来呀，把这贼子绑了拉回牢中严审，将那贱人先给我就地正法!"无玄立即用身体掩护住祖儿，道："杀我可以，杀她却是不行!"祖儿却推开他，哭道："皇后娘娘，只要能保全他的性命，奴婢愿受凌迟之刑!"无玄笑道："叶赫那拉氏，我真是可怜你啊！你嫁了那天阉皇帝，虽然是绫罗绸缎锦衣玉食，可是你见过这般人间真情吗？你怕是连男女之欢也没经过吧？可怜哪可怜！真是枉来人世一遭！……哈哈哈……”

尽管皇后历来喜怒不形于色，还是被无玄这话打中了七寸，气得全身发抖，半日才喝道：“你……你给我住口！”皇后细瘦的手指憔悴不堪，抖成一团，但她最终还是从襟下摸出了那只精致的勃朗宁手枪，颤抖着对准了无玄，所有人都惊呆了。皇后使出全身力气——也许她一辈子都没使过这么大力气，扣动了扳机，无玄应声倒下了，鲜血喷出几丈远，把祖儿身上都染得鲜红。

祖儿疯了！她狂叫着向皇后扑去，被众侍卫乱刀砍死，她死去之前，侍卫们把她的一对椒乳割了下来，她雪白的胸脯上，出现了两个血窟窿，就在那样的时刻，她依然用了最后的力气，紧紧抱住了无玄，他们的血融在了一起，身子渐渐凉了，硬了，长在了一起，像是盘在一起的树与藤，任什么也分不开了。

一个侍卫来报：“皇后娘娘，御膳房的周太监撞坟前石碑而亡！”皇后依然发着抖，她掏出一颗纸烟，竭力镇定着自己，冷笑一声道：“他早就在我眼皮子底下了！去报告老佛爷：刺客、奸细统统倒毙！……回宫！”

轿帘拉下来了，轿内一片黑暗，这时的皇后才开始流泪，她猛吸了几口烟，想把啜泣淹没在喉咙里。

皇后在长春宫整整哭了一夜，这个小字静芬的女人，今年也不过才三十五岁，但是她知道自己这一生已经过去了，最最难堪的是，这个她一直在掩耳盗铃的事实，却被一个下贱的刺客当众说了出来，这不能不说是大清帝国皇后的奇耻大辱！上天做证，她本是不想杀他们的，起码，是不想让他们死在自己手里，但是现在，一切都完了，她的双手染了血，她哭着，反复洗着自己的手，然后又吸纸烟，点燃，又掐灭。

天边已经露出曙色，她提起笔，迷迷糊糊地写下了几行字：“借纳兰词感时伤怀——我自中宵成转侧，忍听湘弦重理。待结个，他生知己。还怕两人俱薄命，再缘悭，剩月零风里。清泪尽，纸灰起。”

第九章

1

艾米的七十大寿过得十分隆重。以致这一天下来，她和侄子凯·怀特都感到筋疲力尽。尽管如此，在送客回来之后，面对着缤纷的鲜花和温暖的蜡烛，在12点的钟声敲响之前，怀特还是意犹未尽地请姑妈跳了一支舞。在管家杜加的伴奏下，怀特拉着艾米跳了起来，艾米不时因为剧烈的跳动大声尖叫着。艾米喘着气道："杜加，你知道有孩子的好处吗?"杜加耸耸肩道："有孩子没好处，他们都是些麻烦蛋!"艾米道："不，麻烦蛋也有他们的可爱，他们可以让你在老的时候还能有青春的记忆。"怀特边跳边说："艾米姑姑，您一点也不老，你现在还是全纽约最迷人的女士。"艾米高兴得合不拢嘴，道："我相信二十年前我是最迷人的，可是，现在就是最烦人的老太太。"怀特笑道："哦，姑姑，这得看跟谁比。我相信比起您的侄子来，您其实一点也不烦人。"艾米哈哈大笑道："凯，我就知道，你的归来是我最好的生日礼物。"怀特有些黯然道："我本来以为可以给您更好的礼物的，可是……"艾米道："好了，不要再提你的薰衣草仙女了，情人之间都是反复无常的，只有时间才能给你最好的答案。"怀特叹道："您说得对。"艾米停了下来，低声道："怀特，我给你看一样东西，我已经七十岁了，该把它交给你了。"怀特道："哦？这听起来很神秘啊。"

艾米把侄儿引进自己的书房，从最里层的书里面抽出了一本烫着金字的旧《圣经》，她把《圣经》打开，里面竟是一个盒子。艾米神秘地说：“凯，谁也想不到，这本破旧的《圣经》里竟然藏着一个稀世珍宝。”怀特道：“姑姑，这肯定又是您的设计。”艾米道：“不，这是你姑父弄来的，你瞧，他就是那么可爱、幽默的一个人，所以害得我老是想着他。”她打开盒子，是一颗璀璨的夜明珠。

怀特惊道：“怎么又是夜明珠？和我送给德龄的那颗一模一样！”艾米胸有成竹地笑道：“凯，你把灯关掉，我们很快就能知道它们的区别。”怀特把灯关掉，那颗夜明珠竟发出了幽蓝色的光芒。怀特惊叹道：“我的上帝，太美了！我从来没有看到过这么神秘的颜色。”艾米正色道：“是的，这是世上仅有的一颗能发蓝色光芒的夜明珠，送德龄的那颗，它发的是普通的白光，和这颗的价值有着天壤之别。至于为什么它们的外表是一样的呢？其实答案很简单，那是赝品，是用一颗普通的夜明珠照着它的样子加工的。这样才可以保护真正的珍宝，也才能保护我们自己。”怀特点头道：“姑姑，现在我才知道您掌管一个家族的事业是多么地不容易。”艾米道：“从今天起，这个珍宝就属于你了。我想过了，我不能勉强你成为一个商人，你应该有自己的选择，家族的生意我可以与别人联手做，可是，我要你保证，你要用你的一生来爱护这个珍宝，用心去珍惜。你能做到吗？”怀特道：“姑姑，我简直不知道该怎么感激您，我对上帝起誓，我要像您一样爱护它。”艾米道：“怀特，谢谢你。我现在放心了，即使我死了，这个珍宝也有了一个好的归属。你姑父曾经说，艾米，如果你快要到天堂来和我会合了，就把它交给一个纯洁善良的青年人吧，这样的珍宝，只有纯洁的人才配拥有它。怀特，你真的和它很相配。”怀特小心翼翼地接过了装着夜明珠的《圣经》。

次日，怀特陪姑妈到了东海岸的海边，这是姑父当年海葬的地方，也是姑妈常常来的地方，他买了很多鲜花，和姑妈一起站在海边的礁石上，对着大海抛撒着鲜花。很久，怀特问道：“姑姑，为什么姑父他不选择墓地而选择了海葬？”艾米道：“他就是经过这片海去了很多地方，他喜欢他的旅程，所以他愿意魂归大海。”艾米说着，把胸前的项坠打开，轻吻了一下丈夫的照片。怀特道：“姑姑，真遗憾，您把我从爱尔兰接过来的时候，姑父正在周游世界。否则，我想，我们一定很谈得来。”艾米忙道：“是的，你们都喜欢中国。而且，中国对你们来说都是意义非凡的。中国的爱情让你成熟了起来，而中国的珠宝让你的姑父把祖传的珠宝业发扬光大，一跃成为纽约最著名的商人。”怀特奇道：“中国的珠宝？我不明白。”艾米拉着侄儿的手，走下礁石，缓缓道：“你的姑父多次到中国民间收藏了很多古老的首饰，在纽约和欧洲都卖了不俗的价钱。还把中国古老优雅的样式融入了他的珠宝设计中，很受欢迎。可惜你只对医学感兴趣，否则你将会知道这对于一个男人的事业来讲有多么辉煌。”怀特问道：“难道那颗神秘的夜明珠也是来自中国吗？”艾米略一踌躇，道：“是的。但不是来自民间，而是来自宫廷。”怀特惊道：“什么？姑父也和我一样进过中国的皇宫？这太巧了！”艾米低声道：“他和很多人一起进的皇宫，因为那场1900年的战争。当时你姑父刚好在中国，他听说军队要进宫，便很好奇，就加入了他们。结果，他看见了数不清的珍宝……有价值连城的珍珠、宝石、玛瑙、翡翠、珊瑚枝、碧霞洗……”

怀特惊呆了，半晌，他突然问：“难道他参加了那场1900年的战争？！”艾米忙道：“不不。他不是军人，他只是作为一个商人进入中国的皇宫的……”怀特突然激动地把手上捧着的花摔在了地上，叫道：“那么他不过是个是非不分的投机商人！……一个纽约上流社会的绅士竟然是靠这种肮脏卑鄙的手段起家的！真的太可耻了！”艾米的脸白了，她毫不客气地打了侄儿一记响亮的耳光，叫道：“不许你这样侮辱他！没有他的仁慈，你就是一个在爱尔兰饿死的孤儿！为了找到你，他请了人在爱尔兰找了两年，直到他去世前还在记挂着这件事。你不能这样诽谤一个爱你、帮助你、牵挂你的人！”怀特寸步不让地嚷道：“不，我宁可在爱尔兰饿死！”他突然飞奔而去，艾米痛苦地捂住了脸。

老艾米真的病了。她躺倒在医院的床上，痛苦地回忆着。她这一生中真正爱的只有两个人：死去的丈夫和年轻的侄儿。她绝不能允许她心爱的侄儿辱骂她死去的丈夫，正如她绝不允许任何人诽谤她年轻的侄儿一样！但是她心里明白，凯之所以这样决绝，正是因为他的纯洁与正直。她想，凯走了，凯再也不会回来了，想起这个，她就忍不住泪水涟涟。所以当病房门口响起那个年轻人的愧疚的声音时，她简直要高声感谢上帝了。

怀特低着头走到了门口，犹豫着要不要进去。艾米好像有感应似的睁开了眼睛，低声道："凯，是你吗？我知道你会回来的。"怀特走到病床前，握住了姑妈苍老的手，道："姑姑，我……我为那天的态度道歉。"医生和护士们看到这样的场面，都悄悄地走了出去，带上了门。艾米道："孩子，你不用道歉，人老了就容易生病，这是上帝规定的。我要跟你说的是，你姑父他不是个强盗，他的本意只是想参观紫禁城。他被抢夺的场面吓坏了，当场晕倒。后来，被其他的士兵救了出去，那个珍宝，是他从一个士兵的手里用低价买来的。"怀特道："姑姑，我没有别的意思，只是我觉得通过战争的手段是不正当的。我一向认为我的国家是很文明，很公平的，没有想到……看来，贪婪的不仅仅是康格夫人，我们的国家里还有许多这样的人。"艾米道："孩子，这些天我也想了很多。我觉得你已经越来越像一个中国人，因为中国的事情竟然深深地打动了你的感情。"怀特低头想了一下，有些吃惊地抬起头来，道："还真是的，姑姑，您说得有道理，我怎么忽然觉得自己对这些事情的反应有些像……"艾米忙问："像谁？康有为还是德龄？"怀特逗她道："天哪，姑姑，你现在居然不用纸牌也可以算命了！"艾米得意地笑了笑，道："这是人生经验，是老人的惟一优势。"怀特把两个枕头叠在一起，靠在艾米的身后，让她躺得更舒服些，道："姑姑，我现在开始有些明白德龄了。如果我的国家也遭受过不公平的战争，我也会像她一样希望尽自己所有的力量来报国的。"艾米道："我不喜欢政治，可我被约翰拉去参加了几次保皇党的聚会，开始喜欢他们了，也许中国人是有着某种神奇的魔力。你依然被千里之外的德龄感染着；而我，好像也要被康有为感化了，我认为他起码是个值得尊敬的人。这些天，我考虑了一下，我认为他们的组织需要钱，我想捐助。”怀特笑道：“姑姑，现在你比我更像中国人。”艾米躺在枕头上，脸都笑得皱了起来，道：“怀特，这是上帝的安排。谁让我们都遇到了不平凡的中国人呢！”

接下来的几天，怀特倾尽全力照顾艾米，他惟一希望的是他可爱的姑姑早日康复。

2

慈禧这些日子一直没去园子里，早朝便仍在太和殿。祖儿的事对慈禧打击非常大，几天都上不了朝，右手不断地颤抖。在宫里，凡是祖儿沾过的东西，都被扔出去烧了，只是那盏碧玉斗，因实在舍不得，只好锁进了库里，再也不得见天日。在慈禧心中怎么也想不到，那么乖巧伶俐的祖儿，竟然能做出这等胆大包天的忤逆之事，连身边的小丫头子都要防着，慈禧真的不知道对谁可以不设防。

直到不得不上朝的时候，慈禧强打精神拿着一沓折子，对众大臣道：“诸位臣工，最近英国政府频频给朝廷施加压力，要求承认《拉萨条约》，诸位以为该如何应对？”朝廷上顿时响起了一片议论之声，半天没有人出来说话。

屏风背后，德龄悄悄瞥着皇后，发现皇后这阵子精神十分萎靡，脸色也不好，更加沉默寡言了。

却说自那日被刺客无玄当众侮骂之后，皇后叶赫那拉氏的心情一直十分恶劣。闭门不出，不见客，每日里只去给老佛爷请个安，便匆匆回到长春宫，吸着纸烟发呆。只有大公主去瞧了她一次，大公主送了她一尊观音像，说是从普陀山请来的，很灵。皇后这才苦笑道：“这可是急时抱佛脚呀，谁晓得管不管用。菩萨一定在心里笑我们呢——平日只觉得读书有用，怎么现在不去求你那些书呢。”大公主笑道：“那刺客的事儿，多亏您料事如神，解决得那么利落，既没惊了老佛爷和万岁爷的驾，又干干净净的没留下任何把柄。……不过，我总是奇怪，您怎么就料到那刺客会逃往那乱坟岗子呢?”皇后吸了口烟道:“这有何难?牢里总有人盯着，一听说周太监大晚上地送吃食我就觉着不对劲，就派了人一直盯着周太监，果然，顺藤摸瓜就逮着了那刺客，本来我是不想杀他的，想押回死牢里细细地审，可他……哼，天作孽，犹可活，自作孽，不可活呀!”大公主默然良久。皇后又道:“眼瞅着皇上和老佛爷的寿诞就要来了，一定要严加防范。现在革命党用枪，所以她老人家的四周一定时时刻刻都得有人围着。万一有子弹打来，也不至于伤了她。”大公主道:“我看，面儿上的侍卫也不宜太多，省得老佛爷扫兴。还是让侍卫们穿上太监的衣服更好些。”皇后点头道:“这倒是个好办法，这事儿，我看就这么着了。现在，我最担心的还是后宫的事儿。”大公主道:“后宫还能有什么事儿，老佛爷一过大寿，再大的事儿宫眷们也会闭了嘴，难道还有谁想找死?!”皇后道:“话是这么说，可要是有新来的人儿受了封号，来了好些年的老人儿倒是白丁，你说后宫会不会乱?”大公主吃了一惊，沉吟了一下道:“乱倒还不至于，闹，怕是肯定要闹的。”

皇后叶赫那拉氏此时就被这些纷乱的念头折磨着，根本没有心思与站在身边的德龄说话。

朝中，伍廷芳出列奏道:“老佛爷，依微臣所见，英军和西藏军民对峙的事儿持续的时间也不短了。今年3月，英军与驻藏军民抢夺曲米香果旷原，本来就是英国人挑衅。他们还愈演愈烈，7月份攻下了江孜，9月份又逼地方官签订了《拉萨条约》，咱们这儿是大清朝廷，不经过朝廷的同意和签字，这个条约当然是一纸空文嘛!英国人，真的太不讲理啦!”慈禧急道:“伍廷芳，你别说那么多来龙去脉，说说你的主意。”伍廷芳道:“臣，臣的意思就是不要理会他们就是了，他们太贪得无厌了。”这时张之洞奏道:“老佛爷，皇上，臣以为现在局势动荡，不能不理会他们，是要边拖边想办法。”慈禧道:“可现在事情迫在眉睫，怎么拖?弄不好再来个庚子年，大清国可吃不消啊。”张之洞道:“老佛爷，臣以为，日俄战争已经是箭在弦上，必定是一触即发。列强也是要趁机瓜分大清的土地。英国人避开满洲，攻占西藏，无非是想在那儿独占鳌头，而不像其他的国家分别加入日俄两大阵营。按照兵力、武器、军饷，大清驻藏官兵都不是英军的对手，就算现从内地调兵到西藏，也不能立即适应高原气候。因此，打硬仗现在肯定是行不通的。依微臣看，只有联合其他列强，以夷制夷，借他们的力量制约英国才可行。”慈禧问道：“那如何制约呢？”张之洞道：“今天，大清已经不同往日。想那鸦片战争之时，朝廷与列国的交往甚少，律法和行事颇不一致，所以很容易发生战争。可经过了庚子之乱，还有这几年的新政，咱们至少了解了国际的法则。像英国这样的做法，是不符合国际惯例的。而英国在大清的地盘已经不少，必定引起其他国家的不满。因此，我们要与各国商谈，强调英国对西藏的政策影响了他国在那个地区的利益，并许诺开放更多的地区，或许能收到一些效果。”慈禧思忖道：“那就借机会请各国使节来聚一回，顺便请求援助。”张之洞道：“老佛爷，臣以为不妥，似乎应该暗地里拜访各国使节，逐个攻破才是。”袁世凯也附议道：“老佛爷，臣赞成张大人的意见，逐个儿拜访比较好，这样比较容易深谈，也不容易让他们互相比较竞争条件。”慈禧转身问光绪道：“皇上以为如何呢？”光绪一反常态，狠狠地盯着袁世凯，道：“袁世凯，你倒是八面玲珑十六面圆滑！朕观察你好久了，每次上朝，你从不率先奏表，永远是听了群臣意见之后，才衡量利弊，察言观色，明修栈道，暗度陈仓！凭着你巧舌如簧欺瞒皇太后与朕躬，企图永远立于不败之地！袁世凯，朕倒是想问你，如何逐个儿拜访，逐个儿攻破？！朕倒是想命你去做此事，如何？！”光绪这一番话，掷地作金石声，满朝文武顿时呆若木鸡。慈禧也惊呆了，袁世凯更是簌簌发抖。

屏风后面，本来便脸色惨白的皇后，周身竟发起抖来，德龄忙搀住了皇后。

大殿上，袁世凯求救似的看着慈禧，慈禧却铁青着脸不发一言。袁世凯只好跪下道：“皇上教训得极是。但袁某才疏学浅，实在不堪当此重任，以袁某之见，还是由伍廷芳伍大人斡旋此事为好。”光绪突然大笑起来，道：“原来你也有不能的时候！朕还以为你上知天文、下知地理、无所不能、无所不会呢！既然如此，你怎敢在皇太后与朕躬面前卖弄渊博，在满朝文武面前出乖露丑呢?!”袁世凯顿时满面羞惭，汗流浃背。慈禧疑惑地看了光绪一眼，宣布道:“那就由伍廷芳主持斡旋吧。退朝!”满朝大臣都在窃窃私语。

德龄扶着皇后从屏风后走出，皇后的声音十分微弱:“皇上这是怎么了? 从戊戌年到现在，五年了，上朝的时候也没听见他言语一声儿，他这是……”德龄忙道:“皇后主子，您脸色不好，想是太累了，快回宫歇着去吧。”

慈禧也是一肚子疑惑，因下午要去颐和园，外面已然备了轿子，李莲英伺候着慈禧上了轿，慈禧低声道:“他这又是演的哪一出啊? 天一阵儿地一阵儿的，王太监没了，他倒落得自在了!”李莲英道:“只听说万岁爷前两天牙疼，别的倒没什么。”慈禧疑道:“牙疼? 想是牙疼得紧了，拿袁世凯出出火? 袁世凯也是该骂! 一个汉人，拥兵自重，怎么着也不那么踏实! 接长不短儿地骂一回，也打打他的气焰! ……来吧，扶我上轿! 过两天儿他过生日，我再回来!”李莲英忙躬身扶慈禧上轿，他知道，慈禧明着说是皇上过生日，实际上是在想着自己的寿诞，他明白这些才是宫中真正的大事，比朝廷上争来争去的那些个事儿大多了，稍微一不留意，就是掉脑袋的事儿。

3

却说这几天光绪被德龄的消息激动得无法平静，如同打了一针吗啡似的，练琴的时间还没到，他便已经在琴房内兴奋地来回踱步，当他看见德龄的逆光剪影飘飘欲仙迎面而来的时候，他急迎上去，竟差点和她撞在一起。

德龄忙向光绪请安。光绪急切道:“德龄姑娘，那个美国医生竟然走了，朕没有留住他，你可有什么办法?”德龄慢慢地摇着头，忍不住潸然泪下。光绪这才大悟道:“……原来如此!”德龄含泪道:“不，万岁爷，我们之间的一切都结束了。……我们今天复习一下

《悲怆》，好吗？”她强忍泪水拉开琴凳，请皇帝坐了上去。

光绪的弹奏突然停止了，他像突然渴了似的，命孙玉到御茶房要茶，待孙玉走远，他转身面对德龄，坦然道：“德龄，你给朕说说康先生的事。”德龄道：“康先生在《与南北美洲诸华商书》一文中讲，‘中国只可立宪，不可革命’，康先生说，中国人‘公理未明，旧俗俱在’，没有进行革命的资格。因此，康先生主张君主立宪，反对共和！……”光绪急切道：“朕说的不是这个，康先生的这些观点，朕已经在英文报纸中得悉，朕是说……朕很想知道你那两位外国朋友，是如何见到了康先生，康先生的组织又如何在美国活动，他们两位，想必已经见到康先生的音容笑貌，一晃六年了！那时候，就在刚才上朝的地方，朕接见了康先生，君臣恳谈了两个时辰，甚是投机……真是恍同隔世啊！……你细细地讲，一点儿不要遗漏！……”德龄轻弹着钢琴曲作掩护，轻声地把从怀特那里知道的消息一点不漏地告诉了皇帝。皇帝的表情如醍醐灌顶一般，如醉如痴。直至孙玉拿茶来了，德龄骤然停止，光绪才如大梦初醒一般，不过，那的确是少见的一个甜梦。

几日之后，光绪寿诞，照例要先拜慈禧，感谢她的养育之恩。慈禧端坐在上，不冷不热地说道：“……今年你也三十二了，把你抱进宫的时候，你还不满四岁。这一晃，已经二十八年过去了，真是光阴如箭呀！……我瞧你近来精神倒是大好了，吃的什么药啊？”光绪忙回道：“也无非是人参、枸杞之类。”慈禧道：“依着我说，那人参还是停了的好，你是身弱不胜补哇！太医院都是一帮废物，都听他们的可不行！……李莲英，你把前些时进贡的那些鹿胎膏拿些个出来给皇上。你吃吃试试，要是好呢，就再来拿！”光绪忙拜谢道：“谢皇爸爸！”慈禧道：“得了，我也乏了，你快去吧，大臣们都在等着朝贺呢！贵为天子，自己的一举一动都在众人眼里，长了一岁了，往后更要自我检点，做不了一代明君，起码也不能当昏君啊！”光绪眼睛里的亮光顿时消失，道：“谢皇爸爸教诲，儿子记住了。”

却说那光绪自小便怕慈禧，慈禧脸一沉，光绪的心便会咚咚地跳。光绪其实是个极其敏感的人，敏感到了有些神经质的地步。愈是惧怕，便愈是引得慈禧的嫌恶。如是恶性循环，母子关系便越来越离心离德，难以弥合。

拜了慈禧，光绪方去太和殿接受文武百官的朝贺。朝臣们在地上此起彼伏地磕头，一边齐诵着祝寿的话。吟诵完毕，光绪慢慢道："众位爱卿平身。目下时局艰难，皇太后寿诞尚且一切从简，何况朕躬？故朕在此声明，拒收一切礼品。想我大清，推积弱所由来，叹振兴之不早，择西法之善者，不难舍己从人，救中法之弊者，统归实事求是。惟有变法自强，为国家安危之命脉，亦即中国民生之转机，舍此更无他策。尔等受恩深重，务当力任其难，破除积习，以期补救时限。众位爱卿，请起吧！"众大臣这才起身，山呼万岁。

朝贺既毕，光绪觉得一身轻松，他来到偏殿，准备为他拍照的勋龄已候在那里。光绪照过朝服相，问道："勋龄，朕看报纸，说是英国的《每日镜报》是世界上第一家刊登照片的报纸，你说中国什么时候才会这样呢？"勋龄忙道："万岁爷，我看不会太远的。这不，您是一国之君，你喜欢拍照片了，民间很快就会响应的。"光绪苦笑了一下，忽然用英语一字一顿地跟他说道："朕明白，朕并非真正的一国之君，朕不过是个囚徒，满朝的官员们在给朕磕头的时候，他们的心里都在发笑。朕活着是因为在等待，等待中国变法成功的一天。请你老实地告诉朕，外国人到底是如何看朕的？"勋龄一惊，手中的怀表落地，摔坏了。光绪道："把它交给朕，朕明天就能给你修好。"勋龄用英语道："陛下，我无法用言语表达我的震惊和感谢。坦率地说，外国人所想象的您和实际相差很远。我在进宫以前，也和他们一样对您有偏见，根本不了解您的勇气和才干。可是，我认为，您总有一天会被全世界尊重的。"光绪的眼睛湿润了，他也用英语回答道："这也是朕的希望。"

午后，光绪亲自来到勋龄的暗房，看见自己忧郁的脸在显影液中一点点地出现。他突然问道："勋龄，你认识新加坡的人吗？"勋龄忙道："万岁爷，新加坡有不少华人富商，都是我的朋友。"光绪道："勋龄，朕想知道的是，他们可靠吗，可以托付吗？"勋龄抬起头，疑惑地看着光绪，道：“万岁爷，那要看托付的是什么。”光绪道：“是朕全部的希望。”勋龄忙跪下道：“万岁爷尽管吩咐，勋龄一定会找生死之交的朋友尽犬马之劳。”光绪把勋龄扶了起来，道：“勋龄，朕无法预料将来，但朕保证，一旦有雾散云开之日，朕一定重重地赏你！”勋龄道：“万岁爷如此信任奴才，奴才肝脑涂地不能报也，何敢问赏！”光绪这才把袖子里的英文报纸拿出来，道：“我想带话给一个人，他现在应该在新加坡。”勋龄看见报纸上的大标题是：“康有为乘船到新加坡，受到华侨的热烈欢迎。”勋龄努力按捺住内心的惊诧，强作镇静道：“万岁爷，您要带什么话？”光绪拿了自己翘首张望的照片，翻过来，端端正正把御玺盖在上面，慢慢地说道：“勋龄，你只消叫你的朋友把这个交给他，说‘青山遮不住，毕竟东流去’，他就明白了。”勋龄道：“万岁爷，臣一定办到。明日臣出宫买相纸的时候，就把这话送出去。”光绪正色道：“勋龄，朕拜托了！”勋龄还是第一次如此近距离地看见皇帝的眼睛，那双深棕色透明的眼睛里，分明燃烧着一团火，在皇帝瘦弱的外表下，只有那双眼睛是年轻人的。

4

1903年冬，裕庚夫妇短暂地回到北京待了几天。自然，大女儿德龄的郁闷没有逃过裕庚的眼睛。他躺在客厅的躺椅上，把休假回家的德龄叫到身边，像往常一样闲聊，但是他很快发现，德龄对任何话题都有些心不在焉。

裕庚道：“德龄，你知道吗，今天大清的邮政正式发行欠资的邮票了，我真的是很高兴啊。”德龄轻声道：“阿玛，您的心血总算是没有白费，大清的邮政正在和世界一点点儿地靠拢。”裕庚道：“是啊，虽然进度不算快，可总算是在前进着，这就有希望了。德龄，有一件事，阿玛要谢谢你。”德龄有些惊讶，问道：“什么事，阿玛？”裕庚道：“为了你没有跟怀特走，阿玛谢谢你，替大清谢谢你。”

德龄的泪水几乎夺眶而出，她勉强克制住自己，一言不发。裕庚道：“阿玛都知道了，小顺子在马车上等了你一夜，要是你那天真的走了，你现在已经在纽约了。你最近脸色不好，心里一定……”德龄含泪道：“阿玛，您不要再提这件事了，我其实常常后悔，那天为什么就不拎着箱子走呢。凯已经被我伤透了心，比起他的真心实意，我觉得自己真是个冷漠无情的人。”裕庚道：“德龄，阿玛虽然不是多愁善感的人，可自古以来才子佳人的戏也听了不少，加上又陪你额娘听那些令人唏嘘的外国故事。你们正值青春，谁都是从年轻时候过来的，你为此事受的煎熬，阿玛总还是能够体察到的。阿玛谢谢你，是因为你以大局为重，克制自己的愿望，这是阿玛作为一个朝廷命官所欣慰之至的。可是作为阿玛，我还是希望你最终能有好的归宿。我想，你应该趁着出宫休息的这几天给怀特主动写信或者打电报，说明你的心意，至于结果如何，倒是不必去计较，因为谋事在人，成事在天嘛。”德龄有些意外，她瞥了阿玛一眼，道：“阿玛，我和怀特的事已经成为过去了，我不会再跟他有任何联系，否则，就是徒增烦恼。”裕庚道：“德龄，阿玛都不在意世俗的礼法，你又何必这样呢？阿玛考虑过了，怀特对你来说，比那些八旗子弟更要合适些。”德龄叹道：“阿玛，如果前几个月听到您的这句话，我会非常高兴，可现在，我根本不想考虑这些问题。我甚至想，也许我该独身，可以更好地辅佐朝廷，等有一天我老了，就回到法国，到修道院去隐居。这样，内心也许会平静得多。”裕庚长叹了一声，道：“德龄啊，但愿这只是你一时的想法。如果你真的因此独身，阿玛会深深自责的。”德龄轻声道：“阿玛，如果真的那样，您也不必自责，可能那是一种更适合我的选择。”这时，裕太太叫吃饭了，裕庚从袖中拿出一封信道：“有你的一封信，是日本来的。什么时候又结识东京的朋友了？”德龄接信一看，大吃一惊，把自己关在房里看信不提。

晚饭吃罢，裕庚特意将勋龄唤到书房说话。裕庚郑重其事地拿出一封信来，道：“阿玛写了一封信，想，想把它给怀特。”勋龄惊道：“阿玛，您不是并不鼓励德龄和怀特来往吗？现在他们已经分开，您为什么还要给怀特写信呢？”裕庚有些尴尬，沉默了半晌道：“说心里话，看见你妹妹如今这个样子，哪个当阿玛的心里能好过？再说，此一时彼一时，阿玛虽说不赞同德龄和怀特那么早就谈婚论嫁，可正常的交往还是该有的，你妹妹的眼高得很，一般人也并不在她眼里，好不容易碰上个对眼儿的，要是被我给拆散了，那这辈子的骂名我算背定了！再说，怀特那小子也确实不错。”勋龄笑道：“阿玛，那你要我干什么？”裕庚道：“你说是原信寄过去好呢，还是你翻译完了我签个名好？”勋龄道：“阿玛，我看，还是原信奉上的好，也不必寄了，托最快的货轮带去就好了。”裕庚道：“好，那就这么办吧。”勋龄又道：“阿玛，您给他写信，是不是有些屈尊呢？”裕庚道：“胡说八道，你不是在巴黎学了好久的平等、民主和自由吗，平日说得头头是道的，怎么现在反倒说起这个来了？”勋龄又道：“如果，我是说如果，那个怀特，现在已经有了恋人，那怎么办？”裕庚怔住了，他好像从来没想过有这种可能，半晌才说：“……要真是那样儿，就真的没办法了。不过，那么快就移情别恋的男人，也就不值得你妹妹如此牵肠挂肚了！”勋龄笑道：“阿玛，现在我算是知道一句话了：可怜天下父母心啊！”

却说那德龄回到房间，在灯下拆开信，信里掉出了一张照片，拾起一看，竟是身着和服手握匕首的秋瑾！她赶快把房门插上，见信中写道：“德龄姑娘，别来无恙？我来东洋多日，大开眼界。近日又结识了一批志趣相投的友人，快哉快哉。我常常想，虽然只是萍水相逢，可你我仿佛心有灵犀，假如你也同在东洋，一定能和我的同志结为知己，共同为振兴中华、唤醒女界而奔走呼号。最近仙台有一留日浙江学生周树人突然弃医从文，给了我很大震撼。他认为，救治国内民众的心灵比救治肉体更为重要，心灵的麻木才是亡国之源。我深以为然，决心以实际的作为来印证这个说法。并且，我也决心冒险一试，那就是邀你加入我们的救国计划，我相信你会助我。在大寿第二天的5点1刻，你只要力劝那拉氏站在放生石上，那么，中国的封建君主制度就有可能结束了。”

德龄倒吸了一口冷气，她匆匆地看完，准备点火烧掉，但她的手颤抖得实在厉害，根本划不着火柴，她四顾无人，想了想，把信折好，塞进了一个装铜子儿的扑满里。

5

一阵激烈的敲门声把德龄惊醒了。德龄忐忑不安地开了门，容龄一阵儿风似的卷进来，挥着手中的照片道："姐姐，我要你帮我分析一下形势。"德龄不以为意地瞥了一眼照片，见那全是以前珍妃的旧照，淡淡问道："什么形势？"容龄把门插上，神秘地说："爱情的形势。"德龄惊道："难道你最近又爱上谁了？"容龄一笑，把照片摊在床上，道："我可没这么容易移情。"德龄问道："这是哪来的？"容龄道："这是四格格托了她哥哥载振给我找来的，很多照片都是绝版，连万岁爷都没有。"德龄点了一下她的脑袋，没奈何笑道："我还以为你这段时间已经想明白了，怎么又翻起这些陈芝麻烂谷子的事儿来？"容龄端详着珍妃的照片，道："姐姐，你看，珍妃的脸是圆圆的，眼睛也是圆圆的，和她比起来，我的下巴尖了些，眼睛也深了些，不是东方女性那种有福相的美丽。难怪……"德龄撇嘴道："难怪万岁爷不够喜欢你，对不对？"容龄奇道："你怎么知道的？"德龄道："全世界的傻孩子都这么想。我告诉你，他没有为你不顾一切，并不是你不够好，而是你们根本不合适，这和你有没有魅力不是一回事儿。相信我，在这个世界上，一定有一个更健康开朗、更单纯幸福的人在某个角落等着你。我保证。"容龄天真地问道："真的吗？"德龄点点头道："真的。明天，你赶快给我做一件事，就是把这些照片都还掉，走出这个跟你不相关的世界。"容龄想了想，极不情愿地答应了。德龄亲了一下她的脸，道："现在，睡觉去。你还在长个儿，需要睡眠。"姐妹互道了一声晚安，一夜无事。

次日，容龄真的将那些照片还给了四格格，却得到了一份意外的礼物。

原来，自打容龄将心事吐露给了四格格，四格格便对此事十分留意。此时她把一个包袱递给容龄，容龄打开一看，是一套做好的旗装。容龄大喜过望，叫道："四格格，你真是好朋友！"四格格问道："容龄，你真的觉得这件事情有准儿吗？"容龄道："有没有准儿，得看这套衣服做得像不像。"四格格道："这可是过去总给珍主子做衣服的老宫女做的。不单式样，连衣料的颜色也一点儿不差。她说，这可是珍主子最喜欢的家常衣服，说是又舒适又好看，就为这个，珍主子还赏了她呢。"容龄一下子抱住了她，道："好姐姐，你真是太伟大了！"四格格笑道："容龄，你少给我灌迷汤，别让老佛爷发现就是了。若是让她老人家发现，这回我可不是抄一尺经就能过关的了！"

却说那容龄谢了四格格，蹦蹦跳跳来到偏殿琴房，探头一望，见光绪正拿着英文书在默读呢。容龄便上前请了安，道："万岁爷，今儿个我用英文给你讲《格林童话》，如何？"光绪微笑道："好。"容龄绘声绘色地讲着："……自从舞会之后，王子就每天地对着这只精巧的水晶鞋出神，那个漂亮女孩的面容一遍遍地出现在他的眼前。而四处去寻访的大臣们都没有找到任何线索，于是，王子决定，拿着这只鞋到女孩逃走的那条街上去，谁能穿进这只鞋，他就娶谁做新娘。"光绪笑道："那万一许多的姑娘都能穿进这只鞋呢，那王子岂不是还是找不到他的心上人吗？"容龄娇憨地打了个哈欠，道："万岁爷，我困得很，今天就不讲了，明儿再说吧。"光绪急道："那怎么行，那朕岂不是要琢磨一晚上，不行不行，你得赶快讲。"容龄撒娇道："万岁爷，那奴婢可不可以要点儿吃的？"光绪："要什么都可以，孙玉，你给五姑娘到御膳房去拿点儿东西吃。"孙玉忙问容龄想吃什么，容龄歪着脑袋想了想，道："嗯，我要吃新做的热乎乎的牛奶饽饽。"光绪道："那还不容易，孙玉，赶快去！"孙玉应命而去。

光绪急道："小淘气儿，你倒是快说啊，王子到底找到心上人没有？"容龄扑哧笑道："万岁爷，您猜呢？"光绪认真地想了想，道："我猜是找到了，但要历经许多艰难。故事一般都是习惯这样讲的。"容龄道："那也不一定，茶花女和亚芒不是最后还是分离了吗？”光绪道：“这倒也是。小淘气儿，朕看你就是卖关子，成心让朕着急！”容龄站了起来，正色道：“万岁爷，你转过身去，数到五十下，再转过来，你就知道故事的结局了。”光绪笑着摇了摇头，照她的话转过身，道：“前些日子，朕还以为你长大了呢，没想到，你还是脱不了孩子气。”容龄看着他转过身之后，自己便赶快隐到帘后，飞快地换上了四格格为她定做的衣服。光绪在数着：“四十五、四十六……”

容龄走出来，俨然是珍妃再版，她捂住自己怦怦乱跳的心，颤声道：“好了。”

光绪笑道：“朕看你搞什么把戏！”他转过头来，一下子凝固在那里。

光绪愣愣地看着扮成珍妃的容龄，许久许久，才从牙缝里挤出几个字，道：“你，你到底要干什么？”容龄被他的表情吓住了，但是很快，她便故作轻松地说：“万岁爷，您不是问我水晶鞋的故事吗？我告诉您，最后那个王子当然凭着那只水晶鞋找到了和他跳舞的女孩子，他们结了婚，幸福地一直生活到老。我，我想要说的是，其实，即使水晶鞋的主人永远找不到了，也会有别的人合适穿那只鞋子，她和鞋子的主人一样，也能带给王子快乐。”光绪的嘴唇剧烈地抖动了起来，他没有说话。容龄不自信地勉强笑道：“万岁爷，是不是奴婢还不够像她，不够圆润，也不够美丽？可是，奴婢以为自己和她是相似的，老佛爷总说，容龄的劲儿就有几分像珍儿；还有重阳节的晚上，您喝了酒，抱着奴婢叫‘珍儿’，奴婢当时几乎……几乎要晕倒了。奴婢真妒忌她，因为她虽然已经远在天国，却比活生生的人更吸引您……奴婢……奴婢就想出了这个法子……”

光绪拿起英文字典，狠狠地砸在了钢琴上，钢琴发出了重重的响声，容龄吓得倒退几步，几乎摔倒。光绪突然大吼道：“你给我滚！给我把这身衣服扔到火里，永远也不要让我再看到！”容龄哭了起来，道：“万岁爷，奴婢还以为你会喜欢，会高兴的！”光绪斥道：“蠢材！你懂得水晶鞋，可你不懂什么是‘曾经沧海难为水，除却巫山不是云’。珍妃只有一个，永远不可替代！你以为穿上了和她一样的衣服，戴了一样的头花，一样地笑着就会变成她吗，那戏子为什么变不成玉皇大帝、变不成王母娘娘？因为卸了油彩，他还是他自己，演戏总是暂时的，可本色才是最真实，最牢固的！在宫里，在朕的周围，处处都是戏子，现在连你也要变成戏子，竟然还要扮演一个让朕最最心碎的角色！”光绪说着，走到容龄的面前，把她头上的花扯了下来，撕碎，用力地扔在了地上，霎时，落英缤纷。

容龄已经哭成了泪人，道：“万岁爷，奴婢明白了，无论怎样努力，奴婢也代替不了她在您心里的位置，奴婢是自不量力，也是自取其辱。而且，奴婢发誓，再也不往您的伤口上撒盐了，那里是永远也碰不得的。”光绪的口气这才和缓下来，道：“容龄，你就是你，不是别的任何人。朕，朕命你马上把眼泪擦了，换上你原来的衣服，赶快！咱们还得等着吃热乎乎的牛奶饽饽呢。”

没有人回答，只听见砰的一声门响，光绪回头一看，原来容龄已经哭着跑了。光绪叹了口气，在大殿里踱了几步，然后把桌子上所有的东西都摔在了地上，把桌子和椅子也都踢倒了，大殿里顿时一片狼藉。

孙玉端着冒着热气的牛奶饽饽站在门口，不知所措，光绪立即上去，挥手便把盘子打飞了。空荡荡的大殿，光绪站在一片狼藉之中，孙玉则小心地找了个角落默默地蹲下来。

6

容龄在四格格的寝宫里哭得死去活来。四格格倾其所有，把全部漂亮的衣服首饰都拿出来让她挑，她连看也不看。四格格只好劝道：“……容龄，别哭了，都是我害了你，我不应该帮你找照片做衣服，哎呀，咱们简直就是自寻烦恼。德龄要知道，不定怎么说咱们呢。”这句话好像还算管用，容龄总算止了哭声，哽咽道：“……我就不明白万岁爷他到底儿怎么想的！平常和和气气的一个人，能发那么大脾气儿！”四格格叹道：“那是你太不了解万岁爷了！……

戊戌年之后，他就从来没有过好脸色，特别是庚子年珍主子殁了之后……你们来了，才算见他脸上有了点子笑模样儿！说实在的，他对你和你姐姐，那真是一百一，没说的，要是对我们这样儿，我们可都得烧高香了，知足吧你！”容龄想了一想，这才拭泪道：“怎么样，你看我这样子还行吗？”四格格扑哧笑道：“行什么呀，两只眼睛肿得跟两颗核桃似的。”容龄起身看了看镜子，含泪笑道：“哎呀，可不是吗，眼睛红肿、头发蓬乱，脸还没有一丝儿血色儿，嗯，明儿园子里肯定得传说闹鬼了。说是女鬼跑到四格格的院子里来了，这个女鬼，有一点儿像珍妃，又有一点儿像容龄。”四格格不禁哈哈大笑，笑着笑着，她忽然收住了笑容，道：“容龄，你好受些了？”容龄狠狠地抹了两把眼泪，道：“难过也没有用，现在我总算理解了额娘说的缘分和邓肯小姐说的命运。如果我比珍主子早遇到万岁爷，也许情况就会完全不一样了。哭了这么久，我也累了，不过倒痛快了。我想起了邓肯小姐那次失恋以后，她就在房间里砸东西，砰砰地砸得满地都是碎片。可是，第二天，她就好了，眼睛比以前还要清澈，笑得比原来还要灿烂。那时，我们都以为，她是太要强了，是做出来给别人看的，现在才明白，这都是真的。”四格格担心地看着她，顺手把桌子上的花瓶给她：“容龄，给你，砸吧，只要你心里能好受些，我这里的东西你都可以砸。”容龄想了想，把瓷花瓶放下，拿起一只铜鹤狠狠地朝地上摔去，边摔边说道：“这个可以摔，因为它摔不坏。”四格格道：“容龄，你现在真的好点儿了？”容龄活动了一下腿脚儿，深深地吸了一口气，道：“好多了，就像下了一场透透的暴雨，下的时候虽然惊天动地，可雨过天晴，天上清亮清亮的，还有淡淡的彩虹呢。人要是明白了，痛快了，比什么都强。”四格格感动道：“在国外长大的就是不一样。从小我读的诗书，闺中女儿都是愁肠百转，看着风花雪月怎么都是一个愁字，从来都是为情所困，忧郁而死的。如果都能像你这样，世上会少了多少痴男怨女啊！”容龄道：“四格格，神甫，不，不，法国老师常跟我说，人是要珍惜生命的，不珍惜生命是最大的犯罪。”四格格点头道：“不过我给你提个醒儿，老佛爷的大寿快到了，心里有多少委屈，也得憋着，脸上要赔着笑儿！她老人家可最看不得别人耷拉着脸！”容龄道：“放心吧四格格，我这一口气儿，可憋不了那么长时间！虽说伤心，我也想：万岁爷到底儿是个好人，他就像书里说的那种男人——对爱情至死不渝！今后我虽是不敢再动这个念头了，可心里还是敬着他，也许更敬着他了！这样的人，比那种朝秦暮楚、朝三暮四的人强多了！”四格格疑道：“难道洋人的书里也有这种人！”容龄道：“那当然！罗密欧与朱丽叶，茶花女，奥赛罗……都是爱情至上，一点儿不比咱们中国的梁祝差！”四格格道：“到底你是喝过洋墨水儿的，知道的就是多！……过去，九爷和我又何尝不是……”话到这里，猛然打住，脸上划过一丝惊悚之色，忙又开了门，探头儿向外瞧，容龄在一边倒捂着嘴咯咯笑起来。四格格嗔道：“你怎么一会儿哭一会儿笑的？”容龄笑道：“我笑你是一朝被蛇咬，十年怕井绳！”说罢，自己也知道自己造次了，忙捂住嘴，道：“四格格，容龄给你赔不是！”四格格长叹了一声，道：“容龄啊，你就别不知足了，你知道整个儿的大内里，有多少人羡慕你们啊！都是爹妈养的，怎么你们就像老佛爷放生的鸟儿，我们就像关在笼里的金丝雀呢？！”说罢，潸然泪下。容龄忙劝道：“四格格，快别哭了！你哭了，倒像是我的不是了！”四格格含泪扑哧笑道：“我若不哭，你又何时才止了哭？！”两人这才又哭又笑地抱在了一起。半晌，四格格像想起什么来似的，道：“闹了这半日，也乏了，你也饿了吧，想吃点什么？艾窝窝、小笼包子、豌豆黄，还是牛奶饽饽？”容龄一听到“牛奶饽饽”几个字，眼圈不禁又红了，不过她仍含泪笑着大声道：“牛奶饽饽！”

7

慈禧七十大寿的前一天，秋高气爽，天空晴好。这样的日子，往往大家心情也好，慈禧好不容易才摆脱掉这些日子的噩梦，又睡了个好觉，所以心情也是格外地好，刚下了早朝，她便领着皇后及众位女官向万寿山背后走去。

慈禧已是古稀之年，走路却依然快而稳健。此时她走在半山腰，回身向着德龄姐妹说道：“德龄容龄，今儿我带你们去一个没去过的地方儿，让你们瞧瞧，开开眼，比比你们去过的那些个外邦，有没有这种地方儿！”德龄忙道：“老佛爷带我们去的地方儿，自然是好的。”慈禧又吩咐李莲英叫制丝房的宫女出来接驾。果然转到山后面，制丝艺工绚儿率全体艺工跪在门前。绚儿道：“奴婢绚儿等恭迎老佛爷大驾光临！”慈禧微笑道：“都起来吧！绚儿啊，这两位是从外洋回来没多久的姑娘，我特特地领她们来瞧瞧制丝的工艺，一会子你也给她们讲讲。”绚儿连连称是不提。

进得制丝房，却见染好的丝一绞绞地挂在架子上，五颜六色十分美丽。十几个年轻姑娘在“彩虹”的映衬下川流不息地走动着，有的在染色，有的在挂丝……慈禧对众女官道：“这些都是我们旗下的姑娘，好些都是秀女没有选上的，自愿到了这儿，瞧瞧这些丝，漂亮不漂亮？”德龄惊诧道：“天哪，实在是太漂亮了！这些颜色，简直就像是天上的彩虹！……”绚儿笑道：“二位姑娘，这都是把缫好的生丝给分好了，整理好，还得漂洗一次，让太阳晒干了，再染色，一般要染个三四次，才能染好，最后取出来晒干。初晒的时候，必须让它们受光均匀，上的颜色，一种就分成几十种色度，像这种绿吧，瞧瞧，墨绿、深绿、草绿、翠绿、嫩绿、湖绿……这最淡的一绞丝已经接近了白色……这样儿的丝线，绣出花儿来才漂亮……”德龄姐妹与众宫眷早已听得入迷。元大奶奶悄悄拉着瑾妃的手，来到一绞茜红色的丝线前，悄声道：“我正愁我那朵牡丹花要和祥云靠色呢，这不，祥云的色儿有了？只是不知道能不能使官中的银子。”瑾妃道：“官中的银子不能使，月银还是可以的吧？”元大奶奶悄悄拉了绚儿，问道：“绚儿姑娘，我用十两月银买你这绞丝，可使得？”绚儿笑而不答。

当晚，元大奶奶连夜赶绣祥云，拉着瑾妃做伴，又帮她描花样儿，瑾妃道：“上次你让我画了孔雀羽，又画了牡丹，这会儿又要画祥云了，可是用月银买的那绞丝？你这件衣服，绣得可太复杂了。”元大奶奶含笑答道：“只要功夫深，铁杵磨成针嘛，好衣服不一针针地绣，一点点地琢磨，又怎么经看呢？瞧瞧这祥云，不正用了那绞丝？倒真是应了霓裳羽衣的景儿，这般的手艺，也只老佛爷配穿！对了，老佛爷七十大寿，你打算孝敬她什么？”瑾妃漫然应道：“还能有什么？不过也就是一幅画儿，一首诗，还不是和往年一样。”元大奶奶道：“姐姐您真是死脑筋，不出点儿新花样儿怎么能让老佛爷高兴？”瑾妃道：“我天生就不讨喜，怎么挖空心思也是白费劲儿，也就不琢磨了。”元大奶奶越发勤谨，整整绣了一夜，总算把那件绣服绣完了。

次日，诸臣朝拜过了，慈禧便穿起由颗颗大如鸟卵的珍珠缀成的罩衫，端坐在椅子上，与众宫眷合影。合罢了影，慈禧笑容满面地站起，道：“今年的寿诞，又比往年不同。我要请你们瞧点儿真正的西洋景儿，漫说是你们，就是德龄容龄二位姑娘，怕是也没有见过呢！”皇后忙道：“老佛爷，您倒是跟我们说说，有什么好西洋景儿，让我们早些知道，也跟着您老人家乐一乐！”慈禧神秘地说：“这可不行！按每年的旧例，还是先放了生再说别的吧。李莲英！明天去颐和园放生的事儿可都备好了？”李莲英尖起嗓子答应了一声儿：“回老佛爷，全都备好了，您老人家就瞔好儿吧！”

每年慈禧的寿诞期间，照例都要放生，因此上庆善修园子的时候，特特地在湖边摆放了一块石头，就叫作放生石。次日清晨，慈禧领着光绪、皇后、众宫眷及太监来到湖边，太监们拿着各式各样的鸟笼子，里面各色的鸟儿唧唧喳喳地叫个不停，那便是为慈禧每年放生养的鸟儿。李莲英在一旁进言道：“老佛爷，今年您七十大寿，放生的规模与往年不可同日而语，托了您的洪福和慈悲，天下必能太平。”慈禧道：“太平就好，离吉时还有多久？”李莲英道：“回老佛爷，还有一刻钟。老佛爷，您要不要加件袍子？”慈禧道：“不用，现在一点儿也不冷，我最喜欢这样秋高气爽的日子，先散散步吧。”慈禧说着便沿着湖边走起来，皇后向李莲英使了个眼色，李莲英会意，他轻轻一摆头，身穿太监服装的御前侍卫们立刻跟了上去，还是在慈禧的周围围了个大四边形。慈禧皱起眉头，道：“我要瞧瞧湖景，你们这么巴巴地跟着，把我的视线都挡上了！”李莲英只好让侍卫们退下，皇后和大公主便一左一右地顶了上来。皇后道："老佛爷，今儿起得早，您连一口热茶都还没来得及喝呢，不如到亭子那边先喝口热的，暖和一下身子再说？"慈禧摇头笑道："放生，放生，就得虔诚，先把鸟儿们伺候好了才行呢。"

彩霞满天，旭日在云中即将升起。慈禧一行人被这壮丽的景象吸引住了，停住了脚步，李莲英在后面道："老佛爷，时辰快到了，不如咱们回头走吧。"

慈禧道："我看这地方挺开阔，不如在这儿放生？皇后，你说呢？"皇后道："老佛爷，依孩儿瞧，还是回放生石那儿吧，老例都是在那儿放生的。"李莲英也道："老佛爷，依奴才看，放生石那儿的位置比这儿高些，鸟儿飞起来能更好看些。"慈禧忽然转过身问德龄，道："德龄，你说呢？"德龄脸色惨白，神情恍惚，道："回老佛爷，依奴婢看，是您过大寿，还是……还是您老人家自己定夺吧。"慈禧一怔，道："德龄，你怎么了，脸色那么难看？……还有容龄，你今儿怎么也不言不语的？"德龄道："回老佛爷，没什么，奴婢只是有些胃疼。妹妹……妹妹是昨晚儿没有睡好。"慈禧疑惑地盯了她们一眼，道："好，这回我听你们的，去放生石！"

放生石旁，几只小鸟围绕着慈禧飞着，李莲英举起一只手臂，一只小鸟稳稳地停在了上面。李莲英忙道："您瞧，老佛爷，您的功德感天动地，连放生的小鸟都愿意陪伴在您身边不肯离去，奴才生平还是头一次看到这样的奇观呀！"慈禧大喜，伸手接住了小鸟："把这些小鸟都配上金丝笼，好生地养起来，笼子门都开着，让它们自由出入。"李莲英率一帮太监齐声道："老佛爷慈悲为怀，功德无量！"

德龄和容龄诧异地看着不肯飞走的小鸟，在她们的身边自在地嬉戏着。事后小蚊子才把这个秘密告诉了她们，不飞走的几只小鸟并不是什么天降的奇迹，而是李莲英让人精心训练过的。

却说慈禧登上了放生石，站在霞光之中，打开鸟笼，一群飞鸟飞向蓝天。李莲英在一旁率众太监喊："老佛爷放生一万！"一群群小鸟不断地向天空飞去，李莲英不断地喊着："万岁爷及皇后娘娘为老佛爷放生五百！""瑾妃娘娘放生三百！""大公主放生三百！"……当李莲英喊道“德龄姑娘为老佛爷放生一百!”的时候，突然，放生石爆炸了，虽然不算是火光冲天，也是火星四溅，连周围的几棵柳树也被炸得枝叶飞扬。

所有的人都惊呆了。慈禧先是一怔，然后突然大笑道:“哈哈哈，想暗算我，没那么容易!”李莲英赶快率众太监、侍卫们跪了下来，大声道:“老佛爷洪福齐天，百害不侵!”太阳在这一片祝祷声中一点点地从云缝里钻了出来。

几只零落的小鸟，在人们的身边无忧无虑地跳跃着。德龄想，秋瑾对她一定非常失望。

8

却说慈禧因七十大寿放生石被炸，心中十分恼怒。吃过午膳，她在东配殿歇息，脸色阴沉地吸着水烟，李莲英跪在她面前道:“老佛爷，真的是防不胜防啊!”慈禧把烟枪狠狠一摔，道:“你还敢说防不胜防！王太监死了，你就一直没给我续上一个得力的人!”李莲英道:“老佛爷的千秋，奴才何敢怠慢了?!别说是奴才，就是管园子的庆王爷，庆善贝勒，还有皇后主子、大公主……都操着心哪！就是昨儿晚上，还搜了一遍园子呢！……这真是……真是……”慈禧怒道:“真是什么?!还不快点掌嘴!”李莲英左右开弓地掌嘴道:“奴才该死！老佛爷寿诞奴才犯错儿，合该死罪!”慈禧冷冷地说:“你也别大帽子底下跑人了，你也知道，我不会处死你！还是快办点实事儿，找几个利索点儿的人平时在大内多走动走动，另外，从御林军中精选些个人做御前侍卫!”李莲英正答应着，皇后已率众宫眷来了，容龄并没有注意慈禧脸色，走上前去天真地问:“老佛爷，您不是说今儿让我们瞧瞧真的西洋景儿吗？奴婢们等候多时了!”慈禧歪在烟榻上慢慢吸着水烟，道:“我说的西洋景儿，就是俄罗斯的大马戏团要来，德龄容龄，你们去的国家多，可见过真正的马戏团演出?”姐儿俩面面相觑，道:“奴婢们还真的没见过。”慈禧道:“这不就结了？你们没见过，宫里这些个人更是听都没听说过。我本来是想趁着我做寿，也让你们开开眼，可这帮酸大臣又是奏表又是递折子地反对，就跟挖了他们家的祖坟似的！又是拿大清帝制列祖列宗来压我，说得倒是好听，说是怕我出危险！呸！就凭这帮糊不上墙的烂泥，大清国也好不了！……这不，银子也给了，帐篷也搭了，还是得让人家走！”众人吓得一声不吭。大公主忙道：“老佛爷，依我之见，竟是别理那帮酸大臣的好！既然银子也给了，帐篷也搭了，那就按原计划演出吧！您的大寿，可别气坏了身子！”皇后道：“是啊，臣工们有千言万语，您老人家有一定之规啊。”慈禧眼睛一亮，道：“依你们说，这马戏团照例演出？”众女官道：“是啊是啊，老佛爷要是真的疼我们，就让我们瞧瞧这西洋景儿吧！”慈禧这才笑道：“好！那就依了你们！李莲英，去告诉伍廷芳，马戏团的事儿让他照办！”李莲英应命而去。

下午，俄罗斯马戏团开始在谐趣园演出。一个少女踏着彩球表演。慈禧与众女官看得津津有味。表演结束，慈禧喜道：“难为了这孩子！赏！”几个小太监把铜钱扔得满地都是。接着又是两个少女表演马术，引起一阵阵惊叫。

大把的铜钱再次撒落，铺得满地都是。一头小象踏着铜钱走出，上面坐着一个丰乳肥臀的俄罗斯美女，美女做出各种惊险动作。慈禧一惊，忙用袖子捂着脸道：“呀——呸！怎么这个模样儿就出来了？可寒碜死了！”皇后等女眷全都捂上了脸。容龄捂着脸从指缝里悄悄瞥着光绪。光绪竟然面无表情视若无睹地看着，心里似乎在想着别的事情。慈禧叫道：“皇上！”光绪似乎没有听见。慈禧又叫了一声，道：“皇上，你可以走了。”光绪如获大赦一般急急携太监孙玉而去。

光绪刚走，小象便开始表演，小象向慈禧作揖。慈禧大喜，道：“赏！赏银子，给我把银子铺满了！”俄罗斯艺人见慈禧高兴，走过来，表示想把这头小象送给慈禧。慈禧立即命李莲英：“先把御马厩给我腾出一间来，让小象住着，命他们连夜造一个象房，就设在御马厩旁边儿！逢年过节的，我们也好多看些玩意儿！”

见慈禧喜悦，满宫里的人都松了口气。晚膳前，慈禧端坐在宝座上，收着众宫眷的寿礼。元大奶奶捧着绣衣跪在地上道："奴婢祝老佛爷万寿无疆！"慈禧含笑道："好孩子，起来吧，让我瞧瞧你给我的好东西。"李莲英将那衣服抖开来，只见这绣衣，宝蓝的软缎面上绣了许多美丽的孔雀羽毛，下摆是祥云，而袖口则是含苞的牡丹花。皇后道："真是漂亮极了！"慈禧瞧了又瞧，喜道："好孩子，你绣了多久？"元大奶奶道："回老佛爷，奴婢三年前就开始绣了！"慈禧大喜道："有你这一片孝心，我也就知足了！"

诸位宫眷一一送礼，德龄和容龄也送上了一套法国化妆品，祝道："祝老佛爷如松柏常青，越来越漂亮！"慈禧接过来，转来转去地打不开，道："哟，这洋货还就是细巧，打都打不开。"众人都笑了。容龄忙走过去打开了化妆品盒，慈禧闻闻道："哟，这香味儿还真是挺特别的！这么着吧，也难得你们一片孝心，我今儿也高兴，今儿晚膳后，你们都来，我有好东西赏给你们。"众人齐齐跪下谢赏不提。

晚上众人都来到慈禧寝宫，欢欢喜喜地接受慈禧赏赐，元大奶奶绣百鸟朝凤衣有功，除份例之外还多得了紫貂围脖一个，手笼一只，元大奶奶欢天喜地地谢恩，自以为在众人面前挣足了面子。可是接下来发生的事如同晴天霹雳一般，震碎了她的心。

李莲英宣告道："老佛爷有旨，封德龄、容龄二姑娘为郡主，各赐郡主礼服一套，貂皮袍一套，貂皮帽一顶，鹿皮靴一双，金丝绣花狐皮外套各四套，并赏来年盛开的牡丹花秧各一枝，德龄姑娘赏红牡丹，容龄姑娘赏白牡丹。"

众宫眷都鼓起掌来。德龄道："老佛爷，奴婢姐妹二人伺候您的时间不长，而裕家又不是真正的望族，您的厚恩我们实在是受之有愧，郡主之名我们是万万不配担当的，老佛爷的美意我们只能心领了。"慈禧道："俗话说，好马配金鞍，你们才华出众，而且都是对国家有用的人，完全配得上郡主的称号。出身和门第固然重要，但比这更重要的对国家的忠义之心呀！武则天尚且给罪臣之女上官婉儿加官晋爵，如果我对你们的作为视而不见，不是连古人都不如了吗?”皇后在一旁笑道:“德龄，你们俩还不快快谢恩，难道非要老佛爷一条条地数着你们的好处才满意不成?”德龄容龄只好跪下谢恩，站在一旁的元大奶奶脸色越来越惨白，忽然，她晕倒在地。

9

在怀特的精心照料下，艾米已经逐渐康复了。怀特用轮椅推着姑姑，在医院的一片绿地上晒着太阳，冬日惨白的光线照在艾米惨白的脸上，她眯起了眼睛，对身后的侄儿说:“凯，我们明天就要出院了，对吗?”怀特道:“是的姑姑，不过还要过几天，等您完全健康了，我才能放心地去中国。”艾米惊道:“你还要去中国?”怀特道:“姑姑，你不要误会，这次我不是去寻找爱情，我只是想去做一些符合人道的事。譬如，我想也许我们能找到一个适合的时机，把珍宝还到中国人的手里，我不想保留通过不正当的方式取得的东西。”艾米举起双手道:“哦，上帝保佑，你的姑父早已经升天了，否则他会心疼死的。”怀特道:“姑姑，您同意我这么做吗?”艾米想了想，道:“孩子，真正的夜明珠已经是你的了，你来做决定吧。我虽然是有些舍不得，可想到家族里其他通过非常正当的途径挣来的产业并不比夜明珠的价值少，我还是很欣慰的。这说明，我们家族的人是非常优秀的。”怀特道:“当然了，姑姑，这一点我从来就没有疑问。”艾米道:“现在我有两个疑问:第一，这夜明珠到底还给谁，慈禧太后还是光绪皇帝?第二，你此行真的不会再对德龄动情吗?”怀特道:“姑姑，第一个问题我真的没有搞懂，还需要考虑。可第二个问题，我很明确地告诉您，我现在只把德龄当成一个值得尊敬的友人，一个异国的爱国者，别无其他。”艾米耸耸肩道:“哦，人在没有真正成熟的时候总是不能面对自己。”

次日，怀特把艾米从医院接回家里，才发现家里的信箱中，有了一封来自中国的信。

艾米看着凯，看着她心爱的侄儿脸上微妙的感情变化，她笑道：“哦，中国字，你在看中国来的信。我敢打赌，里面的情话和这信封上的字体一样美。”怀特道：“姑姑，这信里没有情话。”艾米奇道：“难道除了德龄，还有谁会从中国给你写信吗？”怀特道：“姑姑，我也没有想到，写信的不是德龄，而是她的父亲。他真诚地跟我谈了德龄的感情状态，令我不敢相信的是，他竟然对我表示了赞赏和支持。”艾米道：“孩子，我看现在咱们得赶快走。……一是买船票，二是找个好地方大吃一顿，算是为你饯行。”怀特道：“姑姑，等一下，我不明白，买去哪儿的船票？”艾米笑道：“当然是去中国了！”怀特奇道：“可我还没有决定呢，您怎么比我还肯定？”艾米道：“孩子，在去的路上，你会慢慢地想清楚的。咱们得赶快，船票可不好买。”怀特突然笑了起来，道：“姑姑，这么说，你现在不反对我去中国了。”艾米道：“孩子，反对是没有用的，再说我病也好了。何况，你迟早得去一趟中国，不仅是为你那未了的情思，还有《圣经》里的夜明珠呢。”怀特由衷地说：“姑姑，我不相信你有七十岁，因为你的思想和行为完全是二十岁的。”艾米得意地笑道：“所以我是全纽约最受人瞩目的女士。”

几天之后，凯·怀特再次登上去日本的海轮，那艘海轮沿途将在广东与上海停留。清晨，怀特在甲板上迎风站立，轮船飞快地朝着前方的朝阳驶去。他蓦然回首，看到一个苗条的背影站在那里，他不禁失声喊道：“德龄！”黑头发的女郎回头，然而不是德龄，他只好解嘲地拍了拍自己的脑袋，他的金黄色的头发在海风中飞扬着，他想让潮湿冰凉的海风给自己降降温。

这时，一个熟悉的面孔在他眼前出现了。那人姓唐，是著名志士唐才常的亲戚，叫唐大林，是康有为保皇党中的重要人物，在纽约，他们曾经见过面。

唐大林微笑着走过来和他打招呼，问道：“怀特，你去中国还是日本？”怀特道：“当然是中国，去看朋友。您呢？”唐大林道：“我，我还能干什么，自然是去替我们的党工作。我想，有朝一日，陛下重新亲政的时候，艾米夫人和您一定会得到应有的报答的，你们的名字已经在我们的功德簿上了。”怀特道：“不必客气。”

正在攀谈之中，一个模样长得有几分像唐大林，却又要英俊超拔得多的青年男子从甲板的另一侧走过来，向唐大林打了个招呼道：“哥哥，早上好。”怀特注意到，唐大林的脸上出现了一种极其复杂的表情，最终，他像是下了什么决心似的，摇了摇头，道：“我没有你这个弟弟！”年轻人苦笑道：“好吧，虽然我们志不同道不合，但是毕竟血浓于水，不管您如何看待我，我还是要多谢您小时候对我的疼爱和照顾。您多保重吧，哥哥，我走了。”怀特迷惑地盯着唐大林。唐大林的嘴唇颤抖了一下，勉强笑道：“他的确是我的亲弟弟，叫大卫。可我们已经不再往来了。”怀特奇道：“为什么？”唐大林道：“因为他加入的是孙中山的革命党，我加入的是保皇党，我们的志向相抵触。他以为我迂腐，而我认为他忘本，大逆不道，而谁也说服不了谁。”怀特惊道：“难道就为这个你们就断绝往来了吗？政治的趋向比你们的感情还要重要吗？”唐大林默默地说：“在许多中国人看来，的确是这样的。中国有个成语叫大义灭亲，比起道义来，一切都是微不足道的。”怀特道：“唐先生，难道你对弟弟的感情可以轻易抹杀吗？”唐大林叹了口气，道：“不是抹杀，是压抑。”怀特追问道：“那么是你们的党要求你这么做的吗？”唐大林道：“不是，是我自己要这样的，中国人很讲自律，君子必须自我约束。”怀特叹道：“天啊，中国人真是很特别。唐先生，我碰到的中国人无论男女，为什么都对国家或者信仰充满了神圣的使命感？”唐大林道：“因为我们的国家正处在危难之中，是政治的危机，更是古老文明的危机。”怀特若有所思地看着他的脸，他的脸在阳光中有一种虔诚的圣洁的表情。怀特心道，原来中国人是这样的，特别是中国的优秀人物，尽管有各种不同的追求方式，可他们有着共同的宗教，那就是国家。他好像突然明白了，德龄——那个他曾经爱过并且一直爱着的姑娘，那个古老东方的仙女，也许他并不真的了解她。

10

这天早朝已毕，众宫眷都随着慈禧来到体和殿，瞧德龄给慈禧抹指甲油。一层珠贝似的亮光在慈禧的指甲上显现。慈禧笑道："这倒是比凤仙花儿染指甲强多了，看来洋人爱美的心也并不比咱们差，在打扮上也没少花心思。"容龄在一旁一一说明道："老佛爷，这是胭脂，这是眼影，这是香粉，这是刷香粉的刷子。"慈禧饶有兴趣地一一观看玩赏，并不时地闻闻它们的香气，嘴里评说着。这时李莲英指挥小太监搬了几盆花进来，道："老佛爷，牡丹花秧来了。"慈禧看看，用法国口红在两张纸上分别写了"红""白"两个字，递给李莲英道："小李子，红的挂在左边第一盆上，白的挂在第三盆上。"德龄惊讶道："老佛爷，这几盆花都尚未开放，外表也没什么区别，您怎么就能分出它们的颜色呢？"慈禧颇为得意地笑道："这可是秘密，我呀，活了这么大岁数，别的没什么，就是知道的秘密比别人多些。"皇后忙道："老佛爷猜花是一绝，她猜颜色从来就没有出过错。谁戴了老佛爷猜的花，来年都会鸿运当头的。"德龄容龄忙谢恩道："谢老佛爷厚爱。"慈禧笑道："这也没什么，我想你们在国外长大，一定没有戴过中国的牡丹花，只有戴了牡丹花，你们才会看到真正的华贵富丽。外国人也有很多的珠花和首饰，比起牡丹花的气质，可就黯淡多了。"众人连忙点头称是，忽见大公主急急忙忙跑进来，道："老佛爷，元大奶奶她……"慈禧不屑道："无非就是小心眼儿气急了，明儿就好了。"大公主道："老佛爷，过去戏文里唱的，伍子胥过昭关一夜之间白了头，我总说是戏，信不得的，可就昨儿一晚上，元大奶奶的头发竟全都变白了。"众人大惊。

待众人赶到元大奶奶寝宫时，她正满脸泪痕地呆坐在光线昏暗的镜子前面，披着一头长发，她头顶的一片白发已经变得雪白。听到喊："老佛爷驾到！"她忙捂着脸跪下道："奴婢给老佛爷请安了。"

众女官看到她的白发，都不禁惊呆。慈禧颤声命她把手拿开，她回道："老佛爷，奴婢已经变得奇丑无比，没有脸见您了！"慈禧道："我已经快七十的人了，什么事什么人没见过？你快把手拿开吧！"元大奶奶缓缓松手，抬起头来，凌乱的发丝胡乱横在不施脂粉的脸上，似乎一下子憔悴苍老了许多。众人难以置信地看着她，几乎停止了呼吸。

慈禧叹道："你呀，你也太喜欢争了些。你把你的手举起来瞧瞧，五个手指天生都有长短，何况人呢？你以为人好强就什么都行了吗？你跟人比忠心，比女红，比辞令，或许你都能拔尖儿。可是比眼界，比胸襟，比对洋人的了解，你是一辈子也比不过德龄和容龄了。不是我偏着她们，这是众所周知的。你总觉得她们来了以后你就失宠了，所以经常妒忌，这就证明其实你对我不是真正地忠心！"元大奶奶哭道："老佛爷，奴婢不敢跟人比别的，可对您的忠心，的确是苍天可鉴！"她起身拉开抽屉，翻出一把剪子，对准了自己的胸口。慈禧不动声色道："你这是干什么，又来要死要活了？"元大奶奶哭道："老佛爷，只要您一句话，奴婢就可以剖开胸膛给您看，瞧瞧奴婢的心究竟是不是红的！为了您，奴婢干什么都愿意！"慈禧道："那我问你，既然你口口声声说对我忠心不贰，那么现在有更聪明、更能干的人辅佐我，服侍我，自然是好事。你却明里维护我，暗里给人下绊儿，任性胡为，作践自己，这是忠心吗？！真正的忠心是要成人之美，成君王之美，成天下之美，而不是小肚鸡肠地计较自己的得失。你听着，虽然你的出身不比裕家低，可是我现在就可以告诉你，这辈子，你恐怕是没有当郡主的命了。要走要留，你自己看着办吧。"皇后走过去把剪刀从她的手里拿了过来，元大奶奶失神地坐在了地上。

大公主把她扶起来。她又扑通跪了下来，对着慈禧哭道："老佛爷，奴婢伺候您不为别的，就为您高兴。奴婢年轻守寡，婆家人娘家人嘴上不说，可心里都嫌弃奴婢，只有在您的身边，奴婢才会觉得踏实。奴婢不怕别的，就怕有一天在这儿成了碍手碍脚的多余人，所以奴婢才处处要强，事事争胜。可……可奴婢真的没有坏心，您可千万别赶奴婢走啊！！”说罢泪如泉涌。慈禧见状，摆摆手道：“行了，起来吧，你啊，洗洗脸，今儿晚上到我那儿去，咱们哪，一块儿试试德龄从法国邮购来的染发水，说是头皮不会染黑的。明儿，你的头发就又会黑了。”元大奶奶这才哽咽着谢过慈禧，众女官纷纷上前劝慰不提。

第十章

1

不知为什么，怀特从第一眼见到唐大卫就喜欢他了。

因为德龄的缘故，怀特与姑姑一样，读了大量的中国历史，特别是清史，从中他知道唐大卫是革命志士唐才常的亲侄儿。而唐才常，正是谭嗣同最好的朋友，素有谭唐之称。戊戌年谭嗣同牺牲之后，唐才常揭竿而起，拉起一支队伍，与朝廷决一死战，最后自然是功亏一篑，唐才常英勇牺牲。不知为什么，怀特觉得唐大卫的形象便是他想象中的唐才常。在此之前，他眼中没有一个真正英俊的中国男人，即使是勋龄，他也觉得不过是比一般的中国人强些罢了。可是唐大卫，却恰合了他心目中中国英雄的形象，没有哪个中国男人像他的身材那么高，皮肤那么白，头发那么黑，眼睛那么亮，神态那么昂扬，目光那么纯洁，气质那么高贵，一问年龄，唐大卫恰恰和他同岁，吃晚饭的时候，怀特再次见到他，便上前和他攀谈起来。大卫看来也是个健谈的人，且说一口极为流利的美式英文，两人交谈无任何语言障碍，甚是投机，大卫便邀凯去了他的舱房。

大卫住在二等舱，行李极为简单。他告诉凯，他已经到美国留学三年，政治上一直追随孙文，他认为，只有孙文的三民主义能够救中国。相比较而言，康有为由维新派堕落为保皇派，已经走向历史的反动，不值一提。他这么一说，怀特的好奇心顿起，问道：

“难道这就是你和你哥哥分道扬镳的原因吗？”这么一问，大卫灿烂的表情顿时黯然，他低声道：“也许是吧。”怀特又问：“你很爱你的哥哥？”他抬起头，用那双目光纯洁的眼睛看了怀特一会儿，道：“是的。中国有句话叫作‘长兄如父’，我父母去世很早，是哥哥把我带大的，小时候的事，我都记得很清楚，我和哥哥流浪过一段，那时候，有点好吃的，哥哥都给我，后来他又挣钱打工供我上学……唉，现在……现在他可能把我当成是个没良心的人了……”凯安慰他道：“别难过，大卫，我和我的姑妈会劝唐先生……”没等他说完大卫就摇头道：“没用的，凯，没用的……”凯见他难过，只好转移话题道：“那么你这次去中国的目的是什么呢？”大卫明亮的眼睛闪烁了一下，道：“自然是去执行我的组织的秘密使命。你呢？凯？”怀特稍稍犹豫了一下，道：“我喜欢了一个中国女孩。”大卫的嘴巴张得大大的，半天没有合拢，道：“天呐，一个中国女孩，一个美国人喜欢了一个中国女孩？你可真够浪漫的！”怀特喜滋滋地说：“是个非常不平凡的中国女孩。你呢大卫，你有没有心上人？”大卫摇头道：“没有，至今还没有。”凯奇道：“这简直让人难以置信，难道你从来没有恋爱过？”大卫的脸微微有点红，喃喃道：“谁知道呢，也许有女孩子喜欢我吧，不过，现在不是谈爱情的时候，国家兴亡，匹夫有责，我们的国家现在已经到了被列强蚕食的边缘，我的心里现在只有两个字：救国。为了贯彻孙先生的主张，我随时随地准备流血牺牲！……”怀特看着大卫那双纯正的眼睛，心里不禁震撼，他想象着大卫年轻的生命受到威胁，心里便十分难过，他知道，比起勋龄，比起他所认识的所有中国人来，大卫完全是另外一种人，任何人也无法阻止大卫，无法改变他的主张，怀特只想帮他，只想用自己全部的力量帮他，上帝做证，怀特在那一瞬间就是那么想的。

2

凯·怀特和唐大卫在二等舱里彻夜倾谈的时候，大清帝国的宫眷们正围绕在慈禧太后身边，看德龄为她和元大奶奶染发。德龄和容龄一边看着说明书，一边调着染发剂。太监们在一旁给慈禧和元大奶奶梳着披下来的柔长的头发，宫女们端着冒着热气的水进进出出。德龄小心地把一包染发剂在盛着热水的小铜盆中调开，姐儿俩用刷子一点点地把染料仔细地刷在慈禧和元大奶奶的头发上。元大奶奶因为不放心，一个劲儿地扭过头看，慈禧则闭着眼睛，身子挺得笔直。元大奶奶和慈禧的头发被包上了热气腾腾的毛巾。热气使屋里的景象变得朦胧起来。

众宫眷和小狗喘气儿都好奇地等着看法国染发膏的效果。德龄姐妹把慈禧和元大奶奶头上的毛巾一点点地揭开。喘气儿诧异地惊叫了一声，原来她们的头发竟然是灰色的！所有的人都愣住了。元大奶奶看着镜中的自己，喃喃地说道："是灰的，灰的。"皇后小心翼翼地问道："德龄，是不是放的颜色不够？"德龄道："不会啊，我是按说明书的剂量调的。"慈禧沉着脸道："德龄，难道洋人的黑颜色也和咱们的不一样吗？"德龄忙道："回老佛爷，自然是一样的，只是不知道为什么……"容龄道："老佛爷，我法国朋友的妈妈也是用的这个牌子的染发膏，染出来的头发都是乌黑乌黑的。"大公主在一旁打圆场道："兴许洋人的头发和我们的不一样，不行还用咱们的土方法吧。"德龄道："老佛爷，德龄没有亲身试过这种染发剂，老佛爷的每一丝儿头发都是金枝玉叶，出了差错，德龄甘愿受罚。"容龄也道："老佛爷，是我向姐姐说这个牌子好的，还是罚我吧。"慈禧沉着脸半晌无语。元大奶奶突然哭道："老佛爷，是我带累了您。如果不是您带着我染发，也许就不是这个样子了。德龄，我平素是对你们有些刻薄，你们报复我也就罢了，为什么把老佛爷也连带上啊？"容龄急道："你什么意思，难道我们是故意的吗？"慈禧怒道："行了，你们都少说两句！"

德龄突然像发现了什么似的，在皇后脚下捡起一张小小的纸片儿，她看了看，忽然笑道："有了有了，你们也别吵了，老佛爷也别担心了！这是掉在地上的说明书，上面说，头发刚染完的时候是灰的，第二天一觉醒来的时候，就全变黑了！你们看！"众人一看，德龄捡起来的那一角印着法文的纸果然和说明书拼得天衣无缝。

次日清晨，慈禧穿着睡袍走出来，坐在镜子前，宫女拿着小镜子站在后面给她上上下下地照，她的头发变得又黑又亮。

元大奶奶也喜出望外地来了，双手托着乌黑的长发，当众向德龄姐妹赔礼道歉。一场风波总算过去了。此后，慈禧太后和元大奶奶就一直使用法国的染发剂。这样，在20世纪的初叶，中国的宫廷里就开始使用法国先进的染发技术，当然，还有咖啡、油画、钢琴、钟表、现代舞、化妆品和照相机——西方先进的事物就这样以一种潜移默化的方式慢慢进入了中国……而德龄姐妹终于欣慰地发现，她们的努力没有白费，她们的报国夙愿正在慢慢地实现……

3

卡尔的画像终于接近了尾声。这天下午，夕阳的余晖斜斜地射进偏殿里，卡尔已经在用调和油刷画笔了，德龄却依旧坐在椅子上一动不动。卡尔道："德龄，我的画儿快完成了，不过越是到最后阶段越是难以把握。"德龄这才动了一下道："卡尔，这大概就是人们常说的黎明前的黑暗吧。"卡尔问道："德龄，你有过类似的经历吗？"德龄道："没有。不过在沮丧的时候，我就常常这样安慰自己，说一切都会变好，明天太阳就会出来了。"卡尔笑了起来，道："德龄，你最近瘦多了，是不是还在为怀特的事儿难过？"德龄道："我已经不想那件事儿了，就好像不会指望太阳从西边升起一样。"卡尔神秘地笑道："我敢说，太阳正在从西边升起。"德龄奇道："什么意思？"卡尔道："用不了半个月，你就会知道我的意思。"德龄摇头道："那是永远不可能的事。"

当晚，德龄向慈禧禀报了卡尔的画即将完成，慈禧道："那咱们就找个吉日让她封笔吧！"德龄忙道："老佛爷，我觉得也许先要问问卡尔小姐的进度，再定吉日也不迟，省得她一着急，赶着画倒画不好了。”慈禧道：“这样也对，反正也画了很长的时间了，也不在乎了。我看这画儿又费时又费事，中国的写意山水，不过是泼洒于顷刻之间，照相，也是一会儿就得，这油画儿怎么就这么难?！我看，有朝一日，要是相片儿有了颜色，就没有人要找卡尔画画儿了。那时候，这个苦命的老姑娘可就更可怜了！……当然了，当着康格夫人的面儿还得说说客气话儿。”德龄忍笑道：“老佛爷圣明。”

慈禧太后的巨幅肖像画在历经数月之后终于完成了。封笔的那一天，宫廷里举行了一个小小的仪式，自然，康格夫人作为首席贵宾被请来了。

明黄色的绫子一掀开，大家都惊叹地叫了起来。一个活生生的真人大小的慈禧太后出现在众人眼前，当然，要比真人更年轻些，也更漂亮些。康格夫人喜道：“哦，太后，我认为这幅作品很优雅。很合适您美丽宫廷的背景。”德龄翻译给了慈禧。慈禧也笑着点头道：“是的，我非常喜欢。”康格夫人道：“卡尔，我很为你骄傲，你在这儿还习惯吗?”卡尔道：“夫人，我在这儿过得很好，太后对我礼遇有加，再说有德龄做伴儿，真是一点儿也不闷了。”康格夫人道：“太后，真的不知道怎么感谢您为卡尔做的一切，您真的是太仁慈了。我今天看望了卡尔，的确是很放心。”慈禧笑道：“我们中国自古就是礼仪之邦，好客是我们的传统。再说，美国是我们的友邦，大清的繁荣还有待贵国的扶持。”康格夫人道：“太后，美国一直都希望和中国有更密切的联系，无论政治还是其他的方面，而且一旦中国给予美国更优惠的条件，美国给中国带来的利益将更加无可限量。比如铁路，通信，金融，美国的实力都不错。”慈禧道：“是啊，自庚子年之后，我就认为美国是我们可靠的朋友，我也主张给美国特殊的优待。可是，我现在已经在颐养天年了，所有的事儿都是大臣们决定。不过，我会跟他们提的。”康格夫人鞠了一躬，道：“谢谢您，太后。”这时德龄走过来，道：“夫人，请一起去用茶点吧。”康格夫人答应了一声，随即拉起卡尔的手，边走边把一卷报纸包的东西塞给了卡尔，慈禧看在眼里，眉头轻轻地皱了一下。

4

怀特和来接他的约翰坐在黄包车上，穿过熙熙攘攘的市场。怀特看到许多人穿着木屐敏捷地走路、挑担，觉得十分有趣，他忍不住对约翰说，要下去买双木鞋子，它们实在是太可爱了。约翰忙拉住他道："凯，你不能去，太危险，这里常常有单独行走的外国人，尤其是英国士兵，转眼就把自己的脑袋给丢了。在他们看来，咱们长得跟英国人可没什么区别。"怀特道："那为什么你不好好地待在美国，要到这里来？"约翰的理由十分充足，他说："越痛苦的地方就越需要上帝，再说，我想让这里的人明白，外国人并不都是为着掠夺他们的土地或者推销鸦片而来的，我要让他们感受到上帝的温暖。"怀特由衷赞道："约翰，你真的了不起。"约翰笑道："了不起的是你，从世界的那一边，给我带了那么多的好吃的。"怀特调笑道："哦，那要归功于我的姑妈，那是她对教区的特殊贡献。"说话之间，前面忽然响起了枪声，一队骑着马的官兵飞驰而过，马路上瞬时一片混乱，车夫赶紧把怀特和约翰拉到了一个墙角。

官兵们在马路上用广东话喊话。约翰听了，对怀特道："凯，有刺客试图在衙门刺杀总督，官兵们正在追杀，也许是同盟会的人干的。"怀特惊道："哦约翰，你现在竟然听得懂广东话了？"约翰笑道："是的，其实我在美国的时候就懂一点儿，因为那里有很多的广东华侨。"

当晚，怀特和约翰坐在空寂无人的教堂里闲聊。约翰道："凯，想不到你对德龄还是那么执着。"怀特道："其实这次我来也不仅仅是为她。虽然她的父亲给我写了鼓励的信，然而我更希望写信的是她。……我认识的一个中国人告诉我，他们崇尚大义灭亲，我真不知道是该尊敬还是该反对。"约翰笑了起来，道："怀特，我明白你的意思，发生在别人身上的时候可以尊敬，可一旦跟自己有关联的时候还是要反对的，对不对？"怀特也笑起来。

突然外面喧嚣一片，有人在喊："抓革命党了！抓革命党了！……"

在一片嘈杂的枪声和呐喊声中，一队官兵冲进教堂。约翰和怀特急忙上前拦阻。约翰怒道：“对不起，这是上帝的驻地，请你们出去！”官兵们推开他们，持刀闯进，搜索不已。只听哗啦一声，一个士兵竟然打碎了圣母玛丽亚的雕像。约翰愤怒地上前大声吼道：“我的上帝，你们到底要干什么？！”一个官员打扮的人上前道：“神父，有人看见刺杀总督的刺客跑到你们这儿来了！请你把他交出来！！”怀特把他的话翻译给约翰。约翰道：“我和这个年轻人一直在这里谈话，根本没看见什么刺客！假如你们继续无理取闹，我将通过美国外交部照会你们的政府，向贵国政府提出强烈抗议！！”那个官员听了，和另一个官员一咬耳朵，道：“如今朝廷一个劲儿地跟外洋修好，咱们要是一意孤行，惹了娄子，朝廷怪罪下来，怕是要吃不了兜着走！……得了，神父先生，这样吧！我们暂且相信你！我们可以出去，但是我们将会严密监视这座教堂，也希望你们与我们合作，如果发现了蛛丝马迹，马上向我们报告！”约翰瞪了那人一眼，不耐烦地点点头，打开教堂的门，道：“那么，请吧！”

官兵们走了，教堂里终于安静下来，这时，他们突然听到压抑的呻吟声。怀特循着声音走去，来到一座忏悔用的神龛旁，他掀开帘子，不由得大吃一惊：一个满身是血的年轻人正捂着自己的伤口咬牙压住呻吟，不是唐大卫，又是哪个？！怀特叫了一声，呆住了。约翰在一边喊道：“我的上帝！快点，怀特医生，该是你施展医术的时候了！！”

幸好怀特的药箱是随时随地都带在身边的，他也顾不了许多了，急忙把大卫搂在怀里，为他止血，包扎伤口，约翰在一旁帮忙递着器械，这个受了重伤的年轻人居然还笑着，连见多识广的约翰也惊讶不已。

5

这日早朝已毕，德龄照例为慈禧念英文报纸。刚念到“世界上第一支电子晶体管诞生，这标志着人类即将进入电子时代”的时候，慈禧忽然叫道：“等等。”德龄笑道：“哦，对了，老佛爷，奴婢应该事先给您解释一下电子管。”慈禧摆手道：“我问的不是这个，昨儿你注意到没有，康格夫人塞给卡尔一卷用报纸包着的东西。那到底是什么？该不会是炸弹吧？”德龄一笑，从身后拿出一卷东西道：“老佛爷，您问的可是这个？”慈禧见德龄拿着的正是康格夫人塞给卡尔的那个用报纸包的纸卷。德龄打开纸包道：“老佛爷，这不过是几本美国杂志，康格夫人带来给卡尔解闷儿的。我跟卡尔聊了几句，她主动要借给我看的。”慈禧长舒了一口气，道：“哦，我倒是从来没看过什么杂志，看看，到底能不能解闷儿。”德龄打开杂志，里面是琳琅满目的插图和照片。德龄解释道：“这儿讲的是怎么化妆，怎么做巧克力蛋糕，还有怎么预防感冒。这儿呢，是钩花边的方法，是说新出了一种卷头发的药水儿。”慈禧笑道：“外洋的女人不过也是跟咱们一样，讲些烹调手艺、胭脂女红什么的。”德龄道：“可不是嘛，不过咱们可没有专门给女人看的报纸或者杂志啊。”慈禧道：“是啊，中国的女人识字的只是少数，女子无才便是德，女人太聪明了，男人可就管不住她了！……那个秋瑾不就是吗？不过就是多读了些诗书，脑子太灵了，就看不起丈夫了，丈夫呢，也管不了她了！我听说，那个王廷钧是个世家子弟，人生得一表人才，虽说偶尔也摆摆花酒，可对他的内人，是相当不错的！饶这样，那秋瑾还是一闹就闹到东洋去了！抛夫弃子的，她可真是做得出来！她在东洋做下的那些个事儿，朝廷都清清楚楚！她不回来便罢，若是回来，新账老账一块儿都得算！”德龄惊道：“老佛爷，那秋瑾不过是潜心向学，并没有做什么出格之事，探马的话，有时也并不能全信。”慈禧沉下脸，道：“德龄，你和那秋瑾是不是有些交情啊？！想当初，你就力主我恩准她去东洋留学，现在你又对她千般回护万种辩解，到底是怎么回子事啊？！”德龄忙道：“老佛爷，德龄一直在您身边，怎么会与那秋瑾相交？德龄的言语中的确有回护之意，但不过是出于另一种想法。”慈禧道：“那说说你的想法！”德龄道：“老佛爷，奴婢认为中国女界的确存在很多问题，比起外洋，中国妇女实在是太可怜了，她们要在家从父，出嫁从夫，夫死从子，可西方已经有一大批妇女可以抛头露面，和男人们平起平坐地工作，有自己的收入，可以独立地生活，并且接受良好的教育。可在中国呢，若不是您老人家倡导女学，到现在那些个老顽固还不肯松这个口呢！”慈禧点头道：“这倒也是。矫枉往往过正，戊戌年皇上听信乱党，革除了许多老臣，有很多都是对大清立下汗马功劳的老臣啊！这件事儿，被我坚决制止了，可是也留下了祸根儿。那些老臣中的确有昏聩腐朽之辈，难道我瞧不出来？可这是整个国家的格局，牵一发而动全身，不好办哪！”

德龄又把杂志翻开一页，画面上出现了许多穿着婚纱的模特的照片，她们都被吸引住了。慈禧问道：“这是什么漂亮裙子，可真好看呀，怎么我没见你们穿过这式样的？”德龄忙道：“老佛爷，这是洋人结婚时候穿的，叫婚纱，是一个女孩子一生中穿的最美的衣服。穿美丽的婚纱，是很多西方女孩子的梦想！”慈禧奇道：“难道她们结婚的时候穿白的？”德龄道：“是啊，咱们中国人穿红色是为了图吉利，说是红红火火，而洋人穿白色结婚是为了表示纯洁，证明新娘的白玉无瑕，而且象征着新人之间的感情是没有一丝杂质的。”慈禧叹道：“好呀，这个说法也很好。德龄，以后你结婚，穿红色的还是白色的？”德龄一惊，手也抖了一下，几乎把杂志掉在地上，道：“老佛爷，奴婢一辈子都在您身边，不想结婚了。”慈禧道：“说是这么说，是女人都会想结婚的。”德龄把杂志又翻了一页，是一对慈祥的老人的照片，她说：“这是他们的金婚纪念照。”慈禧问道：“什么是金婚？”德龄道：“洋人把结婚五十年叫金婚，大概是这样的婚姻世上稀有，格外金贵，所以叫金婚吧。”话说到这里，德龄万万不曾想到，慈禧的眼泪突然如山洪暴发般迸射了出来，德龄吓得一时没了主意，竟说不出话来。慈禧哽咽道：“……我十七岁入宫，今年已经七十岁了，如果咸丰帝还在，按照洋人的规矩，早就该过金婚了！世事无常，我真是命苦啊！”德龄只好百般劝解，又想起自己的境遇，不禁也流下泪来。

慈禧起身走动着说道：“德龄啊，你还年轻，用不着陪着我哭，倘若不是陪我，是为你自己的一些烦恼，那就更犯不上了。老话儿说，少年不知愁滋味，我看这话说得很对。”德龄道：“老佛爷，都是奴婢不好，奴婢不应该给您看这些照片，惹您伤心。”慈禧流泪道：“天下人都看着我贵为太后，以为我有多快活，多自在，他们根本想象不到，没有你给我看这些照片，我也一样经常伤心流泪。德龄，你说，女人最大的福分是什么？”德龄低声道：“依奴婢看，也许是有一个真心相许的人。”慈禧道：“是啊，如果根本就没碰上这样的人，平平淡淡地过一生也就罢了，可是一旦你碰上了，人又没了，那就成了世上最苦的苦人儿了！！”

德龄的眼前一下子闪过怀特拎着箱子，头也不回的背影，不禁捂住了自己的脸，泪如泉涌。慈禧道：“……想当年，先皇帝虽有三宫六院，可他根本不听别人对我的妒忌中伤，对我情有独钟。后来有了皇子，他更是对我宠爱有加，他喜欢摸着我的头发，说我的头发是天下最美、最柔软的。只要他的手一触到我的头发上，我就什么烦恼也没有了。众人都知道我爱惜头发，却不知道我爱惜头发的原因——我是不愿意归天的时候，先皇帝看不到我的黑发，认不出我呀。”德龄若有所思，她凝视着慈禧乌黑的发髻，给她递过去一条手绢，轻轻地说道：“老佛爷，您的头发还好得很，一点儿也不用担心。”慈禧道：“每年先帝忌日的时候，我都难过得吃不下睡不着。可谁能明白我心里的苦楚？民间的夫妻，尚能厮守一生，白头到老，可我却是在二十几岁的时候，就眼睁睁地看着先皇帝撒手西归！……我抱着年幼的儿子跪在他的跟前，对他说：‘皇上，你的皇儿在这儿哪。’他微微睁开眼睛，指着我的儿子，降旨道：‘朕死之后，自然由皇儿继位。’先皇帝他放不下我啊！他在归天之前还想到要给我名分啊。可现在，同治帝早逝，皇上又是这个样子，如果先皇帝还在，可以依靠，何至于让我一个妇道人家独挑大清的江山？！那起子小人们还以为我是爱富贵，爱权势，可我心里明白，若是能换得先皇帝复生，我宁可与他一起，到民间去过粗茶淡饭、布衣荆钗的日子啊！”德龄感动道：“老佛爷，先帝爷明白您对他的一番深情，他的在天之灵一定会保佑您的！”慈禧突然一把抓住了德龄的手，德龄一惊，慈禧的手几乎在她的手上掐出印子来，道："德龄，你听我的，到时我给你指婚，指一个福寿双全的好丈夫，保证你一生恩恩爱爱，无忧无虑。"德龄惊得说不出话来，只好胡乱说了两句，搪塞而已。

无论德龄做得如何无懈可击，她最害怕的一件事情，似乎离她越来越近了。

6

也许是接到了当地总督府的照会，当夜，美国驻粤领事馆副领事科本携带随从秘书，来到了约翰的那座教堂。

约翰镇定地开了门，旁边站着怀特和已化装成牧师的大卫，他的嘴上贴了一圈连鬓胡子，完全改变了面貌。科本道："约翰，他们正在请我们协助，追查白天刺杀总督的罪犯，有没有人跑到你的教堂里来，找了别的借口避难？"约翰神色坦然道："没有，都已经这么晚了，谁还会到这里来。我这里从美国来了两位客人，一位是大卫·唐牧师，一位是凯·怀特医生。我来介绍一下，这是领事馆的副领事科本先生。"科本目光疑惑，大卫则热情地向他伸出了右手，用英语道："您好，科本先生，很高兴认识您。"科本笑了，道："啊，小伙子，你说的是纯正的美国英语，否则我还以为你是一个中国人呢。"怀特道："他是第二代移民，和我一样，一个中国字也不会说。"科本道："啊，我们美国就是一个伟大的国家，包容着千万有活力的移民，然后让他们成为自由民主的美国人。"大卫笑道："可不是，我来此地，就是代表美国，把上帝的声音传到中国的。"科本微笑着称赞了他，约翰在一旁道："哦，科本先生，我还没有来得及告诉你，今天中国的官兵很不像话，他们闯进教堂，打碎了圣母玛丽亚的雕像，甚至没有表示一点歉意！"科本怒道："我的上帝！你为什么不早说！好吧，我这就报告公使康格先生，向他们提出强烈抗议！……好吧，你们休息吧！打扰了！"

教堂沉重的门关上了。再也无法支撑的大卫扑通倒在地上。约翰吓得弯腰扶他，道："年轻人，你怎么了？你醒醒！一切都过去了，上帝救了你，你现在正在他的身边，谁也无法伤害你了！……"怀特道："没关系，他不会有什么问题的，只是因为失血太多，过于虚弱。"他们把大卫扶到约翰的床上躺下了。

大卫慢慢睁开眼睛。怀特把他脸上的胡子一点点地撕下来。约翰道："哦，可怜的大卫，想不到圣诞节演出的道具提前用上了。"大卫声音虚弱地说："神父，我真的对神学非常有兴趣，等革命成功以后，我想做一个真正的牧师，今天是预先排练。"怀特开玩笑道："大卫，你当不了牧师，上帝让我们要博爱，可是你却和你的哥哥针锋相对。"大卫道："怀特，你不知道，从心里我是很敬爱哥哥的，可他总是不领情。不过我想，总有一天我们会和解的。"怀特道："啊，你认为怎么和解呢，也许我可以帮你做点什么。"大卫道："谢谢你，凯。不过现在谁也不能消除我们兄弟之间的分歧，也许只有历史才能证明谁是正确的，等到那时候，哥哥才会真正和我重归于好，你们知道，他的脾气倔得像一头驴。"怀特道："我觉得很有意思，皇帝、保皇党、革命党都跟我相处得不错，我也觉得大家都是很好的人，怎么就要这么誓不两立呢？"大卫喃喃道："这个问题太复杂了，这可不是一时半会儿可以说清楚的事。"约翰在一旁道："不要谈政治了，我看咱们还是早点睡吧，大卫的伤需要好好调养。"大卫问道："这儿有酒吗，我会调很好的鸡尾酒，睡前喝一杯睡得会更香的。"怀特喜道："好主意。大卫，我喜欢你，你比你哥哥活泼。"大卫道："谢谢。不过但愿你不要跟我哥哥说，'我喜欢你，因为你比你弟弟严肃。'"约翰和怀特都哈哈大笑。此时的约翰也和怀特一样，爱上了这个可爱的年轻人。

7

却说慈禧瞧了美国的女性杂志之后，颇感兴趣，这日趁着兴头，将皇后与众宫眷也一同叫到体和殿，翻看那几本美国杂志。正瞧着，李莲英急急走来，扑通跪下，道："老佛爷，荣中堂归天了！"慈禧脸色唰地变白了，颤声道："怎么，前两天不还说有好转吗？"李莲英道："老佛爷，现在看来，那是回光返照呀。"慈禧的手耷拉了下来，手里的杂志软软地落在了地上。皇后亲手递过去一杯热茶，劝慰道："老佛爷，您可要节哀保重呀。"慈禧半晌才吐出一句话："荣禄，是大清的忠臣啊！"容龄悄声问德龄道："姐姐，他们说的是阿玛的好友荣中堂吗？"德龄难过地点点头。慈禧喝了口热茶，缓过些气来，道："告诉他们，这丧事要大办，要倍极哀荣！……明儿我再让皇上题一块匾给他家里，一并送去。"李莲英应命而去。慈禧扭过头来问道："皇后，我记得荣禄的二儿子尚未婚配，他叫什么名字来着？"皇后回道："老佛爷，他叫巴龙，听说擅长摔跤，骑术也很好。"慈禧突然把目光投向德龄道："那，我就替他指婚了吧。"德龄不禁打了个寒颤。皇后道："老佛爷，恐怕荣中堂刚归天，他们家里未必有这个心情吧。"慈禧道："哼，不赶快定下来，难道等守孝完了再娶不成？那可就得三年之后了。荣家也算是望族，不守够三年，岂不是让人笑话。"皇后只好低了头道："老佛爷说得极是。"德龄下意识地躲到一边，被慈禧叫住，道："德龄，你干什么去？"德龄道："回老佛爷，我去拿暖手炉。"慈禧道："暖手炉让青儿拿就是了，还要你去干什么？德龄啊，我问你，荣中堂与你阿玛可谓交情深厚吧？"德龄道："老佛爷，荣中堂对我们裕家可谓是恩重如山，阿玛时常在我们的面前称赞他的风度。他这一走，阿玛必定悲痛难当。"慈禧道："悲痛难当的不只你的阿玛，荣禄曾经助我除掉飞扬跋扈的肃顺，忠心扶助幼主，戊戌年、庚子年，都立了大功，而且，他从来不居功自傲，实在是难能可贵呀。今日我就将你指婚给巴龙，一来奖励荣家的忠心，二来也给你找个好归宿，你们两家是世交，你们两个年貌也相当，正是珠联璧合，今后必然能相敬如宾啊。"言毕，众宫眷齐声道："恭喜德龄！"皇后在一旁道："德龄，还不跪下谢恩？！"德龄跪了下来，道："老佛爷，不是德龄有意要再次违抗您，只是……"慈禧怒道："再次！你还敢说再次！你这个没良心的，仗着我素日疼你，竟然如此大胆！荣禄对你阿玛和你的一家是有大恩的！这在朝中有口皆碑，现在给你一个报恩的机会，你是不是又想跟我耍心眼儿啊？！”德龄忙道：“老佛爷，奴婢不想惹您生气，只是想在您的身边继续伺候您。”慈禧站了起来，毅然决然道：“德龄，你不必再说，三天之后，定亲！”说罢拂袖而去，将一屋子目瞪口呆的宫眷们扔在那里。

晚上，德龄神色冷静地坐在灯下写信，她的桌子上已经堆了许多的纸包，上面一一写着各人的名字。她把抽屉中戴面具的照片拿了出来，恋恋不舍地又看了一遍，然后轻吻了一下自己纤细的手指，又把手指按在了照片中怀特的身上。最后，她把胸衣中的夜明珠拿出来，轻轻地装进了信封里，想了一想，又把手上的戒指也抹下来放进了信封里。她的笔在信纸上艰难地移动着，写了许多的字，又屡次撕掉重来。最后她写道：“凯，这封信也许是我给你的最后一封信了，因此我修改了许多次，力求有一个完美的结束。我宁可选择死也不愿意背叛我们的感情，我到死也是深爱着你的。我最大的心愿是能在你的无名指上套上结婚戒指，现在看来也是不可能的了。请留下我的戒指，但愿今后你还会偶然想起，有个女孩儿，她是那么渴望成为你的妻子。”

容龄闯了进来，叫道：“姐姐，你在干什么？你已经有办法了吗？”德龄强笑道：“对，有办法了，我正在准备呢。”容龄看了看桌子上的礼物，轻声地念道：“四格格、皇后、大公主……天哪！姐姐，你到底要干什么？”德龄冷静地说：“容龄，这一次老佛爷指婚看来是很认真的，不可能像上次那样侥幸过关了。我可以暂时地压抑爱情，却不可能背叛它。我宁可死，也不能违背自己。”容龄急道：“姐姐，你不能死，我们要想办法！”德龄凄然一笑，道：“还有什么办法，这也许就是最干净、最好的办法了。反正都是死，自己了断还从容些，而且还不会给裕家带来太多的不利。”容龄哭道：“姐姐，你说什么哪？素日里你那么有办法，怎么今儿倒一筹莫展了？实在不行，我们还可以想办法从这儿逃出去呢！”德龄点头道：“早知如此，真应该那时听了凯的，和他一起走，这么着留下来，只怕是连你也一块儿害了呢！”姐妹二人一起反复商议不提。

8

却说德龄姐妹二人反复商议，决定去求皇后。二人连夜赶到皇后寝宫，刚刚通报，容龄便拉着德龄长驱直入，跪在皇后的面前。皇后大惊道：“德龄容龄，有话好好说，你们快起来！”容龄把德龄给皇后的礼物纸包双手奉上，哭道：“皇后主子，这些书就要成为姐姐跟您诀别的礼物了，而奴婢，就要失去最亲爱的姐姐了！”皇后道：“德龄，这么说你是誓死不从老佛爷的指婚了？！”德龄道：“皇后主子，奴婢只求您日后能多多关照容龄，奴婢深深感谢您的回护，只可惜奴婢福薄，怕是以后不能伺候您了。这些书都是我心爱的西洋小说，留给您作个纪念吧。”皇后吃惊地站起来，道：“德龄姑娘，你这是要干什么？！你们二位姑娘，刚刚受封没多久，怎么能起这样儿的念头！大清是我们满洲人的天下，我们生是大清的人，死是大清的鬼，大清是什么？大清就是朝廷！就是老佛爷！！漫说是老佛爷为你指婚，就是老佛爷赐死，也就是一丈白绫的事儿，‘君要臣死，臣不得不死’，自古以来不就是这个理儿吗？你的阿玛去外洋做使臣，你们能够在外洋接受教育，喝洋墨水儿，这都是大清的恩典啊！上回老佛爷戏言指婚，我之所以为你据理力争，是因为对方不过是一般的贝子贝勒，可这回是荣中堂的儿子，荣中堂对你家是恩重如山哪！不说别的，就说庚子年那一回，若不是荣中堂回护，端王爷早就撺掇老佛爷叫你阿玛回来，若那时回来，你们全家断断性命难保！……何况，如今你身份也不同了，是正经主子了，难道刚刚做了郡主，就这么不懂礼儿了吗？！”德龄忙道：“皇后主子，奴婢可以为大清去死，但是接受指婚却是万难从命。我死之后，容龄还可以伺候您，只是她年纪幼小，还得蒙您多多指教。”皇后复又坐下，神色威严地说：“说吧，德龄，你是不是心里有人了?!”德龄大惊，脸色通红道：“说哪儿去了？皇后主子，德龄身在深宫，如何会有非分之想?”

皇后道：“你身在深宫不假，可是‘身无彩凤双飞翼，心有灵犀一点通’啊！清宫大内关住了你的身，却关不住你的心哪！你这么几次三番地抗婚，定是看那些西洋的闲书，移了性情，若真是如此，不但辜负了老佛爷素日疼你的一片心，就连我……就连我也寒心哪!”德龄扑通跪下道：“德龄断断不敢!”皇后冷冷地说：“你起来吧。今儿这么着吧：你若是信得过我，把你心里的那点儿小九九儿都给我倒出来，大家想想办法，保不齐还能过了老佛爷这关，若是你给我支支吾吾的没实话，那就休怪我无情了!”容龄急道：“皇后主子，我替姐姐招了吧！姐姐心里的确有人!”德龄转头对容龄怒目而视，喝道：“容龄!!”容龄膝行至皇后面前，道：“姐姐，为了救你性命，容龄顾不得许多了！……皇后主子，姐姐心里的人，就是那个给老佛爷治牙的美国医生!”皇后惊道：“就是那个洋小子?!”容龄道：“是。……早在我们回国乘坐的那艘海轮上，怀特医生就深深地爱上了我姐姐……”容龄把凯和姐姐的故事细细地讲给了皇后，皇后听罢，半晌作声不得，拿着帕子直揩眼睛，良久说道：“德龄，想不到你小小年纪，心倒挺深，这么大的事儿，你竟瞒到现在!”德龄忙道：“奴婢该死！全凭皇后主子发落!”皇后沉思起来，满屋里只能听见西洋钟表的滴答声。德龄觉得，那一分钟好像就是一个世纪，那一分钟决定着她的生死，她知道，皇后的态度决定了她的归宿——或者是飞入美丽的天堂，或者是下到黑暗的地狱。

皇后终于说话了，慢慢道：“德龄，你就想这样去和众人告别吗?”德龄道：“皇后主子，我并不想惊动大家，只是感念平日的情分，送上薄礼，留个念想罢了。”皇后道：“与其这样，倒不如赶快想个办法。”德龄容龄一起跪下，齐声道：“全凭皇后主子点拨!”皇后斟酌着道：“老佛爷那儿怕是改不了口的了，我瞧，只能从荣家入手。对了，皇上不是明儿还要召巴龙进宫吗，有了！这件事，就在皇上身上!”容龄的眼里闪出了希望的光芒。皇后道：“其实，老佛爷让皇上给题匾，其中大有深意。……戊戌之变，袁世凯通告荣禄，康有为方才失势。因此，荣中堂在皇上心里的位置，就可想而知了。所以这回皇上给荣家题字，并非自愿。如此看来，倒也有讨价还价的理由了！……”德龄磕头道：“皇后圣明！您这一席话让奴婢如拨云见日一般！”皇后淡淡地说：“可是皇上那里，还要靠你们自己个儿去求，若是我去，恐怕适得其反呢！”

姐儿俩一夜未眠，次日早朝毕，容龄去求光绪，德龄则去找卡尔，把那封给怀特的信交给了她。

9

却说裕庚夫妇接到勋龄的电报，夫妇二人连夜乘火车从上海赶了来，在旧宅中，二人与勋龄愁眉不展地坐在客厅里，相对无言。裕庚拿了一盒法国的纸牌，不断地在手里展开，然后又收拢。裕太太急得一把把纸牌夺过来，道：“老爷，您从来不爱玩纸牌，怎么这会子倒玩起这个来了！快想个办法呀！”裕庚不响，又把牌抢了过去，翻来覆去地看。裕太太道：“老爷，我有个主意！既然老佛爷的旨意我们不好违抗，不如我们去求荣家帮忙，让他们向老佛爷婉拒婚事，这不就结了吗！”裕庚长叹道：“这可万万使不得呀。荣大人对我恩重如山，他尸骨未寒，我就去骚扰他的家人，还不让他们娶自己的女儿，这难道不是不仁不义吗！况且，荣大人之位远远居我之上，如果我这样做了，就完全乱了礼法纲常呀。”勋龄在一旁急道：“阿玛，礼法纲常难道比德龄的未来还重要吗？您前些日子还能放下架子给怀特写信，现在到了真正危急的时刻了，您怎么倒搬出那些大道理来了？”裕庚叹道：“勋龄，这两件事情完全不能相提并论，怀特的事跟违背圣意无关，更谈不到尽忠，可现在老佛爷是把德龄当成一件国家送给荣家的大礼啊！如果我不同意，那就是不忠了。”裕太太气道：“那怎么办？不行就嫁吧，就把德龄当礼物好了。她嫁得总归离家近，我还看得着，想那巴龙，也不敢把我们德龄怎么样。”裕庚道：“我心里很乱，需要理出个头绪来，我到书房去了，你们吃饭不必叫我。”勋龄急道：“阿玛，那怎么办呢？”裕庚不语，神色凝重地关上了书房的门。

勋龄是个细心的人，见阿玛如此神态，很是担心，便一直在厅房坐着，看见阿玛房里的灯光，竟是彻夜不熄。四更过后，他便去敲阿玛的门，门是虚掩着的，此时被轻轻推开了，只见裕庚面对着那把祖传的宝剑在深思。灯光折射出宝剑的寒光，映在他的脸上，格外令人震撼。勋龄顿时什么也不顾了，一把夺过宝剑，叫道：“阿玛，您要干什么？！”裕庚不动声色道：“勋龄，把宝剑还给阿玛吧，你不要着急，阿玛不会有事儿的。”勋龄道：“阿玛，您从昨晚就一直待在这书房里，饭又不吃，觉也不睡，现在又拿着宝剑，我能不担心吗？德龄的事固然令人烦恼，可我们一家人应该互相商量、彼此分担才是，如果您想牺牲自己来解救德龄，她也是不会接受的。”裕庚道：“我思来想去，只有以死来陪伴荣中堂，老佛爷才可能会对德龄网开一面，而荣家的情分我也算有了一个交代了。阿玛现在没有什么别的可以给你们的了，只有一条老命了！”勋龄哽咽道：“阿玛，您不要出此下策，要死也是我死，您是这个家的顶梁柱，没有您不行呀！”这时裕太太也推门进来了，道：“什么你死我死的，依我瞧，大家都好好活着！想个办法才是正经！”勋龄赞同道：“额娘说得对！现在还没有到最后的关头，咱们不能就这么认命了，得再想想别的办法。”

一家人冥思苦想，愁肠百转不提。

10

却说光绪皇帝这几日精神颇佳，原因是那日勋龄拍照的时候悄悄告诉他，东西已经托上船了，那边的朋友说，一定能把东西亲手交到康先生的手里。光绪听后大悦。勋龄又趁他欢喜，问道：“万岁爷，听小蚊子说，这些个日子容龄不大尽责，没有教完书就不知跑到哪儿玩去了，她是不是惹您生气了？请您多多包涵，她从小娇宠惯了，有些任性。”光绪有些尴尬，道：“勋龄，容龄没有惹朕生气。是朕自己跟自己过不去罢了。”

所以当容龄向他求告的时候光绪听得格外认真。自从上次那件事发生后，他和容龄之间一直有些别扭，远不如过去那样自然。虽然两人都想修好，但是却因此变得客气起来，一客气，也就有几分疏远了。

容龄将事情陈述之后，盯着光绪道：“皇上，此事人命关天，所以奴婢只好替姐姐向您求告了！”光绪回避着她的目光，道：“朕知道了。”接着，他说出了一个办法，容龄想了一想，担心道：“您说……要是万一……万一那个巴龙恃宠而骄，装着不明白您的话，可怎么办哪?!”光绪严肃地说道：“容龄，天下的事，谁也不能打包票，所谓谋事在人，成事在天，事成与否，完全看你姐姐的运气了！”容龄含泪道：“万岁爷，容龄只有这一个姐姐！”光绪有些动容，道：“放心吧，朕会尽力而为的。”容龄跪安，转身走出。光绪忽然叫了一声：“小淘气儿！”容龄大睁着一双天真的眼睛，回过身来，那眼睛里，依然有未泯的希望。光绪只是摆了摆手。容龄这才转身走了。

光绪久久地凝视着容龄的背影，突然有一种说不出来的感觉，眼前这个聪明灵动的小姑娘，只要他唤上一声，她就会回转头来，只要他给一个温存的眼色，她就会大胆地向他示爱，她的天空，是纯洁明朗的天空，是生命的天空，可是他注定要远离这天空，回到那阴暗封闭的瀛台，她的背影越来越远了，她注定要远离他，就像珍儿一样，他们是两个世界的人，难道今生，他就注定了在这个阴暗封闭的世界里过一辈子吗?!这么想着，他的心情再次暗淡下来。孙玉在一旁小心翼翼地问道：“皇上，可是现在回瀛台?”光绪冷冷地说：“不，你给朕把巴龙叫来，朕要亲自跟他下一盘棋！”

巴龙长得虎头虎脑的，丝毫看不出乃父之风。一听说皇上要与他下棋，他的脸都涨红了，一副受宠若惊的样子。几步棋走过之后，光绪道：“巴龙，朝廷痛失老臣，朕也唏嘘不已。只是生死有命，你们全家要节哀顺变才是。”巴龙立即起来叩谢道：“臣谢皇上隆恩。……戊戌年，阿玛对皇上多有得罪之处，不过，巴龙以为阿玛得罪皇上，并非是为一己之利，还望皇上多多海涵。”光绪漫然应道：“哦，朕早已记不清了。来，来，咱们继续走棋。”又走了几步，光绪道：“荣禄是三朝元老，他的耿耿忠心，朕从小便知道。现在看到你，觉得你们的样貌颇有几分相似，令朕倍感亲切。只是不知你的品性与你阿玛是否相近呀。”巴龙忙道：“皇上，巴龙粗野，远不及阿玛温和儒雅，但巴龙对皇上和老佛爷的忠心，绝不会比阿玛少一星半点儿。”光绪笑道：“好，朕就喜欢爽快的人。如果朕有事相求，不知你可否尽力？”巴龙忙道：“皇上何出此言？！一个‘求’字，真真折杀巴龙了！皇上请讲，巴龙愿为皇上赴汤蹈火。”光绪一伸手，把一盘棋子打乱，向后靠坐在椅子背上，正色道：“朕想问你要一个人。”巴龙一惊，只见光绪用棋子在棋盘上拼了一个“德”字。巴龙慌忙下跪道：“皇上，巴龙听从父训，守孝三年后与表妹完婚，巴龙将斗胆辞谢老佛爷的一片美意。”光绪笑了起来，道：“巴龙，看来你是张飞绣花——粗中有细，并非有勇无谋之人呀。”巴龙忙道：“谢皇上夸奖。”

光绪一喜之下，答应为巴龙题一块匾额，巴龙大喜，道：“皇上多年不题字了，如能有皇上的墨宝高悬在厅堂之上，阿玛若在天有灵，一定会欣慰不已。巴龙谢皇上隆恩。”光绪提笔，饱蘸浓墨，写下四个大字——家声进美。

却说那巴龙得了光绪亲题的匾，狂喜不已，如珍宝般捧了回去后，立即就去回了慈禧，言明阿玛有遗嘱叫他与表妹完婚云云，获得慈禧恩准之后，匆匆离去。慈禧看着巴龙的背影，吸了一口淡巴菰，道：“这个巴龙，真是个傻瓜，如果真的与表妹定了亲，一句皇命难违不就打发了吗。德龄比他的那个蒙古表妹不知要强多少倍。”李莲英在一旁道：“老佛爷，我看巴龙是大智若愚。”慈禧眉毛一挑，问道：“此话怎讲？”李莲英道：“俗话说，女子无才便是德，德龄主子那么聪明有主意，嫁过去的话哪儿还有巴龙说话的份儿呢。”慈禧被逗得大笑起来，道：“哈，这个说法倒有趣得很。……罢了，也是我和德龄那丫头有缘，就让她再伺候我几年吧！”

当德龄闯过一劫，急匆匆与妹妹赶回家的时候，只见阿玛率额娘和哥哥正在祖宗牌位前上香叩拜，满厅里都挂满了白灯笼。见到两个姑娘兴冲冲地回来，一家人都呆了，德龄问道：“阿玛，这是替谁挂的白灯笼？”裕太太顿时哭了起来。裕庚惊道：“德龄，你们怎么回来了？”德龄含泪笑道：“巴龙婉拒了老佛爷的指婚，我不必和他结婚了！”勋龄大叫一声道：“太好了！”他拔出宝剑，把挂上的灯笼一一削了下来。裕太太颤声道：“我相信，上帝总是公平的。”一家人狂喜地抱在了一起，泪流满面。

外面，大雪纷纷扬扬地下了起来。

第十一章

1

大雪纷飞，除夕的爆竹声在空气中回荡着。太监和宫女们在雪地上放起了烟花。烟花腾空，五颜六色的火焰映得雪地分外美丽。穿紫貂皮袍的四格格和容龄跑到外面看雪景儿，看烟花，欢天喜地，忘了时间。直到宫女们出来叫：“老佛爷口谕，四格格和容龄主子快回来瞧吧，新蒸的年糕出锅了！”两人答应一声，回到体和殿，只见慈禧和众宫眷围着一个贴着红纸的巨大的蒸笼。慈禧见两人回来了，笑命道：“起锅吧。”御膳房的太监立即大声喊着：“起——锅——了！”

一个年轻的太监猛地揭开笼盖，浓重的白雾霎时弥漫了整个空间。容龄在一旁拍手笑道：“哎呀，什么都看不见了！”

等蒸汽消散，慈禧和众宫眷都围在了餐桌前，比较着一碗碗年糕的高度。只见有一碗年糕明显比别人的要高出一大截。皇后笑道：“年糕、年糕，年年高升，看看谁今年有这么好的福气。”大公主亲自翻过碗底的红字，只见上面写着“慈禧皇太后”五个字。元大奶奶立即道：“恭喜老佛爷！”瑾妃也凑趣道：“老佛爷，每年都是您的年糕最高，您的福气是谁也比不过的！”慈禧笑道：“要是真这么着就好了。”德龄奇道：“老佛爷，我的年糕是按着标准的配方调的，为什么出来的年糕比您老人家差这么些呢？”慈禧笑道：“傻孩子，以后你自然会明白。”容龄见慈禧高兴，便拉着德龄和四格格的手道：“老佛爷，我们出去打雪仗，好不好?”慈禧笑道：“四格格可以跟你去，德龄可得留下来跟我们打牌。”容龄拉着四格格欢天喜地跑出去了。

容龄和四格格在树丛之间不断地用雪球互相攻击着。容龄虽然酷爱运动，准头却是比不上四格格，雪球在她身上竟然连续开花，她开心地大笑大叫道：“哎呀，我又被打中了！四格格你好厉害啊！”四格格得意道：“我已经告诉过你了，我是神枪手!”说罢，她又扔出一个大雪球，砰地砸在容龄的颈子里，雪粉把她的颈子弄得冰凉，她尖叫一声，捏了两大团雪球，大叫道：“你赶快出来，不许躲着!”四格格忍住笑，藏在一棵大树的树洞里不吱声。

却说容龄忽然看见一个人影闪过，她急忙把手上所有的雪球都扔了过去，看她那红头涨脸的样儿，简直就是使足了吃奶的力气！雪球狠狠地砸在了那人身上，那个人叫了一声：“啊!”便不动了。容龄听见声音才知道大事不好，她急忙跑出来定睛一看，竟是光绪。

容龄的心跳都快停止了，她急忙向他赔罪道：“万岁爷……奴婢……”光绪本来刚要发怒，看到是容龄，不禁也愣住了，两人相对无语。

半晌容龄道：“万岁爷，前次姐姐的事，奴婢还没有专门向您谢恩……”光绪背对着容龄，道：“不必了，那是朕可以做到的事。……朕摔了你的字典，你扔了朕满脸雪球，咱们扯平了。过了年，朕要检查你的诗词了，再不学，就荒废了。”

容龄站着没有回答，她眼巴巴地看着他，光绪头也不回地走了，只留下雪地上的一行脚印。

容龄的泪水夺眶而出。她多么盼望，她心爱的人能够回头看她一眼，能够和她在一起，开心地玩一会儿，可这些看起来那么简单的愿望，统统都无法实现，这些日子，她拼命地跳舞，开心地玩儿，自以为把他忘了，可是见到他才知道，那一切不过是在掩耳盗铃，她的内心深处，依然涌动着一股无法抑制的爱，那种爱能在转瞬之间化作泪水，如倾盆大雨一般倾泻而出，淹没了他也淹没了她自己。那泪水在促使她成长，她再不是那个不谙世事的小淘气儿，而是地地道道的少女容龄了。

四格格悄悄走出来，默默地站在她的身旁，没有劝她，只是递过去一只帕子，那帕子攥在容龄的手中，很快就湿透了。

2

吃罢年糕，慈禧与众宫眷开始玩儿牌。照德龄看来，这是一种很奇怪的牌。既不是外国的纸牌，也不是中国的麻将，大公主在一旁告诉她，这叫天九牌，又叫骨牌，有天地人和四种大牌，大公主边告诉她出牌的规则边道："没什么难的，你多瞧几次就会了。"正说着，慈禧忽然叫了起来，道："哦，天牌！怎么样？你的长三，你的幺九，你的人牌，我赢了！"众人看牌，皆凑趣儿地喊道："哎呀，老佛爷的手气真好！！真是吉人自有天相啊！"慈禧笑着把桌上的铜钱都抹到自己的眼前，道："你们呀，也别那么小家子气，都把自个儿体己的银子拿出来，咱们玩儿大的！"正巧这时四格格和容龄回来了，慈禧便命皇后和元大奶奶先下去，让两个姑娘上来玩会子。

众人都知道玩牌不过是哄着慈禧高兴罢了，谁都心知肚明，配合默契，偏遇上个容龄天真未凿，倒认真玩起来。几把下来，她倒赢了。只见她把手里的牌往桌子上一扣，兴高采烈道："我赢了！"众人都面面相觑，慈禧却哈哈大笑起来，朗声道："我好久没有输过牌了，我要重赏容龄！李莲英！赏容龄白银一千两！"容龄忙起身谢恩。德龄在一旁道："容龄，老佛爷这样儿的重赏，你就受了？"慈禧正色道："这是她该得的。因为，她是你们当中最真性情的人。除了容龄，你们哪，都蒙过我！我不过装糊涂罢了，你们还当我是真的老糊涂了？！"唬得皇后忙率众跪下，道："老佛爷，孩儿和奴婢们并不是成心要蒙蔽真相，大多数不实之言只是出于好心，并无恶意。请老佛爷息怒。"慈禧冷笑道："皇后，每年的年糕，你都命人在我的年糕里多加了一倍的酵母，所以我的年糕每年都比别人的高，却难吃得很！还有，每次打牌，你们几个都串通了让我赢，是不是啊?”皇后忙道：“老佛爷，孩儿知错了，以后再也不敢了。”慈禧又转向大公主道：“大公主，放生的鸟儿，有几只驯熟又飞回来的是你买的呀?”大公主低头道：“回老佛爷，有九只是奴婢买的，真是什么也瞒不过您。”慈禧道：“还有剩下的是李莲英让万牲园的奴才们驯的吧?”李莲英忙跪下磕头道：“奴才该死！”慈禧又盯着瑾妃，冷笑一声道：“瑾儿！”瑾妃吓得连忙自己招认道：“老佛爷，奴婢该死，奴婢在七月十四的时候，瞒着您去给珍儿放了盏河灯。”慈禧喝道：“糊涂！井水不犯河水，连这个道理都不懂，她根本收不到你的灯。”瑾妃把头低下，默默无语。慈禧又道：“四格格，你呢?”四格格忙道：“回老佛爷，奴婢听说黄色的灯光能让人看起来比实际上年轻，所以每次奴婢伺候梳妆的时候，就把您梳妆台前的灯换了黄色的罩子……”慈禧的目光扫向了德龄，道：“德龄啊，有一回报纸上画了康有为的画像，你却没有给我翻译，是不是?”德龄忙道：“回老佛爷，那个像跟康有为相似，却不是他。是一个卖药酒的华侨在美国发了财，奴婢觉得他无足轻重，所以就没有翻译。”慈禧目光犀利地盯着她道：“当真吗?”德龄道：“当真。奴婢愿以性命起誓。”慈禧这才点头道：“好，总算又多了一个说真话的。”还没等慈禧的目光扫过去，德龄身边的元大奶奶已经颤抖起来。元大奶奶颤声道：“老佛爷，奴婢最近一直没有说过假话。”慈禧突然站起，大喝一声道：“可是你做的事，比说假话还要严重！你屋里的两个小人儿是怎么回事儿?染了头发，我让你给德龄赔了不是，转眼儿你就咒她们姐儿俩，你这可是阳奉阴违啊！”她转身向李莲英示意，李莲英忙把两个刺满针的小布娃娃端出来，那上面，写着德龄和容龄的生辰八字。元大奶奶绝望地看了一下慈禧，一句话也说不出来了。

慈禧这才喝了口茶，款款道：“你们都以为我一年比一年糊涂，对着我动小心眼儿。可是，钩心斗角、宫廷政变、战争逃亡、生离死别，我都经历过了，这些小九九在我眼里又算得了什么呢！人最怕的就是自作聪明，耍小聪明在我这儿是没用的，还是老老实实做人吧。我不教训教训你们，就枉为了你们的长辈了。新年伊始，照理儿我得跟你们说些吉利话，可我琢磨着，也许只有把丑话说在前头了，这一年才能万事大吉呢，你们说呢？”皇后道：“老佛爷教训得极是，奴婢们从今往后再也不要小聪明了。老佛爷，奴婢们祝您新年吉祥、福星高照。”慈禧斜了她们一眼，这才道：“行了，你们都赶紧回去睡吧，守了岁，新年该行大运了。……元大奶奶，过了这个年，你就回家吧。你这么容不得别人，我这里也容不得你了。”元大奶奶默默地跪下，向慈禧行了大礼，眼泪像断了线的珠子似的扑簌簌流了出来。

3

德龄怎么也睡不着，外面的鞭炮声依然此起彼伏，她却觉着并不喜兴，好像有一点回光返照式的末世之感。她悄悄披了件貂皮斗篷，穿上羊皮小靴走了出去。外面，星光灿烂，银装素裹。

所以那一小簇火光在银白的世界里格外醒目。火光旁静静地立着一个人，竟是光绪。德龄忙上前行礼，问道：“万岁爷今儿一个人在此守岁儿？孙公公呢？”光绪道：“朕已打发他先回去了。德龄啊，你是不是奇怪，今天朕没有回瀛台？……哼，这是皇爸爸的恩典，每年大年三十儿，朕可以不回去，不过我每年都回去了，只有今年……”德龄见光绪神情忧郁，问道：“万岁爷，今年有什么特别之处吗？”光绪盯着那堆暗红色的余烬，问道：“德龄，你知道朕烧的是什么吗？”德龄仔细辨认了一下，只见余烬中还有没烧尽的铅字，便答道：“是报纸。”光绪点头道：“是今天的报纸，还没有给你们看，朕就烧了。朕不愿意再看了！”德龄劝道：“报纸上有的时候免不了有一些哗众取宠的花边新闻，还有一些偏激的胡言乱语，是跟他们认真不得的。”光绪闭起眼睛，痛苦地说：“可是，朕以为，他们说得并没有错，错的是朕！”

德龄吓了一跳，惊问道：“万岁爷，您有什么错？”光绪道：“朕是一个自以为是的皇帝，朕不懂得兵法，不懂得法制，又不懂得外交。他们说，如果现在执政不是太后而是朕，朕一样会措手不及。甲午战争，朕连军舰都没有见过就以卵击石，大伤国家元气，痛失台湾；戊戌变法，朕手中没有一兵一卒，只是口头革命，于是白白害了一群志士；现在日俄战争，朕除了听任皇爸爸的中立立场之外而别无选择。朕，的确不是一个好皇帝。”德龄问道：“万岁爷，他们是谁？”光绪道：“他们，就是孙文孙中山的人，是兴中会的人。报纸上还说，上个月，他们加入了檀香山洪门的致公党，以后他们的羽翼就会更丰满了。”德龄劝道：“万岁爷，立场不同，各派当然自圆其说，您又何必自寻烦恼呢？”光绪道：“德龄，古人云，得道多助，失道寡助，兴中会一天天地兴旺，大清却一天天地衰败下来，朕不知道是不是这个道理。有时候，朕觉得心里一阵阵发冷，因为，朕忽然觉得真正的敌人不是别人，而是朕自己。即使孙中山的党羽说得不对，可朕凭什么认为自己就是对的呢？他们精通英语法语，游历过许多国家，而朕却是个井底之蛙，连国门都没有迈出过一步，看英文报纸还要查字典，朕除了皇家的血统，也许并没有什么值得骄傲的。……德龄，你坦白地告诉朕，你赞成共和还是立宪？”

德龄一下子僵在了雪地里。

光绪急得用英语说道：“请你坦白地说，用你最不加修饰的诚实！”德龄也恳切地用英语说道：“陛下，我不懂政治。如果哪一种制度能使国家富强，我就认为它是好的。记得过去我对您说过，虽然共和制看起来更加自由和民主，但是像英国日本这样的君主立宪也是很成功的啊！所以……我现在真的不知道哪一种制度更好。”

雪停了，晴朗的天上有颗流星飞过。

流星的光芒照亮了他们的脸，光绪对着流星的方向跪了下来，忧伤地说道：“让我们对着流星许愿吧，但愿上天保佑中国。”德龄也跟着他跪在了雪地上。

这时，新年的钟声响了起来，流星在钟声中渐渐地消失了。德龄转头，看到光绪脸上有晶莹的泪光。她心中一动，忽然感叹：过去在海外，传闻说光绪是个懦弱而轻易流泪的人，那绝对不是真的。这么久了，她还是第一次看到皇帝的眼泪。

4

就在光绪皇帝对着流星流泪的时候，日俄已经在满洲正式宣战了。

几个小太监不知从哪儿听到消息，拿着包袱去找小蚊子，嚷道："小蚊子，卷点细软快跑，仗打起来了，再来一次八国联军，咱们就没命了！"小蚊子睡得迷迷糊糊的，道："主子都没跑，我怎么能跑呢？"一个太监道："真是个木头疙瘩，你就在这儿等死吧！"另一个太监一个劲儿往前冲道："咱们别跟他废话了，赶快走！"

无法入睡的荣寿公主在雪地上漫步，每年这个时候，她总是独自一人守岁，想念着她那死去的丈夫。几个宫女远远地跟着她。忽然，她听见背后一阵喧哗，她回过头，看见几个拿着包袱匆匆而逃的太监，猛地从后面把宫女扑倒在地，抢她们头上的首饰。几个宫女尖声地叫起来："来人哪！救命啊！"

大公主见状怒不可遏，大吼一声道："畜生，还不快快住手！！"谁想那太监平常像绵羊一样乖的，此时却竟露出泼皮本性，大叫大嚷道："快快，找值钱的！"大公主把首饰解下来，狠狠地摔在了雪地上，道："来呀，拿我的吧！怎么又不敢拿了？！"一个太监试探着往前迈了几步，见没什么危险，便一下子扑了上去，在雪地上疯抢。大公主摘下耳环，高高举了起来，一个抢红了眼的太监冲过来，她突然出手，狠狠打了太监一个耳光。太监捂着脸颤抖着说："哼，我……我们现在不怕你了！！你们马上就要成洋人的囚犯了！……"大公主大怒道："你说什么？你再给我说一遍！"那太监节节后退，大公主盛怒之下并没有饶恕他，她猛地拔出了勃朗宁手枪，对准了那个太监。所有的太监都愣住了。

大公主咬了咬牙，闭着眼睛扣动了扳机。

一声枪响打破了紫禁城鞭炮齐鸣的除夕之夜。另一个睡不着的女人被这枪声惊住了，她呆立在雪地上，半晌一动不动。她便是皇后叶赫那拉氏。

皇后携宫女娆儿在雪地里走着，每年除夕，她都早早回到长春宫，与宫女们一起守岁，可是今年，自从老佛爷寿诞出了那桩事之后，她便决定彻夜不眠，老佛爷七十岁的人了，说什么也不能再惊了她老人家的驾。便与大公主商定，一个走东，一个走西，这会子听见枪响，她料定是走西的大公主了。紫禁城西侧，正是储秀宫等要害之处，她急忙携娆儿赶了过去，只听见又是一声枪响，那枪声似乎就近在眼前，竟然把树上的雪都震落到了她们的身上。

慈禧并没有把除夕之夜的血案拖延到大年初一，刚刚入睡的她像庚子年那年似的，突然起床，命李莲英提前叫起，先不必惊动皇上，把各宫的太监宫女们都集中在体和殿前，又命将被大公主打死的那两个太监尸首拖来，放在中间。太监宫女们黑压压跪了一地，都在簌簌发抖。

慈禧披貂皮斗篷，双手捧着暖炉，款款道："人心叵测啊！听说这一晚上总共跑了五十多人。这两个狗东西，不但逃跑，还连带抢劫，所以落得这样的下场！我要对你们说的是，日俄已经正式开战了，这仗打到什么时候，只有老天爷才知道！"众太监不禁骚动起来。慈禧道："你们不用怕，咱们大清是中立国，这个仗，没咱们什么事儿。庚子年的事儿，提起来很多人还心惊胆战，可咱们不能一朝被蛇咬，十年怕井绳吧？我这回哪儿也不去！要去，我就去满洲祭祖。没错儿，日俄是在满洲打仗，可他们离咱们的祖坟还差十万八千里呢，更别说离京城的距离了。人各有志，不能强求，主子和奴才的情分也是不能勉强的，夫妻本是同林鸟，大限来时还各自飞呢！何况主仆?！树倒猢狲散，现在树还没倒，你们这些个猢狲就要散了！好啊，散吧！没人拦着你们！愿意走的就走吧。走出这个宫门，就永远也别想再回来了！"

太监、宫女们面面相觑，谁也不敢迈出一步。

慈禧走上了几级台阶，又回头厉声喝道："走哇！你们都给我走！如果你们现在不走，今后无论什么时候反悔了，要背叛主子，定然格杀勿论！"众太监宫女吓得磕头不已，连连求饶道："求老佛爷开恩！我们断断不会离开老佛爷！”

慈禧冷笑一声，拂袖而去。

同样一夜未眠的光绪远远地看到了这一幕。他痴了似的自语道：“大限来时各自飞，大限来时各自飞……老天啊！大清的大限、朕的大限……就要来了吗？！……”

天空雪花纷飞，四周茫茫一片，没有回声。

5

年关刚过的第一个早朝，慈禧端坐在太和殿的宝座上，神情比平时更为严峻。光绪则坐在一侧，神情恍惚。

慈禧狠狠拍了一下桌子，厉声道：“伍廷芳，你那个外务部到底是干什么吃的？！日俄开战一事为何不及时上奏？！”伍廷芳发抖道：“回……回老佛爷，臣于日俄开战的当天便上了奏章，是……是庆亲王，说是怕大年下的，惊了老佛爷的驾，压一压再说……”慈禧又喝道：“奕劻，你的胆子倒是不小！这么大的事儿你竟敢私自拖延禀报！”庆亲王奕劻忙道：“回老佛爷，微臣罪该万死！不过微臣以为，日俄大战一触即发已经多有时日，且与老佛爷此前之预见丝毫不爽，老佛爷为大清殚精竭虑，微臣实在不忍您老人家与皇上为此事连年关都过不好，故拖延了几日，如今微臣听凭老佛爷发落便是！”慈禧哼了一声，道：“那你现在就当着诸位臣工的面儿，给我分析分析这场战争因何而起，对大清到底有什么影响？！”奕劻道：“回老佛爷，依微臣所见，这场战争虽然中国没有参与，但是实际上与中国的关系极大。这正是日俄两国对于关东地区的争夺，想那《中俄条约》中俄国曾经承诺将东三省屯兵分三期撤出，却只在第一期撤离了几百名，而第二期非但未撤，反运入兵马无数驻扎吉林，外务部伍大人曾经照会俄使，俄使只是一味拖延，而驻扎吉林的俄兵却在一味砍伐树木，兴筑兵房，明明是一副打算长久居住的架势！”慈禧这才点头道：“可不是！我记得朝廷于此间发过两次电报，一次是因为俄国的那个什么远东总督阿力克塞夫竟要管辖东三省，我命外务部电令驻俄钦使胡维德速与俄外务部交涉，俄方复电告知东三省事宜要与俄督直接交涉，我又立即电令奉天将军增琪去问俄督，谁想那家伙竟然提出要将东三省租借！真真岂有此理！”奕劻道：“更有甚者，那俄督竟然派了哥萨克骑兵六千人，直抵盛京，令中国人若遇俄国节庆，全部悬挂俄国国旗，日本因为俄国人占据辽东，逼近朝鲜，有碍本国势力，所以出面与俄人谈判，想与俄国在辽东地区分庭抗礼，这才有了日本驻俄公使粟野氏与俄国外部大臣蓝斯道夫的会商，会商的结果是将朝鲜方面的利益让给日本，而东三省则由俄国处置，日本当然不干，于是沙皇翻了脸，日方也命驻俄日使催促俄外务部限期答复，俄国逾期未答，日本于是暗中派遣军舰直逼辽东。日舰攻占旅顺口的那一天正巧是俄水师提督家眷的生日庆典，日本打了俄国一个措手不及，目前两国正在鏖战，只是战地却在中国，苦了东三省的百姓！”慈禧站起来，走了几步，发狠道：“这帮吃生肉长大的洋人！他们总是吃着碗里的，看着锅里的！什么日俄大战，说穿了，无非是都看中了我们东三省这块肥肉罢了！”众大臣一齐跪下，颂道：“老佛爷圣明！”

在屏风后面的皇后与德龄听得胆战心惊，此时见势稍缓，才对视了一下。只听见慈禧又问袁世凯与张之洞的看法，问他们以为哪国的胜面更大。袁世凯道：“老佛爷，日本的军队勇敢善战，胜在不惜生命；而俄国毕竟是一个大国，胜在军舰众多，物力充足。依微臣之见，两国胜战的几率各半。”张之洞则认为日本胜出的可能性更大一些。慈禧有了兴趣，让张之洞说个究竟，张之洞道：“在物力上，俄国虽然是大国，在满洲部署的兵力却不及日本。俄军忙于修建西伯利亚铁路，在满洲兵力只有八万，日军四十万；而俄战舰虽多，但能正常发挥战斗力的只有十一艘，日军却有十四艘；大口炮径，俄舰四十二尊，日舰五十五尊。而论谍报，日军也略胜一筹。前几日，为俄军做探子的被日军抓到被砍了头的不过是几个贱民，而日军的耳目据查竟是前年被咱们招安的土匪张作霖，普通贱民和土匪对作战之理解，自然是天壤之别。因而，臣以为，日本胜出的可能性极大。”张之洞一言既出，众臣窃窃私语。

屏风后面，德龄悄悄问皇后道：“皇后主子，张大人怎么知道得那么清楚？”皇后低声道：“他是个精明的汉臣，只是现在国库空虚，他是巧妇难为无米之炊呀，如果生于盛世，他的帅才必然不可限量。”

只听慈禧又问：“张之洞，那你以为大清该如何应对目前的局势呢？”张之洞道：“老佛爷，臣以为，应以扩大海军为第一要义。日本若获胜，必然在远东海域称雄，我们不得不防。而甲午海战中，大清一是输在军备，二是输在人才，船上的指挥没有人真正地懂得海战。因此，要防御日军，必须扩充军备，还要派人学习西洋兵法。”慈禧点了点头。袁世凯道：“老佛爷，臣以为，战后，日俄必定要中国开放商务。”张之洞也在一旁道：“老佛爷，袁大人所言极是。臣以为，商务应该更快开放，而国家也应加快变法才是。”光绪听了他的话，感慨地闭上了眼睛。满朝的大臣都忽然静默下来。

德龄和皇后惊讶地对视，皇后小声道：“张之洞的胆子可真不小。”

此时庆亲王又出班奏道：“老佛爷，前些时，就日俄对峙一事，英美日三国使节都曾到外务部探听消息，日使提出一策，就是开放满洲，作为各国通商场所，英美两国也极为赞同。”慈禧皱眉道：“哼，那不过是与虎谋皮罢了！张大人，朝廷推行五年新政，正是变法的开端，今日不再提及变法一事，我倒是想听听你对于时局的看法！大清面对危势如何进退，这才是迫在眉睫的问题！”张之洞道：“回老佛爷，臣以为，我们可参照《万国公法》，拟出一条局外中立法来！”慈禧来了兴趣，赞道：“哦？局外中立法？好！……”遂命奕劻、袁世凯、伍廷芳三人协助张之洞于即日内拟出“局外中立法”之草章。又命伍廷芳电令奉天将军增琪，命他在当地召集文武百官，嘱他们谨慎从事，避免与交战双方发生冲突，另外也要屯兵待命，恭候朝廷的旨意。

一切安排妥了，慈禧才转过头来，问道：“皇上以为如何？”光绪尽量平静下来，一字一句地说道：“一切按皇爸爸说的办。”

慈禧说了一声：“退朝！”便自顾自地走了。德龄把头悄悄探出屏风，在那一瞬间，她突然觉得，太后一下子老了许多。虽然她表面上仍然如往昔一般杀伐决断，但是她的内心却是虚弱的，与中国的国力一样虚弱。德龄突然想，也许秋瑾是对的，大清国已如残阳一般正在沉没，没有任何力量可以挽回，她的改良国家的初衷也许本来就是一种幻想……

慈禧真的好像在一天之内衰老和憔悴了许多。她下了朝便回到寝宫，歪在烟榻上，一声不吭，众女官们围绕着她，吓得大气也不敢喘，半晌，皇后才小心翼翼地问道："老佛爷，要不让青儿来敬敬烟？"慈禧摇了摇头。四格格捧上沏好的茶，道："老佛爷，这是我哥哥载振从英国带来的水果茶，您老人家尝个鲜儿？"慈禧仍然是摇头。众女官面面相觑，无可奈何。慈禧沉默良久，才转头对德龄道："德龄啊，你可会唱李太白的《清平调》？"德龄忙道："回老佛爷，德龄唱得不好。"慈禧便命李莲英将乐工叫来。

两名乐工进来，一吹笛，一吹箫。德龄轻轻唱起来，在乐声的伴奏下分外哀婉。慈禧的眉头渐渐舒展开来，走下烟榻，踱到窗前，望着外面的残阳落日，轻声道："这首《清平调》，是我年轻的时候最爱唱的，也是先皇帝最爱听的。先皇帝临终前说，让我来世再为他唱《清平调》，这个来世，怕是不远了吧？"

德龄一怔，悄悄瞥一眼慈禧，见她对窗站着，老泪纵横，众宫眷个个泪如泉涌，她眼眶一热，也几乎落下泪来，却强忍住了，继续轻声唱道："……云想衣裳花想容，春风拂槛露华浓……"

《清平调》的歌声中，残阳映红了清宫华丽的飞檐。

6

光绪皇帝下了早朝便匆匆回到瀛台，躺在自己那张潮湿冰冷的床上，一语不发。戊戌年发生的一切，又一幕幕地在眼前涌动，挥之不去。

甲午战争的失败与中日《马关条约》的签订，令年轻倔强的光绪感到了奇耻大辱。皇帝日夜忧愤，思索中国致败之故，若再不变法图强，必然社稷难保。光绪深知第一步是要招揽熟知西方的人才，于是他于光绪二十二年发布上谕，在全国寻找推动变法的人才。就在此时，康有为应运而生了。

康有为是广东南海人，自幼饱读诗书，少时曾到香港旅游，受到西方现代文明的熏陶，而立之年在广州讲学，后来写成《新学伪经考》和《孔子改制考》，在光绪二十一年，康有为联合当时的各省举子发动了“公车上书”，联名请愿，并于同年连续呈送了三份上书，其中《上清帝第三书》竟送到了光绪的手中。年轻的皇帝连夜阅毕，立即命人抄成三份，一份送慈禧，一份留在了乾清宫，另一份送交各省督抚会议。那些日子，光绪激动得夜不能寐，加之帝师翁同龢对他说，康有为的才华胜过他十倍，光绪颇为赞同，只是盼着他的“皇爸爸”早些表态，他才好“举国以听”。

慈禧太后当时还是相当赞赏康有为的上书的，是在她的默许之下，光绪皇帝才得以在仁寿殿接见了康有为。当时，君臣都非常激动，在下午斜射的光线中，康有为迫不及待地阐述了他的政治理想。只是短短寒暄了几句，康有为便开门见山道：“四夷交迫，覆亡无日。……圣上圣明，洞悉病源之所在，既知病源，那么解药就在这里！那就是：只有变法，才能自强！”当时康有为的声音慷慨激昂，激动之处，声音发颤不说，还喑哑哽塞，光绪平时听奏对，很少看人，这时却忍不住抬起眼睛，留意看了看跪在眼前的这个中年人，当时康有为虽不满四十，却已是有些谢顶了，留着两撇小小的八字胡，个子也并不高，实在不能算作气宇轩昂。但是他讲起话来，却是全情投入，声震屋宇，由不得人不心内凛然。尤其那光绪当时只是二十几岁的人，正是青年热血，本来便受不得蛮夷之气，常想日本不过是一蕞尔小国，竟敢在大清头上动土，如今听了康有为一席话，大有得遇知音之感。康有为又道：“圣上，微臣以为，大清犹如一风雨飘摇中之殿宇，如今已经残旧破损不堪，如果只是修修补补，到底还是耐不得风雨，不如拆而更新，则好全局统算，殿乃可成，有一个小小的缺憾，也有可能不能成功，仍然无法抵御风雨！”光绪听罢，颇以为然，连连说：“今日诚非变法不可！”康有为又说：

“臣请皇上变法，首先要变更制度，然后变更法律，皇上要统筹全局才是！当今大臣，老迈昏庸，完全不了解外国之事，皇上若要倚仗他们变法，不过是缘木求鱼而已！”光绪点头道：“你说得很有道理！”康有为这才叩问道：“皇上如此圣明，为何一直没有实施变法呢？”光绪听了这话，良久不语，半晌才长叹一声道：“奈掣肘何！”

这一句话以及光绪皇帝当时的神态，多少年之后还时时萦绕在康有为的脑际。这一句话，让康有为和维新党人明白了一切。正是有了这一句话，才有了后来的“奉衣带诏”，才有了传说中“围园弑母”的可能性。那一天，君臣无间，一问一答，就八股、办学、铁路、矿业、购舰、练兵、游学、译书、用人等问题，海阔天空，一直谈到日落西山。在接下来那些“定国是诏”的日子里，光绪皇帝曾经多么兴奋啊！他甚至幼稚地以为，自己将成为明君，挽大清危局于既倒。但是接下来的惨烈结局，却来得过于快了，让这个二十几岁年轻人的心理落差无法调整。

只有光绪才明白自己内心深处的痛苦。那些维新党人，走的走了，死的死了，只有皇帝还在三面环水、四面来风的瀛台苦苦坚守，事情已经过去快十年了，皇帝在每天痛苦的煎熬中已经接近崩溃了，是肉体和精神的双重崩溃，他真的不知道自己还能挺多久。

此次日俄战争竟然在中国的门户东三省境内开战，又是一次奇耻大辱，上朝时张之洞那一番关于变法的话，又怎能不令他感慨万千！

光绪皇帝在潮湿冰冷的石头地板上来回踱步，像一只关在笼中的困兽，他抓起一张英文报纸，看见上面有篇醒目的文章，标题是《丧权辱国的又一铁证》，署名孙文。文章中说：“日俄战争终于打响，战地却是中国的满洲。腐败的清廷再度显出颓势：那拉氏竟然无耻地宣布保持中立，海外各国宣布中立是堂堂正正的，而清廷对于外国的侵略战争保持中立，却是地地道道的掩耳盗铃！……”

光绪放下报纸，喃喃自语道：“……保持中立，自然是无耻之举，然而不保持中立又有何法？中国如此贫弱，对抗无异于以卵击石！若是戊戌年变法成功，中国早已强盛，何至于会有庚子之乱？

又何至于有今日之耻啊！……”想到这里，他内心的悲愤几乎燃烧起来，他大叫一声：“孙玉！给朕把那台旧日的风琴给清理出来！”孙玉忙问：“就是昔日您和珍主子弹的那台旧风琴？”光绪点了点头。

窗外刮着大风，光绪悲愤地弹着《马赛曲》，琴声如潮。孙玉端了茶水，轻轻地放在琴上。他刚转身，就听到了茶水被打翻到地上的声音，他回头看去，看见光绪的手指继续在琴键上飞舞，琴声已经到了高潮。

光绪的眼前，维新党人们一个个地出现了，他们年轻热情的面孔，慷慨激昂的神态，感天泣地的声音……让这位年轻的君主再次感到了热血偾张、悲愤欲绝。

风把门吹开了，门重重地撞在了墙上。

光绪停止了弹奏，他迎着风，看乐谱在空中狂乱地飞舞。

7

入夜，紫禁城沉寂在一片空漠之中。慈禧的寝宫却依然亮着灯，李莲英已将张之洞等人拟好的《局外中立法》草章拿来，慈禧匆匆浏览了一遍，命李莲英拿来笔墨，亲书了一道懿旨：“……朕钦奉慈禧端佑康颐昭豫庄诚寿恭钦献崇熙皇太后懿旨：特此照会日俄，两国同为友邦，我国重以亲交，当以局外中立例处置。已通令各省一体遵守。且严令地方官保护商民、教徒。惟盛京及兴京，为陵寝宫殿所在，应令该将军敬谨守护。所有东三省之城池、官衙、人命、财产，两国皆不得损伤，原驻中国军队，彼此各不相犯。……各省及边境内、外蒙古，都照局外中立例办理，两国军队各不得侵越。若误入境界，中国当出兵拦阻，不得以失和论。嗣后不论孰胜孰败，东三省的疆土权，仍旧归中国自主，不得占据……钦此！”

次日一早，庆王便候在了乐寿堂之外，慈禧洗漱过后，命李莲英宣庆王进去，慈禧一夜失寝，脸色十分憔悴。沉着脸赐了庆王座，庆王看着慈禧的脸色，没敢坐下，只立在一旁躬身道：“微臣今晨刚刚接到驻日杨钦使电文，内称：日本军队将遵守交战法规，贵国政府尽可无虑，只因战线在贵国领域，日本需要在军需品方面有所措置，并非有损贵国主权，实在是因地势所限，不得已而为之。贵国官民如能确立中立规则，即使在战斗地域之内，日本军队亦当竭力保护……”

慈禧哼了一声，问道：“俄方反应如何？”庆王道：“到目前为止，俄方尚未有正式照会。”慈禧想了一想，道：“传我的口谕：命辽东一带兵民，禁止干预战事、接济军火、租卖舰只、借给款项、代探消息、帮运兵械、私售粮食……违者格杀勿论！”庆王急忙应命。

慈禧站起来，来回走了几步，心里有一种无可名状的愤怒，自语道：“哼，早知如此，还不如庚子年定都西安呢！……那时候，中外都逼着我回銮，北京有什么好？让我七十岁的人，还受此惊吓！……你跪安吧，有事立即向我禀报，不得有误！”庆王诺诺而退。

这里李莲英早拿了几瓶上好的法国香水，用盘子托了，放在慈禧眼皮子底下，慈禧闻来闻去的，最终挑了一种喷在手腕上。李莲英在一旁躬身说道：“老佛爷，瀛台那边儿说昨儿皇上心情不好，自个儿弹了一夜的琴。”慈禧懒洋洋地问道：“弹的是什么调调啊？”李莲英惶然道：“奴才也说不上来，对了，好像叫《赛马曲》。”慈禧不屑道：“就他那身子骨，还赛马？”李莲英忙道：“可不是，皇上也就弹弹琴、写写字还凑合。”慈禧冷笑道：“就让他自个儿发疯去吧，我这么忙，可没工夫儿管他！……对了，你去把德龄叫来，叫她把上回那些个咖啡，再给我拿点子来！”

待慈禧用过早膳，德龄已经在外屋恭候了。慈禧见了德龄，满脸堆下笑道：“德龄啊，看来这西洋的东西，也确是有些好的！你上回拿来的那些法国咖啡，味道确实不一样，还有这香水儿，比我们的花露水耐闻多了！”德龄笑道：“奴婢又拿来了些，前儿个额娘还说起来，老佛爷喜欢这东西，真真是洋人的造化！”说罢，德龄便将带来的咖啡献上，慈禧闻了一闻，喜道：“好像又香些了似的。”德龄见慈禧高兴，突然跪下了，求道：“奴婢求老佛爷一件事，求老佛爷万万恩准!”

慈禧吓了一跳，忙扶起德龄，道:“这是干什么，有话就说好了，你在我跟前儿这么久了，有什么事儿我没准你?!”德龄这才轻声道:“老佛爷，奴婢请您留下元大奶奶。”慈禧眉头一皱，使劲儿盯了德龄一眼，道:“德龄，你这么说是真心的吗？还是别有用心?我可不会认为你宽容大度，没有人不恨自己的仇敌。”德龄道:“元大奶奶咒我，我死不了，可您让她出宫，她这辈子就算完了。”慈禧冷笑道:“大概还不至于。”德龄正色道:“奴婢以为，元大奶奶的喜怒哀乐，无一不是与老佛爷息息相关。老佛爷卧病的时候，她日夜守候，悉心照顾，恨不能替您受苦。而老佛爷给她的每一件赏赐，她无不视如珍宝，逢人便炫耀。她对奴婢的恨之深，其实是对老佛爷的爱之切啊。”慈禧半晌无语，沉着脸道:“哦，那你不怕她再处处与你为难吗?”德龄诚恳地说道:“老佛爷，我相信您宁愿看着一个人生龙活虎地活着，却不愿意看着她无声无息地没了心气儿。再说，突然没有了敌人，没有了对立，岂不是很寂寞?”慈禧一怔，沉吟良久，最后道:“德龄啊，我没有看错，你的确是个很不一般的女子。……得了，瞧你的面子，我就准了吧!”德龄忙跪地谢恩不提。

8

这日，裕家二少爷勋龄照例去那家照相馆买胶卷，他付了钱，伙计递给他一个大纸口袋，说道:“少爷，你要的胶卷全在里头，保证一卷儿也不少!”勋龄笑道:“好，那我就不数了。”伙计在后面叫道:“少爷，慢走您哪!”

勋龄回家便把纸口袋里的胶卷呼啦地全倒在桌子上，竟然倒出了一封信，上写“裕德龄女士亲启”。勋龄一惊，赶紧把信揣在怀里，直到晚上，才趁着慈禧照相的工夫，把信交给德龄。

慈禧如今照相照上了瘾，三天两头便宣勋龄进宫为她拍照。这样倒成全了德龄兄妹，三人经常见面，即使多说些话，慈禧也不以为意。

但是这封信却让德龄吓坏了。

这是一封来自东京的信，没有落款和抬头，但她自然知道是谁写来的，惟其知道，也就格外害怕。信上写道："你一定惊讶你得到这封信的方式，不过我想日后你会慢慢习惯的。这种方式，比邮寄来得更安全，而我们到处都有同志，所以这样传递也很方便。我们的队伍在飞快地壮大着，从美国到日本、到南洋，都密布着我们的组织。我钦佩你改造中国的耐性，但是恕我直言，妇人之仁却难使你有大作为。那拉氏的专政给她带来的利益使她不可能真正地接受合理的新制度，你通过影响她来改变中国的想法不过是一种幻想。目前的日俄战争公然在中国领土上进行，对此，那拉氏竟然无耻地采取中立态度，更加证实了我们对她的评判。我倒以为，你给我们提供她的行踪对中国要更加有用得多！……"

德龄拿着信纸，发起抖来。

次日，眼里布满血丝的德龄递给勋龄一张银票，道："哥哥，这是我在宫中的饷银，烦你帮我汇到东京，捐给她吧，也算是我的一份心意。"勋龄想起昨日神秘来信，大惊道："你说的是秋女士？"德龄点了点头。勋龄道："原来你们还一直保持着联络？！"德龄小声道："是啊。蒙秋女侠不弃，她似乎很信任我。"勋龄怒道："阿玛和额娘都说容龄不懂事，你是最省心的，如今依我瞧，你可太不让人省心了！"德龄惊问："怎么了哥哥？"勋龄气道："你知道这是杀身之祸吗？！你食君之禄，却忤逆朝廷，该当何罪？！"德龄嘴硬道："……哥哥，这话不像是你的，倒像是阿玛说的了！"勋龄气得拍着桌子道："你说说，你说说，你到底是怎么想的？！"德龄倒沉着起来，娓娓道："我以为，秋女侠真的怀着一腔救国热血，是国家的有识之士，不过她的有些做法，太过激烈，我不能赞成！……我支持他们致力于教育和宣传，改变中国人的观念，却绝不帮助他们实现暴力计划；我捐了银子，却绝不能告诉他们老佛爷的行止，这是我的原则。秋女侠何等磊落之人，她绝不会逼我做我不愿意做的事！她自然明白人各有志，各为其主的道理，但是我钦佩她的人格，愿意尽我所能给她捐助，我希望她把我的捐助用在争取男女平权的宣传与对民众的普及教育方面，我想，秋女侠是会理解的！”勋龄摇头道：“政治，可没你想象的那么简单吧？闹不好，我们会变成夹在两派之间的夹心饼干了！朝廷对我们恩重如山，德龄，哥哥希望你到此为止！”德龄半晌没有作声，她整夜失寝，直到交四更的时候，才做出决断：她拿出那个装钱的扑满，砸碎了，从里面找出秋瑾的第一封信，划了一根洋火，烧了，连灰烬都用水冲得干干净净。她想，的确是该到此为止了。于是她抬起头，怅然道：“哥哥，你放心吧……我的政治主张，都在那银票的包裹之上了！秋女士何等聪明之人，她接到之后，怕是……怕是再也不会与我联络了！”勋龄这才慢慢平了气，哼了一声道：“但愿如此！”

兄妹两个正说着，不防外面小蚊子敲门进来，拿着一个巨大的同心结，对着德龄道：“德龄主子，元大奶奶给您送来一个同心结，说是谢谢您，茶水也没喝，就匆匆地走了。”德龄忙问：“人呢？”小蚊子回道：“刚刚走。”德龄捧着鲜红的同心结，追了出去。

在雪地上，德龄捧着同心结，穿着一双羊皮小靴急走着。终于看见前面一行清晰的脚印，她高声叫道：“元大奶奶！”

远远地，元大奶奶回头站住了，她低下头，郑重地给德龄行了蹲安。德龄也给她回了一个礼。

鲜红的同心结在雪地中分外醒目。

9

却说那唐大卫在怀特和约翰的精心调护下，伤势大有好转。有一天，晴空万里，怀特伸着懒腰起床，他拉开窗帘，阳光照了进来，他深深地吸了一口新鲜的空气，对旁边床上说道：“大卫，起来吧。”

没有响应，他再一看，床已经空了。

桌子上有一张照片和一封短信。照片上，两个小男孩儿头靠在一起，笑得很甜，一个十来岁，另一个只有几岁，凯知道，那正是大卫和他亲爱的哥哥。

怀特拿起信，仔细地读起来："亲爱的怀特和约翰，感谢你们救了我。我的组织还有任务，而且又怕连累你们，我就先走了。我十分庆幸结识了你们并且拥有了如此美好的友情。我把我的金表投到了楼下的捐赠箱里，但愿我对上帝的信仰也会造福于众生，就像你们对我无私的帮助一样。此外，怀特，我求你一件事，请把这张照片交给我的哥哥，这是我最喜欢的合影。由于生气，他没有带走我的任何一张照片，请他留下做个纪念吧。也许，我此去很难复返了。——你们忠实的大卫。"

怀特站在教堂里，久久地看着那洛可可式的彩色镶嵌玻璃，灿烂的阳光正从那里照射进来，形成一片彩色的光芒。他仿佛看到，大卫微笑着，一步步走到阳光里，然后消失。

教堂里的钟声在清晨的空气中有节奏地回荡着。

怀特决定过完年后立即去北京，他知道，对于中国人来讲，大年之后应当是一段相对松闲的日子，他可不想在恋人最忙乱的时候，出现在她的眼前。

广州的春节显然也很热闹，看到那些铺天盖地真假难辨的花，怀特才明白为什么广州会叫花城。怀特和约翰在春节的花市里穿行着，不断地发出一些惊喜的赞叹。约翰买了两个肉松卷，和凯一人一个边走边吃，道："凯，过完春节，你就可以北上了。中国人管过年叫过年关，过了年，路上的强盗就会少很多，你就会安全了。"怀特道："约翰，你知道我一向很自信，可是这一次不知道是怎么搞的，我很害怕失败。一旦归还了夜明珠，我怕我就再也没有借口来中国了。"约翰安慰他道："凯，你之所以如此，是因为你非常在乎德龄，不管你是不是承认，你还在爱着她，我说得对吗？"那个美国小伙子点点头道："……是的，上帝知道我是多么爱她！而且……而且经过一段时间的离别，我比以前更爱她了！！……她是个与众不同的女孩子，是的，她是完全与众不同的，她的身上既有古老东方的智能，又有现代西方的文明，她在我心目中永远是个仙女，是集中了东方和西方两种美丽的仙女！……我不知道，离开了她我会怎么样，离开的时间越久，越是觉得她无可替代！……”约翰笑道：“上帝啊，凯文，你用了这么多美丽的语言歌颂你的最爱，为什么不把这些心里话当面对她表白呢？即使铁石心肠，听了这些动听的话也绝不会无动于衷的！”怀特道：“这正是我想向你请教的：为什么我一到她的面前，所有美丽的辞藻就不翼而飞了呢？在她的面前，我就变成了一个木桩，一个只知道跟着她走的牵线木偶，难道这仙女真的会施展魔法吗？”约翰笑道：“不是仙女会施展魔法，而是因为你太爱她了，不是马克·吐温说过，爱得越深，越要受制于人吗？”怀特立即反驳他道：“什么马克·吐温，那是巴尔扎克说的！”

两人正说着，看到一群人挤在一堆，似乎在看一个什么新贴上去的告示。两人挤上前去，一眼就看见了大卫的画像——那是一张通缉令。他们伤感地对视了一下，然后离开。凯低声道：“但愿上帝保佑他。”约翰也难过地说：“他真是个可爱的孩子。”凯又道：“你知道吗？是他让我真正地了解了中国人，了解了德龄。……不，我不能放着他不管，他的伤还没有全好，即使不作为朋友，仅仅作为职业医生，我也该去找他！”约翰惊道：“找他？他来无影去无踪，你到哪儿去找他？！”凯咬着嘴唇坚定地说：“我会找到他的！”

走出了很远，凯·怀特还回头看了一眼大卫的画像，好像是想把那画像上的人深深记住似的。

10

这还是日俄正式开战以来，众宫眷头一回在体和殿聚齐，她们围绕着画牡丹花的慈禧，四格格轻轻在后面为慈禧捶着背，元大奶奶更是忙前忙后地跑个不休，都道：“老佛爷可算是歇口气儿了！若论您老人家的精气神儿，真是比我们强多了！”慈禧淡淡一笑，道：“强什么，不过是硬撑着罢了！”正说着，李莲英兴冲冲地走进来道：“老佛爷，暖房里的牡丹开花了！”皇后忙凑趣儿道：“哎呀，可真巧呀，老佛爷刚在纸上画了牡丹图，真的花儿就开了。”慈禧怔了一下，丢下笔，起身道：“咱们这就瞧瞧去。”

众宫眷随慈禧走入暖房，从暖房的窗子依稀可见外面的冰天雪地，屋内的几盆牡丹却含苞待放了。众宫眷围着牡丹，啧啧称奇。大公主笑道：“老佛爷，从前是武则天令百花仙子让洛阳牡丹提前开放，今儿是老佛爷妙手回春呀。”四格格忙接道：“可不是，这正是老佛爷猜花色的那四盆牡丹，一朵是赏给容龄的，另一朵是赏给德龄的。”

德龄仔细看了一下花枝上挂的牌子，慈禧猜得分毫不差。德龄道：“老佛爷，您真是料花如神，这朵赏给我的花果然是红的，而容龄的那一朵，真是白得一丝儿杂质也没有。”皇后笑道：“我说过吧？这是老佛爷的神奇之处，每回她老人家去御花园，指着那些个没开的花儿，就能说出花的颜色，宫女们听了，就在那棵花上绑上牌子，没错过一回！”容龄撒娇地笑道：“老佛爷，好祖宗！您告诉告诉我们猜花的窍门儿吧！让奴婢们也乐乐！”慈禧微笑道：“这可不成。这是我的秘密。这清宫大内之中有很多秘密是不能说的，只能靠你们自个儿去慢慢儿琢磨！……李莲英，拿剪子来！”

众宫眷以为慈禧是要给牡丹剪枝，都推推搡搡地笑着过来瞧，谁知眨眼之间，慈禧已经挥舞剪子咔咔地把几朵花剪了下来。容龄惊叫起来：“老佛爷，这花儿还没有盛开呢！”慈禧正色道：“盛开了就糟了！这么早开的花是异数，带着妖气，是万万不能让它们怒放的。好孩子，等四月，真正的牡丹开了，我再重新赏你们吧。”说罢，慈禧竟用脚把牡丹踩得粉碎，红白两色娇艳的花瓣儿顿时绞成了一团泥。众宫眷哑然无语，德龄和容龄交换了一下惋惜的眼神，也一时说不出话来。慈禧见冷了场，对皇后道：“皇后，她们还都年轻，没经过什么，你怎么说？”皇后忙道：“老佛爷，孩儿也一样年轻，没见过世面，只是觉着，这花开得有些奇异罢了！既然您老人家觉着不祥，那咱们就别留着它！若是您老人家不点破，孩儿还以为是吉兆呢！”慈禧笑道：“你们知道什么？但凡万物都有其魂，你瞧着它什么也不懂，它还瞧着你什么也不懂呢！你们当是花鸟虫鱼就不会说话儿？都会说话儿，你们听不懂就是了！”皇后忙对众女官道："花鸟儿虫鱼的话儿，老佛爷都能懂！要不然那放生的鸟儿也不会站在老佛爷手上舍不得走！"元大奶奶忙道："谁说不是啊？都说老佛爷猜花一猜一个准儿，可谁知道老佛爷是懂得它们的话儿呢，老佛爷悄悄一问：'喂，你将来是什么色儿啊？'花就告诉她老人家：'我是红色儿！……'得，就这么着，她老人家就知道那花儿将来是红色儿了！……"说得众人都笑了，慈禧也笑道："元大奶奶倒是比先前可人疼了，你们瞧着可是？"众人忙齐齐点头称是，那元大奶奶受了夸奖，越发地哄着慈禧开心不提。

11

却说众女官散了之后，那慈禧单留下了德龄，命她帮着批折子。慈禧瞧了几个折子，把它们扔到一边，道："每天都有这么多的折子，可没有几个是有用的，全是那些酸文人的陈词滥调。德龄，我也乏了，还是你给我念吧。"德龄便念道："……这是一个四川人的折子，说是要维新变法，应首先剪发易装。"慈禧啐道："呸！剪发，下个折子就该劝人教了吧？这不是康有为的口径吗，满洲男人自古以来就留辫子，哪有剪掉的道理。这个人八成是基督徒，要不就是读多了康有为的书，他叫什么名字？"德龄回道："他叫吴名。"慈禧道："哼，吴名就是没名儿，他根本不敢写真名。下边儿也别念了，你就给我说说大意吧。"德龄又拿起一个折子，道："这个折子是说要兴办女学女报。"慈禧撇嘴道："真是一点儿新鲜的也没有！现在国库空虚，办好一般的学堂报纸就不错了，哪还有那么多的闲钱。不过话说回来，自从新政以来，学堂办得的确是有声有色，戊戌年也说办学堂，可就是一纸空文，下面根本没有人执行！外国人也有说康有为冤枉的，可他冤枉什么呢，单说学堂这一件事，就足见他的无能。要说兴女学这件事，还是我的倡导，不是让那个服部繁子做女学的教习吗？日俄一开战，我看她和她的丈夫服部宇之吉也没心思办学了！……这个上折子的人怕是住在夜郎国吧，怎么连这些都不知道？”德龄并不接话，只是又拿起了一份折子。慈禧瞟了一眼德龄，道：“德龄啊，我想问你一件事，你一定要对我说实话。……也许你听你阿玛说过吧？庚子回銮之后，朝廷开始实行新政，今年一月，云南巡抚林绍年电请朝廷从速变法，最近，大臣胡惟德、孙宝琦又奏请变法，依你看，戊戌年除掉了康有为以后，朝廷没有及时变法是不是失误之举呢？”德龄怔了一下，慢慢地说道：“老佛爷，我自小长在外洋，有一件事，给我留下了很深的印象。我十二岁那年，阿玛带我去看过一个展览，亲眼目睹了洋人办的耻笑中国人的展览，有烟枪、三寸金莲，还有他们嘲笑的秃头辫子。是的，有很多洋人一见到中国男人就喊：秃头辫子！秃头辫子！……然后就哈哈大笑。老佛爷，这件事对我刺激很深，我不相信我的祖国会永远被人嘲笑，被人欺负，永远被讥为东亚病夫，连小小的日本国也能通过明治维新走上强国之路，难道我们这个有五千年历史的泱泱大国就只能做一只睡狮吗？！奴婢对此痛心疾首，因此奴婢一直怀着报效国家的热情，愿为国家鞠躬尽瘁，以期重振朝纲！蒙您恩典，奴婢做了御前女官，前些时，您又封奴婢与妹妹为郡主，您的恩情奴婢没齿难忘，可即使如此，奴婢仍要对您说真话，那就是：假如戊戌年您能够支持皇上变法，中国目前的国力绝不至于贫弱如此，更不至于眼睁睁地看着别国在自己的领土上打仗，竟然无可奈何！”慈禧听着听着，目光越来越凶狠，终于大怒道：“原来，你竟是同情康有为的！”德龄忙道：“不，老佛爷，我对任何个人毫无兴趣，奴婢考虑的只是国家的利益，自然，奴婢只是小人物，人微言轻，但正因如此，奴婢才更想犯颜直谏，用奴婢的绵薄之力来影响您——对国家大事一言九鼎的太后老佛爷啊！”慈禧怒道：“难道你不知道我可以轻而易举地处死你吗？！”德龄吓了一跳，但有一股勇气凝聚在胸，似乎不吐不快：“只要国家好了，奴婢死不足惜。”慈禧阴阴地说：“德龄，你在我这儿有过三次身处绝境的时刻，有两次是因为指婚，还有一次就是今儿晚上。我要告诉你，今晚，是你最危险的一次。”德龄见事已至此，索性畅所欲言了，道：“老佛爷，奴婢敢于犯颜直谏，正是出于对您和大清的忠诚，这一点，其实您心里比谁都明白！奴婢何德何能，若能以一死换取您和大清的安定，那实在是奴婢前世修来的福气！”慈禧一声怒喝道：“你不要说了！……跪安吧！”德龄这才心里忐忑不安起来，不是为了自己，是怕老佛爷一怒之下，有个什么好歹，岂不是自己的罪过？！但是慈禧盛怒之下，她也只好磕了头，默默地退下。

已经一年了，慈禧还是头一回与一直侍奉在身边的德龄反目，这小妮子竟敢当面顶撞她，实在令她怒火难平。怒容满面的慈禧来回踱步，不知过了多久，怒火才算渐渐平静下来，德龄那张诚挚的、天真未泯的脸慢慢清晰起来。慈禧这才叹了一声，自语道：“这个小妮子，有胆识，有担当，还真有些像我年轻的时候！……”

慈禧踱到太和殿，仰望着大清列祖列宗的画像，慢慢走到咸丰的画像前，流着泪跪了下来。不知怎么的，她感觉到委屈，莫名其妙地委屈，见了画像上那个瘦骨嶙峋的男人，她就忍不住地想哭，那是她一生中惟一的男人，无论外边有多少谣言，可与她曾经贴心贴肉的男人只有这一个，她跪在那儿，泣不成声，半晌才喃喃说道：“先皇帝，我对不起你！我也想保住大清的江山，像康熙帝乾隆帝一样建功立业，让大清再现康乾盛世的景象！可是，这内忧外患不尽而来，我五十寿诞遭遇中法战争，六十寿诞遭遇中日战争，今年七十寿诞，虽未与别国交战，偏偏那日俄两国竟将我辽东作为战场，我该怎么办？我该怎么办哪？！”她燃上了三炷香，在正中的垫子上跪了下来，磕了三个响头，祝祷道：“大清列祖列宗在上，保佑大清于乱世之中安然无恙，重振朝纲！”

空荡荡的大殿，电灯闪了几下，就熄灭了，只剩下几点暗红色的香火，映照着慈禧恐惧的泪痕斑斑的脸。远处传来太监们的喊声：“停电了！停电了！”

紫禁城一片漆黑。

第十二章

1

黄包车的铃声在幽静的路上回荡着，德龄和卡尔坐在里面。这是公元1904年，日俄开战半年之后的一个夏夜，卡尔小姐正在为慈禧太后画第三幅肖像，自然，仍然是德龄姐妹在为她做模特。

傍晚时分，卡尔收工的时候，突然面带笑容告诉德龄，今天是她的生日，是她在中国的第一个生日，邀请德龄一定要去她的宅邸参加生日派对，德龄欣然同意。

这是慈禧太后赏给卡尔的一处住宅，离宫里并不远，坐马车只要一个时辰，她们走进去的时候，生日酒会已经开始了，《蓝色多瑙河》的音乐声中，来宾们正在翩翩起舞。

德龄把带给卡尔的生日礼物拿出来——这是一只长命锁，纯银的，镶着玛瑙和绿松石。卡尔惊喜地叫道："呵，太漂亮了，亲爱的，你能帮我把它戴起来吗？"德龄笑道："哦，我很乐意。"她把长命锁的挂钩在卡尔后颈处钩住，卡尔对着小镜子照了又照，笑道："哦，太可爱了！你的礼物我太喜欢了！德龄，我也有一样礼物要送给你。"卡尔笑着，不由分说地把德龄拉进了一个房间，笑嘻嘻地把她推了进去，然后关上门。

德龄正自吃惊，忽然看到站在窗前的年轻男子转过身来，天哪，她惊呆了！那人不是别人，正是凯·怀特！

德龄不顾一切地冲进了凯的怀里，他紧紧地抱住了她，他们的泪水、笑声和吻交融在了一起，两个人的热情不可遏止地燃烧了起来。凯狂吻着她，嘴里不停地喃喃着：“德龄，我亲爱的，我的小仙女！……”德龄也又哭又笑地叫着：“凯，凯，快告诉我，这不是梦！……”

最初的激情过去之后，两人相拥着坐在长沙发上，凯文从怀里拿出那两封信，当然，一封是裕庚的，另一封是在慈禧指婚的时候，德龄托卡尔寄给他的。但是德龄那封信到得很晚，因为那信寄到美国之后，凯刚刚离去，艾米姑姑只好又把它转寄回来给卡尔，姑姑太了解她的侄儿了，她知道，她的可爱的侄儿无非是找个借口，去和他梦想中的仙女再续前缘罢了。见仙女之前肯定要先见卡尔，事实证明，姑姑的推测是百分之百地准确。凯低头吻着德龄，低声道：“如果没有这两封信，我真的要撤退了，我简直觉得自己只是你的女官生涯里一首无足轻重的小插曲。”德龄用温柔的吻堵了他的嘴。

凯打开信，两人一起看着，德龄被阿玛的信感动得几乎淌下泪来，她哽咽道：“不看这封信，我根本想不到阿玛是多么地慈爱，我从来只把他当成一个英雄，没想到他也有儿女情长的一面。”凯则反复看着德龄的信，一面说道：“看来我真的要感谢那个古怪的太后，没有她，怎么能逼出你这些真心的话。你看……‘我宁可选择死也不愿意背弃我们的感情，我到死也是深爱着你的。我最大的心愿是能在你的无名指上套上结婚戒指……但愿今后你还会偶然想起，有个女孩儿，她是那么渴望成为你的妻子。’呵，当我看到这句话的时候，幸福得都要飞起来了！”德龄羞得忙去夺信，凯立即把信举得高高的，两人一阵乱抢，最后又拥抱在了一起。德龄羞涩地捂住了脸，凯温柔地拉开她的手，轻声道：“亲爱的，我亲爱的……我想好了，我们就到我们相识的那条海轮上举行婚礼。在夕阳西下的时候，我们可以在甲板上翩翩起舞，望着远处的海鸥和白帆。”德龄像个小鸟儿似的偎在凯的怀里，她觉得这个怀抱是那么温暖和安全，她头一次感到了真正的幸福，她努力克制着少女的羞怯，小声赞美道："太美了，凯。有了这些，就算有一天我忽然死去，也会觉得很知足了……"凯立即制止她道："别说这样的话，亲爱的，听着，你会好好活着的，活到我们一百岁，过钻石婚！……知道吗？我是通过一个可爱的朋友理解了你，理解了中国人，也知道自己这一生里最大的愿望就是和你永远相爱，永远在一起。只是，那个可爱的朋友，我们刚刚认识不久，就恐怕要永远分离了。"德龄惊道："永远分离？"凯把大卫的照片拿出来递给德龄，道："就是他，那个小男孩，他叫唐大卫，是个革命党。知道前一段那个刺杀广东总督的事件吧？那个事件，震惊了世界，刺客就是他，到处都是他的通缉令，画影图形……我整整找了他半年，不然我早就来了！我差不多走了半个中国，却毫无结果，我宁可他消失了，可事实是，他很可能已经被抓住了！他身旁的那个大男孩是他的哥哥，是保皇党，是康先生的朋友。"德龄看着照片，叹道："多么亲密的一对兄弟呀！"凯说："是呀，不过他们因为信仰的不同已经很久不来往了。"德龄吃惊地睁大了眼睛。凯温柔地看着心爱的姑娘，向她讲述了唐家兄弟的故事……

德龄听着，听到大卫兄弟之间那种剪不断、理还乱的情感时，忍不住流出了泪水。凯说："……这也许是我遇到的最奇怪的一对兄弟了……就是这两兄弟的事，让我认识了你们中国人，我现在知道，国家和道义对你们来说是至高无上的。在这之前，我甚至对你有误解，觉得你不够爱我，而更爱皇宫里的权威。现在我知道，你是爱我的，而且爱得很艰难。"德龄拭泪道："凯，我真希望能有一天见到大卫的哥哥，向他表达我的敬意。如果他有什么要帮忙的，请你一定要告诉我。"凯郑重地点了点头。

2

裕庚夫妇再次回到京城，是为了德龄陪太后去盛京祭祖的事，老两口赶回来，自然是想与女儿话别。可是回来之后才听容龄讲，德龄到卡尔小姐那儿去了，大概明天才能回来。

吃罢午膳，裕庚夫妇照例在房中小憩。裕庚心里有事，翻来覆去地睡不着，悄悄起来，见小顺子一个人在客厅里，正用锤子仔细地敲着核桃。

见裕庚披着衣服走出来，小顺子急忙站起，扶裕庚坐下，问道："老爷，您身体不好，应当多多歇息才是。"裕庚把一根手指放在唇边，低声道："小顺子，小声点，太太已经睡了，咱们爷儿俩聊点事儿。"小顺子忙把敲好的核桃仁放在碟子里，喜道："好，老爷，您喝茶，还有，这是我刚敲的核桃。"裕庚抿了一口茶，慢悠悠地说道："小顺子，你能不能替我跑趟天津，明儿就去。"小顺子忙道："奴才这就去！"裕庚犹豫了一下，吞吞吐吐地说道："……不过，我不想让太太知道，你就说今儿家里带话儿来了，要你回去几天。"小顺子连忙答应着，道："行行行，可去天津干什么呢？"裕庚从怀里拿出了一张银票和一封信："你去把银票送给这个人，我托他在查一件紧要的事儿，这是他的酬劳。让他务必给我回信儿，看看有了什么进展。"小顺子瞟了一眼银票，吃了一惊，道："怎么，老爷，查什么紧要的事儿要给这么些钱？"裕庚长叹一声道："是很紧要的事，要是不查个水落石出，我死都不会瞑目的。我总觉得，自己来日无多了，所以，这件事要抓紧才好！你不要对别人说，连太太面前也不要露一点风儿！"小顺子忙道："老爷，您放心吧，奴才父子两代都是您的家奴，奴才从小儿就在您家长大，自然最听您的。"裕庚微笑地点点头，道："去吧。越快越好，一定要把回音儿带给我！"

到了晚上，勋龄特意为父母预订了一家酒楼包房，除了德龄，全家人聚在一起，裕庚点了一瓶剑南春——这是他生病之后头一回喝酒。菜很丰盛，勋龄的心细，他特意点了阿玛爱吃的葱油淋子鸡、额娘爱吃的清汤鱼翅、德龄爱吃的樱桃肉和容龄爱吃的满口香。裕太太当然忘不了给儿子单点了一道油焖大虾。

裕家的家宴，历来都吃得欢欢喜喜地尽兴，可是今儿，虽然菜做得十分精美，勋龄又是竭力张罗，因为缺了德龄，裕庚又是久病，气氛便仍然有些沉闷。好在天真活泼的容龄叽叽喳喳地说个不停，倒也让阿玛额娘渐渐开心起来。

容龄举杯敬阿玛额娘道：“我敬你们二老一杯，祝你们健康长寿，希望阿玛早日康复。”说罢一饮而尽。裕庚也饮了一杯，赞道：“好孩子，真是越来越懂事儿了。”裕太太也微笑着喝了一大口，问道：“容龄啊，这回在宫里过年，可想了阿玛额娘没有？”容龄道：“想是自然要想的，可宫里也很好玩。譬如大年三十儿晚上吧，下大雪的时候，老佛爷还准了我和四格格出去打雪仗呢！”裕太太瞧着裕庚道：“瞧瞧，老佛爷把她们这些孩子惯成什么样儿了！”容龄像突然想起什么似的，扑哧笑道：“这算什么，我还把皇上当成了四格格，把雪团都砸他身上了！”裕庚夫妇吃了一惊，裕太太叫道：“阿弥陀佛，那皇上该如何惩治你?!”容龄笑道：“惩治什么？皇上说，他砸了我的字典，我砸了他一身雪团，扯平了！”裕太太嘬着牙花子，对着裕庚道：“瞧瞧，瞧瞧，这君不君臣不臣的，成了什么了！……那老佛爷呢？”容龄高兴得摇头晃脑地说道：“老佛爷对我就更好了！我赢了她老人家的牌，她还重赏了我一千两银子呢！”裕太太张开的嘴半天都没合拢，裕庚在一旁问道：“难道老佛爷赏你，你就不知道推辞一下？”容龄笑道：“干吗要推辞？老佛爷赏我，我高兴，她也高兴，我若推辞，她肯定要生气的！”正说笑着，一个伙计走进来，拿着一本菜谱说道：“少爷，酒店的秋老板说要送你一份菜，请随意点。”勋龄怔了一下，问道：“哪个秋老板？”伙计含笑将菜谱翻了过去，菜谱里夹着一张纸条，上写：“本月十五，诸神回避！”勋龄一惊，脸色突变。容龄伸过脑袋来，问道：“哥哥，怎么了？”勋龄赶快把菜谱翻了过去，道：“没什么。伙计，我们的菜已经够了，下回吧，替我谢谢秋老板。”

裕庚高兴，多喝了两杯，谁知回到家里便躺倒了。在李中堂的旧宅里，裕庚看着围在身边的妻子儿女，缓缓说道：“时间过得真快呀，我们回国，一晃就一年多了，这一年发生了那么多的事儿，好像比在巴黎的十年都要多。我想着想着，突然觉得有点儿累。”他说着，突然剧烈地咳嗽起来，吐出了一大口鲜血。容龄惊叫起来：

“阿玛，您怎么了?!”裕太太哭道：“老爷，您可不要吓唬我们，刚才还好好儿的!”勋龄忙命人备车，几人一起将裕庚送往医院急救不提。

3

德龄偎依在凯年轻温暖的胸前，她甚至能听见他一下比一下更加强烈的心跳，凯抚摸着爱人的头发，那头发唤起了他的记忆：一年多之前，那个星汉灿烂的夜晚，他和他心爱的姑娘一起翩翩起舞的时候，她那长长的发丝就温柔地拂在他的脸上，挥之不去。那时，他多么想摸摸她的头发啊，但是他不敢。他怕惊着他怀里的姑娘，那个精灵一般的姑娘，他怕她像小鸟一样飞走。如今，他已经把这个美丽的仙女揽入了怀里，二十一岁的美国青年医生凯·怀特，怎么能不欣喜若狂?!他自然能感觉到她柔若无骨的身体，感觉到她娇嫩如花的皮肤，感觉到她那香气如兰的气息，这一切都让他热血偾张不能自已。

美国青年凯·怀特再次跪在中国姑娘裕德龄面前，第二次向她求婚。这一回，幸运之神一直守护在一旁，德龄几乎没有犹豫，就红着脸扶起了心爱的人。他们手拉着手，疯了似的在屋里转圈子，一直转到筋疲力尽汗流浃背，然后他们顶着夏夜的风冲了出去，一口气跑到了卡尔的新宅子。

他们把卡尔叫醒的时候已经过三更了，远处的太监在打着更，夏末秋初的夜晚，在古老东方的皇宫大内中，几乎没有什么秘密是能够遮挡得住的，所以当卡尔打开大门，看着这一对手拉着手的年轻人时吓了一大跳。老姑娘卡尔捂着胸口，喃喃自语道：“我的上帝！疯了，疯了，这可真是疯了！我提醒你们，这里可不是美利坚合众国，这是在大清国！在慈禧太后的眼皮子底下!”

凯喘息未定，便带着一脸亮晶晶的笑，叫道：“卡尔，我们想现在秘密订婚，请你做我们的证婚人。”卡尔捂住胸口的手吓得几乎抖起来，她下意识地重复了一句："现在?!"德龄也双眼放光地点着头："对，就是现在!"卡尔这才把手从胸口上拿下来，耸了耸肩，然后在客厅里转了一圈儿，最后在走廊的花盆里揪下一朵玫瑰递给德龄，道："好吧，新娘需要手花。"

卡尔拿出一幅圣像，虽然小些，但是精美绝伦，她把圣像举在他们的头顶上，一字一句郑重地说道："在神圣的上帝面前，我见证你们的婚约，无论你们将来是贫穷还是富有，是健康还是疾病，希望你们永不反悔，永不分离。凯·怀特先生，你愿意吗?"凯举起右手庄严地说："我愿意，这是我最大的心愿。"卡尔又问："裕德龄小姐，你愿意吗?"德龄有些害羞，却毫不含糊地回答道："我愿意。"然后，她拿出一枚戒指，准备戴在怀特的手指上，怀特却突然发现他没有带着给德龄的戒指。

卡尔和德龄都呆了——在订婚仪式上男方没有带戒指，对于西方人来说，这可是个严重的问题!

怀特却没有慌张，他搜遍全身，终于拿出那个价值连城的小盒子。他说："卡尔，请你把灯关掉。"

灯光和烛光同时熄灭了，一粒夜明珠从那枚精美的小盒子里面现身了——它发出一种幽蓝的光芒，那种蓝色的光芒简直就像梦一般不可思议。

卡尔叫道："天哪，这太美了!"

怀特把夜明珠递给德龄，道："亲爱的，对不起，我忘了给你带戒指，就把这粒夜明珠作为我的爱情信物吧，你喜欢吗?"德龄似乎还没有从刚才的惊愕之中清醒，她喃喃说道："可是，你曾经送过我一颗夜明珠，它一直被我珍藏着……"凯温柔地拉着她，道："那么，我现在就给你讲讲这两颗夜明珠的故事……"

卡尔耸耸肩，不知道怀特这小子又要玩什么新花样。她收起圣像，向两个拥在一起的幸福的人做了一个"请便"的手势，便回房间去了。

4

裕庚从昏迷中醒来，已经是次日上午。守了他一夜的裕太太和勋龄容龄都坐在病房外的长椅上昏昏欲睡。一个小个子家仆背着个大包袱走进来，那样子颇有些可笑，他一见着躺在病床上的裕庚就扑通跪下了，裕庚勉强睁开昏花老眼，看清楚了是小顺子，便一下子坐了起来，由于起来得太猛，人又过于虚弱，突然感到头晕目眩。

小顺子忙扶住主人，压低声音哭喊道："老爷，老爷，您这是怎么的了?!我走的时候还好好儿的呢！这是怎么话儿说的?!这是怎么话儿说的?!……"裕庚定了定神，缓缓道："……顺子，快扶我坐起来，给我讲讲那事儿到底怎么样?"小顺子见裕庚有缓，忙跪在床边回道："老爷放心，您打听的事儿已经有眉目了！"裕庚听了，心中一喜，急忙催他快讲。小顺子低声道："天津的包打听田先生说，肇事的人已经圈定了三个人，至于谁是真正的人犯，他还要仔细地查证。"裕庚点头道："但愿这件事情能尽快水落石出，这样我对百姓们的承诺才能兑现。"小顺子看着裕庚那苍老的病容，心里十分难过，道："老爷，那些老百姓说不定早把这事儿忘干净了，您可倒好，还一直记着，这么认真。"裕庚认真道："小顺子，君子一言九鼎，怎么能食言呢。再说，你正当少年，还不谙人事。你哪里知道，人心上的伤痛，虽然不是时时提起，却萦绕于心，难以磨灭。对于那个民女一家来说，这就是铭心刻骨的伤心和仇恨啊，怎么会忘记呢?!"小顺子流泪道："老爷，那您这么费劲儿，那个被糟蹋的民女的家人们知道吗，领情吗?"裕庚正色道："我不用任何人领情，我是为自己心安啊。小顺子，你的嘴可得给我关严了！"小顺子忙道："老爷，放心吧，太太少爷他们一点儿不知道。"裕庚点头道："这就好。小顺子，这件事儿我就交给你了，万一我有个三长两短，你再把此事告诉少爷，就说，是我的意思，一定要找出真凶，对天津的乡亲们有个交代！"小顺子哭着点了点头，刚想离去，突然门“呀”的一声被推开，德龄喘吁吁地冲了进来，一头扎进父亲的怀里，大哭起来，倒把小顺子吓了一大跳，暗想跟了裕家那么多年，还没见着过德龄姑娘这么着过，吓得他倒退着走了出去，见外面裕太太仍歪在那儿睡着，勋龄容龄已经不在了。

德龄守在裕庚的身边痛哭，裕庚把一只苍白的手软绵绵地搭在女儿的手上，虚弱地说：“好孩子，别哭了，你把我的眼泪都快哭出来了！”德龄哭道：“好阿玛，对不起，我刚刚知道您病得这么厉害，阿玛，我要一辈子在您身边好好侍奉您，一辈子也不嫁了！”裕庚急道：“这是怎么话儿说的？难道你和怀特又……”德龄忙道：“不不不，跟他没有关系！……反正我要侍候您到病老归西，再去修道院了却余生！……”裕庚道：“胡说！还是跟阿玛说实话吧！到底是怎么的了？！”德龄见瞒不过去，只好说道：“……他从美国回来了，找我，再次向我求婚，女儿一时糊涂，就答应了。可他竟然拿不出订婚的戒指来！这还不算……他……他……”裕庚急道：“他怎么了？……”德龄低下头，小声喃喃道：“他送给女儿一颗夜明珠，说是订婚的信物，可是……可是……后来我才知道，原来那颗珠子竟然是庚子年宫里丢失的那一颗！是老佛爷查找过多时的！他说是他姑父活着的时候送他的礼物，这就证明，他的姑父参加了庚子年的侵略！他还说过他从小死去了爹妈，视他的姑姑姑父为亲生父母，这么看来，他的亲人竟然是个强盗，抢去了古老东方皇宫的至宝！……有这样的家庭背景，我怎么可能……怎么可能跟他在一起呢？！……”德龄哭得哽咽难言，裕庚沉默良久，劝道：“别哭了孩子，我倒觉得，凯是个好孩子，这件事，你要问问清楚，别委屈了他！即使是他的亲人参加了侵略，也跟他无关！那时候，他还是个孩子！你不能因噎废食啊！……”这时裕太太走进来，见裕庚已经坐了起来，喜道：“好了好了，还是德龄有办法！勋龄容龄他们回去叫下人煲汤去了，是你阿玛最爱吃的天麻煲乳鸽，一会子拿到医院来，喝几口，怕是就好些！”德龄捂着红肿的眼睛，道：“额娘，你出去吃点儿东西吧，我替你一会子！”

话音未落，便有太监进门宣旨道：“传老佛爷口谕，老佛爷明日与万岁爷前去辽东祭祖，宣裕德龄郡主即刻回宫！”德龄立即跪下接旨道：“裕德龄领旨谢恩！”

勋龄容龄拿着煲好的天麻炖乳鸽进病房的时候，德龄已经走了两个时辰了。两人见阿玛精神好些，都高兴得了不得，容龄赶紧给阿玛盛了一碗汤，一勺一勺地喂他，勋龄和额娘在一旁瞧着，连自个儿还饿着都给忘了，容龄道：“对了哥哥，昨儿酒楼里那道南瓜百合还挺合阿玛口味的，不如你再去一趟，买几个菜来，反正大家还都没吃饭……”容龄这么一说，勋龄脑袋嗡地一麻，突然想起酒楼菜谱里的几行字，他喊着：“糟了！”突然狂奔了出去。

5

火车站张灯结彩，铺着长长的红地毯，大幅标语写着：恭送慈禧皇太后圣驾。袁世凯亲自带领了一个西洋管乐队，在一旁迎候着。栅栏之外，排着队的皇族亲眷们挥着黄龙旗，热切地瞧着远远而来的皇家仪仗。队伍中的一个青年男子十分戳眼，他不但和别人的表情不同，还有一种鹤立鸡群式的英武之气。他正是唐大卫，在颠沛流离了许多时日之后，他终于辗转来到京城，探听到了慈禧太后准备从火车站出发到盛京祭祖的消息，并且，他几乎没费什么力气，便混入了欢送的皇族行列。

当远远的仪仗缓缓行来的时候，唐大卫那双明亮过人的眼睛一下子就看见了那个花枝招展的老太婆。出乎他意料的是，那轿帘是敞开的，前面两个开道太监，左有李莲英，右有崔玉贵，两行仪仗由御前侍卫们组成，如两条金龙，盘根错节，错落有致，后面便是抬着慈禧的八抬大轿，真正的八抬大轿，由八个身强力壮的轿夫抬着，沿着红地毯缓缓行来。再后面，自然是皇帝皇后的轿子。

唐大卫还是头一回见到这种真正的八抬大轿，颇有些好奇。他注意到周围的人们一下子变得肃穆起来，好像皇权的威严通过这种仪仗将震慑的威力传达出来似的，连天空的云朵似乎也变得庄严起来。这让唐大卫感到有点儿好笑。这个刚满二十一岁，却已经走过东西方两个世界的年轻革命者好像完全没有意识到自己的生命正在走向尽头。他只是像平常一样快乐地想着，同盟会将这个任务交给他，实在是他的荣幸。也许正是因为他，中国封建社会制度将突然终止。

他看见几个阉人将那个老太婆扶下了轿子，皇帝皇后也跟在后面，似乎还有几个宫女，他完全没有注意到有个年轻的女官正向他投来好奇的一瞥。

他收回目光，看见袁世凯举手示意，管乐队开始了西洋乐曲的联奏。他看见袁世凯吃力地弯下肥胖的身体跪下接驾，于是在场的所有人也都跟着跪了下来。

听惯了丝竹檀板的慈禧突然听到一种不熟悉的乐声，眼睛一亮，问身旁那个年轻的女官道："德龄啊，这些西洋唢呐倒有趣儿，难得袁世凯还能把中国人训练成洋乐手。"德龄忙回道："老佛爷，这些唢呐西洋名儿每个都不一样，这是巴松，这是小号，这是萨克斯……"慈禧道："哎呀，不管叫什么，反正看着样子是比中国唢呐好看些，听着也热闹喜兴。"袁世凯又把小旗一举，管乐队的乐曲突然变为《婚礼进行曲》，德龄不禁一怔，然后掩口而笑。皇后小声问道："德龄，怎么了？"德龄道："皇后主子，这是洋人结婚时用的曲子。"一语未了，只见光绪带着嘲讽的微笑，走上前去，冲袁世凯做了个手势，袁世凯站了起来，作揖道："谢万岁爷！"光绪正色道："袁世凯，朕不是要你起来，而是要你把乐曲停下来。"袁世凯又举了一下小旗，音乐立即消失了。慈禧和皇后被突然的沉寂吓了一跳，转过头来。

光绪看着袁世凯冷笑了一声，袁世凯立即变得心虚起来，赶忙又跪下了。光绪淡淡问道："袁世凯，你知道朕为什么要你停止奏乐吗？"袁世凯道："皇上，臣不知圣意，诚惶诚恐。"光绪又问："袁世凯，你为什么要在这儿奏西洋乐？"袁世凯道："皇上，臣奏西洋乐，是为了恭送皇太后和皇上皇后到满洲祖坟祈福，也表明了臣拥护朝廷推行新政的立场。"光绪道："好，那朕问你，刚才最后一首是什么曲子?”袁世凯已经满头大汗，他嗫嚅道:“臣记不清了。”光绪冷笑道:“这是洋人的《结婚进行曲》。你只知其一，不知其二，就开始卖弄。今天这样的盛典，怎么能用洋人的结婚曲子呢?真是天大的笑话!要是洋人知道了去，不会赞我们会奏他们的乐器，倒是要嘲笑我们张冠李戴了。你以为，今儿谁合适在这儿娶亲呢?”袁世凯忙连连叩头不已，道:“皇上，臣知罪了。”慈禧这才盯着袁世凯，幽幽地说:“袁大人，你历来爱弄些个新鲜玩意儿，今儿当着你的麾下和黎民百姓的面儿，可栽了个不大不小的跟头!记住，别跟朝廷要小聪明儿，自古以来，都是聪明反被聪明误!”慈禧是对着袁世凯说，眼睛却瞟向光绪，光绪似乎已经有所感觉，于是再不说话。袁世凯亦嘿嘿而退。

此时观者如云，人群越拥越多，唐大卫拼命向前挤着，却不料他前面的一个老者高喊了一声:“老佛爷!”慈禧回头之间，那老者已爬过栅栏，行了大礼，从怀里掏出一只黄金铸的元宝。老者高举着那只元宝，对着慈禧道:“老佛爷，辛酉北狩的时候，小人曾经为咸丰爷做过马夫，转眼，这都四十多年了!国家兴亡，匹夫有责，小人愿将平生积蓄献给朝廷，为充军饷之用。”唐大卫见有机可乘，便立即跨过栅栏，冲上去扶起老者。慈禧听了老人的一番话，不禁动容，欲上前去安抚，却被皇后拦住。皇后命李莲英将元宝取来，慈禧细细看了看那元宝，果然十足赤金铸成，沉甸甸的颇有分量。心下一喜，问道:“老人家，敢问你尊姓大名?”

老人还没来得及回答，他身旁的那个青年男子便突然从怀中掏出一物，以迅雷不及掩耳之势，拉开引信，向慈禧投来，李莲英高叫一声:“有刺客!”御前侍卫们立即将慈禧光绪团团围住，但是炸弹还没滚到慈禧身边便已经爆炸了，爆炸声震耳欲聋，火光冲天。火光之中，德龄清晰地听见那个青年男子的呼喊:“驱逐鞑虏!光复中华!!……”

德龄在慌乱的浓烟之中看到哥哥从一辆马车上跳了下来，疯了一般朝站里冲来，嘴里喊着自己的名字，但是他被侍卫们拦住了，他仍然在大声喊着:“德——龄!德——龄!!”

德龄和太后皇上一起被巨大的汽浪掀翻在了地上，恭送皇太后的横幅被炸得满目疮痍，在风中飘扬，尸横遍地，硝烟久久不散。德龄不顾一切地冲过去抱住了勋龄，大叫着："哥哥！"勋龄也叫着："德龄！你的命真大啊！"德龄含着眼泪，喃喃着："差一点儿，我就永远回不了家了！"

慈禧太后与皇帝皇后终于惊魂未定地站了起来。光绪从地上拿了一片被炸开的横幅布条，展开一看，上面写着"大清国"三个字。

6

数日之后，袁世凯进贡了一辆汽车和数辆脚踏车，说是给老佛爷、皇上压惊。慈禧命庆善将车都放在了颐和园。这天下了早朝，趁着人头齐整，慈禧率众女官去了园子里，众人围着那辆汽车，瞧了又瞧，索性坐了进去，好奇地观看着汽车的构造。皇后无意碰了一下喇叭，喇叭发出刺耳的声音，把她们吓了一跳。元大奶奶叫道："哟，这汽车还会叫呢！该不会说话吧，真够吓人的！"众人笑了起来。容龄则跨上了那辆脚踏车，轻松地骑起来，悠然地在她们的身边绕着圈子。她们不禁地被容龄骑车的样子吸引。皇后小声对大公主说道："袁世凯尽送一些西洋的新鲜玩意儿讨老佛爷的欢心，不会是外头传他有野心，他心虚了吧？"大公主道："真金不怕火炼，凡事自然会有分晓。再说，他送的东西得用上才成，这脚踏车，容龄还凑合骑，这辆汽车，可真的只能在这儿搁着了。"容龄展开双臂，骑着车像鸟一样飞快地闪过。

四格格一直羡慕地瞧着容龄，这会子说道："容龄真有本事，这脚踏车怎么骑呀，马车都是四个轮子的，这儿只有两个轮子，为什么摔不下来呢？"德龄在一旁道："只有两个轮子没关系，只要习惯了，就能保持平衡了。骑起来，风飕飕地在耳边响过，别提多痛快了！"坐在御座上的慈禧忽然来了兴趣，命容龄下来，她自己要骑上去试试，众人大惊。

慈禧的脾气，现在是越来越怪戾了，说什么就是什么，想起什么就是什么，便是民间说的老小老小，本来就是老小孩儿，再加上皇太后的脾气，就更让人受不了，这会子一个令要骑车，立即忙坏了李大总管，李莲英亲自把一根木棒绑在车后座上，慈禧骑上去的时候，李莲英和另一个太监跟着一路小跑，扶着木棒。众女官在一旁观看。皇后道："李总管这个主意不错，老佛爷摔不着。"大公主笑道："依我瞧，过不了两天，老佛爷就烦了，她老人家，什么事儿都要强，非自个儿学会不可。"

果然，慈禧忽然刹住了车，从车上下来，道："李莲英，你们闪开，我得自个儿骑！"李莲英吓得忙道："老佛爷，这可万万使不得呀。大臣们这几日都纷纷上折子，请求您要保重身体，不要伤着。您要是自个儿骑，有个闪失，我们当奴才的岂不是大清的罪人了？"慈禧立即沉下脸，道："折子呢，统统都给我拿来！"

李莲英用托盘把厚厚的一摞折子捧了来，慈禧拿起一张便撕得粉碎，对众女官道："你们瞧见没有，我连一点儿自由都没有。明儿我不但要骑脚踏车，我还要开汽车呢！还愣着干吗，你们都帮着我，把剩下的折子都撕了！"众人大惊，皇后犹犹豫豫地拿起一张折子，正不知如何是好，被慈禧喝道："皇后，你犹豫什么！是不是又在想着敬惜字纸？他们这些字儿，都是放屁！"皇后忙答应了一声儿，几个人便一起撕将起来，把折子撕成纸片满天飞舞。

慈禧撕了折子，觉着心中好过了一些，自从那天被革命党扔了炸弹，她失眠的毛病又犯了，夜夜失寝，还添了一个毛病——脸上莫名其妙地抽搐，抽得口鼻歪斜，她心里害怕，怕自己得了失心疯，还好，李莲英亲命小德张去寻了个偏方，吃了几服药，总算是好了些个。心想那革命党已然抓到，定要亲自来审这小子，将他碎尸万段，方解心头之气！审他之前，自己一定要恢复体力，这会子学了脚踏车，正在兴头上，岂有放过之理？！便在那湖边，一遍遍地练习，嘴上说道："活到老，学不了哇！这脚踏车，实在是太有意思了！我要重赏袁世凯！"边说着，边歪歪扭扭地骑，旁边的小太监们跟在一旁，跑得气喘吁吁。

这日光绪携太监孙玉照例来请安，远远地见慈禧骑着一辆脚踏车过来，不觉大奇，迎面请安道："皇爸爸吉祥……"谁想那慈禧不等他说完，就使劲儿地按了一下车铃，然后疾驰而去。

光绪吃惊地看着她的背影，嘴半天没有合上。孙玉在一旁半晌道："老佛爷怪不得身体康健，七十岁的人了，还敢把脚踏车骑得飞一样快！这哪儿是凡人哪?！"光绪看见慈禧的背影远远地消失了，在她背影消失的地方，那群花花绿绿的女官们围着一辆汽车。

7

卡尔为慈禧画的第二幅肖像终于竣笔了。昨日傍晚，德龄在偏殿为卡尔小姐做了最后一次模特。卡尔给她讲述了关于夜明珠的真实的故事，还把凯对德龄始终不渝的爱传达了过来，卡尔说："我的性急的小姐，你还没有等人家讲完，便判断人家的姑父是侵略者，这判断无疑是错误的。再说，人家凯此次来的目的之一，就是归还夜明珠，这次的确是你错了。"德龄听了，不免有些惭愧，嘴上说："那他现在在什么地方?"卡尔道："昨天他还和我在一起，他说他现在正为一个年轻人帮忙。"德龄一惊，道："那个年轻人，可是叫唐大卫?"卡尔道："正是，你怎么知道?"德龄低了头，喃喃地说："果然是他！"

那天在火车站，在欢送的皇亲国戚之中，德龄一眼看到一个年轻人，在一群浑浑噩噩的八旗子弟之中，显得格外干净明亮、英气逼人。在那瞬间，德龄甚至想，假若不是有了凯，她会爱上这个年轻人的。但是那人后来的举动吓得她魂飞魄散，她无论如何也无法想象：那样一个看上去英俊纯正的年轻人，竟然能眼睛不眨地做出那种残忍之举。现在她惊魂稍定，想着那人便一定是孙文、秋瑾的党羽了，想起凯向她描述过的唐大卫，她一下子就感觉到了，那就是他！就是唐大卫！她心里隐隐地惋惜着，那样一个美好的生命，即将消失了，可她无论怎样也想不明白，这些革命党人，究竟是为了什么?!江山社稷固然重要，但人的生命更可宝贵啊!

所以当卡尔说到“帮忙”二字的时候，德龄的心里一下子便有了主意。

次日早朝一罢，慈禧立即率皇后与众女宫来到偏殿，卡尔满怀信心地对慈禧道:“太后，我已经尽力了，我相信你们会喜欢我的作品的。”她把画布唰地拉开，完成的作品展现了出来。

皇后与众女官都一起叫道:“啊，真的是太美了!”慈禧也满意地笑了，但是很快笑容僵在了嘴角，她走过去，看了看画的一角卡尔的签名，皱起了眉头。道:“德龄，我问你，这签的是什么?”德龄回道:“老佛爷，这是卡尔的名字啊。”慈禧不悦道:“这画的是我，为什么写她的名字，真是岂有此理!”德龄笑道:“这是洋人画家的习惯，就像咱们画家要在画上盖印章一样。”慈禧问道:“所有的洋人画家都这样吗?”德龄做出了肯定的回答。卡尔在一旁问道:“德龄，太后似乎有些不高兴?”德龄微笑道:“卡尔，没有，她只是认为这个签名的颜色和画面有些不协调罢了。”卡尔眯着眼睛看了看，使劲儿地拍了一巴掌道:“哦，颜色好像是有些深，和背景色重叠了，我会改成浅颜色的。太后真的是太细心了!”卡尔的样子倒把慈禧吓了一跳，忙问:“德龄，她怎么了?”德龄回道:“老佛爷，卡尔看到您今天的衣服以后，有了灵感，她要把签名改成这个颜色，表示对您的尊敬。”慈禧这才喜道:“和咱们处了些日子，她总算懂了些礼节。看来，洋人还是可以教化的。”

众人散后，慈禧携德龄回到寝宫，边走边说道:“那个柯姑娘，手上都是颜色，还不留指甲，剪得光秃秃的跟个男人似的，谁会娶她?”德龄笑道:“老佛爷，卡尔小姐把心思都用在艺术上了，别的东西她并不会太在意的。”慈禧认真问道:“我问你，卡尔的画儿真的好吗，我怎么觉得越是细瞧越是坑坑洼洼的，还是阴阳脸?”德龄道:“老佛爷，油画讲的是肌理效果和光线，如果不画成这样，就不是好画儿，咱们要是见怪了，倒让洋人笑话了。”慈禧道:“一会子，当着公使夫人们的面儿，我给卡尔赏个勋章吧，这样说明咱们懂得看画儿，然后又给足了美国人面子，卡尔和康格夫人完全可以炫耀了。”德龄轻声道：“老佛爷，照理说，应该给卡尔赏些银子。”慈禧停住脚步，惊问道：“什么？还赏银子？”德龄正色道：“是的，卡尔是一个职业画家，如果她没有到宫里来，她这段时间画画可以挣很多钱的。”慈禧问道：“你肯定她会要吗？”德龄道：“当然，她会很高兴的。”慈禧撇了撇嘴，道：“这些洋人，画画儿还要收钱，亏她们想得出，真是惟利是图，还是中国人风雅。银子咱们有的是，给他们，让他们瞧瞧，咱们大国有的是气派，不在乎这几个子儿！”

慈禧的画像被搬到了太和殿，签名的颜色果然改成了浅色。康格夫人与众公使夫人都围绕在画像旁边，兴高采烈，议论纷纷。德龄在一旁用英语宣布：“大清帝国慈禧皇太后授予卡尔·西尔斯小姐黄龙勋章一枚，并赏银一万两！”在公使夫人们和宫眷们热烈的掌声中，慈禧给卡尔授勋，还给了她一张银票。康格夫人不放过任何出头露面的机会，在掌声中她说：“太后，您已经成为中国历史上第一位有油画画像的皇族成员了，您的画像将被送去参加万国博览会。这是开天辟地的盛事，足以证明您过人的远见和对西方艺术深刻的理解，这是中国人民的骄傲，也是美国人民的荣幸。”德龄翻译给慈禧之后，慈禧的脸上立刻绽出了笑容，道：“大清是一个大国，大国皇族的宽仁和友爱，是我们几千年的传统。中国有句话叫作‘日久见人心’，大清对列国的诚意友好，诸位一定会感受日深的。”

在送别众公使夫人和卡尔的时候，卡尔吻了吻慈禧的手，又和德龄紧紧拥抱。卡尔用英语低声说：“德龄，再见，我会想你的，会想起这一段不平凡的日子。”德龄也用英文答道：“卡尔，我不知道怎么报答你为我做的一切，你是我最好的朋友。”卡尔笑道：“德龄，你尽快到美国安家，就是对我最好的报答。”德龄含笑深深地点了点头。内田夫人在一旁突然问道：“太后，今天的盛典，皇帝怎么没有来？”慈禧听了翻译，命德龄说皇上不舒服，可就在这时，园子里突然传来了汽车喇叭的声音，众人好奇地张望，慈禧和皇后交换了一下目光，满腹狐疑。偏那康格夫人问道：“我好像听到了汽车的声音，宫里有人会开车吗?”德龄也皱眉道：“夫人，这是个有趣的问题。我和您有着同样的疑问。”德龄心里，其实已经猜到了这疑问的谜底，只是不敢证实罢了。

8

就在众人围着慈禧的画像谄媚不已的时候，光绪皇帝竟然做出了一件惊天动地的事情——驾驶汽车。

光绪从小便喜欢摆弄拆装机械，两天前，他叫孙玉弄了张汽车构造图，瞧了两天，便趁着今儿个园子里清静，自己来试试，连他自己也没想到，这一试，就停不下来了!

光绪驾驶着汽车，迎着风加快油门，他的脸上有一重惊喜和激动的神情，全然不顾帽子被风吹落路旁。汽车驶过花园，几个宫女走在前面，光绪找不到喇叭，于是大喊着：“闪开！闪开!”

宫女们惊叫着跳到一旁。孙玉在后面追着，惊恐地大叫：“万岁爷!”前面拐弯处，突然出现了一个挑着两个大木桶的太监，光绪赶快打轮，但还是把他的木桶撞飞了一只。光绪抬起手腕擦汗，无意间触到了喇叭。他兴奋地又按了几下，更快地朝前飞驰。

孙玉万般无奈，只好跑到御马房，叫侍卫们飞马去追汽车。侍卫们一听万岁爷驾车跑了，个个吓得面无人色，立即找了最快的几匹马，骑上便猛追汽车。汽车又绕了一圈儿，几个太监敲着锣喊着：“回避，回避，汽车来了!”孙玉骑在马上对着车里喊道：“万岁爷，您赶紧停吧!”光绪道：“我找不到刹车了!”孙玉哭叫起来：“老佛爷啊！这可怎么办呢!”

湖边拐角处，几个太监在路上拉了一根绳子，汽车过来，嗖地冲了过去，太监们都被冲力带得四仰八叉地摔倒了。

远远地，慈禧率皇后和众宫眷走到了湖边，看着奔驰的汽车和马匹。一个个都呆若木鸡。李莲英擦着汗跑过来道：“老佛爷，不好了！万岁爷试车，这一试，跑起来就刹不住车了!”慈禧冷笑道：“他可真是不鸣则已，一鸣惊人呀！”容龄忍住笑，挠了挠德龄的手心。德龄使劲儿地捏了她一把，还是忍不住回头笑了。

光绪的汽车冲过草地，轧过花坛，撞了一棵大树，然后终于撞在一个小土坡上。汽车发出沉闷的撞击声，激起一阵尘土，然后熄了火。光绪的脸上溢着少有的红晕，喘着气，从车里跳了下来，汗渍已经在他的背上画了一个大地图。

孙玉和侍卫们匆匆赶来，下马叫道：“万岁爷，奴才们来晚了！”光绪冷冷道：“你们不可能追上我，倒是难为你们了！”孙玉忙凑上来问道：“万岁爷，您没事儿吧？”光绪傲然道：“朕当然没事儿，大惊小怪！”孙玉忙递上汗巾，光绪不耐烦地擦了两把，然后把汗巾扔得远远的。

远处，慈禧和众宫眷们已经走了，只有德龄姐妹还在那里，一动不动地注视着皇帝。德龄悄悄看看妹妹，见她的眼睛里流露的全是痴迷，德龄碰了碰她，她竟然毫无觉察，德龄想，妹妹依然爱着皇帝，一如既往。但是她什么也不想说了。她想，光绪皇帝就像这辆汽车一样，长时间沉寂着，然而这并不意味着他缺乏马力和激情。只要一旦被点燃，他就会不顾一切地向前，不管前面会遇到什么。有人说，戊戌年的失败，正巧印证了皇帝这种性格的失败，但也有人说，恰恰是皇帝的这种性格，才能在中国历史上留下一百零三天的戊戌变法。那是皇帝一生中瞬间的辉煌，为了那一瞬间的辉煌，他付出了整个后半生的代价。

远远地，车头扎进土堆里，有几只蝴蝶在汽车周围飞来飞去。

当夜，光绪在瀛台正在看书，一个太监奉慈禧之命来了，捧着一套衣服进来。太监道：“万岁爷，老佛爷让我给您送一套新衣服。”光绪头也不抬地说：“搁那儿吧，替我谢过皇爸爸。”太监道：“是，万岁爷。老佛爷让我转告您，衣服的扣子是金的。”光绪道：“知道了，跪安吧。”太监又重复了一遍。光绪怒道：“朕又不是没穿过金扣子的衣服，你在这絮叨什么！”太监道：“老佛爷让我反复告诉您十遍，扣子是金的，说您就会明白了。”光绪从榻上下来，一把抓起了衣服，道：“你再说一遍？”太监的眼里闪着寒光，尖声道：“扣子是金的。”光绪给了他一记耳光，喝道：“扣子是金的，还很容易揪下来，对不对？朕不会吞金自杀的，朕死不了！”太监阴笑着道：“万岁爷，奴才还有三遍没有说完——扣子是金的！”光绪又打了他一个耳光，把他推出门去，猛地关上了门。太监在门外依然重复着：“扣子是金的！”

光绪痛苦地堵上了耳朵，躺在床上，他的耳边出现了一声比一声高的幻听，太监带着嘲讽的声音在书房里久久地回荡着，他知道，他的嗣母永远不会放过他。

9

德龄因那日卡尔说了凯在为大卫的事奔忙一事，决定帮助他们，便与容龄换了教英文的日子。光绪看过当日的英文报纸，道：“仗还没有打完，旅顺的俄军首领竟然向日军投降了，真是不可思议。”德龄道：“俄国国内也在发生革命，工人们都在罢工，要求共和。俄国似乎正在走向没落。”光绪道：“德龄，俄国也是一个大国，疆域如此广阔，而军械也比大清要先进得多，怎么也会落到如此下场？”德龄沉吟了一下，然后说道：“皇上，奴婢以为你可以比较一下俄国和日本的国体。”光绪想了一下，道：“德龄，你的意思是，俄国是君主制，而日本是君主立宪制，日俄之战，看来俄国将要全盘战败，不仅是军事实力的问题，而且是国家体制的问题。你是不是想告诉朕，君主制度已经不合时宜了。”德龄轻声问道：“皇上，面对一个反对君主制度的人，你以为该如何处置呢？”光绪皱眉道：“朕不明白，这怎么谈得上是处置呢，人各有志，岂能勉强？再说，现在人人都噤若寒蝉，难得多说一个字，根本是深不可测，朕如何来鉴别呢？”德龄道：“如果有一个人他不仅是想了，还做了，您会怎么样呢？”光绪沉默良久，若有所思地看着德龄，道：“如果他是一个义薄云天的英雄，朕会宽待他的。”

德龄把一个小盒子递给了他，他打开一看，是一枚刻着“忠”

字的印章，他仔细辨别，竟是康有为的印章。光绪激动万分，问道：“德龄，你从哪儿得到的?”德龄道：“皇上，奴婢的哥哥勋龄托朋友把信送过去，那边感慨万千，立即派身边亲近的人唐大林先生来京奉上这枚印章。巧得很，唐先生竟是怀特医生的朋友，还有更巧的事儿……”她突然停住了。光绪抬眼问道：“什么?”德龄顿了顿，壮起胆子说道：“更巧的是，唐先生的弟弟唐大卫，是孙中山的同志，他现在是朝廷在押的要犯，刺杀了广州的提督，又……又在火车站试图行刺老佛爷，听说，过几天就要被处决了。”光绪倒抽了一口凉气，道：“是他?就是那天在火车站扔炸弹的人?!”德龄点了点头。光绪把脸一沉，又问：“你刚才说的身体力行反对君主制度的人，就是他吗?”德龄有些怕，但想到事已至此，索性破釜沉舟，道：“皇上，他们两兄弟感情深厚，却因为政治信仰不同而压抑了兄弟之情。哥哥为了对皇上的忠诚，对康先生的拥护，已经好几年不和弟弟说话了。弟弟经常难以抑制对哥哥的思念，就随身带着他们少年时代的合影。皇上，他们两兄弟虽然信念不同，可都是将私利置之度外的人，实在是可敬可佩。您是一个仁厚的君主，奴婢求您，顾念他们的亲情，保全大卫的生命吧。”德龄说着，跪了下来。

光绪痛苦地坐了下来，半晌，一语不发。德龄则跪在那里，一动不动。不知过了多久，光绪才开口道：“德龄，朕看在唐大林效忠朕的分儿上，可以尽力保全大卫的生命。可朕要问你一句话，你是不是也认为大清无可救药了?你身为一个御前女官，心里却和孙中山、唐大卫一样，认为只有颠覆大清，才能使国家富强?!你说，大清到底是不是像那夕照残阳一般，大势已去，无可挽回了?!”德龄的嘴唇微微地颤抖着，可什么都说不出来。光绪用康有为的印章在字典上使劲儿地印了一下，仰天大笑道：“哈哈哈，德龄，你不敢说，那就是默认了！朕看来也不用再学英语了，就算有满腹经纶，有康有为的辅佐，也绝对没有回天之力了！”德龄道：“皇上，奴婢并不是这个意思。奴婢只是不愿意看到流血，不愿意看到厮杀。洋人经常说，机会都是留给有准备的人，您这样不懈地坚持着，等待着，一定是会有真正的良机的！”光绪闭上了眼睛，无言地摇了摇头。德龄又道：“皇上，奴婢是相信这个道理的。奴婢如果没有在国外受西方教育，就是进了宫，也不可能教英文，更不可能影响太后看英文报纸、照相、画像、喝咖啡、用外国化妆品。所以，奴婢想，以奴婢的卑微，尚能用上自己的雕虫小技，何况皇上呢？奴婢坚信，皇上所有的准备，不但能使您等到机会，而且还会创造机会呢！”光绪睁开了眼睛，缓缓地问道：“德龄，你真的这么想吗？”德龄用力地点点头。光绪淡淡地笑了，叹道：“德龄，朕也许已经错过最好的机会了。然而，有康有为这样的忠心，有你这样的鼓励，无论将来如何，朕也会觉得很安慰了。朕也许最终得不到天时、地利，更得不到天下的人心，但好歹算是有几个知己，还知道朕并不是一个昏庸懒惰、毫无尊严和血性的人，在怨声载道的天下，朕就想有一间可以避雨的草堂，不至于被唾沫淹死。”德龄的泪水夺眶而出，轻声道：“皇上，成事在天，您不要过于自责了。”光绪道：“你也不必难过，朕也知道成事在天，日俄开战时皇爸爸说的一句话倒是时时在朕心中萦绕：‘……大限来时各自飞！’朕现在一人独处的时候，倒是没有过去那么伤感了，心里头清清爽爽的，总觉得，天命难违，一切都是天意，一切都难以挽回！朕……朕甚至觉得，大清的大限，朕的大限，就要来临了！”德龄一怔，被皇上口气中的那种绝望惊住了，半晌说不出一个字来。

光绪摆了摆手，在屋子里走了一圈儿，走到门口，猛地踹开了琴房的门，有一扇房门竟然脱落了一半。光绪大步地往前走去，并不回头。德龄怅然坐下，拿起字典一看，康有为的印正印在了SUNSET这个词上。德龄当然知道，SUNSET的意思是“日落”。

此时，斜射的阳光正照在被踢落的门上，渐渐黯淡了。

10

乐寿堂里，慈禧歪在烟榻上吸水烟，听着李莲英在汇报关于金扣子的事。听罢，慈禧歪着嘴微微冷笑道：“三十几岁的人了，还这么天一阵儿地一阵儿的，也不怕人家笑话！不杀杀他的威风，他就又不知道天高地厚了！……这几天有什么消息啊？”李莲英道：“回老佛爷，奴才……奴才只是恍惚听见庆王爷说了几句儿，说是有个叫汪凤池的，上折子阻止老佛爷西幸！”慈禧怒道：“放他妈的屁！西幸？我何曾说要西幸？……是了，那次见庆王的时候，我不过随口说说，就被哪个太监传出去了，这清宫大内，简直就成了个谣言窝儿了！到底是六根不全的人，就是下贱！一遇上点儿风吹草动，不是逃跑，就是造谣！……明儿等我缓上这口气儿，得好好整肃整肃内宫！”李莲英听着，几乎要哭出来。慈禧自知失言，忙道：“李总管，我也是一时气恼，你呢，也不必多心，十个手指头还不一般儿齐呢，何况人品？……小德子，你把我里边匣子里那个内画鼻烟壶给我拿出来！……得了，我也知道你好这口儿，索性把这西洋进贡的玩意儿赏了你，回去尝尝，味儿挺不错呢！”李莲英领赏谢恩不提。

次日早朝，慈禧怒气冲冲地把一个折子摔在条案上，厉声问道：“汪凤池来了没有？”众大臣面面相觑。慈禧怒道：“汪凤池身为御史，竟然散布谣言，还大胆上疏阻止两宫西幸，真真是可笑之极！如今可倒好，这谣言成真了，闹得各国外交使节，也都纷纷照会外务部，说是请两宫切勿西行，以免牵动大局！真个是三人成虎啊！庆亲王！……传我的口谕：现在日俄两国失和，并非与中国开衅，京师内外，照常安堵，何至有西幸之举？御史汪凤池以无据之辞，轻率奏陈，实属不明事理，着传旨严加申令！嗣后如有妄造谣言、诱惑众听者，着步军统领衙门、顺天府、五城御史一体严拿惩办，以靖人心。钦此！”庆亲王诺诺连声而退。慈禧又道：“再有，各地旱灾已经闹了月余，我也是多次祈雨未果，想必是上天认为诚意不够。明儿个正是祭祈的吉日，汝等文武百官随我和皇上一起到先农坛去求雨。求雨期间实行大赦，禁止宰杀牲畜！”德龄在帘后听了，暗喜那唐大卫有救，皇后在一旁嘱她道：“德龄啊，今儿晚上，你就好好打打牙祭，以后的几天，咱们可得穿素衣，吃素斋了，直到天降甘霖，旱了一个夏天了，再不下雨，明年就是灾年了！”

次日，慈禧率皇帝皇后及众大臣众宫眷前去先农坛求雨，大臣们远远地跪了一大片。慈禧身穿素服，头上插了柳枝。皇后命宫女娆儿给每个宫眷在发髻上逐一地插上柳枝。

慈禧举着一炷香，道："敬求上天怜悯，速赐甘霖，以救百姓之命，凡有罪责，祈降余等之身。"她表情虔诚地跪下叩头。光绪和皇后也跟着叩头，后面众大臣、众宫眷都叩头祈祷不已。

天空中，骄阳似火，没有一点要下雨的迹象。

容龄边叩头边轻轻跟德龄说道："姐姐，我都要晒死了！"德龄命她忍一忍，容龄只好将目光移向皇上的后颈窝，看着他，她心里似乎才好过一点儿。可是，好不容易盼到求雨仪式结束，皇帝却突然晕倒了。或许是站得太急，或许是身体太过虚弱，总之，容龄看见他只是抬头看了看太阳，就软绵绵地倒下去了。她当然不知道，自从他被关到瀛台之后，一直只被允许吃冷饭剩菜，受着精神与肉体的双重虐待。她只是常常看见他脸色不好，神色抑郁，这时见他倒下去，她再也顾不了许多了，一下子冲了上去，叫着"万岁爷"，眼泪便流了下来。当然，同时冲上去的还有好多人，众侍卫、众大臣，还有他的贴身太监孙玉。

11

为了安全，怀特是在美国公使馆约见唐大林先生的。怀特把大卫的信和照片交给他，他的双手颤抖了起来，然后摘下帽子挡住了自己的脸，接着，他的肩膀抽搐起来，哭出了声。怀特也忍不住自己的泪水，难过地说："大卫好像是做好了见上帝的准备。"唐大林擦着泪，嘴里却说："这孩子，真是越来越肆无忌惮了！竟敢去行刺皇太后！……而且，还差一点儿伤到了皇上！这真是罪该万死啊！"怀特道："他只有你一个亲人，而且，他那么爱你，难道在这种时候，你就不能说点别的什么吗？"唐大林这才嗫嚅着说："凯，非常感谢你为大卫做的一切。也许我对他太残酷了，作为一个兄长，我现在非常想补偿这几年对他的冷淡；而作为康先生门徒，我又以为他大逆不道，似乎是咎由自取。”怀特气道：“唐先生，他毕竟是您的弟弟，这个时候您还在想着您的政治立场而不是他的生命，简直是太荒谬了！”他站起来转身要走，唐大林一把拉住他，终于说出了心里话：“对不起，请告诉我，怎样才能救他？我会尽我的全力。”怀特叹道：“我也不知道，除非太后和皇上忽然发慈悲。——但这几乎是不可能的。”唐大林再也抑制不住了，他痛哭失声，说道：“其实，我最疼爱的就是这个弟弟，我给我的孩子取了个名字，也叫大卫。”

傍晚时分，勋龄急匆匆地赶来了，对凯和唐大林说：“已经办好了，现在已经买通了里面的人，把大卫的行刑日期改在了太后祈雨后的那几天，这样非常可能赦免。”怀特问道：“勋龄，那按往年的惯例都是这样的吗？”勋龄：“祈雨期间，太后赦免所有的死刑，这已经连续五年了。再说，皇上也已经答应宽待大卫了。”怀特惊喜道：“太好了！如果我没有猜错的话，这一定是德龄的功劳。她……她还生我的气吗？”勋龄瞥了他一眼，道：“你去问她好了，谁耐烦再管你们的事儿，一会儿好，一会儿吵的！”怀特忙道：“等大卫的事过去之后，我一定要向她好好地解释，大林，你要好好谢谢勋龄！”

唐大林一下子跪在地上，先向勋龄和怀特叩头，又向着皇宫的方向磕了几个头，哭道：“自古以来，圣人的胸襟也不过如此，唐某谢主隆恩！从今以后，唐某要教训小弟浪子回头，一同忠心事主。”

大赦那天，勋龄带着唐大林和怀特守在了大狱外边，三个人一起看着被释放的囚犯们欢天喜地踉踉跄跄地走出来，与前来迎接的亲人们抱头痛哭。凯高举着英文的牌子，上面写着：“欢迎回来！”大林则抱了一大瓶香槟酒转来转去，天过晌午，太阳已经转到了西边，大林实在忍不住了，问勋龄道：“勋龄，怎么大卫还没有出来？”勋龄心里发虚，嘴上劝道：“别着急，犯人太多了，也许还在后面。”

太阳西沉了，空荡荡的牢门口，只剩下了他们三人。狱卒走出来，准备拉上牢门的铁栓，勋龄忙问：“兄弟，跟你打听一下，所有的犯人都放了吗？”狱卒斜了他们一眼，慢悠悠地说：“放了！杀人的、偷东西的、打劫的、通奸的、卖官的，都放了，你找的是犯了什么事儿的？”

勋龄低声道：“是……是革命党。”狱卒哎哟了一声道：“嗨，还就是保皇党、革命党，还有写歪诗的不能放。”勋龄道：“不是这几天要处决的犯人一律大赦吗？”狱卒冷笑道：“是啊，可老佛爷昨晚上又下了一道密令，政治犯都不能放。”说罢，他“咣当”一声关上了大铁门。

唐大林顿时感到晴天霹雳，脚下打软，一下子就站不住了。他砰的一声把酒瓶子砸在了墙上，霎时碎片四溅，酒水横流。一粒碎片把他的手腕扎破了，流出了鲜血，他也并没有觉得疼痛，他哭喊道：“大卫，难道我们兄弟的缘分就这样浅吗？！”

唐大林咬着牙，狠命地向监狱的大墙上撞去，顿时头上鲜血四溢，怀特和勋龄大惊失色，赶紧扑上去拉住了他。唐大林已经处于昏迷状态，却还在挣扎着哭叫道：“大卫啊，大卫啊！原谅我吧！我不是个好哥哥！不是啊！！……”

凯手中的牌子落在了地上，浸泡在鲜血和酒水里。

第十三章

1

光绪睁开眼，迷迷糊糊看见皇后和瑾妃关切的眼睛，立即把眼又闭上了。

皇后见他醒来，忙命瑾妃将手巾拿来，瑾妃忙不迭地拧了热手巾，皇后亲自给他擦了擦额上的汗，他立即把脑袋扭向一边，命孙玉将今日的报纸拿来。

光绪挣扎着坐起来，拿起报纸看，皇后见状，顺手拿了件衣服给他披上，嘴上说道："虽然是暑天儿了，也不能凉着。"不想皇后拿的恰恰是慈禧赐给光绪的那件衣服，光绪看到衣服上的扣子，立即把衣服扔到地上，吼道："有人想害死朕，你是来看笑话的，对不对？"皇后吓得倒退一步，气道："皇上，没有人想害死您，倒是每天的胡乱猜忌会害了您！"光绪道："害我，没那么容易！我即使变成鬼，也绝饶不了你们！"皇后听了这话，又是当着下人的面儿，自然坐不住，气道："瑾儿，我们走！"光绪冲着她们的背影还在吼叫："回去告诉他们一声，朕还活着，还能看报纸呢。"

皇后怒气冲冲地走着，胖胖的瑾妃小跑着才能勉强跟上。体和殿前面正在晾画儿和陈年的册子。她们在琳琅满目的名画之间穿行，皇后气恼地越走越快。瑾妃在后面喘吁吁道："皇后，您不要生气，您慢着点儿。"皇后毫不理会，走得如飞一般，瑾妃紧跟其后，绊了一下，几乎摔倒，她叫了一声，皇后这才无奈地停住脚步。

瑾妃脚下正是一本陈年的旧册，记录着大清历朝历代的皇帝宠幸后妃的实况。瑾妃捡起来，递给了皇后，皇后立即扔掉，冷笑道："不用看了，上面写着什么，我背都背得出来！无非是两个字——无情！"瑾妃把册子放回地上，点头道："咱们才到这个年纪，名字就已经和陈年的老册子一块儿晾在这儿了。"皇后含泪嘲讽道："那你要怎么样，你是想着有人把你像观音菩萨一样供起来呢，还是用金屋藏起来？"瑾妃道："皇后，别的皇帝是三宫六院，冷落了谁都是常事儿。可皇上……皇上他却宁可孤灯面壁，也不给咱们一个好脸儿……真让人想不通啊。"皇后冷笑道："那有什么想不通的，明摆着的，那是因为咱们没有珍儿的脸大！"

微风吹过，广场上的画儿和册子都翻卷着，发出空洞而脆裂的响声。皇后和瑾妃从那些画儿和册子的缝隙里走过，犹如废后和废妃走过她们的坟茔。

慈禧和众宫眷们正在烛光下面等着她们。慈禧命人给她们递了茶，款款说道："我不愿意回这儿，这儿不比颐和园，不但灯不如那里亮，还有很多前朝的老人儿，瞧着她们，就会觉着恍如隔世。"容龄好奇："老佛爷，您以前说的那个最漂亮的瑜妃就住在这儿吗？"慈禧叹道："是啊，她住在这里已经将近三十年了。"

一声惊雷，打断了她们的谈话，接着就是雷电交加，倾盆大雨一下子倾泻了下来。屋里的蜡烛被风吹灭了，女官们都高兴地叫道："下雨了，下雨了！""老天显灵了！"容龄看到，只有皇后寂寥地坐在原地，不说，也不动。容龄跑过去，拉皇后走到窗前道："皇后主子，快看，闪电是红色的！"果然，红色的闪电仿佛把夜空劈开了。容龄道："有红色闪电，就是说，今晚又有人要开始初恋了！"皇后苦笑着摸摸她的头，道："傻孩子，如果是真的，那岂不是每天都要闪电？"

慈禧乘兴带着众宫眷穿过弯弯曲曲的回廊，来到瑜妃的寝宫。瑜妃见老佛爷驾到，忙率宫女们跪接请安，她的满头白发和憔悴的容颜让众人吃了一惊。德龄和容龄好奇地张望着，见寝宫内陈设极为优雅，足见主人有着非比寻常的品位。慈禧笑道：“瑜儿，我跟小辈儿们说，你是前朝最有风韵、最有才学的妃子。”瑜妃低头道：“老佛爷过奖了，时势更新，奴婢才学早已腐旧，至于风韵，就更是随风而去了。……奴婢有一薄礼，还望老佛爷笑纳。”说罢，她命众宫女捧来了一幅华美无比的幔帐，上面绣满了艳丽生动的花朵，幔帐抖开，像是一条流着花朵的河。众人惊叹了一声，连慈禧也不禁惊道：“瑜儿，我从来没有见过这样儿巧夺天工的东西！你一定绣了很久了。”瑜妃轻声道：“自从上次朝廷来过人之后，奴婢就每天在上面绣一朵花儿，奴婢想，待老佛爷来的时候，就可以绣成花海了。迄今为止，奴婢正好绣满了两千朵花。等绣完这最后一针，就可以给老佛爷挂起来了！”说着，她弯下腰去，用极其轻盈的手势绣完了最后一针，在空中打了一个漂亮的结，宛如优美的舞蹈。

慈禧又命宫女请来了珣、瑨二妃，三妃和众宫女一起为慈禧演奏，她们都已容颜衰老，衣着朴素，但面容十分安恬平静，乐声十分悠扬。“心如止水”的条幅下面，有同治帝赐给她们的扇子、陈年的绣榻、褪色的桌布、带裂缝的镜子、落地的小花瓶……芦苇絮纷纷扬扬地飘满了屋子。

德龄仿佛看到，妃子们都回到了年轻时的模样，同治帝徘徊其间，她们人人神采飞扬。慈禧微笑地听着演奏，皇后却早已泪流满面。元大奶奶和四格格也不禁感动起来，她们走进废妃们的行列，与她们合奏着古筝。德龄看着这奇特的景象，心道：还是头一次看到皇后那么畅快地流着泪呢，她是在别人的故事里，流着自己的泪。事后皇后悄悄告诉她：“瑜妃的今天就是我的将来，你们还可以出去，嫁人，成家，和和美美地过一辈子，可是我……我是没有选择了！”皇后叶赫那拉氏说这话的时候，眼里的泪已经干了。

2

刺客唐大卫是被两个侍卫架上来的，他的一条腿已经被打断了。

当他怀揣着炸弹奔向火车站的时候，自然就有着牺牲的准备，但是他有一点没有想到，那就是——酷刑。满清令人发指的酷刑。炸弹爆炸近在咫尺，但却没能伤着他，这一点很出乎他自己的意料，但是已经跑不脱了，有四个侍卫牢牢地抓住了他，他们的拳打脚踢并没有让他觉得无法忍受，那种疼痛是在可以忍受的范围之内的，可是后来，那些酷刑却几乎让他崩溃，他怎么也弄不明白，为什么人类会想出这样恶毒的招数来对待自己的同类，想出这些招数的始作俑者究竟是谁?!他经受了叫作“披麻戴孝”的酷刑：全身的衣服被剥光，毒打之后，刷上辣椒水，然后用一种鱼鳞一样的东西紧裹全身，当那些行刑者撕开那层“鱼鳞”的时候，他真的希望自己快些昏迷过去啊！可却偏偏很清醒，他在清醒的痛楚中熬过了那令人发指的疼痛，他觉得自己真的要疯了。

可是他毕竟年轻，毕竟只是个二十一岁的年轻人，毕竟接受过东西方文化的教育，毕竟有着革命理想和超人的意志品质，当他被带到满清最高统治者面前的时候，他依然成功地保持了他的骄傲，尽管拖着一条残腿，他依然坚持不跪，当侍卫们硬把他压下去的时候，他也只是坐在了那里——男儿膝下有黄金，堂堂七尺男子汉，岂能向一群鞑子下跪?!

这一切都被帘后的德龄看在眼里，不知为什么，她看见那个英俊的青年在一夜之间被残害成了这个样子，心里感到了一阵阵的疼痛，眼泪几乎掉了下来。她小声问皇后道：“犯人不是都被赦免了吗?”皇后道：“那除非老佛爷不再恨康有为和孙中山。”

慈禧目视了这个年轻的刺客很久，才慢慢地轻蔑地开口道：“你就是孙文的党羽？我还以为留洋能留出三头六臂呢，原来是个刚断奶的娃娃。”唐大卫微微一笑，回敬道：“太后，我本来还以为您是个青面獠牙的巫婆呢，原来竟是个花花绿绿的老太太。”押他的侍卫长断喝一声，刚要动刑，慈禧摇头制止了。她冷笑道：“你马上就可以见你的同伙儿去了，你真的后悔也来不及了，小小年纪，长得平头整脸儿，四角齐全的，可惜呀！本来是想把你凌迟示众的，皇上宽仁，改为枭首，你的头，我们可以带给你的长辈，让他们看看不肖子孙的下场。”大卫听了这话，忽然转向光绪，高声地用英语说道：“皇帝，您知道，帝制已经不适合中国的发展了，如果您是一个真正优秀的人，您应该刺杀太后，然后退位。我相信您爱我们的国家，可爱有时候不是温情，而是暴力。爱也不是占有，而是宽容。如果我是你，我不会阻挡共和，我也不会害怕流血，因为这能给更多的人带来幸福，也能更快地让国家强盛。国家不是爱新觉罗的，而是四万万中国人的！很遗憾，我不能活到你这个岁数了，如果可能，我一定比你为国家做得更多，更好！”

从唐大卫被带上来的那一刻起，光绪皇帝的心就被深深地震撼了，这个年轻的刺客使他想起他自己——在中日甲午战争的时候，他也是这样年轻气盛、血气方刚，正是因了那场战争的失败，他才下了决心，变法图强的，可是十年过去了，怎么样呢？大清不是依然按着过去的积习，步履蹒跚地跟在整个儿世界的后面？所不同的，只是已经越来越接近于被列强瓜分的时刻了！看着这个年轻刺客那勇敢纯净的目光，他断定他只有二十岁左右——皇帝的心一阵钝痛，抛开政治观念不谈，这个年轻的生命还没有盛开，就要永久地凋谢了！

光绪低声地、缓缓地转向慈禧，求告道：“皇爸爸，他在向儿子求情，看在他年幼的分儿上，饶了他吧。”慈禧冷冷地瞥了他一眼，道：“我饶了他，孙中山可饶不了我们！皇帝，妇人之仁不可有啊！……来人，给我拖出去，推出午门斩首！”

四个侍卫如狼似虎般扑过去，大卫却是出乎寻常地镇静，他做了个手势，侍卫们一怔，他几乎是笑着说道：“用不着你们拖我，我自己还能走。”说罢，戴着铁镣艰难地向外走去，走了几步又回过头来，眼睛看着光绪，大声喊着：“皇帝，再见了，你的仁慈比你的智慧要多得多，你的勇气要比你的耐心少得多！”

光绪看着他年轻的背影，努力把自己骤然涌出的泪水吞咽了下去。

帘后，皇后问德龄道：“这个刺客这么长篇大论地说什么呢？”德龄强忍着悲伤，低声道：“他说他爱中国，却恨我们。因为我们有仁慈却没有智慧，有耐心却没有勇气！”皇后道：“哼，这家伙还一套一套的呢！德龄，你怎么了？你好像……”德龄掩饰着用手帕挡住脸，低声道：“没什么，我有些伤风。”

退朝之后，德龄一个人跑到御花园，痛痛快快地哭了一场，不知为什么，那张年轻英俊的脸总是在她眼前晃着，挥之不去。

3

那一天，雨下得很大。

仍然是当年戊戌六君子行刑的地方，观者却寥寥无几，或许是因为暴雨吧？刑场上空荡荡的，雨水把刽子手的大刀洗得雪亮。

囚车驶进了刑场，大卫在囚车上大声地唱起了《欢乐颂》，突然，刑场的另一边也响起了和声。大卫心里一震，抬头望去，发现哥哥、凯和约翰已经站在那里，他们庄严地捧着《圣经》，高声地唱着《欢乐颂》的和声部分，仿佛这里不是刑场，而是辉煌的教堂。大卫不禁欣慰地笑了。

唐大林看见了亲爱的弟弟，看见满身伤痕的弟弟一如既往的笑容，心如刀割，他大叫一声道：“兄弟！哥哥来给你送行了！”猛然揭开身后一块大木牌上的雨布，露出一张巨大的放大的照片，正是他们兄弟小时候的合影。大卫的泪再也止不住了，他颤声高叫道：“哥哥，我们来世还做好兄弟！”大林哭道：“大卫，你的侄子，刚刚半岁，他也叫大卫！”大卫忍住泪，再次展现出那种阳光般明亮的笑容，大声道：“好好地爱他吧，哥哥，就像过去爱我一样！”一语未了，凯和约翰也忍不住哭了，他们拼命地向他招手，作最后的诀别。大卫把整个身子都转向他们，清清楚楚、一字一句地大声说：“上帝保佑你们！上帝保佑孙先生！上帝保佑中国！”

大林、凯和约翰的泪水与雨水融在了一起，他们更加投入地大声唱着歌，歌声开始颤抖起来。在越来越高昂的《欢乐颂》的歌声中，大刀从天而落，刑场上鲜血四溅，刀也变成了血红色。几个平民过来争抢着人血馒头，然后在雨中飞快地跑开。血迹在暴风雨中飞快地蔓延着，那放大的照片在雨中伫立，变成了一片惨烈的红色。在琴房里，德龄也在弹着《欢乐颂》。光绪看着窗外的雨，说道："戊戌年，杀谭嗣同那天，也下着这样的雨。"德龄停了下来，含泪道："本来我以为，大卫可以免于一死。"光绪站起身，慢慢地踱步，道："德龄，我们都是一样有幻想的人。朕的幻想保全了皇爸爸，却牺牲了六君子，让康梁流亡海外，让袁世凯志得意满；你的幻想让皇爸爸接受了照相、法国化妆品、英文报纸、油画，甚至还有留学生，可她还是会毫不留情地铲除异己，扼杀那些比她想得远、走得快的人。朕不想再有什么幻想了，幻想是害人的东西。"德龄道："万岁爷，可是奴婢以为，所有的伟大的创造都是从幻想开始的。"光绪道："可是，所有惨重的失败也都是由幻想引发的。"

德龄转过头去，看着光绪孤独的背影。她想，她无法预见未来的时代，也许那时候制度的更替根本不需要流血和暴力。然而，在眼前的这个中国，似乎没有这样的可能。她竟然开始理解秋瑾了。

4

无论医生如何努力，裕庚的身体仍然是每况愈下。这天黄昏，勋龄走出医生办公室，神情忧郁，对着容龄询问的眼神，他只是说："现在阿玛的病情虽然稳定下来了，可是如果再出问题，这儿的医生恐怕应付不了。"容龄急道："那怎么办？要不还是把阿玛送到上海去吧？"勋龄道："看现在阿玛的身体状况，恐怕受不了旅途的颠簸。"容龄道："要是能把上海的美国医生请来就好了。"勋龄叹道："谁有怎么大的面子，我上次托上海的朋友许以重金，可被美国的医生一口回绝了。"容龄慌道："这可怎么办?！要不我去一趟上海，亲自去求求他吧？这里你们都走不开，姐姐又在宫里，只有我能去了。"勋龄摇头道："容龄，你从来没有一个人出过远门，不行的。"

兄妹二人商议半日，一筹莫展。

谁知几日之后，在上海开诊所的美国著名医生格林竟自己来了。原来，大卫牺牲后不久，怀特就从勋龄那里知道了裕庚病重的消息，正巧他准备去上海到格林医生的诊所工作，便对格林讲了裕庚的情况，格林医生二话没说，就和怀特一起坐上了北上的火车。

当格林医生和凯一起出现在这家医院时，裕家人真的是喜出望外，勋龄惊喜地连声道谢，至于容龄，她立即趴到凯的腮边吻了他，然后用英文说："凯，你太好了！姐姐过两天就放假，我会给你们提供方便的。"

裕庚躺在病床上，已经虚弱不堪，他慢慢睁开眼睛，道："勋龄，把窗帘打开吧。"勋龄打开了一侧窗帘，问道："阿玛，这样好吗？刺不刺眼？"裕庚道："这样好，可以跟你们打开天窗说亮话。"怀特忙把垫子垫在裕庚身后。裕庚看着他，微笑道："怀特先生，谢谢你给我找来了医生。"怀特道："裕先生，谢谢您把我从美国叫回来。"裕庚用虚弱的目光看了看周围，道："我一觉醒来，就知道自己时间不多了。太太，我对不起你，对不起孩子们呀。"裕太太哭道："老爷，我嫁到裕家来，每一天都很快乐。"裕庚道："裕家原是有些祖业的，但到我这儿，祖业没有增加，反而减少了，惭愧呀。我最近没有和你们商量，动用了一大笔钱，去追查一个强暴了民女的法国神甫，前天，小顺子告诉我，人已经查清楚了，他现在已经回国了，这是他的地址。……勋龄，阿玛要言而有信，所以，你要答应我，一定要到教会去告他，让他受到应有的惩罚。那个含恨而死的民女，也可以瞑目了。"勋龄忙道："阿玛，我答应你。"裕庚又道："怀特先生，德龄和你在一起，我很放心。只是，她的嫁妆已经不如原来丰厚了。"怀特道："叫我凯吧，裕先生。娶到德龄，我就是全世界最富有的人了。只是，她还不一定愿意嫁给我呢。"裕太太忙道："她要是不愿意，哪会两次抗婚?！真是个傻小子！"怀特只好苦笑了一下，没有作声。裕庚又道："太太，我败了家，也送走了两个宝贝女儿，我对得起大清，却对不起你了。我是大清的臣子，你嫁了大清的臣子，也只能将就了。太太。我这辈子最怕的一件事儿，就是你边哭边读西洋小说。可现在，我真的想听小说了。”裕太太流着泪，拿出那本卷了皮的《茶花女》，轻轻地读起来，在那平静均匀的声音里，裕庚慢慢睡着了。

勋龄和凯悄悄走出去，正看见一个年轻姑娘推开病房的大门，她背对着光线向他们走来，逆光剪影显得分外苗条秀美。

凯一下子愣住了。那个姑娘也呆在了原地。勋龄看看他们的表情，鼓励地拍了拍凯的肩膀，及时离开了。

凯和德龄的目光绞在一起，久久无法离开。他们慢慢地向对方走去，互相看着，一句话也说不出来。良久，还是德龄提议："我们到外面走走，好吗?"

他们走在初秋的医院花园里，依然什么也没说，直到走累了，坐在长椅子上，德龄才低声说："凯，谢谢你为阿玛做的一切。"怀特道："没什么，不值得谢的，我们至少是朋友，不是吗?"德龄的心里突然抖了一下，眼泪几乎流了下来，急道："凯，难道仅仅为了那一次争吵，你就不肯原谅我了?!你……"怀特心里早已软了，只是嘴上还有些赌气道："那你要我怎么样？你对我那么凶，好像我就是你的敌人似的……如果没有别的事，我先走了。"他真的站了起来，德龄心里一急，叫道："等一下，凯!"他站住了，那个英俊开朗的美国小伙子，站在那儿，高高大大的，夕阳正在他的肩膀上闪烁着。

德龄再也无法克制，她扑到了他的怀里，哭道："对不起，凯，对不起，那天是我太粗暴了！卡尔已经告诉了我一切，其实，就算你的姑父是真正的侵略者，我也应该接受你。"凯文故意问道："为什么，你不是爱你的国家超过一切吗?"德龄认真地说道："你就是你，你做的一切，证明你是高尚无私的!"怀特道："德龄，你是爱高尚还是爱我?"德龄流着泪笑道："我都爱！凯，你还爱我吗？你是不是已经不爱我了?!"怀特这才紧紧地抱住了她，笑道："当然爱，我的小仙女，你的暴躁和温柔，我都爱!"在夕阳的余晖中，他们的剪影慢慢变成了金色。

5

又是一年过去了。在公元1905年，也就是光绪三十一年初夏的一天，慈禧太后兴致很浓，与皇后和众宫眷们在体和殿看电影，白色的大幕布上正放着《火车进站》。自然，这片子是勋龄想法子从法国弄来的。

自从去年美国医生格林来京之后，裕庚的病在他的精心救治下趋于稳定，几个月前已经再度携太太赴上海，凯也陪格林回到上海的诊所，为格林做了助手。上海那边安顿好之后，勋龄又回到北京自己的住所，偶尔到宫里为太后拍拍照，倒也悠闲自得。这会子放电影，正是在勋龄指挥下，那个小个子放映员满头大汗地摇着放映机，前面的白色幕布上才显示出映象。

银幕上，只见火车从远处呼啸着扑面而来，慈禧惊叫着站了起来，元大奶奶立即挺身而出，挡在了慈禧的前面。画面过去，众人不禁笑了起来。火车的白烟弥漫了整个银幕，宫眷们捂住了鼻子，只有德龄和容龄一如往常。容龄笑道："这都是假的！你们不要怕。我们还看过比这更惊险的呢！"

银幕上换成了《水浇园丁》，德龄小声道："天啊，他多像我们的老罗美尔呀。"容龄把头靠在德龄的肩膀上，用法语说道："我想念巴黎。"德龄轻抚着妹妹的头发，她们的眼前闪过巴黎的花园，教堂的钟声，德龄的练琴室，容龄的练功房……放映机在黑暗中忽然擦出了火苗，太监惊叫道："着火了，着火了！"窗帘唰地拉开，一片刺目的阳光射入，屏幕上一片白色。

李莲英手持电报快步走进来道："老佛爷，上海急电：裕庚病重了！"德龄一惊，和容龄紧紧地抱在了一起，勋龄也从幕后冲了出来，拉住了两个妹妹的手。

慈禧忙命李莲英去传太医，对三人道："明儿你们就动身吧，我特命宫里最好的四个太医陪你们一起到上海去。到了上海，马上给我发电报吧。”兄妹三人谢了慈禧恩典，皇后在一旁道：“派四个太医到外地去，是从来没有过的，你们要知道，老佛爷就是希望你们的阿玛能快些好，你们呢，能尽快回来。”德龄忙道：“奴婢明白，奴婢身为御前女官，在日俄交战硝烟未尽之时，理应留在宫中。但阿玛病情危急，只有尽孝才是，还望老佛爷和皇后主子谅解。”容龄也道：“老佛爷，我们一定尽快回来，我们舍不得阿玛，也舍不得您。”慈禧叹道：“照理儿，你们都是裕庚的孩子，都该围在他身边儿。可我就是瞧上你们了，就是舍不得你们！如今你们的阿玛病危，你们自然要尽孝，快去吧，告诉裕庚，让他好好地治病，朝廷还要用他呢！……我会求菩萨保佑他的！……快去吧，等你们的阿玛病好了，快点儿回来！”兄妹三人连忙领旨谢恩。

当晚，容龄去向四格格辞行，四格格眼红红的，嘴上却不饶人，和容龄互相数落着对方的糗事。容龄道：“四格格，还记得那次你为了想要细腰儿，穿了我的紧身衣，结果听戏的时候喘不过气来，扑通一下晕了过去？”四格格笑道：“那你呢？你为了求我帮忙找珍主子照片，急得到处找洋葱假装流眼泪，后来一下子弄多了，眼睛红得跟兔子似的，几天都下不去！”容龄道：“我的眼睛红，你的眼睛还黑呢！那次涂睫毛油，你一下子就忘了，捂着眼睛在亭子里打盹儿，结果变成了黑眼圈，像大熊猫似的。”四格格道：“那是谁生气了说是不吃饭，可牛奶饽饽一上来，一口气就吃了十几个，一点千金小姐的样子都没有。”容龄说不过，只好把杯子里的水花儿弹过去，四格格也毫不客气地反击，两人笑成一团。笑着笑着，两人停了下来，眼里都含了泪花。容龄道：“我这一走，不知道什么时候才能回来。有特别重要的事儿，姐姐也许会再回来，我却一定要守着阿玛了。否则，他会很寂寞的。”四格格哽咽道：“容龄，别说了，你阿玛一定会好的，等你回来，我们还一块儿玩儿，一块儿跳舞。”容龄道：“四格格，我会想你的，可万一……宫里有守孝三年的规矩，那样，可能我就回不来了。你帮我做的衣服，我都带走，以后在舞会上，在电影院，在典礼上我都要穿，让大家知道，你的色彩感觉有多么好。还有你和九爷的故事，我会写成英文小说，那一定会打动很多很多的人。”四格格的眼泪滴落下来，道：“容龄，你怎么比洋葱头还催眼泪呢，你一定会回来的。你不是答应过我，以后教我游泳吗？你一定要回来，要不，我万一再掉进水里，还有谁来救我啊？”容龄道：“我把刚邮购来的新旅行鞋和旅行箱送给你，万一我回不来了，你就穿着旅行鞋去找我，保准走得又快又好。”四格格含泪点点头。容龄伸出手道：“一言为定！”她们在空中击了一下掌，然后，谁也不敢看谁了。自然，四格格最终也没有穿上容龄的旅行鞋走出去，可容龄知道，四格格一定是穿着的，不在脚上，而在心里。

6

深夜，容龄辗转反侧睡不着觉。她总觉得，心里有件事儿压着，不做这件事，她不但无法入睡，就是走，也走不了的。她蹑手蹑脚地起了床，绕开熟睡的姐姐，出了门儿，直奔偏殿琴房。她点燃了一支蜡烛，照了照钢琴，把钢琴的盖子打开，把乐谱翻到了《致爱丽丝》上，又用拿来的胶水，把乐谱的其他部分都粘上，能打开的只有这支曲子。然后，她又把后盖掀开，看了看后面的琴弦。她把手指头在琴键上弹了弹曲子的开头，后盖的几个琴键随之动了起来，她把一个厚厚的纸袋卡在了那几个琴键上。

最后她坐在琴凳上，轻轻地抚摩着琴键，吻了一下自己的手指，将指印按在了琴键上。

次日早朝已毕，光绪进了琴房，先坐在琴凳上看了一会子英文报纸，报纸上有一张汽车图，他看得很仔细。然后他查了查字典，轻声念道：“展览会。……孙玉，你看，世界上最豪华的车——劳斯莱斯诞生，在巴黎展出，引起了轰动。”孙玉见光绪有个好脸色，受宠若惊道：“万岁爷，这比园子里的那辆汽车好吗？”光绪道：“那简直就是天壤之别，怎么可以相提并论呢？朕以后就开这样的车，想去哪儿就去哪儿。”孙玉道：“万岁爷，你还是饶了奴才吧，园子里的车就够快的了，奴才们追得腿儿都要跑断了。要是您再换了更好的，奴才们非得长了翅膀才能跟得上了！”光绪道：“谁要你们跟上的？跟不上才好呢。”他顺手打开了钢琴，发现几个琴键上有淡红色的指印，他不禁一怔。他随便弹了几个键，发觉声音已经变了，他翻乐谱，却发现乐谱也被粘住了。

光绪抬起头，默然凝视着前方。然后，他让孙玉出去，自己轻轻地关上了门。他从钢琴的后盖里取出了纸袋，打开一看，竟是许多珍妃的照片，还有一只水晶做的小小的舞鞋，容龄的英文信夹在了里面。光绪一张张地看着珍妃的照片，他的手颤抖着，把照片摆在了钢琴上。从窗户透进来的斑驳的阳光投在照片上，照片上的珍妃显得迷离而遥远。

光绪凝视着照片，弹起了《致爱丽丝》。容龄的声音好像就在身旁：“陛下，这是我全力搜集翻拍的所有珍妃的照片，现在都送给您，您一定会高兴的。我曾经既想模仿她，又想战胜她，结果我发觉我都做不到。您还记得那封烧掉的信吗？我知道，您已经看过了。……随着时间的推移，我才知道，每个女孩子都有一双与众不同的水晶鞋，原来我想把我的脚套进珍妃的鞋子里，后来我终于放弃了这种想法。现在，我把自己的水晶鞋留给您，希望您能想起，容龄一直围绕在您的身边跳舞，如果您愿意，她将永远是您最好的舞伴。……”

光绪的眼前，出现了容龄和他相处时许许多多的片段——跳舞、教音标、让太监扮新郎新娘、换发式、扮珍妃、打雪仗、骑脚踏车……他弹着弹着，容龄好像出现了，就坐在他的身边，和他一起四手联弹，他们用音乐愉快地交流着。一阵风吹过，门吹开了，珍妃的照片雪片般落在了地上，容龄也瞬间消失了。光绪沉默不语，他继续弹着琴，不过弹得越来越轻，直至手指僵直地放在了琴键上。

7

一位清丽朴素的法国女郎敲开了裕庚病房的门。勋龄开了门，她告诉勋龄，她叫苏菲，为了一件重要的事，一定要面见裕庚。

已经极度虚弱的裕庚被扶了起来，他模模糊糊地看见这个年轻的法国女子，那张脸完全是陌生的，他不记得他在任何地方见到过她。于是他说："对不起，女士，我不认识你。"苏菲笑了笑，道："是的，裕庚先生，你我素不相识，但是我们也许该算是仇人，不过，请您不必紧张，我来，是想化解这仇恨的。"德龄勋龄都紧张地站了起来。德龄道："小姐，如果您要辩论或者作什么交易，现在都不是合适的时候。"裕庚虚弱地说道："我想不起来，我曾经和谁结仇。"苏菲道："我从法国来，是弗朗索瓦神甫的妹妹，由于你的追查和向教廷的指证，他现在已经受到了宗教法庭的审判，然后会被解除职务，或许还要监禁。"勋龄在一旁用法语道："那是他罪有应得！"苏菲低下头，轻声道："我认为你说得对。虽然哥哥也承认了，可我还是想最后确认一下，这件事是真的吗？"勋龄激动地说："小姐，为了这件事，我们家付出了许多的时间和金钱，这是很确切的结论！"裕庚喘着气道："小姐，我可以给您提供所有的证据。"苏菲点了点头，道："好的，非常感谢。另外，我还想请您帮个忙，您一定和受害人很熟吧？"裕庚摇头道："不过是萍水相逢而已。"苏菲奇道："那您为什么要帮她的忙呢？"裕庚只答了两个字："道义。"苏菲感动地说："我觉得实现道义是很不容易的一件事，不过我还是想找到那个受害者的村庄，在附近办个女童学校，以弥补哥哥给人们造成的伤害，这样我的心里也许会好过些。"所有的人都惊讶了，整个病房一片沉寂。裕庚想说些什么，但咳嗽阻止了他的话，他对苏菲连连作揖。

苏菲的到来和善举让勋龄心里很是震动，勋龄大凯两岁，原是订了婚的，多年来他除了酷爱摄影之外，还有许多兴趣爱好，这些兴趣填满了他的生活，于婚姻恋情方面，他好像并没花太多的心思。他是个爱玩爱乐的人，平时骑马射箭斗鸡走狗他无不在行，却对那些卿卿我我、鸳鸯蝴蝶之类的没什么兴趣。他好像还是头一回感觉到，一个女子突然掀开了他心灵深处的那块幕布，让他的心为之一凛。

傍晚时分，兄妹三人把苏菲送出了医院大门。德龄道："苏菲小姐，您真是个了不起的人，那里的乡村女孩子也许就因此改变了她们的人生。"苏菲含泪道："我只想他们能宽恕我的哥哥。说真的，我是为亲哥哥赎罪，而你们的父亲却是为不相识的人主持正义，我觉得他很伟大。"容龄道："苏菲小姐，我愿意为您的学校做义务工作，需要的时候请随时通知我。"苏菲道："谢谢，我会的。"然后她转向在一旁一直沉默不语的勋龄道："顺便说一句，您的法文讲得真好。"勋龄说了一声谢谢，不知怎么脸突然有些红了，德龄见状，立即止了步，道："哥哥，麻烦你把苏菲小姐送回她的住所吧，现在上海很乱，她一个女孩子家……"勋龄没有拒绝。德龄姐妹站在原处，看着哥哥和苏菲小姐的背影在晚风中慢慢地消逝……

8

轮到德龄值夜的时候，自然凯是要陪她的，但是凯的觉实在很多，总爱不断地打哈欠。德龄心疼道："很困吧，你睡一会儿吧？"凯费劲儿地睁开了眼睛，道："我还好，你去睡吧？要不，就睡这儿，这儿是最好的枕头。"他拍了拍自己的肩膀。德龄笑了，甜蜜地把头枕在他的肩膀上。她小声地咬着凯的耳朵说："凯，我们是不是有什么事还没有做完？……"凯迷糊地想着，突然眼前一亮，叫道："你是说——订婚？"德龄轻轻点头。凯一下子有了精神，道："你是说现在？"德龄红着脸，用力地点点头，然后眼圈儿发红地轻声说："我想，趁着阿玛这两天精神还好……"

德龄和凯的订婚仪式就在裕庚的病床前秘密举行了。容龄在留声机里放上了巴赫的管风琴音乐。勋龄则忙前忙后地拍照。德龄和凯文交换了戒指，然后深情地接吻。大家都轻轻地鼓起掌来。

容龄仰起头，半闭着眼睛道："呵，太美了！"裕太太用帕子擦着眼睛道："他们是多般配的一对儿呀！"两人双双跪在了裕庚的床前，怀特郑重地说："岳父大人，我向您起誓，我会用我的整个生命来爱德龄。”裕庚眼含泪水，拉住他们的手道：“起来吧。阿玛真的没有想到，在有生之年，还能看到你们有个花好月圆的结局。凯，因为我们的大清现在不是太平时节，所以德龄还要继续她的使命，这势必会影响你们的团聚。你现在是大清的女婿了，要受委屈了，阿玛感谢你的耐心和宽容。但愿你们百年好合，天长地久，能赶上国家的复兴之日，过太平的日子，呼吸自由的空气。”德龄道：“阿玛，您一定会和我们一起看到那一天的！我们回国，不就是为了等这一天吗？”裕庚听了，泪如雨下。

慈禧太后的电报就是在这一刻送达的。一位清廷驻上海的官员捧着电报喊道：“德龄容龄二位郡主接旨！……老佛爷急电，日俄战争已然结束，时局有变，凡有裨于民生者，合力振兴，用以宏济艰难，故朝廷命裕德龄郡主速归，共商立宪之事，裕容龄郡主可继续留沪尽孝！”德龄容龄谢了恩，把跪在地上的阿玛扶了起来。裕庚老泪纵横，声音嘶哑地喊道：“老天呀，大清终于要立宪了！要和日本、英国一样地立宪了！我们的江山有指望了！”全家人拥抱在了一起，流着泪，唱起了大清的国歌：“凉风吹夜雨，萧飒动寒林。正在高堂宴，难忘迟暮心。军中一剑舞，塞外动笳音。不做边城将，但知恩义深。……”

窗外也在唱歌，是一群俄国伤兵在唱着俄罗斯民歌——“滔滔的德聂伯尔汹涌澎湃，狂风怒吼落叶纷纷飞……高高的岑树弯到那地面，德聂伯尔河上波涛翻滚”——俄国战败了，他们哭喊着：“伟大的俄罗斯永远不败！”“日本人是卑鄙的小人！”……

护士们劝阻道：“先生们，俄国全面战败已成定局了，请你们冷静！这里是医院，还有很多别的病人！”

可是俄国人谁也不理她们，如诉如泣的歌声越唱越响。

9

也就是在这个时候，俄国公使官邸也是一片狼藉。勃兰康夫人把一份文件摔在桌子上，双手捂住头，跌坐在桌旁的椅子上。她的对面坐着公使勃兰康，他狠狠地吸着烟。夫人恨道："……日本人惯于鸡鸣狗盗之术，我们中了他们的奸计了！本来我们完全可以取胜。我们的武器装备与士兵的素质远远高于他们！他们太奸诈了！竟然把大舰队隐藏起来，用一些小小的鱼雷艇来诱惑我们的波罗的海舰队……加上我们的舰队从波罗的海驶到日本海，已经人困马乏，和他们对峙两天两夜，进又不是，退又不是……"勃兰康先生应道："进入日本海的时候我们的舰队已经航行数万里，海道又不熟，夜半更深，完全像盲人瞎马。当时消息传来，我就知道一切都完了！……好在议和的条件对我们俄国本土似乎还没有什么太大的危害。让俄国出让旅顺和大连湾的租借权，把哈尔滨南部主权让与日本，承认朝鲜主权……这些条约的直接损失者是中国，而不是我们！"夫人问道："那么，谈判地点在哪里呢？"勃兰康道："美利坚的罗斯福总统出面调停，地点就在美国的朴次茅斯。"夫人冷笑道："美利坚这回倒是捞了一票，康格夫人又该得意了，我最看不惯她那副得意的样子！"

在美利坚驻华公使馆内，康格夫人果然得意扬扬地与康格先生交谈着。康格夫人道："自从罗斯福总统执政以来，我们的外交取得节节胜利。日俄之战，他们两败俱伤，而我们在世界上的威信却是与日俱增，尤其是，在中国。听说俄国人十一款和约中有四款坚持不同意，我们的总统正在斡旋呢。"康格道："其实这十一款和约中大多数与中国的利益有关，无非是小日本想把它在满洲失去的利益再重新夺回来罢了，其实真正吃亏的是中国。真是可怜啊，国力弱，索性连发言权都没有！"夫人得意道："可是我们，不费一兵一卒，就争得了中国人的心。起码是中国皇太后的心！对了，还没来得及告诉你，密斯卡尔画的那幅太后画像，他们拿去参加了外国博览会，走的时候，用黄色绫子包装放在火车上，自皇帝以下都跪着送站呢！你说可笑不可笑？"两人一起大笑道："中国人真是不可思议！"

战胜国日本公使官邸的内田先生和夫人也同样觉得中国人不可

思议，内田夫人道："中国并不是没有优秀的人才，像孙逸仙，像秋瑾，陈天华……就连中国的皇帝、女官，也是非常聪明出众的，可是他们却捏不到一起，所以他们大则大矣，却像是一盘散沙，而我们日本民族，虽然小，却是万众一心，这次日俄战争的胜利，胜在国体，胜在军事指挥，更胜在我们这个民族的团结！……奇怪的是，中国面对如此的奇耻大辱，非但不抗议，反而通过外务部向我们照会致谢！……"内田阴笑道："也许他们认为这个结局比他们预料的还好些吧，起码，东三省在表面上是归还他们了！……对了，听说，那个秋瑾已经退学回国了！"夫人道："秋瑾本来也不是什么做学问的人，她分明是个女革命党！听说她在东京成立了共爱会，举行戊戌六君子殉难纪念会，主办的月刊索性不用'光绪'纪年！今年又七次与宋教仁密谈，黄兴、陈天华等出狱后到东京的款额，听说也是她筹措的。她在实践女校期间就带头闹事，还对下田先生进行了人身攻击，下田先生致信服部繁子，多有谴责之意，服部繁子也是，怎么惹这样的麻烦！"内田道："听说秋瑾这次回来，直接去了上海，大概有可能还要返回东京。"夫人冷笑道："返回东京怕是不大可能了吧？我总觉得，她这么闹下去，早晚要掉脑袋！慈禧太后那个人可不是吃素的！"

实际上，德龄最后一次见到秋瑾，就是在回国的上海火车站上，当时她听见一个熟悉的声音在讲演。德龄循声穿越人群，看到身着男装的秋瑾正讲到激昂慷慨之处："……国力的衰弱，已经到了完全没有抵抗能力的地步！……以至于这次日俄之战，竟然就在我国东北的门户进行，我们的四万万同胞，竟然如此麻木不仁！……"德龄深深地看了秋瑾一眼，转身离去。后来她听说秋女士再渡东瀛，正逢清政府取缔留日学生诏书颁发，这才有了陈天华忧时感愤、蹈海自杀的壮举……

再后来，她听说秋瑾女士再次回国，在徐锡麟起义失败之后，在绍兴大通学堂被捕，后来，在绍兴轩亭口英勇牺牲——那已经是两年之后的事了。她听到这个消息的时候是在美国，与已经成为她丈夫的凯在一起，她看到华文报纸用了一个整版来报道这一事件，当时她坐在花园的藤椅上，仰望着美利坚合众国的蓝天，有一种恍同隔世般的晕眩。

10

公元1905年7月，也就是光绪三十一年的六月，清政府终于正式筹备立宪，并派遣五大臣出洋考察。上谕道："……朝廷屡下明诏，力图变法，锐意振兴，数年以来，规模虽具而实效未张，兹特简载沣、戴鸿慈、徐世昌、端方等，随带人员，分赴东西洋各国考求一切政治，以期择善而从，而后再行选派分班而往。"庆王的声音继续："其悉心体察，用备真采，勿负委任，着外务部、户部议奏，钦此！"……

三个月之后的一个下午，慈禧照例和皇后及众女官们一起在颐和园的花园里散步，看着李莲英指挥小太监们在放飞行器模型，飞行器在蓝天上悠然地盘旋着，又是秋高气爽时节，景色格外宜人。德龄在念着报纸："莱特兄弟的飞行器实验引起了法国客商的注意，他们发现，飞行器可以连续在空中飞三十八分钟，跨越二十四英里，实在是非常有前途的武器。据莱特兄弟称，他们的飞行器还会更快地改进。"慈禧眯着眼睛看了一会儿天空，问道："这就是报纸上说的飞行器？"德龄忙道："回老佛爷，这是模型，真的飞行器比这要大好多倍，可以坐几个人呢。"皇后道："那不是可以作为运输的工具吗？"德龄道："是啊，可以运货、运人，没有路的山地，最需要。"慈禧道："那么它也是可以做武器用的了？"德龄道："回老佛爷，奴婢想，大约可以从空中向敌人扔炸弹吧。"慈禧喜道："哦，这倒是威力很大的。明儿，正好五大臣出洋，让他们留意瞧瞧去，要是咱们大清真有了空中的炸弹，那还怕谁呢？什么轮船、骑兵，全都不管事儿了。"皇后忙道："老佛爷圣明，后世的人一定会称赞您的目光独到，深谋远虑呀。"飞行器模型从空中冲了下来，正好冲到慈禧的脚下。她把模型捡了起来仔细地看了看道："原来就是这么个玩意儿呀？我也想明白了，康有为总说维新，孙中山总说革命，其实有什么？不过就是弄些个新鲜的玩意儿，新鲜的名词儿罢了！等真的飞机出来了，咱们买它个几百架，到那时候，瞧瞧他们还有什么新鲜的！”德龄忍不住掩口而笑。

谁也想不到，就在这个普通的下午，一纸电文又从上海来到了宫中——裕庚病危。慈禧看了看电文，明白德龄这回是真的要走了。她伤感地说：“看来咱娘儿俩得分开一段儿啦。今儿晚上，你替我染发，明儿，看着我头发黑了，你再走吧。”德龄的泪水扑簌簌地滴落下来。

德龄忙着去向光绪辞行，还好，皇帝还没有回瀛台。就在琴房里，光绪叹道：“德龄，你们走了，就好像朕的一扇窗户被关上，外面的太阳、雨和落花都看不到了。”德龄把字典翻到了那页盖着康有为印章的书页上，说道：“万岁爷，万里之外的情谊您都可以收得到，窗户能挡住什么呢？总有一天，外面的风会把窗户吹开的。奴婢请您多多珍重，等到风吹来的时候，您一定会心旷神怡的。奴婢在远方，遥祝您吉祥如意。”她竭力微笑着，但声音却已经开始哽咽。光绪举着报纸道：“德龄，你也要给朕写信，告诉朕外面的世界。”德龄道：“万岁爷，这么说，您早就知道了？”光绪点头道：“你别忘了，朕会修钟表，能够看清发丝一样细的发条。当发丝一样的痕迹出现在报纸上的时候，朕怎么可能不注意呢？”德龄轻声道：“万岁爷，奴婢没有什么可送给您的，只有一本巴黎带回来的日记本，是带锁的。您可以用英文记下您愿意记下的事儿。等到烦恼的时候，看一看，就什么都好了。”光绪从德龄的手里接过小锁的钥匙，打开锁。随着清脆的一声，锁被打开了。他故作轻松地说：“德龄，朕可以从今天就开始记。”德龄点头道：“万岁爷，奴婢会经常给您写信，容龄也会写的。”光绪听到容龄的名字，怔了一下，道：“德龄，请你告诉容龄，如果有来世，朕是再不做皇帝的了！也许有机会，会向她学习舞蹈。”德龄道：“万岁爷，容龄会很高兴的。我发觉，她已经不是小孩子了。有一次，她想摘一朵水边的睡莲，却怎么也够不着，她没有闹，而是微笑地坐下来，静静地欣赏它的美。”

德龄步出琴房的时候，听见琴房里突然响起了《友谊地久天长》的音乐，德龄站住，看见夕阳已经沉落了大半，只剩下了最后的晚霞。

德龄泪流满面。

11

夜晚，德龄最后一次来到慈禧的寝宫中，为她染发。德龄一边慢慢地梳理着慈禧的长发，一边回想着晚膳之后与皇后和众宫眷告别的情形。她没想到，大家为她准备了那么昂贵的礼物：那一袭精致无比的婚纱，是元大奶奶亲手裁的，大家一针一线绣起来的。皇后和大公主握着她的手说："德龄，你一定是个最漂亮的新娘。”最让她感动的，是小蚊子和月儿花了整整一个下午，做了一个很好的蛋糕和薰衣草花茶，为她饯行。

慈禧的头发已经染成了灰色，对着镜中自己越来越苍老的面容，慈禧伤感道："德龄，今儿晚上，就多陪我说说话儿吧。”德龄道："老佛爷，您说，奴婢听着呢。”慈禧喝了一口茶，款款道："你知道，我从小儿就是个要强的人，百事争先，不甘人后。自辛酉年始，以薄德而问朝政，历经三朝，三度垂帘，本是万不得已，可是事已至此，又不容退却。前些时我瞧了英国《维多利亚女王传》，觉着她也不过如此，比起我的政绩、情趣和爱好，她可差得远了！再者说，她有多少人辅佐啊，我虽也有军机大臣，可一遇大事，个个儿都把王八脖子一缩，多少年了，大清的天下，靠我一个人儿撑着！……本来想皇上亲政之后，我就到颐和园去颐养天年，再不问国是，可万万没想到，一个百日维新差点儿就把大清国给断送了！”德龄轻声道："老佛爷，奴婢以为，把大清国断送的不是百日维新，而恰恰是闭关锁国！”慈禧万万没想到德龄竟会如此回答，她盛怒之下，回身打了德龄一记耳光！

两人同时呆住了。良久，德龄捂着脸，含泪道：“老佛爷，您平时口口声声地让我们说实话，可说了实话，您又受不了！”慈禧怒道：“我有什么受不了的？刀山火海我都过了，还怕几句话！讲！也好，明儿你就走了，趁着今儿晚上没人的时候，你把你的心里话都给我讲清楚了！”德龄含着泪，神情却十分坚毅：“戊戌变法距今已经七年了，虽然您也在支持洋务运动，庚子回銮之后也开始了新政，可国体不变，大清的脚步便是步履蹒跚。在当今世界，强国首先胜在体制开明，大清的病根儿，是在腑脏而不是在皮毛。奴婢以为，如果国人能早一点儿了解世界，那么庚子年的惨祸很可能就不会发生！……”慈禧怒极，道：“那么依着你的意思，洋人们倒都有理了？！”德龄忙道：“不，奴婢绝非此意。老佛爷，没有一个国家敢于欺负一个强国。大清不能与世界同步，自然就变成了挨打的对象。这并不全是您的过失，而是君主制的缺陷。现在朝廷终于决定立宪了！我真的为您老人家感到高兴！”慈禧冷笑道：“高什么兴？有什么可高兴的？！都嚷嚷立宪，可立宪之后究竟如何，谁也无法预料！君主制也可以很成功，康熙帝、维多利亚女皇，不是都很成功吗？！胜者王侯败者寇，如果没有鸦片战争，没有庚子之乱，国富民强，什么立宪、共和都是扯淡！别人还要来学我们的君主制、梳我们的长辫子呢！如果没有庚子年，我是会青史留名，与维多利亚女王争一争的，可是现在……庚子年，的确是我一生的耻辱，是我听信端王，铸成了大错！那是我一生犯下的惟一错误！……可是，起因正是洋人下的那四条照会！”德龄惊问：“什么四条照会？”慈禧道：“便是容中堂从江苏粮道那里知道的消息，第一，指明一地，令中国皇帝居住；二、代收各省钱粮；三、代掌天下兵权；四、勒令皇太后归政……” 德龄奇道：“有这等事？”慈禧道：“当然，不然的话，我何苦去冒那个险！我是为了江山社稷，不得已而宣战哪！哪想就捅了马蜂窝！西狩的路上受尽种种艰辛，真是惨不忍闻啊！……而北京城破之日，洋人烧杀抢掠无恶不作，库存的三百万两银子被日本抢去，钦天监的古铜天文仪器被德法瓜分，连《永乐大典》他们也没放过……一个庚子年，真是毁了我一世的英名啊！”说到这里，慈禧竟然痛哭失声，德龄惊愕得不知所措：她是见过老佛爷哭的，可这一次的哭却是非同寻常，那真的是痛彻心扉、如丧考妣啊！即使是哭咸丰帝、同治帝，也远远不可比。她想，令太后下决心宣战的真正原因，恐怕并不是为了什么江山社稷，而是洋人照会的最后一条：勒令皇太后归政。太后至死也没有真正地反省。不过，太后最终还是原谅了她的莽撞，而她，也忘记了太后的耳光。

次日清晨，慈禧太后的头发已经黑了，她命太监将轿子抬到了园子门口，携了德龄的手，从昆明湖畔慢慢走过，颐和园的秋景，美得令人伤怀：满湖的残菏败藕，一行白鹭正向青天飞去。德龄仰头看着，赞叹道："它们飞得真高，真美呀！"慈禧道："你也像它们一样，飞走了就不回来了。……" 德龄忙道："奴婢还会回来的！"慈禧摇着头道："就是你回来，也未必还能见得到我了！咱们娘儿俩就此别过了吧！"德龄的泪水夺眶而出，道："老佛爷！您的厚爱，奴婢永生难忘！"慈禧转过头去，不想让德龄看到她的老泪，她低声地说道："瞧这满池子的残荷，谁还记得它光彩照人的时候呢？……论才华，你比得上上官婉儿，我却是输给武则天了！还是那句话，成者王侯败者寇，功过是非，随后人评说吧，反正我眼一闭，就什么也不知道了！"

在慈禧太后、隆裕皇后与众女官的目送下，德龄走了，永远地离开了这古老东方的皇宫。重叠的宫门，在她的眼前一扇扇地打开，然后又一扇扇关上。很久之后，德龄在回忆这段历史的时候，似乎仍然能听得见那古老宫门沉重的声响。

尾　声

多年之后，在上海某剧场，演出了一部叫作《慈禧与德龄》的新文明戏，慈禧和德龄分别由德龄和容龄扮演——已经接近尾声了，舞台上，慈禧与临走的德龄在做最后的倾谈。

德龄：您在撒谎，您并不是为江山社稷宣战，而仅仅是为了一己之利！您最害怕的，就是洋人"勒令皇太后归政"！当时，由于长期的闭关锁国而造成的可怕无知，竟然使您同时向十一国宣战！可怜的光绪皇帝拉着去宣战官员的手说：再商量一下。可您竟然残忍地命令：皇帝放手！就这样，荣禄和端王开始攻打使馆，而八国联军最后可怕的报复和随后丧权辱国的《辛丑条约》，更是把我们的国家和人民推向了绝境！如果我现在告诉您，那四条照会根本就是假的，根本就不存在，您又会怎么说呢?!

慈禧无力地倒在了御榻上。

德龄：老佛爷，奴婢已经说完了，最后有一件东西，请您收下，这就是那颗您丢失的夜明珠，现在，物归原主。

慈禧惊讶地：你是怎么得到的?

德龄：老佛爷，是它自己要回到中国来的。

德龄举起了夜明珠，幽蓝色的光亮照亮了宫闱。

舞台灯光黑暗，大幕落下。观众的掌声如雷鸣般响起。

关于那颗夜明珠的下落，始终是个谜。20 世纪 60 年代，它神秘现身于欧洲某拍卖行，被不明买家以天价买走，而慈禧和德龄最后的谈话，它成为了惟一的见证。

构思于 2000 年
初稿完成于 2002 年
同名电视剧完成于 2003 年
二稿完成于 2004 年

向历史要小说（代跋）

李洁非（著名评论家，中国社会科学院研究员）

我是历史小说爱好者。但是，多年来一件令人感到奇怪的事情是：历史小说往往并不出自第一流的小说家，而第一流的小说家也极少去写历史小说。与此有关的现象是，历史小说成了一个专门的行当。那些“历史小说作家”除了历史小说几乎从不创作一般的小说作品，某种时候你会觉得他们像是文学上一种类似麋鹿那样的生物，外人认为他们写的是小说，而他们的写作却与小说界所活跃着的思想和艺术实际毫无关系，小说界在谈论自己最新经验和体会时也极少想到他们。这暗示着一种含义：历史小说究竟多大程度上值得被看成“小说”，完全是可疑的。

历史小说在小说中“闹独立”，或者说活跃在当前小说艺术前沿的第一流作家坐视历史小说仅仅由“历史小说家”来摆弄，这并不是多么严重的事端。然而，对于爱读历史小说的我，却仿佛构成了一种“多年之痒”。近年，历史小说的出版颇形旺盛，这本来是令人鼓舞的，不过事实上我却经常感觉因此而受到烦扰。在我曾经阅读或试图阅读的历史小说里，故事题材几乎一律具有吸引力，而其结果，有因为题材甚好而努力读完的，更有翻了几十页甚至几页便无论如何不能进行下去的。不少历史小说作品在叙事上的拙劣，常常到令人无法接受的地步，与当前中国小说所普遍达到的艺术水准极不相称。也许，题材——令人着迷的历史人物与事件本身——是这些作品仅有的支柱，一旦抽掉这根支柱，单单作为小说，它们根本不可能给人们带来什么愉悦。

说来论去，我其实在表达一个最简单的愿望：我希望从历史小说那里不仅仅得到历史，同时——更主要的是——得到小说。这样一个不可能再简单的愿望，一度看来无法实现。但《德龄公主》改变了一切。

作者徐小斌是公认的当前第一流小说作家，她的《羽蛇》属于谈及20世纪90年代中国长篇小说艺术发展时不可能遗漏的作品之列，她的数部作品进入了当代文学史。这位长期沉溺于纯艺术性质小说创作的女士，过去也如同我们其他最好的作家一样，不肯为几乎带有半通俗性质的历史小说拨冗和分神。此次《德龄公主》的出版，甚至让一些熟悉她既往之路的批评家感到吃惊。我同样如此，只不过心意有别——在我，一个历史小说爱好者看来，徐小斌这样的人也染指历史小说创作，恰恰是期待已久的消息。

她果然没让人失望，也不可能让人失望。一旦这样的地地道道的小说家涉足历史小说创作，后者作为小说的巨大潜能和魅力无法不展现在人们眼前。难道她会扼杀自己的小说天性吗？难道她会放弃自己那么擅长那么熟稔的小说叙事魔法吗？难道她会容忍作品降低为对历史的亦步亦趋的描述（即便是“历史小说”）吗？绝不可能。恰恰相反，历史小说写作一经落入真正小说家之手，就必定不会是“以小说写历史”，必定要变成“向历史要小说”。

被以往历史小说的写法误导了的读者，最初接触《德龄公主》，可能完全不知所措。他们心里面将冒出一连串问号：这是慈禧老佛爷吗？这是光绪吗？这是李莲英吗？这是清代末年的中国宫廷和上流社会吗？为什么人物和故事跟我们的历史教科书和熟知的史料有点对不上号了？这正是以往历史小说创作对读者的最大伤害。它们让读者以为：看历史小说就是看历史；历史小说无非就是学习历史的一种形象化方法，或者说，历史小说就是史籍或史学著作的情节化改编版。它们在如此束缚读者的同时，使人们忘记了自己对小说艺术理所应当享受的权利，剥夺了人们对最充分、最大化的小说阅读快感的追求。

在《德龄公主》这里，摆错了的位置得到纠正。如果起初我们心里不免还在纠缠那些疑问，那么，越往后读我们会发现离这些疑问越来越远，因为作者用她极富想象力的叙事说服了我们：小说对历史真实的探究不必等于对历史的复原。《德龄公主》仍然是一部探究历史真实的严肃作品，它跟那些戏说性质的东西风马牛不相及。然而它同时也指明，以复述历史为目的、描红式的所谓“历史小说”，泯灭了小说特性和本质，实际上是用小说外观伪装起来的传记。

小说是小说，小说不是传记。此即《德龄公主》在历史小说创作问题上提出来的一个非常简单但很重要的观点。历史小说应该忠实于历史真实，但把握这种历史真实的方法却应该是富于想象力的，它在向读者提供对历史必然趋势的认识的同时，要带给读者充分的惟有从小说中才能得到的创造性艺术愉悦。马克思对席勒化和莎士比亚化的区分，讲的其实就是这一点。

在老中国死掉和新中国生发的关口，徐小斌立足于对大的历史趋势的把握，将德龄姐妹入宫这个基本情节进行了纯小说的解读，于是以后的故事和人物，真真假假，虚虚实实，我们明明知道其中许多地方——几乎所有的具体情节与场景——全然出于她的撰设，但毫不抵触，反而视作至为有趣、传神、别开生面的想象；这想象既不违背这段历史自身的逻辑，同时又飨我们以面对历史时的超脱思路和浪漫心境。我认为，这才是历史小说的旨趣所在，才是我们从这种阅读中应该得到的文学享受。当慈禧迷上了法国染发剂和美国女性杂志，当紫禁城上演了《茶花女》——看到诸如此类的描写，我畅然而笑，心满意足。我十分乐于接受这一类来自虚构叙事之创造力的独特快乐，而不在乎这类细节有没有历史文献的根据。

真正的小说家，任何时候拿出来的永远只是小说，而非别的什么。

后记 我写德龄公主

长篇《羽蛇》和五卷本文集出版后，我一直想写一个完全不同的东西。后在一个类似“清宫秘闻”之类的小册子上，发现了德龄姐妹的一段轶事，上面写了她们曾经是现代舞蹈之母伊莎贝拉·邓肯甘愿不收学费的入室弟子。顿时兴趣大增。于是找来有关史料。

最初的想法是做一部电影，一部国际大片。写了个梗概，但后来觉得做电影几乎是梦想。于是还是想先写小说。小说写了三万来字，就中止了，发现读的史料根本不够，举步维艰。但是小说的语言风格基本确定，基本用明清话本的风格，我想把《羽蛇》《双鱼星座》的语言彻底颠覆一下，对自己驾驭文字的能力来一次自我挑战。

读了整整一年史料，一百多本，资料来源主要三部分，一是北图；二是故宫的朋友帮助搜集；三是各个书店，特别是故宫、颐和园等地的书店。共读了一百多本有关史料。在读史料的过程中我发现，有很多历史人物历史场景的描写在历史教科书中是有问题的。譬如对光绪、隆裕、李莲英，对庚子年，对八国联军入侵始末，对慈禧太后当时的孤注一掷，对光绪在中日甲午战争中的勇敢表现和之后的奋发图强，对隆裕和李莲英的定位等，都有很大出入。

我写这部小说的初衷是：让小说仁者见仁智者见智，表层的故事力求做到轻松好看，而内核却是厚重、凝重，而又沉重。不同层面的读者可以有不同层面的享受。

整整两年写完初稿。下半年有家影视公司看中此小说，其实他们只看了一个大纲，希望改电视剧，因是自己喜欢的题材，于是决定自己改，和我的一个朋友一起联合编剧。写完剧本后又改了一稿小说。其辛苦自不待言。因为我对自己的要求是，要让它既忠于史实又不拘泥于史实，既有严肃的内涵又有好看的故事，在没有历史硬伤的前提下，大胆颠覆历史人物与创造性地写精彩的故事。历史背景是大清帝国如残阳夕照般无可挽回地没落，本身就是一个大悲剧，而在前台表演的历史人物包括慈禧、光绪、隆裕等都无一不是悲剧人物，在大悲剧的背景下的一种轻松有趣愉悦甚至带有某种喜剧色彩的故事，这种故事与背景之间的反差本身就具有巨大的张力。

具体地说，东西方文化的交流与碰撞自始至终存在。貌似很简单的小事，都存在着这种碰撞。德龄试图通过日常生活改造慈禧，让慈禧接受西方的进步事物，实际上慈禧也确实接受了。但是正如光绪在唐大卫牺牲后对德龄所说："德龄，我们都是一样有幻想的人。朕的幻想保全了皇爸爸，却牺牲了六君子，让康梁流亡海外，让袁世凯志得意满；你的幻想让皇爸爸接受了照相、法国化妆品、英文报纸、油画，甚至还有留学生，可她还是会毫不留情地铲除异己，扼杀那些比她想得远、走得快的人。……"

德龄的救国梦由此破灭。

君主制、君主立宪制与共和制的争论贯穿始终。甲午战争战败，大大刺激了年轻的光绪皇帝，他开始想实行变法维新，就在此时，康有为应运而生。戊戌变法是整个中国近代史上一次最伟大的运动（原谅我不用"革命"二字），这一点历史越久远，就越明了。可惜只有一百零三天。假如变法成功，那么中国很有可能如同明治维新后的日本那样，突飞猛进。在变法过程中，光绪曾经当面顶撞慈禧太后，这在当时是需要极大胆量的！后来，根据容龄的回忆录，光绪的确在慈禧的千手千眼之下大胆问"康"，这都是史实，无数史实证明了光绪绝非懦夫，而是一个有血性有思想勤政爱国的君主。变法失败后两年，便发生了庚子国变。在庚子年中，充分暴露了慈禧的无知、狭隘、专横、误国，她由于相信了荣禄提供的假照会，其中勒令皇太后归政一条，极大地刺激了她，她竟不顾清朝当时的国力，以卵击石，一方面怂恿义和团扶清灭洋，造成杀害德国公使克林德的惨案，另一方面竟敢同时向十一国宣战！并连杀了两名主和大臣，导致了八国联军的入侵，此举无疑是把国家推向了灾难的深渊！

庚子年西狩，慈禧的确吃了不少苦，也有所反省，但她推行的所谓五年新政完全是掩人耳目，“国体不变，新政何为”，明治维新后的日本打败了君主制的俄国，完全说明了问题，而庚子年后，慈禧被洋人打怕了，由排外转为媚外，所谓“量中华之物力，结与国之欢心”，便是当时她臭名昭著的口号。就是这样，也没能抵挡住随后而来的侮辱：日俄大战的战场竟然在满洲境内，这自然是堂堂中华的奇耻大辱！而这正是德龄姐妹进宫前后的历史背景。

无数志士仁人在寻找救国之路。主要是孙文为首的革命党（主张共和制）和康有为为首的保皇党（主张君主立宪制），也就是被慈禧诬为乱党、逆党的两派。尽管对他们的历史评价至今仍在争论不休，但有一点是肯定的，他们热爱这个国家，为这个国家不惜牺牲自己的一切，甚至生命。

而表层的故事多以后宫为主，后宫以宫眷为主，女性占绝大多数，这样，表层就会好看。当然，后宫也很险恶，譬如慈禧与皇后联手做掉四格格的侍女茧儿，对四格格敲山震虎，对德龄的多次试探，对容龄暗恋光绪的怀疑及对卡尔、怀特等的监视……都令人感到清宫中充满了陷阱。当然，在史实中，容龄爱的是一个太监，而德龄则暗恋光绪，德龄是在出宫后才认识怀特的，怀特并非牙医，而是当时美国驻沪副领事。

当然也写了慈禧人性的一面，这段时期是她真正的晚年，她害怕孤独，渴望亲情，即使这样，她也无法克制自己的多疑与乖戾。她其实至死没有真正地反省。但是“青山遮不住，毕竟东流去”——历史潮流谁也无法阻挡。她死后三年，震惊世界的辛亥革命爆发了。

这部小说还有一个初衷，就是开创历史小说的一个新样式。让“历史”更加“小说”，让历史真正小说化，而不是那种板着面孔的历史小说。

是不是达到了自定的标准，看读者的评价吧。

徐小斌作品系年

长篇小说

《海火》（1989 年中国青年出版社，2008 年中国友谊出版公司，2019 年百花洲文艺出版社）

《敦煌遗梦》（1994 年北京出版社，1997 年河北花山文艺出版社，2007 年河南文艺出版社）

《羽蛇》（1998 年花城出版社，2001 年长江文艺出版社，2002 年时代文艺出版社，2003 年台湾联经出版社，2004 年人民文学出版社，2007 年人民文学出版社，2009 年作家出版社“共和国作家文库”，2012 年重庆出版社，2013 年人民文学出版社第三版）

《德龄公主》（2004 年人民文学出版社，2005 年香港经要文化出版公司，2006 年漓江出版社，2009 年台湾印刻出版社，2010 年天津人民出版社）

《炼狱之花》（2010 年由人民文学出版社与长江文艺出版社首次两大社联袂出版）

《天鹅》（2013 年作家出版社）

《水晶婚》（2015 年由英国 Balestier Press 出版）

中短篇小说集

《对一个精神病患者的调查》（1990 年海峡文艺出版社）

《迷幻花园》（1995 年华艺出版社）

《如影随形》（1995 年河北教育出版社）
《蓝毗尼城》（1996 年云南人民出版社）
《末世绝响》（1997 年华侨出版社）
《蜂后》（1999 年长江文艺出版社“跨世纪丛书”）
《双鱼星座》（1999 年百花文艺出版社）
《天生丽质》（2000 年北岳文艺出版社）
《歌星的秘密武器》（2002 年广州出版社）
《清源寺》（2003 年北京出版社）
《非常秋天》（2005 年中国广播电视出版社）
《徐小斌作品精选》（2007 年长江文艺出版社）
《末日的阳光》（2009 年河南文艺出版社）
《别人·花瓣》（2010 年文化艺术出版社）
《睡蛇的伤口》（2015 年安徽文艺出版社）
《入戏》（2019 年北岳文艺出版社）

散文随笔集

《世纪末风景》（1996 年云南人民出版社）
《蔷薇的感官》（1997 年华艺出版社）
《缪斯的困惑》（1998 年辽宁人民出版社）
《出错的纸牌》（1998 年天津新蕾出版社）
《徐小斌散文》（2000 年华夏出版社）
《心灵魔方》（2002 年知识出版社）
《美丽纹身》（2002 年当代世界出版社）
《西域神话》（2003 年云南人民出版社）
《大都会：缪斯的殿堂，我的梦想》（2003 年西苑出版社，2004 年四川人民出版社）
《我的视觉生活》（2004 年上海文汇出版社）
《莎乐美的七重纱》（2010 年商务印书馆国际有限公司）
《密语》（2015 年安徽文艺出版社）
《生如夏花》（2016 年高等教育出版社）
《孤独之美》（2019 年江苏凤凰出版公司）

文集

《徐小斌文集》（五卷本 1998 年华艺出版社出版）

《徐小斌小说精荟》（八卷本 2012 年作家出版社出版）

美术作品集

《华丽的沉默与孤寂的饶舌》（2007 年湖南文艺出版社）

《任性的尘埃》（2016 年海峡书局）

《海百合》（2018 年十月文艺出版社）

主要影视作品

1.《弧光》：电影，由本人根据自己的中篇小说《对一个精神病患者的调查》改编，1988 年首映。该片获第十六届莫斯科电影节特别奖。

2.《风铃小语》：电视单本剧，由本人根据自己的获奖短篇小说《请收下这束鲜花》改编，中央电视台黄金一套 1993 年首播。该剧获第十四届飞天奖，中央电视台首届 CCTV 杯一等奖。

3.《千里难寻》：十一集电视连续剧。北京电视台长青藤剧场 1994 年首播。

4.《雨中花园》：电视电影。作为全国十大女作家向世妇会献礼片，中央电视台黄金八套 1995 年首播。

5.《星空浩瀚》：电视单本剧。作为全国十大女作家向世妇会献礼片，由中央电视台黄金一套 1995 年首播。

6.《富起来的人》：八集连续剧，中央电视台黄金八套 2002 年首播。

7.《德龄公主》（与人合作）：二十九集长篇历史电视连续剧，根据自己的同名小说改编，于 2006 年在中央电视台黄金八套首播。

8.《延安爱情》（与人合作）：三十八集电视连续剧，2011 年东方卫视首播。

9.《虎符传奇》：三十集长篇电视连续剧，由本人原创，由著名导演郭宝昌执导，美亚长城传媒（北京）有限公司投资，2012 年在中央电视台黄金八套首播。

徐小斌文学活动年表

1981 年年底，参加《十月》杂志首届发奖大会，短篇小说《请收下这束鲜花》荣获《十月》首届文学奖；

1986 年年底，参加第三届全国青年创作会议；

1988 年年底，参加电影《弧光》看片会，《弧光》电影剧本根据作家中篇小说《对一个精神病患者的调查》由本人改编而成，获第十六届莫斯科电影节特别奖；

1992 年，参加由《中国作家》杂志社组织的长篇小说《敦煌遗梦》研讨会，这也是作家生平第一次的作品研讨会；

1995 年，世界妇女代表大会在京召开，参加了中国女性文学的系列活动；

1996 年，作为中国女性文学代表作家受邀在美进行了为期三个月的访问讲学活动，分别在美国杨百翰大学、科罗拉多大学、宾夕法尼亚州立大学、圣玛丽学院等举办了题为《中国女性写作的呼喊与细语》的文学讲座，是第一位被美国正式邀请讲中国女性文学的作家，讲座受到研究中国文学的海外学者的热烈欢迎；

1997 年，参加在贝尔格莱德举办的第三十四届贝尔格莱德国际作家会议；

1998 年，参加首届鲁迅文学奖颁奖大会，中篇小说《双鱼星座》荣获首届鲁迅文学奖；

1999 年，参加在台湾举办的两岸文学研讨会；

2000 年，参加在越南举办的文化交流活动；

2002 年，参加在加拿大举办的渥太华国际作家会议；

2004 年，人民文学出版社召开徐小斌作品研讨会；

2005 年，参加北京作家协会组织的赴埃及、土耳其的文化交流活动；

2006 年，参加北京文学杂志社组织的中俄文化交流；

2007 年，接到美国文学翻译中心（ALTA）副主席 Rainer. Schulte 先生的邀请，作为惟一的中国作家赴美参加由五十个国家的作家、翻译家参加的美国文学翻译中心三十周年庆典及国际文学研讨会；

2008 年，参加为期一个月的香港国际作家工作坊活动；

2009 年，参加中国 – 厄瓜多尔文学交流活动；

同年，英文版《羽蛇》全球首发，人民文学出版社同步召开新闻发布会；

2010 年由于希腊文小说《亚姐》出版，接受希腊文化部邀请赴希腊交流访问；

2011 年受到美国纽约亚洲协会邀请，赴美讲学，与著名作家苏童一道在美国哈佛大学演讲、座谈；

同年，与莫言等同赴澳大利亚参加“首届中澳文学论坛”与“墨尔本文学节”；

同年年底，应台湾印刻出版社邀请赴台进行文化交流活动；

2012 年，作家出版社举办“特立独行、历久弥新——徐小斌写作三十年作品研讨会”；

2013 年 6 月，新长篇《天鹅》新闻发布会举行；

同年 10 月，参加“首届海峡两岸文学笔会”并作主题发言；

2014 年 1 月，应邀赴泰国进行影视文化交流活动；

3 月，应邀赴澳门大学讲学，在澳门大学郑裕彤书院建立“徐小斌工作坊”；

5 月，荣获加拿大第二届国际“大雅风”华语文学奖小说奖首奖，赴多伦多领奖；

8 月，参加第三届汉学家国际研讨会；

10 月，参加“海外华文女作家双年会暨华文文学论坛”，与余光中、席慕蓉等同台演讲；

2015 年年底，长篇小说《水晶婚》获得年度英国笔会翻译文学奖；

2016 年 4 月，应邀出席伦敦书展并在英国利兹大学演讲；

2016 年 11 月，参加中国作家协会第九次代表大会；

2017 年，在温哥华讲课及举办文学座谈会；

2018 年，《双鱼星座》入选“百年中篇经典”和“百年百部中篇经典”；《对一个精神病患者的调查》入选“百年中篇经典”。

图书在版编目（CIP）数据

德龄公主：新版 / 徐小斌著 .—北京：作家出版社，2019.8
（徐小斌经典书系）
ISBN 978-7-5212-0673-9

Ⅰ.①德…　Ⅱ.①徐…　Ⅲ.①长篇小说－中国－当代
Ⅳ.①I247.5

中国版本图书馆 CIP 数据核字（2019）第 173094 号

德龄公主（新版）

作　　者： 徐小斌
责任编辑： 秦　悦
助理编辑： 李炫屿
装帧设计： 蔡立国
责任印制： 李卫东
出版发行： 作家出版社有限公司
社　　址： 北京农展馆南里 10 号　　**邮　　编：** 100125
电话传真： 86-10-65067186（发行中心及邮购部）
86-10-65004079（总编室）
E-mail:zuojia @ zuojia.net.cn
http://www.zuojiachubanshe.com
印　　刷： 中煤（北京）印务有限公司
成品尺寸： 152 × 230
字　　数： 379 千
印　　张： 27.75
版　　次： 2020 年 1 月第 1 版
印　　次： 2020 年 1 月第 1 次印刷
ISBN 978-7-5212-0673-9
定　　价： 49.00 元
